ANNA JESSEN

Die Insel der Wünsche

Klippen des Schicksals

Anna Jessen

Die Insel der Wünsche –
Klippen des Schicksals

Roman

GOLDMANN

Sollte diese Publikation Links auf Webseiten Dritter enthalten,
so übernehmen wir für deren Inhalte keine Haftung,
da wir uns diese nicht zu eigen machen, sondern lediglich
auf deren Stand zum Zeitpunkt der Erstveröffentlichung verweisen.

Dieses Buch ist auch als E-Book erhältlich.

Penguin Random House Verlagsgruppe FSC® N001967

2. Auflage
Originalausgabe Juli 2021
Copyright © 2021 by Anna Jessen
Copyright © der deutschen Erstausgabe 2021
by Wilhelm Goldmann Verlag, München,
in der Penguin Random House Verlagsgruppe GmbH,
Neumarkter Str. 28, 81673 München
Dieses Werk wurde vermittelt durch die Montasser Medienagentur, München.
Gestaltung Umschlag/Innenseiten: www.buerosued.de
Umschlagmotive: arcangel/Ildiko Neer; bürosüd
Karten: © Peter Palm, Berlin
Redaktion: Christiane Mühlfeld
BH · Herstellung: ik
Satz: KompetenzCenter, Mönchengladbach
Druck und Bindung: CPI books GmbH, Leck
Printed in the Czech Republic
ISBN: 978-3-442-20605-6
www.goldmann-verlag.de

Besuchen Sie den Goldmann Verlag im Netz:

Jung erblüht aus Gottes Hand,
Glich sie einem Paradiese:
Rot der Felsen, weiß der Strand,
Grün die karge Inselwiese.

James Krüss

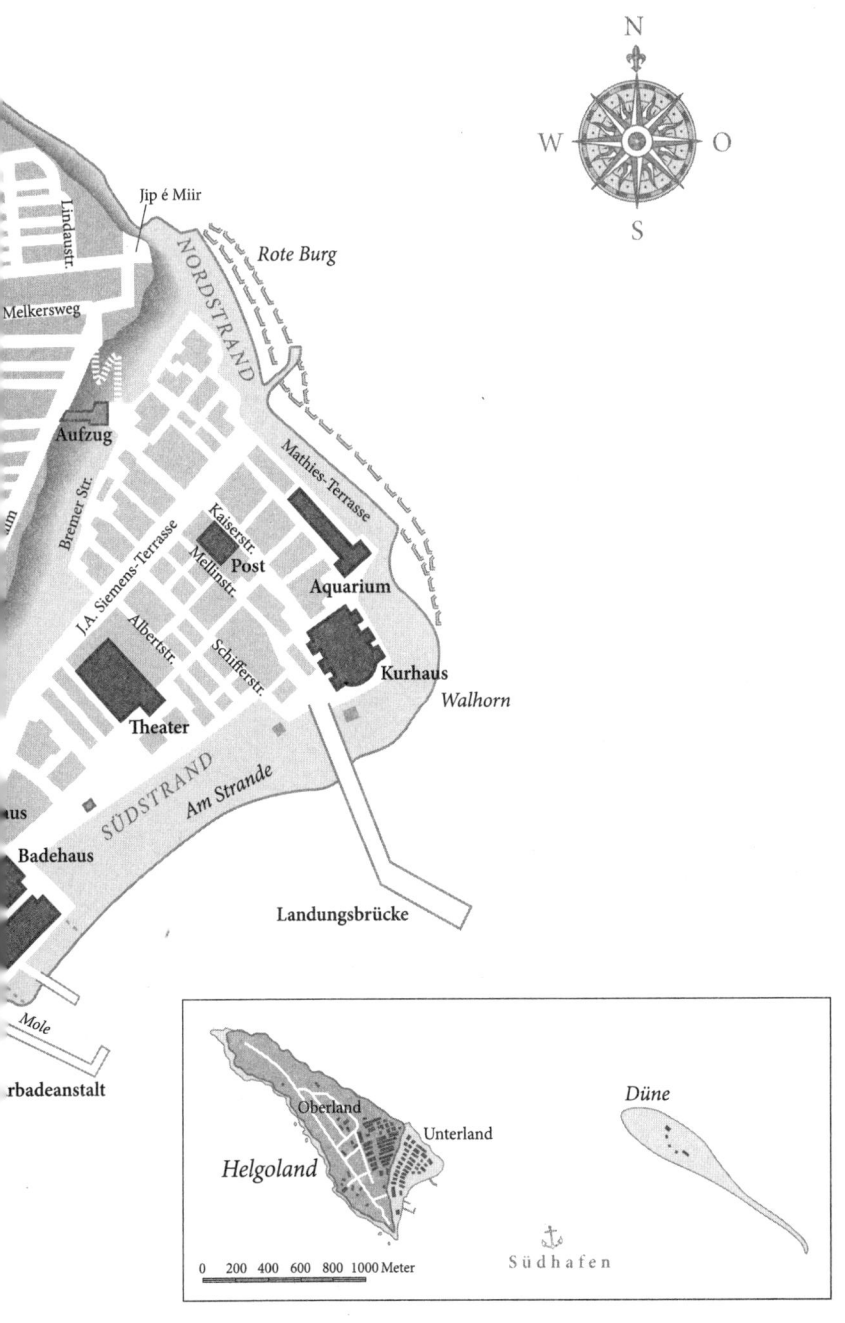

Prolog

Noch war es nur eine schmale, blasse Linie, von einem Dunststreifen kaum zu unterscheiden, die sie erblickte und die niemand sonst zu bemerken schien. Aber ganz allmählich zeichneten sich über dem Horizont deutlich die Umrisse des unverwechselbaren Felsens ab. Mit einem wohligen Schaudern hielt Tine den Atem an. Und nur wenige Augenblicke später rief ein Junge, der sich ganz vorn auf dem Schiff befinden musste: »Land in Sicht!« Da tönte es plötzlich von überall: »Helgoland!«, und der alte Gruß der Insel erscholl aus unzähligen Kehlen: »Welkoam iip Lunn!« Und die Menschen fielen sich in die Arme, als könnten sie jetzt erst glauben, was sie doch alle stets gewusst hatten: Die Insel – sie war noch immer da!

Wie ein mächtiges Band, das die Jahre nicht hatten beschädigen können, empfand Tine eine überwältigende Verbundenheit mit diesem Felsen im Meer, der rasch näher kam, als wollte er sie zu sich ziehen, ja als habe er geradezu darauf gewartet, dass sie endlich wiederkäme. Das Bild der Insel vor ihren Augen verschwamm, denn sie konnte die Tränen nicht zurückhalten. Alle Traurigkeit, die sie seit dem Abschied empfunden hatte, schien sich jetzt, im glücklichen Moment des Wiedersehens, entladen zu wollen. Als sie endlich vor Anker gingen, war Tine unter den Letzten, die mit einem der kleinen weißen Boote an Land gesetzt wurden. Unwillkürlich erinnerte sie sich an jenen Augenblick, in dem sie zum ersten Mal einen Fuß auf die Insel gesetzt hatte. Viele Jahre waren seither vergangen.

Und doch, nach allem, was seither geschehen war, Gutem wie Schlechtem, war eines unverändert: Genau wie damals war sie allein.

1.

Glitzernde Welt

Helgoland 1925

Erstes Kapitel

Wie immer herrschte bei Stövers Gedränge. Obwohl die alteingesessene Familie den Kramerladen vor einiger Zeit deutlich vergrößert hatte und jetzt mit dem Hinweis auf »Feinkost« warb, standen die Kunden eng auf eng – und das war durchaus ein weiterer Grund, weshalb alle Welt sich dort traf: Stövers Laden war seit jeher ein Ort gewesen, wo man das Neueste erfuhr oder Gerüchte loswerden konnte. An jenem Tag allerdings schien es auf der ganzen Insel nur ein einziges Thema zu geben.

»Sie müssen mächtig stolz auf Ihren Mann sein, Jette!«, erklärte Katja Stöver, die mit den Jahren füllig geworden war. »Und ihr natürlich auf euren Papa!« Sie zwinkerte den Kindern zu, die neben Jette standen. Während Julchen geradezu ein wenig zu wachsen schien, versteckte sich Sven hinter Jettes Rock und klammerte sich fest an ihr Bein. »Hach, ist er nicht putzig?«, rief die Kramerin und lachte.

Jette seufzte. »Na ja, er ist eben erst zwei. Da sind sie putzig. Und schüchtern. Aber frech sind sie trotzdem.« Sie wuschelte Svens Haar und versuchte dann, vom Thema abzulenken. »Also, ich hätte dann gern zwei Pfund Mehl, Frau Stöver.«

Doch die Kramerin ließ sich das Thema nicht nehmen. »Nun erzählen Sie doch, wie es passiert ist!«, drängte sie.

»Es warten aber doch Kunden, Frau Stöver«, wandte Jette ein und wies mit dem Kopf auf die Schlange, die sich hinter ihr gebildet hatte.

»Wir haben Zeit!«, beschied ihr eine der Olsen-Töchter, die

hinter ihr stand, und legte fröhlich lächelnd ihre Hände auf den hochschwangeren Bauch. Jette seufzte erneut, dann sagte sie: »Eigentlich war es doch eine Selbstverständlichkeit, nichts weiter.«

»Dass einer von uns Heldentaten begeht?«

»Dass wir Menschen in Seenot retten«, erklärte Jette. »Und das war es ja nicht einmal. Ein Inselgast ist einfach zu weit hinausgeschwommen.«

»Stimmt es, dass es eine preußische Prinzessin war?«, wollte die Olsen-Tochter wissen.

»Nein«, stellte Jette richtig. »Es war die Frau eines Kurgastes aus Hamburg.«

»Eines Bankiers!«, erklärte Katja Stöver. »Baron Silberstein, richtig?«

»Silberbach«, korrigierte Jette. »Nun, Otto hat bemerkt, dass sie offenbar am Ende ihrer Kräfte war. Die Strömung eben …« Ja, das kannten sie alle. Helgoland war umgeben von Strömungen, die auch den besten Schwimmer mit sich ziehen und in höchste Gefahr bringen konnten. »Er hat sein Ausflugsboot hingelenkt und sie an Bord gezogen.«

»Mit *einer* Hand!«, rief die Kramerin mit wichtiger Miene.

»Tja. Er hat nun mal nur die eine«, erwiderte Jette. »Also, wie gesagt, Mehl bräuchte ich …«

»Und sie war noch bei Bewusstsein?«

»Die ganze Zeit, ja.«

Das schien die Damen, die hinter Jette standen, nun doch zu enttäuschen. Eine Ohnmächtige zu bergen, die in den nächsten Sekunden für immer in den Fluten versunken wäre, das wäre doch um Einiges aufregender gewesen.

»Ein guter Mann ist er, Ihr Otto.«

Jette nickte. Das war ein Punkt, in dem sie ganz eins mit der

Kramerin war. »Gewiss«, sagte sie. »Und der liebe Gott hat es auch gut gemeint.«

* * *

Als sie wenige Minuten später wieder aus dem Laden trat, kreuzte der alte Doktor Fest ihren Weg. Nach langen Jahren war er wieder auf die Insel zurückgekehrt, um hier seinen Lebensabend zu verbringen. Mit einem Lächeln lupfte er seinen Hut und nickte Jette zu. All die Zwistigkeiten der Vergangenheit schienen vergessen zu sein, sicher auch, weil sich sowohl Jette als auch ihre Mutter Fests Respekt über die Jahre erarbeitet hatten. Denn auch wenn Jette inzwischen im Insel-Café auf der Düne arbeitete, so war sie doch ausgebildete Krankenschwester und ging ihrer Mutter immer wieder zur Hand. Nach wie vor war Tine auf Helgoland die einzige Hebamme – und die einzige Blumenhändlerin.

Jette nickte lächelnd zurück, weil sie keinen Grund sah, Doktor Fest seine früheren Gehässigkeiten nachzutragen. Dann nahm sie Sven an die eine Hand, während sie in der anderen den Einkaufskorb trug, bei dessen Transport ihr Julchen half.

Es war ein sonniger Maientag, nicht zu heiß und nur mit leichter Brise. Die Insel strahlte und erwartete in den nächsten Stunden wie an jedem Tag der Saison die Ankunft der Kurdampfer, die für einige Stunden Tausende Besucher bringen würden sowie für mehr oder weniger lange Aufenthalte einige Hundert. Seit nach dem Krieg wieder so etwas wie Normalität eingekehrt war und seit die Helgoländer ihre Insel, die schwer unter der Besetzung durch das kaiserliche Militär gelitten hatte, wiederhergestellt hatten – prächtiger als zuvor! –, erfreute sich Helgoland einer Beliebtheit wie noch nie. Die Gästehäuser und Hotels waren meist ausgebucht, und das, obwohl die Preise eindrucksvoll waren. Von allen Häusern das teuerste war freilich das Hotel Imperial Helgoland, das Jettes Vater hatte errichten lassen, ehe er auf tragische Weise ruiniert worden und zu Tode gekommen war.

Ausgerechnet im Imperial residierte auch Bankier Silberbach mit seiner Gemahlin, die von Otto aus höchster Not gerettet worden war. Und natürlich fand der Empfang, den sich der Bankier auszurichten nicht hatte abhalten lassen, auch dort statt. »Heute Abend?«, rief denn auch prompt Hetti Hennerkes, die mal wieder aus dem Friseursalon Faber kam.

»Heute Abend«, rief Jette zurück und winkte ihr. Innerlich verdrehte sie die Augen. Die Tochter des Reeders Hennerkes war ein Biest. Schon öfter hatte sie Otto schöne Augen gemacht – und nicht nur ihm! Unter den Frauen Helgolands galt Hetti als »Blondes Gift«. Vor allem aber wusste Jette, dass Hetti ein Problem hatte, das nicht nur sie irgendwann in große Schwierigkeiten bringen würde. Genau genommen waren es wohl zwei Probleme, wobei Jette nicht klar war, welches davon auf das jeweils andere zurückzuführen war.

***

Schon von fern sah Tine Heesters ihre Tochter mit den Kindern die Promenade am Südstrand entlangkommen. Die alte Bootsbauerwerkstatt, in der Jette mit ihrer Familie wohnte, lag etwas abseits Richtung Hafen. Tine hatte sich in den Schatten eines alten Holunderstrauchs auf die Bank gesetzt und aus einigen Margeriten zwei hübsche Kränzchen gewunden, die sie den Kleinen zu schenken gedachte. Selbst mit Einkaufskorb und zwei Kindern sah Jette hinreißend aus, fand Tine. Aber vielleicht war es ja auch nur der Stolz einer Mutter auf ihre Tochter. Und zu Stolz hatte Tine allen Grund. Jette hatte als Krankenschwester die dunkelsten Stunden dieser Insel miterlebt, hatte Grausames gesehen und Schreckliches erlitten. Und doch war sie strahlend wie die Sonne, als sie so den Südstrand entlangkam.

»Omi!«, rief Julchen, als sie ihre Großmutter sah. Tine winkte und lachte. Sie sprang auf und lief ihrer Enkeltochter entgegen, die sich in ihre Arme warf, um sich wild herumwirbeln zu lassen. Wenn Tine mit ihrer Enkeltochter unterwegs war, hielt man sie beide oft für Mutter und Tochter. Zumindest behaupteten das alle, denn in Wirklichkeit war es natürlich so, dass auf einer so kleinen Insel wie Helgoland jeder jeden kannte und deshalb alle wussten, dass Julchen trotz Tines jungen Jahren ihr Enkelkind war. »Schau, was ich dir gemacht habe!« Tine zog Julchen zur Bank und reichte ihr einen der Blumenkränze. »Für die Haare.«

»Jetzt bin ich eine Prinzessin!«, rief Julchen und setzte sich das zierliche Kunstwerk auf.

»Das bist du doch sowieso«, lachte Tine. Sie hielt Sven den anderen Kranz hin. »Sven auch Prinzessin«, murmelte der, und die beiden Frauen lachten. »Ja!«, stimmte Jette zu und wuschelte sein Haar, ehe sie ihm den Kranz aufsetzte. »Du bist auch eine Prinzessin. Eine ganz besondere.«

»Prinzessin Sven die Erste!«, sagte Tine, entzückt über die Unschuld dieses kleinen Kerlchens.

»Hoppla!«, ertönte da eine Männerstimme hinter ihr. »Der junge Mann hier wird Kapitän, damit das mal klar ist!«

»Otto!«, rief Tine und wandte sich zu ihrem Schwiegersohn um, der in der Tür aufgetaucht war, wie immer mit hochgekrempelten Ärmeln und braungebranntem Gesicht unterm ungezähmten Haarschopf. »Moin!«

»Moin, Tine. Willst du mal unser neues Prachtstück sehen?« Otto war als Bootsbauer so ehrgeizig, wie er als Vater liebevoll war. Tines Glück, ihn an der Seite ihrer Tochter zu wissen, hätte nicht größer sein können. »Zuerst muss ich dir zu deiner Heldentat gratulieren.«

»Nun fang du nicht auch noch an, Tine«, erwiderte Otto und winkte ab. »Das wird mir langsam peinlich. Es scheint, die ganze Insel spricht von nichts anderem mehr.«

»In der Tat«, erklärte Tine. »Die ganze Insel spricht von nichts anderem mehr.«

»Es war wirklich nichts Besonderes«, stellte ihr Schwiegersohn klar. »Jeder hätte das getan.«

»Nur dass du es eben nicht getan *hättest*, sondern getan *hast*.«

Otto zuckte die Achseln. Er deutete nach hinten zur Werkstatt. »Und?«

»Aber sicher«, sagte Tine. »Zeig mir dein neuestes Meisterstück.«

»Na, ein Meisterstück ist es noch nicht«, sagte Otto, während er durchs Haus nach hinten ging, wo ein ungewöhnlich langes und ausnehmend schlankes Boot aufgedockt war, dem zwar noch die Aufbauten fehlten, das aber jetzt schon aussah, als würde es wie ein Torpedo durch die Wellen flitzen. »Eher eine Studie auf dem Weg dorthin.«

Jette, die hinter ihnen hergekommen war, verdrehte die Augen. »Maler fertigen Studien an, Otto«, sagte sie. »Nicht Bootsbauer.«

Otto grinste und zwinkerte seiner Frau zu. »Also ich jedenfalls bin Bootsbauer. Und ich fertige Studien an. Das heißt wohl, dass auch Bootsbauer Studien anfertigen, oder?«

Jette hob hilflos die Hände. »So geht das bei uns die ganze

Zeit«, erklärte sie Tine. »Er macht uns noch arm mit seinem Perfektionismus.«

»Ich denke eher, ich mache uns reich, Jette. Es dauert nur noch ein bisschen.«

Tine nickte anerkennend. »Es ist jedenfalls unübersehbar, dass du an etwas Besonderem arbeitest, Otto.« Und das mit einer verkrüppelten Hand, dachte sie, sprach es aber nicht aus. Was spielte es auch für eine Rolle, jetzt, da sich alles zum Guten gefügt hatte. Es hatte eine Zeit gegeben, da hätte Tine ihre Tochter am liebsten verflucht. Mutwillig hatte sie damals eine Infektion an Ottos verwundeter Hand herbeigeführt, um ihn vor dem Einsatz auf einem U-Boot in den letzten Kriegstagen zu bewahren. Und ja, vielleicht verdankte er sein Leben dieser Verzweiflungstat. Aber es hätte auch tödlich enden können. Und Tine hätte es verstanden, wenn Otto ihrer Tochter diese Tat nie verziehen hätte. Aber Liebe besaß große Macht. Und so hatte Otto sich wohl dafür entschieden, die Verschlimmerung seiner Verletzung als Schicksal und seine Frau als völlig unschuldig zu sehen.

Der Krieg war vergangen, und Otto hatte Haus und Werkstatt der Witwe seines ehemaligen Meisters Knut Reimers zum symbolischen Preis von einer Mark abgekauft, weil es keinen Nachfolger gegeben hatte. Er war als Bootsbauer gut beschäftigt, seit die Besucher wieder nach Helgoland strömten. Nebenbei machte er seine Touren mit dem Ausflugsboot, fuhr Ausflügler um die Insel und manchmal auch ein Stück Richtung Elbmündung. Und mit Tines Hilfe hatte Jette noch ein zweites Kind bekommen, Sven, der seinem Vater schon jetzt zum Verwechseln ähnlich sah.

»Kommst du heute Abend?«, fragte Jette unvermittelt.

»Komme ich wohin?«, fragte Tine zurück.

»Na, zu dem Empfang, den Silberbach für Otto gibt.«

»Oh, ja«, murmelte Tine. »Im Imperial.« Bittersüße Erinnerungen verbanden sich für sie mit dem Hotel. So vieles dort erinnerte sie an ihren verstorbenen Mann Henry. Einerseits liebte sie es, ihm dort in tausend Kleinigkeiten nahe zu sein – in den Vorhängen, die sie damals aus London bestellt hatte, in dem Tafelservice, das er eigens für das Hotel in Auftrag gegeben hatte, in den Teppichen, über die sie gemeinsam geschritten waren – andererseits schmerzte die Erinnerung, und das würde sie immer tun. Denn trotz der ein oder anderen Liebelei, die sich in den Jahren nach Henrys Tod ergeben hatte, und trotz der Liebe zu Paul war und blieb Henry die große Leerstelle in ihrem Leben. Seinen Platz würde nie jemand einnehmen können. Und den Platz neben ihm, der einst Pauls Platz geworden war, ebenfalls nicht. Die beiden Männer ihres Lebens lebten nicht mehr.

»Und?«

»Natürlich komme ich«, sagte Tine, aus ihren Gedanken gerissen. »Das ist eine schöne Geste von Herrn von Silberbach.«

***

Die »Blütenträume« erwarteten Tine im strahlenden Sonnenschein. Wenn sie an ihre armselige Kindheit in Hamburg zurückdachte, konnte sie manchmal kaum glauben, wie gut es das Schicksal trotz härtester Prüfungen mit ihr gemeint hatte. Vom Blumenmädchen auf den kalten Mauern des Hansehafens zur Blumenhändlerin und angesehenen Hebamme auf Helgoland – damit hatte sie nicht rechnen dürfen. Und manches Mal, wenn sie den Verlust so vieler liebgewonnener Menschen betrauerte, tröstete sie sich damit, dass ihr trotz allem ein so sorgloses Leben geschenkt worden war – und eine gesunde Tochter, die eine glückliche Ehe führte und ihrerseits zwei gesunde Kinder zur Welt gebracht hatte. Nun, zur Welt gebracht hatten sie sie letztlich gemeinsam: Jette – und sie, Tine, als ihre Hebamme.

»Moin, Frau Heesters!«, rief Hink, der sich im Laden nützlich gemacht hatte, nachdem die Lieferung aus Amsterdam gekommen war.

»Moin, Hink! Schon was verkauft?«

Statt einer Antwort gab Hink, der seinen Namen einem lahmen Bein verdankte, Tine ein Zeichen, dass jemand zu ihr trat. Sie wandte sich um und erkannte Henning Pfeifer, einen der reichsten Männer der Insel. Er lupfte den Hut und verbeugte sich leicht. »Ich nehme alles«, sagte er mit diesem Lächeln, bei dem man durchaus vorsichtig sein musste. »Alle Blumen, alle Töpfe, allen Zimmerschmuck... Was immer Sie da haben, liebe Tine. Vorausgesetzt natürlich, Sie verkaufen es mit der Verpackung.«

»Sie bekommen mein Haus nicht, Henning«, erwiderte Tine lachend. »Das wissen Sie doch.« Seit Jahren versuchte der reiche Unternehmer, dem nicht nur das Imperial gehörte, sondern inzwischen nahezu die halbe Insel, ihr das kleine Anwesen abzukaufen, das ihr die frühere Inselhebamme, die alte Frau Liebrecht, vererbt hatte.

»Ach, das sagen Sie doch nur, Tine«, widersprach der Mann, der gut zehn Jahre älter war als sie und der vor Zeiten ein Freund ihres Mannes gewesen war. »Letztlich steht alles zum Verkauf. Es kommt nur auf den Preis an.«

Tines Blick schweifte über das bunte Treiben am Kurhaus hinweg hinüber zur Binnenreede. Überall flatterten Flaggen und Segel, der Wind trug Musik vom Pavillon herüber, der neuesten Mode entsprechend umwehten weite Halstücher in hellen Farben die eleganten Silhouetten der Damen, kleine

Hündchen kläfften und wedelten mit den Schwänzen, Kinder spielten am Südstrand, warfen Steine ins Meer oder suchten Muscheln … »Wieso sollte ich das alles verkaufen?«, erklärte Tine und nickte Richtung Promenade. »Es gibt doch keinen schöneren Platz auf der Welt.«

»Ach, das sagen Sie nur, weil sie noch nicht alle Plätze gesehen haben, Tine!«, lachte Pfeifer und zwirbelte genüsslich seinen Bart. Es war offensichtlich, dass er die Diskussion mit Tine als eine Art sportliche Herausforderung betrachtete. Hier ging es ums Gewinnen. Er wollte dieses Grundstück – das Haus interessierte ihn nicht. Das würde er abreißen, sobald er am Ziel war. Der Grund freilich war ein Vielfaches des Hauses wert. Vermutlich würde er ein weiteres Hotel daraufsetzen, wenn er es bekäme. Manche munkelten auch davon, dass er sich um eine Konzession für ein zweites Casino auf der Insel beworben habe. »Aber stellen Sie sich nur vor: Mit dem Geld, das Sie von mir bekämen, könnten Sie nicht nur eine Weltreise machen, sondern gleich mehrere!«

Tine lachte laut. »Daran habe ich noch nicht einmal im Traum gedacht!«

»Im Traum vielleicht nicht. Aber denken Sie doch mal in einer ruhigen Stunde darüber nach, Tine. Das wäre doch was, oder? Amerika, Australien, Ägypten … Sie könnten alles sehen, wovon Sie in Ihren Büchern schon gelesen haben.«

Pfeifer war gut informiert. Offenbar hatte er auch herausgefunden, dass sie zu den besten Kundinnen der neuen Inselbibliothek gehörte, die im Kurhaus angelegt worden war. »Ach«, entgegnete Tine. »Am Ende wäre das nur eine Enttäuschung. Das möchte ich mir lieber ersparen. In Wirklichkeit sieht das meiste ja nicht so aufregend aus, wie wir es uns zuerst vorgestellt haben. Und das wäre doch schade, finden Sie nicht?«

Nun war es Pfeifer, der lachte. »Sie sind eine harte Nuss, wissen Sie das? Aber ich werde nicht lockerlassen. Irgendwann brauchen Sie Geld, Tine Heesters. Und dann wissen Sie, wo Sie es bekommen.«

Tine nickte und schwieg. Sie hatte lange genug in Armut und Sorgen gelebt, um zu wissen, dass er damit vermutlich recht hatte. Und sie war lange genug Geschäftsfrau, um zu wissen, dass der Preis sank, je dringender man Geld brauchte.

»Das Haus bräuchte schon längst eine Sanierung«, erklärte der Immobilienunternehmer weiter. »Das wird teuer. Aber bei der maroden Substanz lohnt sich das gar nicht. Außerdem macht es unendlich viel Arbeit und Dreck. Wenn Sie stattdessen verkaufen, können Sie sich von dem Geld zur Ruhe setzen oder meinethalben nur noch als Hebamme arbeiten.«

»So viel Arbeit ist das nicht auf so einer kleinen Insel…«

»Wissen Sie was, Frau Heesters?«, rief Pfeifer, als wäre ihm gerade ein Geistesblitz gekommen, obwohl Tine überzeugt war, dass der schlaue Fuchs sich alles vorher schon zurechtgelegt hatte: »Ich biete Ihnen ein lebenslanges Wohnrecht im Imperial an! Sie verkaufen mir Ihr Häuschen und ziehen ins erste Hotel der Insel. Was sagen Sie?«

Tine legte amüsiert den Kopf zur Seite. »Mit Halbpension?«

Pfeifer lachte. »Wenn es das ist, was ihr Herz endlich erweicht, wollen wir es daran nicht scheitern lassen.«

»Ich werde die Küche testen«, erklärte Tine, ohne einen Zweifel daran zu lassen, dass sie nicht im Traum daran dachte, ins Imperial zu ziehen oder gar ihren kleinen Blumenladen aufzugeben und das Häuschen zu verkaufen. »Wie Sie wünschen«, sagte Pfeifer und tippte sich an den Hut. Tine nickte, dann wandte sie sich ab und betrat ihr kleines Reich, in dem es an diesem schönen Frühlingstag nach Tulpen und Narzissen,

Hyazinthen und Primeln duftete. Aus London waren prächtige Rosen gekommen, die Tines Hilfe Annemarie auf die Eimer verteilte, die Hink vorhin am Brunnenplatz mit Wasser gefüllt und auf dem Leiterwagen zum Laden gebracht hatte.

Es war ein kleines Paradies, das hier entstanden war. Tines verstorbene Schwester Fritzi und ihr Mann, der inzwischen mit den Kindern aufs Festland gezogen war, hatten es gemeinsam ins Leben gerufen. Gewiss, es war ein kleines, altes Häuschen, an dem es immer viel zu tun gab. Aber niemals hätte Tine sich ausgemalt, dass sie es einmal zu solcher Unabhängigkeit bringen und dass sie in solchem – ja, für sie war es das – Reichtum leben dürfte. Doch Henning Pfeifers Worte hatten ihr einmal mehr zu Bewusstsein gebracht, dass jedes Glück zerbrechlich war. Und so blickte sie mit einer Mischung aus Dankbarkeit und Sorge durch die Fenster ihres kleinen Ladens auf den Weg Richtung Südstrand. Dorthin, wo die Damen mit ihren Sonnenhüten flanierten und die Kinder in ihren Matrosenanzügen sprangen, als gäbe es kein Gestern. Tine liebte dieses Bild der Leichtigkeit auch nach all den vielen Jahren wie am ersten Tag.

»Frau Heesters?«, rief Hink von draußen.

»Ja?«

»Ich muss jetzt rüber zur Werft!«

»Geh nur, Hink, danke!«

Weg war er, der junge Mann, den Tine eingestellt hatte, als er fast noch ein Junge war, und der nach dem Krieg plötzlich wieder vor ihrer Tür gestanden hatte auf der Suche nach Arbeit und etwas zu essen. Vor allem etwas zu essen. Vorbei die Zeiten bitterster Armut, auch Hink konnte sich während der Saison vor Arbeit kaum retten. Dass er in Ottos Bootswerkstatt arbeitete, wenn er nicht in den »Blütenträumen« half, war eine glückliche Fügung. Längst war Hink mit seinem Klumpfuß zum Familienmitglied geworden und saß beinahe täglich entweder bei Jette mit am Abendbrottisch oder bei Tine. Trotz seiner Behinderung oder vielleicht auch gerade deshalb war Hink für sie ein besonderer und liebenswerter Teil dieser Insel. Ein Teil des Guten, das Helgoland für Tine bedeutete. Um nichts auf der Welt hätte sie diese kleine heile Welt aufgegeben. Und doch ahnte sie, dass es nicht immer so unbeschwert bleiben würde.

※ ※ ※

Als Otto mit der »Hildegard« am Südhafen anlegte, erwartete ihn Hink bereits, fing die Leinen auf und vertäute sie mit geschickten, erfahrenen Bewegungen. Auch Jette war zum Kai gekommen. Sie wirkte weniger entspannt als Ottos Geselle.
»Wo bleibst du denn? Wir sollten uns längst fertig gemacht haben.«
»Die werden schon nicht ohne uns anfangen, Jettchen«, erwiderte Otto, der von seinem Ausflugsboot heruntersprang und ihr einen Arm um die Hüfte legte. »Und du musst sowieso nichts machen, du siehst wie immer zauberhaft aus.«
»Ach, du Scheusal«, schalt Jette ihn geschmeichelt und schubste ihn scherzhaft von sich. »Sieh mich nur an: Mit *den* Haaren würde ich mich nicht einmal auf den Fischmarkt trauen, geschweige denn zu einem feinen Empfang im Imperial.«
»Also ich fände es ohne Haare seltsamer«, stellte Otto lachend fest und half Hink noch rasch, das Boot festzuzurren.
Jette eilte kopfschüttelnd davon. Sie schätzte es ja, dass Otto unablässig beschäftigt war, im Leben voranzukommen. Wenn er nicht in seiner Werkstatt Boote baute oder reparierte, tuckerte er mit Ausflüglern um die Insel oder unterrichtete inte-

ressierte Helgolandbesucher im Segeln. Und davon gab es in diesen Tagen besonders viele wegen der Nordseeregatta, die in ein paar Tagen in den Gewässern um den roten Felsen stattfinden würde. Aber manchmal wünschte sie sich auch, er würde ein wenig mehr zu Hause sein, ein wenig mehr Zeit mit ihr und den Kindern verbringen ... Nun, im Herbst würde es wieder so weit sein. Wenn die Saison vorüber war, saß man mit einem Mal ganz eng aufeinander. Da ließ sich alles nachholen, was in diesen hektischen, arbeitsamen Monaten zu kurz kam – vielleicht auch ein Kind Nummer drei. Von diesem Gedanken beschwingt eilte Jette nach Hause und begann sich zurechtzumachen.

Als Leiterin des Insel-Cafés hatte sie feine Garderobe. Und bei den Haaren half ihr Lenchen Meier von nebenan, die sich wie keine andere auf das Lockeneisen verstand – von Gunda Faber natürlich abgesehen. Aber der Salon Faber war denn doch etwas teuer, um nur einen Abend lang zu glänzen.

Nur wenige Augenblicke nach ihr kam Otto die Treppe hoch. Sie hatten die kleine Kammer im Dach als Schlafzimmer behalten, die vor und während dem Krieg ihre ganze Wohnung gewesen war. Die Kinder hatten eine eigene Kammer über der Werkstatt. Aber die Kinder hatte Jette vorhin zu Gisela Wächter gebracht, die sich gerne bereit erklärt hatte, für den Abend auf sie aufzupassen. »Du siehst hinreißend aus«, sagte Otto leise und schloss die Tür hinter sich.

»Wie denn? Ich bin ja noch gar nicht angezogen«, erwiderte Jette, die im Unterkleid vor dem Spiegel stand.

»Eben«, sagte Otto lächelnd und trat zu ihr, um sie zu umarmen.

»Nicht jetzt, Otto!«, wehrte Jette ihn leise ab. »Wir haben eine Verabredung!«

»Die fängt erst um acht Uhr an.« Seine Hände wanderten über ihren Körper. Sie rückte von ihm ab und sagte entschieden: »Das ist in einer Stunde.«

»Bleiben mindestens noch fünfzig Minuten für wichtigere Dinge.« Otto küsste sie auf den Mund, um sie am Widerspruch zu hindern. Sie konnte spüren, wie erregt er war. Und sie selbst auch. O Gott, dachte sie, das können wir doch jetzt nicht machen. Wie sehe ich aus? Sie spürte seine Hände auf ihrem Po, fühlte sein Herz klopfen und drückte ihn ein Stück von sich weg. »Aber nur ganz schnell, ja?«, sagte sie heiser.

»So schnell du willst«, erwiderte Otto und streifte seine Hosenträger ab. »Oder so langsam…« Er hob sie hoch und legte sie aufs Bett. »Du Schuft«, flüsterte Jette und überließ sich ihm und dem, was er die wichtigen Dinge nannte.

Als sie erhitzt wieder aus dem Bett stiegen, stieß Jette einen kurzen Schrei aus. »Es ist fast acht!«

»Wirklich?«, sagte Otto. »Es ist ein Wunder. Mir ist es vorgekommen wie fünf Minuten.« Wieder trat er an Jette heran und umarmte sie. Mir auch, dachte sie, wand sich aber aus seinem Griff und stellte fest: »Nun ist aber gut. Zieh dich an. Aber mach dich vorher frisch. Du riechst wie ein wildes Tier.« Genau wie ich, dachte sie beschämt. Beschämt und glücklich. Tine würde es ihr ansehen, sie sah es ihr immer an. Jette schlug die Augen nieder und lächelte leise, während sie verstohlen zu ihrem Mann hinblickte, der sich an der Waschschüssel zu schaffen machte. Schön war er. Ein Bild von einem Mann. Sie hatte es gut getroffen, ja das hatte sie. Und sie hätte ihn immer wieder genommen. In jedem Sinn des Wortes.

Eine Viertelstunde später – und damit schon zehn Minuten zu spät – langten sie vor den »Blütenträumen« an, um Tine abzuholen. »Wo bleibt ihr nur?«, fragte die und trat aus der

Tür. Dann blickte sie ihrer Tochter ins Gesicht und sagte nur: »Oh. Verstehe.«

Jette errötete und klatschte in die Hände. »Lasst uns gehen.«

In dem Moment kam ein Junge die Straße herabgelaufen. »Frau Heesters! Frau Heesters!«

Tine wandte sich um. »Was gibt es? Oh, Heiner! Ist deine Mutter so weit?«

»Ja!«, keuchte der Junge. »Können Sie kommen? Es ist wirklich eilig.«

»Ich hole nur schnell meine Tasche, dann mach ich mich auf den Weg. Gib oben Bescheid. Sie sollen saubere Tücher bereithalten und vor allem Wasser abkochen. Mach schnell!«

Der Junge nickte, machte kehrt und rannte wieder los. Tine zuckte die Achseln. »Sie kommen, wenn sie kommen wollen. Und nicht, wenn es gerade genehm ist«, stellte sie fest.

»Brauchst du Hilfe, Mama?« Jette war in der Geburtshilfe längst so erfahren, dass sie jederzeit als Hebamme hätte arbeiten können.

»Kein bisschen. Es ist Frau Grüners siebtes Kind. Und alle sind sie fast von allein gekommen.« Sie lachte und winkte ihrer Tochter und Otto zu gehen. »Wenn ich wirklich Hilfe brauche, weiß ich ja, wo ich dich finde. Nun trollt euch, ihr seid ja jetzt schon zu spät.«

»Und du kommst nach?«

»Sicher. Wenn sich das Kind ein bisschen beeilt, komme ich gerne noch zu euch und lasse mich für meinen heldenhaften Schwiegersohn feiern.« Tine zwinkerte den beiden zu, dann verschwand sie wieder im Haus, um ihre Tasche zu holen, während Jette und ihr Mann sich Richtung Imperial aufmachten. Wenige Augenblicke später war sie selbst auf dem Weg zum Oberland, wo Grüners ihre Gaststätte mit Hafenblick am Falm hatten und wo in diesen Minuten eine Frau in den Wehen lag und der Geburt ihres siebten Kindes entgegenbangte.

※ ※ ※

Silberbach hatte den Blauen Salon richten lassen. Seine Gattin, noch etwas geschwächt, saß in einem Lehnsessel am Kamin und lächelte tapfer. Es schien ihr nicht sonderlich zu behagen, »die Frau, die vor dem Ertrinken gerettet wurde«, zu sein. Sie konnte schon gar nicht mehr zählen, wie oft man sie nach den Vorkommnissen des Vortags gefragt hatte. Natürlich war sie dem jungen Mann unendlich dankbar, der sie aus ihrer Not errettet hatte. Von der Kraft, mit der die See sie hinausgezogen hatte, war sie überrascht worden. Obwohl sie eine erfahrene Schwimmerin war, war sie gegen diese Urgewalt machtlos gewesen. Aber wer dergleichen nicht erlebt hatte, konnte sich das sicherlich kaum vorstellen. Und so empfand Mathilde von Silberbach die gönnerhaften Worte, die wieder und wieder an sie gerichtet wurden, als herablassend. Bis plötzlich ihr Retter neben ihr stand, dem der Frack offenbar etwas ungewohnt war und der es geschafft hatte, bisher unbemerkt zu bleiben. »Sie sind sicher auch froh, wenn wir das hinter uns haben«, sagte er leise und mit amüsierter Stimme. »Darf ich Ihnen einen Gin anbieten?« Er hielt ihr eines von zwei Gläsern hin.

»Sie sind ein kluger Mann«, sagte Mathilde von Silberbach und lächelte ihm dankbar zu. »Nicht nur ein mutiger.«

»Ach, man braucht keinen Mut, um jemanden aus dem Wasser zu ziehen«, erklärte Otto. »Man muss nur zur rechten Zeit am rechten Ort sein.«

»Wenn Sie das so sehen, dann sind Sie umso klüger«, beharrte die Bankiersgattin und nahm das Glas. »Sicher, dass Sie nicht mit Champagner anstoßen wollen?«

»Dazu werden wir vermutlich noch früh genug gezwungen heute Abend«, entgegnete Otto und stieß sein Glas an ihres. Er hatte sich neben Frau von Silberbachs Lehnsessel gestellt und blickte nun mit ihr in den Raum. »Sie sind übrigens eine gute Schwimmerin«, sagte er.

Die vornehme Dame lachte. »Das sagen Sie, nachdem ich beinahe ertrunken wäre?«

»Die meisten wären längst nicht mehr an der Oberfläche gewesen«, erklärte Otto. »Die Strömung ist an der Stelle besonders tückisch, was an einem Riff unter der Wasseroberfläche liegt.«

»Sie kennen wohl jeden Quadratmeter dieser Gewässer?«

»Nun, ich bin hier aufgewachsen, und ich bin Seemann«, sagte Otto lächelnd.

»Und ein Held sind Sie obendrein.«

»Ein Held!«, rief in dem Moment Gregor von Silberbach, der Ehemann der Geretteten, der endlich Otto neben seiner Frau entdeckt hatte. Er trat mit ausgebreiteten Armen auf ihn zu und erklärte: »Mein guter Herr Brückner! Wie schön, dass Sie uns heute Abend die Ehre geben!« Mit Ehrfurcht ergriff er Ottos Hand, die rechte, unverletzte, und schüttelte sie ausgiebig. »Was bin ich Ihnen dankbar. Sie können sich gar nicht vorstellen, wie sehr!«

Otto lächelte und erwiderte: »Ich widerspreche Ihnen nicht gerne, Baron Silberbach. Aber in dem Punkt muss ich richtigstellen: Ich bin selbst glücklich verheiratet. Was es für Sie bedeuten mag, dass Ihre Gattin durch eine glückliche Fügung...«

»Glückliche Fügung!«, fiel ihm Silberbach ins Wort. »Nein, nein, mein Lieber. Die glückliche Fügung, das waren Sie!« Er nickte einem der Kellner zu und wandte sich dann an die

Gäste, während dieser sich anschickte, mit seinen Kollegen die bereitstehenden Tabletts mit Champagner herumzutragen: »Verehrte Damen, werte Herren, vielen Dank, dass Sie heute Abend gekommen sind, um mit mir den Mann zu würdigen, der meine liebe Frau im wahrsten Sinne des Wortes vor dem Untergang bewahrt hat. Herr Otto Brückner ist zum Retter in höchster Not geworden, als eine tückische Strömung sie mit sich gerissen hat. Beinahe wäre ein Badeausflug so zu einer Tragödie geworden und hätte mich zum Witwer gemacht.« Er hielt kurz inne und nickte langsam, um die Bedeutung seiner Worte zu unterstreichen. »Doch Herr Brückner war im richtigen Augenblick zur Stelle…« Otto und Frau von Silberbach wechselten einen Blick. »Und er hat beherzt zugegriffen. Im wahrsten Sinne des Wortes! Er hat die Notlage erkannt und nicht gezögert, sondern gehandelt. Das ist es, was einen wahren Mann, einen Mann der Tat ausmacht. Deshalb habe ich Sie heute alle hierhergebeten, um mit mir auf das Wohl dieses Helden anzustoßen, dem ich mein Leben lang dankbar sein werde und der uns allen ein Vorbild sein möge.« Silberbach hob sein Glas. »In diesem Sinne erheben Sie bitte Ihre Gläser und lassen Sie mit mir Herrn Brückner hochleben, einen Menschen, der das Herz auf dem rechten Fleck trägt. Er lebe hoch!«

»Er lebe hoch!«, tönte es von den Geladenen zurück. »Hoch, hoch!«

Gläser klirrten, Gemurmel setzte ein. Doch Otto bat um Ruhe. »Erlauben Sie mir, auch ein paar Worte zu sagen, meine Herrschaften«, erklärte er und blickte in die Gesichter der Menschen, von denen er die meisten gut kannte. Es waren viele Honoratioren der Insel anwesend. Pastor Josef Karl, der merkwürdigerweise in Begleitung seiner Haushälterin gekommen war, Kurverwalter Pranner, Thorsten Brand, der Otto mit

Argusaugen beobachtete, Rüdiger Folkert, der Verleger des Helgoländer Tagblatts mit seiner Frau, die sich als gesellschaftlicher Mittelpunkt betrachtete, und viele andere, teils auch Kurgäste, die Otto gar nicht kannte. Einen allerdings kannten alle Anwesenden: Emil Jannings. Der Schauspieler war seit einigen Tagen im Imperial zu Gast und würde am Wochenende im Inseltheater auf der Bühne stehen. Seine Anwesenheit stellte jeden Besuch aus Politik, Wirtschaft oder Hochadel in den Schatten. Seit Wochen war über nichts anderes als über Jannings gesprochen worden, bis unvermittelt Ottos Heldentat zum Thema geworden war.

»Zuerst einmal bin ich froh und dankbar«, erklärte er, »dass Frau von Silberbach nichts passiert ist. Sie muss eine ausgezeichnete Schwimmerin sein, sonst hätte es sie viel früher unter Wasser gezogen. Und wenn mein braver Geselle Hinrich sie nicht entdeckt hätte, dann wäre diese Geschichte wohl nicht gut ausgegangen.« Er nickte Richtung Hink, der ganz hinten im Saal stand und sich verlegen noch weiter zurückzog. Einige der Gäste klatschten. »Der Rest war Routine mit ein bisschen Glück. Diese Insel ist es gewöhnt, dass Menschen um sie herum in Seenot geraten. Deshalb gehört es für Halunder ganz einfach dazu, schnell zu sein. Sie alle hätten das Gleiche getan. Deshalb bin ich kein Held, sondern einfach nur derjenige, der die Gelegenheit hatte und sie dann nach gut Helgoländer Art am Schopf packte. Wie heißt es doch so schön: Ende gut, alles gut. Danken wir dem lieben Gott einfach dafür, dass er uns diesen glücklichen Ausgang beschert hat.«

»Bravo!«, rief Pastor Karl an dieser Stelle und ergänzte: »Ich meine: Amen!«

Und Gregor von Silberbach hob einmal mehr sein Glas und rief: »Möge uns der Herr stets vor dem Unheil bewahren!« Er reichte seiner Frau die Hand, die sich anmutig aus dem Sessel erhob, und bat die Gäste nach nebenan, wo zwei lange Tafeln für ein fürstliches Diner gedeckt worden waren.

※ ※ ※

Es gibt nicht viele Dinge auf der Welt, die so unberechenbar sind wie eine Geburt. Auch wenn man schon sechs Kinder problemlos zur Welt gebracht hat, auch wenn man auf sich und das Ungeborene aufgepasst hat, auch wenn man die beste Hebamme der Welt bei sich hat, kann es dennoch geschehen, dass alles anders kommt als geplant. Birgitta Grüners Niederkunft jedenfalls verlief in jeder Hinsicht überraschend und dramatisch. Wie Tine rasch feststellte, hatte sich das Kind nicht richtig gedreht. Da das Fruchtwasser aber schon abgegangen war und die Wehen in immer kürzeren Abständen kamen, musste nun einmal die Geburt eingeleitet werden. Ausgerechnet Birgitta Grüner, die bisher ihren Nachwuchs allenfalls mit einem Seufzen zur Welt gebracht hatte, litt grausame Schmerzen und schrie, als würde das Kind sie innerlich zerreißen. Schon nach Minuten war Tine schweißgebadet. Dass Olaf Grüner, der solches Leiden von seiner Frau nicht gewöhnt war, immer wieder in die Kammer stürmte und Tine anbellte, sie solle doch um Himmels willen endlich etwas tun, machte es nicht leichter. Irgendwann verlor Tine die Nerven und verwies den Mann des Hauses. »Hör mir gut zu, Birgitta«, sagte sie mit rauer Stimme, als die Gebärende eine kurze Pause zwischen zwei Wehen hatte. »Das hier ist diesmal anders als sonst. Aber auch diesmal wirst du es schaffen. Ich gebe dir meine ganze Kraft, ja? Ich halte deine Hand, und du drückst sie ganz fest, dann tut es nicht so weh. Und mit der anderen Hand versuche ich, das Kind etwas weiter zu drehen, damit es leichter herauskommen kann.«

Doch es blieb schwierig und lange Zeit erfolglos. Zwischendurch sank Birgitta Grüner immerhin in eine kurze Ohnmacht, was beiden eine kleine Pause verschaffte. Aber natürlich war es höchste Zeit, das Kind endlich aus ihrem Leib zu holen, ehe es einen Schaden erlitt. »Die gefährlichste Zeit im Leben ist die Geburt«, hatte die alte Hebamme Frau Liebrecht immer gesagt. »Für beide: die Mutter und das Kind.« Und sie hatte recht gehabt. Manche Mutter hatte Tine schon im Kindbett sterben sehen, manches Kind war tot zur Welt gekommen. Aber dieses Kind, das sollte doch um Himmels willen gesund geboren werden!

Endlich gelang es Tine, es zu drehen. Doch auch dann wurde es nicht leichter. Der Kopf war sehr groß, Birgitta Grüner blutete längst heftig, der Damm war eingerissen. Sie musste schrecklich leiden. Tine rief nach dem Jungen, der sie vorhin geholt hatte. Der saß beklommen mit den anderen Kindern unten in der Stube und knetete seine Hände. Etwas zu tun zu haben musste ihm wie eine Erlösung erscheinen. »Lauf und hol Doktor Fest!«, befahl ihm Tine, um sich sogleich wieder der werdenden Mutter zu widmen. Mühsam ging es voran, aber zumindest ging es voran. Dann, es musste eine Ewigkeit später sein, war er endlich da, der Knabe, den Birgitta Grüner so schmerzhaft und so mühsam zur Welt gebracht hatte. Rasch schnitt Tine die Nabelschnur durch und wickelte das Kind in eine Decke, um es der Mutter auf den Leib zu legen. Wo blieb nur der Arzt! Für einen Augenblick ließ sie die Frau alleine und riss die Tür auf. Die frische Luft war eine Wohltat, sicher auch für Frau Grüner. »Heiner?«, rief sie. Da polterte der Junge durch die Tür. Offenbar war er bis zu dieser Minute unterwegs gewesen. »Und?«

»Ich...« Er bekam kaum Atem. »Ich... habe ihn... nicht

gefunden ... Frau Heesters! Ich habe ... überall ... gesucht. Wirklich!« Im nächsten Moment brach er in Tränen aus, während es Tine wie Schuppen von den Augen fiel: »Er ist im Imperial.«

»Im ... Imperial?«

»Ja, Heiner. Er ist bestimmt bei dem Empfang dort. Kannst du noch einmal laufen und dort nach ihm fragen? Sag am Empfang, dass ich dich schicke und dass es dringend ist.«

Heiner nickte und war schon aus der Tür, ehe Tine ihm noch weitere Anweisungen hätte geben können. Birgitta Grüner lächelte tapfer. Aber es war ihr anzusehen, dass sie immer noch litt. Tine hoffte nur, dass sie nicht auch innerlich verletzt war. »Ein hübscher Junge«, sagte sie, während sie die Wunde mit etwas Alkohol abtupfte und mit einem ausgekochten Leinentuch, wie sie es immer in ihrer Tasche hatte, die Blutung zu stillen versuchte.

»Er kommt nach seinem Vater«, flüsterte Birgitta Grüner. »Er hat genau die gleichen Augen.«

»Ja«, bestätigte Tine. Und er ist genauso schwierig, dachte sie, behielt es aber für sich.

Als Doktor Fest endlich kam, sah die Lage schon gar nicht mehr so dramatisch aus. »Ich werde noch zwei, drei Stiche nähen«, erklärte er. »Den Rest erledigt die Natur.«

Das klang harmloser, als es im täglichen Leben für die Frauen oft war. Denn wenn etwas gerissen war, dann hieß das oft wochen- oder monatelange Beschwerden und Schmerzen. Manche Frau, der eine Erholungszeit nicht vergönnt war, weil sie sich um die Kinder und den Haushalt kümmern oder gar noch Geld dazu verdienen musste, wurde nie wieder ganz heil. Als hätte Fest ihre Gedanken erraten, erklärte er: »Ich mache das ganz sorgfältig, Frau Heesters. Und ich gebe ihr eine gute

Salbe zur Wundheilung. Frau Grüner wird schon bald wiederhergestellt sein.«

»Danke, Herr Doktor.« Tine nickte ihm zu und packte ihre Sachen zusammen.

»Und Sie sollten sich ein wenig beeilen, damit Sie noch ein wenig von der schönen Soirée im Imperial mitbekommen.«

»Soirée?«

»Dem Abend für Ihren Schwiegersohn.«

»Oh. Ja. Ich beeile mich.«

Aber erst, als die Tür des Imperial einige Minuten später hinter ihr zufiel und sie die Klänge der kleinen Kapelle hörte, die auf Silberbachs Geheiß hin aufspielte, wurde ihr bewusst, wie unmöglich sie aussah. Ihr Kleid war voller Blut, ihre Haare hingen in wilden Strähnen um den Kopf, und im Eifer des Gefechts hatte sie sich auch noch einen Strumpf zerrissen! So konnte sie unmöglich zu der feinen Abendgesellschaft stoßen. Sie wandte sich um und wollte das Hotel so schnell wie möglich wieder verlassen, da hörte sie in ihrem Rücken die Worte: »Tine! Endlich!«

***

Es war Henning Pfeifer, dem das Imperial gehörte, dessen Auftauchen bei einem solchen Ereignis aber auch sonst unvermeidlich gewesen wäre. Schließlich gehörte er zu den heimlichen Herrschern dieser Insel. »Henning. Ich wollte gerade wieder gehen.«

»Wieder gehen? Wie kommen Sie darauf? Wir haben Sie schon den ganzen Abend vermisst!«, rief Pfeifer, wie immer einen Tick zu großspurig, um ernst genommen werden zu können.

»Aber sehen Sie mich doch nur an«, erklärte Tine hastig und

wandte sich schon wieder dem Ausgang zu. »Ich war bei einer Geburt. Es hat viel länger gedauert als geplant. Viel länger«, murmelte sie.

Doch Pfeifer hakte sie unter, entschlossen, kein Argument gelten zu lassen, das Tines Flucht gerechtfertigt hätte. »Sie sehen wundervoll aus. Kommen Sie!«

Überrumpelt ließ sie sich mitziehen und stand schon im nächsten Augenblick im kleinen Tanzsaal, wo soeben Pause gemacht wurde und sich die Gäste wieder zu ihren Tischen begaben. Pfeifer gab dem Kapellmeister ein Zeichen, worauf die Musiker einen Tusch spielten, dann hob er die Hände und drehte sich im Kreis der Tanzfläche: »Meine lieben Gäste! Je später der Abend, umso schöner die Gäste. Zu guter Letzt hat auch unsere liebe Frau Tine Heesters den Weg ins Imperial gefunden, um sich unserer kleinen Gesellschaft anzuschließen.« Und für diejenigen, die es nicht wussten, ergänzte er: »Sie ist die Schwiegermutter unseres Helden. Und sie ist selbst eine Heldin! Soeben hat sie als Hebamme noch ein Kind zur Welt gebracht und Frau Röttges von einer gesunden Tochter entbunden!«

»Frau Grüner«, korrigierte Tine.

»Frau Grüner natürlich!«, rief Pfeifer gönnerhaft.

»Von einem Sohn.«

An der Stelle war der Immobilienspekulant einen Moment sprachlos. Doch dann fiel er in das Gelächter der Gäste ein. »Jedenfalls eine großartige Frau, die liebe Frau Heesters! Einen Applaus bitte!«

Beschämt schritt Tine unter Klatschen und beifälligem Gemurmel der Anwesenden über den Tanzboden hinüber zu dem Tisch, an dem Otto und Jette saßen, machte einen kleinen Knicks vor Gregor von Silberbach und seiner Frau und setzte sich dann auf den freien Stuhl, der für sie reserviert worden war.

Und auch, wenn bis hierhin nichts an diesem Abend so gekommen war wie geplant, entpuppte er sich doch als ein denkwürdiges Ereignis. Der Bankier ließ es sich nicht nehmen, Tine zum Tanz aufzufordern, und führte sie dann so souverän übers Parkett, dass Tine voll Wehmut an die kurze Zeit zurückdenken musste, in der sie mit ihrem Mann Henry tanzen gegangen war. Er wäre jetzt vielleicht in Silberbachs Alter gewesen. Vermutlich hätte er sich mit ihm sogar gut verstanden, denn der Bankier war ein kultivierter und eleganter Mann, der sich rege für seine Mitmenschen interessierte und sich selbst nicht zu wichtig zu nehmen schien. »Hebamme – das ist ein wunderbarer Beruf. Wo haben Sie ihn erlernt, Frau Heesters?«

Tine lachte. »Wie das so ist bei den einfachen Leuten und noch dazu auf einer Insel weit draußen«, erklärte sie. »Da findet die Ausbildung in der Praxis statt.«

»Aha?«, machte Silberbach. »Und in welcher Praxis?«

»Der des Alltags.«

»Verstehe«, erklärte der Bankier. »Sie haben Ihr Handwerk durch Ausübung desselben gelernt. Aber kann man das denn so ohne weiteres? Ich meine, verstehen Sie mich nicht falsch, das scheint mir doch etwas ... gefährlich?«

»Ich habe nicht experimentiert, falls Sie das denken, Herr von Silberbach«, stellte Tine klar. »Ich hatte eine ganz außergewöhnliche Hebamme, die mir dieses Handwerk beigebracht hat.«

»Diese Kunst«, verbesserte Silberbach.

»Wie immer Sie es sehen«, erwiderte Tine. »Aber sie ist leider lange tot, und ich bin seither die einzige Hebamme auf der Insel.«

»Die einzige Hebamme! Meine Güte!«, lachte Silberbach. »Es ist mir eine Ehre, die einzige Hebamme der Insel übers Parkett führen zu dürfen.«

»Und die einzige Blumenhändlerin dazu«, fiel Tine in sein Lachen ein.

»Verstehe.« Silberbach wurde ernst. »Ich nehme an, der Beruf der Hebamme ist nicht sonderlich gut bezahlt?«

Tine seufzte. »Ich bekomme, was man mir gibt. Und viele Familien hier sind nicht sehr wohlhabend.«

Eine Weile schwieg Silberbach, während er sich mit Tine zum Walzer drehte und seinen Blick über die Gäste schweifen ließ. »Ich möchte Ihnen etwas gestehen, Frau Heesters«, sagte er schließlich. Und nach einem Augenblick: »Ich habe mich verliebt.«

Tine blieb stehen. »Bitte?«

»Ich habe mich verliebt, Frau Heesters. In Ihre Insel. Dieses Helgoland scheint mir der bezauberndste und wundersamste Ort auf der Welt. Es ist unvergleichlich schön hier, die ganze Welt trifft sich auf diesem strahlenden Felsen mitten im Meer. Und dann lebt hier auch noch ein kleines Völkchen von geborenen Helden. Wie Ihr Schwiegersohn – und Sie, Frau Heesters. Das alles hat mein Herz im Sturm erobert. Ganz abgesehen davon, dass ich einem Einheimischen das Leben meiner Frau verdanke.« Er führte Tine zurück zu ihrem Platz und wandte sich dann noch einmal an die anwesenden Gäste.

»Meine Damen und Herren!«, rief er. »Erlauben Sie mir noch einmal ein paar Worte. Wie ich eben der entzückenden einzigen Hebamme und Blumenhändlerin der Insel gestanden habe, habe ich mein Herz verloren.« Er blickte zu seiner Frau hin. »Zuerst natürlich an Dich, meine Liebe.« Dann wieder in die Runde: »Aber auch an diese unvergleichliche kleine Insel.

Helgoland erscheint mir als das Paradies auf Erden.« An der Stelle unterbrach ihn ein kurzer Applaus der anwesenden Insulaner. Er nickte und fuhr fort: »Als mir Frau Heesters eben aus ihrem Leben erzählte, keimte in mir spontan der Entschluss, etwas zu schaffen, was den Ruhm und die Ehre dieser bezaubernden kleinen Welt mehren und verbreiten könnte. Und ich weiß auch schon, was es sein soll: ein ›Club von Helgoland‹. Eine Vereinigung von Menschen, die sich der Förderung des Insellebens verschreiben und einen tätigen Beitrag dazu leisten. Es wäre mir eine Ehre, wenn Sie, liebe Frau Heesters, und Sie, lieber Herr Brückner, die ersten Ehrenmitglieder unseres Clubs werden würden. Ich bin sicher, dass ich schon heute Abend eine Reihe von regulären Mitgliedern einwerben werde.«

»Eines haben Sie schon, Herr von Silberbach«, rief ein Herr aus dem Hintergrund und hob die Hand. Alle blickten sich um, und ein Raunen ging durch den Saal, als klar wurde, dass es der berühmte Emil Jannings gewesen war, der seine Mitgliedschaft im »Club von Helgoland« erklärt hatte. »Bravo, lieber Herr Jannings!«, rief Silberbach. »Es ist mir eine Ehre, mit Ihnen gemeinsam zu den Gründungsmitgliedern zu gehören.«

Am späteren Abend saß die Gründungsgesellschaft des »Clubs von Helgoland« im Raucherzimmer des Imperial beisammen und schmiedete Pläne, während sich die restlichen Besucher nach und nach verliefen. Erschöpft und ein wenig verwirrt, vielleicht aber auch nur müde wegen der Anstrengungen und des Weins, trat Tine ins Freie und blickte hinüber Richtung Düne, wo nur noch einige wenige Positionslichter brannten. »… Juden und Kapitalisten …«, hörte sie von irgendwoher, und sie wusste sofort, wessen Stimme es war. Thorsten Brand, der Mann, der ihr schon so viel Ärger bereitet hatte. Ein unangenehmer Zeitgenosse, der unerbittlich seine eigenen

Ziele verfolgte, ohne Rücksicht auf andere. »... das Juwel unseres deutschen Vaterlands unter den Nagel reißen.« So angestrengt sie auch lauschte, mehr war nicht zu hören, weil die Stimmen sich entfernten.

Von bangen Gefühlen geplagt machte Tine sich endlich auf den Heimweg. Ein Stück vor ihr gingen Jette und Otto Arm in Arm. Was für ein schöner Abend, dachte Tine. Und was für ein Glück. Auch wenn es immer jemanden gab, der es einem neidete.

✶✶✶

Zweites Kapitel

Am nächsten Tag schloss Tine die »Blütenträume« später auf als üblich. Sie hatte den Schlaf allzu dringend gebraucht. Annemarie wartete schon vor der Türe. »Guten Morgen, Anni!«

»Moin, Tine! Wir sind spät dran.«

»Ich weiß. Entschuldige. Aber gestern war ein harter und langer Tag. Zuerst die Geburt bei Grüners und dann diese Feier für Otto …«

Annemarie seufzte. »Da hätte ich gerne Mäuschen gespielt.«

»Tut mir leid, dass du nicht eingeladen warst.«

Annemarie winkte ab. »Wieso sollte ich zu sowas eingeladen werden«, stellte sie nüchtern fest. »Da gehöre ich doch nicht hin. Ich hätte auch gar nicht gewusst, was ich da anziehen soll.«

»Erinnere mich bloß nicht daran!«, lachte Tine und schlug sich die Hände vors Gesicht.

»Ist schon alles fertig für die Hotels?«, wollte Annemarie wissen, als sie den Laden betrat.

»Im Gegenteil«, erklärte Tine. »Ich habe bis vor ein paar Minuten geschlafen. Es tut mir wirklich leid.« Denn eigentlich hätte sie längst die Blumenarrangements für die Hotels Schlüter und Perle fertig haben sollen, die sie nach wie vor täglich versorgte. Auch das Kurhaus bestellte inzwischen gelegentlich bei ihr. Doch dort ging es weniger um permanenten Blumenschmuck als vielmehr um Veranstaltungen, für die sich die Häuser entsprechend herausputzten. Immerhin waren solche Aufträge gut fürs Geschäft und bewahrten Tine davor, in den

Monaten außerhalb der Saison in wirtschaftliche Nöte zu geraten.

Annemarie fackelte nicht lange, sondern machte sich nützlich. Es war eine ihrer herausragenden Eigenschaften: zuzupacken, wo es nötig war. Sie war eine patente und unkomplizierte Person, das mochte Tine an ihr. »Ich habe gehört, es war schwer für Birgitta?«

Tine seufzte. »Sehr schwer«, sagte sie. »Ehrlich gesagt war ich zwischendurch schon ziemlich am Verzweifeln.«

»Denkt man nicht nach sechs leichten Geburten.«

»Nein. Denkt man nicht«, stimmte Tine zu. »Aber so ist das nun mal: Man kann es nicht berechnen.«

»Ja«, lachte Annemarie. »Ist wie mit dem Wetter. Es macht, was es will.«

Tatsächlich strahlte es vor allem, das Wetter. Die Sonne übergoss Helgoland mit ihrem Glanz, die See lag ruhig rings um den Felsen, schon am Morgen blitzten die weißen Segel auf der Binnenreede und Richtung Elbmündung. Durch das Schaufenster konnte Tine die Spaziergänger erkennen, die die englischen Rosen bewunderten, die Orchideen aus Gent, die Tulpen und Narzissen aus Amsterdam, die Veilchen und Hortensien aus Hamburg. Ja, gerade im Frühjahr war die Auslage der »Blütenträume« spektakulär, vor allem seit Otto eine Markise angebracht hatte, die es Tine erlaubte, auch die empfindlicheren Gewächse ins Fenster zu stellen, ohne befürchten zu müssen, dass sie sogleich verwelkten. »Und du?«, fragte sie. »Kein Mann in Sicht? Du bist doch im besten Alter.«

»Na ja, wenn du meine Eltern fragst, bin ich das schon nicht mehr. Aber es ist eben schwierig. Die Guten sind irgendwie alle vergeben.« Leise fügte sie hinzu: »Und von den anderen möchte ich keinen.«

»Kann ich verstehen«, erwiderte Tine. »Aber vielleicht sind auch unter den anderen ein paar Gute, und du hast es nur noch nicht entdeckt.«

Annemarie zuckte die Schultern. Sie sah plötzlich so unglücklich aus, dass Tine bedauerte, sie darauf angesprochen zu haben. Sie räusperte sich. »Jedenfalls würde ich mich freuen, wenn ich eines Tages auch deine Hebamme sein dürfte.«

»Ja«, sagte die junge Frau. »Das fände ich auch schön.« Sie schnitt die Rosenstiele etwas kürzer, nachdem sie die Blumen zu Bündeln von je zehn Stück zusammengestellt hatte, wand rasch etwas Hanf darum und reichte sie Tine, die je vier Sträuße zusammen in einen Eimer mit Wasser stellte und nach draußen trug.

Inzwischen war auch Hink aufgetaucht, um die Blumen zu den Hotels zu liefern. Tine würde ihn begleiten und vor Ort alles arrangieren. Sie als geschickte Floristin wusste, dass es nicht nur auf die Ware ankam, sondern auch auf deren Inszenierung. Anni würde einstweilen den Laden hüten.

✻ ✻ ✻

Als sie eine gute Stunde später zurückkam zu den »Blütenträumen«, fand sie ihre Mitarbeiterin so ins Gespräch mit einem Kunden vertieft, dass Annemarie sie gar nicht wahrnahm. »Ich bin beeindruckt, wie viel Sie von diesen Dingen verstehen«, sagte der elegante Herr, der sich jetzt neugierig bei den Orchideen umsah, dessen Blick aber auch immer wieder mit noch größerem Interesse an der jungen Frau hing.

»Ach, das kommt mit der Zeit«, erklärte Annemarie und sprach mit höherer Stimme als sonst.

»Mit der Zeit? So jung wie Sie sind, können Sie aber noch nicht lange hier arbeiten.«

Sie lachte und schlug die Augen nieder. »Na ja. So jung bin ich ja nun auch wieder nicht.«

»Wie eine Frühlingsknospe«, sagte der elegante Herr. »Wenn ich mir den Vergleich erlauben darf.«

»Und wie können wir Ihnen helfen?«, schaltete sich Tine ein, die ein ungutes Gefühl bei der Sache hatte. Der Kunde war niemand von der Insel. Er war ein Kurgast oder geschäftlich auf der Insel – und er war eindeutig in einer anderen Liga als Anni, die nun einmal nichts weiter als eine gewöhnliche Blumenhändlerin aus gewöhnlichen Verhältnissen war. Sie stammte aus einer einfachen Fischerfamilie.

»Oh! Guten Tag. Nun, ich habe Ihre Blumen bewundert…«, erklärte der Herr und blickte abermals zu Annemarie hin, die inzwischen einen ziemlich roten Kopf aufhatte, was sie durchaus reizend machte, wie Tine heimlich feststellen musste. »Und da bin ich hereingekommen…«

»Und nun sind Sie hier, guter Mann«, stellte Tine trocken fest und trat hinter die Ladentheke. »Möchten Sie denn auch etwas mitnehmen?« Außer Anni, dachte sie und hoffte nur, dass sich das Mädchen nicht allzu große Hoffnungen machte.

»Vielleicht ein Sträußchen … hm.« Er wandte sich an Annemarie. »Was würden Sie mir denn empfehlen?«

Annemarie holte Luft. »Also ich … das kommt darauf an, wofür Sie die Blumen wollen.«

»Ach. Welche würden Sie denn nehmen? Als Zimmerschmuck.«

»Als Zimmerschmuck. Vielleicht ein kleines Stöckchen? Die Veilchen sind ganz frisch. Und sehr hübsch!«

»Sehr hübsch«, wiederholte der feine Herr und verschlang Annemarie mit seinen Blicken. »Ja. Die nehme ich.«

Verwirrt trat Annemarie zu den kleinen Blumenstöcken, um

die Tine eine zartweiße Papiermanschette gelegt hatte, sodass sie auch ohne Übertopf in der Tat ganz entzückend aussahen.

»Und Sie sind als Gast auf der Insel?«, fragte Tine von der Theke aus den Kunden.

»Ganz recht, ja. Als Gast. Das heißt: geschäftlich.«

»Oh! Und welcher Art Geschäfte ist das denn, wenn ich fragen darf?«

»Ach, wir sind auf der Suche nach interessanten Investitionen, nichts weiter.«

»Wie aufregend!«, stellte Tine übertrieben neugierig fest, während sie aus dem Augenwinkel beobachtete, wie Annemarie das Stöckchen in Seidenpapier einschlug und mit einem rosa Band zuschnürte. »So etwas wie Hotels? Restaurants? Schiffsbeteiligungen?«

»Sie scheinen sich auf dem Gebiet auszukennen, Frau...«

»Heesters«, sagte Tine. »Auskennen wäre übertrieben. Aber ich interessiere mich für die Dinge. Es ist viel in Bewegung auf unserer kleinen Insel. Da muss man aufmerksam sein.«

»Aufmerksam?«

»Vorsichtig.« Tine sah, wie Annemarie erschrocken aufblickte.

»Vorsichtig. Gewiss. Sie sind eine kluge Frau, Frau Heesters. Was bin ich schuldig?«

»Fünfzig Pfennige, bitte.«

»Mit dem größten Vergnügen.« Der feine Herr griff nach seiner Börse und zahlte.

»Vielen Dank, Herr...«

»Schneider. Anton Schneider.«

»Vielen Dank, Herr Schneider. Einen schönen Tag noch.«

»Ihnen auch, Frau Heesters.« Er nahm Annemarie das Stöckchen aus der Hand und verbeugte sich leicht. »Und auch Ihnen, unbekannte Blumenhändlerin.«

Annemarie schlug die Augen nieder und knickste. Dann war der Mann aus der Tür, und die beiden Frauen sahen ihm mit sehr unterschiedlichen Gefühlen hinterher.

✳ ✳ ✳

Am Nachmittag brachte Jette die Kinder vorbei. Vor allem Julchen liebte es, im Blumenladen zu »helfen«. Tine suchte dann immer Aufgaben, am besten Bastelarbeiten, damit nicht allzu viele Blumen unter der gut gemeinten Hilfe litten. An diesem Tag durfte Julchen neue Manschetten für die Blumentöpfe falten und kleben, während Sven vor dem Haus mit den leeren Eimern spielte und zwischendurch mit Hink auch mal zum Brunnenplatz fuhr – auf dem Leiterwagen. Das war für ihn immer das größte Abenteuer.

»Wie war es denn in der Schule heute?«, fragte Tine ihre Enkeltochter.

»Wir haben über China gesprochen!«, erklärte Julchen wichtig. »Wenn ich groß bin, werde ich mal in Schanghai leben!«

»Oh, wirklich! Was willst du denn in Schanghai, Julchen?«

»Mein Mann muss dort arbeiten«, sagte Julchen, als wäre das doch sonnenklar.

»Ach, ist dieses Kind putzig!«, rief Frau Hansen, die in dem Moment zur Tür hereinkam. Und zu Julchen sagte sie: »Wie willst du das denn jetzt schon wissen, dass dein Mann mal in China arbeiten wird?«

»Er hat es mir gesagt!«, erklärte Julchen.

»Ach, dann weißt du wohl schon, wen du einmal heiraten wirst?«

»Natürlich? Ole aus der vierten Klasse.«

Die Frauen lachten. »Kinder!«, rief Frau Hansen. »Die träumen sich einfach ihre Welt zurecht, wie sie sie brauchen, was?«

»Ein großes Glück ist das«, sagte Tine. »Schade, dass wir das nicht alle können.«

»Nun, wir müssen einfach das Beste aus dem machen, was uns so geschieht, nicht wahr?«

»Und das tun wir, Irene. Was darf es denn heute sein?«

»Ob du mir für den Laden einen schönen Frühlingsstrauß zurechtmachst? Für die Auslage. Für morgen. Ich würde aber gleich bezahlen.«

»Gerne. Für eine Mark, wie immer?«

»Ja, bitte.«

Hansens Schneiderei florierte. Irene Hansen war in Berlin auf die Modeschule gegangen und mit frischen Ideen zurückgekommen. Seither galt das meiste, was man im Schaufenster des Geschäfts an Damenkonfektion sah, als »der letzte Schrei«. Manche Frau von Welt unternahm die Überfahrt nach Helgoland gar nur, um bei Hansens ein Kleid zu bestellen und anschließend auf der Terrasse des Imperial oder im Insel-Café auf der Düne einen Tee zu trinken und ein wenig in die Sonne zu blinzeln. Es waren vermutlich kleine Fluchten aus dem Alltag in Hamburg, Stade oder Cuxhaven. Aber auch Tine musste gestehen, dass sie oft voll Bewunderung die Auslage der Damenschneiderei Hansen betrachtete. Das hatte sie schon als junges Mädchen getan, und es sprach für die Hansens, dass sie es schafften, über eine lange Zeit immer attraktiv zu bleiben – dass sie mit der Zeit gingen. »Ich habe neulich dieses nachtblaue Kleid in eurem Schaufenster bewundert.«

»Freut mich, dass es dir gefallen hat«, sagte Irene Hansen. »Es ist für eine Kaufmannsgattin in Hamburg. Na ja, ob es die Gattin ist, wage ich zu bezweifeln ...«

»Mama war in Hamburg«, erklärte Julchen wichtig. »Sie hat dort gelernt!«

»Das ist aber nicht ganz so weit wie Schanghai«, stellte Irene Hansen fest und strich dem Mädchen übers blonde Haar.

»Egal. Erst lebe ich in Hamburg und dann in Schanghai.«

»War es deine Kreation?«, wollte Tine neugierig wissen, um noch einmal auf das Cocktailkleid in Nachtblau zurückzukommen.

»Sie hatte schon ziemlich genaue Vorstellungen«, gab Irene Hansen zu. »Die Pailletten waren meine Idee. Und dass wir es etwas kürzer machen sollten. Manche Frauen haben einfach Beine, die man zeigen sollte, wenn du verstehst, was ich meine.« Sie zwinkerte Tine zu.

»Ich werde meine Kleider auch alle bei Hansens kaufen!«, stellte Julchen klar und legte ihre Arbeit beiseite.

»Ich denke, du gehst nach Hamburg, Julchen!«, lachte Irene Hansen.

»Ach, dann machen Sie eben auch einen Laden in Hamburg auf!«, beschloss das Mädchen kurzerhand. »Sie haben dann ja schon eine Kundin dort.«

»Und vielleicht noch einen in Schanghai?«, schlug Tine vor.

»Gute Idee«, befand Julchen. »Damit ich auch schöne Kleider bekomme, wenn ich gerade dort bin.«

**

An diesem Tag schloss Tine den Laden früher zu als üblich. Der größte Teil des Geschäfts fand ohnehin am Vormittag statt, gegen Nachmittag oder Abend kamen kaum noch Kunden in die »Blütenträume«. Auf einer kleinen Insel wie Helgoland war es anders als in der Großstadt, wo viele auf dem Weg vom Kontor nach Hause noch rasch ein paar Blumen für die Gattin kauften. Deshalb würde sie nicht viel verpassen, wenn sie etwas früher Feierabend machte. Der gestrige Tag steckte ihr noch in den Knochen. Deshalb war sie froh, als Julchen von ihren Freundinnen zum Muschel- und Feuersteinesuchen abgeholt wurde. Die Kinder würden am Wochenende mit ihren Schätzen auf der Landungsbrücke sitzen und die schönsten Stücke den Inselgästen anbieten. So hatte das schon Otto gemacht, als er noch klein gewesen war.

Eine Weile blieb Tine noch im Laden stehen und blickte durch die geschlossene Tür nach draußen, beobachtete die Menschen, die einen weiteren zauberhaften Abend auf dieser wunderschönen Insel verbringen würden. Dann ging sie nach hinten in die Küche und machte sich ein einfaches Abendessen. Ihr Leben war so voll von Aufgaben und Ablenkungen, dass es ihr meist nicht schwerfiel, allein zu sein. Doch an manchen Tagen hätte sie sich gewünscht, es gäbe einen Mann in ihrem Leben. Jemanden, der auch da war, wenn es keinen besonderen Anlass gab. Jemanden, auf den sie sich verlassen konnte. Jemanden, der sich um sie sorgte – und der für sie sorgte. Denn auch wenn sie stark war und selbständig in allen Dingen, es fehlte ihr, wie Henry oder nach ihm Paul ihr Nähe und Aufmerksamkeit geschenkt hatten.

Tine war jetzt ungefähr fünfzig Jahre alt, genau wusste das niemand. Sie kannte ja nicht einmal ihren Geburtstag. Aber so war das nun einmal gewesen damals, in Hamburg, als sie als siebtes von zehn Kindern der Familie Tiedkens zur Welt gekommen war. Da war jedes weitere Kind eben nur ein weiteres Kind gewesen, noch eines von vielen Mäulern, die gestopft werden mussten. Und so war sie schon als junges Mädchen hinausgewandert auf die Marschwiesen vor Hamburg, hatte Blumen gepflückt und sie mit ihrem Korb zum großen Hafen gebracht, um sie an die Reisenden zu verkaufen, die von den Dampfern kamen. Sie dachte nicht mehr oft daran zurück.

Aber wenn sie es tat, konnte sie kaum glauben, wie sehr sich ihr Leben verändert hatte. Ja, sie war dankbar für all das Gute, das ihr widerfahren war. Doch in diese Dankbarkeit mischte sich immer wieder auch Schmerz über die schrecklichen Verluste, die sie erlitten hatte: Henry, der sich in seiner Verzweiflung zu Tode gestürzt hatte. Paul, der kurz vor Kriegsende mit seinem Schiff versenkt worden war. Fritzi, ihre jüngere Schwester, die einen Blinddarmdurchbruch nicht überlebt hatte…

Sie räumte ihr Geschirr weg und warf sich eine Jacke über. Ein kleiner Spaziergang würde ihr guttun. Sie würde hinaufgehen ins Oberland und die Gräber besuchen. Henrys Grab und das von Fritzi. Paul lag irgendwo auf dem Grund der Nordsee. Sie dachte immer an ihn, wenn sie auf den Klippen stand und nach Norden blickte, dorthin, wo er auf seinem Panzerkreuzer die Heimreise angetreten hatte, bevor dieser vom Feind versenkt worden war.

St. Nicolai war ein stolzes Gebäude. Die Helgoländer hatten es prächtig geschmückt. Tine verband viele gute Erinnerungen mit der Kirche, nicht zuletzt, weil sie lange Jahre mit dem ehemaligen Pastorenpaar befreundet gewesen war. Auch diese beiden waren längst nicht mehr am Leben. Auch ihre Gräber besuchte Tine, ehe sie sich noch einmal für einige Augenblicke in eine der Kirchenbänke setzte, um zu beten. Den Psalm zu sprechen, den sie so oft in der Pastorei aufgesagt hatte:

Der Herr ist mein Hirte.
Mir wird nichts mangeln.
Er weidet mich auf einer grünen Aue und führt mich zum
frischen Wasser.
Er erquicket meine Seele…

Ob es nicht doch klüger wäre, Pfeifers Angebot anzunehmen? Ja, sie liebte den Blumenladen. Aber Jette und Otto waren gut versorgt, sie lebten ihr eigenes Leben. Und sie selbst würde keine Not leiden, wenn sie die »Blütenträume« verkaufte. Otto hatte ihr zum Verkauf geraten. »Wozu machst du dir die viele Arbeit? Und wenn mal eine Saison schlecht läuft, hast du viel Geld investiert und verloren.« Aber sie machte sich die Arbeit ja nicht fürs Geld, sondern weil sie sie liebte. Und das Haus liebte sie auch.

Nur einsam war es. Wenn man die Abende alleine verbringen musste … Sie dachte an den Kunden vom Vormittag und an Anni, die so von ihm umschmeichelt worden war. Hatte sie ein wenig zu ruppig reagiert? War sie am Ende gar eifersüchtig auf Annis Wirkung gewesen?

Nein, das war sie nicht. Sie hatte nur Sorge gehabt, dass es eine dieser Geschichten würde, wie sie sie schon mehrfach erlebt und von denen sie noch öfter gehört hatte: Ein reicher Geschäftsmann verbringt ein paar Tage auf Helgoland und lacht sich ein junges Ding von der Insel an, dem er den Himmel auf Erden verspricht. Dann, eines Tages ist er wieder weg. Nach Hamburg oder Bremerhaven. Zu seiner Familie, die er mit keinem Wort erwähnt hat. Und zurück bleibt ein gebrochenes Herz. Ein Schicksal, vor dem sie Anni unbedingt beschützen wollte.

※ ※ ※

Fürs Wochenende war die »Nordseewoche« angesetzt. Die spektakulärste Regatta würde in den Gewässern rund um Helgoland stattfinden. Schon seit Tagen kamen immerzu Teilnehmer aus allen Richtungen mit ihren Yachten an. In den beiden Häfen drängten sich die Bootsleiber aneinander, die Hotels und Restaurants der Insel waren bevölkert von einer besonders wohlhabenden und eleganten Klientel. Sportsmänner und ihre umwerfenden Begleiterinnen bevölkerten den Felsen, und nicht nur aus den Hansestädten war die Presse gekommen. Denn die Nordseewoche interessierte ein begeistertes Publikum weit über die Küsten des Deutschen Reichs hinaus. Englische Reporter waren da, niederländische und dänische. Franzosen hatten das Insel-Café scheinbar unter ihre alleinige Kontrolle gebracht. An jeder Ecke, auf jeder Klippe schien ein Fotograf zu stehen, um sich den besten Platz für das große Ereignis zu sichern oder, wenn möglich, zwischendurch noch ein paar Schnappschüsse prominenter Besucher zu erhaschen. Die Nordseewoche war das Thema der Saison.

»Moin, Tine«, rief Otto, als sie auf der Landungsbrücke ihre Lieferung aus Hamburg entgegennahm.

»Oh, Otto! Ich hatte dich gar nicht gesehen.« Sie winkte ihm zu. »Neues Boot? Ach, es ist das, das du mir in der Werkstatt gezeigt hast, richtig?«

»Genau das.«

»Jetzt sieht es aber großartig aus. Mit Mast und Kajüte und strahlend weiß gestrichen.« Sie seufzte. Henry hätte dieses Boot geliebt. Er war so begeistert gewesen vom Segeln.

»Es ist auch großartig, Tine. Möchtest du mitkommen auf Jungfernfahrt?«

Tine lachte. »Im Ernst? Es ist die Jungfernfahrt? Ach was, dafür brauchst du keine alte Jungfer an Bord. Fahr du nur und genieß deinen Ausflug.«

»Ich werde sie ›Jette‹ nennen.«

»Das finde ich eine schöne Idee, Otto.«

Er winkte, dann machte er die Leine los. Das Boot war nicht motorisiert, weshalb es erst langsam Fahrt aufnahm, als er das

Vorsegel aufzog und unmittelbar danach das Besansegel, das übers Heck hinausragte. Tine blieb noch eine Weile stehen und blickte ihm nach. Erst jetzt, da es ein Stück entfernt war, erkannte sie, dass dieses Boot größer war, als es ihr zunächst erschienen war. Eine Yacht war das geworden, keine kleine Jolle, wie einst Henrys »Rebecca«.

»Bin ich zu spät?«, fragte Jette, die in diesem Moment neben Tine auftauchte und ganz außer Atem war.

»Wie du siehst…« Tine deutete auf die Spitze der Landungsbrücke, um die herum in dem Augenblick Otto mit seinem Boot bog, sodass nur noch das weiße Segel zu erkennen war.

»Wie schade. Ich wollte ihm noch Glück wünschen. Das Boot ist sein ganzer Stolz.«

»Das schien mir auch so«, sagte Tine.

»Er hofft, dass er bei den begeisterten Seglern, die gerade da sind, Kunden findet, die ihm solche Meisterstücke abkaufen.«

»Sollte nicht zu schwer sein«, befand Tine. »Es sieht hinreißend aus.« Schon war Otto südlich der Düne angelangt und steuerte Richtung Backbord. Offenbar wollte er hinter der Nebeninsel herum und nach Norden fahren. Schräg neigte sich das Hauptsegel bei dem Manöver über die Wellen, doch dann schoss das Boot aus Tines und Jettes Blickfeld. »Ein echter Abenteurer, dein Mann«, erklärte Tine und lachte. Die zuckte die Achseln. »Hm«, machte sie. »Ich bin extra herübergekommen von der Düne, um ihn beim Ablegen zu sehen. Und jetzt ist er weg. Wenn ich gewusst hätte, dass er Richtung Düne fährt…« Sie lächelte. »Was soll's, ich beeile mich, wieder hinüberzukommen. Wir können uns vor Gästen gerade gar nicht retten.«

Kurz darauf winkte Jette ihrer Mutter zu und legte mit der

Dünenfähre wieder ab. Eigentlich hätte sie sich ohnehin nicht frei nehmen sollen, auch nicht für eine halbe Stunde. Im Insel-Café wurde gerade jede Hand gebraucht. Und den Franzosen machte man es nicht so ohne weiteres recht. Die hatten zum Teil sehr eigene Vorstellungen davon, wie der Kaffee zubereitet sein sollte und der Kuchen zu servieren war.

Sie sprang gerade aus dem Boot, als sie hinter sich eine vertraute Stimme hörte: »Jette! Hier!« Als sie sich umwandte, legte Otto an dem Steg an, auf dessen anderer Seite die Fähre angelandet war. Er hatte die Nebeninsel umrundet und war gleichzeitig angekommen.

»Wie hast du das denn geschafft?«, rief Jette. »Ich habe dich doch eben noch da drüben gesehen!« Sie deutete gen Osten.

»Das hat dieses hübsche Boot hier geschafft«, erklärte Otto und sprang an Land. »Das du morgen taufen darfst, nachdem es mit dieser Jungfernfahrt alle Prüfungen vorbildlich bestanden hat.«

»Aha? Tauft man nicht erst und macht dann die Jungfernfahrt?«, entgegnete Jette. »Und hast du überhaupt schon einen Namen für das Boot?«

»Es ist kein Boot, Jette, es ist eine Yacht. Und man macht die Jungfernfahrt nach der Taufe, wenn man es nicht selbst gebaut hat. Aber als Schiffsbauer darf man schon mal eine Probefahrt unternehmen – die ist dann gleichzeitig die Jungfernfahrt, denn wie das so ist, mit den Jungfern ...«

Jette legte ihm lachend die Hand auf den Mund. »Lass gut sein«, rief sie. »Das will niemand wissen.«

»Tja, dann nicht«, sagte Otto, nachdem er ihre Hand genommen und geküsst hatte. »Aber den Namen, den willst du schon wissen, ja?«

»Mhm. Ich bin neugierig.«

»Rate mal.«

»Julia?«

»Julchen? Auch eine hübsche Idee«, befand Otto. »Ich dachte aber mehr an Jette.«

»Jette? Im Ernst?«

»Es ist das schönste Boot, das ich je gebaut habe. Ich sollte es also nach der schönsten Frau benennen, die ich kenne.«

Statt einer Antwort küsste Jette ihren Mann. Sie küsste ihn lange und innig, bis einige Dünenbesucher in der Nähe zu kichern, andere zu klatschen begannen. Verlegen befreite sich Jette aus Ottos Umarmung. »Wir setzen das besser später woanders fort«, flüsterte sie.

»Darauf komme ich zurück«, erwiderte Otto mit einem Grinsen.

»Nicht doch lieber Henriette?«

»Mein Schatz, das ist ein schnelles Boot. Ein sehr schnelles! Das nennt man nicht Henriette. Ich finde, Jette passt perfekt.«

»Tja dann …« Jette küsste ihn nochmal und machte sich eilig auf den Weg zurück ins Insel-Café, während Otto die Yacht gleich darauf zu einem Liegeplatz im Südhafen steuerte. Einige Kleinigkeiten würde er noch korrigieren müssen. Vor allem die Steuerung war ihm noch nicht geschmeidig genug. Aber ansonsten war er nicht nur zufrieden, sondern geradezu euphorisch. Am liebsten hätte er laut gejubelt. Er hatte schon viele Boote gefahren, Boote unterschiedlichster Bauart und aus unterschiedlichstem Material, Boote mit jeder Art von Segeln, kleine und große, Boote traditioneller Fertigung und auch manches nautische Experiment. Aber keines von all den Booten war so elegant über die Wellen geflitzt wie dieses gute Stück, keines hatte jedem kleinsten Befehl so bedingungslos gehorcht und sich seinem Willen so unterworfen wie die zukünftige »Jette«. Als er davorstand und es in der Abendsonne strahlen sah, wusste er, dass er mit der Jette das Boot seines Lebens gebaut hatte.

»Eindrucksvoll«, stellte ein Herr im Sommerfrack fest, der sich unbemerkt neben ihn gestellt hatte und ebenfalls auf das Boot blickte. »Ich habe Sie beobachtet.«

»Danke«, erwiderte Otto, dem der Gedanke nicht behagte, beobachtet worden zu sein.

»Sie nehmen teil?«

»Teil? Was meinen Sie?«

»An der Regatta. Sie haben eine Startnummer.« Der Herr griff in seine Brusttasche und entnahm ihr eine Visitenkarte, die er Otto hinhielt. »Wilhelm Tegten. Bremen. Angenehm.«

»Angenehm«, entgegnete Otto den Gruß, obwohl es nicht der Wahrheit entsprach. »Otto Brückner. Und nein, ich habe keine Startnummer. Das Boot ist auch zu neu. Ich habe noch keinerlei Übung damit.«

»Was man nicht bemerkt hat. Im Gegenteil, es sah aus, als wären Sie ein eingespieltes Team, Sie und Ihr Boot, Herr Brückner.«

»Danke. Sie haben ein gutes Auge, Herr Tegten. Sie sind vom Fach?«

»In gewisser Weise ja. Ich bin Reeder. Wie ich sehe, trägt es noch nicht einmal einen Namen. Sie haben es ganz neu gekauft?«

»Ich habe es gebaut«, erklärte Otto, nicht ohne Stolz. »Es wird ›Jette‹ heißen.«

»Verstehe. Nun, ich wäre bereit, hundert Goldmark auf Sie und Ihr Boot zu setzen, wenn Sie an der Regatta teilnehmen.«

Otto lachte. »Sie scherzen.«

»Nein, ganz im Ernst. Mit Wetten macht man keine Scherze.

Nicht als Ehrenmann. Hundert Goldmark auf Sie und Ihr Boot.«

Damit wäre Otto die Zulassung zum Rennen sicher. Denn natürlich ging es hier wie überall ums liebe Geld. Und eine Wette in der Höhe machte das Rennen attraktiv.

»Sie müssten allerdings zehn Goldmark dagegensetzen.«

»Wie bitte? Sie erwarten, dass ich gegen meinen Sieg setze?«

»Eine Wette ergibt nur Sinn, wenn beide etwas riskieren. Hundert Goldmark für Sie, wenn Sie gewinnen, zehn für mich, wenn Sie verlieren.«

* * *

»Du bist verrückt.«

»Aber Jette! Denk doch nur! Hundert Goldmark! Und die Siegprämie! Wir wären auf einen Schlag all unsere Sorgen los!« Otto lief in der Stube auf und ab. Er hatte die ganze Nacht kaum geschlafen. Am Morgen endlich, nachdem sie selbst immer wieder von seiner Unruhe geweckt worden war, hatte Jette ihn zur Rede gestellt. Und da hatte er ihr von Tegtens Angebot erzählt.

»Und wenn du verlierst, werden wir sie nie mehr los, Otto«, erklärte sie.

»Wieso? Ich werde gewinnen!«

»Das kannst du nicht wissen, Otto.«

»Glaub mir, ich weiß es. Die ›Jette‹ ist die schnellste Yacht, die je über die Nordsee gesegelt ist.«

»Und doch brauchst du Wind. Und du weißt nicht, mit welchen Manövern dich die Konkurrenten ausbremsen, wenn du Pech hast.«

»Ich muss ihnen einfach davonfahren.«

»Einfach. Ja, wenn das immer so einfach wäre. Weißt du

noch, letztes Jahr, als sie Zehner eingekeilt und um den Sieg gebracht haben?«

»Es war sein Fehler. Er hätte nicht …«

»Otto!«

»Aber Jette! Hundert Goldmark! Stell dir vor, wie wir unser Geschäft ausbauen könnten. Ich könnte eine neue Halle beim Hafen bauen und Geräte anschaffen, mit denen wir …«

»Otto!«, rief ihn seine Frau zurecht.

Er hob die Hände. »Und selbst wenn«, sagte er. »Zehn Goldmark könnten wir aufbringen. Das würden wir auch schaffen.«

»Vielleicht.« Jette blickte aus dem Fenster, als könnte sie dort die Zukunft sehen. »Aber wozu? Ich traue dem Mann nicht. Wieso sollte er eine so törichte Wette eingehen? Und wieso sollst du gegen deinen eigenen Sieg wetten?«

»Aber so gehen Wetten nun einmal: dass es zwei Beteiligte gibt.«

»Er könnte im Casino wetten. Ich habe gehört, dort gibt es einen Buchmacher, bei dem auf die Regatta gewettet wird.«

»Das tut er wahrscheinlich«, erklärte Otto. »Ich bin sicher, er schließt beim Buchmacher eine Wette ab, die ihm mehr bringt als die hundert Goldmark.«

»Für mich klingt das unsinnig«, stellte Jette kühl fest. »Dann bräuchte er nicht mit dir zu wetten.«

»Aber verstehst du denn nicht? Mit der Wette spornt er mich doppelt an zu gewinnen. Ich will die hundert Goldmark erringen und den Verlust von zehn Goldmark vermeiden. Also werde ich alles geben, um zu gewinnen. Und weil ich als Segler keinen Namen habe und noch niemand mein Boot kennt, wird er eine glänzende Börse beim Buchmacher bekommen. Zwanzig zu eins vielleicht. Wenn er nur zehn Goldmark auf mich setzt, bekommt er schon zweihundert heraus. Dazu noch die zehn von mir ...« Otto schnalzte mit der Zunge. »Er ist wirklich gerissen.«

»Zu gerissen für meinen Geschmack«, sagte Jette.

Otto verdrehte die Augen. Es gab nun einmal Dinge, von denen Frauen nichts verstanden. Bootsbau zum Beispiel. Oder Wetten. »Ich muss wieder an die Arbeit.«

Jette griff nach seinem Arm. »Otto? Tu nichts Unüberlegtes.«

Er nickte, doch er scheute ihren Blick.

»Versprich es mir.«

»Jette ...«

»Bitte, Otto!«

Er seufzte: »Nichts Unüberlegtes. Gut. Ich verspreche es dir.« Dann war er aus der Tür.

* * *

»Und?«, rief Tegten, als er Otto auf seinem Boot arbeiten sah. »Haben Sie es sich überlegt?« Der Reeder blinzelte in die Sonne und fuhr sich durchs Haar. Den Hut, den er nach Art der Londoner Geschäftsleute trug, hielt er in der Hand.

Otto sprang auf den Kai. »Ich weiß nicht, Herr Tegten«, erklärte er. »Ich kann das nicht allein entscheiden.«

»Ihre Frau?«

Otto nickte.

»Natürlich«, stellte der Reeder mit leicht spöttischem Lächeln fest. »Es sind immer die Frauen.«

»Aber sie hat ja auch recht«, stellte sich Otto vor seine Frau. »Für Sie mögen hundert Goldmark ein Spaß sein, Sie sind ein großer Reeder in Bremerhaven. Für uns sind zehn Goldmark eine gewaltige Summe. Auf Helgoland hantieren wir nicht mit solchen Beträgen.« Und leiser fügte er hinzu: »Zumindest nicht als kleiner Bootsbauer.«

Tegten nickte, als wüsste er alles sehr genau und hätte nichts anderes erwartet. »Wenn Sie immer ein kleiner Bootsbauer bleiben wollen, dann halten Sie sich stets an den Rat Ihrer Frau. So wird Ihnen nichts geschehen, und Sie werden Ihr Leben als einfacher und braver Mann zubringen und vermutlich sogar ohne Feinde sterben.« Er sog tief den Wind ein, der von der See über den Felsen wehte. »Aber wenn Sie aufsteigen wollen, Brückner, wenn Sie größere Ziele im Leben erreichen wollen. Wenn Sie irgendwann zu den bedeutenden Männern gehören wollen, denen, die etwas bewegen und zu denen man aufblickt, dann sollten Sie vielleicht doch Ihrer inneren Stimme folgen.« Er warf die Hände in die Luft. »Ich denke nur laut, verzeihen Sie.« Er setzte seinen Hut auf und nickte Otto noch einmal zu. »Mein Angebot steht.«

An diesem Abend gönnte sich Otto ein kühles Bier im »Seeadler«. Mit Bert Rickens verband ihn eine lange Freundschaft. Sie hatten gemeinsam den größten Teil der Kriegsjahre durchgestanden, als die allermeisten Inselbewohner evakuiert gewesen waren. »Weißt du, Bert«, sagte er. »Dieses Boot ist das beste, das ich je gebaut habe.«

»Und das will was heißen«, konstatierte Rickens, der sehr genau um Ottos außergewöhnliches Talent wusste.

Otto nickte und fixierte einen Punkt im Nirgendwo. »Es juckt mich wirklich in den Fingern, es der Welt zu zeigen. Ich denke, ich könnte es schaffen.«

»Die Regatta zu gewinnen?«

»Ja. Ich glaube, das wäre möglich.«

»Das glaube ich nicht«, erwiderte der Wirt.

»Nicht?«

»Nein. Ich *glaube* es nicht, ich weiß es. Wenn du antrittst, wirst du gewinnen. Erstens weil niemand besser beurteilen kann als du, ob dieses Boot dazu in der Lage ist, und zweitens weil es auf der Insel keinen besseren Bootsmann gibt als dich. Vermutlich an der ganzen Nordsee nicht.«

»Also sollte ich antreten?«

»Das habe ich nicht gesagt«, widersprach Rickens.

»Aber du sagst doch, ich werde gewinnen.«

»Die Regatta ja.« Der Wirt zapfte sich selbst ein Bier und nahm einen Schluck. »Aber hier geht's um was. Zehn Goldmark sind verdammt viel Geld.«

»Aber du sagst doch selbst, ich werde nicht verlieren. Dann kann es mir doch egal sein.«

Der Wirt beugte sich vor und sah Otto, der um einiges jünger war, in die Augen. »Das Problem ist nicht, dass du das Geld verlierst, sondern dass du es riskierst. Das wird dir deine Frau einfach übel nehmen. Egal, ob du am Ende gewinnst.« Er bekräftigte seine Worte mit heftigem Kopfnicken. »Und selbst wenn du hundert Goldmark nach Hause bringst und ihr hinterher reich seid. Dass du eure Existenz riskiert hast, obwohl sie es nicht wollte, das wird sie dir verübeln. Und zwar bis ans Ende eurer Tage.« Er trank noch einmal, wischte sich über den Bart und erklärte: »Und das könnte schneller eintreten als du denkst.« Er klopfte auf die Theke. »Ich muss wieder an die Arbeit.«

Otto nickte und nahm einen Schluck. Es war nicht so, dass sie wirtschaftliche Not gelitten hätten. Die Geschäfte gingen gut, weil die kleine Bootsbauerwerft, die Otto vom alten Knut Reimers übernommen hatte, viele Aufträge bekam. Aber Ottos eigene Projekte kosteten Geld. Was übrig blieb, steckte er oft in neue Materialien, in neue Maschinen oder in technische Gerätschaften und Motoren. Hatte früher ein Bootsbauer sein Leben lang mit Plänen und nach Methoden gearbeitet, nach denen schon seine Vorfahren ihr Leben lang gearbeitet hatten, war in den letzten Jahrzehnten auch auf der kleinen Insel in der Nordsee alles umgewälzt worden. Die Boote, egal ob für den Fischfang oder für den Personentransport, waren motorisiert worden – und die Motoren waren immer leistungsfähiger und schneller geworden. Und teurer. Mit der Folge, dass sich auch die Schiffskörper anpassen mussten, die Aufbauten und alles andere. Auch die Hölzer und Metalle, mit denen heute gearbeitet wurde, entsprachen nicht mehr den Traditionen, sondern hatten ganz andere Fähigkeiten – und Preise. Es war eine aufregende Zeit für den Bootsbau, und Otto liebte sie. Doch diese Zeiten waren eben teuer geworden. Da wäre eine ordentliche Summe Geldes außer der Reihe extrem hilfreich gewesen. Einerseits. Andererseits hatte Bert Rickens zweifellos recht: Kein Geld der Welt war es wert, seine Ehe zu riskieren. Nichts auf der Welt wäre es wert gewesen! Denn Otto liebte seine Frau. Es gab nichts, das über Jette und die Kinder gegangen wäre. Genau genommen lebte er nur für sie. Er hätte jederzeit sein Leben für sie gegeben. Dennoch haderte er damit, dass er diese einmalige Chance vorübergehen lassen sollte. Dabei war das viele Geld nur ein Aspekt der Sache. Der andere war, dass er seine Frau so gerne stolz gesehen hätte. Stolz auf ihren Mann, der mit seiner eigenen Hände Werk, ja mehr noch: mit seiner eigenen Konstruktion die besten Segler aus aller Welt übertrumpfte!

»Entschuldigen Sie, wenn ich Sie anspreche.« Ein distinguiert aussehender Herr gesellte sich zu ihm an den Tresen. »Ich habe ein wenig mitbekommen … gestern. Von Ihrem Gespräch mit Herrn Tegten.«

Otto musterte den Mann, konnte ihn aber nicht einordnen. Allenfalls: »Waren Sie neulich bei dem Empfang im Imperial?«

»Sehr richtig, Herr Brückner, das war ich. Van Louven, freut mich, Sie kennenzulernen. Ich war nur ein, wie sagt man, Zaungast?«

»Hm. Und was kann ich für Sie tun, Herr van …«

»Louven. Wissen Sie, ich bin der Bankier der Reederei Tegten.« Er setzte ein etwas verschlagenes Lächeln auf. »Um ganz offen zu sein, Herrn Tegten und mich verbindet seit vielen Jahren eine Art, nun, nennen Sie es freundschaftliche Rivalität.«

»Aha?« Otto war sich nicht sicher, ob er sich darunter etwas vorstellen konnte oder wollte, aber der Mann machte ihn neugierig, weshalb er nur nickte und lauschte.

»Sie sind eine Wette mit ihm eingegangen?«

»Nein. Ich habe es nur überlegt«, erwiderte Otto. »Aber es stimmt, er hat mir eine Wette angeboten.«

»Wie viel?«

»Hundert Goldmark, wenn ich die Regatta gewinne.«

»Und wenn Sie verlieren?«

»Zahle ich zehn Goldmark.«

Van Louvens Augen blitzten. »Das ist eine echte Wette nach Tegtens Geschmack«, sagte er. »Er setzt seine Wettgegner so unter Druck, dass sie Nerven zeigen. Ich nehme an, Sie können oder wollen sich die zehn Goldmark nicht leisten.«

Otto zuckte die Achseln.

»Und wenn ich Ihnen das Geld liehe?«

»Bitte?«

»Ich übernehme die Wette. Wenn Sie verlieren, zahle ich die zehn Goldmark aus meiner Tasche.«

»Wieso sollten Sie das tun?«, fragte Otto und schob seinen Krug beiseite. Die ganze Angelegenheit wurde ja immer verrückter.

»Ach, das hat ganz persönliche Gründe. Eine alte Geschichte, die hier gar nichts zur Sache tut.«

»Also, wenn ich Sie richtig verstehe, lautet Ihr Vorschlag: Wenn ich gewinne, bekomme ich hundert Goldmark.«

»Neunzig. Die verauslagten zehn Goldmark würden Sie mir erstatten.«

»Gut. Und wenn ich verliere, zahlen Sie meine Wettschulden von zehn Goldmark an meiner statt?« Otto hob die Hände in einer Geste des Unglaubens.

Der Bankier lächelte und winkte dem Wirt, ihm ebenfalls ein Bier zu zapfen. »Ja«, sagte er. »So habe ich das gemeint.«

»Und Sie? Was bekommen Sie?«

»Ich bekomme Ihr Boot.«

※ ※ ※

Drittes Kapitel

Jette liebte die Arbeit im Insel-Café. War die Hauptinsel schon eine Schönheit, so war die kleine Nebeninsel, die kaum ein paar Meter aus dem Wasser ragte, ein Traum. Alles schien hier unbeschwert: Fröhliche Menschen kamen täglich mit der Fähre herüber, flanierten über die wenigen Wege, die es hier gab, besetzten einen der schicken Strandkörbe, die Kinder spielten im Sand, selbst die feinsten Herren lasen ihre Zeitungen in hochgekrempelten Hosen, die Damen beobachteten unter spektakulären Sonnenhüten das Treiben am Strand und auf dem Wasser – und früher oder später kehrten sie alle in einem der zwei Lokale auf der Düne ein, von denen das Insel-Café das elegantere war.

Frühmorgens, wenn Julchen auf dem Weg zur Schule und Sven bei der Nachbarin war, machte sich Jette auf den Weg zur Düne, wobei es oft Otto war, der sie übersetzte, manchmal aber auch einer der Fischer vom Südhafen oder ein Fährmann, der noch keine Gäste zu befördern hatte. Dann spazierte sie absichtlich nicht direkt zu der weißen Villa am Strand, sondern ein Stück Richtung Norden, dorthin, wo die Seehunde ihre bevorzugten Liegeplätze hatten, beobachtete die Tiere eine kleine Weile, um dann zwischen Strandgras und Sanddorn über die Düne wieder zurückzugehen und ihr Tagwerk aufzunehmen.

Dass sie diese Arbeit gefunden hatte, hing damit zusammen, dass sie in den ersten Jahren nach dem Krieg ihrer Mutter bei den Entbindungen geholfen hatte – unter anderem der Frau des Inhabers des Insel-Cafés, Lore Freund. Nach einer schweren Fehlgeburt hatte sich Lore nicht zugleich um die Küche und die Gäste kümmern können. So hatte Jette sich bereit erklärt, für eine Weile als Erstes Serviermädchen im Café zu arbeiten. Aus einer Weile war eine dauerhafte Tätigkeit geworden und aus dem Ersten Serviermädchen die Restaurantchefin. Denn längst gab es im Insel-Café nicht mehr nur Kaffee und Kuchen, sondern allerlei Köstlichkeiten für zwischendurch und einen ordentlichen Mittagstisch, an dem Krabben ebenso gereicht wurden wie Backfisch oder Suppen.

Jette liebte es, wenn es noch leer war und die Sonne weit hereinstrahlte in den vorderen Teil des Cafés, der im Stile eines Wintergartens gebaut und ganz in Weiß getüncht worden war. Zwischen den damastgedeckten Tischen mit den Korbstühlen sorgten üppige Grünpflanzen für eine ebenso edle wie aufregende Atmosphäre. Tine hatte den Raum ausgestattet, sehr zum Wohlgefallen Lores und ihres Gatten Heinz. Ein wenig war es für Jette, als wäre ihre Mutter anwesend, wenn sie an einem schönen Morgen allein im Insel-Café stand, alles auf sich wirken ließ und die sagenhafte Aussicht auf die Hauptinsel genoss – Helgoland, wo sie zur Welt gekommen und aufgewachsen war. Dann fühlte sie eine große Dankbarkeit, dass sie einen so wundervollen Ort ihre Heimat nennen durfte.

»Moin, Jette!«, rief Lore, als sie ebenfalls das Café betrat.

»Moin, Lore. Was machen die Beine?«

»Heute ein bisschen besser«, lachte Lore Freund. »Vielleicht sollte ich öfter tanzen gehen.«

»Warum nicht? Ich glaube ja, dass es wirklich hilft!«

»Vielleicht hast du recht«, gab Lore zu. »Aber du weißt ja, wir haben zu viel Arbeit und zu wenig Zeit. Und wenn so ein langer Arbeitstag zu Ende geht, dann fällt es schwer, noch das Tanzbein zu schwingen.« Lore zwinkerte der Freundin zu. »Vor allem Heinz.«

Jette lächelte wissend. »Ja, das kann ich mir denken.« Der Inhaber des Insel-Cafés war nun einmal einer der beleibtesten Männer der Insel. »Ein Prachtstück« nannte Lore ihn gerne. »Ein Walross« befand Hanna, seine Schwester, die das andere Lokal auf der Düne betrieb. Natürlich hatten sie beide recht. Unbestreitbar war, dass Heinz Freund einer der liebenswertesten Menschen des Planeten war. Buchstäblich niemand kannte jemanden, der ihn nicht mochte oder gar jemals Streit mit ihm gehabt hätte. Heinz Freund war einer, mit dem im Grunde jeder gerne Freund gewesen wäre – und mit dem tatsächlich auch sehr viele befreundet waren. Weshalb auch außergewöhnlich viele Veranstaltungen – Festlichkeiten, Treffen, Feiern, Versammlungen – im Insel-Café stattfanden. »Kannst du denn heute etwas länger bleiben?«, fragte prompt Lore, während sie sich das wirre Haar mit einigen Klammern feststeckte.

»Länger?«

»Wegen der Veranstaltung. Du weißt schon: der Club.«

»Der Club? Ach so! Ja, stimmt.« Jette erinnerte sich, dass Gregor von Silberbach einen »Club von Helgoland« gegründet hatte und dass Tine ihm auf die Frage, wo man denn die konstituierende Sitzung am besten veranstalten sollte, das Insel-Café genannt hatte. »Wenn ich vorher noch einmal für ein, zwei Stunden nach Hause gehen kann, dann gern.«

»Aber sicher, Jette. Ich bin dir nur dankbar, wenn du das heute Abend alles leitest. Da sind mir die beiden Mädchen doch zu schusselig.« Denn es gab noch zwei Kellnerinnen, eigentlich drei, doch Lilly war krank geworden und fiel deshalb seit ein paar Tagen aus.

※ ※ ※

An jenem Abend freilich war Lilly ganz plötzlich genesen. Als wäre nichts gewesen, stand sie nach der letzten regulären Fähre unvermittelt in der Tür und grüßte mit roten Wangen: »Moin, Jette!«

»Lilly? Ich dachte, du bist krank!«

»Ging mir am Nachmittag auf einmal wieder besser.«

»Aha?«, fragte Jette skeptisch. »So gut, dass du schon wieder arbeiten kannst?«

»Kein Problem.«

»Soso. Und das hat nichts damit zu tun, dass heute Abend Emil Jannings bei uns zu Gast ist?«

»Emil wer?«, fragte Lilly zurück und verriet sich damit vollends. Denn nicht nur gab es im ganzen Reich niemanden, der Emil Jannings nicht gekannt hätte, es gab auch auf Helgoland keinen Menschen, der nicht über jeden seiner Schritte Bescheid gewusst hätte. Der berühmte Schauspieler wurde auf seinen Spaziergängen von ganzen Menschentrauben verfolgt. Spätestens seit er Othello und Peter den Großen gegeben hatte, war er jedem Insulaner ein Begriff, selbst jenen, die nicht das Glück gehabt hatten, ihn auf der Leinwand zu sehen. Denn denen war von den wenigen, die gelegentlich nach Cuxhaven oder Hamburg kamen, um dort ein Lichtspielhaus zu besuchen, jede Geste bis ins Kleinste berichtet worden. So übertrug sich die Begeisterung für den Künstler in eine Begeisterung für die Berühmtheit. Und offenbar ließ diese Berühmtheit sogar Kranke urplötzlich wieder gesunden. »Dann solltest du aber besser heute in der Küche aushelfen, Lilly«, sagte Jette, die sich die kleine Bosheit nicht verkneifen konnte. »Da musst du nicht so viel herumlaufen. Und falls du doch noch ansteckend bist, dann stellst du zumindest keine Gefahr für unsere vornehmen Gäste dar.«

»Aber ich bin nicht mehr ansteckend!«, rief Lilly empört. »Mir geht es bestens!«

»Das soll doch auch so bleiben, nicht wahr? Besser, du schmierst die Brötchen in der Küche.«

»Ich bin keine Küchenkraft«, beharrte die junge Frau, der vor Zorn die Locken ins Gesicht fielen. »Und ich weiß doch selbst am besten, was ich mir zutrauen kann, oder?«

»Tja, Lilly, ich weiß nicht«, ritt Jette noch ein wenig auf der Gemeinheit herum. »Wenn du morgen wieder krank bist, dann ist das für uns alle schlecht …«

Inzwischen hatte sich Lillys Gesicht rot gefärbt. Sie war so empört, dass sie für einen Augenblick nicht wusste, was sie sagen sollte. Da platzte es aus Jette heraus. »Schon gut, Lilly«, lachte sie. »Natürlich bedienst du!« Sie umarmte die junge Kollegin und nahm sie dann an den Händen. »Ich wollte dich nur ein wenig aufzwicken.«

Beschämt blickte das Serviermädchen zu Boden und grinste. »Das ist dir aber auch gelungen, Jette«, murmelte sie verlegen.

»Wir wollen ihn doch alle sehen«, erklärte Jette und zwinkerte ihr zu. »Komm, zieh deine Schürze über und bring dein Haar in Ordnung. Die Herren werden gegen halb acht hier sein.«

»Halb acht schon? Aber wir haben ja noch gar nicht fertig eingedeckt.«

»Tja. Da hat wohl eine helfende Hand gefehlt«, gab Jette zu bedenken.

»Bin sofort da. Und dann erledigen wir das ruckzuck.«

»Sehr gut. So soll es sein, Lilly.« Lächelnd sah Jette ihrer jungen Kollegin nach. Das Mädchen machte sich tatsächlich gut. Sie kam bei den Gästen an, vor allem bei den männlichen, sie war flink im Kopf und flink mit den Händen. Und sie verstand es, sich mit einer unerwarteten Bemerkung aus verfänglichen Situationen zu befreien, was an Orten wie diesem hilfreich war. Denn manch vornehmer Herr ließ es ohne die ordnenden Sitten des strengen Alltags oder seiner strengen Frau an Vornehmheit mangeln, wenn ihm eine attraktive junge Frau unter die Augen kam – oder gar zwischen die Finger.

✳ ✳ ✳

Und dann kam Emil Jannings. Sogar das Küchenpersonal hatte Gründe gefunden, dringend nach vorne zu kommen, weshalb die gesamte Belegschaft des Insel-Cafés Spalier stand, als der große Mime den Fuß auf die Stufen der Terrasse setzte, kurz innehielt, sich umblickte, sich dann zur Gänze umdrehte, das Gesicht zur Hauptinsel hin gewandt die Arme ausbreitete und theatralisch rief: »O Helgoland, du Schöne! Wie wohl ist mir bei dir!«

Unvermittelt brandete Applaus auf. Die Küchenmägde jauchzten, die anwesenden Herren murmelten Beifall, Bankier Silberbach, der im ersten Boot mitgekommen war, lachte und ließ sich ebenfalls hinreißen zu dem Ausruf: »O Helgoland, du Schöne!« Dann trat er ein paar Schritte nach draußen, um seinen prominenten Gast persönlich und mit einem kräftigen Handschlag zu begrüßen. »Wie schön, dass Sie gekommen sind, Herr Professor.«

»Professor! Na na«, wies Jannings die unverdienten Lorbeeren zurück. »Warum hat mir das denn niemand gesagt, wie schön es auf diesem Sandhaufen hier ist?«

»Sie sind einfach noch nicht oft genug hier gewesen, mein Guter«, erklärte Silberbach. »Und nicht lange genug. Aber das werden wir schon ändern.«

»Das muss wohl so sein«, stimmte Jannings zu und betrat, bald nach links, bald nach rechts nickend und die Belegschaft grüßend, das Lokal. »Und ein ganz reizendes Etablissement haben Sie hier auch«, sagte er mit Blick auf Lore Freund und die ein wenig hinter ihr stehende Jette. »Ganz reizend!«

»Herr Jannings, es ist uns eine Ehre«, hauchte Lore und machte einen unbeholfenen Knicks. »Darf... darf ich Ihnen Ihren Platz zeigen?« Sie bedeutete ihm, sie zu begleiten, und ging dann vor den Herren her zum Kopfende der großen Tafel, an dem Bankier Silberbach als Stifter des Clubs saß. Jette, die hinter den dreien herging, huschte im letzten Augenblick nach vorne und rückte Jannings den Stuhl zur Rechten Silberbachs zurecht. »Gnädiger Herr...«, murmelte sie.

Jannings lachte und musterte Jette aus den Augenwinkeln. »Also ob ich gnädig bin... Na, das hängt natürlich von der Küche ab. Und vom Wein. Und den Zigarren.« Er lachte abermals. »Aber fürs Erste war das jedenfalls ein ganz entzückender Empfang, die Damen.« Und er schickte noch einmal einen intensiven Blick Richtung Jette. »Absolut entzückend.«

Es folgte ein überaus vergnügter Herrenabend, an dem viel gelacht, Pläne geschmiedet und viele Flaschen besten Rieslings und Tokajers vernichtet wurden. Helgoland wurde zum Nabel der Welt erklärt, die dortige Lebensart zur besten des Planeten, die Insulanerinnen zu den schönsten Frauen des Universums – und zu guter Letzt gab der große Mime Emil Jannings noch einige Couplets zum Besten, sodass die anwesenden Herren von der Presse nicht nur etwas zu berichten hatten, sondern auch in äußerst beschwingter Laune das Insel-Café mit eigens dazu einbestellten Nachtfähren verließen. Allein der berühmte Schauspieler erbat sich noch eine kleine Zeit zum Ausruhen, er würde dann alleine nachkommen.

So trennten sich die Wege der Gründerväter des »Clubs von Helgoland« auf den Stufen des Insel-Cafés in einer klaren Frühlingsnacht des Jahres 1925, und der Bankier Gregor von

Silberbach und seine begeisterten Mitstreiter – von Herrn Jannings abgesehen – fuhren im Schein der Laternen über die Reede zurück zu ihren Hotels auf der Hauptinsel, um in den Schlaf der Gerechten zu sinken. Der weltberühmte Herr Jannings aber zog sich in ein kleines Gemach zurück, das ihm die Familie Freund mit dem größten Vergnügen überließ, um ein wenig auszuruhen von den Anstrengungen eines langen Tages. Dass ihm dabei nicht nur der reichlich genossene Wein und die gesunde Seeluft halfen, sondern auch ein reizendes Fräulein mit störrischem Haar, aber sehr geschmeidigen Gliedern, das fiel zunächst niemandem auf. Und selbst Jette bemerkte nichts, weil sie es eilig hatte, endlich nach Hause zu kommen zu ihrem Mann und ihren schlafenden Kindern. Sie bemerkte auch nicht den Lichtschein in der Werkstatt, als sie das Haus betrat und kurz darauf zu Otto ins Bett schlüpfte.

※※※

Eine Art fiebriger Stimmung lag über der Insel. Ein Tag noch bis zur großen Nordseeregatta. Die Hotels und Pensionen der Insel waren ausgebucht. Wer noch einen Platz suchte, konnte bestenfalls auf dem eigenen Boot im Hafen übernachten. Was Rang und Namen hatte, ließ sich auf den Terrassen und Promenaden der Insel blicken. Es war ein Sehen und Gesehenwerden.

Tine konnte sich vor Aufträgen für Blumenschmuck kaum retten, die Schneiderei Hansen nähte die Nächte durch, die Weinhandlung Keller schickte sich an, das beste Geschäftsjahr seit ihrer Gründung zu schreiben, Tabakwaren Lindemann, Spirituosen Grauke und auch die Putzmacherei der Breitstedts florierten wie noch nie. Selbst in der Bootswerft von Otto Brückner gaben sich Interessenten die Klinke in die Hand, nicht zuletzt inspiriert von den eleganten Yachten in den beiden Inselhäfen. Wer noch kein »Herrensegler« war, gedachte einer zu werden.

»Herrensegler?«, lachte Jette.

»Sieh sie dir doch nur an. Sie sind wie die Herrenreiter«, erklärte Otto. »Wollen zu den Besten gehören, obwohl sie völlig ohne Sinn und Zweck über die Wellen reiten. Und das schönste Pferd wollen sie auch.«

»Du meinst das schönste Boot.«

»Genau das.«

»Dann sind sie bei dir ja an der richtigen Adresse.«

»Sind sie«, sagte Otto, zwinkerte seiner Frau zu und wandte sich wieder um.

»Otto?«

»Hm?«

»Ich bin froh, dass du es nicht machst.«

»Was denn, mein Schatz?« Aber natürlich wusste er es genau.

»Die Wette.«

»Ich hatte dir versprochen, nichts Unüberlegtes zu tun.«

»Danke, dass du dich daran hältst.«

Er schenkte ihr ein Lächeln. War es wehmütig? War es tapfer? Jette hätte es nicht zu sagen vermocht. Sie tat einen Schritt auf ihn zu und küsste ihn. »Du bist der Beste.«

Otto nickte. »Klar«, sagte er nur und widmete sich wieder seiner Arbeit.

Jette hatte sich den Tag frei genommen. Denn morgen würde sie von früh an im Insel-Café sein müssen. Die Terrasse des Lokals war einer der besten Plätze, von denen aus man die Regatta beobachten konnte. Die Tische waren längst vollständig reserviert. Auch die Fähren nahmen seit Tagen nur noch Voranmeldungen entgegen. Solchen Rummel hatte die Insel noch nicht erlebt. Schon jetzt flatterten überall Fahnen und Wimpel. Schensky, der berühmte Fotograf, hatte auf der Landungsbrücke seine Kamera aufgestellt und knipste Aufnahmen im Akkord und für gutes Geld. In den Nächten entwickelten seine beiden Lehrjungen die Bilder in den Dunkelkammern des Ateliers. »Wie wär's, Frau Brückner?«, rief der alte Fotograf. »Eine hübsche Aufnahme für Ihren Mann?«

Jette lachte. »Sie sind mir ja einer, Herr Schensky. Haben Sie nicht genug Arbeit?«

»Im Gegenteil. Ich habe zu viele Bilder machen müssen.« Er beugte sich vor und fügte leise hinzu: »Und nicht jedes Motiv war wirklich attraktiv. Ein paar Fotografien von einer so erfrischenden Person wie Ihnen wären durchaus von aufmunternder Wirkung.«

»Sie alter Charmeur«, schalt ihn Jette, die Schenskys Hang zum Galanten kannte. Der Mann hatte nicht nur eine Menge Ruhm auf sich gehäuft und war weit über die Insel hinaus zu einem berühmten Künstler geworden, er war auch sehr angefeindet worden, als er die Demontagen nach dem Krieg für die Engländer dokumentiert hatte. Das hatte manchem Helgoländer nicht gepasst und war von manchem Kaisertreuen als Verrat und Spionage betrachtet worden. Was es nicht gewesen war! Wer Schensky kannte, wusste, dass er vor allem neugierig war und dass er sich zum Ziel gesetzt hatte, seinem winzigen Heimatland ein Denkmal zu setzen: Helgoland. Dieses Ziel hatte er längst erreicht. Dass er daneben noch glänzend verdiente, indem er auch die weniger stolzen Motive herausragend zur Geltung brachte, stand ihm nach Jettes Meinung unbedingt zu. »Ach wissen Sie, Herr Schensky«, sagte sie. »Die Herrschaften mögen vor der Kamera vielleicht wirklich etwas unansehnlich wirken. Aber auf Ihren Bildern, da verwandeln sie sich plötzlich in Schönheiten. Wie auch immer Sie es machen, Sie sind ein Genie!«

Schensky lachte laut. »Und jetzt haben Sie Angst, dass ich es mit Ihnen umgekehrt mache?«, wollte er wissen.

»Da bringen Sie mich auf eine Idee!«, rief Jette keck und machte sich wieder auf den Weg.

Jette hatte sich mit ihrer Mutter in den »Blütenträumen« verabredet, aber Tine war noch nicht aus den Hotels zurück, wohin sie wie jeden Tag Blumen geliefert hatte. Stattdessen stand Annemarie etwas unschlüssig im Laden und rang die Hände. »Moin Anni! Alles in Ordnung?«

Die junge Frau wirkte geradezu aufgelöst. »Ich weiß nicht«, stotterte sie. »Ich ... ich fürchte fast, wir sind bestohlen worden.«

»Bestohlen? Hier im Laden? Das kann doch nicht sein.« Jette legte ihre Tasche auf den Stuhl neben dem Eingang und lief zur Kasse. »Fehlt denn etwas in der Kasse? Du hast doch vermutlich gerade erst aufgesperrt?«

»Ja. Vor ein paar Minuten«, erklärte Annemarie, den Tränen nah. »Aber dann ... dann habe ich Hink mit den Eimern geholfen und ... und ...« Tatsächlich rollten ein paar Tränen über Annemaries Wangen. Jette zupfte das Taschentuch heraus, das sie immer im Ärmel trug, und reichte es ihr, dann öffnete sie die Kasse und stellte fest: »Leer.«

»Leer?«, rief Tine, die hinter ihr in der Tür aufgetaucht war. »Aber ich hatte acht Mark darin und etliches Kleingeld!«

Jette zuckte die Schultern. »Offenbar hat sich jemand bedient, während Anni vor der Tür Hink zur Hand gegangen ist.«

Tine hatte in ihrem Leben zu viele und zu große Katastrophen erlebt, als dass sie dieses Ereignis ernsthaft erschüttert hätte. Aber schockiert war sie doch. Und vor allem tat ihr Annemarie leid. »Jette?«

»Hm?«

»Würdest du für ein paar Minuten den Laden übernehmen? Ich würde gerne mit Anni nach hinten gehen.«

»Klar. Lasst euch Zeit.«

»Anni? Kommst du mal mit mir mit?«, fragte Tine und wollte den Arm um ihre Mitarbeiterin legen, doch die zuckte zurück. »Es ist schon gut«, sagte die junge Frau. »Du musst es mir nicht erklären. Ich habe es auch so verstanden.« Sie griff nach ihrem Jäckchen, das über dem Stuhl hinter der Ladentheke hing.

»Erklären? Was muss ich dir nicht erklären«, forschte Tine verwirrt.

»Dass ich gefeuert bin«, stellte Annemarie nüchtern fest. »Und warum. Ich weiß es auch so.«

»Gefeuert? Deshalb?« Tine lachte. »Na, dann komm mal lieber doch mit. Ich denke, dass ich dir wirklich was erklären muss.«

Kurz darauf saßen die beiden Frauen an Tines Küchentisch. Tine schenkte Tee ein und gab sich ein wenig Zeit. »Weißt du, wo ich aufgewachsen bin, Anni?«, fragte sie schließlich und nippte an ihrer Tasse. Schon lange hatte sie nicht mehr zurückgedacht an ihre Kindheit und Jugend. »Das war im Gängeviertel in Hamburg. Sagt dir das was? Nein, natürlich nicht. Es existiert ja schon längst nicht mehr. Alles abgerissen.« Wohin nur all die Menschen gezogen waren, die dort gelebt hatten? »Es war das schäbigste und ärmlichste Viertel, das man sich vorstellen kann. Weißt du, in der stolzen Hansestadt hat es viel Armut gegeben. Aber nirgends war sie so groß wie dort. Wir hatten oft nichts zu essen, sind hungrig schlafen gegangen, mussten vom frühen Morgen bis in den Abend arbeiten und waren trotzdem bettelarm. Warum ich dir das erzähle?« Sie suchte den Blick ihrer jungen Mitarbeiterin. »Im Gängeviertel war Diebstahl fast so etwas wie eine ganz normale Arbeit. Und Anschaffen. Gaunereien. Solche Dinge. Die Menschen waren verzweifelt genug, um alles zu tun, damit sie nur überlebten.«

»Du auch?«, fragte Annemarie erschrocken und hielt sich sogleich die Hand vor den Mund. »Entschuldigung.«

Tine lächelte. »Ich nicht. Ich war ein einfaches Blumenmädchen. Aber in meiner Familie gab es auch ...« Sie suchte nach den richtigen Worten. »Unehrbare Berufe. So würden wir das wohl aus unserer Sicht nennen. Aber es war eben nichts Unehrbares, einfach nur überleben zu wollen, einfach nur nicht hungern zu wollen, einfach nur von einem besseren Leben zu träumen.« Sie legte eine Hand auf Annemaries. »Weißt du, wer immer uns bestohlen hat – ich stelle mir vor, dass es vielleicht jemand war, der einfach nur überleben wollte, einfach nur nicht hungern wollte. Jemand, der von einem besseren Leben träumt.«

»Aber es ist doch dein Geld!«, warf die junge Frau ein. »Man darf es dir doch nicht einfach wegnehmen! Du tust ja, als wäre es ganz normal, wenn man sich am Eigentum anderer vergreift!«

»Für uns ist es nicht normal, Anni. Aber für manche Menschen ist es das vielleicht. Es sind immer die Umstände, die bestimmen, was für einen Menschen normal ist. Und die sind für jeden anders.«

Annemarie schwieg. Sie schien Tines Worten hinterherzulauschen, steckte Jettes zerknülltes Taschentuch in ihre Schürze, griff mit der freien Hand nach dem Tee und nippte daran. Dann fragte sie: »Und was tun wir jetzt?«

»Na, was wohl? Wir versuchen, die acht Mark so schnell wie möglich wieder zu verdienen!«

»Und ich bin nicht entlassen?«

»Weil es ausgerechnet dir passiert ist? Wäre ich an deiner Stelle im Laden gewesen, dann hätte ich Hink auch geholfen«, erklärte Tine. »Dann hätte man eben mich bestohlen. So hat es dich getroffen. Aber mich selbst würde ich deswegen wohl auch nicht entlassen. Wieso sollte ich also dich rauswerfen? Jetzt brauche ich deine Hilfe mehr denn je, oder?«

»Wenn du das so siehst …«, murmelte Annemarie. »Danke.«

»Da nicht für.« Tine klatschte lächelnd in die Hände. »Trink deinen Tee aus, wir müssen vorwärtsmachen.«

***

Es blieb nicht bei dem einen Diebstahl. Offensichtlich hatte sich anlässlich der Nordseeregatta eine kleine Diebesbande auf die Insel geschmuggelt. Im Hotel Perle beklagte man den Verlust zweier Handtaschen aus der Lobby, in Teubners Apotheke am Falm fehlte plötzlich Geld in der Kasse, und ausgerechnet im Imperial hatten die Gauner den gesamten Schmuck aus der Suite ihrer Hoheit Prinzessin Apollonia von Sachsen-Coburg-Gotha entwendet, die als Ehrengast der Eröffnung der Regatta beizuwohnen gekommen war, sich nach dem Vorfall dazu aber nicht mehr in der Lage sah.

Die Diebstähle wurden zum Tagesgespräch auf der Insel und trugen dazu bei, dass die Stimmung sich immer mehr aufheizte. Und Tine musste sich eingestehen, dass es vielleicht nicht einfach nur Taten aus purer Verzweiflung waren. Denn offensichtlich handelte es sich ja um eine Diebesbande, die extra auf die Insel gekommen war. Wer jeden Pfennig zusammenkratzen musste, konnte sich eine solche Überfahrt nicht leisten, das hatte sie in ihrer eigenen Jugend leidvoll erfahren müssen.

Und dann war es endlich so weit: Der Tag der Regatta! Pastor Karl läutete die Glocken von St. Nicolai und las die Messe für all jene, die sich Gottes Segen für einen Sieg oder zumindest für eine glückliche Teilnahme an dem großen Ereignis erbaten. Die Presse hatte bevorzugte Plätze auf der Landungsbrücke und am Falm eingenommen, Schensky war längst nicht mehr alleiniger Fotograf auf der Insel. Stattdessen lagerten etliche Männer mit ihren Kameras am Hafen und auf den Klippen und lauerten auf die ersten spektakulären Aufnahmen. Die Boote nahmen ihre Position ein, Tausende begeisterte Besucher und Insulaner drängten sich an jedem Flecken, an dem gute und vor allem freie Sicht auf die Binnenreede, die Lange Anna oder die wie ein glitzerndes Tuch daliegende Nordsee gegeben war.

Auch Tine hatte sich einen guten Aussichtspunkt gesucht. Sie stand am äußersten Osten des Falm und hatte ihr Fernglas dabei, eines der wenigen guten Stücke, die ihr von Paul geblieben waren. Sie konnte damit auch auf große Entfernung alles exakt erkennen. Entsprechend überrascht war sie, als sie plötzlich die Yacht mit der Startnummer 27 entdeckte.

❋ ❋ ❋

Jette fand kaum Zeit hinüberzublicken, wo sich die Boote aufreihten. Sie war unablässig dabei, die Serviermädchen zu dirigieren und bediente auch selbst. Denn das Insel-Café war so voll wie seit seinem Bestehen noch nicht. An Tischen, die für vier Personen vorgesehen waren, saßen jetzt sechs oder sieben Gäste, die kaum wussten, wohin mit ihren Füßen – von den Tellern und Tassen ganz zu schweigen. Aber keine Unbequemlichkeit konnte ihnen das Vergnügen verderben, von diesem privilegierten Platz aus das Spektakel zu verfolgen. »Jette«, sagte einer der Herren, die mit ihren Ferngläsern die Binnenreede beobachteten.

»Pardon?«

»Bitte?« Er drehte sich irritiert um.

»Sie hatten meinen Namen gerufen. Jette.«

»Ach.« Der Herr musterte sie und zog eine Augenbraue hoch, als müsste er sich überlegen, ob er die Dame nun amüsant oder impertinent fand. Schließlich wedelte er unwirsch mit der Hand. »Hat nichts mit Ihnen zu tun«, erklärte er und wandte sich wieder dem Ereignis zu. Sie hörte ihn noch murmeln: »Seltsamer Name für ein Boot.«

Wie vom Donner gerührt hob Jette die Hand über die Augen und blinzelte gegen die Sonne Richtung Binnenreede. Sie erkannte die Yachten, sah, wie sich erste Segel blähten, obwohl die Fahne, die zum Start aufgezogen wurde, noch unten war. Und sie sah das Boot. Ottos Boot. Scharf sog sie die Luft ein. »Entschuldigen Sie, gnädiger Herr«, sagte sie zu dem Mann, der sie eben angesprochen hatte. »Wären Sie so liebenswürdig, mich einmal durch Ihr Fernglas schauen zu lassen? Nur ganz kurz. Bitte.«

»Also, das ist doch ...«

»So gib es ihr doch, Alfred«, mahnte ihn seine Frau. »Du wirst noch lang genug durch dieses Ding starren.«

Widerwillig reichte der Herr Jette den Feldstecher und beobachtete nun mit Argusaugen, wie sie damit die Startlinie erkundete.

Er hatte es tatsächlich getan! Im Feld der Yachten wartete nicht nur das Boot auf das Startsignal, sondern auch Otto. Mit glühenden Wangen saß er an seinem Steuer, schräg neben sich

Hink, der ein gestrafftes Seil in der Hand hielt und auf seinen Einsatz harrte. Ganz vorne aber am Bug des schlanken weißen Bootskörpers prangte in tiefblauen Lettern der Name dieses Meisterwerks: »Jette.«

»Sie sehen Ihrem Gatten beim Rennen zu?«, fragte eine bekannte Stimme in ihrer Nähe. Baron Silberbach hatte ebenfalls einen Tisch auf der Terrasse reserviert und nickte ihr freundlich zu.

»Ich ... ich wusste nicht, dass er teilnimmt«, stotterte Jette und reichte dem unbekannten Herrn sein Fernglas zurück. »Danke.«

»Bitte«, sagte dessen Frau, »gerne«, nachdem er sich zu keiner Erwiderung aufraffen konnte.

»Ach«, bemerkte Silberbach. »Das wundert mich aber. Es ist doch ein großes Thema in den Wettbüros.«

»Gewiss«, sagte Jette. »Gewiss ist es das. Sie entschuldigen mich ...« Sie schaffte es kaum bis zur Küche, als ihr die Tränen in die Augen schossen.

»Was ist dir?«, wollte das Serviermädchen Lilly wissen.

»Nichts, Lilly. Es ist nichts.« Und doch konnte Jette ein Schluchzen nicht unterdrücken. Betrogen fühlte sie sich. Hintergangen. Ja, er hatte sein Boot nach ihr benannt. Ja, das mochte ein Liebesbeweis sein. Ja, er hatte nur das Beste im Sinn. Das wusste sie. Aber er hatte eben genau das getan, was nicht zu tun er ihr versprochen hatte. Sie hatte sich auf ihn verlassen, und er hatte ihr Vertrauen missbraucht. Selbst wenn er gewann – was eben niemand sicher sagen konnte! –, würde es nicht mehr sein wie vorher. Er hatte ihre Sorgen in den Wind geschlagen, hatte sich verhalten wie so viele Männer, denen es einfach egal war, was ihre Frauen sagten. Erniedrigt fühlte sie sich, gedemütigt. Während sie von draußen den Jubel hörte, der den Start der Regatta begleitete, sank sie in der kleinen Vorratskammer neben dem Hintereingang auf den Boden, vergrub das Gesicht in den Händen und gab sich ihrer Wut, ihrer Enttäuschung und ihren Tränen hin.

※※※

»Tine!«, rief Hedi, die ganz in der Nähe am Falm stand. »Komm doch zu uns, hier siehst du noch besser!«

Tine winkte der Freundin zu und zwang sich zu einem Lächeln. Es fiel ihr nicht leicht, denn natürlich war Hedi in Begleitung ihres Ehemanns, und das war ausgerechnet Thorsten Brand, den Tine so sehr verabscheute. Vor Jahren hatte Brand ihr den Hof gemacht. Und als Tine ihn zurückgewiesen hatte, hatte er keine Gelegenheit ungenutzt gelassen, ihr zu zeigen, wie unklug das gewesen war. Inzwischen war er einer der wichtigsten Männer der Inselverwaltung, und Hedi war von der ledigen Mutter, die zeitweise unter ärmlichsten Bedingungen hatte leben müssen, zur angesehenen Bürgersfrau der Insel geworden. Tine gönnte ihr dieses Glück von ganzem Herzen. Aber dennoch blieb ein tiefer Schatten für sie auf dieser Ehe. Brand konnte durchaus charmant sein, auch wenn er seine Arroganz nie abzulegen imstande war. Aber er hatte eben auch diese brutale Ader, diesen Hang dazu, sich über die anderen zu stellen. Hinzu kam, dass er die Niederlage des Deutschen Reichs im großen Krieg nicht verwunden hatte und dass er nicht müde wurde, jedem zu versichern, die tapferen Streitkräfte zu Wasser, zu Lande und in der Luft seien nur durch den Dolchstoß einer linken, jüdischen Schattenarmee zu Fall gekommen. Hedi pflegte sich – wenn ihr Gatte nicht anwesend war – über diese Marotte lustig zu machen, sie fand angeblich nichts dabei. Doch Tine hatte stets ein ungutes Gefühl, wenn

Brand über den Schandfrieden von Versailles schwadronierte und ein »Wiedererstarken des Reichs« vorhersagte. Die Art von Wiedererstarken, die ihm zweifellos vorschwebte, mochte sie sich lieber gar nicht vorstellen. Dass er sich nach der Wahl Hindenburgs zum Reichskanzler auf der richtigen Seite wähnte, machte es nicht besser. »Ein Kriegsheld als Reichskanzler!«, hatte er in einem Beitrag für den Insel-Boten geschrieben und von den Ansprüchen des Deutschen Reichs auf eine Weltmachtstellung fantasiert. Tine graute bei der Vorstellung, ihr Heimatland könnte einmal mehr aus reinem Größenwahn in die Katastrophe stürzen. Doch zum Glück waren Männer wie Thorsten Brand auf der Insel die Ausnahme – und zweifellos auch im restlichen Reich. Denn vom Krieg hatten die meisten Menschen doch genug. Und ohne Krieg würden die anderen Staaten eine Weltmacht Deutschland sicher nicht zulassen.

»Wir haben auch ein Fernglas!«, rief Hedi und deutete auf den Feldstecher, den Brand um den Hals trug. Das Fernglas, dachte Tine. Womöglich war es dasselbe, das er vor Jahren ihr und Jette angeboten hatte, um ein Manöver auf See zu beobachten. Sie spürte, wie ihr unvermittelt ein Schauder über den Rücken lief, trotz der warmen Temperaturen an diesem strahlenden Frühlingstag. »Oder willst du deinen Schwiegersohn nicht sehen?«

»Meinen Schwiegersohn?«

»Aber ja, Otto ist doch im Rennen!«, rief Hedi aufgeregt und deutete auf die Binnenreede, wo alles die Luft anzuhalten schien, weil buchstäblich in den allernächsten Augenblicken die Fahne gehisst werden würde. Überrumpelt und neugierig zwängte sich Tine durch die zahlreichen Zaungäste und hastete zu Hedi und Thorsten Brand hinüber. Während er sie gar nicht zur Kenntnis zu nehmen schien, sondern ungerührt zu den

Yachten hinüberstarrte, deutete Hedi auf eines der Boote ganz am Rand. »Dort ist er, siehst du? Mein Otto!« Sie war so stolz auf ihren Sohn, dass Tine es in ihrer Verblüffung nicht über sich brachte, ihr zu verraten, dass der junge Mann gerade dabei war, einen großen Fehler zu begehen. Denn so viel verstand Tine von Partnerschaften: Sie gingen über Geld und Ruhm und Ehrgeiz.

»Ein Teufelsbraten«, sagte Brand anerkennend zu seiner Frau. »Ich wäre bereit, meine Orden auf deinen Sohn zu wetten, mein Weib.«

In der Tat hatte sich Thorsten Brand während des Krieges einige Auszeichnungen erworben, gewiss aber keine für Tapferkeit – und auch keine für besonderen Mut. »Ach, mein Guter«, erwiderte Hedi. »Ich bin so aufgeregt, dass ich kaum hinsehen kann.«

Brand lachte vor sich hin. »Frauen!« Er knurrte verächtlich und beobachtete dann durch den Feldstecher die Vorbereitungen.

»Er hat so hart an diesem Boot gearbeitet«, sagte Hedi zu Tine. »Und er ist überzeugt, dass er gewinnen wird.«

»Ich hoffe es«, erwiderte Tine, die sich nicht vorstellen mochte, wie groß der Ärger in der kleinen Familie ihrer Tochter erst würde, wenn er auch noch verlor.

Und dann ging die Fahne hoch. Mit einem Schuss aus der Pistole war der Start freigegeben. Die Segel wurden aufgezogen, Kommandos geschrien, kleinere Beiboote entfernten sich schnell zu beiden Seiten, die ersten Yachten nahmen Fahrt auf, Wind fuhr in die Tücher und beschleunigte die schlanken Körper schnell, sodass wenige Momente später schon erhebliche Bewegung eingesetzt hatte. Tine hielt den Atem an. Auch sie hatte Otto entdeckt, kannte ja das Boot, an dem er seit

Wochen, seit Monaten gearbeitet hatte, erkannte auch, dass Hink neben ihm an Bord saß und sich um die Takelage kümmerte, während Otto das Ruder bediente, die Konkurrenten im Blick hatte und die Befehle gab.

Schon drohte eines der Boote zu kentern, nachdem es beim Startmanöver einem anderen, schwereren Boot vor den Kiel gelaufen war. Mehrere kleine Motorboote flitzten herbei, um zur Hilfe zu kommen. Am südlichen Ende der Düne war etwa hundert Meter vom Strand entfernt eine Boje befestigt worden, die die erste Kehre anzeige. Hier würden die Yachten gen Osten schwenken und dann hinter der Düne Kurs nach Norden und später nach Nordwesten nehmen. Otto war zwar unter den Ersten gewesen, die aus der Binnenreede herausgekommen waren, aber beim Wendemanöver fiel er um einige Bootslängen zurück. »Scheint nicht besonders agil zu sein, das Boot«, konstatierte Brand trocken.

»Aber er ist doch so schnell weg gewesen«, entgegnete Hedi erschrocken.

»Das sind nun einmal zwei Eigenschaften, die ein gutes Boot haben muss«, erklärte Brand gönnerhaft. »Es muss schnell sein, und es muss wendig sein. Da haben die kleineren Boote oft einen Vorteil.« Er nahm das Fernglas wieder vor die Augen und dachte gar nicht daran, es einmal seiner Frau zu überlassen. »Aber eines muss man ihm lassen, deinem Jungen«, sagte er zu Hedi, ohne seinen Blick von den Booten zu nehmen. »Er ist ein Teufelsbraten. Wenn er verliert, dann heldenhaft.«

✳✳✳

Viertes Kapitel

Mehrere Minuten lang hatten sie auf diesen Augenblick hin gefiebert. Otto hatte Hinks Hände zittern sehen, so groß war die Anstrengung gewesen, die Seile straff gespannt zu halten, um im entscheidenden Moment die Segel aufziehen zu können und mit größtmöglichem Schub aus der Startlinie zu kommen. Und tatsächlich waren sie geradezu losgeschossen und schon nach wenigen Atemzügen pfeilschnell über die Reede geflogen. Hink hatte gejauchzt, Otto sein Herz bis zum Hals schlagen gespürt. Von aller anderen Aufregung abgesehen wusste er, dass ihn spätestens jetzt auch Jette entdeckt haben würde. Seine Frau, der er nichts von seinen Plänen erzählt hatte – und die ihm die Teilnahme an dem Rennen verübeln würde, zumindest solange er nicht den Siegerpokal in den Händen hielt. Wenn er ihn tatsächlich errang, dann würde sie stolz auf ihn sein, was immer vorher geschehen war. Aber auch wenn er an sein Boot glaubte und mit Hink den besten und treuesten Partner an Bord hatte, den man sich nur wünschen konnte, es war erst ausgemacht, dass er gewann, wenn er alle anderen hinter sich gelassen hatte. Doch die Nordseeregatta war nichts für Gelegenheitssegler und Süßwassermatrosen. Hier trafen sich die Besten. Und sie trafen sich mit den besten Yachten. Mit bewährten und perfektionierten Booten, an denen ihre Besitzer oft jahrelang gearbeitet hatten, die sie immer besser gemacht hatten und deren größere und kleinere Fehler sie bis ins Detail kannten und berechnen konnten. Das konnte Otto von seiner »Jette« nicht behaupten. Bei ihr musste er jederzeit mit

Überraschungen rechnen. Nicht nur waren er und sein Boot kein eingespieltes Team, die »Jette« war auch noch nie solchen Belastungen ausgesetzt gewesen. Die See mochte ruhig sein an diesem Tag. Dennoch wirkten gewaltige Kräfte auf den Bug, wenn sie mit höchster Geschwindigkeit durch die Wellen pflügte. Auch der Mast musste dauerhaft den höchsten Belastungen standhalten, die Taue, die Verstrebungen ... Denn eines war klar: Otto würde von der ersten bis zur letzten Sekunde alles aus diesem Boot herausholen, er würde es ununterbrochen maximal fordern, und es würde keinen Augenblick der Entlastung geben. Nur dann hatte er eine Chance, dieses Rennen zu gewinnen. Und er musste es gewinnen. Denn wenn er verlor, dann war nicht nur viel Geld weg. Dann würde Jette seine Teilnahme als Verrat betrachten, würde ihn – zu Recht! – verantwortlich machen.

Entsprechend jagte mit Otto und Hink noch ein weiterer Passagier auf der »Jette« über die Wellen der Nordsee: die Angst.

»An der Boje geht es nach Backbord!«, rief Otto seinem Maat zu. »Wir versuchen, innen durchzukommen!« Tatsächlich nämlich hatte sich die »Jette« gemeinsam mit einem anderen Boot unmittelbar an die Spitze der Teilnehmer gesetzt. Der Konkurrent mit der Nummer 4, der auf Steuerbordseite gleichgezogen war, versuchte sich nun vor Otto und Hink zu schieben und ihnen den Weg zur Boje abzuschneiden. Ein gefährliches Manöver, allerdings kein regelwidriges. Das Problem war, dass Vorfahrt hatte, wer von Steuerbord kam. Diese Regel versuchte der Konkurrent auszunutzen. Otto musste entweder abbremsen und ihn passieren lassen oder parallel ziehen und die winzige Lücke zwischen der Nummer 4 und der Boje erwischen, wenn er nicht zurückfallen wollte. Allerdings war die

»Maestra«, wie das andere Boot hieß, wendiger als die »Jette«. Schon waren sie beide an der Boje, und die »Maestra« ließ das Segel über Deck schwenken, neigte sich nach Steuerbord und ging so steil nach Backbord, während die »Jette« immer noch beinahe geradeaus schoss und dem Konkurrenten immer näher kam. »Jetzt!«, schrie Otto und gab Hink das Zeichen, das Seil loszulassen, damit auch ihr Boot in die Kurve ging. Doch die »Jette« reagierte weitaus langsamer als die »Maestra«. Sie beschrieb einen weiteren Bogen und kam damit dem anderen Boot immer näher. Schon schrien die Konkurrenten zornig herüber und gestikulierten heftig mit den Armen. Im letzten Moment riss Otto das Segel aus dem Wind und verhinderte damit einen Zusammenstoß der Yachten. Allerdings ermöglichte er damit den anderen auch, Abstand zu gewinnen und sich an die Spitze der Gruppe zu setzen. Hektisch brachten Otto und Hink ihre Segel wieder in den Wind und nahmen die Verfolgung auf. Hier jedoch lagen sie im Windschatten der Düne, weshalb sie nur langsam Geschwindigkeit aufnehmen konnten. Obwohl Otto sich vorgenommen hatte, ausschließlich die Route und das Ziel im Blick zu haben, wandte er sich um und sah sich das Feld der Verfolger an, blinzelte kurz in die Sonne, entdeckte die Zielfahne jenseits der Binnenreede am Südhafen, sah die Menschen, die auf der Landungsbrücke standen, auf dem Falm und am Strand der Düne, sah das Insel-Café. Und dann entdeckte er sie. Jette. Starr und ganz für sich stand sie am Rand der Terrasse und blickte herüber. Sie war zu weit entfernt, als dass er ihre Augen hätte erkennen können. Doch das brauchte er nicht, er konnte auch so ganz deutlich sehen, dass sie enttäuscht war. Und für einen winzigen Moment war er versucht, das Rennen abzubrechen, mit seinem Boot hinüberzuziehen zum Steg, dort anzulegen und dann hinaufzulaufen und sie fest in den Arm zu nehmen und um Verzeihung zu bitten.

Doch dann war es Hink, der ihm zurief: »Achtung, Otto! Der kommt uns zu nah!«

※ ※ ※

Sie fühlte sich so hilflos, so betrogen, dass sie sich am liebsten ganz verkrochen hätte. Vielleicht hinderte sie nur die Arbeit daran, sich ihrer Enttäuschung hinzugeben. So also stand sie, die Hände auf die Brust gepresst, wieder auf der Terrasse des Insel-Cafés und sah ihnen zu, diesen selbsternannten Helden der Seefahrt, wie sie aus der Binnenreede geschossen kamen und dann an der Boje nach Osten schwenkten, um auf der anderen Seite der Düne nach Norden zu kreuzen. Und allen voran in den ersten Minuten Otto. Der Mann, der ihr versprochen hatte, nicht teilzunehmen. Nein: Er hatte ihr versprochen »nichts Unüberlegtes zu tun«. Was für Jette das Gleiche war. Und das hatte Otto gewusst. Dass er sich am Ende »überlegt« hatte, doch teilzunehmen, das konnte deshalb keine Ausrede sein. Nein, er hatte sie belogen. Hatte sie hintergangen! Denn an diesem Rennen konnte man nicht einfach kurzentschlossen teilnehmen. Man musste sich anmelden, musste ein Startgeld entrichten, brauchte eine Startnummer und einen Startplatz... Das alles hatte Otto spätestens gestern, vielleicht gar schon vorgestern organisiert. Und dann hatte er neben ihr geschlafen, hatte *mit* ihr geschlafen und ihr nichts erzählt. Natürlich nicht. Er wusste ja, dass sie es nicht wollte. Jette überlegte, ob sie irgendein Zeichen übersehen hatte, ob sie es hätte erkennen können, erkennen *müssen*. Doch da war nichts. Nichts in Ottos Verhalten hatte darauf hingewiesen, dass er sie mit seinen Plänen zu betrügen gedachte, dass er sich über ihren erklärten

Wunsch hinwegzusetzen beabsichtigte, nichts! Es war, als wäre Otto der geborene Lügner! Was mochte er ihr sonst verheimlichen, was erkannte sie sonst nicht an Plänen und Taten, die sie ablehnte?

Doch obwohl sie sich in diesen Minuten wie die einsamste und gekränkteste Frau der Welt fühlte, schrie sie mit vielen anderen auf, als die »Jette« plötzlich an der Boje mit einem Konkurrenten zusammenzustoßen drohte. Um Haaresbreite verfehlte Ottos Boot die Nummer 4. Für einen Moment glaubte Jette, sie müsste ohnmächtig werden. Trotz der Enttäuschung fieberte sie mit ihrem Mann, ja obwohl sie es nicht wollte. Aber was sonst hätte sie tun sollen? Wenn er verlor, das wurde ihr mit einem Mal bewusst, dann war nicht nur das Vertrauen dahin, das Otto mutwillig zerstört hatte, sondern dann hatten sie auch plötzlich gewaltige Schulden. Schulden, die so groß waren, dass sie sich kaum vorstellen konnte, wie sie sie bezahlen sollten, ohne ihr Haus und die Werkstatt zu verkaufen. Alles, alles wäre hin, wenn Otto verlor.

✳ ✳ ✳

Nachdem die Boote hinter der Düne verschwunden waren, mussten die Zuschauer auf dem Falm sich auf den Weg Richtung Nordklippen machen, wenn sie das Rennen weiterverfolgen wollten. Und so fragte auch Tine ihre alte Freundin: »Na, Hedi, kommst du mit zur Langen Anna? Da können wir Otto lange beobachten.«

Doch Hedi schüttelte den Kopf. »Geh du nur, Tine. Ich bleibe hier und warte, bis sie dann am Südhafen ankommen.«

»Wirklich? Aber Otto ...«

Hedi schüttelte den Kopf und blickte zu Boden. »Ich würde ja gerne«, sagte sie leise. »Aber meine Hüfte ...«

»Was ist mit deiner Hüfte.«

»Ach, eine Dummheit. Ich habe mich angeschlagen. Und jetzt tut es mir weh, wenn ich gehe.«

»Oh, das tut mir leid«, erwiderte Tine und blickte der Freundin forschend ins Gesicht. »Kann ich denn etwas für dich tun? Oder soll ich Jette bitten, mal nach dir zu sehen?«

»Nein, nein, Tine, das wird schon wieder. Wie gesagt, nur eine Dummheit.« Hedi lächelte gequält und wedelte mit der Hand. »Geh du nur.«

Ihr Ehemann schien die beiden Frauen nicht zu beachten, er fachsimpelte mit einem anderen Beobachter der Regatta über die neuesten Bootsmodelle und darüber, wie schnell die Boote inzwischen geworden waren. Doch als Hedi die Bemerkung zu ihrer Hüfte machte, sandte er ihr einen kurzen, warnenden Blick zu, der Tine nicht unbemerkt blieb. »Tja, dann ...«, sagte sie und winkte ihrer Freundin zu, ehe sie sich auf den Weg über die Insel machte.

Der Wind wehte über Helgoland, Möwen flatterten über den Köpfen der vielen Zuschauer, die über die Wege und Wiesen stolperten und den inzwischen auf der anderen Seite der Düne wieder hervorschießenden Booten hinterherjagten. Wie sehr hätte Henry seine Freude an dieser Veranstaltung gehabt! Tines verstorbener Mann war ein großer Segler gewesen. Genau genommen hatte sie die schönsten Momente ihres Lebens mit ihm auf einem Boot verbracht, auf der »Rebecca«. Die Jolle war damals mit dem restlichen Vermögen an die Gläubiger gefallen. Was wohl aus ihr geworden war? Ob sie bei einem solchen Rennen hätte mitfahren können? Vermutlich nicht. Tatsächlich waren die Yachten, die hier um den Sieg in einem der bedeutendsten Rennen rangen, um einiges größer und wohl auch schneller. Und am schnellsten war eindeutig Otto, wie Tine erkannte, als sie an den nordöstlichen Klippen anlangte. Zwar lag er immer noch an zweiter Stelle. Aber er holte erkennbar auf – und die beiden Boote setzten sich zunehmend von den Verfolgern ab.

»Dein Patenjunge zeigt es der Konkurrenz!«, sagte Bert Rickens vom »Seeadler«, der neben Tine aufgetaucht war.

»Du hier? Musst du nicht deine Gäste bewirten?«

»Welche Gäste?«, lachte Rickens. »Im Moment sind doch buchstäblich alle draußen, die laufen können.«

Laufen, dachte Tine, das konnte Hedi gerade nicht so gut. Trotzdem war auch sie draußen. »Aha, und da dachtest du, du nutzt die Gunst der Stunde ...«

»Nordseeregatta ist schließlich nur einmal im Jahr«, bestätigte der Wirt. »Außerdem hab ich auf Otto gesetzt.«

»Sag nicht, du hast gewettet!«

»Gewettet – wie du das sagst ... Bei Otto ist das keine Wette, wenn du mich fragst. Der Junge ist ja sozusagen als Bootsbauer aufgewachsen. Keiner kann das so gut wie er. Und segeln auch nicht!«

»Na ja.« Tine deutete auf die beiden Führenden. »Im Augenblick liegt aber ein anderer vorne.«

»Pah, warte nur! Vorhin hat er sich ausmanövrieren lassen. Und dann lagen sie auf Leh. Aber jetzt kommt dann die Hohe See. Und da kann er sein Bötchen schießen lassen. Da hat der andere keine Chance.«

»Und wenn sie am Ende wieder einbiegen müssen?«, keuchte Tine und packte Rickens am Arm, um nicht zu stolpern.

»Keine Sorge. Bis dahin hat er so viel Vorsprung, da könnte er die letzte Boje dreimal umrunden, ehe er die Ziellinie anpeilt.«

»Na, dann bin ich ja beruhigt«, erklärte Tine, halb amüsiert über Rickens' Optimismus, halb besorgt darüber, welche Erwartungen da in Otto gesetzt wurden. Wer wusste schon, welche Insulaner sonst noch auf ihn gewettet hatten. Wenn sie ihr Geld verloren, weil Otto nicht als Erster im Ziel war, dann würde ihm das nicht zum Vorteil gereichen.

※ ※ ※

»Otto?«

»Was denn, Hink? Gleich haben wir ihn eingeholt!«

»Wir haben Wasser!«

»Wasser?«, rief Otto erschrocken. »Ein Leck?« Er suchte die Wände mit den Augen ab. Bei einem Rennen spritzte immer Wasser aufs Boot, das ließ sich nicht vermeiden, wenn man hart am Wind segelte. Und die Boote waren auch darauf ausgelegt, eine gewisse Menge zu verkraften. Aber wenn Wasser durch die Bootswände drang, dann wurde es gefährlich.

»Irgendwo kommt Wasser rein«, erklärte Hink. »Hier dürfte jedenfalls keines sein.« Er deutete auf die Luke, die nur ein kleines Stück geöffnet war. Offenbar hatte sich unten im Bug Wasser gesammelt. Noch war die »Jette« aber nicht so schwer geworden, dass es die Geschwindigkeit merklich beeinträchtigt hätte.

»Gut!«, rief Otto. »Wir haben jetzt etwa zwei Meilen vor uns. Geh runter und schöpf es aus. Ich kann das hier so lange alleine.«

Hink nickte und ging unter Deck, während Otto fieberhaft überlegte, was sie tun konnten. »Hink?«

»Ja?«

»Ich geh runter. Übernimm du das Ruder.«

Augenblicke später war Otto unter Deck und untersuchte die Bootswände. Tatsächlich hatte sich am Bug auf der rechten

Seite ein Riss gebildet, durch den Wasser eindrang. Es war nicht viel, aber es würde zum Problem werden. Bald. Doch wie sollte er es in der Situation abdichten? In der Werkstatt hätte er die »Jette« aufgebockt, den Riss auf beiden Seiten mit Pech zugeschmiert, die Stelle trocknen lassen, sie lackiert und zusätzlichen Firnis aufgebracht – und nach jedem Arbeitsschritt hätte er alles einen Tag lang trocknen lassen. Nichts davon war hier und jetzt möglich. Jetzt konnten sie nur improvisieren.

Zum Glück hatte er einen Südwester bei sich. Mit den Zähnen zerbiss er den Rand des Ölzeugs und riss es dann in mehrere Streifen. Mit aller Kraft zwängte er erst einen und dann noch einen zweiten Streifen in den Spalt, der sich gebildet hatte. Tatsächlich drang kaum noch Wasser ein. Allerdings war klar, dass dieser Flicken bei der nächsten härteren Welle wie ein Korken aus einer Flasche knallen konnte, weil der Druck auf die Außenwand zu stark wurde.

»Kehre!«, rief von oben Hink.

»Bin schon da!«, rief Otto zurück und stieg wieder hinauf, um das Ruder zu übernehmen. Er nickte Hink zu, der wusste, was zu tun war, sich auf seinen Platz begab und das Seil lockerte, um das Segel auf Ottos Befehl ein weiteres Mal übers Deck zu schwenken. Diesmal waren sie auf der Steuerbordseite des erbitterten Konkurrenten. Und diesmal würde das Spiel andersherum verlaufen. »Hink?«, rief Otto. »Diesmal bremsen wir ihn aus!« Er suchte den Augenkontakt zu seinem Partner, beobachtete aus den Augenwinkeln die Nummer 4 – und dann nickte er Hink zu, der sofort das Seil ausließ. Otto duckte sich, um den Querbalken passieren zu lassen, zog das Ruder zu sich und zwang die »Jette« in eine steile Schräglage, sodass sie knapp hinter der Boje nach Backbord lief.

Vom anderen Boot kam ein Aufschrei. Fäuste ballten sich.

Und Otto konnte nicht anders, er musste lachen und seine Mütze zum Gruß vom Kopf reißen, als wäre es eine fröhliche Begegnung beim Sonntagsausflug. Die Nummer 4 kam so nah, dass die Bordwand für einen winzigen Augenblick das Heck der »Jette« streifte. Dann waren Otto und Hink vorbei und die anderen ein gutes Stück über die ideale Linie hinausgeschossen.

Die nächsten drei Seemeilen ging es nach Westen, wo die Wettkämpfer um ein Fischerboot fahren und dann Richtung Elbmündung abbiegen mussten. Zu Ottos Erleichterung hielt die notdürftige Reparatur des Risses in der Bordwand vorerst, sodass sie schnell wieder Fahrt aufnahmen und ihren Vorsprung rasch vergrößert hatten. Als er zurückblickte, entdeckte er, dass sich nun ein anderes Boot auf die zweite Position vorgearbeitet hatte, eine Yacht, die vielleicht für den Beginn des Rennens etwas schwer gewesen war, nun aber den größer werdenden Wellen besser standhielt und damit erstaunliches Tempo gewann. Otto brauchte nicht lange, um zu erkennen, dass sich da ein ernsthafter Rivale näherte. Denn das tat die Yacht: Sie kam näher. Langsam, aber unaufhörlich. Auf hoher See war dieses Boot der »Jette« offenbar überlegen, die ja auch nicht für die Hohe See konstruiert war.

***

Als die Boote außer Sicht gekommen waren, wurden die Rufe nach Getränken laut. Plötzlich schienen alle vom Warten und Jubeln unendlich durstig geworden zu sein. Das Insel-Café hatte noch nie in so kurzer Zeit solche Mengen an Limonaden, Bieren und Brausen verkauft. Unablässig scheuchte Jette ihre Bedienungen durch das Lokal und über die Terrasse, nahm ihnen Tabletts ab, servierte selbst oder trug ab, während sie auch noch Bestellungen entgegennahm und Anweisungen erteilte. Und es war gut, dass sie das tat. Es lenkte sie ab. Lenkte sie ab von dem Schmerz der Enttäuschung in ihrer Brust und von der Angst, Otto könnte nicht gewinnen!

Im Lokal war man sich einig: Der junge Helgoländer – gemeint war natürlich Otto – hatte zwar eindeutig das bessere Boot. Aber der andere war gewitzter und erfahrener. Vielleicht auch skrupelloser. Er würde buchstäblich alles für den Sieg tun. Deshalb konnte der junge Helgoländer gar nicht gewinnen. Jette spürte, wie ihr schlecht wurde bei dem Gedanken. »Alles in Ordnung, Jette?«, fragte Lore Freund, die Inhaberin, und fasste sie am Arm. »Du siehst blass aus.«

»Alles in Ordnung, Lore, danke. Es ist nur ... nichts.«

»Ich habe gehört, dein Mann fährt mit!«, erklärte die üppige Frau mit dem gutmütigen Gesicht. »Du bist sicher sehr aufgeregt.«

»Ja«, stotterte Jette. »Das bin ich. Stimmt.«

»Möchtest du vielleicht eine Pause machen?«

»Es ist so viel zu tun, Lore. Ich mache später eine Pause.«

Die Inhaberin des Insel-Cafés musterte sie. »Nein«, sagte sie dann. »Du machst besser jetzt eine Pause. Ich brauche dich nicht nur heute, sondern auch in Zukunft. Wenn du mir jetzt krank wirst, das kann ich mir in der Hochsaison nicht leisten.« Sie lächelte Jette aufmunternd zu. »Dafür bist du mir viel zu wichtig geworden, Jette.«

»Danke. Danke, Lore«, entgegnete Jette. »Wenn du meinst ... dann mache ich vielleicht einen kleinen Spaziergang?«

»Das klingt für mich sehr vernünftig. Und hetz dich nicht, wir schaffen das hier schon. Ich übernehme mal für dich, ja?«

»Danke, Lore. Das ist wirklich sehr nett.«

Jette hatte das Gefühl, kaum Luft zu bekommen, als sie durch die Hintertür nach draußen trat. Hier war es völlig menschenleer, weil alle sich zur anderen Seite hin drängten, wo gegen Ende des Rennens die Boote wieder in Sicht kommen würden. Nur gedämpft hörte Jette das aufgeregte Geschnatter der Gäste und das Klirren der Gläser auf der Terrasse. Vor ihr lagen die sanften Wellen, in denen der Sand und das Seegras sich aus dem Meer erhoben. Sie versuchte durchzuatmen und ging einige Schritte den kleinen Pfad entlang, der sich hinab zum Anleger wand und auf dem täglich die Waren ins Insel-Café geliefert wurden: die Lebensmittel und Getränke, die Tischwäsche, die Putzmittel, Feuerholz und Kohle und was es sonst alles brauchte, um an einem Ort, der außer Sand, Gestrüpp und Seehunden nichts zu bieten hatte, ein Lokal zu betreiben, zu dem sich ein Ausflug lohnte.

»Sie sind auch dem Trubel entflohen?«, fragte Baron von Silberbach, der etwas abseits ebenfalls vom Haus wegschlenderte.

»Oh, Herr von Silberbach! Guten Tag! Nun ja, eine kurze Pause.« Jette lächelte tapfer. »Auf Anordnung meiner Chefin.«

»Offenbar eine kluge Frau«, befand Silberbach und nickte beifällig. »Haben Sie etwas dagegen, wenn ich Sie ein Stück begleite?«

»Keineswegs. Bitte.« Jette deutete auf den kleinen Weg, der vor ihnen lag.

»Ihr Mann nimmt an der Regatta teil«, stellte der Bankier fest. »Ich hätte angenommen, Sie stehen auf den Felsen und fiebern mit?«

Jette seufzte. »Da legen Sie den Finger in die Wunde, Herr von Silberbach.« Sie zögerte. »Er ... ich wusste nichts davon. Dass er teilnimmt, meine ich.«

»Oh. Verstehe. Und nun verübeln Sie es ihm?«

»Wenn es nur zum Vergnügen wäre, hätte ich gewiss nichts dagegen gehabt!«, erklärte Jette mit Nachdruck.

Der Bankier lachte. »Aber glauben Sie mir, Frau Brückner, die Herren fahren doch alle zum Vergnügen mit.«

»Er ist eine Wette eingegangen.«

»Oh. Verstehe.« Eine kleine Weile spazierte Silberbach neben Jette her über die Düne. Die Stimmen hinter ihnen verklangen, nur der Schrei der Möwen war noch zu hören, die sich über ihnen tummelten. Und der Wind, der über diese flache Erhebung in der Nordsee wehte. »Und nun befürchten Sie Wettschulden, die sie womöglich nicht zahlen können«, diagnostizierte der Bankier. »Richtig?«

»Leider ja. Er müsste zehn Goldmark zahlen, wenn er verlöre!«

Silberbach pfiff durch die Zähne. »Kein kleinlicher Einsatz. Und was kann er gewinnen?«

»Hundert«, sagte Jette leise. »Goldmark.«

»Oho!«, rief Silberbach. »Also für diese Quote hätte ich selbst teilgenommen. Wie ist ihm denn diese Abrede gelungen?«

»Das kann ich Ihnen leider nicht sagen, Herr von Silberbach«, erklärte Jette. »Ich weiß nur, dass es ein Geschäftsmann aus Hamburg oder aus Bremen ist, der mit ihm gewettet hat. Ein gewisser Tegten.«

»Tegten?« Silberbach blieb stehen und starrte auf die See hinaus, die sich zwischen zwei grasbewachsenen Hügeln vor ihnen auftat. »Wissen sie zufällig, ob es sich dabei um einen Reeder handelt?«

»Hm, das kann sein.«

»Dann ist es vielleicht nicht ganz falsch, sich Sorgen zu machen«, erklärte der Bankier und blickte ihr direkt in die Augen. »Aber vielleicht sehe ich ja auch nur Gespenster.«

✳ ✳ ✳

Der Wind war stärker geworden, und er wehte von Nordwest – und damit direkt in Richtung der letzten Kehre, hinter der nur noch eine sehr kurze Strecke bis zur Einfahrt in den Südhafen auf die Teilnehmer wartete. Die Belastung der Masten war so stark, dass das Holz ächzte und knackte. Dennoch ließ Otto keinen Zentimeter Spiel, um das Material zu schützen. Entweder der Mast brach, oder sie würden geradezu ins Ziel fliegen. Und der Mast würde nicht brechen, das war praktisch unmöglich, er hatte es genau ausgerechnet.

Die »Jette« donnerte über die Wellen, die nun kürzer und zahlreicher waren. Das kam dem Bau des Bootes entgegen, auch wenn die Schläge auf den Bug gewaltig waren. Beim Blick zurück erkannte Otto, dass sie inzwischen fast wieder eine halbe Seemeile Vorsprung haben dürften. Er suchte Hinks Blick, dessen Augen funkelten. Längst hatte sich der Gefährte an Ottos Enthusiasmus angesteckt und fieberte dem Sieg entgegen.

Auf den Klippen, denen sie nun wieder in Windeseile näher kamen, waren Hunderte von Schaulustigen zu erkennen, manche von ihnen schwenkten Fähnchen. Mitunter blitzten die Gläser eines Feldstechers auf, und über allem thronten der Leuchtturm und der Turm von St. Nicolai, auf dem Pastor Karl tatsächlich die Helgoländer Flagge angebracht hatte. Voll Begeisterung riss Otto sich die Mütze vom Kopf und winkte, obwohl ihn so deutlich wohl nur diejenigen sehen würden, die ein Fernglas bei sich hatten. »Wir schaffen es, Hink!«, rief er und lachte laut, als er bei einem weiteren Blick über die Schulter feststellte, dass die »London II« immer weiter zurückfiel. Auch die »Maestra« war hinter ihnen her, doch sie hatte keine Chance: Zu groß war der Abstand. Es hätte sonst was passieren müssen, damit sie diesen Vorsprung noch einbüßten. Und dann passierte es. Mit einem dumpfen Schlag knallte der Bug der »Jette« auf eine Welle, und augenblicklich spritzte Wasser von unten durch die Luke hoch. »Das Leck!«, schrie Hink.

»Übernimm das Ruder!«, bellte Otto und übergab es seinem Partner. Dann stieg er nach unten. Doch diesmal drang sehr viel mehr Wasser ein als beim ersten Mal. Verzweifelt fischte Otto die Streifen von Ölzeug aus dem Wasser und presste sie auf den Spalt in der Bootswand. Diesmal war die Macht, mit der es hereinspritzte, wesentlich stärker. Und es war schlicht unmöglich, die Stelle noch einmal abzudichten. Es war nicht nur einfach ein Riss in der Außenhaut, offenbar hatte jemand absichtlich ein Teil gelöst. Die Wellen mussten nur noch den Rest erledigen. Otto konnte nur versuchen, den Spalt mit aller Kraft zuzuhalten. Er stemmte sich mit den Füßen an einer Planke ab und presste seinen Rücken und die Arme gegen das Leck. Tatsächlich gelang es ihm zwar so, das Eindringen von Wasser auf ein Minimum zu reduzieren. Aber erstens würde er es so nicht lange durchhalten, zweitens konnte er nicht dauerhaft Hink das Ruder überlassen. Dafür war sein Partner als Segler bei weitem nicht erfahren genug. Die einzige Möglichkeit bestand darin, dass er Hink anwies, genau dasselbe zu tun, was er hier tat, und seinerseits wieder das Ruder und die Segel zu übernehmen. Was bei der letzten Kehre zu einem echten Problem werden würde. Denn da fehlte schlicht die Zeit, um als Einmannsegler alle Manöver selbst durchzuführen. »Hink!«, schrie er nach oben. »Mach das Ruder fest und komm runter!«

Wenige Augenblicke später war der Gefährte bei ihm im Bauch des Bootes und übernahm. Er machte seine Sache gut, auch wenn er nicht ganz Ottos Körperkräfte aufbrachte. Der kletterte wieder nach oben, nahm das Ruder, stellte fest, dass die Gegner erheblich näher gekommen waren, und korrigierte leicht den Kurs. Jedes Grad Abweichung würde wertvolle Sekunden kosten.

Inzwischen war die Boje in Sicht, die die letzte Kehre markierte. Kurz danach ging es dann in den Südhafen, dessen zahllose Fahnen inzwischen auch zu erkennen waren. Ohne das Leck hätte Otto jetzt gejubelt. Doch das eindringende Wasser begann, die »Jette« deutlich langsamer werden zu lassen. Schon konnte Otto die Stimmen der Konkurrenten hören, die Befehle, die sie gaben, die erstaunten Aufschreie, dass sie so schnell näher kamen. Den Triumph, dass die »Jette« offenbar in Schwierigkeiten geraten war. »Hink, du musst jetzt alles geben!«, schrie Otto nach unten. »Bitte!«

Angesichts der Geschwindigkeit, mit der die Rivalen näher kamen, konnte Otto jetzt nur noch durch geschickte Manöver das Rennen für sich entscheiden. Das mochte gefährlich sein, aber es war die einzige Chance.

Wie er erwartet hatte, näherte sich der härteste Verfolger auf der Steuerbordseite. Er würde genau den gleichen Trick versuchen, wie der Besitzer der »Maestra« bei der ersten Kehre: Er würde der »Jette« den Weg abschneiden und sie damit ausbremsen. Otto wusste, wenn er erst einmal absichtlich Tempo wegnahm, würde er mit dem Leck und dem eingedrungenen Wasser im Kiel unter keinen Umständen mehr die nötige Geschwindigkeit erreichen, um noch vor dem großen Verfolgerfeld ins Ziel zu kommen – von der »London II« und der »Maestra« ganz abgesehen. Die beiden Yachten segelten mit einem Höllentempo ihrem Triumph entgegen. Es sei denn…

»Hink, stütz dich ab, so gut du kannst, wir gehen hart Steuerbord!«, rief Otto nach unten.

»Steuerbord?«

Im nächsten Moment riss Otto das Ruder herum und

schwenkte mit seinem Boot nach rechts – so steil wie möglich. Ein Aufschrei aus mehreren Kehlen von hinten bestätigte ihm, dass sein Plan funktioniert hatte: Die Verfolger mussten ebenfalls ausscheren, wenn sie nicht einen Zusammenstoß riskieren wollten. Entsprechend neigte sich die »London II« tief nach Backbord und lief weit hinaus Richtung Steuerbord. Unmittelbar danach vollzog die »Maestra« das gleiche Manöver, während wütendes Gebrüll von den beiden Booten herübertönte. Otto indes schwenkte zurück auf Backbord, um die Kursveränderung so klein wie möglich zu halten. Jetzt war es von Vorteil, dass die »Jette« deutlich langsamer fuhr. Denn so war die Abweichung von der Ideallinie sehr gering. Schon hatte das Boot die Boje erreicht und umkurvte sie in minimalem Radius, während die beiden Verfolger weit hinausgetrieben worden waren und nun Hunderte Meter entfernt das Manöver vollziehen mussten, um endlich wieder auf die Zielgerade einzuschwenken.

Otto hörte Hink unten stöhnen. Der Gefährte war am Ende seiner Kräfte. Ein Blick durch die Luke zeigte, dass immer mehr Wasser eindrang. Die »Jette« wurde zunehmend langsam, fühlte sich inzwischen beinahe an wie ein Fischerboot, das gemütlich übers Wasser fuhr, als ginge es um alles, nur nicht um Geschwindigkeit. Die Gegner indes schossen von hinten heran, wie Otto rasch feststellte. Es würde eng werden, sehr eng.

Der Südhafen war nur noch etwa zweihundert Meter entfernt, Otto konnte schon das Band erkennen, das über die Ziellinie gespannt war. Zugleich kamen die Gegner immer näher. Er konnte jetzt nichts mehr tun, nur noch versuchen, die »Jette« daran zu hindern, noch langsamer zu werden. Mit einem Stoßgebet gen Himmel stellte Otto das Ruder fest und stieg dann nach unten zu Hink. »Soll ich hoch?«, fragte der

Gefährte. Doch Otto schüttelte den Kopf. »Jetzt kann uns nur noch der liebe Gott helfen, Hink.« Er presste seine Hände gegen das Leck und half, das Wasser zurückzuhalten. Was immer draußen vor sich ging, sie konnten es nicht sehen. Das Nächste, was passieren würde, war, dass sie die Ziellinie überfuhren. Ob als Erste, Zweite oder Dritte, das würden sie erst feststellen, wenn das Rennen vorbei war. Und das Rennen war vorbei, wenn das Boot ... Mit einem Schlag, als hätte ein Riese seine Faust auf die Yacht geschmettert, kam die »Jette« zum Stillstand. Otto und Hink flogen gegen den Bug und ins inzwischen mehr als knietiefe Wasser. Benommen rappelte sich Otto auf und half seinem Gefährten hoch.

»Was ... was war das?«, stotterte Hink.

»Mein Guter«, erklärte Otto, voll Sorge, was nun wohl geschehen sein mochte, »wir sind da.«

»Wir sind ... im Ziel?«

»Sieht so aus.«

»An den Strand aufgelaufen?«

»Ich hoffe es«, erklärte Otto und spürte, wie sein Herz hämmerte.

»Und haben wir gewonnen?«

»Sag du es mir, Hink.« Otto deutete auf die Treppe. Er brachte es nicht über sich, selbst nachzusehen, was geschehen war.

***

Fünftes Kapitel

Einmal mehr feierte Helgoland seinen Helden. Doch diesmal war die Freude nicht ungetrübt. Denn während auf den Straßen und Plätzen der Insel nichts anderes als das Husarenstück von Otto Brückner bejubelt wurde, legten die Widersacher beim Regattakomitee Einspruch wegen »unsportlichen Verhaltens« ein.

Statt einer Siegerehrung kurz nach Zieleinlauf verkündete deshalb der Veranstalter, dass vor der endgültigen Bekanntgabe des Siegers verschiedene Vorwürfe geklärt werden müssten und die Zeremonie deshalb erst in einer Stunde würde stattfinden können.

Während Otto sich völlig entkräftet und durchnässt zur Regattaaufsicht begab, langte Jette beinahe gleichzeitig mit Tine am Südstrand an, wo sie den ebenfalls unendlich erschöpften Hink antraf. »Was ist geschehen?«, rief sie, als sie das Boot sah, an dessen Rumpf ein deutlicher Riss klaffte.

»Ein Leck«, keuchte Hink und zuckte die Schultern. »Ich verstehe es auch nicht. Wir haben nie ein Leck.«

»Diesmal hattet ihr wohl eines«, stellte Jette fest. »Und Otto?«

»Ist zum Veranstalter. Es gab eine Beschwerde.«

»Beschwerde? Worüber?«

»Unsportliches Verhalten.«

Unter allen anderen Umstände hätte Jette empört auf diesen Vorwurf reagiert. Doch jetzt blieb ihr der Protest im Halse stecken: Wenn sie es genau besah, dann war Otto auch ihr gegenüber unsportlich gewesen, hatte heimlich seinen Start vorbereitet und war heimlich eine Wette eingegangen, die die ganze Familie in Existenzgefahr brachte. Und nun, da diese Gefahr für einen Augenblick gebannt schien, weil er tatsächlich gewonnen hatte, nun stand auch noch in Frage, dass er den Sieg mit ehrlichen Mitteln errungen hatte.

»Mit diesem Wrack seid ihr als Erste ins Ziel eingelaufen?«, rief der Reeder Tegten, der zu den Frauen trat und sich den Schaden am Bug besah. »Unfassbar!«

»Haben Sie Beschwerde eingelegt?«, fragte Jette den Mann, der ihr vom ersten Augenblick an unsympathisch gewesen war.

»Warum sollte ich?«

»Weil Sie Ihre Wette verloren haben, wenn Otto der Sieg zuerkannt wird.«

»Wir werden sehen, ob er gegen die Regularien der Regatta verstoßen hat«, erklärte der Reeder, ohne weiter auf die Frage einzugehen, welche Rolle er in dem Spiel spielte.

»Jette, wir können jetzt nichts machen«, sagte Tine, die zu ihrer Tochter getreten war und sie am Arm genommen hatte. »Das Rennen ist vorbei, die Herren beraten. Bald werden wir wissen, was ist. Komm, wir gehen hinauf in die Kirche und beten.«

»Beten? Das soll uns jetzt helfen?«, rief Jette ungläubig.

»Ich denke, es hilft, wenn wir ein wenig in uns gehen, Jette«, erklärte Tine und sandte ihrer Tochter einen Blick, der keinen Widerspruch duldete. Seufzend ließ Jette sich mitziehen Richtung Oberland. Schweigend stiegen sie die Treppe hinauf und blickten noch einmal vom Falm auf den Südstrand, an dem Ottos Boot aufgelaufen war. »Er hätte nicht teilnehmen dürfen«, presste Jette hervor.

»Er hätte es nicht ohne deine Zustimmung tun sollen, ja«, erwiderte Tine.

»Ich weiß nicht, ob ich ihm das jemals verzeihen kann.«

»Nicht einmal, wenn alles gut ausgeht?«

»Aber verstehst du nicht, Mama, es kann nicht mehr gut ausgehen!«, insistierte Jette. »Er hat getan, was er getan hat. Das lässt sich nicht mehr rückgängig machen. Er hätte uns ruinieren können, so oder so!«

Tine nickte und hakte ihre Tochter unter. »Ich verstehe gut, was du meinst, Kind«, sagte sie, während sie zur Kirchenstraße hinübergingen und dort Richtung St. Nicolai. »Aber bedenke: Wer unter euch ohne Sünde ist, der werfe den ersten Stein.«

»Was ...«

Tine hob die Hand und schüttelte den Kopf. Jette schwieg. Sie waren an der Kirche angelangt, und sowie die Pforten des Gotteshauses sich hinter ihnen geschlossen hatten, waren sie umgeben von einer tiefen Stille, die geradezu greifbar schien. Heilig wirkte das Haus, das so verlassen war an diesem aufgeregten Tag, an dem die ganze Insel zu vibrieren schien.

Die beiden Frauen ließen sich auf die hinterste Bank niedersinken, dort, wo Tine einst von Pastor Thevessen erschöpft und zermürbt aufgefunden und buchstäblich errettet worden war. »Wer ohne Sünde ist«, flüsterte Tine noch einmal, »der werfe den ersten Stein.« Und dann legte sie ihre Hand auf Jettes Hand. Auf die linke. Und drückte sie fest.

Und Jette verstand.

※ ※ ※

Über Nacht hatte sich das schöne Wetter verflüchtigt. Der Morgen graute – im wahrsten Sinne des Wortes. Plötzlich war es kalt geworden, und die Insel lag unter tiefen, dunklen Wolken. Der Wind wehte so heftig, dass Tine darauf verzichtete, Blumen vor den Laden zu stellen. Sie wären doch nur umgeweht worden. Sie warf sich einen warmen Wollschal über, als sie das Haus verließ, um nach Gretchen Jacobsen zu schauen, die in ein paar Wochen niederkommen würde, vermutlich mit Zwillingen, so rund wie sie war. Allerdings hatte Tine bisher nur einen Herzschlag erlauschen können. Vielleicht also war es auch nur ein besonders großes Kind, das die zierliche Frau da unterm Herzen trug.

»Moin, Frau Heesters!«, grüßte Pastor Karl, der ihr auf der Treppe zwischen Unter- und Oberland begegnete.

»Moin, Herr Pastor! Scheint, wir waren nicht brav genug.« Tine blickte in den Himmel.

»Sie meinen wegen dem Wetter? Vielleicht ist das so, Frau Heesters, vielleicht ist das so.« Der Pastor lachte. Tine mochte den lebenslustigen Mann, dessen feiste Figur und dessen rotes Gesicht dafür sprachen, dass er zu genießen verstand. Aber ein Ersatz für den guten alten Pastor Thevessen, der zu Kriegszeiten geradezu buchstäblich verblichen war, konnte er ihr nicht sein. Hinzu kam, dass er zwar eine Pfarrköchin hatte, die ihm den Haushalt führte, aber keine Ehefrau. Wobei man auf der Insel munkelte, dass ihm Frau Bergmann nicht nur kulinarische Freuden bereitete. Und das konnte Tine am wenigsten verstehen. Schließlich konnte ein evangelischer Pfarrer anders als seine katholischen Kollegen heiraten und brauchte nicht in Sünde zu leben.

Unvermittelt verdüsterte sich die Miene des Pastors. »Hat sich die Sache mit Ihrem Schwiegersohn denn hoffentlich zum Guten geklärt?«

»Ich fürchte nein, Pastor Karl«, erklärte Tine. »Man hat Mittel und Wege gefunden, ihn um den Sieg zu bringen.«

»Das tut mir leid«, entgegnete der beleibte Mann. Doch so rasch sich seine Stimmung umwölkt hatte, so rasch kehrte offenbar der Frohsinn zurück: »Aber bedenken Sie, liebe Frau Heesters, vanitas vanitatem – es ist alles ganz eitel. Ruhm ist eine schöne Sache. Aber wirklich wichtig sind andere Dinge, wenn Sie verstehen, was ich meine.«

»Sie können sich gar nicht vorstellen, wie gut ich das verstehe«, sagte Tine und überlegte, ob sie ihn ins Vertrauen ziehen sollte. Nun, es würde ihm ohnehin zugetragen werden. Auf einer kleinen Insel erfuhren alle früher oder später alles. Da war es besser, er erfuhr es von ihr: »Leider hatte sich Otto auf eine Wette eingelassen.«

»Ach was«, erwiderte der Pastor neugierig. »Und die hat er nun natürlich verloren, wie?«

»Das hat er. Leider.« Voll Bitterkeit musste Tine daran denken, dass der Bankier, der Otto zugesagt hatte, die Wettschulden zu übernehmen, davon Abstand genommen hatte, »weil Sie disqualifiziert wurden, guter Mann, und das war nicht Teil unseres Geschäfts«.

»Ich hoffe doch, er hat nicht allzu viel eingesetzt?«

»Zehn.«

»Zehn Mark!«, rief der Pastor und schlug die Hände über dem Kopf zusammen. »Welch eine Unvernunft.«

»Zehn Goldmark.«

»Goldmark?« Jetzt schien der sonst so beredte Mann tatsächlich für einen Augenblick sprachlos. Betreten blickte er auf Tine, dann nahm er ihre Hände und drückte sie fest. »Vertrauen wir auf Gott«, murmelte er. »Der Herr wird es richten.«

Tine nickte tapfer. »Amen«, erwiderte sie.

»Amen«, sagte auch der Pastor, dann ging er wieder seiner Wege. Tine blickte ihm eine kleine Weile hinterher, dann beeilte sie sich, endlich zu ihrer Kundin zu kommen. Die Jacobsens waren erst nach dem Krieg auf die Insel gezogen, eigentlich stammten sie von Amrum. Rainer Jacobsen hatte das Häuschen in der Schulstraße von seinem Großvater geerbt und beschlossen, von einer Insel zur anderen zu wechseln. So verrichtete er nun in den Fanggründen um Helgoland seine Arbeit als Krabbenfischer. Seine junge Frau erwartete nun das erste Kind, und Tine mochte Gretchen Jacobsen von Herzen. Denn die zierliche Frau hatte ein ausgesprochen fröhliches Naturell.

Umso mehr erschrak Tine, als sie die Schwangere blass und erschöpft vorfand. »Was ist mit Ihnen, Frau Jacobsen?« Noch ehe sie den Mantel abgelegt hatte, griff sie nach dem Puls der Frau und stellte fest, dass sie eindeutig Fieber hatte. Kein sehr hohes, aber doch deutlich. »Sie sind krank.«

»Es ist nichts«, wehrte Gretchen Jacobsen ab. »Ich habe wohl etwas Schlechtes gegessen.«

»Hier? Ich weiß doch, wie sehr Ihr Mann immer von Ihren Kochkünsten schwärmt«, erklärte Tine und schüttelte den Kopf, während sie endlich ablegte und ihre Tasche öffnete. »Und verdorbenen Fisch wird es in diesem Haus wohl nicht geben.«

»Nein«, lachte die Schwangere matt. »Das wird uns sicher nicht passieren.«

»Wie lange fühlen Sie sich denn schon krank?« Tine erinnerte sich, dass sie Gretchen Jacobsen schon ein paar Tage nicht mehr gesehen hatte.

»Seit Freitag, denke ich. Oder vielleicht auch schon Donnerstag. Aber das war etwas anderes.«

»Tatsächlich?«, fragte Tine skeptisch. »Was war denn anders?«

»Das war eine Erkältung. Ein bisschen Husten und Schnupfen.« Sie lächelte tapfer. »Und Gliederschmerzen.«

»Die Flecken am Hals, seit wann sind die da?«

Gretchen Jacobsen winkte ab. »Das ist nur der Flieder. Wenn

der blüht, dann wird mir immer ganz blümerant.« Sie lachte ein wenig, aber es war erkennbar, dass sie sich zunehmend unwohl fühlte.

»Von einer Fliederallergie habe ich wirklich noch nie gehört«, erklärte Tine. »Zeigen Sie mir Ihren Leib?«

Gretchen Jacobsen nickte und knöpfte ihr Kleid auf. Sie hatte kein Unterkleid an, wohl, weil ihr ohnehin zu warm gewesen war. Das leichte Leibchen zog sie bis unter den Busen hoch und ließ sich auf das Sofa zurücksinken in der Annahme, dass Tine die übliche Untersuchung vornehmen würde: Den Bauch abtasten, mit einem kleinen Hörrohr auf die Herztöne des Kindes lauschen, diese Dinge. Stattdessen beugte Tine sich über ihren Bauch und untersuchte die Haut genau, drehte die Schwangere ein wenig zur einen und dann zur anderen Seite, um schließlich festzustellen: »Es sind die Röteln.« Der Ton, in dem sie es sagte, erschreckte die junge Frau. »Ist das schlimm?«

Tine setzte sich ihr gegenüber und sah sie mit ruhiger Miene an. »Es muss nicht schlimm sein, aber es kann schlimm sein. In der Schwangerschaft.«

»Sie meinen für mich? Oder für das Kind?«

Tine seufzte. »Für Sie eigentlich nicht.«

»O Gott! Was kann denn um Himmels willen passieren?« Plötzlich war Gretchen Jacobsen ganz aufgelöst und griff wie eine Ertrinkende nach Tines Hand.

Tine seufzte. »Es ist gut möglich, dass das Kind gesund zur Welt kommt«, erklärte sie, wohl wissend, dass diese Aussage die Schwangere kaum beruhigen konnte. »Und wenn nicht?«

»Dann wird es vielleicht Schäden haben. Es könnte ein schwaches Herz haben. Es könnte taub sein oder wenig sehen.« Viel mehr wusste sie selbst nicht über die Krankheit. Immerhin dies hatte sie von Frau Liebrecht gelernt: »Zum Glück sind

Sie schon so weit in der Schwangerschaft. Die Krankheit ist vor allem in den ersten Monaten für das Kind gefährlich.«

Schockiert nickte Gretchen Jacobsen vor sich hin. »Es kann also vielleicht gar nichts ausmachen?«

Tine nickte.

»Aber wir wissen es nicht«, stellte die junge Frau fest und atmete tief durch. »Was kann ich tun?«

Ja, dachte Tine, was kann sie tun? Was konnte sie selbst tun? Es quälte sie, dass sie immer wieder an einen Punkt gelangte, an dem all ihre Kunst als Hebamme versagte. Und das Einzige, was sie tun konnte, beten war.

※※※

Jette und Otto hatten seit Ottos Rückkehr aus dem Komitee nicht mehr gesprochen. Schweigsam hatte Jette das Abendbrot bereitet, stumm hatten sie es eingenommen. Das Ungesagte stand so übermächtig zwischen ihnen, dass selbst Julchen und der kleine Sven kaum etwas zu sagen wagten, als könne jederzeit ein Gewitter losbrechen, heraufbeschworen von dem einen falschen Wort, das jemand geäußert hatte. So saß die kleine Familie am Küchentisch und aß schweigend, ging schweigend ihrer Wege und später schweigend zu Bett. Auch wenn sie außer ein paar knappen Ermahnungen und Erinnerungen an ihren kleinen Jungen, nicht zu trödeln und die Zähne ordentlich zu putzen, kein Wort von sich gab, so versäumte Jette doch auch an jenem Abend nicht, sich auf ein kleines Gutenachtlied an Svens und Julchens Bett zu setzen. Und so sangen sie zu dritt ganz leise:

Schlaf Kindlein schlaf.
Der Vater hüt' die Schaf.

Die Mutter schüttelt's Bäumelein.
So fällt herab ein Träumelein.
Schlaf Kindlein schlaf.

Mit schmerzender Brust streichelte Jette ihre Kinder, voller Sorge, ob sie ihnen demnächst noch die heile Welt würde bieten können, in der sie bisher aufgewachsen waren.

Schlaf Kindlein schlaf.
Am Himmel zieh'n die Schaf.
Die Sternlein sind die Lämmerlein,
Der Mond, der ist das Schäferlein.
Schlaf Kindlein schlaf.

Schlaf Kindlein schlaf.
So schenk' ich dir ein Schaf.
Mit einer gold'nen Schelle fein,
Das soll dein Spielgeselle sein.
Schlaf Kindlein schlaf.

Eine goldene Schelle, ja, das wäre fein, dachte Jette. Stattdessen waren sie mit zehn Goldmark in der Schuld. Weil Otto es nicht hatte bleiben lassen können. Weil er nicht auf sie gehört hatte. Weil sie ihn um den Sieg betrogen hatten. Jette wusste nicht, auf wen sie wütender war: auf ihren Ehemann, der sie hintergangen hatte, oder auf die feinen Herren Geschäftsleute, die keine Hinterhältigkeit bleiben lassen konnten, um anderen Menschen das Geld aus der Tasche zu ziehen. Letztlich war es natürlich auf beiden Seiten die Gier gewesen, die das alles ermöglicht hatte: Ottos Gier, aus einem einfachen, braven Leben auszubrechen und auch ein wichtiger Mann zu sein – und die

Gier von Tegten und seinen Spießkumpanen nach immer mehr Geld.

Der Bankier van Louven hatte sein Angebot, Ottos Einsatz gegen Abtretung des Bootes zu übernehmen, zurückgezogen. Immerhin war das Boot schwer beschädigt. Er hatte ihm lediglich angeboten, das reparierte Boot für fünfzig Reichsmark zu übernehmen. Ein Hohn in Ottos Augen. So dringend sie angesichts der Wettschulden das Geld hätten brauchen können, er hatte es abgelehnt.

Natürlich war sie auch auf sich selbst zornig, dass sie es zugelassen, dass sie nicht zur Sicherheit aufgepasst und Otto von dieser Dummheit abgehalten hatte. Wiederum andererseits: Machte nicht gerade das eine gute Ehe aus, dass man einander vertrauen konnte? Voll zärtlicher Liebe betrachtete Jette die beiden Kinder, die nebeneinander im Bett lagen, eines schöner als das andere, streichelte ihnen übers zarte Haar, beugte sich hinab und küsste sie nacheinander auf die Stirn, ehe sie noch einmal die Decke hochzog und dann die kleine Petroleumlampe nahm und die Kammer verließ.

Müde stieg sie hinunter zur Küche und setzte sich an den Tisch. Der Tee, den sie sich vorhin eingeschenkt hatte, war kalt geworden. Sie lauschte auf die Geräusche aus der Werkstatt. Otto war wieder hinübergegangen und arbeitete an einem Motorboot, das er zur Reparatur angenommen hatte. Er ging ihr aus dem Weg, das war offensichtlich, und Jette war sogar dankbar dafür. Denn es wäre ihr allzu schwergefallen, ihn nicht mit Vorwürfen zu überhäufen. Immer noch fühlte sie sich so tief gekränkt, dass sie sich kaum vorzustellen vermochte, wie alles wieder gut werden sollte. Sie waren doch glücklich gewesen! Alles war doch in bester Ordnung gewesen! Sie hatten ihr Auskommen gehabt – auch ohne die vermaledeiten hundert Goldmark, mit denen Tegten Otto ins Unheil gelockt hatte. Warum nur hatte Otto dieses kleine Glück nicht genügt?

Jette nahm einen Schluck aus der Tasse, stand dann auf und schüttete den kalten Tee weg. Er war so bitter, als gäbe er sich Mühe, zu ihrer Gefühlslage zu passen. Vielleicht sollte sie nochmal ein wenig nach draußen gehen? Die frische Luft würde ihr guttun. Oder sie ging zu Bett und versuchte, alles wegzuschlafen? Sich fortzuträumen von dem Ärger und den Sorgen, die sie den ganzen Tag umgetrieben hatten?

Selbst der Ärger und die Sorgen wären leichter gewesen, wenn Jette nicht zu allem Überfluss ein schlechtes Gewissen gehabt hätte. Tine hatte es ihr gemacht, als sie aus der Bibel zitiert hatte: *Wer frei ist von Schuld, der werfe den ersten Stein.* Leider war sie nicht frei von Schuld. Sie war es gewesen, die nicht nur Hab und Gut riskiert hatte damals, im Krieg, weil sie nicht wollte, dass Otto aufs U-Boot ging. Nein, sie hatte noch viel mehr riskiert: sein Leben! Sie war es gewesen, die dafür gesorgt hatte, dass sich eine eigentlich harmlose Wunde an seiner Hand so verschlimmerte, dass die Hand nicht mehr zu gebrauchen war. Sie hatte nicht weit genug gedacht. Beinahe wäre sie daran schuld gewesen, dass Otto an einer Blutvergiftung starb! Aber selbst wenn dieses grausame Schicksal glücklich abgewendet worden war, so hatte sie ihn doch zum Krüppel gemacht. Ihretwegen konnte er seine linke Hand kaum noch benutzen, ihretwegen litt er bei jedem Wetterumschwung Schmerzen und wachte manche Nacht schweißgebadet auf. Ja, ihre Absicht war es gewesen, ihn vor einem Himmelfahrtskommando zu bewahren. So viele Männer, die damals mit den U-Booten ausgelaufen waren, waren nicht mehr zurückgekommen. Aber sie hatte die Folgen ihrer Tat damals einfach nicht mit aller Konsequenz bedacht.

So wie Otto jetzt. Und diesmal ging es nicht um Leben und Tod, sondern nur um Hab und Gut. Konnte sie tatsächlich über ihn richten? Wog das, was er getan hatte, schwerer als ihre Tat damals? Bis heute hatte er nicht erfahren, dass sie dafür gesorgt hatte, dass sich seine Wunde so schwer entzündet hatte. Er hatte ihr vertraut, sie war immerhin Krankenschwester gewesen und musste wissen, was sie tat. Und das hatte sie auch. Sie hatte gewusst, was geschehen würde. Und er ahnte bis heute nichts. Oder wenn er etwas ahnte, wenn er die Wahrheit heimlich wusste, so hatte er nie etwas dazu gesagt, hatte ihr nie einen Vorwurf gemacht, obwohl er jeden Tag, den der Herr auf Erden werden ließ, unter den Folgen ihrer Tat litt. Jeden einzelnen Tag. Und die verkrüppelte Hand würde nie mehr wieder heil werden.

»Jette …« Otto war aus der Werkstatt gekommen. Sie wandte sich zu ihm um, nicht fähig, etwas zu sagen.

»Wir müssen reden«, sagte er und trat auf sie zu. Sie sog die Luft ein, erwartete, dass er versuchen würde, sie zu umarmen, und ein Teil von ihr wünschte sich eine solche Umarmung mehr denn je, während ein anderer Teil von ihr voller Abwehr war. Doch Otto blieb vor ihr stehen und blickte zu Boden. »Es geht so nicht«, sagte er. »Wir können uns nicht anschweigen, verstehst du? Das ertrage ich nicht.« Er blickte auf, und sie konnte Tränen in seinen Augen glitzern sehen. »Es tut mir leid, Jette. Es tut mir unendlich leid, das musst du mir glauben. Ich war ein Idiot. Und ich wünschte, ich könnte es ungeschehen machen.« Mit diesen Worten sank er vor ihr auf die Knie und flüsterte: »Bitte verzeih mir, Jette. Auch wenn ich es nicht mehr gutmachen kann.« Er holte tief Luft. »Auch wenn … ich weiß nicht. Ich kann dich nur tausendmal um Verzeihung bitten.«

Als hätte er direkt ihr Herz berührt, fühlte sich Jette von

diesen Worten im Innersten getroffen und ertappt. Er bat sie um Verzeihung, aber war sie es nicht, die um Verzeihung hätte bitten müssen? Doch wenn sie ihm jetzt gestand, was sie damals getan hatte, hätten sie dann noch eine Zukunft? Würde sie damit nicht alles zerstören, was noch übrig war an Vertrauen in dieser Ehe? Die Tränen liefen ihr über die Wangen, als auch sie auf die Knie sank und die Arme um ihn legte. »Mir tut es auch so leid, Otto«, flüsterte sie und drückte ihr nasses Gesicht an seines. »Du bist doch der beste Mann auf der Welt, mein Liebster. Und ich weiß doch ... ich weiß, dass du es nur gut machen wolltest.« Sie schniefte und wischte sich mit dem Handrücken über die Wange. »Auch wenn du es nicht gut gemacht hast!«

»Du hast recht, Liebste« erwiderte Otto, dem nun ebenfalls Tränen über die Wangen liefen. »Ich sage ja, ich war ein Idiot.«

Doch Jette schüttelte den Kopf. »Nein, mein Lieber, kein Idiot. Aber vielleicht ein großer dummer Junge?«

»Hm«, machte Otto. »Ein sehr großer, sehr dummer Junge.«

»Ich bin gar nicht dumm!«, rief da von der Treppe her Sven, der plötzlich in der Küche aufgetaucht war.

»Nein!«, lachte Jette. »Du nicht, Sven.«

»Und ich muss Pippi.«

»Da sind wir schon zwei«, lachte Otto und trocknete sich das Gesicht an den Hemdsärmeln. Dann packte der den Kleinen, um mit ihm nach draußen zu gehen. »Komm! Wir erledigen das. Ich bin Spezialist für die wichtigen Geschäfte.« Noch einmal blickte er zu seiner Frau hin. Auch Jette hatte sich erhoben und nickte ihm zu. »Die wirklich wichtigen«, bestätigte sie. »Die anderen überlassen wir anderen.«

»Ja«, sagte Otto, dankbar für den liebevollen Blick seiner Frau. »Das tun wir.«

✳ ✳ ✳

Der Abend war schon fortgeschritten, als es an der Tür der Suite des Ehepaars von Silberbach im Hotel Imperial klopfte. Irritiert und etwas verärgert über die Störung öffnete der Bankier einen Spaltbreit und sah sich einem Pagen gegenüber. »Ja, bitte?«

»Herr Baron von Silberbach, verzeihen Sie bitte die späte Störung. Da ist jemand, der Sie dringend sprechen möchte, in der Lobby.«

»Um diese Uhrzeit? Sagen Sie ihm, ich bitte doch sehr, mich morgen bei Tag aufzusuchen, ich bin bereits im Hausmantel.« Er wedelte mit der Hand. »Das Letztere lassen Sie weg.«

»Sehr wohl, Herr Baron«, erwiderte der Page. »Ich sage es ihr.«

»Ihr?« Mit einer Geste bedeutete Silberbach dem Hoteldiener zu warten. »Um wen handelt es sich denn?«

»Es … es handelt sich um Frau Heesters. Sie ist …«

»Ich weiß, wer Frau Heesters ist«, erwiderte von Silberbach. »Warten Sie.« Er schloss kurz die Tür, öffnete sie dann wieder und beschied dem Pagen: »Sagen Sie ihr, ich bin in wenigen Minuten unten.«

Kurz darauf betrat der Bankier in einem Hausanzug die Hotelhalle, wo um diese Uhrzeit niemand mehr war außer einer Frau, die sich an einen Tisch im entferntesten Winkel gesetzt hatte. »Frau Heesters«, grüßte von Silberbach und deutete einen Handkuss an, als er zu ihr getreten war. »Was führt Sie um diese Uhrzeit zu mir? Ich hoffe, es ist nichts geschehen?«

Tine schenkte ihm ein Lächeln. »Verzeihen Sie bitte, dass ich Sie mitten in der Nacht aufsuche. Ich hätte früher kommen sollen.« Sie hielt kurz inne. »Vermutlich wäre es besser gewesen, ich wäre überhaupt nicht gekommen.«

»Sie machen es aber spannend!«, sagte von Silberbach, rückte sich einen Sessel zurecht und setzte sich zu ihr, während er mit einer Hand nach einem Hotelbediensteten winkte.

»Mein Herr? Womit kann ich dienen?«

»Bringen Sie uns zwei Cognac.« Der Bankier wandte sich zu Tine. »Sie leisten mir doch Gesellschaft?«

Tine nickte, der Hoteldiener verschwand, und von Silberbach war ganz Ohr: »Nun? Sie sehen mich neugierig, Frau Heesters.«

Tine holte Luft und beschloss, nicht lange um die Sache herumzureden: »Wie Sie wissen, lieber Herr von Silberbach, hat mein Schwiegersohn Otto an dem Rennen teilgenommen.«

»Und er ist als Erster ins Ziel gekommen!«

»Ja. Das ist er. Allerdings wurde er disqualifiziert.«

»Ja, das habe ich ebenfalls gehört. Eine Schande, wenn Sie mir die Bemerkung erlauben.«

»Nun, die Kränkung, die das für ihn bedeutet, ist das kleinere Übel«, sagte Tine und versuchte tapfer zu lächeln.

»Die Wette«, sagte Silberbach ruhig.

»Ja. Er hat sich zu einer Wette überreden lassen.«

»Und diese Wette verloren.«

»So ist es. Leider ging es dabei um eine beträchtliche Summe Geld.« Sie suchte seinen Blick und stellte fest, dass Silberbach hellwach und ihr ganz zugewandt war. Ein Mann, dem man vertrauen kann, dachte Tine. Sie hatte selten jemanden mit einer so würdigen Ausstrahlung erlebt. »Zehn Goldmark«, sagte sie.

Falls sie dachte, von Silberbach fiele aus allen Wolken, so hatte sie sich geirrt. Beträge dieser Dimension mussten für ihn alltäglich sein. Natürlich, schließlich war der Umgang mit Geld sein täglich Geschäft. Er nickte nur und stellte fest: »Zehn

Goldmark sind ein stolzes Sümmchen. Und ich nehme an, Sie hätten mich nicht aufgesucht, wenn Herr Brückner nicht Schwierigkeiten hätte, dieses Sümmchen aufzubringen.«

Tine hob in einer hilflosen Geste die Hände und nahm dankbar die kleine Pause mit, die eintrat, als der Hoteldiener mit dem Cognac an den Tisch trat und servierte. »Danke«, sagte der Bankier, griff nach seinem Glas und schwenkte es ein wenig, um dann daran zu riechen. »Verstehe«, sagte er langsam.

»Sein Wettgegner ist ein Reeder aus Bremen. Herr Tegten, glaube ich.«

»Tegten.« Von Silberbach klang, als wüsste er mit dem Namen etwas anzufangen. »Dann wird auch van Louven nicht weit sein.«

»Den Namen habe ich auch gehört«, erklärte Tine. »Aber da weiß ich nicht wirklich ...«

»Schon gut«, sagte von Silberbach. »Aber ich weiß.« Er seufzte. »Ich möchte Ihnen gerne helfen, Frau Heesters ...«

Tine nickte. »Das klingt nach einem Aber«, sagte sie.

»In der Tat. Zehn Goldmark sind ein Betrag, den ich Ihnen nicht einfach so geben kann. Verstehen Sie mich nicht falsch!«, fügte er rasch hinzu, als er Tine etwas einzuwerfen versuchen sah. »Ich will Ihnen helfen. Aber zehn Goldmark habe ich privat gerade nicht verfügbar. Deshalb kann ich Ihnen auf die Schnelle nur als Vertreter meines Instituts behilflich sein.«

»Das könnten Sie?«

»Das könnte ich. Wir müssten allerdings für gewisse Sicherheiten sorgen.«

»Sicherheiten ...« Tine seufzte. »Tja, wenn es die gäbe, dann gäbe es doch auch das Geld, nicht wahr?«

»Nun, Sicherheiten sind sinnvollerweise nur eine Formalie. Wenn man es richtig anstellt, dann bleiben Sicherheiten

Sicherheiten und werden nicht verwertet.« Der Bankier überlegte laut: »Die besten Sicherheiten sind Immobilien. Eine Grundschuld wäre gut. Ihr Schwiegersohn lebt doch im eigenen Häuschen? Oder hat er das Anwesen nur gepachtet?«

»Oh, die Familie lebt im eigenen Häuschen. Und die Werkstatt gehört ihnen auch, ja. Aber das möchte ich nicht. Sie sollen ihr Hab und Gut nicht verpfänden«, erklärte Tine.

Der Bankier nickte. »Das kann ich gut verstehen, und es spricht sehr für Sie. Bedeutet das, dass Sie selbst ihnen das Geld zur Verfügung stellen möchten?«

Tine nickte.

»Nun, und wie steht es mit Ihrem Häuschen? Sie haben doch diesen ganz reizenden Blumenladen, den meine Frau so liebt.«

»Ja«, sagte Tine schweren Herzens. »Den könnte ich schon belasten.«

Der Bankier lachte. »Sie sagen das so, Frau Heesters. Es ist wirklich nur eine Formalie! Ich erwarte auch keine Zinsen. Sie bekommen die zehn Goldmark, wir tragen eine Grundschuld auf Ihr Häuschen ein. Und wann immer Sie die Summe zurückzahlen, wird die Grundschuld wieder gelöscht.«

»Das würden Sie wirklich tun?«

»Ich bitte Sie, Frau Heesters! Ich verdanke Herrn Brückner das Leben meiner Frau! Es wird mir eine Ehre sein, ihm auf so einfache Weise aus einer unverschuldeten Not zu helfen.«

»Na ja, unverschuldet ...«

»Doch, doch!«, beharrte von Silberbach. »Schließlich hat er gewonnen!«

»Sie sind ein guter Mann, Herr von Silberbach.«

Der Bankier hob sein Glas und zwinkerte ihr zu. »Es macht mich froh, ein Ehrenmann zu sein.« Dann stießen sie an.

✳︎ ✳︎ ✳︎

Mit einer Mischung aus Erleichterung und bangen Gefühlen kehrte Tine an diesem Abend nach Hause zurück. Als sie vor ihrem kleinen Blumenladen stand, fühlte sie eine unendliche Dankbarkeit gegenüber der alten Frau Liebrecht, die ihr die Kate vererbt hatte. Nachdem sie sie zur Hebamme ausgebildet und ihr so ein eigenständiges Leben auf der Insel ermöglicht hatte, hatte sie ihr das Häuschen hinterlassen, aus dem später die »Blütenträume« geworden waren. Und nun war ausgerechnet dieser winzige Flecken Grund mit einem schon arg in die Jahre gekommenen und ziemlich ärmlichen Bauwerk darauf zum Rettungsanker für Jette und Otto geworden.

Tine hatte es so arrangiert, dass die beiden nichts davon erfahren würden, wie es geschehen konnte, dass sich ihre Schulden in Luft aufgelöst hatten. Und sie selbst würde nichts sagen. Wozu auch? Die Hypothek auf dem Häuschen konnte niemand erkennen – und eines Tages würde sie Herrn von Silberbach die zehn Goldmark zurückzahlen, das hatte sie sich geschworen.

Noch in der Nacht stellte Tine einen der schönsten Blumensträuße her, die sie je gebunden hatte, und brachte ihn ins Imperial, wo ihn Baron von Silberbach und seine Gemahlin auf ihrem Frühstückstisch vorfinden würden. Jeder sollte wissen, wie besonders diese Herrschaften waren! Und für die Silberbachs würde klar sein, woher der Blütengruß kam. Noch einmal lief sie hinüber zu dem Hotel, das ihr Mann damals hatte erbauen lassen, lieferte den Strauß ab, bat den Nachtportier, dafür zu sorgen, dass er an den richtigen Platz gestellt wurde. Dann endlich ging sie zu Bett und lag dennoch lange wach: Zu viel hatte sie in den zurückliegenden zwei Tagen erlebt, zu schwer hatte das Unglück auf ihr gelastet, und zu groß war die Erleichterung, dass sich nun alles zum Besten gefügt hatte.

Und doch, der Gedanke, dass dieses kleine Haus, in dem Jette aufgewachsen war, in dem sie die glücklichen Jahre mit Paul verbracht hatte, in dem ihre verstorbene Schwester mit ihrer Familie gewohnt hatte, dass alles das nun nicht mehr ihr gehörte, zumindest so lange nicht, bis sie die Schulden wieder zurückgezahlt hatte, dieser Gedanke blieb als dunkler Fleck auf der Freude über den guten Ausgang von Ottos Abenteuer. Denn dieses Haus, soviel wurde Tine in dem Moment klar, während sie durchs Fenster auf den funkelnden Nachthimmel blickte, dieses kleine Haus war mehr als ihr halbes Leben. Es war ein Teil ihrer selbst.

✳ ✳ ✳

II.

Zeit der Gier

Helgoland 1925

Erstes Kapitel

An einem Montag im Juli betrat ein Herr im etwas altmodischen Anzug und mit sehr förmlichem Hut die »Blütenträume«. Er musterte den Laden mit einem schnellen und offensichtlich unbestechlichen Blick, dann trat er an die Theke und läutete die Glocke, die Tine aufzustellen pflegte, wenn sie kurz hinten war, etwa um neue Ware zu sortieren oder weil sie in der Küche etwas bereitete. »Guten Tag!«, rief sie, während sie noch ihre Schürze abnahm und sich eine Haarsträhne aus der Stirn wischte. »Herr Kröger?«

Sie hatten sich nie persönlich kennengelernt, aber jedermann kannte Nathan Kröger, der seit einiger Zeit die Geschäfte des Casinos führte und sich, wie man munkelte, vor einiger Zeit in die Hotels der Familie Schlüter eingekauft hatte.

»Ganz richtig«, erwiderte er und lupfte den Hut. »Kröger, angenehm.«

Tine nickte und fragte: »Was darf ich für Sie tun?«

Der elegante Mann deutete mit seinem Gehstock in den Verkaufsraum und befand: »Mein Kompliment, Frau Heesters, Sie haben einen entzückenden Laden.«

»Vielen Dank. Ich freue mich, wenn er Ihnen gefällt.«

»Und offen gesagt bin ich erstaunt, welche Vielfalt an Blumen Sie hier scheinbar ständig im Sortiment haben.«

»Nun«, erwiderte Tine. »Das Sortiment wechselt natürlich je nach Jahreszeit und Lieferungen. Ich kann Ihnen nicht versprechen, dass ich morgen die gleiche Auswahl an Azaleen habe wie heute.«

»Das verstehe ich«, erklärte Kröger. »Könnten Sie mir denn versprechen, dass Sie jeden Tag eine schöne Auswahl für das Casino hätten?«

»Für das Casino? Täglich?« Tine hielt den Atem an. Auch wenn die Ausstattung des Casinos im Oberland weit weniger aufwändig war als etwa die des Imperial, das ja viel mehr Räume hatte und auch sonst um einiges größer war, so war das Casino seit je ein Objekt, das jenseits all ihrer Träume gelegen hatte. Frau Fricke, die ehemalige Blumenhändlerin, die vor vielen Jahren schon aufs Festland gezogen war, hatte das Casino regelmäßig beliefert. Aber der Auftrag war nach ihrem Weggang nicht erneuert worden.

»Gewiss«, sagte Tine. »Andere als schöne Blumen führen wir schließlich gar nicht.«

Kröger lächelte. »Das gefällt mir. Eine gute Antwort.«

»Ehrlich gesagt hätte ich eine solche Anfrage schon seit Jahren erwartet«, erklärte Tine.

»So? Und weshalb haben Sie uns nicht einfach ein Angebot gemacht?«

»Ich denke, Sie wissen, was Sie brauchen«, sagte Tine. »Und wenn Sie Blumen brauchen, dann geben Sie sie in Auftrag.«

»Chapeau, Madame«, erwiderte Kröger, der sich darin gefiel, jederzeit den Weltmann zu geben. »Und nun fragen Sie sich, was unseren Sinneswandel bewirkt hat.«

»Das wäre natürlich interessant zu erfahren, Herr Kröger.«

»Sind das Pfingstrosen?«, lenkte der Casinochef ab.

»Hortensien, Herr Kröger.«

»Und dies hier sind Tulpen.«

»Ganz richtig.«

»Hm. Sie riechen.«

»Das ist richtig. Ihr Duft ist etwas ... sagen wir: anstrengend?«

Kröger lachte. »Trefflich! Anstrengend ... Herrlich. Gut. Also: Tulpen brauchen wir demnach nicht.«

»Also keine Tulpen. Diese Frühlingsblumen neigen fast alle dazu, etwas anstrengend zu riechen. Das ist bei Narzissen oder Hyazinthen nicht anders.«

»Verstehe.«

»Aber die Zeit ist eigentlich ohnehin vorbei. Das hier sind ein paar Nachzügler. Jetzt ist die Zeit der Rosen! Und die duften. Wenn Sie möchten, prüfen Sie doch selbst einige Exemplare.« Tine trat zu den Rosen, die eine ganze Seite des Blumenladens einnahmen, und deutete auf einige besonders prächtige, tiefrote Exemplare, die am Vortag aus Amsterdam gekommen waren. Daneben dicht gefüllte Gartenrosen aus England, die das Schiff aus London gebracht hatte. Tatsächlich beugte sich Nathan Kröger über die Blüten und sog den Duft ein, was unvermittelt einen ganz eigentümlichen Ausdruck auf sein Gesicht zauberte. »Rosen«, erklärte er. »Das ist es, was wir brauchen. Drei Lieferungen zu je zweihundert Stück die Woche, schaffen Sie das?«

Tine holte Luft und versuchte, nicht allzu überwältigt zu wirken. Ein solcher Auftrag kam einem Wunder gleich! »Selbstverständlich«, sagte sie mutiger, als sie sich fühlte. »Sie müssen mir nur ein, zwei Wochen Zeit geben, ehe wir mit den Lieferungen anfangen, denn das muss organisiert sein.«

»Organisation ist alles«, erklärte Kröger im Brustton der Überzeugung. »Sie haben völlig recht. Organisieren Sie und machen Sie mir einen Preis. Wir werden nicht knausern, aber wir sind Geschäftsleute.«

»Das weiß ich, Herr Kröger.«

»Und wir erwarten erstklassige Ware. Das Beste, was man bekommen kann.«

»Wie gesagt, Herr Kröger: Etwas anderes liefern wir gar nicht.«

Der elegante Herr lachte, tippte sich an den Hut und verließ mit einer kleinen Verbeugung den Laden.

Dreimal die Woche zweihundert Rosen erster Güte, das waren sechshundert Rosen zu einem guten Preis... Tine wurde ein wenig schwindelig, wenn sie daran dachte. Vielleicht würde sie ihre Schulden bei Baron von Silberbach schneller abzahlen können, als sie selbst gedacht hatte.

* * *

Als sie Jette von dem Auftrag des Casinos erzählte, beschloss diese: »Das muss gefeiert werden, Mama. Heute Abend gehen wir gemeinsam zu Bert Rickens in den ›Seeadler‹. Und ich lade ein.«

»Nein!«, beharrte Tine. »Ich bestehe darauf, dass ich einlade. Schließlich werde ich diejenige sein, die bald im Geld schwimmt.« Sie lachten beide, wohl wissend, dass man mit einem Blumenladen nicht einmal dann reich wurde, wenn man alle Häuser der Insel dreimal die Woche ausstattete. Aber richtig war es natürlich schon, dass ein Auftrag wie der des Casinos das Wunderbarste war, was einem Geschäft wie den »Blütenträumen« passieren konnte.

Und so saßen Tine, Jette und Otto an diesem Abend im »Seeadler« zusammen, gönnten sich eine Flasche Burgunder zu Bert Rickens' legendärem Lammrücken, während Gisela Wächter von nebenan die Kinder der Brückners hütete. Bis sie plötzlich in der Tür des Seeradlers stand und sich nach Tine umguckte. »Frau Heesters!«

»Was ist denn los, Gisela? Solltest du nicht bei den Kindern sein?«

»Rainer Jacobsen war bei mir. Das heißt, er war bei Ihnen,

Frau Brückner. Aber er hat nach Ihrer Mutter gesucht.« Sie war so aufgeregt, dass sie ganz rote Wangen hatte.

»Also ist es bei Gretchen Jacobsen so weit«, stellte Tine fest und lächelte dem Mädchen aufmunternd zu. »Danke, dass du gekommen bist, Gisela. Dann mach dich mal lieber wieder auf zu den Kindern, ich hole rasch meine Sachen und laufe zu Jacobsens.«

»Soll ich dir helfen?«, fragte Jette, die es gewohnt war, dass ihre Mutter überall und zu jederzeit alles stehen und liegen lassen musste, um den werdenden Müttern bei der Niederkunft zu helfen.

»Ach was. Ihr habt heute mal einen schönen Abend zu zweit. Das gibt es ja auch nicht alle Tage«, erwiderte Tine. »Und irgendwer muss ja nun den Lammrücken essen, den wir bestellt haben.«

»Ich lasse dir von Bert Rickens was einpacken!«, schlug Jette vor.

»Untersteh dich«, entrüstete sich Tine. »Was auf den Tisch kommt, wird gegessen. Fertig. So, ich muss weg.«

Wenige Augenblicke später war Tine draußen und eilte zu ihrer kleinen Kate, um ihre Tasche zu holen. Und keine zehn Minuten darauf war sie schon auf der Treppe zum Oberland.

Im »Seeadler« griff Otto nach der Hand seiner Frau und flüsterte. »Hab ich dir schon gesagt, dass du wunderschön bist heute Abend?«

»Wie bitte?«

»Wunderschön bist du.«

»Was bin ich?«

»Nun … du hast mich genau verstanden, stimmt's?«

»Aber natürlich«, lachte Jette. »Ich wollte es nur gerne nochmal hören.«

»Ah ja. Und nochmal.«

»Stimmt.«

Er seufzte und machte ein zerknirschtes Gesicht. »Das heißt wohl, ich sage es dir allzu selten.«

»Hm. Also wirklich oft höre ich es nicht«, gab Jette zu.

»Dann sollte ich daran arbeiten.«

»Nichts dagegen!« Jette griff nach ihrem Glas und hob es, um mit ihm anzustoßen. Auch Otto ergriff sein Glas und stieß es sacht gegen ihres. »Auf die schönste Frau der Welt.«

»Auf den besten Mann der Welt.«

Leise klirrten die Gläser, sie sahen sich in die Augen. Doch schon platzte Bert Rickens dazwischen. »Pardon, wenn ich störe«, sagte er und stellte die Platte auf den Tisch. »Hier kommt das Lamm.« Er zwinkerte den beiden zu. »Da könnt ihr euch ein bisschen stärken.«

Wie er es sagte, ließ Jette das Blut in die Wangen schießen. Peinlich berührt wich sie seinem Blick aus.

»Wo ist Tine hin?«

»Zu einer Geburt gerufen worden«, erklärte Otto.

»Ach, dann ist es wohl bei Gretchen Jacobsen so weit. Das freut mich. So ein schönes Paar. Bin gespannt, was es wird.«

»Ein Kind vermutlich«, schlug Jette mit leichtem Sarkasmus vor.

»Ein Junge oder ein …«, wollte Rickens schon erklären, erkannte dann aber Jettes Spitzfindigkeit und hielt inne.

»Hauptsache gesund«, warf Otto ein.

»Hauptsache gesund«, entgegneten sowohl seine Frau als auch der Wirt.

Er war wirklich der beste Mann der Welt, fand Jette. Nachdem er sie um Verzeihung gebeten hatte und nachdem sie ihm verziehen hatte, war mit einem Mal alles wie durch Zauberhand gut geworden, geradezu als hätte das Schicksal beschlossen, diesen Frieden zu belohnen und die Liebe, aus der dieser Frieden geboren war.

Es war erst Tage her, Otto war in seiner Werkstatt beschäftigt gewesen, die »Jette« wieder seetauglich zu machen. »Was mich wundert: Es muss einen Schlag gegen die Bootswand gegeben haben«, hatte er am Abend vorher erzählt. »Jetzt, wo sie aufgedockt ist, sieht es aus, als wäre sie absichtlich beschädigt und als wäre die beschädigte Stelle dann nur übermalt worden.«

»Aber wer könnte so etwas tun?«, hatte Jette erschrocken gefragt.

»Jemand, der nicht wollte, dass ich gewinne?«

»Du ... du meinst Tegten?«

Otto hatte die Achseln gezuckt. »Es hätte auch jeder Konkurrent sein können.«

»Aber hast du das denn beim Regattakomitee angezeigt?«

»Angezeigt? Wozu? Die Disqualifikation hätte doch trotzdem Bestand.«

Und so waren sie schweigsam beim Abendbrot gesessen, und zu den Sorgen, dass jeden Tag der Geldeintreiber auftauchen konnte, war das nagende Gefühl gekommen, Opfer einer perfiden Sabotage geworden zu sein.

Der einzige Trost, den es für Otto gegeben hatte, war die Arbeit an seinem Boot. Denn auch wenn ihm der Sieg bei der Regatta aberkannt worden war, so hatte er doch gewusst, dass er mit diesem Boot die perfekte Yacht erschaffen hatte. Und einige der Konkurrenten waren am Tag nach dem Rennen in der kleinen Bootswerft aufgetaucht, um Otto ihre Anerkennung auszusprechen und sein Gefährt zu bestaunen.

Dennoch hatten die dunkelsten Wolken über dem Glück

der kleinen Familie Brückner gehangen – bis wenig später ein Sekretär des Reeders Tegten aufgetaucht war und Otto mit undurchsichtiger Miene einen verschlossenen Umschlag überreicht hatte. Doch statt einer gerichtlichen Verfügung oder einem Schreiben einer Anwaltskanzlei hatte in dem Couvert nur die zerrissene Vereinbarung gelegen. – Otto war frei! Die Schulden hatten sich wie durch ein Wunder in nichts aufgelöst!

Während Jette noch sinnierte, wie all das zugegangen sein mochte und was alles sich in der jüngsten Zeit zugetragen hatte, stand plötzlich Tine wieder vor ihnen. »Mama?«

»Tja, die junge Frau hatte beschlossen, ihr Kind in Rekordzeit zu bekommen.«

»Es ist schon da?«

»Die schnellste Geburt, die ich je erlebt habe«, bestätigte Tine.

»Unglaublich! Und alles ist gut gegangen?«

»Alles wunderbar. Das Kind sieht entzückend aus, es scheint ihm nichts zu fehlen. Ich kann dir gar nicht sagen, wie froh ich bin.«

»Ich weiß, sie hatte ja Röteln.«

Tine seufzte. »Was für ein Glück«, sagte sie. »Was für ein Glück. Der Vater hat geheult wie ein junger Seehund. Du kannst dir vorstellen, welche Sorgen die beiden in den letzten Wochen ausgestanden hatten. Und Doktor Fest übernimmt freundlicherweise die Nachgeburt.«

»Tatsächlich?« Das war in der Tat ungewöhnlich. Mit solchen Dingen gaben sich die feinen Herren Mediziner üblicherweise nicht gerne ab, das überließen sie bevorzugt den Hebammen. Aber manchmal geschahen ja noch Zeichen und Wunder.

Tine griff nach ihrem Glas, das immer noch auf dem Tisch stand, und erhob es: »Auf Ottilie Jacobsen!«

»Ottilie?«

»Nicht meine Idee!«, lachte Tine und stieß mit ihr an.

※ ※ ※

Beschwingt spazierten Jette und Otto später am Abend nach Hause. Das Leben konnte so schön sein! Die Insel lag in tiefem Frieden, der Leuchtturm schickte seinen Strahl in die Nacht, die Wellenkämme glitzerten im Mondlicht. Sie hatten es nicht eilig, sondern schlenderten noch hinaus auf die Landungsbrücke und setzten sich ein wenig hin, Arm in Arm, angenehm müde von Wein und Essen, und dankbar für all das Gute, das ihnen in den zurückliegenden Wochen widerfahren war. »Ich bin der glücklichste Mensch auf Erden«, flüsterte Otto in Jettes Haar.

»Bist du nicht«, erklärte seine Frau. »Ich bin der glücklichste Mensch auf Erden.«

Otto lachte. »Das ist gemein. Ich kann meiner Frau doch nicht widersprechen.« Er sog tief die Nachtluft ein und drückte Jette fest an sich.

»Selbst wenn ich es nicht wäre, wärst du's nicht«, sagte sie nach einer Weile.

»Hm? Ich vermute, ich müsste jetzt verstehen, was du meinst. Ich versteh's aber nicht«, gab Otto zu und rückte ein Stück von ihr ab, um sie ansehen zu können.

»Der glücklichste Mensch bist du gleich.«

»Du sprichst in Rätseln«, sagte Otto und versuchte sich einen Reim auf Jettes Worte zu machen.

»Mhm«, bestätigte sie. »Das tun Frauen manchmal.«

»Aha. Und warum tun sie das?«, wollte Otto wissen.

»Vielleicht weil sie neugierig sind, wie lange der Mann braucht, bis er draufkommt. Auf des Rätsels Lösung.«

Kopfschüttelnd stand Otto auf. »Du stellst mich auf die Probe, ja?« Jette sagte nichts. »Also gut. Ich bin *jetzt* nicht der glücklichste Mensch, weil ich *gleich* der glücklichste Mensch sein werde. Hm. Was ist gleich, was jetzt nicht ist.« Er grinste. »Also ich hätte schon eine Idee, was wir ...«

»Nein, Otto. Das nicht«, sagte Jette und schüttelte lachend den Kopf. »Männer ...«

»Aber was könnte denn dann des Rätsels Lösung sein?«

»Vielleicht kommst du ja auf mein Geheimnis«, erklärte Jette und blickte ihn mit einem Lächeln an, das er von ihr kannte. So hatte sie auch geblickt, als ... »Könnte es vielleicht ein süßes Geheimnis sein?«, fragte er und fühlte, wie ihm das Blut in den Kopf schoss.

»Könnte sein«, bestätigte Jette.

»Wirklich? Und du bist sicher?«

»Na ja. So sicher, wie man als Krankenschwester und Hilfshebamme sein kann«, amüsierte sich Jette.

»Wir bekommen ein Kind?«

»Nummer drei, mein Lieber.«

»Und da sagst du, ich wäre nicht der glücklichste Mann der Welt?«

»Doch. Jetzt solltest du es sein«, erklärte Jette, sprang auf und umarmte ihn.

»Und wie ich das bin! Halleluja!«, rief Otto laut und drehte sich mit seiner Frau im Kreis. »Wir bekommen Nachwuchs!«

»Schschsch, Otto«, mahnte ihn Jette und versuchte ihm den Mund zuzuhalten. »Du weckst noch die ganze Insel.«

»Pah, ich wecke die ganze Insel und Hamburg und Bremen dazu!«

Zum Glück wusste Jette, wie sie ihren Mann zum Schweigen bringen konnte: mit einem langen, innigen Kuss. Und noch einem und noch einem ...

* * *

Jettes Glück hätte nicht vollkommener sein können. Doch schon am nächsten Morgen – sie hatte mit Otto eine der zärtlichsten und innigsten Liebesnächte seit langem verbracht – wurde sie vom Jammern ihrer Tochter aus dem Nebenzimmer geweckt. Als sie hinüberlief, fand sie Julchen hoch fiebernd vor. Der geübte Blick der ausgebildeten Krankenschwester erkannte sofort, dass sich ihr Kind die Röteln eingefangen hatte. »Ach Julchen«, tröstete Jette ihre Tochter. »Mein Schatz, das wird ganz bald wieder gut. Aber jetzt musst du brav im Bett bleiben und ganz viel trinken, ja? Ich mache dir Apfelsaft mit Wasser, das magst du doch, oder?«

Julchen nickte erschöpft.

»Und wir müssen ein bisschen was gegen deine Temperatur tun.« Rasch zog Jette der Kleinen das nassgeschwitzte Nachthemd über den Kopf und gab ihr ein neues. Sie schüttelte das Kissen auf und drehte es um, deckte Julchen nur noch bis zum Bauch zu und überließ sie dann Otto, während sie selbst nach unten ging, um ein paar Wadenwickel vorzubereiten.

Erst jetzt fiel ihr ihre Schwangerschaft ein. Was, wenn sie sich ansteckte? Was, wenn sie keine Symptome bekam, aber dennoch das Virus in sich trug? Sie stand am Anfang ihrer Schwangerschaft. Das war die gefährlichste Zeit für das Ungeborene, wenn die Mutter sich mit Röteln infizierte! Schockiert und ratlos ließ sie sich auf die Küchenbank sinken und starrte vor sich hin. Was sollte sie nur tun?

»Otto?«

»Was gibt's?«, rief ihr Mann von oben zurück.

»Kommst du bitte mal?«

Augenblicke später stand Otto vor ihr in der Küche. Natürlich erkannte er sofort, dass etwas nicht stimmte. »Was ist mit dir?«

»Otto. Ich bin doch schwanger.«

»Ja und? Soll ich mich um Julchen kümmern? Ist es dir zu anstrengend?«

»Otto, die Kleine hat Röteln! Das ist gefährlich.« Sie flüsterte: »Für das Ungeborene.«

Ahnungslos wie die meisten Männer setzte sich Otto neben sie und nahm ihre Hand. »Wieso? Was kann denn passieren?«

»Schlimme Dinge, mein Lieber. Das Kind kann schwer behindert zur Welt kommen. Taub. Stumm. Mit einem zu kleinen Kopf...« Sie spürte, wie sich alles in Otto verkrampfte. Plötzlich war seine eben noch zärtliche Hand zu Stein erstarrt. »Aber...«, keuchte er. »Aber was können wir denn tun? Ich meine... Gibt es keine Medizin oder so was?«

Jette schüttelte den Kopf. »Leider nein. Ich kann mich nicht schützen. Mein Kind hat Röteln. Und ich bin schwanger mit einem anderen Kind.«

Einen Augenblick saß Otto schweigend und überlegte angestrengt. Dann hatte er seine Entscheidung gefällt: »Du ziehst sofort aus.«

»Wie bitte?«

»Du gehst zu Tine. Und Tine kommt hierher. Wenn du dich bis jetzt nicht angesteckt hast, dann wirst du dich nicht anstecken. Weil du Julchen nicht sehen darfst, bis sie wieder gesund ist.«

»Aber Otto! Sie ist doch mein Kind! Ich kann doch nicht mein Kind im Stich lassen und...«

»Im Stich lassen?«, fuhr ihr Otto in die Rede. »Ich bin hier. Und Tine wird hier sein. Wir werden schon auf Julchen aufpassen.«

»Das weiß ich, Otto. Aber ...«

»Kein Aber. Sag mir, was du brauchst, dann hole ich deine Sachen.«

»Das musst du nicht, Otto. Ich kann meine Sachen selbst ...«

»Kommt überhaupt nicht in Frage. Du bleibst hier unten. Je weiter weg du von Julchen bist, umso besser.«

Jette schüttelte den Kopf. »Also, so geht das nun wirklich nicht«, protestierte sie. »Ich muss ihr erst einmal ein paar Wickel machen. Sie hat viel zu hohes Fieber.«

»Gut«, sagte Otto. »Wickel. Die soll sie bekommen. Ich weiß, wie man sie macht. Geh du jetzt zu Tine und schick sie her. Ich bringe dir nachher deine Sachen.«

Jette lachte verzweifelt auf. »Otto! Ich bin noch im Nachthemd!«

Otto nickte. »Ich bringe dir rasch was zum Anziehen.« Schon war er auf der Treppe und tauchte kurz darauf mit Leibchen, Kleid, Strümpfen und einer leichten Strickjacke auf. »Passt das?«

Jette legte ihm zärtlich eine Hand auf die Wange und sah ihm in die Augen. »Du bist ein wunderbarer Mann, Otto.«

»Bitte?«

»Du bist ein wunderbarer Mann.«

»Entschuldige, ich habe nicht aufgepasst. Was wolltest du sagen?«, grinste Otto.

»Du bist ...« Jette lachte auf und versetzte ihm eine sanfte Ohrfeige. »... ein Schuft! Dich über mich lustig zu machen.«

»Ach. Ich wollte es nur noch mal hören«, erklärte Otto und hielt sich in gespieltem Schmerz die Wange.

»Schon klar. Und nochmal.«
»Stimmt. Und nochmal.«
Sie küsste ihn. »Und du machst gleich die Wickel?«
»Sowie du zur Tür raus bist.«
»Und misst Temperatur?«
»Klar. Und in ein paar Minuten messe ich nochmal.«
»Danke, mein Schatz. Du bist wirklich ein wunderbarer Mann.«
»Und du bist eine wunderbare Frau, Jette«, sagte Otto.
»Ich dachte schon, du sagst es nicht mehr«, erwiderte Jette, zwinkerte ihm zu und machte sich auf den Weg.

✳ ✳ ✳

In den folgenden Tagen übernahm Jette die »Blütenträume«, wo sie mit Annemaries und Hinks Hilfe trotz der großen Nachfrage gut zurechtkam, während Tine in das Haus zwischen Hafen und Südstrand zog und sich um die Kinder kümmerte. Denn natürlich blieb auch Sven zu Hause, um nicht noch weitere Kinder anzustecken. Eine ansteckende Krankheit, die auf einer kleinen Insel umging, war eine nicht gering zu schätzende Gefahr. Ein wenig Bedenken hatte Tine, ob sie selbst das Virus übertragen könnte, wenn sie als Hebamme Schwangere besuchte. Deshalb entschied sie sich dagegen, in diesen Tagen Besuche zu machen. Eine Geburt stand ohnehin nicht an. Und sollte eine der schwangeren Frauen auf der Insel in dieser Zeit Hilfe brauchen, so konnte Doktor Fest das übernehmen. Aus dem zynischen und hochnäsigen Mediziner von einst war längst ein freundlicher und respektvoller Mensch geworden, der sicherlich auch als Arzt bessere Dienste leistete als früher. Denn Medizin, das hatte Tine über die Jahre gelernt, bestand nur zu einem Teil aus Wissen. Zu einem Teil bestand sie auch aus Menschenkenntnis, Einfühlungsvermögen und Erfahrung. Und das konnte man auf keiner Universität lernen.

Julchen erholte sich schnell. Schon am dritten Tag war es schwer, sie noch im Bett zu halten. Zum Glück liebte das Mädchen Geschichten und konnte nicht genug davon bekommen, dass Tine bei ihr saß und ihr vorlas. In der neuen Inselbibliothek im Kurhaus hatte Tine ein paar Bücher für Kinder gefunden, denen Julchen gebannt lauschte. Besonders angetan hatte es ihr Natalie Hülsmanns Band »Erzähl mir was!«, obwohl Tine manche Geschichte, die darin vorkam, etwas düster fand. Aber mit den Märchen der Gebrüder Grimm ging es ihr letztlich nicht anders. Oder gar mit Wilhelm Busch, der die ungezogenen Jungen am Ende seiner »Max und Moritz«-Geschichte in Tierfutter verwandelte. Julchen hatte zuerst gar nicht verstanden, was der große Dichter da in seinen Zeichnungen abgebildet hatte. Und als sie dahintergekommen war, war sie in Tränen ausgebrochen.

Wie schon Jette als Kind liebte auch Julchen die Erzählungen von Johanna Spyri, »Heidis Lehr- und Wanderjahre« natürlich, aber fast noch mehr die »Kurzen Geschichten für Kinder«. Stundenlang konnte sie ihrer Großmutter beim Vorlesen lauschen, bis Tine irgendwann mit rauem Hals das Buch aus der Hand legte und ihr übers Haar strich. »Nu ist aber gut«, sagte sie und legte den Band mit dem bunten Umschlag beiseite und seufzte. »Bald kannst du selber gut genug lesen, dass du mich nicht mehr dafür brauchst.«

»Aber du liest so schön, Oma«, erwiderte Julchen und übte den Augenaufschlag, mit dem sie die Erwachsenen immer einzuwickeln verstand.

Tine lachte. »Aber sicher. Und ich les dir auch gerne vor. Aber du weißt vielleicht, dass es Bücher gibt, die nur Kinder lesen dürfen…«, sagte sie geheimnisvoll.

»Nur Kinder? Wirklich?«

»Nur Kinder«, erklärte Tine wichtig.

»Oh. Dann möchte ich so ein Buch aber gerne haben.«

»Also, wenn du richtig lesen gelernt hast und mir gezeigt hast, dass du es kannst, dann schenke ich dir so ein Buch, Julchen. Dann musst du mir aber daraus vorlesen.«

»O ja!«, rief Julchen. »Das mache ich gerne!«

»So, und jetzt wird geschlafen, damit du ganz schnell wieder gesund wirst.«

»Gute Nacht«, sagte das kleine Mädchen folgsam und schlug die Augen zu.

»Soll ich das Licht ausmachen?«

»Nein, nein, das kannst du ruhig brennen lassen, Oma.«

»Na gut, dann lass ich es brennen«, sagte Tine und gab ihr einen sanften Kuss auf die Stirn. Es wunderte sie nicht, dass sie schon wenige Augenblicke später, als sie noch einmal unauffällig den Kopf durch die Tür streckte, Julchen mit dem Buch auf dem Schoß auf dem Bett sitzen und eifrig Lesen üben sah. Ganz die Mutter, dachte Tine. Blitzgescheit. Und bildhübsch. Sie spürte, wie ihr das Herz aufging. Wenn nun auch noch mit Jettes Schwangerschaft alles gut verlief, dann konnte man dem lieben Gott nur auf Knien danken.

Das brachte sie auf den Gedanken, nach längerer Zeit wieder einmal nach St. Nicolai zu gehen. Sie wollte nicht zu denen gehören, die nur in der Not Trost und Rettung beim Herrn suchten. Auch wenn es einem gut ging, gerade dann, war es doch gottgefällig, zu beten und sich seines Glaubens zu entsinnen.

Also wartete sie, bis Otto aus der Werkstatt kam, warf sich dann einen leichten Schal gegen die kühle Brise über, die an diesem Abend über die Insel wehte, und lief hinauf ins Oberland, wo sie im Vorbeigehen noch ein wenig die Auslagen der Geschäfte betrachtete und für einen Moment innehielt, um vom Falm herab übers Unterland zu blicken und übers Meer Richtung Elbmündung, als betrachte sie den Weg, den sie einst gekommen war.

Die Kirche war fast dunkel. Anders als Pastor Thevessen selig ging Pastor Karl mit Kerzen sehr sparsam um. Nur auf dem Altar und etwas seitlich neben dem Eingang brannte ein kleines Licht. Aber das Gotteshaus war – jetzt wie einst – unverschlossen und stand jedermann jederzeit zum Gebet zur Verfügung.

Längst hätte Tine als angesehene Bürgerin von Helgoland einen Platz in einer der vorderen Bänke beanspruchen können. Doch in Erinnerung an alles Gute, das ihr seit ihrer Einkehr in St. Nicolai widerfahren war, ließ sie sich heute wie damals in der letzten Bank nieder und schloss die Augen, um ein leises Gebet zu murmeln. Viele Psalmen hatte sie im Pfarrhaus gelernt, viele Gebete konnte sie auswendig. Aber wenn sie ganz allein für sich betete, dann suchte sie nach Worten, die niemand anderer vorformuliert hatte. Dann suchte sie nach einem direkten Gespräch mit Gott, und sie hoffte, dass er verstand, was sie ihm zu sagen versuchte.

»Lieber Gott«, flüsterte sie. »Ich danke dir für alles, was du mir geschenkt hast. Ich danke dir, dass auf jede schwere Zeit in meinem Leben eine gute Zeit gefolgt ist. Dass du mir ein Kind und sogar schon Enkelkinder geschenkt hast! Ich danke dir für die Liebe, die ich bekommen habe. Und für die, die ich geben durfte.« Sie hielt inne und überlegte eine kleine Weile. Dann fuhr sie fort: »Bitte schenk meiner Tochter deinen Segen. Sie ist in freudiger Erwartung. Ich bitte dich, lass auch dieses Kind gesund sein. Jette hat so schwere Zeiten durchgemacht, sie ist eine so gute Frau geworden – sie hat es verdient, dass dieser Kelch an ihr vorübergeht …«

Ein Geräusch ließ Tine aufhorchen. Als sie sich im düsteren Kirchenraum umsah, entdeckte sie in einem Winkel eine Gestalt, eine Frau, die sich in eine Bank auf der anderen Seite gekauert hatte: »Hetti?« Tine stand auf und trat auf die Frau zu, die leise wimmernd die Hände vors Gesicht hielt. »Hetti? Was ist mit dir?«

Schluchzend blickte Hetti Hennerkes auf. Die schöne junge Frau, die sonst so stolz über die Insel schritt und oft genug nicht einmal Kenntnis von Tine oder anderen Insulanern nahm, sah sie aus verquollenen Augen an. »Nichts«, presste sie hervor, um sogleich wieder in Tränen auszubrechen und sich schluchzend auf die Kirchenbank zu werfen.

»So siehst du aber nicht aus, Hetti«, erwiderte Tine und setzte sich neben sie. Sie legte eine Hand auf ihren Arm und wartete eine Weile, ehe sie wieder das Wort an sie richtete. »Falls du jemanden brauchst, mit dem du sprechen kannst, dann bin ich gerne für dich da.«

»Ach«, heulte Hetti Hennerkes unwirsch auf und schüttelte Tines Hand ab. »Lassen Sie mich!«

»Natürlich«, sagte Tine. »Entschuldige. Ich wollte mich nicht aufdrängen.« Sie hatte schon viele verzweifelte Frauen erlebt. Und sie wusste, dass es eine Zeit gab zu sprechen und eine Zeit zu schweigen. Und wann diese Zeit war, das mussten die Frauen bestimmen. Denn nur sie wussten, womit ihr Herz erleichtert wurde. »Alles Gute, Hetti«, sagte sie und stand auf. Sie war schon im Begriff wegzugehen, als sie spürte, wie die junge Frau nach ihrem Handgelenk griff. »Warten Sie!«

Tine setzte sich wieder und gab Hetti Hennerkes Zeit, nach den richtigen Worten zu suchen.

»Sie sind doch Hebamme.« In Hetti Hennerkes' Blick schien auf einmal ein Hoffnungsfunken aufzuglimmen.

»Ist es das, was dich beschäftigt?«, fragte Tine. »Bist du schwanger?«

Doch Hetti Hennerkes schüttelte den Kopf. »Nein«, sagte sie. »Schlimmer.«

»Schlimmer?« Innerlich seufzte Tine, weil es ihr so sehr widerstrebte, eine Schwangerschaft als etwas anzusehen, das »schlimm« war. Aber das war natürlich Betrachtungssache. So viele Frauen hatten durch eine ungewollte Schwangerschaft alle Aussicht auf ein gutes und würdiges Leben verloren. Das wusste sie. »Was ist es denn, wenn es schlimmer ist als eine Schwangerschaft«, wollte Tine wissen. »Wenn du mich als Hebamme fragst?« Aber in dem Moment ahnte sie es schon. Und tatsächlich erklärte Hetti Hennerkes: »Sie dürfen es aber niemandem sagen.«

»Natürlich nicht.«

»Schwören Sie es.«

»Das muss ich nicht schwören, Hetti«, sagte Tine ernst. »Was eine Frau mir erzählt, bleibt immer unter uns. Nur sie und ich sollen es wissen.« Sie machte eine kurze Pause: »Und Gott.«

Sie sah, wie Hettis Blick zum Altar hin flackerte. Dann holte die junge Frau tief Luft und erklärte: »Wenn man eine... eine Krankheit hat...«

»Du meinst eine Geschlechtskrankheit?«

Statt zu antworten, brach Hetti Hennerkes abermals in Tränen aus und konnte sich kaum beruhigen. Beruhigend legte Tine ihr eine Hand auf die bebende Schulter. »Vielleicht ist es ja gar nicht so schlimm«, sagte sie, ohne zu wissen, ob sie der Frau damit einen Gefallen tat.

»Können Sie das denn feststellen, Frau Heesters?«

»Nun. Wie du richtig sagst, bin ich Hebamme. Ich habe zwar schon vieles gesehen und kenne mich mit manchem aus. Aber ich bin nicht ausgebildet in diesen Dingen.« Sie lächelte der jungen Frau zu, um ihr Mut zu machen. »Aber es gibt ja auch Ärzte auf der Insel. Und ich bin sicher, Doktor Fest…«

»Auf keinen Fall!«, rief Hetti Hennerkes. »Ich werde auf keinen Fall zu einem Arzt gehen. Zu einem Mann! Lieber sterbe ich.«

Tine seufzte. »Ich hoffe nicht, dass es hier gleich um Leben und Tod geht. Aber viele Geschlechtskrankheiten…«

»Sagen Sie nicht dieses Wort!«

»Viele… solche Krankheiten führen zum Beispiel dazu, dass eine Frau keine Kinder mehr bekommen kann. Und auch sonst… können bleibende Schäden die Folge sein. Du solltest dich unbedingt untersuchen lassen, Hetti.«

»Auf keinen Fall von einem Mann«, beschied Hetti Hennerkes.

»Aber die Ärzte sind alle Männer.«

»Und Jette?«

»Jette ist nur Krankenschwester, Hetti. Ich weiß nicht, ob sie über diese Dinge Bescheid weiß.«

»Wir könnten es probieren, oder?«

»Du kannst sie fragen, natürlich.«

Hetti Hennerkes griff nach Tines Hand. »Würden Sie sie fragen?«

※ ※ ※

»Hetti Hennerkes?«, rief Jette. »Das meinst du nicht ernst.«

»Doch, Jette. Sie ist ganz verzweifelt.«

»Sie ist das größte Luder auf der ganzen Insel, Mama!«

Tine zuckte mit den Achseln. »Irgendeinen Grund muss es ja geben für … nun, für das Malheur.«

»Das kann ich mir denken, dass es dafür einen Grund gibt«, erklärte Jette und schüttelte ungläubig den Kopf. »Und nun kommt sie ausgerechnet zu mir. Weil sie nicht zu einem Mann gehen will? Hat sie Angst, sich vor dem einen oder den zwei Männern auszuziehen, vor denen sie sich noch nicht ausgezogen hat?«

»Jette!«

Jette schlug die Augen nieder. »Entschuldige. Das war nicht nett. Tut mir leid.«

»Was hast du gegen Hetti?«

»Außer, dass sie auf der Insel die Femme fatale gibt? Nichts, Mama.« Was spielte es für eine Rolle, dass Hetti sie früher in der Schule stets herablassend behandelt und sich stets für etwas Besseres gehalten hatte. »Wenn ich ehrlich bin, tut sie mir sogar ein bisschen leid. Sie muss ja den Männern hinterherlaufen, weil sie nur dazu erzogen worden ist, mal eine gute Partie zu machen. Das ist ihre einzige Chance für eine gute Zukunft. Und die wäre natürlich zerstört, wenn sie wirklich …«

Tine blieb stehen. Sie waren ein wenig auf der Düne spazieren gegangen, wohin Otto die beiden Frauen übergesetzt hatte, damit Jette in den »Blütenträumen« und ohne die Kinder nicht die Decke auf den Kopf fiel. Nun standen sie am östlichen Strand und blickten auf die sacht plätschernde See. In einiger Entfernung streckten ein paar Seehunde die Köpfe aus dem Wasser und sahen zu ihnen herüber. »Ich hätte nicht gedacht, dass ich sie mal bedaure«, sagte Jette.

»Vielleicht kannst du ihr ja helfen«, sagte Tine. »Kennst du dich mit diesen Dingen aus?«

»Kommt darauf an, was es ist«, erklärte Jette. »Wir haben im

Krieg etliche Soldaten behandelt – und auch ein paar Frauen aus dem Bordell. Falls Hetti sich das Gleiche eingefangen hat, kann ich ihr vielleicht helfen.«

»Dann tu das. Sie ist verzweifelt. Und ich habe schon so manche verzweifelte Frau Dinge tun sehen, die nicht hätten passieren dürfen.«

Jette legte den Arm um ihre Mutter. »Nicht Hetti, glaub mir. Nicht Hetti.«

»Na, da kann ich ja nur hoffen, dass du recht hast«, erwiderte Tine und folgte ihrer Tochter hinüber Richtung Weststrand, wo Otto mit dem Boot wartete.

Tatsächlich wusste Hetti genau, was passiert war: Sie hatte sich offenbar bei einem ihrer Liebhaber mit dem Tripper angesteckt und litt deshalb unter schrecklichen Schmerzen im Unterleib, vor allem beim Wasserlassen. Außerdem musste sie Jette schamvoll eingestehen, einen weißlichen Ausfluss zu haben, der nicht mehr wegging. »Was soll ich denn nur tun?«, fragte sie verzweifelt, als sie mit Jette am Abend alleine in Tines kleinem Häuschen saß und ihre Röcke wieder zurechtzog. »Man kann es behandeln«, erklärte Jette. »Das Problem ist: Ich habe keine solche Medizin. Es gibt ein Silberpräparat, das ...«

»Silber? Das wird schrecklich teuer sein!«

»Na«, sagte Jette. »Das wird es dir wohl wert sein, oder? Schließlich geht es um deine Gesundheit.«

Hetti Hennerkes nickte. »Du hast recht. Entschuldige. Aber wie soll ich dieses Medikament denn bekommen?«

»Nun, Doktor Fest ...«

»Auf keinen Fall!«, rief Hetti Hennerkes. »Ich gehe nicht zu Doktor Fest. Und auch zu keinem anderen Arzt.«

»Tja, dann ...«

»Kannst du es mir nicht besorgen?«

»Ich? Wie stellst du dir das vor, Hetti? Ich kann doch nicht einfach ...«

»Du könntest sagen, es sei für dich«, schlug Hetti Hennerkes vor. Doch auf Jettes Blick ergänzte sie: »Nein. Natürlich nicht. Das geht nicht.« Sie schien jeden Moment wieder in Tränen auszubrechen. »Ich bin so dumm!«, klagte sie. Jette verzichtete darauf, ihr zu widersprechen, denn das traf ziemlich genau, was sie dachte. »Es ist nicht das einzige Problem«, sagte sie.

»Was meinst du damit?«, frage Hetti Hennerkes erschrocken.

»Du bist nicht die Einzige, die es hat.«

»Ach? Wer hat es denn noch?« War es Neugier? War es Erleichterung? Die junge Frau war plötzlich ganz Ohr.

»Der Mann, der es dir angehängt hat.«

»Oh. Verstehe.«

»Du hättest einfach aufpassen müssen, mit wem du schläfst«, sagte Jette und bedauerte sogleich, was sie da ausgesprochen hatte. Denn sie war hier nicht als moralische Instanz gefragt, sondern als Krankenschwester. Es stand einem Arzt nicht zu, das Verhalten seiner Patienten zu bewerten. Ebenso wenig stand es ihr zu. »Aber wir haben ja gar nicht ...«, erwiderte Hetti Hennerkes.

»Ihr habt nicht ... miteinander geschlafen?«

»Wo denkst du hin? Ich werde doch meine Jungfräulichkeit nicht an einen Unteroffizier aus ... Egal. Das ist ja jetzt nicht wichtig.«

»Doch, Hetti, das ist es«, beharrte Jette. »Denn wenn du ihn nicht warnst und ihn dazu bringst, sich behandeln zu lassen, wird er noch andere Frauen damit anstecken. Also, ich meine, falls ihr beide nicht ...« Mein Gott, dachte Jette, das ist alles vermintes Gelände.

»Vielleicht habe ich es anders bekommen. Ich meine, wo wir doch gar nicht miteinander ...«

»Nun, irgendwas werdet ihr wohl miteinander getan haben«, erklärte Jette und sah ihr damit so direkt ins Gesicht, dass Hetti Hennerkes ihrem Blick auswich. »Und das hat nun einmal dazu geführt.«

»Verstehe«, entgegnete Hetti kleinlaut. »Aber wie komme ich denn jetzt an ein Medikament dagegen? Versteh doch, ich kann nicht zu einem Arzt gehen! Mein Vater erwartet, dass ich eine gute Partie bin und einen angesehenen Mann abbekomme. Das kann ich vergessen, wenn irgendjemand erfährt, dass ich schon ... also, dass ich schon ...«

»Schon gut«, erklärte Jette. »Ich verstehe ja, dass dich das in ernsthafte Schwierigkeiten bringt.« Sie legte ihr beruhigend die Hand auf den Arm. »Wir werden eine Lösung finden, Hetti.«

»Danke, Jette. Ich weiß gar nicht, wie ich dir danken soll.«

»Werde nur schnell wieder gesund«, antwortete Jette und lächelte ihr aufmunternd zu. Egal, wie überheblich Hetti früher gewesen sein mochte, jetzt war sie einfach eine Frau, die Hilfe brauchte. Und Jette würde alles tun, um ihr zu helfen. Denn gegen die Ungerechtigkeit der Welt, dass immer die Frauen die Leidtragenden waren, gab es nur ein einziges Mittel: Frauen mussten zusammenhalten.

✳ ✳ ✳

Es war nicht der erste Fall, in dem Tine oder Jette um Hilfe in einer delikaten Angelegenheit gefragt worden wären. Im Gegenteil: Hebamme oder eben Krankenschwester zu sein, das hieß, auch ein Ohr für die Angelegenheiten haben zu müssen, die den Menschen unangenehm waren, die sie ängstigten oder die – aus welchen Gründen auch immer – vor der Welt verborgen bleiben sollten. Hetti Hennerkes machte da keine Ausnahme, auch wenn sie unter den Hilfesuchenden vielleicht eine der prominentesten war. Denn der Reeder Hennerkes war einer der reichsten Männer der Insel. Ihm gehörten neben etlichen Schiffen, Frachtern vor allem, mit denen er Helgoland zu einem wichtigen Handelshafen in der Nordsee machen wollte, große Lagerhallen, mehrere Anwesen überall auf der Insel, eine unbekannte Anzahl von Firmen nicht nur hier, sondern auch in Cuxhaven und Bremerhaven, manche behaupteten auch: in London. Mit Hennerkes legte man sich besser nicht an – auch nicht, wenn man seine Tochter war. Dass Hetti sein einziges Kind war, machte es nicht einfacher. Der jungen Frau war nicht von Tine, sondern noch von Frau Liebrecht zur Welt geholfen worden. Dennoch wusste Tine, dass Hennerkes keineswegs der leibliche Vater war. Hetti stammte aus einer Kurbekanntschaft ihrer Mutter. Ihr Erzeuger war kurz nach seiner Romanze mit Auguste Hennerkes so unvermittelt wieder verschwunden wie viele der Männer, die ihren Aufenthalt auf der Insel zu einer unverbindlichen, aufregenden Affäre nutzten, ohne weiter über die Folgen ihres Vergnügens nachzudenken. Ob Hetti darüber Bescheid wusste, war Tine nicht bekannt. Und vielleicht war es besser, sie erfuhr es gar nicht. Was der Reeder unternommen hätte, wenn er es herausgefunden hätte, war nicht einzuschätzen. Da er keine anderen Kinder hatte, würde er womöglich schweigen. Auguste Hennerkes ihrerseits war schon vor einigen Jahren an der Spanischen Grippe verstorben, sie konnte er deshalb ohnehin nicht mehr zur Verantwortung ziehen.

Wie in vielen Hafenstädten üblich, wurde das Problem der Unehelichkeit von Kindern nicht unbedingt mit der gleichen Bigotterie gesehen wie etwa in den großen Städten. Männer fuhren zur See, Frauen warteten allein zu Hause, Frauen starben im Kindbett, Männer blieben im Krieg ... Es gab so viele Umstände, derentwegen Menschen alleine zurückblieben, sei es für längere Zeit, sei es für immer, dass es ebenso viele Gründe gab, sich in den Armen eines anderen oder einer anderen zu trösten. Die langen, harten Winter auf der einsamen Insel machten es nicht leichter. Und die strahlenden Sommer mit ihren zahllosen eleganten und wohlhabenden Besucherinnen und Besuchern erst recht nicht. Und so lag es Tine fern, Hettis Verfehlung zu verurteilen oder sie überhaupt als Verfehlung zu begreifen. Sie selbst hatte lange Zeit unverheiratet mit Paul Stöver zusammengelebt. Und davor war sie genau genommen Pauls »Affäre« gewesen, eine Liebschaft neben einer unglücklichen Ehe. Das zumindest war etwas, wofür sie sich schämte. Denn auch wenn Pauls Ehe längst für beide Seiten unglücklich gewesen war, so war es doch ein Bund gewesen, den die beiden vor Gott geschlossen hatten. Und in einen solchen Bund gehörte nun einmal keine dritte Person.

Solchermaßen sinnierend streifte Tine in den frühen Morgenstunden übers Oberland, wo es nach wie vor auf den Schafweiden wunderschöne Wildblumen zu pflücken gab. Besonders angetan hatten es ihr ein paar Büschel von blau blühenden Gräsern, deren Namen sie nicht wusste, die sich aber zauberhaft zwischen den zartrosa Rosen machten, die sie am Vortag aus London bekommen hatte. Sie nahm so viel davon in ihren Korb, dass sie nicht nur an diesem, sondern auch am nächsten und vielleicht sogar am übernächsten Tag damit würde arbeiten können.

Wie jedes Mal, wenn sie auf den Klippen unterwegs war, machte sie auch kurz Halt an der Stelle, von der aus Henry sich einst in die Tiefe gestürzt hatte, und sprach ein kleines Gebet für ihn. Manchmal fragte sie sich dann, wie ihr Leben wohl verlaufen wäre, wenn er nicht so früh gestorben wäre. Hätten sie noch einmal ganz von vorne begonnen? Hätte Henry, der ja ein Geschäftsmann durch und durch gewesen war, es noch einmal mit einem neuen Hotel versucht, einem kleinen vielleicht? Denn Geld hätte man ihm angesichts des Bankrotts sicher nicht mehr geliehen. Wäre er im Krieg eingezogen worden? Und wenn ja, wie wäre dann alles gekommen? Henry war schließlich kein Deutscher gewesen, sondern Niederländer! »Eine verrückte Welt ist das, Henry«, sagte Tine leise kopfschüttelnd. »Was wir auch tun, alles kann von einem Tag auf den anderen durcheinandergewirbelt werden. Man kann sich auf nichts verlassen.«

Vorbei an den demontierten Geschützständen aus der Zeit des Kaiserreichs spazierte sie hinter der Kaserne entlang wieder zurück Richtung Falm, wo sie auf Irene Hansen stieß, die ihre Eltern im Oberland besucht hatte. »Moin, Irene!«

»Moin, Tine! Wieder Blumen pflücken gewesen?«

»Wie du siehst.«

Die beiden Frauen spazierten ein Stück gemeinsam den Falm entlang und genossen die Aussicht auf Hafen und Südstrand. »Und?«, fragte Tine. »Hast du dir schon ein schönes Ladengeschäft in Hamburg gesucht?«

Die Schneiderin lachte. »Wegen Julchen? Tut mir leid. Wir wollten erst einmal die Niederlassung in Schanghai eröffnen. Das schien uns dringender für Julchens Ausstattung.«

»Da hast du recht!«, lachte Tine. »Wenn sie in Hamburg ist, kann sie ja jederzeit kurz hier herüberfahren, um sich einzukleiden.«

»Richtig. Von Schanghai aus ist das schwieriger.« Die Schneiderin wurde unvermittelt ernst. »Meinen Eltern geht es leider nicht gut. Vor allem meinem Vater.«

»Oh«, sagte Tine. »Das tut mir leid. Kann ich irgendetwas helfen?«

Irene Hansen schüttelte den Kopf. »Ich fürchte, es ist nun mal der Gang der Dinge. Sie werden beide gebrechlich. Vater geht kaum noch aus dem Haus. Dabei hatten sich die beiden so gefreut, als sie herauf ins Oberland gezogen sind. Die schöne Aussicht, die Spaziergänge über die Wiesen … Und keine Massen von Ausflüglern und Urlaubern, die sich durch die Gassen unten drängen und lärmen.«

In der Tat war in den letzten Jahren das Oberland die eindeutig bessere Lage geworden – zumindest wenn es ums Wohnen ging. Fürs Geschäft freilich war das Unterland großartig. Die Menschenmassen, von denen Irene Hansen sprach, brachten nun einmal auch Massen an Geld mit auf die Insel. Und sie brachten es mit, um es auszugeben. Nicht zuletzt bei Hansens mit ihrer exquisiten Damenkonfektion. »Wie alt ist denn dein Vater?«, fragte Tine.

»Er ist Jahrgang fünfzig.«

Achtzehnhundertfünfzig. Das bedeutete, er war inzwischen fünfundsiebzig Jahre alt. Ein Alter, das auf der Insel nicht viele erreichten. Denn das Leben auf Helgoland war hart. In den milderen Monaten hieß es vom Morgengrauen bis in die Abendstunden hart zu arbeiten, in der übrigen Zeit zerrten Kälte, Sturm und Dunkelheit an der Seele, es gab oft nur Fisch und Kohl zu essen, und alle sehnten sich danach, endlich wieder rauszukommen aus ihren engen Häusern und weg von den Begrenzungen einer winzigen Insel in der rauen See. »Grüß ihn sehr herzlich von mir«, sagte Tine. »Und auch deine Mutter. Wenn ich irgendetwas tun kann, du weißt ja, wo du mich findest. Und bitte zögere nicht. Jette wird auch gerne helfen!«, betonte sie.

»Ich weiß, Tine. Ihr seid wunderbare Menschen, du und deine Familie.«

Tine zuckte die Achseln. »Nicht mehr und nicht weniger als alle hier, hoffe ich.«

Wenig später schickte Tine ihre Hilfe Annemarie mit einem besonders prächtigen Blumenstrauß hinauf ins Oberland, um ihn bei Hansens in der Viktoriastraße abzuliefern, denn die größten und schönsten Freuden, das wusste sie gut, waren oft die unerwarteten.

✳ ✳ ✳

Seit der Reichspräsident das Uniformverbot aufgehoben hatte, sah man wieder mehr Männer auf der Insel, die stolz ihre militärischen Auszeichnungen zur Schau trugen. Die Herren Offiziere vor allem zögerten nicht, mit ihrem Rang zu renommieren. Ein wenig schauderte es Tine, wenn sie daran dachte, was alles von den Militärs an Unheil über die Insel gebracht worden war. Annemarie indes schien sich an den schneidigen Herren nicht sattsehen zu können. Vor allem an einem nicht, der ja schon öfter auffällig lange in den »Blütenträumen« gewesen war, wenn die junge Hilfe allein im Laden wirkte. Immerhin war der Mann hartnäckig. Und tatsächlich schien es gegen Ende des Sommers, als wären seine Absichten nicht nur ernst-, sondern auch ehrenhaft. Immer wieder hatte Tine ihn beobachtet, wie er durchs Schaufenster in den Laden blickte, aber nur hereinkam, wenn auch Annemarie da war. Dann ließ er sich gerne von der jungen Frau beraten, versäumte nie zu fragen, was ihr denn am besten gefallen würde, kaufte schließlich jedes Mal, und zwar nicht zu viel und nicht zu wenig. Zweimal brachte er eine kleine Blume von der Wiese oder von einem

Strauch mit in den Laden, um zu erfahren, um welche Sorte es sich handle. Irgendwann war sogar Tine ganz entzückt von ihm. Denn dass er nach »Investitionen« auf der Insel suchte, gefiel ihr nicht. Die Geschäftsleute, die von außen kamen, um ihr Geld auf der Insel in lukrativen Unternehmungen anzulegen, verteuerten letztlich bloß alles für die Insulaner. Schon jetzt konnte sich eine einfache Fischerfamilie kein Haus mehr leisten. Die meisten von ihnen lebten nur noch in gemieteten Wohnungen und hatten oft genug Schwierigkeiten, das Geld aufzubringen, das sie dafür bezahlen mussten. Doch Herr Schneider war bisher zumindest noch nicht durch waghalsige Spekulationen oder dreiste Angebote aufgefallen wie so viele andere Glücksritter, die die Insel in jenen Jahren heimsuchten.

»Haben Sie denn inzwischen Gelegenheiten für geschäftliche Investitionen gefunden?«, wollte Tine wissen, als sie den Mann, diesmal in Uniform, mit Annemarie im Laden antraf.

»Oh, guten Tag, Frau Heesters«, grüßte Schneider. »Gewiss. Nichts Großes. Aber ich bin zuversichtlich, dass es zum Nutzen beider Seiten ist.«

»Aha? Und darf ich fragen, welcher Art diese Geschäfte sind?«, forschte Tine neugierig weiter.

»Nun, ich konnte die Konzession für den Bau einer Hafenerweiterung erwerben«, erklärte Schneider unbefangen. »Und Sie haben vielleicht die Tennisplätze gesehen, die wir auf dem Oberland eingeweiht haben ...«

»Sie waren das? Die ganze Insel spricht seit Tagen von nichts anderem.«

»Tja, also ja, wir waren das.«

»Interessant.«

»Wenn Sie möchten ... ich meine: Sie sind herzlich eingeladen, einmal eine Partie dort zu spielen.«

»Auf dem Tennisplatz?«, lachte Tine. »Ich? Gott bewahre. Da gibt es sicher sehr viel bessere Spielerinnen. Ich wüsste vermutlich nicht, wie herum ich den Schläger halten müsste.«

»Ach, ich bin sicher, dass hätten Sie schnell heraus, liebe Frau Heesters. Aber wenn Sie nicht mögen...« Er schien auf die Gelegenheit nur gewartet zu haben: »Vielleicht darf ich ja Ihre freundliche Mitarbeiterin zu einer Partie Tennis einladen?« Hoffnungsvoll blickte er zu Annemarie hin, die ihrerseits Tine einen fragenden Blick zuwarf.

»Also mich musst du nicht fragen, Anni«, erklärte Tine. »Ob du die Einladung annehmen möchtest oder nicht, das musst du schon selber wissen.«

Sie wusste es. Und sie nahm an. Und nicht nur die Einladung nahm sie an, sondern auch Anton Schneiders Antrag, den er ihr wenige Tage vor seiner Abreise nach Hamburg machte.

Es war ein goldener Tag im Oktober, als Annemarie in den »Blütenträumen« erschien und mit der Sonne um die Wette strahlte. »Frau Heesters?«

»Was denn, Anni?«

»Herr Schneider...«

»Ja?«

»Er hat mir einen Antrag gemacht.«

Tine hielt für einen Augenblick den Atem an. »Und?«, fragte sie dann. »Hast du ihn angenommen?« Doch natürlich wusste sie es.

»Ja«, hauchte Annemarie mit geröteten Wangen. »Das habe ich. Wir wollen noch dieses Jahr heiraten.«

»Aber nicht, weil es die... ehm... Umstände erfordern?«

»Weil es die Umstände erfordern?« Fast wirkte die junge Frau ein wenig entrüstet. »Aber nein!«, erklärte Annemarie. »Es ist nichts passiert. Also: nichts, was nicht hätte passieren dürfen.«

»Dann ist ja gut«, sagte Tine. »Und ich gratuliere dir von ganzem Herzen, Anni. Du bist eine kluge und gute junge Frau. Ich freue mich für dich und wünsche euch alles Glück auf Erden.«

»Danke, Frau Heesters.«

»Hamburg wird dir gefallen, glaub mir. Es ist eine aufregende Stadt. Und sie wird immer aufregender.«

»Hamburg?«

»Nun, wenn du Herrn Schneider zum Mann nimmst, wirst du wohl mit ihm nach Hamburg gehen?«

»Nein, Frau Heesters!«, beeilte sich Annemarie zu erklären. »Anton, also: Herr Schneider wird zu uns nach Helgoland ziehen.« Sie senkte die Stimme. »Er hat sogar schon ein kleines Häuschen gekauft. Im Oberland.«

»Tatsächlich?«, fragte Tine verblüfft. »Aber da steht doch gar nichts zum Verkauf.«

»O doch! Frau Friedrichs hat ...« Erschrocken hielt Annemarie inne. »Ich weiß aber gar nicht, ob ich es verraten darf.«

»Du musst es mir nicht erzählen, Anni. Aber wenn du etwas sagst, dann bleibt das unter uns.« Tine legte ihr begütigend die Hand auf den Arm. »Frau Friedrichs hat also ihr Haus verkauft. Es ist ein schönes Haus. Darin könnt ihr eine große Familie begründen. Also, wenn du das willst.« Frau Friedrichs war die Witwe des alten Schulrektors, der schon vor Jahren verstorben war. Tine wusste, dass die alte Frau sich seit langem mit dem Gedanken trug, zu ihrer Schwester aufs Festland zu ziehen, irgendwo nach Schleswig, wo sie einst hergekommen war. Nun war es also so weit – und Annemarie würde mit ihrem Zukünftigen in das stolze Haus in der Schulstraße ziehen.

»Aber natürlich will ich das!«, rief Annemarie. »Und Sie müssen mir dann als Hebamme helfen.«

»Das will ich gerne tun, Anni«, sagte Tine, die wusste, wie sehr die junge Frau darunter litt, ihre gesamte Familie im Krieg verloren zu haben. Nachdem der Vater gefallen war, waren die Mutter und die Geschwister bei einem U-Bootangriff mit dem Fischkutter versenkt worden, der sie hätte evakuieren sollen. Nur Annemarie hatte überlebt, weil sie aus der eisigen Nordsee gefischt worden war.

»Und noch eine Bitte habe ich«, sagte Annemarie, der das Glück so deutlich ins Gesicht geschrieben stand, dass ihr beinahe die Augen überliefen.

»Aha? Nämlich?«

»Dass Sie meine Trauzeugin werden, Frau Heesters.«

Und dann war es doch Tine, der die Augen überliefen.

✳ ✳ ✳

Zweites Kapitel

Es war der Tag der letzten Lieferung aus Amsterdam, als Otto in den »Blütenträumen« vorbeikam, um Tine mitzuteilen, dass Hink mit einem Hexenschuss im Bett lag und nicht mehr hochkam. »Gott, der Arme!«, sagte Tine. »Braucht ihr Hilfe?«

Otto schüttelte den Kopf. »Jette kümmert sich schon um ihn. Was er braucht, ist Zeit.«

»Natürlich. Grüß ihn sehr herzlich von mir. Ich sehe später mal vorbei und bringe ihm ein paar Blümchen.«

»Darüber wird er sich sicher freuen«, erwiderte Otto amüsiert. Als Mitarbeiter von Tines kleinem Laden konnte er sich Hink ja gut vorstellen, aber als Empfänger von Blumen… Tine blickte zur Uhr über der Eingangstür. »Oje, dann muss ich mich aber jetzt beeilen. Wenn Hink nicht da ist, müssen wir das Wasser ja selber besorgen.

»Soll ich mitkommen?«, schlug Otto vor.

»Nein, nein, geh du nur wieder an deine Arbeit«, beschied ihn Tine. »Anni und ich, wir schaffen das schon.« Damit schob sie ihren Schwiegersohn zur Tür hinaus und rief nach ihrer Hilfe. »Anni? Wir müssen zum Brunnenplatz! Hink ist krank!«

Rasch waren die Eimer auf den Leiterwagen gepackt, der immer hinter dem Haus stand, und mit dem sie später auch die Lieferung vom Hafen würden abholen müssen. Nun aber galt es erst einmal, die nötige Menge Süßwasser zu besorgen. Und das war auf Helgoland nur auf der Düne möglich oder eben am Brunnenplatz, wo eine Brackwasserader verlief. Denn auf dem Felsen gab es im Übrigen keine Süßwasserquelle. Was die Bewohner zum Leben brauchten, mussten sie in Zisternen auffangen oder aus dem besagten Brunnen schöpfen.

Am Brunnenplatz traf man sich und plauderte. Es war der Hauptumschlagplatz für Gerüchte, für manche war es eine Art Heiratsbörse, Nachrichten verbreiteten sich von hier aus wie Lauffeuer über die Insel... Wer auf dem neuesten Stand sein wollte, holte sich einen Eimer Wasser und kam mit Dutzenden neuen Erkenntnissen zurück.

An diesem Tag hatte sich auch Hedi mit einer großen Wasserkanne zum Brunnenplatz begeben. »Moin Hedi!«, rief Tine, die von ihrer Freundin zunächst gar nicht bemerkt worden war.

»Oh, hallo Tine«, erwiderte die und lächelte gequält.

»Geht es dir gut?« Tine zögerte. »Und deinem Mann?«

»Mhm«, machte Hedi. »Alles gut, ja.« Sie bedeutete Tine, zuerst den Eimer hinzustellen.

»Nein, nein, mach du nur zuerst. Wir müssen ja viel mehr pumpen für die Blumen«, erklärte Tine und deutete auf den Leiterwagen, der voller Gefäße stand, die es zu füllen galt.

»Wenn du meinst...« Hedi blickte an Tine vorbei und presste die Lippen aufeinander. Sie stellte ihre leere Kanne unter den Hahn und griff nach der Pumpe. Mit zusammengebissenen Zähnen drückte sie den Hebel einige Male nach unten und ächzte. Schließlich stöhnte sie und wankte, sich die Hüfte haltend, zurück. »Was ist mit dir?«, rief Tine erschrocken auf und packte die Freundin an den Schultern, damit sie nicht stürzte.

»Nichts, Tine«, presste Hedi hervor. Sie löste sich und humpelte ein paar Schritte zur Seite.

»Was ist mit deinem Bein? Du kannst ja gar nicht richtig

laufen!« Tine packte den Griff des Leiterwagens, zog ihn zu sich und nötigte Hedi, sich daraufzusetzen.

»Bitte, Tine«, flüsterte Hedi und sah sich um, weil sie offenbar nicht wollte, dass das Vorkommnis die Runde machte. »Es ist doch nichts. Nicht der Rede wert, wirklich.«

»Was ist nicht der Rede wert, Hedi«, drang Tine in ihre Freundin. »Was?«

»Diese ... diese kleine Verletzung. Wirklich.«

Tine schüttelte den Kopf. »Weißt du, wie lange ich dich kenne, Hedi? Ich weiß genau, wann es dir gut geht und wann nicht. Und ich weiß, wenn etwas nicht der Rede wert ist.« Tine gab Annemarie ein Zeichen, sich um das Wasser zu kümmern. »Du kommst jetzt mit zu mir, dann sehe ich mir deine Verletzung mal an. Du hast Schmerzen, das sehe ich doch. Du kannst ja kaum gehen. Und dass du mir nicht ins Gesicht siehst, das finde ich sehr verdächtig.«

»Ach, Tine«, seufzte Hedi. »Wir machen es nur schlimmer.«

»Was machen wir schlimmer? Und wie? Indem wir es heilen?«

»Ich möchte dich da nicht mit reinziehen.« Hedis Blick wanderte in eine scheinbar unendliche Ferne. Sie sah hinaus aufs Meer, das an diesem Tag grau und ernst dalag.

»Zu spät«, erklärte Tine knapp. »Bleib auf dem Wagen sitzen. Die Strecke ist kurz, da können wir dich ziehen.«

Und so kam es, dass wenig später der Leiterwagen des örtlichen Blumenladens nicht nur mit einer Fuhre gefüllter Wassereimer am Südstrand entlangfuhr, sondern überdies eine erleichterte Frau transportierte. Unter Schmerzen stand Hedi auf und humpelte die zwei Stufen zur Tür, durchquerte den duftenden Verkaufsraum und ließ sich von Tine in deren Schlafzimmer manövrieren und aufs Bett zwingen. »So. Und nun raffst du mal deine Röcke und lässt mich einen Blick auf die Stelle werfen, die dir so große Probleme bereitet.«

»Ach, so schlimm ist es doch eigentlich gar nicht«, versuchte es Hedi noch einmal. »Nach der Kutschfahrt eben geht es mir sogar schon wieder viel besser!«

Doch Tine ließ sich nicht erweichen, sondern wies die Freundin nicht nur an, das Kleid hochzuziehen, sondern auch die Unterwäsche runter. »Um Gottes willen!«, rief sie, als sie der Stelle ansichtig wurde. »Wie konnte das passieren?«

»Eine Ungeschicklichkeit, Tine. Nichts weiter.«

»Eine Ungeschicklichkeit? Das ist kein blauer Fleck, wie man ihn bekommt, wenn man gegen die Tischkante läuft, Hedi, das ist ein Bluterguss wie von einer ... ja, ich weiß gar nicht. Im Krieg habe ich sowas mal gesehen. Und selbst das sah damals weniger schlimm aus.« Tatsächlich war Hedis ganze linke Hüfte bis zur Taille hinauf sowie der größte Teil des Unterschenkels tiefschwarz verfärbt. Zutiefst entsetzt schlug Tine die Hände vor den Mund. Schließlich fragte sie: »Ist das die einzige Stelle?«

Hedi schwieg.

»Verstehe«, sagte Tine. »Wo noch?«

»Der Rücken«, flüsterte Hedi.

»Zieh dein Kleid aus. Zieh es ganz aus. Zieh dich ganz aus. Ich will dich von oben bis unten sehen.«

»Aber Tine!«

»Tu es, Hedi. Du brauchst dich nicht schämen.« Und leise fügte sie hinzu: »Aber ich weiß, wer sich schämen muss.«

Es stellte sich heraus, dass Hedis Rücken von dunkelblau gefärbten Striemen übersät war. An den Oberarmen hatte sie blaue Flecken, mehrere Zehen waren schwarz, ebenso die Kniekehlen.

»Er sagt, ich bin kein gutes Weib«, flüsterte Hedi und schluckte.

»Kein gutes Weib«, wiederholte Tine fassungslos. Sie hatte in ihrem Leben schon vorher misshandelte Ehefrauen gesehen. Dergleichen blieb nicht aus, wenn man als Hebamme die intimsten Momente teilte. Und es war Tine auch schon aufgefallen, dass es diese Art von Misshandlung gab, die die betroffenen Frauen schmerzhaft und schamvoll spürten, die sie Tag und Nacht daran erinnerten, wie sie sich zu verhalten hatten oder was ihr Mann von ihnen erwartete – doch Dritten gegenüber blieben die Verletzungen unsichtbar. Die Männer schlugen gezielt dorthin, wo niemand etwas sah. Unter den schönsten Kleidern konnten die hässlichsten Narben verborgen sein, der makelloseste Kopf konnte auf einem geschundenen Körper sitzen. Und das war es, was Hedi offenbarte: Sie war am ganzen Körper übersät von fürchterlichen Verletzungen, sie war buchstäblich grün und blau geschlagen. Aber wenn sie ihre Kleider trug, deutete nichts darauf hin, was diese Frau durchzumachen hatte. »Und das wagt dein Mann zu sagen?«, sagte sie mit rauer Stimme. »Er schlägt dich halb tot und behauptet, du wärst kein gutes Weib? Ist es das, was du da gerade meintest?«

»Aber Tine!«, rief Hedi. »Er hat doch recht! Ich bin ... ich habe ...« Sie brach in Tränen aus, schluchzte, nestelte ein Taschentuch aus ihrem Ärmel und tupfte sich die Augen trocken, schnäuzte und schwieg.

»Du bist dumm«, sagte Tine leise. »Schrecklich dumm. Und arm dran, Hedi. Und du hast Angst. Das verstehe ich. Wer zu so etwas fähig ist, der ist auch imstande und ...« Sie ließ den Rest im Vagen. Es gab Dinge, die auszusprechen sie nicht über sich brachte. Und es hatte ja auch keinen Sinn, Hedi noch mehr in Panik zu versetzen. »Aber so darf das nicht weitergehen. Du musst diesen ... diesen Teufel so schnell wie möglich verlassen, hörst du?«

»Verlassen?« Wie aus einem Traum schien die Freundin zu erwachen und blickte Tine mit ungläubigen Augen an. »Aber er ist doch mein Ehemann!«

»Ist es das, was du Ehe nennst?«, fragte Tine und deutete auf die Blutergüsse.

»Nein«, murmelte Hedi. »Vielleicht?«

»Nein!«, widersprach Tine. »Ehe, das ist, füreinander da sein. Zärtlichkeit und Opferbereitschaft! Zusammenhalt. Dass man einander beschützt!«

»Aber ich bin doch für ihn da. Und er beschützt mich doch.« Hedi verdeckte ihre Blöße und begann sich wieder anzuziehen.

»So wie ich das sehe, ist das Einzige, wovor du im Moment Schutz brauchst, dein Mann. Und dass du für ihn da bist, das glaube ich wohl. Aber er ist nicht für dich da, sondern er... er...« Tine trat ans Fenster und blickte hinaus. Die »Brasilia« hatte am Hafen festgemacht. Bald würden sie die Ladung löschen, auch ihre letzte Lieferung aus Amsterdam. Sie musste sich beeilen. »Hol deine Sachen, Hedi, und zieh zu mir.«

Doch die Freundin schüttelte den Kopf. »Er kann nichts dafür«, sagte sie. »Es liegt an mir.«

»An dir?« Voller Zorn fuhr Tine herum. »Wie kannst du das sagen? Was für einen Anlass kann man jemandem geben, einen anderen so zu behandeln?«

Hedi zuckte die Achseln und sagte so leise, dass Tine sie kaum hören konnte: »Er wünscht sich doch so sehr eigene Kinder.«

»Ja und?«

»Aber ich...« Ein Schluchzen entrang sich Hedis Kehle. »Ich habe schon öfter keine... also ich habe sie nicht mehr.«

»Deine Tage?«

Hedi nickte. »Am Anfang, als sie wegblieben, da dachte ich, ich wäre schwanger. Und ich habe es ihm gesagt. Da war er ... er war sehr ... nett?«

»Aber es war keine Schwangerschaft.«

»Nein. Sie kamen wieder.«

Tine nickte. »Verstehe. Und dann blieben sie wieder weg. Und jetzt kommen sie vermutlich gar nicht mehr?« Sie überschlug im Kopf. Wenn sie selbst um die fünfzig Jahre alt war, dann musste Hedi schon Mitte fünfzig sein. Viel zu spät, um noch Kinder zu bekommen.

»Er dachte ...« Hedis Gesicht verzog sich zu einer Grimasse des Schmerzes. »Er dachte, ich hätte ... es weggemacht.« Sie schniefte. »Und jetzt könnte ich deshalb keine ... keine Kinder mehr bekommen.«

In einer Mischung aus Empörung und Mitleid trat Tine zu ihrer alten Freundin und legte die Arme um sie. »Und nun gibst du dir selbst die Schuld, weil er dir all das antut. Warum, Hedi? Du bist doch eine kluge Frau! Du hast doch schon so viel erlebt! Wie kannst du dir von einem Mann einreden lassen, dass du nichts wert bist, nur weil du keine Kinder mehr bekommen kannst? Wie kannst du es zulassen, dass er dir solche Dinge unterstellt?«

Hedi legte ihren Kopf auf Tines Schulter und gab sich den Tränen hin. »Ich bin so froh, dass ich dich habe, Tine«, sagte sie mit rauer Stimme. »Ich weiß nicht, was ich tun würde. Wirklich, ich weiß nicht, was ich tun würde.«

»Aber ich weiß, was du jetzt tust, Hedi«, sagte Tine. »Du holst das Nötigste und kommst damit zu mir. Für uns beide ist genug Platz in meiner kleinen Hütte hier. Du kannst Jettes alte Kammer unter dem Dach nehmen. Und du kannst mir im Laden helfen. Anni wird bald heiraten, dann brauche ich vielleicht kurzfristig Ersatz. Und da wäre es doch wunderbar, ich hätte ihn schon im Haus!« Sie nahm die Freundin bei den Schultern und blickte ihr ins tränennasse Gesicht. »Bitte tu, was ich dir sage, Hedi. Thorsten Brand hat dich nicht verdient. Und niemand darf dich so behandeln. Niemand darf *irgendeine* Frau so behandeln!«

* * *

Hedi Brand kam nicht. Nachdem sie sich tausendmal bedankt und geschworen hatte, sie stünde noch am nämlichen Abend vor Tines Tür, tauchte sie nicht mehr auf. Zuerst dachte Tine noch, Hedi würde vielleicht nur einen guten Zeitpunkt abwarten, würde womöglich warten, bis ihr Mann in die Wirtschaft ging, um dort den Abend zu verbringen. Doch weder um acht noch um neun oder zehn Uhr kam die Freundin. Als es auf halb elf Uhr ging, machte Tine sich zunehmend Sorgen. Schläge konnten schmerzhaft sein, aber ungefährlich. Doch Brands Entgleisungen waren so extrem, Hedis Verletzungen so schwer, dass jeder Schlag durch Zufall auch der letzte sein konnte. Tine hatte buchstäblich Angst um das Leben ihrer Freundin. Deshalb schlüpfte sie in ihre Strickjacke und die Schuhe und machte sich auf den Weg ins Oberland, wo der Verwaltungsbeamte Thorsten Brand sein kleines Häuschen hatte, auf dem seit Jahren schon die Flagge der kaiserlichen Handelsmarine flatterte, obwohl das Kaiserreich 1918 untergegangen war und längst eine viel freundlichere Flagge galt.

»Ja?«, fragte Brand, als er die Tür öffnete. Zu einem Gruß konnte er sich offenbar nicht durchringen. Aber Tine hätte auch nichts anderes erwartet. Seit sie Brands Antrag ausgeschlagen hatte, behandelte er sie mit besonderer Kälte, und jedes Jahr schien sein Herz noch etwas mehr zu versteinern.

»Ich möchte gerne Hedi sehen«, sagte Tine.

»Wissen Sie, wie spät es ist?«

»Es ist spät, ich weiß. Und es tut mir sehr leid. Ich entschuldige mich auch, dass ich so spät noch klopfe«, sagte Tine, während sie dem Mann gleichzeitig am liebsten die Augen ausgekratzt hätte für das, was er Hedi angetan hatte.

»Meine Frau schläft«, knurrte Brand.

»Es wäre wirklich wichtig.«

»Was kann so wichtig sein, dass Sie mitten in der Nacht an fremde Türen klopfen müssen?«, fragte Brand mit erhobener Stimme, und statt sie ins Haus zu bitten, trat er sogar noch einen Schritt heraus, um sie zurückzudrängen.

»Ich ... ich brauche Hilfe«, versuchte sich Tine Zeit zu erkaufen. Denn in der Tat hatte sie sich nichts überlegt für den Fall, dass Brand sie nicht zu Hedi vorlassen würde. »Als Hebamme. Bitte. Ich weiß niemanden, der mir helfen kann.«

»Hat das nicht bis morgen Zeit?«

»Eine Geburt.« Tine hob in einer hilflosen Geste die Arme. »Die Kinder kommen, wenn sie kommen möchten.«

»Was ist denn, Thorsten?«, fragte von drinnen die müde Stimme ihrer Freundin. Dann trat Hedi neben ihren Gatten, und Tine musste einen Schreckensschrei unterdrücken. Die Freundin griff sich an die Schläfe, die mit einem Pflaster notdürftig abgedeckt war. Blut war hindurchgesickert. Offenbar hatte Brand sich diesmal nicht mit einer unsichtbaren Stelle zufriedengegeben. »Ich bin gegen den Türstock gelaufen.«

»Gegen den Türstock«, wiederholte Tine erstickt. »Ja.« Diesen Satz hatte sie schon zwei- oder dreimal gehört. Immer waren es Frauen. Immer waren sie unaufmerksam gewesen. Immer hatten ihre Männer sie deshalb schelten müssen. Frauen und Türstöcke ... »Kannst du mir bitte helfen, Hedi?«, sagte Tine in einem Akt schier unmenschlicher Selbstüberwindung. »Eine Geburt. Ich brauche dringend jemanden, der mir ... hilft.«

»Helfen«, sagte Hedi. »Ja. Hilfe ist so wichtig. So wichtig.«

※ ※ ※

Geburten dauern oft lange. Viele Stunden vergehen, bis das Kind endlich zur Welt gekommen ist. So würde es Thorsten Brand nicht auffallen, wenn seine Frau die restliche Nacht nicht nach Hause kam. Und da er seinerseits am nächsten Morgen zum Dienst würde erscheinen müssen, konnte Hedi bis zum nächsten Abend bei Tine verbringen, ehe sich die Frage nach dem »Was nun?« stellte. Denn obwohl Tine in der Sache nur eine Meinung zuließ – nämlich den gewalttätigen Ehemann schnellstens zu verlassen –, haderte Hedi mit ihrem Schicksal. Ihren Mann zu verlassen hieß auch ihr Leben zu verlassen, alles zurückzulassen, wonach sie sich so lange gesehnt hatte: ein eigenes Heim, eine bürgerliche Existenz, das Ansehen, die Ehefrau eines bedeutenden Insulaners zu sein ... Vor allem aber bedeutete es, sich ein großes Scheitern eingestehen zu müssen. Nicht zu einer guten Ehe fähig gewesen zu sein. Keine glückliche Partnerschaft geführt zu haben.

Alles das trieb Hedi Brand in diesen Stunden um. Irgendwann tauchte ihr Sohn in den »Blütenträumen« auf, eigentlich nur, um Julchen vorbeizubringen. »Mama?«

»Otto!«

»Was machst du hier? Hilfst du bei Tine aus?«

»Ja. Für ein paar Stunden.«

»Ist Annemarie denn nicht da?«

»Sie konnte heute nicht«, schwindelte Hedi und wurde im selben Augenblick überführt, weil Annemarie aus dem Keller hochkam. »Ähm ...«

»Hm«, machte Otto. »Ich bringe Julchen vorbei. Tine passt ja dienstags öfter auf sie auf.«

»Ja. Ich weiß«, sagte Hedi eilig. »Tine ist zu einer Besprechung bei Schlüters. Aber ich bin ja da.«

»Oma!«, rief Julchen, die hinter Otto in den Laden gekommen war, und stürmte auf ihre Großmutter zu, um ihr in die Arme zu fallen.

»Julchen!« Doch als Nächstes stöhnte Hedi auf und hielt sich an der Ladentheke fest. Mit einem großen Schritt war Otto bei ihr. »Mama, was ist los?«

»Nichts, mein Schatz. Nichts«, wiegelte Hedi ab.

»Bist du krank, Oma?«, wollte Julchen wissen und drückte Hedi fest an sich, was Hedi nur noch mehr aufstöhnen ließ.

»Julchen, lass die Oma mal schnell los«, sagte Otto und zog das Mädchen von ihr fort. Dann griff er Hedi an den Arm und führte sie nach hinten in die Küche, wo sie auf die Bank sank und mehrere Male tief durchatmete. »Otto, es ist alles gerade sehr schwierig, verstehst du?«

»Ehrlich gesagt verstehe ich gerade gar nichts, Mama«, sagte Otto. »Was ist schwierig? Und warum?«

»Thorsten, dein Stiefvater ...«

»Ja?«

»Also, er ...« Sie brachte es nicht über sich, konnte es nicht aussprechen. Das Einzige, was sie tun konnte, war, ihn Zeuge werden zu lassen. Mit einem Blick versicherte sie sich, dass Julchen nicht in die Küche sah – aber das Mädchen war schon in einem lustigen Gespräch mit Annemarie –, dann zog sie ihr Kleid ein Stück hoch, sodass Otto ihren Oberschenkel sehen konnte. Versteinert betrachtete der junge Mann die Einblutung und presste die Zähne aufeinander. »Otto«, sagte sie. »Bitte lass es gut sein. Ich ... ich überlege, Thorsten zu verlassen.« Nun war es heraus. Und da sie es ausgesprochen hatte, schien es mit einem Mal eine wahrhaftige Möglichkeit.

»Das überlegst du?«, presste Otto hervor. »Im Ernst? Du überlegst das noch?« Mit geballten Fäusten sah er zu, wie Hedi ihr Kleid wieder zurechtrückte. »Wenn ich dieses Aas noch einmal in deiner Nähe sehe, dann wird sein Gesicht so aussehen. Falls er dann überhaupt noch eines hat.«

»Nein, Otto. Bitte sprich nicht so. Das darfst du nicht.«

»Und er?«, brauste Otto auf. »Er darf meine Mutter so zurichten? Was hat er dir wohl sonst noch angetan, dieses Scheusal, sprich! Oder nein: Sag es nicht. Ich will es gar nicht hören.« Er griff nach ihrer Hand, plötzlich ganz Zärtlichkeit und Fürsorge. »Ich möchte, dass du glücklich bist, Mama. Du hast so schwere Zeiten durchlebt. Niemand darf so mit dir umgehen. Du hast es verdient, ein leichtes Leben zu haben. Ein schönes Leben, verstehst du?«

Hedi rang um Fassung. »Das habe ich doch, Otto. Weil ich euch habe.«

»Und uns wirst du auch immer haben«, erklärte ihr Sohn mit heiligem Ernst. »Immer, so lange du lebst. So lange ich lebe. Uns wirst du immer haben. Aber ihn ...« Er blickte nach oben, als könnte er durch die Decken und Wände das Oberland sehen. »Ihn darfst du keinen Tag mehr in deiner Nähe dulden.«

Hedi atmete tief durch. »Ja«, flüsterte sie. »Ich weiß. Du hast recht, mein Junge. Und ich will auf dich hören.«

※※※

Und dann stand Brand am Nachmittag in der Tür. »Wo ist meine Frau?«, herrschte er die völlig überrumpelte Annemarie an.

»Ich … Also … Frau Hedi …«

»Frau Brand, wenn ich bitten darf!«

»Frau Brand … sie ist …«

»Sie ist bei mir«, erklärte Tine, die von hinten in den Laden gekommen war, als sie Brands Stimme vernommen hatte. »Und sie bleibt bei mir.«

Die Augen des Verwaltungsbeamten verengten sich zu Schlitzen. »Sie bleibt bei Ihnen? Darf ich fragen, was das heißen soll, Frau Heesters?«

»Das soll heißen, dass sie nicht wieder zu Ihnen zurückkehrt, Herr Brand.« Tine spürte ihr Herz heftig pochen. Auch wenn Brand kein Recht hatte, sie zur Rede zu stellen, und auch wenn sie hier in ihrem Haus waren, schüchterte sie die brutale Ausstrahlung Thorsten Brands doch ein. Sie hätte nicht ausschließen wollen, dass er sogar ihr gegenüber gewalttätig wurde.

»Wo ist sie?«, fragte Brand und trat ein paar Schritte auf sie zu. Annemarie huschte verängstigt zur Seite und dann zur Tür hinaus. Einerseits war Tine froh, dass sich die junge Frau in Sicherheit brachte, andererseits ängstigte es sie, dass sie nun mit ihm allein war. Dann fiel ihr ein, dass auch Julchen noch da war. Umso schlimmer. Das Kind sollte das nicht miterleben müssen. »Herr Brand«, sagte sie, so ruhig wie möglich, »bitte sehen Sie ein, dass Ihre Frau nicht länger mit Ihnen zusammenleben kann …«

»Wo ist sie?«, schrie Brand und schlug mit der Faust auf die Ladentheke, dass ringsum die Fensterscheiben klirrten.

»Oma? Was ist denn los?« Nun stand Julchen doch mitten im Laden.

»Nichts, Julchen«, sagte Tine. »Der Herr musste sich leider ein bisschen ärgern. Deshalb …«

»Wollen Sie sich hier über mich lustig machen!«, polterte

Brand mit hochrotem Kopf. »Ich habe mich ein bisschen geärgert, ja? Mir scheint, Sie wissen noch gar nicht, was Ärger ist, Frau Heesters! Aber da werde ich Ihnen gerne Nachhilfe erteilen!«

»Julchen«, sagte Tine hastig zu ihrer Enkeltochter, der plötzlich Tränen in die Augen schossen. »Du musst mir bitte einen Gefallen tun. Geh hinters Haus und sammle so viel Feuerholz zusammen, wie du tragen kannst. Das bringst du dann in die Küche. Mir ist schrecklich kalt, ich muss kräftig einheizen.«

Julchen nickte, warf noch einmal einen erschrockenen Blick zu Thorsten Brand und trollte sich dann.

»Hören Sie, Herr Brand«, sagte Tine so gefasst wie möglich. »Es tut mir alles sehr leid. Ich weiß, dass das eine unschöne Situation für Sie ist. Aber um der alten Zeiten willen ...«

»Der alten Zeiten? Welche meinen Sie? Den Krieg? Oder die Zeit davor, als Sie sich über mich lustig gemacht haben?«

»Ich habe mich nie lustig gemacht, Herr ...«

»Sie denken, ich erkenne es nicht. Sie denken, ich wäre ein Tor. Aber ich sage Ihnen was, Frau Heesters.« Seine Stimme war mit einem Mal leise geworden, drohend. »Sie werden sich hier alle noch anschauen. Sie denken, das geht hier ewig so weiter, dass sich die Juden unsere Insel unter den Nagel reißen und die Bolschewiken unser Vaterland an die Russen verraten. Aber das stimmt nicht. Es wird nicht mehr lange so sein. Wir werden sie alle zum Teufel jagen – und Sie und Ihre Mischpoke dazu!« Er richtete sich auf: »Und jetzt holen Sie meine Frau, sonst hole ich den Gendarmen und lasse Sie in den Karzer werfen. Und glauben Sie bloß nicht, dass ich das nicht kann!«

»Tine«, sagte Hedi, die nun an der Stelle aufgetaucht war, an der vorhin noch Julchen gestanden hatte. »Lass gut sein. Ich muss das selbst mit meinem Mann klären.«

»Aber...«

»Du kommst mit mir!«, blaffte Brand seine Frau an. »Und zwar sofort.«

Zu Tines Überraschung und Erleichterung erwiderte Hedi aber: »Tut mir leid, Thorsten. Ich kann nicht mehr mit dir sein.«

»Das werden wir ja sehen, was du kannst!«, brüllte Brand und stürzte auf sie zu. Tine warf sich ihm in den Weg, doch er stieß sie brutal zur Seite, sodass sie rückwärts über einige Blumeneimer stürzte und mit dem Kopf gegen die Wand knallte. Sie war noch nicht wieder ganz bei Sinnen, als sie sah, dass Brand seine Frau an den Haaren packte und mit sich zur Eingangstür zog. Hedi wehrte sich verzweifelt, aber Brand packte sie mit solcher Kraft, dass sie das Gleichgewicht verlor und auf die Knie fiel. Doch Brand ließ nicht von ihr ab, sondern schleifte sie an den Haaren durch den Laden zur Tür. »Du kommst jetzt mit«, brüllte er. »Und wenn ich dich an den Haaren bis ins Oberland hinaufziehen muss! Dich werd ich lehren, deinen Mann noch einmal bloßzustellen! Ein Wort noch von dir und...«

In dem Moment flog die Ladentür auf, und Otto stand da. In der Hand hielt er ein Beil. »Lass sie los, Brand!«, rief er. Annemarie musste ihn alarmiert haben.

Für einen Augenblick sah es aus, als ließe der wütende Ehemann Hedi tatsächlich los. Doch dann riss er ihren Kopf an den Haaren hoch und brüllte: »Aus dem Weg! Oder ich breche ihr alle Knochen!«

»Du tust hier gar nichts mehr«, sagte Otto plötzlich ganz ruhig und trat mit erhobenem Beil auf Thorsten Brand zu. »Wenn du sie nicht augenblicklich loslässt und auf der Stelle verschwindest, dann hat dein letztes Stündlein geschlagen. Ich werde dir den Schädel spalten, Brand. Du hast meine Mutter lang genug gequält. Wenn dir dein Leben lieb ist, dann geh, und zwar sofort.«

Einen Atemzug lang standen sich die beiden Männer Aug in Auge gegenüber. Beide atmeten sie schwer. Dann schleuderte Brand Hedis Kopf zur Seite und ließ sie los. »Wir sind noch nicht fertig, Bürschchen«, zischte er Otto an. »Diesen Tag wirst du noch verfluchen, du elender Krüppel. Du und deine Mutter, diese Schlampe.«

Dann war er aus der Tür, und Tine stürzte zu ihrer Freundin hin, die sich den Kopf hielt und schluchzte. »Hedi! Ist alles gut? Bist du verletzt?« Sie half ihrer Freundin auf und untersuchte den Kopf, erkannte, dass mehrere Haarbüschel ausgerissen waren. Die Wunde an der Schläfe war wieder aufgerissen, als Hedi gegen ein Regal gekracht war. Aber sonst schien sie ohne neue Verletzungen zu sein. »Du bist ihn los«, versuchte Tine, etwas Tröstliches zu sagen. »Endlich bist du ihn los.«

Doch alle im Raum wussten, dass das ein schwacher Trost war. Brands Drohung schwebte wie ein Fluch über ihnen. Und alle wussten sie, dass sich dieser Fluch eines Tages womöglich wirklich würde erfüllen können.

∗ ∗ ∗

Drittes Kapitel

Der Winter kam, und mit ihm kamen Schnee und Eis, Stürme vor allem, die die Insulaner zwangen, oft tagelang zu Hause zu bleiben. Tine war froh, Hedis Gesellschaft zu haben. Nun, da die »Blütenträume« geschlossen waren, hatte sie nicht viel zu tun. Die Arbeit als Hebamme machte es nur an manchen Tagen nötig, dass sie nach den Schwangeren sah. Einmal half sie einer der Olsen-Töchter, einen gesunden Jungen zur Welt zu bringen, ausgerechnet an Heiligabend, weshalb der Junge Christian getauft werden sollte. Gelegentlich besuchte sie Frau Krüss, die sich auf besonders köstlichen Sanddornkuchen verstand wie einst Pastor Thevessens Frau. Doch sonst geschah nicht viel.

Die Helgoländer waren dankbar, wenn bei ruhiger See mal ein Fischkutter anlegte und Post oder die Zeitungen der letzten Wochen mitbrachte. Die Zeitungen waren stets heiß ersehnt, denn sie waren ein Blick hinaus in die Welt. Mal kündete die Presse vom Tod der berühmten Fliegerin Amelie Beese-Boutard, worüber der flugbegeisterte Otto sehr bestürzt war, mal von einer Filmsensation aus Russland, mal wurden die Nobelpreise mehrerer deutscher Wissenschaftler bejubelt, mal präsentierte die »Berliner Illustrirte« ihren Lesern einen Grotesk-Tanz namens »Charleston«, den man offenbar in aller Welt zu tanzen begonnen hatte und der deshalb vermutlich auch in der nächsten Saison in den Tanzhallen von Helgoland auftauchen würde. »Schon wieder ein neuer Reichskanzler«, lachte Tine, als sie mit einer Ausgabe des »Berliner Lokal-Anzeigers« vom

Hafen zurückkam, wo sie neben der Zeitung noch einige Lebensmittel ergattert hatte.

»Tatsächlich?«, fragte Hedi, die in der Küche saß und Kartoffeln pellte. »Und wer ist es diesmal?«

»Der alte. Hans Luther.«

»Oh. Das klingt, als wäre es dringend gewesen, eine neue Regierung zu bestellen, was?«

»Allerdings.« Tine legte ihren Hut ab und hängte den vom geschmolzenen Schnee feuchten Mantel neben den Herd. Dann setzte sie Tee auf, und wenig später saßen die beiden Frauen mit ihren dampfenden Tassen am Tisch, um die Zeitung zu studieren.

»Hör dir das an«, sagte Hedi. »Auf dem Ku'damm ist eine Nackttänzerin aufgetreten.«

»Eine was?«

»Josephine Baker«, erklärte Hedi, als ob man hätte wissen müssen, wer das war. »Sie hatte nichts an als einen Bananenrock.«

Tine lachte. »Einen Bananenrock? Wie soll man sich das vorstellen?«

»Auf der Bühne! Die schreiben hier, die langbeinige Tänzerin *mit dem lackierten, schwarzglänzenden Köpfchen eines exotischen Vogels...* Also so hat sie getanzt. Auf der Bühne. Vor all den Zuschauern.«

»Unglaublich.«

»Und die waren außer Rand und Band!«

»Das glaub ich«, sagte Tine und lachte. »Da wären unsere Männer hier auch außer Rand und Band.«

»Ja«, stimmte Hedi lachend zu. »Und die Frauen dann hinterher. Zu Hause.«

»Nur dass hier niemand einen Bananenrock bekommt.«

So amüsierten sich die beiden Frauen über die Meldungen der letzten Zeit, auch wenn sie sie auf ihrer Insel weit draußen in der Nordsee immer erst mit einiger Verzögerung mitbekamen. Die Zeitung war auch eine willkommene Ablenkung für Hedi, die immer stärker darunter litt, dass sie sich nicht mehr allein aus dem Haus traute. Trotz Ottos Drohung an Thorsten Brand befürchtete sie, ihrem Ehemann irgendwann plötzlich in die Arme zu laufen. Und sie traute Brand buchstäblich alles zu – nur nichts Gutes. Sogar zur Christmette war Hedi nicht gegangen, zum ersten Mal, seit sie auf der Insel lebte, nur um ihrem Mann nicht zu begegnen. Umso gerührter war sie gewesen, dass Tine, Jette und Otto mit den Kindern ihr anschließend noch eine eigene kleine Mette beschert hatten: Tine hatte den Pastor eingeladen, mit ihnen ein Nachtmahl einzunehmen, Otto hatte es irgendwie geschafft, ein paar prächtige Hummer zu organisieren, die Jette köstlich zubereitet und mitgebracht hatte. Nur die Kleinen hatten geschlafen, für sie war es natürlich viel zu spät geworden. Und Pastor Karl hatte noch einmal ein paar Sätze aus seiner Predigt wiederholt, die er zuvor in der Kirche gehalten hatte.

So hatte Hedi ein Weihnachtsfest erlebt, an das sie sich ihr Leben lang erinnern würde. Auch der Neujahrstag war ein ganz besonderer gewesen: Sie war mit ihrem Sohn und seiner Familie übers Oberland spaziert, und Julchen hatte einen Wal entdeckt, der ganz nah an der Insel vorbeigezogen war. »Ein gutes Omen«, hatte Jette gemeint, und Hedi war mehr als bereit gewesen, diesen glücklichen Fingerzeig des Himmels anzunehmen.

Nun war es Ende Januar, und die Insulaner sehnten die wärmeren und helleren Tage und Wochen herbei. Im Hafen begannen bereits die Vorbereitungen für Renovierungsarbeiten, die noch vor der Saison abgeschlossen sein sollten. Otto hatte Arbeit im Casino angenommen, wo man für Umbauten Zimmerleute gesucht hatte. Da war er als Bootsbauer natürlich erste Wahl gewesen und hobelte nun statt in seiner Werkstatt Bootsplanken im großen Festsaal des Casinos Bretter für eine neue Bühne und für die Balustrade, die noch prächtiger und größer wurde, als sie bisher gewesen war.

Hedi hatte für die Hotels Nähaufträge angenommen und saß nun jeden Tag viele Stunden in Tines Küche, um Decken und Kissen auszubessern, Monogramme zu sticken, Hussen zu nähen und vielerlei andere Arbeiten zu erledigen. Oft passte sie dann auch auf ihre Enkelkinder auf, die ihr genauso viel Entzücken bereiteten wie Tine. Sven, der inzwischen drei Jahre alt geworden war, war ein aufgewecktes Bürschchen – leider aber auch ein rechter Tunichtgut! Nichts war vor ihm sicher. War Sven in der Nähe, hatten alle Töpfe und Pfannen aufgeräumt, alles Nähzeug weggepackt und jeder Apfel versteckt zu werden. Er biss von der rohen Kartoffel, weil er nicht warten wollte, bis sie gekocht wurde, und dann spuckte er sie unauffällig unter die Küchenbank oder hinter ein Sofakissen. Er streute die Asche aus dem Herd mit der Ofenschaufel auf den Boden und malte dann mit dem Schürhaken Bilder hinein. Er versteckte sich im Kleiderschrank und schlief dann dort ein, sodass alle, die ihn suchten, in helle Panik verfielen, weil der Junge spurlos verschwunden war. Irgendwann hatte Tine sogar begonnen, seine lustigsten Missetaten in ein Schulheft zu schreiben, das sie eigens bei Frisch & Cie. zu diesem Zweck erworben hatte. »Darin kann er dann lesen, wenn er mal selber Kinder hat und sich ärgert, weil sie wieder unartig waren«, erklärte sie zur Erheiterung aller, die auf den kleinen Sven und seine Streiche zu sprechen kamen.

Es war ein fröhlicher Winter, ein strenger Winter, in dem die Kinder Schneemänner bauten und Eisbahnen anlegen konnten, in dem Julchen auch mal mit einer Beule nach Hause kam, weil sie ausgerutscht war, in dem Tine Schwierigkeiten hatte, ihre Pflanzen im Gartenhaus der Pastorei durchzubringen, in dem vermutlich mehr Driigfesk, also Trockenfisch, und mehr Apfelkuchen gegessen wurde als jemals zuvor in der kleinen Kate mit den »Blütenträumen«, und in dem Jette dicker und dicker wurde. »Bist du sicher, dass du dich nicht um einen Monat vertan hast?«, fragte Tine an einem Montag Anfang Februar.

»Ganz sicher, Mama. Es ist halt mein drittes Kind.«

»Na ja«, erklärte Tine. »Aussehen tut es wie das dritte und das vierte.«

»Tja, vielleicht ist es das ja«, lachte Jette leichthin. »Wir werden es noch herausfinden.«

✳ ✳ ✳

Mit Beginn der Saison fing Hedi wieder als Zimmermädchen im Hotel Imperial an. Auf die Weise konnte sie zwei Fliegen mit einer Klappe schlagen: Sie verdiente Geld, und sie war sicher vor ihrem Ehemann, zumindest wenn sie das Haus nicht verließ. Musste sie doch weg, hatte der Erste Hausdiener Alfred stets ein Auge auf sie oder schickte zumindest einen seiner Pagen in einiger Entfernung mit, um auf sie aufzupassen. »Dass wir beide noch einmal zusammenarbeiten!«, hatte Alfred sich gefreut, als ihm Tine die gemeinsame Freundin brachte. Sie hatte schon mit Henning Pfeifer gesprochen und ihn dazu bewegt, Hedi als Zimmermädchen aufzunehmen.

»Ja«, hatte Hedi gesagt. »Fast wie in alten Zeiten. Nur dass du jetzt der beste Mann im besten Hotel der Insel bist und kein kleiner Hoteldiener in einer einfachen Pension.«

»Ach.« Alfreds Blick war in eine unbestimmte Ferne geschweift. »Ich mochte das Haus Wagner. Es war eine Art Heimat, weißt du. Mehr als es das Imperial jemals werden kann.«

»Das verstehe ich gut«, hatte Hedi gesagt und sich dann mit ihrem Bündel zu den Kammern der weiblichen Angestellten begeben.

Über die Jahre war Alfred zum guten Geist des Imperial geworden. Wer immer etwas benötigte, Hilfe brauchte oder eine Frage hatte, wandte sich an ihn, wie es andernorts für die Portiers galt. Natürlich gab es auch hier in Herrn Goldberg einen ebenso kundigen wie eleganten Herrn am Empfang. Und mit Frau Steinke als Hausdame war das Hotel ebenfalls gut gerüstet. Doch wer zu den langjährigen Gästen zählte, der hatte gelernt, dass es keinen zuverlässigeren und entgegenkommenderen Menschen gab als Alfred Prünn, den Ersten Hausdiener.

»Und wie soll das jetzt weitergehen mit Brand?«, fragte Alfred als Hedi außer Hörweite war. »Das ist hier doch eine kleine Insel. Die beiden laufen sich doch immer wieder über den Weg.«

»Ich habe keine Ahnung«, erwiderte Tine. »Aber glaub mir, alles ist besser als das Leben mit ihm.«

»Das glaub ich dir wohl. Aber du kennst den Herrn Verwaltungsinspektor. Er ist kleinbürgerlich und rachsüchtig.«

»Ich weiß«, seufzte Tine. »Und es macht mir Angst.«

»Kann ich verstehen«, murmelte Alfred. »Ich werde auf sie aufpassen.«

»Danke, Alfred«, erwiderte Tine. »Du bist der Beste.«

Der alte Freund zuckte die Achseln.

»Und du?«, fragte Tine. »Hat es dir nie gefehlt?«

»Hm?«

»Eine eigene Familie. Kinder.«

Alfred lächelte rätselhaft. »Aber du kennst mich doch«, sagte er mit leisem Spott in der Stimme.

»Gewiss«, sagte Tine. »Aber das eine hat doch mit dem anderen nichts zu tun, oder?«

»Da hast du vielleicht recht.«

Tine drückte seinen Arm. »Dann grüß mir Emil ganz lieb, ja?«

»Das mache ich gerne. Soll ich ihm auch ein Küsschen von dir geben?«

»Wenn du magst?«

Lachend trennten sich die beiden, und Alfred ging wieder an seine Arbeit, während Tine das Imperial verließ und sich auf den Weg zu Jette machte. Sie hatte ihrer Tochter versprochen, an diesem Abend auf die Kinder aufzupassen, weil Jette und Otto zum Eröffnungsabend des Casinos eingeladen waren. Die Saison wurde mit einem Tanzabend begonnen, der große Ball würde erst am Samstag stattfinden, wenn die Hotels wieder mit Gästen voll waren und sich Geld in Hülle und Fülle über die Insel ergoss. »Entschuldige, dass ich so spät bin«, erklärte Tine, als sie Jette schon in feinster Abendgarderobe antraf. »Heute hat alles irgendwie viel länger gedauert als sonst.«

»Kein Problem, Mama«, erwiderte Jette. »Otto war bis gerade eben noch in der Werkstatt. Wenn man den nicht mit Gewalt von seiner Arbeit wegzieht, dann hört er gar nicht mehr auf.«

Tine lachte. »Dann kann ich nur hoffen, du musstest nicht allzu hart mit ihm umgehen.«

»Es ging«, sagte Jette lächelnd. »Ich habe es mit sanfter Gewalt versucht.«

Sie war inzwischen hochschwanger. Lange würde es nicht mehr gehen mit der Schwangerschaft. Natürlich durfte sie tanzen, solange sie sich nicht überanstrengte. »Aber pass auf, Kind, ja? Du weißt, es ist gefährlich.«

»Mama, ich bekomme jetzt mein drittes Kind. Ich finde, es ist Zeit, mich nicht mehr Kind zu nennen.«

Tine warf die Hände in die Luft. »Warte, bis du so weit bist. Dann wirst du deine Kinder auch Kind nennen, und sie werden sich darüber beklagen.«

»Pah!«, rief Jette. »Dann haben sie eben recht.«

Otto rumpelte die steile Treppe aus dem ersten Stock herunter. »Moin, Tine! Wie seh ich aus?«

»Ein Bild von einem Mann. Wie immer.« Tatsächlich meinte sie es auch so.

»Das wollte ich hören«, sagte Otto grinsend und blickte zu seiner Frau. »Sie sehen aber auch nicht übel aus, Gnädigste. Haben Sie heute Abend schon etwas vor?«

Jette gab ihm lachend einen Klaps auf die Schulter und hakte sich bei ihm unter. Ein schönes Paar, dachte Tine. Und sie sind immer noch glücklich und genießen einander. Jette war vom bezaubernden Mädchen zu einer schönen Frau gereift. Otto beeindruckte mit seiner kräftigen Statur und dem kantigen Gesicht, vor allem mit seinen blitzenden Augen. Wenn er zu offiziellen Anlässen aus dem Haus ging, trug er jetzt immer einen ledernen Handschuh über der verkrüppelten Hand, was ihn durchaus ein wenig geheimnisvoll wirken ließ. Tine konnte sich gut vorstellen, dass er seine Wirkung auf andere Frauen nicht verfehlte. Aber bei Otto war sie sich auch sicher, dass er Jette niemals betrügen würde. Die beiden waren füreinander geschaffen. Sie hatten füreinander gekämpft – und umeinander. Obwohl sie beide erst Anfang dreißig waren, hatten sie schon so vieles gemeinsam durchlebt und durchlitten – nichts würde sie mehr auseinanderbringen, das wusste Tine sicher, und es tröstete sie auch ein wenig darüber hinweg, dass es für sie selbst wohl keine Zweisamkeit mehr geben würde.

Wenig später saß Tine mit den Kindern am Küchentisch und las aus Jettes einstigem Lieblingsbuch »Heidis Lehr- und Wanderjahre« vor, das sie kürzlich in der neuen Bibliothek des Kurhauses entdeckt hatte, nachdem ihre eigene Ausgabe im Krieg verloren gegangen war. Sven spielte in einer Ecke mit zwei kleinen Holzbooten und einem rot und weiß bemalten Leuchtturm, die ihm Otto zur Weihnacht gemacht hatte. Julchen indes saß mit großen Ohren neben Tine und lauschte ihr so gebannt, dass sie alles rings um sich vergaß. Die Geschichte des kleinen Mädchens aus den Bergen schien sie völlig in ihren Bann zu schlagen. Und selbst Tine ging es so, dass sie beim Vorlesen ganz in dieser eigentümlichen, fremden Welt versank, von der sie da berichtete. Berge! Wie gerne hätte sie dergleichen einmal gesehen. Gewiss, Helgoland war ein mächtiger Fels, der aus dem Meer ragte, ein Berg, wenn man so wollte. Aber die Berge, von denen sie Bilder gesehen hatte, reichten ja bis an den Himmel! Tausende von Metern hoch waren diese gewaltigen Erhebungen, spitz und schroff oder von tiefen Wäldern bewachsen. Ob sie jemals so etwas erleben würde?

Die meisten Bewohner der Bergregionen würden wohl auch nie die See mit eigenen Augen sehen, würden nie wissen, wie es hier roch, wie sich der Wind anfühlte, der übers Meer wehte, wie sich der Seegang anfühlte, wenn man auf einem Boot oder Schiff unterwegs war ... Es war eine seltsame Welt: So viele unterschiedliche Möglichkeiten zu leben gab es, und so wenige davon durfte man selbst erfahren.

✳ ✳ ✳

Der Tanzabend im Casino war wundervoll! Jette schwebte

förmlich. Während sie sonst zunehmend unter ihrem Gewicht und ihrer Unförmigkeit litt, glitt sie geradezu schwerelos in Ottos Armen übers Parkett und wagte nicht nur mehrere Walzer, sondern sogar einen Tango, was für viel Heiterkeit unter den anderen Gästen sorgte. Denn wann hatte man schon jemals eine hochschwangere Frau diese zackigen Schritte tanzen sehen!

Die Kapelle hatte ein völlig neues Repertoire einstudiert, vieles davon waren amerikanische Stücke, bei denen man kaum stillsitzen konnte, so sehr gingen sie einem ins Blut. Jette liebte den Jazz, besonders den Dixieland – und die Musiker verstanden sich wirklich exzellent darauf! Doch nach mehreren Stücken, bei denen die Tänzer die Beine auf ganz und gar verrückte Weise verdrehen mussten – der Kapellmeister nannte es Charleston –, war sie so außer Atem, nicht nur vom Tanzen, sondern auch vom Lachen, dass sie sich von Otto zum Tisch führen ließ und nach einem großen Glas Limonade gleich noch ein großes Glas Limonade bestellte. »Ich weiß nicht, wann ich das letzte Mal solchen Spaß hatte!«, rief sie. Auch Otto war erhitzt, aber geradezu euphorisch. »Wir sollten das öfter machen, Jette!«

»Gut! Ich bin dabei!«, lachte Jette und betrachtete die Tanzenden, die sich vor ihnen in den seltsamsten Verrenkungen übten. »Schau nur, Hetti ist wieder in ihrem Metier«, sagte sie und deutete unauffällig auf Hetti Hennerkes, die mit Rüdiger Folkert jun., dem Sohn des Tagblatt-Verlegers, tanzte. Was niemand außer ihr und Jette wusste, war, dass sie die Krankheit in den Griff bekommen und überwunden hatte. Der Tanzabend musste für Hetti eine Wiedergeburt sein, und Jette hoffte, dass sie in Zukunft vorsichtiger sein würde.

»Das blonde Gift?«, fragte Otto grinsend.

»Pssst. Das darfst du doch nicht einfach so sagen«, schalt ihn Jette.

»Du meinst, ich sollte es zweimal sagen?«

»Otto!« Kopfschüttelnd nahm Jette ihr zweites Glas entgegen, das einer der Kellner auf einem Tablett brachte. Doch statt es an die Lippen zu führen, stellte sie es so heftig ab, dass es klirrte.

»Was ist?«

Jette holte tief Luft und schien für einen Moment nichts um sich her wahrzunehmen. Dann blickte sie Otto an und sagte: »Ich glaube, da möchte jemand mittanzen.«

»Mittanzen? Du meinst...«

Sie nickte. »Es ist so weit.«

Kurz darauf gingen die beiden wieder hinab ins Unterland. »Schaffst du es bis zu uns, oder sollen wir zu Tine?«, fragte Otto, weil die »Blütenträume« ja ganz in der Nähe der Treppe zum Oberland lagen.

»Lieber zu uns. Mama ist ja sowieso schon bei uns, da musst du sie gar nicht mehr holen.«

Am liebsten hätte Otto sie getragen. Aber er wagte es nicht aus Angst, er könnte stolpern und sie fallen lassen. Zu seiner unendlichen Bewunderung aber schritt Jette ganz würdig, beinahe als wäre nichts geschehen, die Strandpromenade entlang bis hinüber zu Reimers' alter Bootswerft. »Ihr seid schon wieder da?«, rief Tine überrascht, als sie unvermittelt in der Tür standen. Doch im nächsten Augenblick hatte sie die Situation erkannt. »Oh! Dann wollen wir mal, was?«

Jette atmete tief durch. »Ja, Mama, dann wollen wir mal.«

»Schaffst du es nach oben?«, wollte Otto wissen und blickte skeptisch zu der steilen Treppe hin, auf der sie alle schon so manches Mal gefährlich ins Straucheln gekommen waren.

»Kein Problem, mein Lieber«, sagte Jette. »Noch geht es gut. Und ein bisschen Zeit haben wir auch noch.«

»Ich hole meine Sachen«, erklärte Tine und warf sich den Schal über. Im nächsten Moment war sie aus der Tür, während Otto seine Frau vorsichtig nach oben brachte, rasch das Bett frisch überzog, indes Jette sich auskleidete und nur ein einfaches, frisch gewaschenes Nachthemd überzog. Sobald Tine wieder zurück war, schickte sie ihren Mann nach unten. »Und die Kinder?« fragte Otto, denn in der kleinen Kammer nebenan schliefen ja Julchen und Sven.

»Falls sie aufwachen, rufe ich dich. Dann nimmst du sie mit nach unten.«

Otto nickte und sah zu Tine hin, die ihm beruhigend zulächelte und ihn dann sanft zur Tür hinausschob.

Es dauerte bis kurz nach Mitternacht. Otto hatte immer wieder hereingeschaut und sich nach seiner Frau erkundigt. Zweimal hatte er sich unten einen Schnaps eingeschenkt, um sich zu beruhigen, zweimal hatte er ihn weggeschüttet, weil er auf jeden Fall nüchtern sein wollte, wenn das Kind da war. Vielleicht auch, um zu helfen, falls Tine ihn nach dem Arzt schickte. Doch sie schickte ihn nicht. Und auch sonst blieb es für Otto überraschend ruhig oben. Bei den ersten beiden Geburten hatte Jette sehr laut gestöhnt. Diesmal schien es ihm geradezu verdächtig still. Gewiss, ein paarmal war ein Schmerzenslaut zu hören. Aber gerade als Otto es nicht mehr aushielt, weil er Schlimmstes befürchtete, glaubte er etwas anderes zu hören. Ein leises Geräusch, ein winziges Stimmchen: den Schrei des Neugeborenen! Wie vom Blitz getroffen sprang er auf und stürmte die Treppe hoch. Und gerade, als er die Tür aufreißen wollte, öffnete Tine von innen und strahlte ihn an. »Ein Mädchen!«, sagte sie. »Ich gratuliere dir, mein lieber Junge.«

Jette saß halb aufrecht im Bett und war gerade dabei, die Kleine an die Brust zu legen. »Otto«, sagte sie, etwas heiser und mit Tränen in der Stimme. »Wir haben ein gesundes Mädchen.«

Otto aber sagte nichts, sondern beugte sich über die beiden und küsste zuerst seine Frau und dann seine neugeborene Tochter auf die Stirn. Dann erst flüsterte er: »Danke. Danke, danke, danke.« Und sie alle wussten, dass er nicht nur Jette meinte, sondern auch Gott und das Schicksal und alle sonstigen höheren Mächte. Zu seiner Frau aber sagte er: »Du bist wunderbar, Jette.«

»Ich weiß«, erwiderte seine Frau mit einem ebenso müden wie schelmischen Lächeln. »Aber das hast du dir auch verdient.«

Während sich die frischgebackenen Eltern küssten, wollte Tine schon durch die Tür nach draußen schlüpfen, als von nebenan plötzlich Julchen aus der Kammer trat. »Warum schlaft ihr nicht?«, fragte sie. »Es ist doch ganz dunkel.«

»Du hast eine Schwester bekommen, Julchen«, sagte Otto und deutete auf das Neugeborene.

»Das finde ich blöd«, erwiderte das Mädchen.

»Wie bitte?«, entfuhr es Jette, halb amüsiert, halb empört.

»Um die Uhrzeit. Da schläft man doch!« Julchen zog eine Schnute. »Außerdem wollte ich dabei sein. Jetzt hab ich es verschlafen. Das finde ich blöd.«

»Bei deinen Kindern wirst du es mal nicht verschlafen«, versuchte Jette sie aufzumuntern.

»Trotzdem«, beharrte Julchen.

»Na ja«, sagte Tine. »So eine Geburt ist kein Spaß. Und das tut auch weh, weißt du?«

»Hm«, machte Julchen und rieb sich die Augen. »Dann will ich sie doch lieber verschlafen. Aber nur bei meinen Kindern.«

Es war ein befreites, ein glückliches Lachen, in das die Erwachsenen ausbrachen. Tine konnte sich nicht erinnern, jemals eine so fröhliche Geburt erlebt zu haben. Und sie dankte Gott aus tiefstem Herzen, eine so glückliche Familie zu haben.

* * *

Die Taufe sollte schon drei Tage später stattfinden, wurde dann aber doch um eine Woche verschoben, weil der zwischenzeitlich wieder auf die Insel gekommene Baron Silberbach es sich nicht nehmen ließ, eine kleine Feier für die Familie Brückner auszurichten. »Aber das müssen Sie wirklich nicht, lieber Herr von Silberbach«, beharrte Otto, als ihm der Bankier den entsprechenden Vorschlag machte.

»Wenn ich es müsste, würde ich es nicht wollen«, erklärte Silberbach bestimmt. »Es ist mir ein Anliegen, Herr Brückner. Als Ausdruck meiner Wertschätzung und Dankbarkeit. Und als Ausdruck meiner Verbundenheit zu Ihrer Familie.«

Dass ein Mann, der sein Geld mit Geld verdiente, so großherzig und so großzügig sein konnte, hätte Otto nie erwartet. Gemeinhin galten Bankiers als kalt und unbarmherzig – und vor allem nicht als freigiebig. So nahm Otto denn das Geschenk einer kleinen Tauffeier an, die allerdings auf seinen ausdrücklichen Wunsch hin nicht im Imperial stattfinden sollte, wo Silberbachs wieder abgestiegen waren, sondern im Insel-Café auf der Düne. Und übersetzen würden sie alle mit der »Gertrude«, Ottos liebstem und ältestem Ausflugsboot, das er Hink an dem Tag mit mehreren Bändern voller Wimpel hatte schmücken lassen.

»Und wie soll sie denn heißen?«, hatte Tine am Morgen nach der Geburt gefragt, als sie nach Jette geschaut hatte.

»Ja, also ...« Otto hatte ein wenig herumgedruckst. »Wenn es dir nichts ausmacht, Tine ...«

Schon an der Stelle hatte Tine gelacht. »Mir nichts ausmacht? Um Himmels willen, was für ein Name soll es denn um alles in der Welt sein, dass er mir etwas ausmachen könnte?«

»Nun«, hatte Jette erklärt. »Wir haben gedacht, dass wir die Kleine nach der Großmutter nennen könnten – also nach Ottos Mutter.«

»Hedi?«

»Hedwig, ja.«

»Das finde ich eine wunderschöne Idee!«, hatte Tine gerufen. »Hedi wird sich ungemein freuen, da bin ich ganz sicher.«

»Und es macht dir wirklich nichts aus?«

»Wenn ihr meine Enkeltochter nach meiner besten und ältesten Freundin benennt?«

»Wenn wir sie nicht nach dir benennen.«

»Ach was«, hatte Tine mit einem Lachen abgewunken. »Ich freue mich mindestens so sehr, wenn ihr sie nach Hedi benennt.«

Statt einer Antwort hatte Otto sie in den Arm genommen und gedrückt. »Auch wenn Hedi mich zur Welt gebracht hat, du bist meine zweite Mutter, Tine. Dich haben wir alle gar nicht verdient.«

Tine hatte ihn von sich geschoben und sich ein paar Haare aus der Stirn gepustet. »Nu ist aber gut«, hatte sie gesagt. »Mir wird noch ganz blümerant, wenn du solche Sachen sagst.«

Und so hatte sich die Taufgemeinde am Morgen jenes Samstags im Mai in der Kirche St. Nicolai eingefunden und die kleine Hedwig Henriette in den Kreis der Gläubigen aufgenommen. Es wurden Lieder gesungen, der Pastor verlor noch einige salbungsvolle Worte, Tine bedauerte einmal mehr heimlich, dass der alte Pastor Thevessen nicht mehr am Leben war, wie viel schöner hätte er die Zeremonie gestaltet – und dann machte sich der Tross auf Richtung Unterland, Landungsbrücke und auf die »Gertrude«, auf der Hink bereits saß, das Akkordeon in Händen, um ein paar fröhliche Seemannslieder anzustimmen.

Das Insel-Café war von Tine mit besonders hübschen roséfarbenen Blumenbouquets geschmückt worden, Lore Freund hatte eine Auswahl ihrer besten Kuchen gebacken. Baron Silberbach hatte für ein Streichquartett gesorgt, das nun ein wenig Schubert und auf Jettes ausdrücklichen Wunsch auch einige moderne Lieder zum Besten gab. Und inmitten all dessen schlummerte das kleine Wesen, um das sich der ganze Rummel drehte, so friedlich, als hätte es nichts damit zu tun. »Ein wirklich braves Kind«, stellte Lore Freund bewundernd fest.

»Ja«, bestätigte Jette. »Sie ist wirklich allerliebst. Sie trinkt gut und schläft viel.«

»So soll es sein.« Die Wirtin des Insel-Cafés umarmte ihre Freundin und Mitarbeiterin und wagte die Frage: »Wann denkst du denn, dass du wieder arbeiten kannst?«

Jette seufzte. »Ich weiß, dass ich euch fehle. Es gibt so viel zu tun ... Die Frage ist, wie ich die Kleine versorgt bekomme. Ich bräuchte eine Amme. Denn zwischen Hauptinsel und Düne hin- und herfahren, damit ich sie anlegen kann, das wird nicht klappen.«

»Nein«, bestätigte die Freundin. »Das wäre allzu umständlich.« Sie lächelte Jette aufmunternd zu. »Es wird sich schon alles finden. Wir schlagen uns hier durch. Und wenn du wieder arbeiten möchtest und kannst, dann kommst du und legst los.«

»Danke, Lore«, sagte Jette. »Ich weiß das sehr zu schätzen.«

»Ach was, das ist doch selbstverständlich.«

Otto klopfte mit einem kleinen Löffel an sein Glas und bat um Ruhe. »Meine lieben Freunde!«, sagte er, als alle schwiegen. »Danke, dass ihr gekommen seid, um mit uns die Taufe unserer Tochter Hedwig Henriette zu feiern. Sie ist der reine Sonnenschein. Lieb und brav und wunderhübsch ...«

In dem Moment erhob das kleine Mädchen seine Stimme und schrie aus Leibeskräften.

»Wie bitte?«, sagte Otto. »Ausgerechnet jetzt? Meine Herrschaften, Sie dürfen mir glauben, dass es kein braveres Kind gibt als dieses. Wir machen uns manchmal schon Sorgen, weil sie so still ist.«

Es herrschte allgemeine Heiterkeit. Das kleine Stimmchen vermochte Ottos Rede nicht zu übertönen. So gab es lediglich eine rührende kleine klangliche Untermalung, während Otto seiner Frau dankte und seiner Taufpatin Tine, den Silberbachs und vielen anderen für ihre Freundschaft und Unterstützung, ehe er sein Glas erhob und die Gäste auf das Wohl des Neugeborenen anstießen. »Es möge hundert werden!«, rief der Pastor.

»Mindestens!«, warf ein anderer Anwesender ein.

Und alle waren sich einig, dass Hedwig Henriettes Leben unter einem ganz besonderen Stern stehen würde. Denn wer so freudig und herzlich im Leben begrüßt wurde, dem war ein langes, glückliches Schicksal beschieden.

∗ ∗ ∗

Um sich seinerseits bei Gregor von Silberbach zu revanchieren, hatte Otto die Mitglieder des »Clubs von Helgoland«, der sich einmal mehr im Insel-Café zusammengefunden hatte, eingeladen, am folgenden Tag eine größere Fahrt auf der »Gertrude« zu unternehmen. Bei strahlendem Wetter liefen sie vom Südhafen aus und schlugen dann ziemlich genau den Kurs ein, den die Nordseeregatta genommen hatte. Normalerweise hätte er auf der Route von den Vitalienbrüdern erzählt, von den kriegerischen Dänen, die jahrhundertelang die Insel beherrscht hatten, oder von den Strandpiraten der Friesischen Inseln. Doch die Herren waren sattelfest in Geschichte, und viele von ihnen hatten gedient. »Wo ist das Luftschiff ins Meer gestürzt?«, wollte ein Kaufmann aus Wedel wissen.

»Sie meinen die L1, das erste Marineluftschiff.« Otto nickte anerkennend, denn dieses große Unglück der Luftfahrt war bei vielen schon wieder in Vergessenheit geraten. »Blicken Sie über die Reling, mein Herr! Wir fahren in diesem Moment über die betreffende Stelle. Würden Sie hier auf den Grund der See tauchen, könnte es passieren, dass sie noch eine goldene Taschenuhr eines der Offiziere oder einen Orden finden.«

Ein anderer Gast wollte wissen, wo die erste der zwei großen Seeschlachten stattgefunden hatte, die es in den Gewässern um Helgoland im Krieg gegeben hatte. »Wir werden in einer halben Stunde dort sein«, sagte Otto. »Ich mache Sie dann darauf aufmerksam. Die Schlacht hat tatsächlich abseits der Insel stattgefunden. Aber man konnte jeden Schuss hören, als wenn man mittendrin gestanden hätte.« Er griff zur Stundenglocke, die er an der Stelle, über die sie jetzt hinwegtuckerten, stets zu läuten pflegte, und schlug sie vier Mal. »Meine Herrschaften, wenn ich Sie bitten darf, Ihre Kopfbedeckungen abzunehmen…« Er selbst zog seine Schiffermütze und senkte kurz den Kopf.

»Guter Mann«, rief ein Freiherr aus dem Lauenburgischen. »Was ist hier los?«

»Blicken Sie über die rechte Bordwand und gedenken Sie der Opfer«, sagte Otto mit getragener Stimme.

Wie nicht anders zu erwarten und wie bei jeder Fahrt, die die »Gertrude« in diesen Gefilden unternahm, beugten sich alle Passagiere über die Reling und starrten in die Tiefe. Ein Raunen ging durch die Reihen, wie es das ebenfalls jedes Mal tat. Und mit betroffenen Mienen richteten sich die Herren wieder auf und sahen den Kapitän fragend an. »Ein englisches U-Boot«, sagte der und nickte vielsagend. »Nachdem es eine Fregatte der kaiserlichen Marine versenkt hatte, ist es auf der Flucht auf eine Seemine gelaufen. Die Besatzung muss innerhalb von Sekunden tot gewesen sein, denn der vordere Teil des U-Boots ist buchstäblich weggerissen worden.«

»Und ihre Leichname?«, fragte ein Geschäftsmann aus Hamburg.

Otto seufzte. »Wie so viele Soldaten zur See sind auch sie ein Raub der Wellen geworden. Selbst wenn man sie hätte retten wollen, hätte man sie nicht mehr retten können. Als dieses Unterseeboot gesunken ist, hatte das Wasser hier höchstens drei oder vier Grad. Es zieht einen schon nach kürzester Zeit hinunter. Aber, wie gesagt, die Matrosen hatten sowieso keine Chance.«

Eine Weile fuhren sie nun schweigend hinaus, weit vor die Insel, die im Sonnenlicht rot leuchtete. Ein Fischerboot kreuzte ihren Weg, und der Kapitän rief ihm ein Ahoi zu. Den Herren in ihren Sommeranzügen wurde in der prallen Hitze bald zu warm, und der ein oder andere wagte es, sich der Jacke und sogar der Krawatte zu entledigen. Die Hüte blieben auf den vornehmen Schädeln, denn sie boten zumindest ein wenig Schutz vor der Sonne.

Aufsehen erregte ein Schwarm den Weg kreuzender Schweinswale, die so knapp unter der Wasseroberfläche schwammen, dass man sie hätte berühren können. Endlich reichte Hink einige Flaschen Bier, die in einem mit Eis gefüllten Eimer unter Deck gelagert hatten. Diese Einladung wurde mit großem Hallo angenommen. Und so schipperte schon bald eine feuchtfröhliche Runde um die Insel, getragen von der Bedeutung ihrer Mission und beschwingt von einem guten Schluck kühlen Biers und einigen alten Helgoländer Weisen, die Hink mit seinem Akkordeon zum Besten gab.

Doch nicht nur die Gäste des »Clubs von Helgoland« genossen diesen außergewöhnlich schönen Tag, auch Otto fand, dass das Leben kaum schöner sein konnte. Er hatte alles, was er sich wünschte. Die Erinnerung an die Schmach der Disqualifikation bei der Nordseeregatta begann zunehmend zu verblassen. Die Sorgen um das tägliche Auskommen angesichts der gewaltigen Schulden ebenso. Und die quälende Abwendung von Jette, die er mit seiner Teilnahme an dem Rennen so enttäuscht hatte, schien auch nur noch ein böser Traum. All die Schrecken, die sich vor nicht allzu langer Zeit wie ein unüberwindbarer Berg an Nöten und Niederlagen vor ihm aufgetürmt hatten, sie waren verweht und hatten einer Leichtigkeit Platz gemacht, wie Otto sie zuletzt als ganz junger Mann verspürt hatte – damals, als er Jette buchstäblich von der Insel entführt hatte, um mit ihr ein neues Leben zu beginnen.

Als die »Gertrude« wieder in den Südhafen einlief, hatten die meisten der Passagiere mindestens eine Strophe der »Reise nach Helgoland« gelernt, was zwar keine alte Helgoländer Weise war, aber dafür das populärste Lied, das es über die Insel gab. Und so staunte mancher Promenadengast, der den kleinen Kutter einlaufen sah, nicht wenig über die feinen Herren, die sich in Sangesübungen ergingen und dabei offenbar keinerlei Wert auf herrschaftliche Garderobe legten, sondern vielmehr mit einer Nachlässigkeit glänzten, von der auf der

Insel noch bis weit in die Nacht hinein gesprochen werden würde.

Otto verabschiedete jeden einzelnen seiner Gäste mit Handschlag und bedankte sich, als wäre er es gewesen, dem die Einladung gegolten hatte. Als Letzter ging Baron von Silberbach von Bord. »Mein lieber Herr Brückner«, sagte er, als sie endlich alleine waren. »Da haben Sie uns aber ein Erlebnis beschert. Haben sie herzlichen Dank für diesen formidablen Tag, den ich sicherlich niemals vergessen werde.«

»Lieber Herr von Silberbach«, entgegnete Otto. »Ich habe zu danken. Es war mir eine Ehre, Sie und den ›Club von Helgoland‹ an Bord der ›Gertrude‹ begrüßen zu dürfen und Ihnen meine Heimat noch ein wenig näherbringen zu können.«

»Ja, das haben sie klug gemacht, lieber Herr Brückner«, befand der Bankier. »Denn in der Tat sieht man manches besser, wenn man ein wenig Abstand gewinnt. Und zu Ihrem Bootsmann hier ...« Er nickte in Richtung Hink, der dabei war, den Kutter ordentlich zu befestigen. »... kann man Ihnen auch nur gratulieren. Der Mann ist ja ein Ausbund an Musikalität und Freundlichkeit.«

»Das ist er in der Tat«, stimmte Otto zu. »Und der beste Freund, den man sich wünschen kann, ist er obendrein.«

»Tu felix Helgoland«, sagte Silberbach und nickte bedeutungsvoll. »Diese glückliche Insel hier scheint nur die besten Menschen zu kennen.«

Eine Bemerkung, die Otto lieber nicht kommentierte. Denn natürlich gab es hier wie überall auf der Welt nicht nur Licht, sondern auch Schatten. Und als wollte er den Beweis dafür erbringen, kreuzte in dem Augenblick Thorsten Brand seinen Weg und rief knapp über den Kai: »Morgen acht Uhr im Zollamt, Brückner. Ihr Liegeplatz muss neu verhandelt werden.«

Baron Silberbach setzte seinen Hut auf und verbeugte sich leicht mit einem Seufzen. »Ich sehe schon«, sagte er und lächelte Otto aufmunternd zu. »Keine Freude ist so ungetrübt, wie man sie sich wünscht.«

* * *

»Die Konzession?«, fragte Jette empört. »Was soll denn mit der sein? Warum muss dein Liegeplatz neu verhandelt werden?«

»Ich weiß es nicht, mein Liebling. Aber wir haben nichts zu fürchten. Es wird einfach nur eine Schikane sein, die sich Brand ausgedacht hat. Gehässigkeit, nichts weiter.« Er beugte sich zu seiner Frau hinüber und küsste sie sanft auf die Stirn. »Und nun lass uns schlafen. Es war ein langer und schwerer Tag.«

»Ja«, sagte Jette. »Besser, wir schlafen. Es wird sowieso nur noch zwei Stunden dauern, bis sich die Kleine wieder meldet. Allerhöchstens drei.«

»Soll ich sie zu uns holen?«

»Nein. Sie schläft schön in ihrem Bettchen, das müssen wir nicht verhindern. Sonst gewöhnt sie sich noch daran, bei uns zu liegen.«

»Ich bin ganz bei dir«, lachte Otto. »Das sollten wir vermeiden. Sonst finde ich vor lauter Kind nicht mehr zu meiner Frau.«

»Und das sollten wir verhindern«, Jette lachte leise und löschte das Licht.

»Um jeden Preis«, bemerkte Otto und rückte an sie heran.

»Schschsch… Noch nicht, Otto, bitte. Ich brauche noch ein bisschen Zeit.«

Er seufzte so theatralisch, dass Jette auflachte. »Du bist wirklich unersättlich«, sagte sie und stieß ihn sanft in die Seite.

»Au! Und du bist brutal«, entgegnete Otto. »Morgen habe ich bestimmt einen riesigen blauen Fleck.«

»Du Armer«, kicherte Jette. »Wo hab ich dich denn erwischt? Hier?«

»Nein, tiefer«, sagte Otto.

»Hier?«

»Noch tiefer.«

»Hm. Hier?«

»Das ist schon ganz nah dran.«

»Ach. Vielleicht hier?«

»Es hilft bestimmt, wenn du ein bisschen streichelst.«

»Scheint mir auch so«, flüsterte Jette und rutschte auf seine Seite. »Mach mal Platz, damit ich besser rankomme.«

Nach einer kleinen Weile sanken sie engumschlungen und erhitzt in den Schlaf. Im Haus breitete sich eine tiefe Ruhe aus. Selbst die Wellen, die man sonst in der Stille der Nacht hörte, schienen zu schweigen. Mucksmäuschenstill war es in dem Haus beim Hafen. So still, dass Jette nach einer Weile hochfuhr. »Otto?«

»Hm.«

»Otto, wach auf.«

»Es kann doch noch nicht Morgen sein. Wir sind doch gerade erst eingeschlafen, oder?«, beschwerte sich ihr Mann und warf sich das Kissen über den Kopf.

»Ich habe Angst, Otto.«

Einen Moment herrschte wieder Stille, dann arbeitete sich Otto aus seiner Zuflucht heraus. »Angst? Wovor?«

»Du musst nach Hedwig schauen.«

»Aber sie schläft doch. Lass sie schlafen, Schatz. Und schlaf auch. Die Nacht ist kurz genug.«

»Bitte schau nach ihr.«

Seufzend richtete Otto sich auf und tappte hinüber in die kleine Schlafkammer der Kinder. Es dauerte ein wenig, dann sah Jette, wie eine Lampe angezündet wurde. Irgendwann hörte sie Otto, der verzweifelt schluchzte. Da wusste sie, dass das Glück zerbrochen war.

* * *

Viertes Kapitel

Der Herr hat's gegeben, der Herr hat's genommen«, sagte Pastor Karl mit mitleidvoller Stimme. »Und es ist an uns, dem Herrn zu geben, was des Herrn ist. Wir alle sind sein und vertrauen unsere Seelen ihm an. Für die Eltern eines Kindes aber gibt es nichts Schwereres, als die Seele ihres Kindes zu Gott gehen zu lassen. Hedwig Henriette ist nur ein paar Wochen alt geworden. Aber in dieser kurzen Zeit hat sie viele Menschen sehr glücklich gemacht. Sie war in unsere Mitte aufgenommen worden und hatte eine wundervolle Familie. Nicht jedem Menschen wird in so kurzer Zeit so viel Gutes zuteil. Deshalb danken wir Dir, o Herr, dass Du Hedwig Henriette zu uns hast kommen lassen, dass Du ihr das Sakrament der Taufe hast zuteilwerden lassen und dass Du sie für die kurze Zeit, die Du für sie auf Erden vorgesehen hattest, in eine gute und liebevolle Familie gegeben hast. Möge ihr Dasein im Jenseits so glücklich sein wie im Diesseits.« Und er stimmte das Vaterunser an, das alle mitsprachen. Alle außer Jette, die nicht in der Lage war, etwas zu sagen, ohne in Tränen auszubrechen, die nur noch schluchzen konnte, seit das Unvorstellbare geschehen war und der Plötzliche Kindstod ihre kleine Tochter geholt hatte. Während sie sich nebenan mit Otto vergnügt und gelacht hatte, hatte das Kindlein in seinem Bett zu atmen aufgehört. Keine Minute verging, in der Jette sich nicht Vorwürfe machte, in der sie sich nicht fragte, warum sie nicht noch einmal nach Hedwig geschaut hatte. Vielleicht hätte sie es rechtzeitig bemerkt! Vielleicht hätte sie sie dem Tod entreißen können! Aber nein, sie hatte in Ottos Armen gelegen und … Wieder und wieder gingen ihr diese Gedanken durch den Kopf, und es half auch nichts, dass Tine ihre Tochter fest in den Arm nahm und ihr fortwährend versicherte, dass es nicht ihre Schuld gewesen sei und dass es äußerst unwahrscheinlich gewesen wäre, gerade in dem Moment nach dem Kind zu schauen, als es aufhörte zu atmen. Dass es jederzeit hätte geschehen können! In der Nacht und am Tag.

So stand die Trauergemeinde fassungslos und voller Mitgefühl an Hedwigs Grab, die so sinnlos aus dem Leben hatte gehen müssen. Tine hatte Pastor Karl überredet, ihr einen Platz unterm Flieder im Pfarrgarten zu geben, wo einst Fritzis Totgeborenes begraben worden war. Es war ein schöner Ort, und es würde irgendwann auch ein tröstlicher Ort sein, wenn irgendwann auch einmal die Zeit des Trostes angebrochen wäre. Doch bis dahin würden Jette und Otto noch durch viele Tränentäler gehen müssen, würden sie Wochen und Monate, vielleicht sogar Jahre der Trauer durchschreiten müssen. Alles Glück, mit dem die Bootsbauerfamilie gesegnet zu sein schien, war dahin, alle Freude zerstört. Julchen und Sven umklammerten verständnislos Tines Hände und betrachteten ihre trauernden Eltern. Was machte es wohl mit diesen beiden Kindern, dass ihr Vater kaum mehr ansprechbar war. Dass ihre Mutter, die so gerne gesungen und erzählt hatte, nur noch schwieg.

Das Gebet war verklungen, und eine Weile stand die kleine Trauergemeinde schweigend vor dem winzigen Grab. Otto hatte in den beiden Nächten, die vergangen waren, einen Sarg gezimmert, so schön wie man noch keinen auf der Insel gesehen hatte. Er hatte ihn weiß gestrichen, und Tine hatte ihn üppig mit bunten Blumen geschmückt. Sie trat mit Julchen und mit Sven als Erste an die Grube und warf etwas Erde hinunter. Dann gab sie die Schaufel ihrer Enkeltochter, die ebenfalls eine Schippe auf den Sarg warf. Es folgte Sven, dem Tine half, damit er nicht einfach weiter schaufelte. Hedi griff mit der Hand nach der Erde und warf ein wenig hinab. Das Ehepaar Silberbach hatte seine Abreise um einen Tag verschoben, um an dem Begräbnis der Kleinen noch teilnehmen zu können, und tat es Hedi gleich. Zuletzt blieben noch Jette und Otto, die so lange zögerten, dass der Pastor schließlich die Schaufel zur Hand nahm und sie dem trauernden Vater reichte und ihm aufmunternd zunickte. »Es ist ein Ritual«, sagte der Geistliche leise. »Wir geben Hedwig der Erde zurück, aus der sie entstanden ist.«

Otto nickte, betrachtete die Schaufel in seiner Hand wie etwas Unbegreifliches, dann trat er gemeinsam mit Jette an das Grab, beugte sich mit ihr hinab, legte ihre Hand um seine, nahm etwas Erde auf und warf sie auf den kleinen Sarg. Und als Jette auf die Knie fiel und schluchzte, tat er es ihr gleich, weil er nicht mehr die Kraft hatte, seine Frau zu stützen.

Tine hatte schon viele Kinder tot zur Welt bringen müssen und manches Kind sterben sehen. Auch wenn es ihr jedes Mal zu Herzen ging, so hatte sie doch ihren Frieden damit gemacht, dass Gott manche Seele viel zu früh zu sich holte. »Das Leben geht weiter«, hatte Frau Liebrecht immer gesagt. Lange hatte Tine diesen Spruch für kalt und herzlos gehalten. Jetzt wusste sie, dass er schlicht der Wahrheit entsprach. Manchmal sogar unmittelbar. »Hedi? Kannst du die beiden nehmen? Ich muss zu Frau Krüss. Sie wird bald so weit sein.«

Die Freundin nickte. »Natürlich.« Sie nahm Julchen und Sven an die Hand und erklärte: »Heute seid ihr bei mir. Und ich glaube, jetzt wollt ihr erst einmal eine Tasse Schokolade, hm?«

»Schokolade!«, rief Sven und hüpfte neben Hedi her den Weg aus dem Pfarrgarten, während seine große Schwester schweigsam neben der Großmutter herging. Ja, dachte Hedi, Julchen ist schon verständig genug. Sie weiß, was hier vorgegangen ist. Da ist ihr nicht zum Hüpfen und Jubeln zumute.

✳ ✳ ✳

Vier ganze Tage dauerte es, bis Margarethe Krüss endlich mit einem gesunden Jungen niederkam. Immer wieder, oft mehrmals täglich, eilte Tine von ihrem kleinen Laden im Unterland hinauf ins Oberland, wo die Familie ihr Häuschen hatte. Oft traf sie den bangen werdenden Vater, den eigentlich sehr fröhlichen Elektriker Ludwig Krüss, neben seiner Frau am Bett sitzend vor, unendlich besorgt, das lange Warten mochte Übles bedeuten. Zweimal brachte Tine ein paar Blümchen mit, um die Frau ein wenig abzulenken. Es war allerdings mehr als offensichtlich, dass sie weniger angespannt war als ihr Mann. Sie hatte eben ein ausgesprochen heiteres Naturell. Und als nach vier Tagen zwischen Blumenduft und Wehen endlich ein putzmunterer Junge den Weg ins Leben fand, strahlte sie übers ganze Gesicht, während der Vater nun nicht mehr vor Kummer, sondern vor Rührung mit den Tränen kämpfte.

»Und wisst ihr denn schon, wie ihr ihn nennen werdet?«, fragte Tine neugierig.

»James soll er heißen«, erklärte Margarethe. »Wir haben das so entschieden.«

»*Du* hast das gesagt«, erwiderte Ludwig Krüss.

»Was aufs Gleiche hinausläuft«, sagte die frischgebackene Mutter. »James, das klingt nach einem Mann von Welt.«

»Und so sieht er auch aus«, stimmte Tine zu und streichelte dem Neugeborenen zart über den Flaum.

Es war ein unbeschwerter, ein fröhlicher Maientag. Doch als sie ihre Tasche wieder packte, nachdem sie sich noch um die Nachgeburt gekümmert hatte, war Tines Herz gleichwohl schwer. Müde und melancholisch hielt sie auf dem Weg am Maulbeerbaum inne, den sie schon kannte, seit sie auf die Insel gekommen war. Er stand am Zaun der Pastorei, wo er der Legende nach manchem jungen Paar, das nach Helgoland geflohen war, um sich hier schnell und unkompliziert trauen zu lassen, Sichtschutz geboten haben sollte. Allerdings konnte Tine sich nicht entsinnen, dass es allzu viele Trauungen im Pfarrgarten gegeben hätte. Und Nichtinsulaner hätten ohnehin keines Sichtschutzes bedurft, da sie doch niemand auf der Insel kannte. Doch schöne Legenden wollten gepflegt werden, und so hatte es mancher Fremdenführer auf Helgoland zur Gepflogenheit werden lassen, diese Geschichte wieder und wieder zu erzählen, bis mancher von ihnen sie womöglich selbst zu glauben begonnen hatte.

Einige winzige grüne Beeren waren bereits an den Zweigen zu erkennen. Bald würden sie weiß, dann rot und schließlich schwarz werden, man konnte sie essen oder einkochen. Eine duftige Süße, ein ganz eigener Geschmack wohnte in ihnen, den Tine liebte und manches Mal im Pfarrgarten gekostet hatte, wenn sie sich um ihre Blumen oder um die der Pastorengattin gekümmert hatte. Doch diese Zeiten waren vorbei. Pastor Karl machte sich nicht viel aus dem Garten, seine Haushälterin tat das wenige, was nötig war, damit nicht alles verkam. Und den Schuppen, in dem viele von Tines Stöcken überwintert hatten, hatten längst wieder allerlei Gerätschaften des Pfarrhaushalts in Beschlag genommen, seit Otto einen ähnlich großen Verschlag an die Hinterseite der »Blütenträume« gebaut hatte.

»Moin, Frau Heesters!«, grüßte Jens Freese, der Milchmann, der von seinem Vater Jan übernommen und dessen Mutterwitz geerbt hatte.

»Moin, Jens!«, grüßte Tine zurück.

»Schon ein paar Zwerge auf die Welt gebracht heute?«

»Nur einen, Jens. Krüssens Jungen.«

»Hoppla! Ich dachte, der kommt nicht mehr.«

Tine lachte. »Ja, ich schätze, das dachten Krüssens auch.«

»Ich muss weiter.« Er lupfte seine Mütze. Tine winkte ihm zu und sah ihm nach, wie er die Casinostraße runterlief. Kurz überlegte sie, ob sie noch ein paar Blümchen auf Hedwigs kleines Grab legen sollte. Doch dann entschied sie sich dagegen. Sie hatte erst gestern Blumen dort abgelegt. Und jeder Besuch riss die frische Wunde wieder auf. Dieses Kind war so entzückend gewesen, und sein Tod war eine so himmelschreiende Ungerechtigkeit … Tine würde darüber hinwegkommen, gewiss. Aber für Jette und Otto war es eine unendliche Tragödie.

Seufzend ging Tine weiter, müde von der Geburt, traurig über den Verlust, verzagt, was wohl werden würde.

※ ※ ※

Einige Tage lang erschien Jette nicht zur Arbeit im Insel-Café. Sie brachte nicht die Kraft auf und fand auch keinen Sinn darin, die Kinder zur Nachbarin zu geben, um den lieben langen Tag für anderer Leute Vergnügen zu arbeiten. Doch weder Julchen noch Sven konnten sie trösten, sondern litten vielmehr selbst darunter, dass ihre Mutter so tieftraurig war. Irgendwann war Hedi in der kleinen Bootswerft aufgetaucht, hatte die beiden genommen und erklärt: »Es tut den Kindern nicht gut, wenn sie hier den ganzen Tag zwischen Ach und Weh stehen müssen. Ich nehme sie mal für zwei Tage zu mir.«

»Aber Hedi …«, hatte Jette protestiert. Doch ihre Schwiegermutter hatte nur den Kopf geschüttelt und gesagt: »Das ist besser für die Kleinen. Ihr seid ihnen in der Situation keine Hilfe. Beide nicht. Weder Otto, der ja offenbar nur noch arbeitet, noch du, die du nur noch trübsinnig in der Küche sitzt und nicht rausgehst.«

Damit hatte sie die Lage ziemlich genau getroffen. Otto stand jeden Morgen schon vor dem Frühstück in der Werkstatt, natürlich weil er kein Auge zutun konnte und es irgendwann nicht mehr aushielt, an die Decke zu starren. Dann arbeitete er bis in die tiefe Nacht und wankte zu Tode erschöpft die Treppe hoch zur Dachkammer, fiel ins Bett und in einen kurzen, unruhigen Schlaf. Jette indes saß die meiste Zeit antriebslos auf der Küchenbank und starrte vor sich hin. Wenn die Kinder etwas von ihr wollten, mussten sie sie mehrmals ansprechen, ehe sie reagierte. Nichts schien sie mehr zu interessieren, nichts schien sie mehr aus ihrem tiefen Trübsinn reißen zu können. Es war, als wäre eine Flamme in ihr erloschen, als wäre alle Freude aus ihr ausgetrieben worden.

Doch Hedis Vorstoß rüttelte sie wach. Bestürzt erkannte sie, dass sie dabei war, ihr Leben entgleiten zu lassen. Sich ganz in sich zu kehren hieß: niemandem mehr nützlich zu sein. Sich von der Welt abzuwenden hieß: sich auch von ihren Lieben abzuwenden. Und von der Liebe! Dem Leben draußen den Rücken zu kehren hieß: selbst nicht mehr zu leben. Und so fasste sie sich irgendwann ein Herz, raffte sich auf, kochte Kaffee, gab viel Zucker hinein und ging dann mit zwei Tassen hinüber in die Werkstatt, wo Otto innehielt, als er sie hinter sich eintreten hörte. Er richtete sich auf, sein Rücken war nassgeschwitzt, sein Haar stand wirr in alle Richtungen. Auch er hat sich aufgegeben, dachte Jette und erschrak, wie schnell sie beide wegzuwerfen bereit gewesen waren, was ihnen vor Hedwig an Gutem widerfahren war. »Hier«, sagte sie leise und reichte ihm eine Tasse Kaffee. Verwirrt sah er sie an, nahm die Tasse und stand eine Weile unschlüssig da. »Wir trinken jetzt einen Kaffee, und dann machen wir Pläne.«

»Pläne?«

»Wir müssen wieder ein Leben haben, Otto. Ich will nicht, dass du dich kaputtmachst. Ich will nicht, dass unsere Kinder leiden müssen, weil ihre Eltern nicht mehr für sie da sind.«

Otto nickte. Ja, er verstand. Verstand so gut. Doch seine Gefühle konnten mit dieser Erkenntnis noch nicht mitgehen. Erschöpft ließ er sich auf einen der Pflöcke nieder, mit denen der Bootsrumpf, den er gerade bearbeitete, abgestützt war. »Ich weiß nicht, wie wir das schaffen sollen«, sagte er leise.

»Wenn es einen Menschen auf der Welt gibt, der alles schafft, dann bist du das, Otto.« Jette meinte es auch so. Niemand war so stark wie Otto. Niemand konnte Krisen meistern wie er. »Keiner hat so viel Kraft wie du«, flüsterte sie.

Es war ein trauriges Lächeln, das sie Otto damit abrang, aber es war ein Lächeln. Vorsichtig stieß sie mit ihrer Kaffeetasse gegen seine und nahm einen Schluck. Er tat es ihr gleich, sinnierte ein wenig und sagte dann leise, bewundernd: »Wenn ich Kraft habe, dann habe ich sie von dir, Jette. Du gibst mir alle Kraft, die ich habe.«

»Mama hat mal gesagt, dass eine Ehe dann gut ist, wenn jeder dem anderen mehr gibt, als er nimmt.«

»Hm. Ich schätze, damit liegt sie richtig. Tine ist einer der klügsten Menschen, die ich kenne.«

»Ja, das ist sie. Obwohl sie nie eine richtige Schule besucht hat.«

»Klugheit lernt man nicht in der Schule«, erklärte Otto.

»Klugheit lernt man durch das Leben. Durch Beobachtung. Durch Nachdenken. Durch Erfahrung …«

»Ja«, sagte Jette und nickte. »Aber Erfahrung ist nicht immer schön.«

»Nein. Das ist sie nicht.« Otto schwieg eine Weile, nahm einen Schluck Kaffee, blickte auf seine Frau, entdeckte einige Falten in ihrem schönen, ebenmäßigen Gesicht, die er bisher nicht gekannt hatte, einige graue Haare auch, und stellte zugleich fest, wie sehr er sie immer noch und immer wieder bewunderte. »Ob wir auch klüger werden durch alles das?«

»Ich hoffe es, Otto«, erwiderte Jette. »Dann hätte es zumindest irgendeinen Sinn gehabt.«

»Ja. Vermutlich ist das so. Aber es wird noch viel Nachdenken nötig sein.«

Und dann, nach Tagen der inneren Einsamkeit fanden ihre Lippen endlich wieder zu einem Kuss zusammen: einem Kuss des Trostes, der Hoffnung und der unerschütterlichen Liebe.

* * *

»Du bist wieder da?«, fragte Lore Freund, und die Erleichterung war ihr so deutlich anzusehen, dass Jette Tränen in die Augen traten. Sie nickte. »Ja«, sagte sie. »Das Leben muss weitergehen.«

»Das muss es«, erwiderte Lore und nahm die Freundin in den Arm. »Du und Otto, ihr beide dürft euch nicht unterkriegen lassen. Wenn ihr euch unterkriegen lasst, dann wüsste ich nicht, wie wir anderen durch unsere Täler gehen sollten.«

Und in der Tat, sie hatte ja recht: Ein jeder hier, wie überall auf der Welt, hatte sein Päckchen zu tragen, erlebte bittere Augenblicke und Zeiten tiefster Verzweiflung. Und dennoch standen sie alle wieder auf und marschierten weiter auf ihren

Lebenswegen. Lore selbst hatte es nicht leicht. Während Jette ein Kind betrauerte, war die Freundin nie wieder schwanger geworden. Sosehr sich Freunds auch danach sehnten, Lore würde wohl kein Kind mehr zur Welt bringen, würde nie auch nur für ein paar Tage das Glück empfinden, einem Menschen das Leben geschenkt zu haben, würde nie den winzigen Kopf eines Säuglings an ihrer Brust spüren … »Ich weiß«, sagte Jette. »Danke, Lore. Ich bin so froh, dass ich dich habe.«

»Und ich bin froh, dass wir dich haben!«

Jette putzte sich die Nase. »Könnt ihr mich denn überhaupt brauchen jetzt?«

»Brauchen?«, rief Lore Freund. »Und wie! Wir könnten hier alle im Stehen einschlafen, so viel mussten wir zusätzlich arbeiten, weil du nicht da warst. Du hast uns so gefehlt! Und seit Lilly verschwunden ist, falle ich jeden Abend so müde ins Bett, dass ich gar nicht mehr schlafen kann, so erschöpft bin ich.«

»Wie? Verschwunden? Wo ist sie denn hin?«

Die Inhaberin des Insel-Cafés warf die Arme in die Luft. »Wenn das irgendwer wüsste!«, rief sie. »Angeblich hat sie sich von unserem berühmten Gast einladen lassen, ihn auf einer Tournee zu begleiten.«

»Du sprichst jetzt nicht von Emil Jannings?«, fragte Jette fassungslos.

»Nu, wüsste nicht, wer sonst auf Tournee gehen sollte.«

Auch wenn Jette gerade noch geschnieft hatte, musste sie darüber ein wenig lachen. »Na ja, ich schätze, das tut mir zwar leid, also, dass du so schrecklich viel zu tun hattest. Aber es freut mich auch. Dass ich euch gefehlt habe, meine ich.« Sie schüttelte den Kopf. »Und das mit Lilly ist jedenfalls mal eine famose Geschichte.«

»So«, bestimmte Lore Freund. »Und jetzt ist genug geredet. Hol dir deine Schürze und lass uns die Terrasse eindecken. Die Gäste kommen schneller, als man es glauben möchte.«

Und so war es auch. Der letzte Tisch war noch nicht bereitet, da landete schon die erste Fähre mit Ausflüglern an. »Ahoi!«, rief der Bootsmann vom Steg herüber. Lore winkte ihm zu und scheuchte dann die Serviermädchen, auf die Plätze zu gehen. Augenblicke später platzierte Jette bereits einige Gäste in der vorderen Reihe. Noch lag die Terrasse im Schatten. Die Schirme würden erst gegen Mittag aufgespannt werden. Zwei Damen nahmen direkt neben dem Aufgang Platz und bestellten Tee und Kuchen. Jette wandte sich schon ab, da hörte sie, wie eine der beiden sagte: »Und ein paar Tage später war er tot.«

»Aber er war doch noch so ein junger Mann!«, protestierte die andere.

»Einunddreißig.«

»Unglaublich.«

»Es heißt, hunderttausend Menschen hätten an der Beerdigung teilgenommen.«

Betroffen wagte es Jette nachzufragen: »Verzeihen Sie, meine Damen. Ich konnte nicht umhin mitzubekommen, dass eine bedeutende Persönlichkeit gestorben ist. Darf ich fragen, um wen es sich gehandelt hat?«

»Das wissen Sie nicht, meine Gute?« Die Ältere der beiden schüttelte den Kopf, als könnte sie es nicht fassen.

»Die Zeitungen kommen immer mit einiger Verzögerung auf die Insel«, entschuldigte sich Jette. Tatsächlich hatte sie schon seit Wochen so gut wie keine Nachrichten mehr zur Kenntnis genommen.

»Hier, sehen Sie selbst.« Die Frau holte eine Zeitschrift aus ihrer Tasche und schlug sie auf. Eine Fotografie zeigte eine scheinbar endlose Schlange von Menschen, die darauf wartete, in ein Gebäude eingelassen zu werden, an dessen Markise der Name »Campbell« prangte. »Valentino? Im Ernst?«, sagte Jette ungläubig. Und wenn Helgoland nicht fünfzig Meilen vom Festland gelegen wäre, sondern fünftausend, so hätte man nicht verhindern können, dass der Name Rudolph Valentino auch hier zu den schillerndsten des Planeten gehörte.

»Was ist mit Valentino?«, fragte Lore, die am Nebentisch stand und Jettes betroffenen Blick sah.

»Tot.«

»Tot? Aber er ist doch noch ein ganz junger Mann!«, widersprach Lore fassungslos.

»War«, sagte die Frau, die ihre Zeitschrift wieder an sich nahm. »War ein junger Mann.«

»Einunddreißig«, bestätigte ihre Begleiterin und schluchzte unvermittelt auf.

Am Ende dieses Tages gab es auf der Insel nur noch ein Thema: den Tod des großen Rudolph Valentino. Dass in Griechenland der Diktator Pangolas gestürzt worden war, dass man in Südafrika unvorstellbare Mengen von Diamanten gefunden hatte und eine Art Goldrausch ausgebrochen war, ja sogar dass Deutschland im Begriff war, dem Völkerbund beizutreten – all das trat in den Hintergrund. Denn auch wenn nur wenige Insulaner das Vergnügen gehabt hatten, jemals einen Film mit Valentino mit eigenen Augen zu sehen, so war er doch bekannt und begehrt allein durch die Bilder und Berichte aus den Zeitungen und Magazinen.

Auch die Frauen im Königin-Luise-Verein, dem Jette vor einiger Zeit auf Lore Freunds Einladung hin beigetreten war, fanden nur Worte der Bewunderung für den Schauspieler und der Bestürzung über seinen frühen Tod. Am Ende musste gar Lore, die die Vorsitzende war, mahnen: »Meine Damen! Unser Verein hat sich den guten Taten verschrieben, nicht dem Anhimmeln amerikanischer Filmschauspieler!«, rief sie mit vorgegebener Strenge. »Es wird Zeit, dass wir uns den Themen widmen, für die wir uns versammelt haben. Da ist zum einen Familie Waschke, die unverschuldet in Not geraten ist, und da ist die Ausstattung der Schule mit einem Sanitätsraum...« Nur mit Mühe gelang es den Frauen des Königin-Luise-Vereins, sich wieder auf ihre Bestimmung zu konzentrieren.

Im Zuge der zahllosen Gespräche über den Tod des berühmten Schauspielers machte zunehmend auch das Gerücht die Runde, dass es Pläne gab, auch auf Helgoland ein Lichtspielhaus zu eröffnen. »Kröger soll bereits einen Partner im Boot haben«, erklärte Hedi, nachdem sie ihren freien Tag beendet, die Kinder wieder zu Hause abgeliefert hatte und endlich ins Imperial zurückgekehrt war, wo Tine schon auf sie gewartet hatte. Bei einer Tasse Tee saßen sie noch in der Personalstube zusammen, um endlich einmal wieder einen Klönschnack zu haben.

»Ein Filmsaal wäre großartig«, befand Tine. »Stell dir vor: Wir müssten nicht mehr nach Cuxhaven oder Hamburg fahren.«

»Ja, das wäre schon schön«, stimmte Hedi zu. »Ich frage mich nur, ob Kröger sich selbst einen Gefallen damit tut.«

»Wirklich? Ich bin sicher, mit einem Lichtspielhaus lässt sich eine Menge Geld verdienen.«

»Eben«, sagte Hedi und blickte die Freundin skeptisch an. »Bei jedem anderen würde ich sagen: guter Plan. Aber bei Kröger...« Sie beugte sich vor und sprach etwas leiser. »Es ist, weil er Jude ist.«

»Na und?«, sagte Tine. »Das spielt doch gar keine Rolle.«

»Für dich vielleicht nicht oder für mich«, stimmte Hedi zu. »Aber?«

»Es gibt einige Herrschaften auf der Insel, die den Juden ihren Erfolg nicht gönnen.«

»Aber alle haben doch Erfolg, seit die Inflation besiegt ist«, widersprach Tine.

Hedi nickte. »Natürlich. Und das ist ja auch erlaubt und wird sogar sehr bewundert. Nur eben nicht bei Juden. Denen neidet man jede Mark.«

Tine winkte ab. »Da siehst du Gespenster«, erklärte sie. »Ich bin sicher, Nathan Kröger ist nicht nur ein guter Geschäftsmann, er wird seine Pläne auch verwirklichen – und wer ihm den Erfolg nicht gönnt, der ist eben dumm.«

»Auch da hast du recht«, sagte Hedi. »Aber vergiss nicht: Manchmal siegt auch die Dummheit.« Wie recht sie behalten würde, sollte sich schon bald zeigen.

Mit einer Zeitung unter dem Arm kam Emil herein, der endlich auch Feierabend hatte. »Guten Abend, die Damen«, sagte er und verbeugte sich elegant wie eh und je.

»Immer ein Gentleman, unser Emil«, kommentierte Hedi und zwinkerte ihrer Freundin zu.

»Etwas anderes hätte ich auch gar nicht erwartet«, entgegnete Tine. »Alfred muss noch arbeiten?«, fragte sie.

»Er hat erst um zehn Uhr Dienstschluss«, erklärte Emil und setzte sich in einen der Sessel am Fenster. Noch drang ein wenig Tageslicht herein. Draußen räumten zwei Pagen die Terrassentische auf und schoben das Mobiliar zusammen. Längst saßen keine Gäste mehr vor dem Haus, man hatte sich jetzt in die Speisesäle zurückgezogen. »Hast du von Rudolph Valentino gehört?«, wollte Hedi wissen.

»Wer hat das nicht«, stellte Emil fest. »Ich kann es nicht fassen …«

»Ja, wirklich!«, fiel ihm Hedi ins Wort.

»… dass alle nur noch darüber sprechen«, führte Emil seinen Satz zu Hedis Beschämung zu Ende. »Hier!« Er wies auf das Titelblatt seiner Zeitung. »Deutschland im Völkerbund!«, hieß es dort. »Das sind Nachrichten! Und wenn man hört, was Briand gesagt hat …« Er suchte die Stelle und zitierte: *Weg mit den Gewehren, weg mit den Maschinengewehren und weg mit den Kanonen! Platz für die Vermittlung der Schiedsrichter, für den Frieden!* Ist das nicht eine klare Aussage? Darauf hat die Welt gewartet!«

»Das hat sie in der Tat«, sagte Steffen Teubner, der zwischenzeitlich ebenfalls in die Personalstube getreten war und sich mit einem Blatt an den Tisch setzte, das weder Tine noch Hedi bisher kannten: dem *Völkischen Beobachter*. »Wenn es noch eines Beweises bedurft hätte, dann wäre es diese Rede gewesen«, stellte der Hausmeister des Imperial fest.

»Eines Beweises wofür?«, fragte Emil mit unverhohlener Skepsis. Die beiden Frauen spürten sofort, dass es zwischen diesen Männern nicht zum Besten stand.

»Eines Beweises, dass der Franzmann verweichlicht und feige ist.«

»Weil er den Frieden sucht?«

»Weil er Angst hat, dass ihn der Deutsche beim nächsten Waffengang so vernichtend schlägt, dass es das Reich der Welschen nicht mehr gibt!«

Tine konnte erkennen, wie sehr es in Emil arbeitete. Sie kannte ihn nun so lange. Aus dem jungen Mann von einst, als sie noch ganz neu auf der Insel gewesen war, war ein feinsinniger Herr in den besten Jahren geworden. Stets war er freundlich gegenüber jedermann, nie hatte er Anlass zu Ärger gegeben, und soweit sich Tine zurückerinnern konnte, gab es wohl keinen einzigen Tag in der ganzen langen Zeit, an dem er nicht seinen Beitrag dazu geleistet hätte, Helgoland zu einem schöneren Ort zu machen. Doch Steffen Teubner schien ihn aus dem inneren Gleichgewicht zu bringen. »Der Völkerbund wurde geschaffen, um ein friedliches Zusammenleben der Nationen zu ermöglichen.«

»Es wird so lange kein friedliches Zusammenleben geben, solange man einzelnen Völkern den ihnen zustehenden Platz nicht zugesteht.«

»Lass mich raten, Teubner«, knurrte Emil. »Meinst du zufällig das Deutsche Reich und seinen Platz an der Sonne?«

»Die ganze Welt hat sich gegen uns verschworen«, herrschte Teubner ihn an. »Das Judentum! Der Finanzkapitalismus! Die Bolschewiken! Wir sind …«

»Fällt dir gar nicht auf, dass deine Rede keinen Sinn ergibt, Mann?«, fuhr ihn Emil an. »In deinem kranken Hirn sind Kapitalisten und Bolschewiken ja dasselbe. Und was die Juden damit zu tun haben sollen …«

»Sieeeee!«, schrie nun der Hausmeister des Imperial und fuhr von seinem Platz empor. »Sie werden mich nicht so anreden, mein Herr! Sonst …«

»Sonst was«, fragte Emil, plötzlich wieder ganz ruhig, legte die Zeitung beiseite und stand ebenfalls auf.

»Aber bitte, die Herren!«, versuchte Tine, die beiden zu beschwichtigen. »Es muss doch möglich sein, dass man unterschiedlicher Meinung ist, ohne dass man sich gleich …«

»Wer hier das kranke Hirn hat, steht ja wohl fest«, zischte

Teubner. »Aber ich will Ihnen was verraten, Herr Heckert, Ihnen wird noch geholfen werden. Und wenn ich persönlich dafür sorge. Ihnen und Ihresgleichen.«

※ ※ ※

Schockiert von der Auseinandersetzung zwischen Emil und Steffen Teubner, dem sie selbst damals auf die Welt geholfen hatte, ging Tine an diesem Abend nach Hause. Aus der Ferne sah sie, dass bei Jette und Otto noch Licht brannte. Doch sie entschied sich dagegen, noch einmal bei den beiden zu klopfen. Soweit sie von Hedi gehört hatte, begann sich die Situation endlich zum Besseren zu wenden. Vielleicht wäre es besser, jetzt einfach da zu sein, ohne sich aber aufzudrängen.

Die »Blütenträume« lagen in tiefem Frieden. Weil sie noch nicht müde war, nahm Tine ein paar von den Vergissmeinnicht, die sie immer im Laden hatte, nicht zuletzt, weil sie sie an ihre Jugendzeit erinnerten, und machte sich noch einmal auf den Weg hinauf zum Oberland, wo sie das Sträußchen auf Hedwigs kleines Grab legen würde. Wie so oft hielt sie auf dem Falm einen Augenblick inne und betrachtete den Hafen, den Südstrand und die Düne, bewunderte einmal mehr diesen unvergleichlichen Ort, an den das Schicksal sie verschlagen hatte, und ging dann weiter. Aus einem der Fenster der Pastorei war das Lachen zweier Stimmen zu hören: des Pastors und seiner Haushälterin. Peinlich berührt hastete Tine vorbei. Wer wusste schon, was sie sonst als Nächstes zu hören bekam. Dann huschte sie durchs Gartentürchen und ging hinüber zu der Stelle unterm Flieder. Der Strauch war längst verblüht, nichts mehr erinnerte an die Pracht des Frühlings. Und doch schien es ihr, als umschwebte sie ein sanfter Fliederduft. Schön war das und tröstlich in diesen schwierigen Zeiten.

Sie legte ihre Blumen ab und murmelte ein Gebet, ehe sie ihre Schritte wieder zurücklenkte, voll Dankbarkeit und Trauer. Da fielen ihr die Worte von Emils Kollegen wieder ein: *Ihnen wird noch geholfen werden. Und wenn ich persönlich dafür sorge. Ihnen und Ihresgleichen.*

Ihresgleichen. Es war klar, dass Teubner damit nicht die Hausdiener meinte oder die Rothaarigen. Nein, er meinte Männer wie Emil – und Alfred. Und sie traute Steffen Teubner absolut zu, dass er persönlich dafür sorgen würde, dass solchen Männern »geholfen« würde. Tief in Gedanken versunken lief sie beinahe in jemanden hinein, dessen sie erst im letzten Moment gewahr wurde. »Hoppla! Liebe Tine!«, rief Henning Pfeifer, der sich offenbar auf dem Weg ins Casino befand.

»Entschuldigung«, murmelte Tine. »Ich war mit den Gedanken ganz woanders.«

»Ach, nicht der Rede wert.« Der Immobilienhändler lächelte mokant. »Fast ist es ja ein wenig schade, dass Sie noch rechtzeitig stehen geblieben sind.«

»Pardon?«

»Na, das hätte ich mir vielleicht gefallen lassen, wenn Sie in mich hineinlaufen?«, schlug er vor.

»Also wirklich, Henning«, entgegnete Tine abwehrend. »Wie können Sie so etwas sagen.«

»Ach, ein einsamer Mann wie ich...«

»Sie sind doch nicht einsam!«, widersprach Tine. »Seh ich Sie nicht ständig mit attraktiven Frauen beim Segeln, auf der Promenade oder wenn Sie ins Casino gehen?«

»Tatsächlich?«, sagte Pfeifer und zwirbelte seinen Bart. »Darf ich das so verstehen, dass Sie mich beobachten?«

Tine seufzte und warf die Hände in die Luft. »Sie belieben, mir das Wort im Munde umzudrehen.«

»Wissen Sie was?«, rief Henning Pfeifer da. »Kommen Sie doch mit mir! Ich kann Ihnen versichern, das Casino hat eines der besten Restaurants auf der Insel. Und wenn Sie Vergnügen daran finden, können Sie auch ein paar Jetons am Roulettetisch setzen – auf meine Rechnung natürlich«, schob er gönnerhaft nach.

Tine lachte laut auf. »Um Gottes willen, Henning! Sie glauben doch nicht, dass ich mein Geld am Spieltisch verjuxe. Oder Ihres. Nein, da kennen Sie mich nicht gut genug.«

»Um ehrlich zu sein, es hätte mich jetzt auch etwas überrascht«, gab der Immobilienhändler zu. »Aber ein gepflegtes kleines Abendmahl können Sie doch mit mir einnehmen. So müssen wir nicht beide einsam zu Tisch sitzen. Sie in Ihrem entzückenden Häuschen und ich im Casino.«

Zu ihrer eigenen Überraschung sagte Tine zu. Und so saßen sie wenig später bei Kabeljau in Weißweinsauce, Gemüse und einem Glas französischen Weins im Restaurant des Casinos und plauderten über die zahlreichen Erlebnisse, die sie über viele Jahre teilten, über Menschen, die sie beide kannten oder gekannt hatten, über die Weltläufe, die ihnen beiden Sorgen bereiteten, wenn auch Sorgen ganz unterschiedlicher Art. Fast war Tine ein wenig erstaunt, wie unterhaltsam dieser Mann doch eigentlich war. Gewiss, er war ein guter Bekannter ihres verstorbenen Ehemanns Henry gewesen, und Henry hätte nie die Nähe zu ungebildeten oder gänzlich unkultivierten Menschen gesucht. Aber Pfeifer stand nun einmal auch geradezu sinnbildlich für die Geschäftemacherei, die auf der Insel Einzug gehalten hatte und nun viele der alten Familien presste, die nicht mehr wussten, wie sie ihren Alltag finanzieren sollten.

»Und diese neue politische Bewegung«, fragte Tine. »Was halten Sie von der?«

»Welche meinen Sie?«, fragte Pfeifer zurück. »Es sprießen doch Parteien und Gruppierungen wie die Pilze aus dem Boden.«

»Es muss wohl eine konservative Bewegung sein. Nationalsozialisten nennen sie sich. Wobei ich ehrlich gesagt nicht weiß, ob sie eher national ist oder eher sozialistisch. Oder beides?«

»Ich würde meinen: weder noch! Das ist nur ein Haufen ungehobelter Rüpel. Pack ist das!«, echauffierte sich Pfeifer. »Ein Sammelbecken für alle, die nichts können und niemand sind. Vor diesen Leuten muss man sich hüten! Jeder Einzelne von Ihnen ist vollkommen unbedeutend. Aber zusammen fühlen sie sich so stark, dass sie irgendwann noch stark werden.« Er lächelte beruhigend. »Aber jetzt gehören wir ja dem Völkerbund an, und ich habe gehört, Stresemann und Briand haben sich schon getroffen, um das Kriegsbeil endgültig zu begraben und eine Freundschaft zwischen Franzosen und Deutschen herbeizuführen.«

»Aber wie soll das gehen?«, fragte Tine. »Frankreich ist eine Siegermacht! Die Franzosen werden niemals zulassen, dass das Deutsche Reich ein gleichberechtigter Partner wird.«

»Sie unterschätzen die Macht des Geldes«, erklärte Pfeifer und hob den Finger. »Sehen Sie: Der Französische Franken hat neun Zehntel seines Werts verloren. Die Franzosen stehen kurz vor dem Staatsbankrott. Wenn wir ihnen helfen, dieser Schmach zu entgehen, werden sie sich nicht querstellen, dem Deutschen Reich wieder völlige Souveränität zu verschaffen.«

»Aber können wir das denn?«

»Ich hoffe es, Tine, ich hoffe es.« Pfeifer hob sein Glas und stieß mit Tine an, ließ noch eine Flasche kommen – und obwohl er auch die zweite Flasche nahezu alleine trank, war es doch Tine, die den Wein vor allem spürte, sicherlich auch deshalb, weil sie ihn nicht gewöhnt war. »Sicher, dass Sie nicht noch eine Runde am Baccarattisch spielen wollen?«, fragte der Immobilienkaufmann.

Aber Tine winkte ab. »Ich wüsste nicht mal, wie es geht.«

»Dann lassen Sie uns doch noch ein wenig gemeinsam frische Luft schnappen.« Pfeifer winkte nach seinem Mantel und Tines Jacke und bot ihr dann den Arm an, als sie hinaustraten. Dankbar hängte Tine sich bei ihm ein. Die kühle Nachtluft schien die Wirkung des Weins noch zu verstärken. Mit beinahe etwas unsicheren Schritten ging sie neben Pfeifer her die Casinostraße hinab Richtung großer Treppe. Auf Höhe des Pfarrgartens blieb Pfeifer stehen. »Wissen Sie, was man sich über diesen Baum hier sagt?«

»Über die Maulbeere? Natürlich. Aber es ist nur ein Gerücht.«

»Dass er Liebende vor den Blicken anderer schützt?« Henning Pfeifer schmunzelte, und Tine sah seine Augen im Mondlicht blitzen. Sie zog ihre Hand zurück, doch schon hatte Pfeifer sie am Arm genommen und war ihr plötzlich ganz nah gekommen. »Vielleicht ist es ja doch kein Gerücht?«

»Ich ... ich muss jetzt nach Hause«, sagte Tine und fühlte, wie ihre Kehle eng wurde.

»Wirklich? Aber es wartet doch niemand auf Sie, Tine«, sagte Pfeifer leise. »Genauso wenig wie auf mich. Finden Sie das nicht traurig? Eine so schöne Frau, immer noch, und ein so angesehener Mann – und beide verbringen sie ihre Nächte ganz allein ...« Er zog sie an sich, und Tines ganzer Körper versteifte sich abwehrend. »Ein Kuss nur, schöne Tine Heesters«, flüsterte er mit rauer Stimme. »Nur ein Kuss. Und vielleicht noch einer, wenn er dir gefällt?« Er beugte sich vor und versuchte, ihre Lippen mit den seinen zu finden.

»Lassen Sie mich, Herr Pfeifer. Bitte. Ich will das nicht, und Sie müssen das akzeptieren.«

»Muss ich das? Überleg es dir doch noch einmal, Tine. Was hast du schon zu verlieren?« Er packte sie fester. Ein Entkommen war nun nicht mehr möglich. Sollte sie um Hilfe schreien? Das Pfarrhaus war ganz nah. Tine erinnerte sich an das geöffnete Fenster der Pastorei. Man würde sie hören, ihr zur Hilfe eilen. Vielleicht. Doch bis dahin… »Herr Pfeifer…«, versuchte sie es noch einmal.

»Henning.«

»Henning. Bitte. Das führt zu nichts. Zu nichts Gutem. Glauben Sie mir.« Sie sträubte sich, versuchte, sich loszureißen. Vergeblich. Pfeifer war ein stattlicher Mann. Einer, der allein mit seiner Leibesfülle jeden Widerstand verhinderte. Es sei denn…

»Ein Kuss, und du bist frei.«

»Ein Kuss? Sicher?«

»Nun komm schon«, keuchte Pfeifer und probierte es noch einmal. In dem Moment riss Tine ihr Knie hoch. Im nächsten Augenblick war sie frei und rannte die Kirchenstraße hinab zur Treppe, während der Immobilienhändler sich die Hände auf den Unterleib presste und keuchend auf die Knie sank.

※ ※ ※

»Du hast was?«, fragte Jette ungläubig.

»Ich habe… na ja, sagen wir, ich habe ein wenig Familienplanung für ihn erledigt«, erklärte Tine belustigt.

»Familienplanung!«, rief Otto und schlug sich lachend auf die Schenkel. »Du bist ein Wunder, Tine! Also, wenn ich Jette nicht hätte, ich würde es bei dir auch probieren.«

»Otto!«, protestierte seine Frau vergnügt. »Wie kannst du?«

»Immerhin, das muss ich dem alten Pfeifer lassen«, sagte Otto. »Der Mann hat Geschmack.«

Tine seufzte. »Ich weiß nur nicht, ob das so schlau war.« Mit Schrecken dachte sie zurück an die Zeit, in der sie Thorsten Brand einen Korb gegeben hatte. Es hatte zu nichts Gutem geführt. Seit jener Zeit drangsalierte er sie und ihre Familie, wo immer er nur konnte.

»Ach was«, winkte Otto ab. »Ich weiß, was du denkst. Aber im Gegensatz zu Brand ist Pfeifer nur ein Unternehmer. Er kann dir vielleicht den Auftrag im Imperial wegnehmen…«

»… und das wäre schmerzhaft genug«, warf Tine ein.

»Na ja«, widersprach Otto schmunzelnd, »ich schätze, seine Erfahrung mit dir war schmerzhafter.« Er räusperte sich, um nicht abermals loslachen zu müssen. »Aber im Ernst: Brand ist Verwaltungsbeamter. Die sind praktisch dazu erschaffen worden, den Menschen das Leben schwer zu machen. Bei Pfeifer geht es am Ende immer nur um Geld. Und davon ist bei dir ohnehin nichts zu holen. Also brauchst du ihn nicht zu fürchten.«

»Dein Wort in Gottes Ohr, Otto.«

»Tatsächlich fällt mir ein, dass Brand mich ins Rathaus zitiert hat«, sagte Otto plötzlich sehr ernst zu Jette. »Unser Liegeplatz bräuchte eine neue Konzession.«

»Eine neue Konzession? Warum das denn?«

»Ich habe keine Ahnung.«

»Hast du die Gebühren nicht bezahlt?«

»Natürlich habe ich!«, wehrte sich Otto gegen diesen Vorwurf. Wenn es einen Menschen gab, der penibel auf seine Verpflichtungen achtete, dann war es Otto Brückner. Es gab nicht vieles, was sich Otto weniger gerne nachsagen ließ als Unzuverlässigkeit.

»Dann kann doch eigentlich nichts passieren, oder?«

»Eigentlich nicht«, bestätigte Otto. »Wenn es nur nicht ausgerechnet Brand wäre, der mich einbestellt hat. Dem Kerl traue ich alles zu.«

* * *

Tine beschloss, Henning Pfeifer in der nächsten Zeit so weit wie möglich aus dem Weg zu gehen, was nicht ganz einfach war, weil sie bereits am nächsten Morgen das Imperial mit Blumenschmuck belieferte und zum Auftrag gehörte, dass auch sein Büro mit einem schönen Strauß edler Rosen ausgestattet wurde. Doch zu Tines großer Erleichterung war der Inhaber des Hotels nicht da oder zeigte sich zumindest nicht.

Auch draußen auf den Wegen sah sie sich stets aufmerksam um, damit sie den Hotelier und Immobilienkaufmann auf jeden Fall als Erste entdeckte, falls er in der Nähe war, sodass sie ihm gegebenenfalls ausweichen konnte. Doch weder am Südstrand noch in den Gassen, durch die sie ihre Route an diesem Tag führte, tauchte er auf. Entsprechend froh war sie, als die Tür der »Blütenträume« wieder hinter ihr zufiel und sie sich in der Sicherheit ihrer eigenen vier Wände wiederfand.

»Was ist denn los?«, fragte Hink, der die Tour durch die Hotels mit ihr gemacht und sich gewundert hatte, dass seine Chefin so schweigsam gewesen war.

»Ach, ich habe Ärger gehabt mit Henning Pfeifer. Ich wollte aufpassen, dass er mir nicht über den Weg läuft.«

»Verstehe«, sagte Hink. »Wird aber nicht einfach, das auf Dauer durchzuhalten. Ich meine – auf so einer kleinen Insel.«

»Nein«, stimmte Tine zu. »Das wird gewiss nicht einfach. Aber falls du ihn entdeckst, gib mir Bescheid. Das wäre ja schon einmal eine Hilfe.«

»Das mache ich gerne, Tine. Kann auch schon damit anfangen.«

»Wie bitte?«

»Er steht vor dem Schaufenster.«

Erschrocken huschte Tine hinter die Ladentheke. Ein Reflex, nichts weiter. Und doch war es ihr peinlich. Sie brauchte sich weder zu verstecken noch befanden sie sich hier auf neutralem Boden. Der Blumenladen gehörte ihr, das Haus gehörte ihr. Dies war ihr Reich, und sie bestimmte, wer hier Zutritt hatte und wer nicht.

Als hätte er diesen Gedanken erraten, trat Henning Pfeifer unvermittelt an die Tür und war im nächsten Moment eingetreten. »Herr Pfeifer!«, sagte Tine und schickte Hink einen flehenden Blick, sie jetzt nicht alleine zu lassen, während sie sich so stolz und stark hinstellte wie nur möglich.

»Frau Heesters«, erwiderte Pfeifer ganz leise und nahm seinen Zylinder ab, fuhr sich übers Haar und verbeugte sich leicht vor ihr. Eine Geste, der Tine lieber keine allzu große Bedeutung beimessen wollte. »Ich wünsche einen Blumenstrauß.«

Nun gut, dachte Tine. Vielleicht würde es tatsächlich das Beste sein, sich zukünftig auf rein beruflicher Ebene zu begegnen, als wären sie zwei Fremde, die sonst nichts miteinander zu schaffen hatten. »Was schwebt Ihnen vor?«, wollte sie wissen.

»Machen Sie mir einen geschmackvollen Strauß aus Ihren edelsten Blumen.«

»Groß, mittel oder klein?«

»Gerne etwas größer. Ich verlasse mich ganz darauf, dass Sie das Richtige finden werden.«

Tine wählte Rosen, natürlich, prächtige Exemplare zu einem prächtigen Preis. Pfeifer konnte es sich leisten, egal zu welchem Anlass. Weiß und rosé mit einer Manschette von Lorbeerzweigen, dazu einige blau blühende Gräser, die sie selbst auf den Wiesen des Oberlands gepflückt hatte. »Soll ich sie einwickeln?« Seit einiger Zeit hatte Tine in ihrem Blumenladen auch Seidenpapier, das sich großer Beliebtheit erfreute.

»Nein, danke, ich nehme sie so.«

»Gut. Das macht drei Mark.«

Der Hotelier griff in seine Börse und zählte den wahrhaft fürstlichen Betrag auf die Theke. Dann nahm er die Blumen, roch einmal kurz daran, schien's zufrieden und reichte sie Tine. »Frau Heesters«, sagte er. »Tine. Hiermit möchte ich Sie höflichst um Verzeihung für mein unmögliches Verhalten gestern Abend bitten. Bitte glauben Sie mir, dass es mir außerordentlich peinlich ist, wie sehr ich es an einem angemessenen Betragen habe mangeln lassen. Das entspricht nicht meiner Art, und ich versichere Ihnen, es wird auch nicht mehr vorkommen.«

Verblüfft und ratlos stand Tine vor dem Mann, der in der einen Hand immer noch seinen Zylinder hielt, während er ihr mit der anderen die Blumen entgegenstreckte, die sie selbst gerade eben noch zusammengestellt und aufgebunden hatte. Aus den Augenwinkeln sah sie, wie Hink die Szene mit großen Augen verfolgte. »Ja, also ... Sie sehen mich sprachlos«, erklärte sie schließlich. »Um ehrlich zu sein, hatte ich damit ... also damit hatte ich nicht gerechnet.«

»Wären Sie denn trotzdem bereit, meine aufrichtige Entschuldigung anzunehmen?«, fragte Pfeifer mit so offenem Blick, dass Tine seine Aufrichtigkeit nicht in Zweifel ziehen mochte. Nichts und niemand hatte ihn ja gezwungen, zu ihr zu kommen, ihr einen sündhaft teuren Blumenstrauß abzukaufen und überdies um Verzeihung zu bitten. Sie fasste sich ein Herz und erwiderte: »Ich habe Sie vorher auch nicht so erlebt, Herr Pfeifer.«

»Henning.«

»Henning. Deshalb will ich Ihnen gerne glauben, dass sie nicht der sind, nach dem Sie gestern Abend aussahen. Vielleicht war es der Wein. Was auch immer, ich schlage vor, wir vergessen den Vorfall. Ihre Entschuldigung nehme ich gerne an. Und den Blumenstrauß möchte ich Sie bitten, jemandem zu schenken, der mehr verdient hätte, als er üblicherweise bekommt.«

Da war es wieder, dieses mokante Lächeln Pfeifers, diese Amüsiertheit über Gott und die Welt. »Das ist ein interessanter Auftrag, Tine«, befand er. »Sie zwingen mich, über Dinge nachzudenken, über die ich sonst nicht nachgedacht hätte. Mein Kompliment! Sehr gerne will ich es so machen. Vor allem aber bedanke ich mich, dass Sie meine Entschuldigung angenommen haben. Das bedeutet mir viel.« Er verbeugte sich noch einmal knapp, setzte dann den Hut wieder auf und verließ, den Blumenstrauß bei sich, die »Blütenträume«.

※ ※ ※

»Was denkst du, wem er ihn geschenkt hat?«, fragte Annemarie, als sie später in den Laden kam und Hink ihr die Geschichte erzählte.

»Kann mir nicht vorstellen, dass ihm jemand einfällt, der mehr verdient hätte, als er bekommt. Leute wie Pfeifer versuchen immer, andere kleinzuhalten.«

»Hink!«, schalt ihn Tine. »Ich glaube, du tust ihm unrecht.« Wobei sie die Beobachtung durchaus ähnlich formuliert hätte. Denn der Weg zu Reichtum führte meist über die Armut anderer. »Und ich bin sicher, es wird ihm jemand einfallen.«

Dass sie freilich den Blumenstrauß am Abend ausgerechnet bei Jette wiederfand, das verblüffte sie vollends. »Du hast diesen Strauß bekommen?«, fragte sie völlig perplex, als sie nach

Feierabend hinüberging zu ihrer Tochter, um gemeinsam mit der Familie zu Abend zu essen.

»Ja!«, rief Jette. »Und du kannst mir nun auch helfen herauszufinden, wer ihn mir geschenkt hat.

»Weißt du es denn nicht?«

»Aber nein! Ein Botenjunge hat ihn abgegeben, eines von den Hansen-Kindern. Aber der wollte nichts sagen. Nachdem du den Strauß verkauft haben musst, weißt du auch, wer mein geheimnisvoller Verehrer ist.«

»Denkst du denn, es ist ein Verehrer?«

»Otto denkt es.« Jette beugte sich zu ihrer Mutter hin, als könnte Otto sie von der Werkstatt aus hören. »Ich glaube, er ist eifersüchtig.«

Nach all den schweren Wochen und Monaten seit Hedwigs Tod war es eine gute Nachricht, dass wieder Normalität in die kleine Familie eingekehrt war. »Das freut mich für dich.«

»Das freut dich?«

»Nun, stell dir vor, er wäre nicht eifersüchtig! Das wäre weniger erfreulich, findest du nicht?«

»So gesehen ...« Jette deckte weiter den Tisch. »Und? Wer war es denn nun?«

»Ach«, sagte Tine. »Denk nicht weiter darüber nach. Es war niemand, der sich falsche Hoffnungen macht. Kein Kurgast oder so.«

»Sondern?«

»Jemand, der dich schon sehr lange kennt und keine Absichten hat.«

Vielleicht lag sogar ein klein wenig Enttäuschung in Jettes zweifelndem Blick. »Ich finde es jedenfalls seltsam, dass du so ein Geheimnis daraus machst.«

»Ach. Du erfährst es früh genug, glaub mir.«

Sosehr Tine sich einerseits freute, dass der Strauß bei Jette gelandet war, so sehr trieb sie in den folgenden Tagen immer wieder die Frage um, weshalb. Tine hatte Pfeifer gebeten, ihn jemandem zu schenken, der mehr verdient hätte, als er üblicherweise bekommt. War das so? Gewiss, es war ein hartes Jahr für Jette, ein schweres sogar. Aber sie hatte doch alles: einen liebevollen Ehemann, zwei gesunde Kinder, ein eigenes Haus, Arbeit, die ihr Spaß machte... Man konnte Jette einen glücklichen Menschen nennen, eine Frau, die mit beiden Beinen im Leben stand, die ihre eigene Welt gestaltete, die beliebt und auch angesehen war. Warum dachte Henning Pfeifer, sie hätte mehr verdient? Oder hatte er sich nur lieb Kind bei Tine machen wollen, indem er den Blumenstrauß ihrer Tochter schenkte? Was immer es war, Tine freute sich, dass ihrer Tochter eine so unerwartete Freude zuteilgeworden war.

✳︎✳︎✳︎

III.

Götzendämmerung

Helgoland 1928

Erstes Kapitel

Weihnachten 1928 war geprägt von scharfem Wind und eisiger Kälte. Die Einwohner Helgolands blieben in ihren Häusern, und selbst die Mette war weniger besucht als in anderen Jahren. Vielleicht hatte es auch damit zu tun, dass sich in den letzten Jahren zunehmend ein Gefühl der Spaltung unter den Insulanern breitgemacht hatte. Da gab es auf der einen Seite die, welche in schneidigen Worten von einer neuen Zeit schwadronierten und am liebsten alles über Bord geworfen hätten, was auf der anderen Seite jene bewahrt wissen wollten, die an der »guten alten Zeit« hingen, an den Traditionen und Gepflogenheiten, die das Leben auf dem Felsen über Jahrhunderte geprägt hatten.

Und dann gab es diejenigen, die versuchten, sich weder von der einen noch von der anderen Seite vereinnahmen zu lassen, sondern sich einfach nur um ihre eigenen Angelegenheiten zu kümmern. Zu diesen Menschen gehörte auch Jette mit ihrer Familie. Während sie ihr sechs Monate altes Mädchen an der Brust hatte, sang sie den Kindern Weihnachtslieder vor – und wunderte sich, wo um alles in der Welt Otto blieb. Er musste doch nicht ausgerechnet am Weihnachtsmorgen noch so viel Zeit in der Werkstatt verbringen.

Als er endlich kam, trug er ein Ungetüm vor der Brust, einen Kasten, über dem eine Decke lag, und vor allem trug er eine bedeutende Miene zur Schau. »Frohe Weihnachten, meine Lieben!«, rief er, als wäre er der Weihnachtsmann persönlich.

»Was hast du denn da Riesiges?«, frage Jette.

»Papa! Hast du den Weihnachtsmann getroffen?«, wollte Sven wissen und hüpfte aufgeregt auf seinen Vater zu.

»Vorsicht! Das Ding ist schwer.«

»Das Ding?« Jette stand auf und trat neugierig an die Kommode, auf die Otto das große, geheimnisvolle Ding gestellt hatte.

»So!«, rief Otto und griff nach der Decke, als wäre er ein Zauberer, der gleich ein Kaninchen aus dem Hut ziehen würde, wenn das Tuch weg war. Doch was er tatsächlich unter der Decke hervorzauberte, war viel besser als ein Kaninchen: »Ein Radio!«, riefen Jette, Sven und Julchen wie aus einem Mund.

»Ein Radio«, bestätigte Otto, und er hätte nicht stolzer dreinblicken können. »Du siehst also, Sven, ich habe wirklich den Weihnachtsmann getroffen. Und er hat mir aufgetragen, euch allen frohe Weihnachten zu wünschen. Dir, Julchen …« Er beugte sich zu seiner Tochter, die inzwischen schon fast so groß war wie ihre Mutter, und küsste sie auf die Stirn. »Dir, Sven.« Auch ihn küsste er auf den Scheitel. »Dir, Heidi.« Er küsste das kleine Mädchen an Jettes Brust auf die Stirn. »Und dir, mein Liebling.« Der Kuss, den er Jette gab, fiel ein wenig länger aus. »Ihr seid die beste Familie der Welt.«

»Hat er das gesagt?«, fragte Sven neugierig.

»Nein. Das sage ich.«

»Und euer Vater hat bekanntlich immer recht!«, erklärte Jette lachend. Dann wandte sie sich interessiert dem Rundfunkgerät zu. »Können wir uns das denn leisten, Otto?«

»Es wird uns schon nicht arm machen, mein Liebes. Und glaub mir, bald wird jeder so ein Radio haben.«

»Ich weiß nicht. Wir haben doch bisher alle keines gebraucht.«

»Ja«, sagte Otto. »Da hast du völlig recht. Und ich wünschte, wir bräuchten immer noch keines. Aber die Welt hat sich verändert, Jette. So wie die Dinge liegen, genügt es nicht, die Nachrichten von gestern, von letzter Woche oder vom letzten Monat zu lesen. Wenn alle Welt jederzeit über alles Bescheid weiß, dann können wir hier nicht auf einer Insel der Ahnungslosen leben.«

»Insel der Ahnungslosen!«, lachte Jette. »Ich schätze, das waren wir wirklich.«

»Nun, jetzt nicht mehr!« Otto klopfte auf das Gerät, das so wertvoll aussah, dass sich die Kinder immer noch in gebührendem Abstand hielten. »Wer will mir helfen, es anzuschalten?«

»Ich!«, riefen Julchen und Sven gleichzeitig und sprangen herbei. Doch anders als erwartet war es nicht damit getan, einfach auf den Knopf zu drücken. Nachdem Otto das Gerät an den Strom angeschlossen und Sven an einem Schalter gedreht hatte, war es Julchens Aufgabe, vorsichtig an einem anderen Knopf zu drehen. Ein Knacken und Rauschen ertönte, dann, für einen winzigen Augenblick, etwas, das wie eine menschliche Stimme klang. »Dreh nochmal in die andere Richtung!«, sagte Otto, und Julchen drehte den Knopf andersherum. Doch die Stimme war verschwunden. Wieder gingen sie gemeinsam auf die Suche nach einer Radiowelle, die sie auffangen konnten. Doch es dauerte bis in den Abend, dass Otto endlich Erfolg hatte. In der Zwischenzeit hatte er eine Antenne draußen am Haus angebracht und mit dem Gerät verbunden, hatte es auch zweimal an einem anderen Platz für das Radio probiert, hatte das schwere Gerät schließlich doch wieder auf die Kommode gestellt, hatte die Antenne nochmal und nochmal neu ausgerichtet, Jette hatte die Kinder ins Bett gebracht – und dann saßen sie müde und auch etwas enttäuscht nur noch zu zweit in der Stube und blickten ratlos auf das Gerät, als ganz leise im Hintergrund Musik zu spielen schien. Zuerst dachte Jette, es würde ein Weihnachtslied in der Kirche gesungen und der Wind hätte die Stimmen herübergetragen. Doch dann erkannte sie, dass es Stimmen aus viel weiterer Entfernung waren, Stimmen, die nicht vom Wind herbeigetragen worden waren, sondern vom Äther, der es ermöglichte, dass Menschen überall auf der Welt Dinge hören konnten, die an ganz anderen Orten stattfanden. Und so war das Erste, was in dem kleinen Haus der Familie Brückner am späten Abend des Weihnachtstags 1928 aus weiter Ferne eintraf, ein Orchesterwerk, wie man es auf Helgoland wohl noch niemals erklingen gehört hatte: das Weihnachtsoratorium von Bach – erhebend, überwältigend und unendlich schön.

Lange saßen Jette und ihr Mann still beisammen und lauschten dieser wundervollen Musik, hielten sich an den Händen und seufzten abwechselnd ob der Schönheit des Augenblicks. Nie würden sie dieses Weihnachtsfest vergessen. Mit einem Mal schien die kleine Insel in der Nordsee, so umtost sie von Wind und Wellen war, nicht mehr allein zu sein. Es war, als gäbe es ein unsichtbares Band, das Helgoland auf einmal mit der ganzen Welt verknüpfte. Als bräuchte man nur die Hand auszustrecken, um in Kiel zu sein oder in Lübeck. »Es ist ein Wunder, nicht?«, flüsterte Jette nach einer Weile.

Otto aber schüttelte den Kopf. »Nein, Jette. Es ist Technik. Nichts weiter. Und Technik ist dazu da, das Leben der Menschen besser zu machen.«

»Das ist ihr aber gelungen, der Technik«, stellte Jette fest und drückte ihren Mann an sich. »Danke, dass du es gekauft hast.«

»Ich möchte nicht, dass unsere Kinder zu denen gehören, die große Dinge nur bei anderen erleben.«

»Aber Otto«, widersprach Jette. »Das tun sie doch gar nicht. Sie haben einen großartigen Vater, den besten Bootsbauer der Welt!«

»Und sie haben die beste Mutter der Welt«, stimmte Otto zu. »Aber jetzt wird sich ihr Leben nicht mehr nur auf unserer kleinen Insel abspielen, sondern auf der ganzen Welt.«

»Das hat mir schon immer an dir gefallen, Otto«, sagte Jette.

»Was denn?«, fragte Otto etwas unsicher.

»Dass du so groß denken kannst.«

* * *

Brückners Radiogerät war nicht das erste auf der Insel. In den Hotels, im Kurhaus, im Casino und in zweien der Tanzhallen gab es bereits welche. Aber Otto war der Erste, der sich einen solchen Empfänger als Privatperson angeschafft hatte. Rasch folgten ihm andere, die hinter dem Bootsbauer nicht zurückstehen wollten. Ehrlichs mit ihrem Geschäft für Damenkonfektion entdeckten als Erste, dass es Kunden in den Laden lockte, wenn drinnen ein Radiogerät lief. Hansens, die sich sorgten, auf dem Feld der Schneiderei ihre führende Rolle zu verlieren, folgten rasch, ebenso einige Cafés, Breitstedts mit ihrer Putzmacherei und sogar die Tabakhandlung Lindemann, die der Tanzmusik Opernübertragungen vorzog und sogar damit warb, wenn eine Aufführung von Rossini oder Strauß angesagt war.

Nur dem Pastor Josef Karl schien die Begeisterung seiner Insulaner für die neue Belustigung nicht zu behagen. Er mahnte mehrmals in seinen Predigten, dass es dem Seelenheil nicht zuträglich sei, stets nur dem Vergnügen nachzujagen und den ganzen Tag Schlager zu hören oder gar amerikanische Jazzmusik. »Im Schweiße deines Angesichts sollst du dein täglich

Brot verdienen!«, erinnerte er. »So steht es in der Bibel geschrieben. Und erinnert euch an Sodom und Gomorrha! Es ist nicht gottgefällig, leichtfertig und leichtsinnig zu sein.« Erst als er erfuhr, dass auch religiöse Programme über das Radio verbreitet wurden, machte er langsam seinen Frieden damit – zumal er gegen die neue Lust am Radiohören offensichtlich machtlos war.

Jette liebte das Radio! Es änderte alles! Plötzlich war es im Haus nicht mehr still, wenn Otto und die Kinder nicht da waren. Die kleine Heidi schlief besser, wenn sie Musik hörte. Die Zeitung war mit einem Mal aus ganz anderen Gründen interessant: Hatte man sich bisher hauptsächlich informiert, las man nun die Artikel, um mehr zu erfahren. Das Radio nahm der Zeitung etwas von ihrer Dringlichkeit und verlieh ihr zugleich mehr Bedeutung. Denn das war etwas, was der Rundfunk nie würde leisten können – mehr als nur oberflächlich berichten. Für den Augenblick aber gab es nichts Besseres. Und immer wieder staunte Jette, was es alles an Musik gab und was alles man davon nicht kannte. Besonders angetan hatte es ihr ein Sänger namens Richard Tauber, der so elegant, so warmherzig sang, dass ihr manchmal Tränen in den Augen standen. Wo er das wohl singen mochte, während sie es hier auf der Insel hörte?

Otto indes liebte die Tanzmusik. Und wenn abends die Kinder im Bett waren, suchte er gerne nach einem Sender, der die neuesten amerikanischen Stücke spielte, um Jette zu ausgelassenen Tänzen aufzufordern. Manchmal, wenn sie zu Foxtrott oder Charleston getanzt hatten, waren sie so erhitzt, dass sie sich gemeinsam auf die Küchenbank fallen ließen und lachten, bis sie nicht mehr konnten. So ging der Winter, und so ging auch das Frühjahr hin mit diesem neuen technischen Familienmitglied. Es gab mehr Besuch von den Nachbarinnen als je zuvor, und die Gründe dafür wurden immer fadenscheiniger. In Wirklichkeit wollten sie alle wissen, was es Neues im Radio gab, sei es die neueste Musik, seien es die neuesten Nachrichten. Jette genoss es, so oft ein volles Haus zu haben, auch wenn es anstrengend war. Denn die Arbeit im Insel-Café forderte sie, und mit Heidi hatte sie nun einmal wieder ein Kind, das die Brust brauchte, und zwar am besten ihre und nicht die von Gretchen Jacobsen, die inzwischen auch schon ihr viertes Kind bekommen hatte und tagsüber Heidis Amme war.

Auch Gretchen Jacobsen blieb gerne noch eine Weile sitzen, wenn sie die Kleine brachte. Dann plauderten sie, bis irgendwann ein Lied im Radio kam, das sie verstummen ließ. Und so träumten die zwei Frauen sich in die Welt hinaus, wo »O sole mio« besungen wurde, die »Loreley« und »Kein schöner Land«. An den Wochenenden freilich war es oft Otto, der den Empfänger beschlagnahmte, weil er eine Übertragung eines Fußballspiels oder eines Boxkampfs hören wollte. Am Sonntag aber, dem neunten Juni, konnte er sich mit seinen Vorlieben für Sport nicht durchsetzen. Denn erstmals wurde im Radio ein Hafenkonzert aus Hamburg übertragen. An diesem Tag saßen sie alle um das Radiogerät und lauschten den Klängen aus Tines alter Heimat, und Tine weinte ein bisschen, weil sie zurückdenken musste an ihre Kindheit und Jugend, die sie auf den Mauern der Kais verbracht hatte, Blumenkörbe auf dem Schoß und mit leerem Bauch, voller Hoffnung auf ein paar Verkäufe und voller Angst vor der Enttäuschung und manchmal auch den Schlägen des Vaters, falls sie nicht genügend verkaufte. Und an Peer, den Freund von einst, der ihr zu der Überfahrt nach Helgoland verholfen und den sie nie wieder gesehen hatte. Vielleicht saß auch er gerade irgendwo auf der

Welt, in einer Wohnung, auf einem Schiff, in einem Hafen und hörte, was sie gerade hörte. Vielleicht waren sie auf diese Weise noch einmal verbunden miteinander. Falls er denn überhaupt noch am Leben war.

Tine war oft zu Gast und schätzte das Radiogerät als eine großartige Errungenschaft. »Henry hätte das geliebt«, sagte sie einmal. »Er war immer interessiert an allem, was Veränderung brachte.«

Jette nickte nur. Was sollte sie sagen, sie hatte ihren Vater ja nie kennengelernt. Aber manchmal vermisste sie ihn dennoch. Manchmal bedrückte es sie, dass weder sie noch Otto Väter hatten. Ottos Erzeuger war nur das geblieben: ein Erzeuger, der sich nicht mehr um das Schicksal Hedis kümmerte, nachdem er sie geschwängert hatte. Und Henry Heesters hatte sich das Leben genommen, ohne an die Folgen für seine Familie zu denken. Es mochte ungerecht sein, aber an manchen Tagen verübelte Jette ihrem Vater diese feige Flucht. Denn nichts anderes als eine feige Flucht war es doch letztlich gewesen, sich von den Klippen zu stürzen und Tine und ihr kleines Mädchen allein zu lassen.

Umso mehr freilich liebte Jette ihre Mutter dafür, dass und wie sie sich durchgekämpft hatte. Wie sie ihr ein gutes Leben, eine Ausbildung zur Krankenschwester und eine liebevolle Erziehung verschafft hatte. Tine hatte alles, was sie war und was sie hatte, aus eigenem Antrieb und mit eigener Kraft geschafft, und Jette bewunderte sie dafür und würde sich immer bemühen, ihr nachzueifern. »Schade, dass er es nicht erlebt hat.«

»Ja«, sagte Tine leise. »Das ist schade. Er hat dich nicht erlebt, nicht wirklich. Deine Ehe mit Otto. Eure Kinder. Die kleine Werft hier. Das alles hätte er über die Maßen geliebt.«

»Hätte er?«

»O ja, Jette, das hätte er. Ich weiß, dass du ihm verübelst, dass er sich das Leben genommen hat. Und wenn ich ehrlich bin, gab es auch Tage und vor allem Nächte, in denen ich es ihm ebenfalls verübelt habe. Vor allem in der ersten Zeit, wenn mich die nackte Angst vor dem nächsten Tag gebeutelt hat. Zu wissen, dass er nie wiederkommen würde ... Ich war wütend auf ihn. Aber es war eine sinnlose Wut, eine ungerechte.« Tine seufzte. »Bitte glaub mir: Henry war der feinste und klügste Mensch, den man sich nur vorstellen kann. Vieles, was dich so besonders macht, hast du von ihm. Manchmal, wenn ich besonders stolz bin auf dich, dann liegt es an etwas, das mich an ihn erinnert.«

»Bist du dann nicht eigentlich auf ihn stolz?«, fragte Jette skeptisch.

»Nein, mein Kind. Denn alles, was du tust und bist, tust du ja aus dir selber. Und bist es von ganz allein.«

Im Radio, das nebenher lief, wurde ein Klavierkonzert von Mozart angekündigt. Einen Moment herrschte Stille, nur vom Knistern des Empfängers gestört, dann erklang ein Piano, so sanft und geschmeidig, dass beide Frauen schwiegen und ergriffen lauschten. Irgendwo hatte Tine einmal gelesen, dass der Komponist nur gut dreißig Jahre alt geworden war. Wie Henry, hatte sie gedacht. Das war nun schon hundert Jahre her. An die Großen erinnerte man sich noch viele Generationen lang, die Kleinen vergaß man rasch. Ob sich nach Tines Tod noch irgendjemand an Henry Heesters erinnern würde?

＊＊＊

An einem schönen Sonntag im Juli machte Tine mit Jette und den Kindern einen Spaziergang übers Oberland. Sie wanderten an den westlichen Klippen entlang bis vor zur Langen Anna, beobachteten die Möwen und stiegen dann den steilen Weg hinunter zum Nordstrand, wo Julchen und Sven nach Muscheln und Feuersteinen suchen wollten. Sie waren nicht die ersten Kinder dort. Nach der Messe war es das größte Vergnügen der Inselkinder, sich an den Stränden zu treffen und um die besten Funde zu wetteifern. Dann stiegen sie mit nackten Füßen ins Wasser und wühlten zwischen den Steinen und im Sand, bis sie einen ordentlichen Sonnenbrand hatten. Tine und Jette setzten sich auf einen großen Felsen und sahen ihnen zu, während sie ihren Gedanken nachhingen.

»Weißt du, Heinz möchte jetzt auch erweitern.«

»Heinz Freund? Das Insel-Café?« Tine kannte den Besitzer des Lokals seit vielen Jahren. Er war ein sympathischer, gemütlicher Mann, der trotz seines Erfolgs mit dem Insel-Café bisher nicht durch besonderen Ehrgeiz aufgefallen wäre. Oder vielmehr: Sein Ehrgeiz schien es zu sein, stets das Beste zu servieren und alle seine Gäste glücklich zu machen.

»Anton Schneider hat ihn dazu überredet.«

»Annemaries Mann?«

Jette nickte. »Offenbar hat man im ›Club von Helgoland‹ davon gesprochen, dass auf der Düne mehr möglich ist, als es bisher gibt.«

»Aber das ist doch gerade das Schöne an der Düne, dass dort noch Natur ist und außer den beiden Lokalen nur ein paar Stege und Strandkörbe.«

»Und Umkleidehäuschen, ja«, stimmte Jette zu. »So sehe ich das auch. Aber die Herren Geschäftsleute sehen halt in allem ein Geschäft.«

»Muss das denn ausgerechnet für Heinz Freund ein Grund sein, jetzt auch noch größenwahnsinnig zu werden?« Tine sah es schon vor sich, wie aus dem eleganten, sich wunderbar in die

Sanddünen fügenden weißen Gebäude, auf dem stets die Helgoländer Flagge wehte, ein protziges Anwesen wurde, in dem nur noch die Reichsten sich ihren Kaffee leisten konnten.

»Anton Schneider kann sehr überzeugend sein«, erklärte Jette. »Ich habe ihn mehrfach gehört, wenn er vor dem Club etwas vortrug.«

Tines Blick schweifte hinaus auf die See, wo in weiter Ferne ein weißes Segel blitzte, als wollte es einen Gruß herübersenden. »Ich wusste nicht, dass die Herren sich gegenseitig Vorträge halten.«

»Ach, es geht um Ideen und Pläne.«

»Pläne wofür?«

»Helgoland noch bekannter und beliebter zu machen.«

»Aber wir haben doch schon über hunderttausend Tagesgäste jedes Jahr«, warf Tine ein. »Und Zehntausende Übernachtungsgäste. Wie viele sollen denn noch hierherkommen?«

Jette zuckte die Achseln. »Der Club möchte nun einmal Ruhm und Ehre der Insel mehren. Und das geht nur, wenn man Helgoland noch bekannter macht.«

»Ich weiß nicht, ob ich das gut finde«, seufzte Tine. »Für mich fühlt es sich an, als wären wir langsam dabei, die Insel zu verlieren. Zumindest in den warmen Monaten. Halunder sind nur noch im Winter in der Mehrzahl. Während der Saison gehört der Felsen längst den Besuchern.«

»Da hast du recht«, stimmte Jette zu. »Aber viele leben davon ganz gut.«

»Ja. Viele. Aber manche auch nicht. Wer sein Geld nicht mit den Gästen verdient, der tut sich zunehmend schwer, überhaupt noch zurechtzukommen. Gretchen Jacobsen und ihr Mann überlegen, wieder nach Amrum zurückzugehen.«

»Tatsächlich?«, fragte Jette erstaunt. »Aber die Fischgründe hier sind doch gut! Und er kann Hummer fangen. Ob das auf Amrum überhaupt geht ...«

»Das Problem ist nicht der Fang, sondern dass er nicht genügend damit verdient, um sich das Leben auf unserer Insel hier leisten zu können. Und wo Gretchen jetzt schon wieder schwanger ist, wird es noch schwerer.«

Eine Weile saßen sie schweigsam da und sahen den lachenden, schreienden Kindern zu. Julchen lieferte einen ganzen Rock voll Muscheln bei ihrer Mutter ab und rannte dann wieder zurück ins flache Wasser.

»Wird er denn das Insel-Café abreißen?«

»Abreißen? Nein. Aber er möchte eine große Terrasse bauen, die bis zum Strand reicht oder vielleicht sogar ins Wasser. Und er will einen Anbau für Gästezimmer machen, damit er auch Übernachtungen anbieten kann.«

Tine nickte. »Vermutlich ist das sogar ein guter Plan. Aus seiner Sicht.«

Plötzlich schrien die Kinder laut durcheinander. »Frieda!« – »Frieda! Komm hierher!« – »Hilfe!« – »Mama! Mama!« – »Frieda!« Eine Welle hatte eines der Mädchen erfasst und mit sich gerissen. Schon hatte sie den Boden unter den Füßen verloren und ruderte mit den Armen in der Luft. Ihr Kleid hinderte sie daran, schnell zurück zum Ufer zu strampeln. Und mit der nächsten Welle war sie bereits mehr als zehn Meter im Meer.

»Um Gottes willen!«, rief Jette und sprang auf. Noch im Rennen riss sie sich ihr Kleid über den Kopf. Die Schuhe hatte sie ohnehin am Felsen ausgezogen. Augenblicke später stürzte sie sich ins Wasser, während Tine ebenfalls zum Ufer lief und alle anderen Kinder wegscheuchte. »Raus jetzt! Geht alle an den Strand!« Sie raffte ihr Kleid und watete einige Meter hinaus. Das Mädchen im Wasser kreischte und platschte mit den

Armen, als würde es gleich versinken, und womöglich würde auch genau das geschehen. Jette ließ sich in die Wellen gleiten und schwamm mit großen, starken Zügen zu ihr. Doch die See trug das Kind immer weiter vom Strand fort. »Jette, pass auf!«, rief Tine, als gäbe es eine Alternative. Doch da hatte diese das Mädchen schon erreicht, am Handgelenk gepackt und an sich gezogen. Tine sah, wie Jette einen Arm um sie legte und mit dem anderen wieder Richtung Ufer schwamm, langsamer jetzt, mühsamer. Noch konnte Tine stehen. Vorsichtig tastete sie sich mit den Füßen weiter, fand noch einen Meter und noch einen, auf dem sie stabil stand. »Hierher!«, rief sie. »Komm!« Noch zwei, drei Züge trennten sie. Noch einer. Dann konnte Tine sich vorbeugen und das Kind aus Jettes Arm heben. Verängstigt blickte die Kleine sie an. Es war Frieda Grüner, eine von Birgitta Grüners vier Töchtern, denen Tine allen auf die Welt geholfen hatte. »Frieda«, sagte sie und nahm die Kleine in den Arm, während nun auch Jette keuchend aus dem Wasser kam und Julchen das Manöver mit aufgerissenen Augen vom Strand aus beobachtete. Ob sie mehr Angst um ihre Mutter oder um ihre Freundin gehabt hatte? »Julchen, lauf zu Grüners«, sagte Tine. »Sag ihnen, sie sollen schnell herkommen. Wir warten hier.«

Im Unterkleid saß Jette auf dem Felsen und schüttelte den Kopf. »Was für ein Glück«, sagte sie wieder und wieder. »Was für ein Glück.«

Sie nahmen Frieda Grüner in ihre Mitte und wärmten sie, indem sie ihr Jettes Kleid überhängten. Darauf kam es schließlich nun auch nicht mehr an. »Ja«, stimmte Tine zu. »Was für ein Glück.«

Nur die Kleine fing schließlich zu weinen an. »Aber jetzt ist doch alles gut, Frieda«, versuchte Tine sie zu trösten. »Du bist sicher an Land, und gleich kommt deine Mama oder dein Papa und holt dich nach Hause.«

Doch der Schock war groß. Das Mädchen konnte gar nicht mehr aufhören zu weinen. Auch Jette versuchte es mit guten Worten: »Du musst keine Angst haben«, sagte sie. »Deine Eltern werden dich nicht schimpfen, da bin ich ganz sicher. Die werden viel zu froh sein, dass dir nichts passiert ist.«

Gleichwohl versiegten die Tränen nicht. »Tut dir was weh?«, fragte Tine. Schließlich konnte es sein, dass das Kind sich verletzt hatte. »Fehlt dir denn irgendwas?«

Da nickte die kleine Frieda und schniefte.

»Und verrätst du mir auch, was dir fehlt?«

»Meine Muschel!«, schluchzte das Kind. »Ich hatte die schönste Muschel gefunden!«

※ ※ ※

Es war später Abend, als Birgitta Grüner an die Tür der kleinen Bootswerft klopfte. »Darf ich noch stören?«, fragte sie mit blassem Gesicht.

»Du störst doch nicht«, erwiderte Jette und ließ sie herein. Sie war einst mit Birgitta in die gleiche Klasse gegangen. Die Tochter eines Hafenarbeiters und einer Putzkraft in der Kommandantur war ein stilles Kind gewesen, aber kein dummes. »Wie schön, dass du mich besuchst. Magst du vielleicht einen Grog mit mir trinken?«

Birgitta winkte ab. »Ich glaube, heute habe ich schon mehr als genug Grog getrunken«, gestand sie. »Der Schreck sitzt mir trotzdem immer noch in den Gliedern.«

»Das glaube ich«, sagte Jette. »Das ginge jeder Mutter so.«

»Du kannst dir gar nicht vorstellen, wie dankbar ich dir bin, Jette.«

»Aber bitte, Birgitta, das war doch nicht der Rede wert.«
»Meine Tochter vor dem Ertrinken zu retten war nicht der Rede wert?«
»Ich war nur zufällig vor Ort. Zum Glück«, gab Jette zu.
»Gott sei's gedankt«, sagte Birgitta Grüner. »Und du hast nicht gezögert.«
»Da hätte niemand gezögert, Birgitta«, erwiderte Jette.
Birgitta Grüner schüttelte den Kopf. »Das sehe ich anders. Was du getan hast, war ja nicht ungefährlich. Wir wissen alle, dass da draußen tückische Strömungen sind.«
»So weit war die Kleine zum Glück nicht draußen. Wie geht es ihr denn jetzt?«
»Sie schläft.« Birgitta Grüner setzte sich auf eine einladende Geste Jettes hin auf die Küchenbank und stellte ihre Tasche neben sich. »Die anderen auch. Und Olaf passt auf sie auf.«
»Sieben sind es, nicht wahr?«
»Sieben.« Es war ein Seufzen, mit dem sie das sagte. »Und ich fürchte, Nummer acht ist schon unterwegs.«
»Na, da bist du aber gesegnet.«
Die ehemalige Schulfreundin zuckte die Schultern. »Wie man's nimmt, Jette. Sieben oder acht Mäuler wollen erst einmal gestopft sein. Seit Olaf bei Hennerkes arbeitet, verdient er zwar etwas mehr. Aber es reicht nicht.«
»Ach. Ich wusste nicht, dass er jetzt für die Reederei arbeitet.«
»Er ist für die Fracht zuständig. Dass sie ordentlich verstaut und befestigt wird«, erklärte Birgitta. »Das ist nicht mehr so schwere Arbeit wie früher am Hafen, als er noch beim Löschen geholfen hat. Aber an manchen Tagen kommt er erst mitten in der Nacht heim, weil es so viel zu tun gibt.«
»Verstehe«, sagte Jette. »Die Wirtschaft brummt. Da gibt es viel zu tun.«

»Man wird sehen, wie lange noch.«

Schon öfter hatte Jette in der letzten Zeit gehört, dass man sich Sorgen machte, die goldenen Zeiten könnten langsam zu Ende gehen. Doch weshalb sollten sie? »Die Leute brauchen doch die Waren«, erklärte sie deshalb voll Überzeugung. »Und ohne die Schifffahrt gibt es keine Waren. Ich glaube, dein Olaf muss sich keine Sorgen um die Zukunft machen.«

»Trotzdem werden wir weggehen«, sagte Birgitta, und es war mehr als deutlich, wie schwer ihr dieser Satz fiel.

»Weggehen? Aber warum denn? Hat Olaf ein besseres Angebot an einem anderen Ort bekommen?«

»Ich wünschte, es wäre so. Aber die Wahrheit ist: Helgoland ist einfach zu teuer für uns geworden. Unser Häuschen ist nur gepachtet, die Kinder kosten, ich selbst kann wegen der vielen Kinder nicht regelmäßig arbeiten ...«

»Erik ist doch schon groß«, widersprach Jette. »Der wird sich doch bald nach einer eigenen Arbeit umsehen können.«

»Erik war in der Schule nicht gut. Er wird keine gute Arbeit finden. Es wird dauern, bis er aus dem Haus ist. Bis dahin habe ich dann wahrscheinlich noch ein oder zwei Kinder mehr. Wenn's reicht.«

Bestürzt musste Jette feststellen, dass alle guten Worte nichts halfen: Ihre ehemalige Mitschülerin hatte keinerlei Hoffnungen, was die Zukunft ihrer Familie betraf. Fast wirkte es, als bedauerte Birgitta Grüner in Wirklichkeit, dass Jette ihre Tochter Frieda gerettet hatte. Doch dann holte die mut- und kraftlose Frau etwas aus ihrer Tasche, ein Tuch, in das etwas eingeschlagen war. »Ich möchte mich bei dir bedanken, Jette, dass du unsere Tochter gerettet hast. Wenn ihr etwas zugestoßen wäre, das ... das hätte ich nicht verkraftet. Wir ... wir können jetzt keine schlechten Nachrichten mehr vertragen.« Sie holte tief Luft, dann schlug sie das Tuch auseinander und offenbarte eine silberne Kette mit schwarzen Steinen. »Die habe ich zur Hochzeit von meiner Schwiegermutter bekommen. Sie ist das Wertvollste, was ich habe … also, außer den Kindern und Olaf natürlich.« Sie sagte es mit einem wehmütigen Lächeln. »Ich möchte sie dir gerne schenken.«

Gerührt griff Jette nach dem Schmuck und hielt ihn ans Licht. »Sie ist wunderschön, Birgitta«, sagte sie, obwohl ihr die schwarzen Steine einen Schauder über den Rücken jagten. Solchen Schmuck hatte sie immer schon mit gemischten Gefühlen gesehen. »Aber ich kann sie nicht annehmen.«

»Doch, doch! Du musst sogar. Ich wünsche mir, dass du es annimmst«, sagte Birgitta Grüner und sah sie geradezu flehentlich an.

»Gut«, sagte Jette. »Dann erlaube mir, dass ich ihn meinerseits weiterschenke.«

Einen Augenblick herrschte Stille. Dann sagte Birgitta Grüner: »Natürlich. Er gehört dir. Du kannst damit machen, was du möchtest.«

»Danke, Birgitta«, entgegnete Jette. »Dann nehme ich das Stück mit Freuden und danke dir von Herzen.« Sie reichte es der ehemaligen Mitschülerin zurück. »Und ich möchte dich bitten, mir einen Gefallen zu tun.«

»Jeden, Jette. Das weißt du.«

»Verwahre es gut für mich. Und wenn Frieda eines Tages heiratet, dann gib es ihr als ein Geschenk von mir.«

»Aber …«

»Kein Aber. Du hast gesagt, ich darf damit tun, was ich will.«

»Ja, aber …«

»Und ich will, dass diese Kette ein Band der Freundschaft

ist – zwischen Frieda und mir. Auch wenn ihr dann vielleicht wirklich nicht mehr auf Helgoland wohnt. Gerade dann.«

Birgitta Grüner erhob sich und trat auf Jette zu. Sie griff nach ihren Händen und drückte sie fest. »Du bist wirklich ein guter Mensch, Jette. Ich werde dir ewig dankbar sein. Wir alle.«

Jette aber nahm die alte Freundin in den Arm und erwiderte: »Und ich danke Gott, dass ich zufällig in der Nähe sein durfte.«

※ ※ ※

Der Sommer neigte sich seinem Ende entgegen, als Anfang September noch einmal viele Tausend Besucher auf die Insel kamen. Die Reedereien Hapag und Lloyd hatten ein Denkmal gestiftet, das seinesgleichen suchte – und sie hatten ordentlich die Werbetrommel gerührt. Und so fand mit Musik und mehreren Ansprachen, vor allem aber in Anwesenheit einer Vielzahl von jubelnden Menschen, die Fähnchen schwenkten und sich von der Begeisterung mitreißen ließen, die Enthüllung der Büste des Reichspräsidenten Paul von Hindenburg auf dem Oberland statt. Es war ein eindrucksvolles Kunstwerk: der Charakterkopf dieses hochernsten Mannes mit seinem mächtigen Schnurrbart wurde von einem ebenso stolzen wie einschüchternden Adler überwölbt, dessen gewaltige Schwinge über dem akkuraten Bürstenschnitt des Volkshelden schwebte.

»Künstlerisch finde ich das ein wenig fragwürdig«, bemerkte Emil Heckert, der Gepäckmeister des Imperial, spöttisch. »Aber es ist natürlich sehr erhebend«, fügte er hinzu, als er Tines tadelnden Blick sah. Emil hatte ein Auge fürs Schöne, das war allgemein bekannt, und Tine hätte ihm in diesem Fall auch absolut recht gegeben – wäre es nicht geradezu Majestätsbeleidigung gewesen, solche Worte angesichts des Themas dieses Denkmals in den Mund zu nehmen. Also grinsten sich die beiden nur zu und schwiegen in stillem Einvernehmen.

»Ich finde es eigentlich ganz gelungen«, erklärte Alfred. »Und es ist eindeutig eine herausragende Sehenswürdigkeit mehr für die Insel.«

»Das lässt sich nicht bestreiten«, stimmte ihm Emil zu und knuffte ihn sanft in die Seite. »Am Ende zerren sie auch noch den Hänge-Peters aus seinem Schuppen. Dann haben wir noch eine Attraktion mehr hier.«

»Also bitte«, empörte sich Alfred. »Es gibt für alles Grenzen.«

Tatsächlich war ein Denkmal für den Schlächter von Deutsch-Ostafrika, Carl Peters, schon vor dem Krieg fertiggestellt gewesen. Doch nachdem er mit seiner Brutalität gegen die afrikanischen Untertanen sogar den Oberen in Berlin zu unmäßig gewesen war, hatte man das Denkmal in irgendeinem Lagerhaus im Hamburger Hafen verstaut. Allerdings gab es auf der Insel Bestrebungen, es auf Helgoland aufzustellen, weil Peters mit seiner Kolonialpolitik schließlich einer der Architekten der »Heimkehr« der Insel ins Deutsche Reich gewesen sei. Dass Helgoland zwar eine friesische, aber deshalb noch lange keine deutsche Insel gewesen war, dass keineswegs die Deutschen, sondern die Briten und davor die Dänen die Insel beherrscht hatten, war in dem Zusammenhang nur ein kleines Detail. Aber eines, auf das die Gegner des Plans, Carl Peters ein Denkmal auf Helgoland zu errichten, gerne verwiesen.

»Jedenfalls ist es schon bemerkenswert, dass hier ein lebender Mensch schon ein Denkmal gesetzt bekommt«, sagte Emil. »Niemand weiß doch, was er noch alles in seinem Leben verbricht. Und dann? Soll man es dann wieder abreißen?«

»Es wäre nicht das erste Denkmal, das geschleift wird«, bemerkte Alfred.

»Also ich glaube nicht, dass wir uns da Sorgen machen müssen«, erklärte Nathan Kröger, der neben sie getreten war. »Hindenburg ist ein Kriegsheld. Er hat das Reich durch schwierigste Zeiten manövriert. Und er ist auf dem Höhepunkt seiner Macht. Er wird sich nicht mehr zu Fehlern hinreißen lassen. Das hat der Mann schlicht nicht nötig.«

»Na, Sie sind aber eindeutig ein Hindenburg-Verehrer, Herr Kröger«, stellte Tine überrascht fest und grüßte den Casinoleiter mit einem Nicken.

»Absolut«, erklärte Kröger. »Ich habe unter ihm gedient. Und wenn er mich heute zu den Waffen rufen würde, wäre ich in der nämlichen Minute zur Stelle.«

»Sie haben gedient?«, fragte Alfred erstaunt. Das hatte er diesem Mann nicht zugetraut, der mit Gamaschen zur Welt gekommen zu sein schien.

»Vier volle Jahre. Zuerst an der Front, dann im Generalstab. EK erster Klasse. Leider nicht am Band.«

»Respekt, Herr Kröger. Das war mir nicht bekannt.«

»Wozu auch? Das ist nichts, womit man angeben sollte. Behalten Sie es gerne für sich, ich lege keinen Wert darauf, dass es die Runde macht.«

»Verstehe«, sagte Alfred, und es ging ihm in dem Moment wie den anderen Umstehenden: Sie waren beeindruckt von diesem eleganten Mann, der als Geschäftsmann einiges erreicht hatte, aber dennoch nicht allein von egoistischen Motiven geleitet schien.

✳ ✳ ✳

»Machen Ihnen denn die Amerikaner keine Sorgen?«, fragte

Gregor von Silberbach den noch deutlich jüngeren Anton Schneider, die mit einigen anderen Kaufleuten und Investoren am Abend im Raucherzimmer des Imperial beisammensaßen. Silberbach hatte die Runde anlässlich seiner bevorstehenden Abreise am nächsten Tag zu einem Umtrunk in sein Hotel geladen. Es waren überwiegend Mitglieder des »Clubs von Helgoland«, aber auch einige Geschäftsmänner von der Insel selbst, neben Schneider etwa August Hennerkes, der Verleger Rüdiger Folkert, Nathan Kröger, Bert Rickens, der Wirt des »Seeadlers«, der allerdings in den letzten Jahren mehrere weitere Lokale eröffnet hatte, sowie der Inhaber des Hotels selbst, Henning Pfeifer.

»Die Amerikaner sind weit weg«, erklärte Schneider vergnügt und paffte an seiner Zigarre.

»Sie haben dem Reich gewaltige Summen geliehen«, warf Kröger ein.

»Die das Reich korrekt zurückzahlen wird«, stellte Hennerkes fest. »Oder haben Sie daran Zweifel?«

»Nicht die geringsten«, sagte Kröger. »Ich versuche mir bloß auszumalen, was es bedeutet, wenn die Amerikaner die Kredite fällig stellen.«

»Wieso sollten sie?«, lachte Hennerkes. »Sie profitieren doch von den Zinsen.«

»Nun gut«, gestand ihm Kröger dieses Argument zu. »Allerdings wissen Sie so gut wie wir alle, dass die Sicherheiten des Reichs sich im freien Fall befinden.«

»Wie bitte?«, rief Hennerkes empört.

»Sie übertreiben maßlos, Kröger!«, pflichtete ihm Schneider bei, der es genoss, im Kreise dieser mächtigen Herren im Mittelpunkt zu stehen, war er doch unter den Anwesenden der mit Abstand unbedeutendste, wenn man von Bert Rickens absah.

»Darf ich den Herren vielleicht noch etwas Brandy nachschenken?«, fragte Jette, die sich auf Silberbachs Bitte hin bereit erklärt hatte, seine Frau an diesem Abend als Gastgeberin zu vertreten, weil die sich unwohl fühlte. Jette hatte sie freilich im Verdacht, solchen Herrenrunden nichts abgewinnen zu können. Ihr selbst ging es zumindest so. Allerdings musste sie sich eingestehen, dass sie über vieles, was sie hier hörte, so noch nie nachgedacht hatte.

Einige der Gäste hoben ihr Glas zum Zeichen, dass sie gerne noch einen Schluck von dem erstklassigen Schnaps wollten. Jette ging herum und goss das goldene Getränk ein, während sie weiter lauschte.

»Und was passiert Ihrer Meinung nach, wenn die Amerikaner die Staatskredite fällig stellen?«

»Dann bricht unsere Wirtschaft zusammen, mein Freund«, erklärte Baron Silberbach mit großer Ruhe.

»Ich bleibe dabei«, widersprach Schneider. »Es gibt keinen Grund, weshalb die Amerikaner ihr Geld gleich wieder zurückfordern könnten.«

»Den gibt es sehr wohl, lieber Herr Schneider«, sagte der Bankier.

»Aha? Und was wäre das denn für ein Grund?«

»Dass zuerst ihre Wirtschaft zusammenbricht.«

»Ja«, stimmte Kröger zu. »Und das wird sie.«

»Die amerikanische Wirtschaft soll zusammenbrechen?«, rief Schneider. Was gelassen klingen sollte, wirkte in Wahrheit erschrocken. »Die amerikanische Wirtschaft wird nie zusammenbrechen.«

»Sie haben also noch nicht von der neuesten Entscheidung der amerikanischen Notenbank gehört?«

Schneider schien unwillkürlich zu erblassen. »Entscheidung? Nein. Was wurde denn entschieden?«

»Man hat den Diskontsatz von fünf auf sechs Prozent erhöht.«

Der junge Unternehmer atmete durch. »Jetzt haben Sie mich aber drangekriegt, Kröger«, lachte er. »Ich dachte schon, es wäre etwas Großes.«

»Nun«, warf Silberbach ein. »Immerhin hat es ein Erdbeben an der New Yorker Börse gegeben.«

»Ja«, stellte Hennerkes fest. »Es hat mich jetzt schon mehrere Tausend Mark gekostet. Und es wird nicht das letzte bleiben.«

»Warum sollte es Ihnen besser gehen, Hennerkes«, lachte Kröger. »Bei Sturm sitzen wir doch alle im selben Boot.«

Als Jette später nach Hause ging, musste sie an Olaf Grüner denken, der für August Hennerkes arbeitete und seine Familie nur mit Mühe durchbrachte. Wenn die Geschäfte des Reeders schlechter liefen, würde er Leute entlassen, womöglich auch Olaf Grüner. Denn bei Sturm saßen keineswegs alle im selben Boot. Vielmehr gab es jene, die in der Ersten Klasse fuhren und bei einer Tasse guten Tees hinausblickten in die tosende See, und es gab die, die in ihren kleinen Nussschalen von den Wellen verschlungen wurden. Zu den Ersteren gehörte gewiss August Hennerkes, zu den Letzteren vermutlich Olaf Grüner. Aber wo standen sie, wenn es so weit kam? Was würde ein solcher Sturm mit ihrer kleinen Familie machen?

✳︎ ✳︎ ✳︎

Der Sturm kam an einem Freitag Ende Oktober. Als Otto am Samstagmorgen das Radiogerät anschaltete, wurde gemeldet, dass die Börse in New York auf nie zuvor dagewesene Weise zusammengebrochen war. Über Nacht waren Millionen Amerikaner verarmt, Banken waren gestürmt und geschlossen worden, in ganz Nordamerika musste ein unvorstellbares Chaos herrschen.

Wenige Wochen später schon brachen auch in Europa die ersten Banken zusammen. Die Notenbanken begannen die Leitzinsen weltweit zu senken, um mehr Geld in Umlauf zu bringen. Doch tatsächlich geriet die Wirtschaft immer mehr ins Stocken. Im Februar wurde gemeldet, dass die Zölle auf Kaffee und Tee erhöht werden sollten. »Das werden wir spüren«, sagte Otto mit sorgenvoller Miene.

»Du meinst, weil der Tee teurer wird?«

»Das wird noch das geringste Problem sein.«

»Und was ist dann das eigentliche Problem?«, fragte Jette und fuhr ihm liebevoll durch das Haar.

»Es wird weniger geliefert werden. Das betrifft die Kaufleute, die Reeder – und all die Arbeiter im Hafen, in den Lagern und den Kontoren. Wenn in Brasilien ein Sack Kaffee weniger verschifft wird, spüren wir das auf Helgoland ebenso wie in der Speicherstadt in Hamburg oder an den Kaffeebörsen in den Hansestädten. Die Preise steigen, und zugleich verdienen weniger Menschen an dem Produkt, weil viele ihre Arbeit verlieren.«

»Du hast dir das sehr genau überlegt, was?«, fragte Jette, erstaunt, wie genau ihr Mann über diese Dinge Bescheid wusste.

»Nicht wirklich. Ich habe einige Berichte dazu im Radio gehört. Und ein wenig in der Zeitung darüber gelesen.«

»Du bist ein kluger Mann«, stellte sie fest und küsste ihn auf die Stirn.

»Ach«, seufzte Otto. »Im Moment bin ich eher etwas sorgenvoll.«

Es sollte sich schon bald erweisen, dass die Sorgen mehr als berechtigt waren. Überall gingen demonstrierende Arbeitslose auf die Straßen, ihre Zahl stieg auf über zwei Millionen, und ein Ende war nicht absehbar. Die Beiträge zur Arbeitslosenversicherung stiegen. Die radikalen Parteien bekamen immer stärkeren Zulauf. Auch auf der kleinen Insel in der Nordsee wurden Protestkundgebungen abgehalten, wobei sich Steffen Teubner besonders hervortat, der mit seiner nationalistischen Bewegung immer mehr Einfluss auf Helgoland gewann. »Es ist schon erstaunlich«, sagte Jette eines Abends zu Otto. »Wir sind doch von allen am wenigsten deutsch, oder? Ich meine: Deutschsein, das ist doch für uns Halunder gar nicht wichtig.«

»Für die meisten nicht«, stimmte Otto zu. »Aber manche machen eine große Sache daraus. Und so wie die Zeichen stehen, haben sie am Ende sogar noch Erfolg damit.«

An einem Samstag im Februar hingen an mehreren Stellen auf der Insel Plakate, die zu einer Kundgebung »Gegen die Versklavung des deutschen Volkes« einluden. Absender war die NSDAP, eine der lautesten und radikalsten Parteien, die es inzwischen auch auf dem kleinen Felsen draußen im Meer gab. Und zu den Rednern gehörte neben anderen Steffen Teubner. Als Jette zufällig am Kurpavillon vorbeikam, vor dem sich Teubner und seine Mitstreiter in der typischen braunen Uniform aufgestellt hatten, entdeckte sie der Sohn des Apothekers vom Falm und rief ihr zu: »Jette Brückner! Schließ dich uns an! Dein Mann hat im Krieg fürs Vaterland gekämpft, deine Mutter hat bis zum letzten Tag auf der Insel ausgehalten. Helgoland braucht Helden. Deutschland braucht Helden!«

Jette nickte und wollte rasch weitergehen, aber Teubner rief ihr hinterher: »Oder tut ihr alle nur so heldenhaft? Ist es, weil ihr mit den Juden unter einer Decke steckt?« Mit diesen Worten wandte er sich wieder seinen Zuhörern zu, die ihn, auch wenn es nur ein paar Dutzend waren, lautstark bejubelten.

»Das anglo-amerikanische Finanzjudentum hat die Welt in den Abgrund gestürzt. Und das deutsche Volk soll bluten! Bluten soll es, damit der Jude noch mehr Blut aus ihm saugen kann!«

Am liebsten hätte Jette sich die Ohren zugehalten. Was er sagte und wie er es sagte, verursachte ihr Übelkeit. Sie hastete über den Platz und die Promenade hinab. Eigentlich hatte sie noch bei ihrer Mutter vorbeischauen wollen. Doch mit Steffen Teubners Stimme im Ohr wollte sie nur noch weg.

»Auch hier haben sie sich festgebissen. Ihre gierigen Krallen haben sie in unseren schönen roten Felsen geschlagen!«, geiferte Teubner. »Die Cohns von Helgoland!« Lachen ging durch die Reihen der Zuhörer. Ja, diesen Namen hatten die Nazis dem von Baron Silberbach gegründeten Verein gegeben, um ihre Abscheu vor den jüdischen Mitgliedern auszudrücken. Als wäre es schändlich gewesen, die Insel zu lieben und sie fördern zu wollen!

»Das Casino und mehrere Hotels haben sie sich schon unter den Nagel gerissen«, bellte Teubner über die Strandpromenade hin. »Sie haben sich in den Hafen eingekauft, in die besten Läden und natürlich ins Casino Die halbe Insel gehört ihnen schon, den unersättlichen Juden! Und bald wird ihnen die ganze Insel gehören. Und sie werden uns auspressen bis zum letzten Blutstropfen. Und dann werden sie uns in den Abgrund stürzen, wie sie die amerikanische Wirtschaft in den Abgrund gestürzt haben. Wir haben ja jetzt schon Millionen Arbeitslose. Aber es werden noch viel mehr werden! Aber wir sind nicht wehrlos! Wir sind stark! Und wir werden immer stärker! Für jeden deutschen Mann, den der Jude in die Knie zwingt, stehen zehn deutsche Männer auf und schlagen unbarmherzig zurück!«

Jubel brandete auf. »Heil!«, schrien die Radikalen, »Heil! Heil! Heil!« Und dann sangen sie die Kaiserhymne und zogen mit ihren Fahnen los in Richtung der großen Treppe, um eine weitere Kundgebung auf dem Oberland abzuhalten, während Jette die letzten Meter zu ihrem Haus laufend zurücklegte und schließlich die Tür hinter sich zuwarf.

»Alles in Ordnung, Jette?«, fragte Otto, der gerade mit den Kindern in der Küche saß und Kartoffeln schälte.

»Nein«, sagte sie, bleich und beschämt über alles, was sie hatte hören müssen. »Nichts ist in Ordnung, Otto. Nichts. Und wenn ich denke, was ich eben gehört habe, dann fürchte ich, dass es erst der Anfang war.«

»Der Anfang wovon?«

»Von etwas Riesigem, Otto. Und von etwas Bösem.«

* * *

Zweites Kapitel

Vielleicht waren es nicht ganz so viele Besucher wie in den letzten Jahren. Doch nach wie vor war Helgoland ein überaus beliebtes Reiseziel, und auch dieses Jahr konnten die Hotels und Gaststätten durchaus zufrieden sein. Auch wenn die Stimmung wegen der immer schärferen politischen Auseinandersetzungen zunehmend unangenehm wurde, blieb die Insel in der Nordsee ein glanzvoller Ort, an dem man sah und gesehen wurde und an dem das Leben einfach noch ein wenig lebenswerter war als andernorts.

Aber natürlich spürten auch die Helgoländer Geschäftsleute, dass die Zeiten rauer wurden. Es wurden weniger Waren umgesetzt, die Gäste hielten sich beim Einkauf zurück, trotz der verlockenden Angebote, sei es an Tabak und Spirituosen, sei es an Konfektion, Tee oder Kaffee. Selbst Nathan Kröger blickte mit leichter Sorge auf die Umsätze des Casinos Wo noch im letzten Jahr die Mark locker saß, hielten nun viele die Hand auf der Geldbörse und zögerten, ihr hart verdientes oder sogar ihr ererbtes Vermögen für das kurze Vergnügen am Roulettetisch oder beim Baccarat aufs Spiel zu setzen. Und auch die kleine Bootswerft von Otto Brückner spürte, dass die Kunden vorsichtiger wurden. Hatte sich mancher Wohlbetuchte in den letzten Jahren gerne mal ein größeres Segelboot bestellt, wurden heute selbst deutlich ramponierte Jollen noch zur Reparatur gegeben. Ausbessern statt aufgeben hieß die Devise. So kam es, dass Otto oft bis in die späten Abendstunden in der Werkstatt damit beschäftigt war, alte Boote wieder seetauglich zu machen, statt sich über aufregende neue Aufträge zu freuen.

»Werden wir damit über die Runden kommen?«, fragte Jette abends manchmal, wenn sie bei einem Glas Wein zusammensaßen.

»Mach dir keine Sorgen, mein Liebes«, erwiderte Otto dann. »Die schwersten Zeiten liegen hinter uns. Was kommt, werden wir mit Leichtigkeit bewältigen. Und man kann ja nicht immer erwarten, dass das Leben vergnüglich ist.«

»Na ja«, seufzte Jette. »Aber manchmal wäre ein kleines Vergnügen schon auch eine feine Sache.«

Wenige Tage später erklärte Otto: »Ich muss nach Hamburg, Jette.«

»Nach Hamburg? Was hast du denn da zu schaffen?«

»Geschäftlich.«

»Geschäftlich?« Jette stellte den Wäschekorb zur Seite, den sie gerade nach draußen zu tragen im Begriff gewesen war, um die gewaschenen Stücke in dem kleinen Gärtchen neben dem Haus in die Nachmittagssonne zu hängen.

»Ein Auftrag«, erklärte Otto. »Hennerkes braucht mehrere neue Beiboote.«

»Und die bestellt er bei dir?«

»Ich hoffe es. Allerdings kann ich ihm kein Angebot machen, wenn ich nicht weiß, was mich das Material kostet. Außerdem brauchen wir einen zusätzlichen Mitarbeiter. Denn zu zweit würden wir es nicht in der Zeit schaffen.«

»Verstehe«, sagte Jette. »Das wäre wunderbar, oder?«

»Jedenfalls käme so ein Auftrag gerade goldrichtig.«

»Und wann wirst du fahren?«

»Ich hatte gehofft, wir könnten zusammen fahren.«

»Zusammen? Wie stellst du dir das vor?«

»Schön«, antwortete Otto mit einem Grinsen.

»Und die Kinder?«

»Auf die passt Tine auf.«

»Hm. Und das Insel-Café?«

»Das wird auch mal ein paar Tage ohne dich auskommen.«

»Ein paar Tage!«, rief Jette. »Wie lange hast du denn vor, in Hamburg zu bleiben?«

»Oh, von Freitag bis Montag«, erklärte Otto, als wäre das alles schon genau geplant.

Jette musterte ihn und griff nach seinem Kragen. »Drei Tage in Hamburg«, sagte sie. »Da muss ich fast mitfahren, damit du nicht auf dumme Gedanken kommst.«

Otto lachte. »Auf dumme Gedanken komme ich nur bei dir«, sagte er und zog sie an sich.

»Sicher?«, fragte Jette und packte ihn fester am Kragen, um ihn zu küssen.

»Hm. Ich weiß nicht ganz ...«, erwiderte er. »Vielleicht sollten wir nochmal ...« Sie zog ihn für einen weiteren Kuss an sich. »Ja«, sagte Otto. »Ich glaube ...« Sie küsste ihn ein drittes Mal. »Doch, ich denke, ich bin schon sicher«, erklärte er schließlich.

»Da bin ich ja froh«, stellte Jette fest und beschloss: »Ich komme trotzdem mit.«

»Das wollte ich hören.«

***

Sie nahmen die »Gertrude«, um nach Hamburg zu fahren. Das Wetter war herrlich, der kleine Kutter war gemütlich und geräumig genug, dass sie sich keine andere Unterkunft in der Hansestadt suchen mussten. Jette war lange nicht mehr in

Hamburg gewesen. Überhaupt war sie lange nicht mehr weg von der Insel gewesen. Sie genoss es, eine Weile an Deck in der Sonne zu sitzen und nichts weiter zu tun, als sich den Wind um die Nase wehen zu lassen und Otto beim Singen zuzuhören. Er war kein besonders begabter Sänger, aber sie mochte seine Stimme, und sie mochte die Lieder, die er sang. Gelegentlich machte er das Steuerrad fest und setzte sich eine Weile zu ihr, bis ein anderes Boot oder Schiff ihnen nahe kam und er zur Sicherheit wieder auf die Brücke ging.

Je näher sie der Elbmündung kamen, umso mehr Verkehr herrschte auf dem Wasser. Und die Schiffe, die ihnen begegneten, wurden immer größer. Natürlich kannte Jette auch von Helgoland her große Schiffe. Denn schon die Bäderdampfer waren ja in den letzten Jahren immer mächtiger geworden. Und auf Reede vor dem Hafen lagen mitunter gewaltige Kolosse. Doch so nahe war sie diesen erstaunlichen Ozeanriesen nie gekommen. Mehrmals hatte sie Otto im Verdacht, sogar absichtlich möglichst nah an die Frachter heranzusteuern, die unterwegs nach Hamburg waren oder von dort die Elbe hinab fuhren, um in die offene See hinauszufahren.

Und dann fanden sie sich unvermittelt neben einem Schiff, das so riesig war, dass Jette erschauderte. »Otto! Bitte! Halt Abstand!«, rief Jette erschrocken, als sie die gigantischen schwarzen Stahlwände immer höher vor sich aufragen sah. Das Schiff schien geradezu endlos lang, wie es sich neben der kleinen »Gertrude« erstreckte. Das Dröhnen der Motoren war bis auf Deck des Kutters zu spüren, die »Gertrude« schwankte heftig in den Wellen, die der gewaltige Bug dieses Kolosses aufwarf.

»Schau sie dir an, Jette!«, rief Otto von hinten. »Ist sie nicht fantastisch!«

»Ich finde sie monströs!«, rief Jette zurück.

»Sechsundvierzigtausend Bruttoregistertonnen, Jette! Stell dir das nur vor!«

»Ich kann mir nicht mal eine vorstellen«, lachte Jette. Mit dieser Art von Zahlen hatte sie noch nie etwas anfangen können.

»Das ist die ›Bremen‹, Jette! Eines der größten deutschen Schiffe. Sie ist noch ganz neu. Ahoi!«, rief er hinüber, als könnte ihn irgendjemand dort oben hören. Dabei waren die Menschen an Bord der »Bremen« so weit über ihren Köpfen, als stünden sie auf einem Berg und die »Gertrude« wäre unten im Tal. »Ahoi!«

»Otto, sie können dich doch da oben nicht hören!«, lachte Jette.

»Egal! Sie wissen auch so, was ich rufe!« Er winkte mit seiner Kapitänsmütze in der Hand – und tatsächlich winkten ein paar Reisende, die an der Reling standen, zurück. Aber falls sie ihrerseits etwas riefen, war das ebenso wenig zu hören.

Zu Jettes Überraschung zog die »Gertrude« ganz gemächlich an der »Bremen« vorbei und überholte sie, auch wenn es unglaublich lange dauerte. »Es sind immerhin zweihundertachtzig Meter«, erklärte Otto.

»Aber sie fährt nicht gerade schnell, deine ›Bremen‹«, bemerkte Jette ein wenig spöttisch.

»Nicht gerade schnell? Sie hat gerade das Blaue Band für die schnellste Atlantiküberquerung gewonnen, Schatz! Sie ist das schnellste Schiff der Welt! Sie kann nur hier auf der Elbe nicht so schnell fahren, weil sie einen viel zu langen Bremsweg hat. Das wäre zu gefährlich.«

»Verstehe. Jedenfalls ist sie wirklich ein sehr eindrucksvolles Schiff«, sagte Jette, um angesichts Ottos Begeisterung auch etwas Nettes über die »Bremen« zu sagen.

»Allerdings! Allein die Besatzung sind neunhundertfünfzig Mann.«

Trotzdem war Jette froh, als sie das Ungetüm hinter sich gelassen hatten. Aus der Ferne sah das Schiff immerhin nicht mehr nur gigantisch und überwältigend, sondern tatsächlich schön aus mit seinen zwei orangefarbenen Schloten über den weißen Aufbauten, mit dem schwarz gestrichenen Bug, an dem Hunderte von Bullaugen wie Perlen auf einer Schnur aneinandergereiht waren, und dem Rot des Kiels, das nur geringfügig über dem Wasser sichtbar war.

Ein wenig konnte Jette die Begeisterung ihres Mannes für diese Wunderwerke der Technik verstehen. Andererseits fragte sie sich, wozu es solche Kolosse brauchte. Und der Verdacht, der sich ihr aufdrängte, war, dass es wieder einmal nur darum ging, der Welt von der Größe und Macht des Deutschen Reichs zu künden. Etwas, das sie ganz und gar nicht billigte.

※ ※ ※

Otto hatte für die »Gertrude« einen Liegeplatz organisiert, der in einem Fleet der Speicherstadt gelegen war. Das bedeutete zwar, dass sie von unablässigem Lärm und Getöse umgeben waren, es hatte aber den Vorteil, dass sie ganz nah an der Stadt waren und ihre Wege entsprechend kurz.

Gerne hätte Jette die Gegend gesehen, in der Tine einst aufgewachsen war, das Gängeviertel. Doch es war niedergerissen worden, die Menschen, die dort gelebt hatten, waren in alle Winde zerstreut. Wo einst eng an eng die dunklen, feuchten Unterkünfte der Ärmsten gestanden hatten, erhoben sich heute stolze Backsteinbauten, in denen die Kontors der Reeder und Kaufleute eingezogen waren. Je mehr Jette an Ottos Arm an jenem Abend durch die Hansestadt spazierte, umso kleiner kam ihr mit einem Mal ihre Heimat Helgoland vor. Bauten wie hier gab es dort nicht. Hamburg war unvorstellbar groß, laut, schnell, aufregend. Gewiss, sie war früher schon hier gewesen, aber eben doch lange nicht. Und mit Wedel, wo sie zur Schule gegangen war, war Hamburg nicht vergleichbar. Oder vielmehr umgekehrt: Wedel, obwohl es ebenfalls eine Hansestadt war, konnte einem Vergleich nicht standhalten.

»Und hier sind wir schon!«, rief Otto und blieb stehen.

»Hier? Was ist hier?«, fragte Jette verwirrt. Denn sie standen keineswegs vor einem Handelshaus oder vor einem Fabriklager.

»Hier ist, wo wir hinwollten.«

»Hier ist ein Lichtspielhaus, Otto«, bemerkte Jette. »Die werden dir kein Material für den Bootsbau liefern.«

»Nein«, sagte Otto. »Die liefern etwas anderes.«

»Aha? Und was?«

»Die liefern, was du neulich bestellt hast.«

»Ich? Ich habe nichts bestellt«, protestierte Jette und sah ihren Mann verständnislos an.

»O doch, Jette, das hast du. Denn dein Wunsch ist mir doch Befehl.« Er zog sie fest in seine Arme. »Und du hattest gesagt: Ein kleines Vergnügen wäre schon manchmal auch eine schöne Sache.«

»Heißt das, du hast diesen Geschäftstermin nur erfunden, um mich ins Kino auszuführen?«

»Wenn ich gesagt hätte: Komm, wir fahren für ein paar Tage nach Hamburg und gehen ins Kino, dann hättest du mich für verrückt erklärt, oder?«

»Natürlich hätte ich das!«, rief Jette lachend.

»Also musste ich mir eine kleine Schwindelei überlegen.«

»Na, die war aber doch eher groß, die Schwindelei«, widersprach Jette.

»Ach, so groß dann auch wieder nicht«, erklärte Otto. »Den Auftrag gibt es ja. Nur dass Hennerkes leider keine neuen Boote bestellen, sondern die alten reparieren haben will.«

»Schade.«

»Tja. Immerhin kommt genug Geld rein, dass wir uns auch mal einen solchen Ausflug leisten können. Ich hoffe deshalb, du verzeihst mir mein Flunkern?«

Zum Beweis, dass sie ihm sehr gerne verzieh, küsste Jette ihren Mann. Doch dann löste sie sich von ihm und sagte: »Aber in einem Punkt muss ich leider trotzdem bei meiner Meinung bleiben.«

»Oh! Ich hoffe, es ist nichts Schlimmes?«

»Du bist verrückt.«

»Na, dann ist ja gut!«, rief Otto und hielt ihr den Arm hin. »Und jetzt komm, die Vorstellung fängt gleich an.«

Allerdings stellte sich heraus, dass alle Eile nichts nützte: Die Vorstellung war restlos ausverkauft. »Tut mir leid«, sagte die Frau an der Kasse. »Die ›Drei von der Tankstelle‹ sind so neu, dass wir die Bude hier jeden Tag zehnmal füllen könnten.«

»So gut ist der Film?«, fragte Jette verblüfft.

»Er ist allererste Sahne, Schätzchen«, erwiderte die Kassiererin. »Aber das wissen die Leute erst hinterher.«

»Und warum kommen sie dann in Strömen?«

»Na, gucken Sie doch mal, wer da mitspielt! Die Herren kommen wegen der Harvey, und die Damen kommen wegen dem Willy Fritsch. Und alle zusammen kommen sie wegen dem Rühmann.«

»Na, dann geben Sie uns mal ein paar Karten für die nächste Vorstellung«, sagte Otto. »Dann wollen wir mal überprüfen, ob der Film wirklich so gut ist.«

»Allererste Sahne«, wiederholte die Frau hinter der Kasse und nahm Ottos Geld entgegen. »Aber Sie sind zum Glück ein stattlicher Herr. Da wird Ihnen der Fritsch nicht das Wochenende verderben.« Sie musterte Jette. »Und Sie sind ja auch nicht ohne, Gnädigste. Vielleicht sollten Sie auch zum Film gehen.«

»Ja«, lachte Jette. »Genau das hatte ich vor. Aber erst mal gehen wir ins Kino.«

* * *

Jette konnte sich nicht erinnern, wann sie sich zuletzt so vergnügt hatte wie an diesem Tag, der ihr eine Überfahrt von Helgoland nach Hamburg, einen fröhlichen Spaziergang durch die große Stadt und einen Besuch im Lichtspielhaus beschert hatte. Singend kamen sie aus dem Kino und spazierten Richtung Jungfernstieg. »Das war der größte und der lustigste Quatsch, den ich je gesehen habe«, lachte Jette.

»Quatsch?«, rief Otto in gespielter Empörung. »Das ist ein hochphilosophischer Film! Er zeigt, was einem im Leben alles passieren kann.«

»Na, dass du eine Tankstelle gründest, wird dir auf Helgoland eher nicht passieren.«

»Ich bin ja auch kein leichtsinniger Lebemann«, erklärte Otto und versuchte, so lässig-elegant zu spazieren wie Willy Fritsch.

»Aber der beste Freund auf der Welt, der bist du wohl«, stellte Jette fest. Und schon im nächsten Augenblick sangen sie erneut gemeinsam:

Ein Freund, ein guter Freund
Das ist das Beste, was es gibt auf der Welt.
Ein Freund, ein guter Freund
Und wenn die ganze Welt zusammenfällt!

Auf einmal fiel hinter ihnen jemand in das Lied ein und noch jemand. Wenig später schien die ganze Straße zu singen oder zu pfeifen. Dieses Lied riss die Menschen förmlich mit sich. Und auch Jette hatte das Gefühl, dass alles plötzlich viel leichter ging. Es juckte sie förmlich in den Beinen zu tanzen, und ein wenig fühlte sie sich am Arm ihres »stattlichen Herrn« wie Lilian Harvey an der Seite von Willy Fritsch. »Falls wir nochmal einen Jungen bekommen, nennen wir ihn Willy«, bestimmte sie.

»Hoppla!«, rief Otto. »Da würde ich aber gerne ein Wörtchen mitreden!«

»Tut mir leid«, beschied ihm Jette. »Das ist hiermit beschlossen und verkündet.«

»Ha! Dann heißt unser nächstes Mädchen Lilian.«

»Ach papperlapapp!«, widersprach Jette. »Das ist doch kein Name.«

»Tja, entweder wir machen es so – oder es gibt keinen Willy.«

»Du bist gemein!«, lachte Jette und schlug zärtlich auf ihren Mann ein.

»Au! Kein Grund, mich so grausam zu behandeln!«

»Du bist grausam! Lilian! Stell dir mal das arme Kind vor.«

»Wieso? Als Tochter einer berühmten Filmschauspielerin…«

»Aber das hab ich doch nur so gesagt«, lachte Jette und spielte die Schmollende. Solchermaßen albernd und kichernd spazierten sie durch die Straßen der großen Stadt, in denen inzwischen viele Lichter brannten. So tiefschwarz die Nächte auf Helgoland waren, so glitzernd und hell waren sie in Hamburg. Und überall leuchtete Reklame, die auf Zigaretten und Lokale aufmerksam machte, auf Waschmittel und Zahnpulver. Filme wurden angepriesen, Grammophone und Theateraufführungen, Automobile, Bahnreisen und jede Form von Alkohol.

In der Mönckebergstraße kehrten sie noch in einem Lokal ein, das mit den »besten Sprotten Hamburgs« warb. Falls es die besten Sprotten Hamburgs gewesen sein sollten, so stellte sich jedenfalls heraus, dass es auf Helgoland weitaus bessere gab. Aber an diesem Abend war alles wundervoll, selbst wenig überzeugende Sprotten und etwas zu warmes Bier von der Alster. Heiß und eng und überfüllt war es in dem Kellerlokal. Als sie wieder nach draußen stolperten, schien ihnen sogar die Hamburger Luft erfrischend, obwohl es selbst am Abend noch nach Benzin und Schiffsdiesel roch.

Es war eine andere Welt, durch die das Paar aus Helgoland lief, um nach gewaltigen Umwegen endlich wieder die Brücke zur Speicherstadt zu betreten und wenig später an Bord der »Gertrude« zu springen, die auf einmal geradezu rührend altertümlich und klein wirkte – aber deshalb nicht weniger einladend. »Willkommen auf unserem Insel-Flaggschiff!«, rief Otto und reichte Jette die Hand, damit sie ihm hinterher an Deck hüpfte.

»Besten Dank, der Herr!« Jette landete buchstäblich in seinen Armen und hatte es nicht eilig, sich daraus zu befreien.

»Und nun«, sagte Otto verschmitzt, als sie Augenblicke später unter Deck waren, »stoßen Sie mit mir an auf den kleinen Willy, die kleine Lilian und all die anderen kleinen Knirpse, die da noch kommen werden.« Und er nahm eine Flasche Wein aus dem Kartenschrank und zauberte – Jette konnte nicht erkennen, woher – zwei Gläser dazu, um den Abend mit einem guten Schluck zu beschließen.

»Ich weiß ja nicht, wie viele Kinder dir noch vorschweben«,

meinte Jette. »Aber eines ist sicher: Du hast dir das mit dieser Reise alles ziemlich schlau überlegt.«

»Generalstabsmäßig!«, behauptete Otto.

»Na, ich denke eher: raffiniert. Nachdem ich den Film gesehen habe, frage ich mich, ob in dir nicht auch so ein etwas fragwürdiger Lebemann steckt wie die drei mit ihrer Tankstelle.«

»Tja, ich schätze, das werden wir nie herausfinden.«

Aber immerhin dem Familiennachwuchs widmeten sie sich in dieser Nacht noch ausgiebig, ohne weiter darüber nachzudenken, ob dabei ein Willy oder eine Lilian entstehen mochte.

※ ※ ※

Am Sonntag besuchten Jette und Otto die Messe in St. Katharinen, spazierten zum Hafen und bestaunten seine unfassbare Größe. Otto fand sich ganz in seinem Element, als er die Schiffe sah, die an den Landungsbrücken lagen. Weit mehr als die schieren Ausmaße mancher Ozeanriesen beeindruckten ihn technische Details. Zu gerne hätte er eine der großen Werften besucht, die sich auf der anderen Seite des Hafens über Meilen hin erstreckten. Blohm & Voss, Atlantic oder Bruns & Co. Aber dann entschieden sie sich dafür, lieber ein wenig die Stadt zu erwandern und irgendwo in einem netten Kaffeehaus einzukehren.

Müde von den angenehmen Anstrengungen des Tages und der vorangehenden Nacht kehrten sie schon früh zu ihrem kleinen Kutter zurück und genossen einen gemütlichen Abend zu zweit, etwas, das sie so schon sehr lange nicht mehr gehabt hatten. Während Otto seiner Frau zärtlich den nackten Rücken streichelte, las sie ihm aus dem Roman »Buddenbrooks« von Thomas Mann vor, der im vergangenen Jahr den Nobelpreis dafür bekommen hatte. Es war die Geschichte einer

Lübecker Familie, und so vieles in der Erzählung schien, als hätte Mann die Gesellschaft von Helgoland beschrieben, dass sowohl Jette als auch Otto staunten. »Er hat das richtig gut getroffen«, sagte Otto ein ums andere Mal. »Der alte Buddenbrook erinnert mich sehr an Hennerkes senior, findest du nicht?«

»Mhm. Stimmt. Und Christian ist ein bisschen wie Henning Pfeifer.«

»Ja!«, lachte Otto. »Nur dass der geschäftstüchtiger ist.«

»Und Toni hat Ähnlichkeit mit …«

Otto nickte. »Ja«, sagte er, als hätte er ihre Gedanken gelesen. »Sie ist ein bisschen wie meine Mutter.« Hedi, die es im Leben nie wirklich richtig traf und auf jedes kleine Glück ein großes Unglück durchstehen musste.

So lagen sie beisammen in der Koje der »Gertrude« beim Schein der alten Petroleumleuchte und genossen die Stille der Nacht, das leise Schaukeln der Wellen im Fleet, tauschten Zärtlichkeiten und Gedanken, bis sie irgendwann unvermittelt eingeschlafen waren und sich in die neue Woche hinüberträumten.

✳ ✳ ✳

Übers Wochenende hatte sich der Himmel zugezogen. Schon auf der Elbe rollte die »Gertrude« immer wieder, vor allem, wenn sie ins Kielwasser großer Schiffe kam. Jette war zwar seefest, aber das hieß nicht, dass ihr nicht bei heftigem Seegang dennoch etwas flau geworden wäre. Und so wechselte sie immer wieder von unten nach oben. Mal versuchte sie, innerlich zur Ruhe zu kommen, indem sie an Deck ging und die Uferlinie suchte, mal indem sie sich in der Kajüte ablenkte und zu lesen versuchte. Doch beides half nicht. Und wirklich ungemütlich wurde es schließlich, als sie das offene Meer erreichten. Von Nordwest peitschte ein heftiger Wind herein, der sicher bald zum Sturm werden würde. Der Bug des kleinen Kutters tauchte immer wieder in die Wellentäler hinab, die sich vor ihnen auftaten, dass sich Otto am Steuerrad festhielt und Jette an allem, was irgendwie Schutz bot. »Wir hätten lieber noch bleiben sollen!«, rief sie.

»Aber warum? Eine steife Brise ist doch kein Grund, im Hafen zu sitzen.«

»Das ist keine steife Brise, Otto! Das ist ein Sturm!«

»Das sagst du, weil du noch nie einen Sturm erlebt hast, mein Liebes.« Otto lachte. »Das hier ist für die Männer, die zum Fischen rausfahren, Alltag. Und für die Matrosen auf den großen Frachtern sowieso.«

»Aber die haben auch große Schiffe. Die liegen doch ganz anders im Wasser«, rief Jette.

»Das stimmt. Unsere ›Gertrude‹ ist dagegen elegant und wendig.«

So empfand Jette die Fahrt nicht. Elend und windig wäre ihrer Meinung nach treffender gewesen. »Wie lange brauchen wir denn noch?«

»Ach, in zwei Stunden sind wir da, mein Schatz.«

»Zwei Stunden? Aber wir fahren doch schon eine Ewigkeit!«

»Wir haben die Elbe gerade erst verlassen, Liebes«, klärte Otto sie auf. »Normalerweise bräuchten wir jetzt noch ungefähr anderthalb Stunden. Aber bei dem Gegenwind und dem Wellengang sind wir länger unterwegs, das lässt sich nicht ändern.«

Verzweifelt stieg Jette wieder hinunter in die Kajüte und versuchte, nicht an das Geschaukel zu denken. Sie hatte für die Kinder jeweils noch etwas Zuckerwerk gekauft. Das verpackte sie nun in zwei Papiertüten, die sie mit einer kleinen Schleife zuband. Auch wenn es ein wundervolles Wochenende mit Otto gewesen war, so allein zu zweit in der großen Stadt mit all ihren Verlockungen und Erlebnissen, so war sie doch froh, Julchen und Sven und die kleine Heidi wiederzusehen. Vor allem die Kleinste fehlte ihr schrecklich – und sie machte sich auch Sorgen, weil es nun einmal etwas anderes war, eine Zwölfjährige und einen Fünfjährigen für ein paar Tage bei der Großmutter zu lassen – oder ein Kind von noch nicht einmal einem Jahr! Das schlechte Gewissen plagte Jette schrecklich. Andererseits waren sie ja nun bald wieder zurück. Und außerdem konnte es keinen Menschen geben, bei dem die Kinder besser aufgehoben gewesen wären als Tine. Wahrscheinlich hatten die Kinder sie nicht einmal vermisst.

Ein Schlag riss Jette aus ihren Gedanken. Sie hielt sich fest und brauchte einen Moment, um sich zu fassen. Dann stürmte sie die Leiter nach oben an Deck. »Was ist passiert, Otto?«

»Ich weiß es nicht«, sagte Otto. »Aber es klang verdammt nicht gut.«

✳ ✳ ✳

Schwere Wolken zogen über Helgoland. Tiefe Wolken. Und sie brachten ein Unwetter mit. Das hatte Tine schon am frühen Morgen erkannt, als sie mit den beiden großen Kindern zum Blumenpflücken auf die Wiesen des Oberlands gegangen war. Heidi hatte sie bei Annemarie gelassen, die inzwischen selbst schwanger war und gar nicht genug von dem kleinen Mädchen bekommen konnte. Sie war sogar extra früher zur Arbeit gekommen, um die Kleine zu übernehmen, während Tine mit den größeren Kindern weg war.

Und nun standen sie auf den Klippen und betrachteten die

Wolken. Das heißt: Tine betrachtete sie. Sven verfolgte den Flug der Möwen, die im heftigen Wind noch gewagtere Manöver flogen als sonst schon. Fliegen war Svens ganz große Leidenschaft, und zwar in jeder Art und Weise. Er liebte den Flug der Vögel, er war wahnsinnig aufgeregt, wenn ein Zeppelin über die Insel flog, und er beobachtete buchstäblich jedes Flugzeug, das die Lüfte kreuzte. Und wenn er ein Flugzeug basteln konnte, egal aus welchem Material, dann war er völlig in sich selbst und seine Arbeit versunken und vergaß die Welt um sich her.

Im Moment waren es aber keine Flugzeuge und Luftschiffe, die Tine durch den Sinn gingen, sondern Schiffe, oder vielmehr: ein Schiff. Die »Gertrude«, die hoffentlich schon auf dem Weg war und rechtzeitig ankommen würde, ehe das Unwetter einsetzte. Allzu lange würde es jedenfalls nicht mehr dauern. Seit sie als Kind jeden Tag vom Morgengrauen bis in die Abendstunden draußen gewesen war, hatte sie ein untrügliches Gespür dafür entwickelt, wie das Wetter werden würde. Und sie fühlte genau, dass es auf See ungemütlich werden würde.

»Heute kommen Mama und Papa zurück, nicht?«, fragte Julchen und reichte Tine ein paar Gräser, die sie ausgerupft hatte.

»Ja, Julchen. Heute müssten sie wiederkommen. Wenn das Wetter es zulässt. Siehst du die Wolken? Es wird Sturm geben.«

»Dann sollten sie besser nicht mit dem Boot fahren.«

»Stimmt. Wenn sie es nicht vor dem Sturm schaffen, dann wäre es nicht gut.«

»Ich will aber, dass sie kommen.«

»Ich auch, Julchen«, sagte Tine und legte ihr die Hand auf die Schultern. »Jedenfalls musst du keine Angst haben. Wegen dem Sturm, meine ich. Dein Papa ist der beste Seemann, den es gibt.«

Und obwohl das sicherlich nicht ganz falsch war, machte sich Tine selbst doch heimlich Sorgen und hoffte, dass die »Gertrude« bald auftauchen würde. Aber natürlich: Jette und Otto würden nicht im Morgengrauen losfahren. Sie hatten Zeit bis neun oder zehn Uhr, um die Gezeiten zu nutzen. Und allein auf der Elbe waren sie wohl gute zwei Stunden unterwegs, ehe sie aufs offene Meer hinauskamen. Wenn sie dann noch einmal anderthalb Stunden oder gar mehr brauchten, dann würde der Mittag schon vorüber sein, ehe sie eintrafen, so wie auch die Bäderschiffe immer um die Mittagszeit anlegten.

Mit reicher Ausbeute an überwiegend untauglichem Gestrüpp ließen sich die Kinder und ihre Großmutter vom Wind zurück Richtung großer Treppe schieben, um wieder hinunter ins Unterland zu gehen, wo in den »Blütenträumen« Annemarie mit Gretchen Jacobsen, Heidis Amme, zusammensaß und plauschte. Nachdem die Kleine gestillt war, schlug Gretchen den großen Kindern vor, mit hinüber zu ihr zu kommen, ihre Kinder würden sich über den Besuch freuen – und wenig später war es schon still in dem Blumenladen. Heidi schlief in einem Korb unter einer üppigen Palme beim Fenster, Annemarie ging summend ihrer Arbeit nach, indem sie die Stöcke goss, welke Blätter abzupfte und dürre Zweige abschnitt. Tine aber blickte immer wieder hinaus in den trüben Vormittag und wartete darauf, dass die Witterung noch um einiges rauer wurde. Denn das würde sie werden.

✳ ✳ ✳

»Es kann kein Riff gewesen sein«, erklärte Otto, der den Schaden begutachtet hatte. Zum Glück war nicht zu befürchten, dass sie tatsächlich sanken. Irgendetwas hatte zwar ein Loch in den Rumpf des Kutters gerissen, aber das Leck war überschaubar, die Menge an eindringendem Wasser nicht gefährlich.

»Was soll es denn sonst gewesen sein?«, fragte Jette, immer noch zitternd vor Schreck. »Ein Wal?«

»Ein Wal wäre nicht mit uns zusammengestoßen. Wale weichen aus. Die stoßen nicht einmal im Schlaf mit Schiffen zusammen.« Er nahm seine Frau in den Arm, spürte, wie sehr sie der Schreck mitgenommen hatte. »Mach dir keine Sorgen, Liebes«, sagte er deshalb. »Es kann uns nichts passieren. Da müsste schon eine größere Kollision passieren, dass die ›Gertrude‹ havariert.«

»Du hast bestimmt recht«, erwiderte Jette. Doch ihr Körper sagte etwas anderes: Jette hatte Angst.

»Komm. Wir gehen nach oben.«

»Und das Loch?«

»Das Loch können wir nicht flicken. Was wir tun können ist, das Boot so steuern, dass möglichst wenig Wasser eindringt.«

Sie stiegen wieder hinauf an Deck, wo der Wind noch stärker geworden schien. »Wenn wir jetzt Segel hätten, wären wir innerhalb kürzester Zeit wieder in Hamburg.«

»Wo wird aber nicht hinwollen!«, erinnerte Jette.

»Stimmt. Aber nach Helgoland wären wir mit Segeln eher länger unterwegs, da müssten wir kreuzen, so wie der Wind weht.« Es schien Otto wirklich Spaß zu machen, die »Gertrude« durch die hohen Wellen zu steuern. Allerdings fiel Jette auf, dass er nun versuchte, mit dem Bug nicht mehr allzu direkt ins Wasser zu tauchen. Stattdessen stellte er das Boot immer wieder quer zu den großen Wellen, sodass es sich zwar noch stärker zur Seite neigte, aber der Druck auf das Leck nachließ. Bis zum Wind auch noch der Regen kam. Binnen Minuten war aus der steifen Brise und dem hohen Wellengang ein Orkan geworden, der das Boot beinahe unlenkbar machte. Jette wollte ihrem Mann beistehen, doch Otto schickte sie nach unten. »Du musst dich festhalten, hörst du? Bei jedem Schritt!«

Jette nickte und stieg die Leiter hinunter – nur um schon beim ersten Schritt in der Kajüte Ottos Rat zu ignorieren und von einer heftigen Schaukelbewegung des Kutters auf die Knie gestoßen und seitwärts gegen die Koje geschleudert zu werden. Mit Mühe konnte sie sich an einer Verstrebung festhalten, ehe sie gegen ein Tischbein rutschte, als die »Gertrude« zur anderen Seite hin kippte. Wie um Himmels willen wollte Otto unter solchen Bedingungen das Boot so lenken, dass wenig Wasser eindrang?

✳ ✳ ✳

Es war nur ein einziges Bäderschiff vor Anker gegangen, und an eine Ausbootung der Passagiere war nicht zu denken. Die »Kiel« hob und senkte sich in den Wogen. Auch sie wäre vermutlich gar nicht gekommen, wenn sie noch hätte umkehren können. Und nun saßen die Kur- und Tagesgäste auf dem Dampfer fest, während Tine im Ölzeug auf der Landungsbrücke stand und nach Süden blickte. Dorthin, wo sie hoffte, dass endlich Ottos Kutter auftauchen würde. Doch er tauchte nicht auf. Nicht zur Mittagsstunde und auch nicht am frühen Nachmittag. Das Schlimme war, dass das alles bedeuten konnte. Es konnte bedeuten, dass sie eine Wetterwarnung bekommen hatten und in Hamburg geblieben waren. Es konnte aber auch bedeuten, dass sie noch draußen waren. Zum Glück war Otto ein wirklich guter Seemann. Auf hoher See aber war man immer in Gottes Hand. Und auch die erfahrensten Matrosen hatten Havarien erlebt, auch die stolzesten Schiffe waren gesunken. Dass es ein Schiff geben könnte, das unsinkbar war, glaubte seit dem Untergang der Titanic niemand mehr, schon gar kein Helgoländer. Denn die Insel hatte mehr Schiffsunglücke in ihren Gewässern erlebt als die meisten Flecken weltweit.

»Noch immer nicht in Sicht?«, fragte Alfreds Freund Emil, der Gepäckmeister des Imperial, der neben sie getreten war.

»Nein«, erklärte Tine. »Nichts.«

»Hm. Wahrscheinlich sind sie gar nicht gefahren.«

»Ich hoffe es.«

»Aber es hat uns überrascht«, sagte Emil. »Angesagt war es jedenfalls nicht.«

»Mich hat es nicht überrascht.« Tine schlang die Arme um sich. »Man konnte doch sehen, dass es Sturm geben würde.«

»Sie konnten das vielleicht sehen, Frau Heesters. Aber ich glaube nicht, dass es viele andere gibt, die sich so aufs Wetter verstehen.«

»Gibt es sicher«, erwiderte Tine. »Man sollte immer die Fischer fragen. Die kennen sich aus.«

»Vermutlich.« Emil zuckte die Achseln. »Ich hoffe, sie sind in Hamburg geblieben. Ich geh jedenfalls wieder rein. Gibt hier sowieso kein Gepäck, solange die Gäste da draußen vor sich hin schaukeln.«

Augenblicke später war er wieder weg. Und dann war die »Gertrude« zu sehen. Nein, nicht zu sehen – zu ahnen! Zuerst war es nur ein Schemen, ein dunkler Fleck im Grau der Regenschauer und Sturmböen. Dann war der Schiffskörper zu sehen, allerdings viel tiefer, als er hätte liegen dürfen. Tine erkannte sofort, dass der Kutter Schlagseite hatte. »O Gott!«, flüsterte sie. Sie musste etwas tun!

Sie musste die Rettung alarmieren. Musste ins Rathaus,

damit jemand rausgeschickt wurde. Musste ... Und dann sah sie Rainer Jacobsen auf seinem Boot. Der Fischer schien ebenfalls vom Unwetter überrascht worden zu sein. Seine »Carla« fuhr gerade um die Landungsbrücke und hielt auf den Südhafen zu. »Jacobsen!«, schrie Tine. »Jacobsen!« Sie rannte bis ans Ende der Landungsbrücke, fast hätte der Wind sie hinausgeschoben und ins Wasser gestürzt. »Jacobsen!«

»Ahoi!«, rief der Fischer und winkte ihr.

»Seenot!«

»Was?«

»Seenot! Da!« Tine deutete Richtung der »Gertrude«. Jacobsens Blick wandte sich hinaus auf die offene See. Dann entdeckte auch er den kleinen Kutter. Sekunden später hatte er hart Backbord gesteuert und pflügte in voller Fahrt durch die Wellen Richtung Ottos Ausflugsboot, das im selben Moment zur Seite kippte.

✽ ✽ ✽

Drittes Kapitel

Ihr hättet auf keinen Fall fahren dürfen!«, schimpfte Tine, als sie endlich alleine waren. Rainer Jacobsen war nicht der Einzige gewesen, der zur Hilfe geeilt war. Zwei weitere Fischerboote waren rausgefahren, sogar die »Kiel« hatte geholfen. Und auch wenn die »Gertrude« verloren war, Jette und Otto hatten gerettet werden können.

Nun saßen sie erschüttert in Tines Küche, beide in Decken gehüllt, beide nicht in der Lage, irgendetwas zu sagen. So nah waren sie dem Tod nicht einmal im Krieg gekommen. Es hatten nur Minuten gefehlt, und sie wären mit dem alten Kutter gesunken. Die Wellen waren längst übers Deck hereingebrochen, nur mit größter Mühe hatten sich die beiden noch an der Reling festklammern können. Otto hatte Jette mit einem Arm an sich gezogen, während er den anderen so festgeklemmt hatte, dass er für eine gefühlte Ewigkeit glaubte, er würde ihm jeden Moment abgerissen.

Und dann, endlich, war Jacobsens Boot auf Backbord aufgetaucht, ebenfalls hin und her geschleudert von den Wogen. Aber eben seetüchtig. Jacobsen hatte ihnen ein Seil zugeworfen. Einmal, zweimal, immer wieder. Bis Otto es fing. Er musste dafür die Reling loslassen, sodass sie beide über das beinahe senkrecht stehende Deck rutschten und über Bord in die Fluten stürzten. Mit aller Kraft klammerte sich Jette an ihren Mann, mit allem, was er noch an Willen aufbringen konnte, wickelte Otto das Seil um seine verkrüppelte Hand und griff mit der anderen nach Jette. Beide bekamen sie keine Luft, tauchten für Bruchteile von Sekunden auf und versanken sofort wieder, wenn eine neue Welle sie überrollte. Jacobsen war es, der es schaffte, die beiden von dem sinkenden Kutter wegzuziehen. Aber auch er hatte nicht die Kraft, ihnen an Bord zu helfen. Das erledigten kurz darauf der junge Ohlstedt mit seinem Fischerboot und sein Gehilfe. Als Otto endlich auf dem wankenden Deck des rettenden Schiffs stand und zurückblickte, war das Letzte, was er von der »Gertrude« sah, die Helgoländer Flagge, die er am Heck angebracht hatte und die nun mit dem Kutter in den Fluten der Nordsee versank.

»Nein«, flüsterte Jette, als sie nun in Tines Küche saßen. »Wir hätten nicht fahren dürfen.«

»Niemand wusste, dass es ein solches Unwetter geben würde.«

»Aber ihr hättet umkehren können, ehe es so heftig wird.«

Eine Weile starrte Otto düster vor sich hin. »Es war ja letztlich nicht das Unwetter«, sagte er schließlich. »Das hätte die ›Gertrude‹ ohne weiteres durchgestanden. Ich war schon bei stärkeren Stürmen mit ihr draußen.«

»Und was war es demnach dann?«

»Ich habe keine Ahnung«, murmelte Otto. »Es gab eine Kollision. Die Gertrude wurde leckgeschlagen.«

»Dann war noch ein anderes Boot beteiligt?«

»Nein«, widersprach Otto. »Es war ein Zusammenstoß unter Wasser.«

»Mit einem U-Boot?« Das klang sehr unglaubwürdig. Soweit Tine wusste, gab es seit dem Krieg keine U-Boote mehr in der Gegend. Deutsche waren ohnehin nicht zugelassen. Und die Engländer? Warum sollten sie in der Elbmündung unterwegs sein, wo es so viel Schiffsverkehr gab.

Aber Otto schüttelte den Kopf. »Nein«, sagte er. »Es hat sich angefühlt wie ein Riff. Nur dass es an der Stelle keines gibt.«

»Vielleicht war das Boot einfach alt und hat den Wellen nicht standgehalten.«

»Vielleicht«, sagte Otto, doch es klang nicht, als würde er es glauben.

* * *

Der Verlust der »Gertrude« riss ein tiefes Loch in die Kasse der Brückners. Denn jetzt konnte Otto keine Gäste mehr um die Insel fahren. Gerade diese Einnahmen waren so wichtig gewesen, nachdem immer weniger Boote bestellt wurden und die Reparaturen deutlich weniger brachten als neue Exemplare. Gerade auch die Nachfrage an sportlichen Segelbooten hatte stark nachgelassen. In diesem Jahr gab es überhaupt nur eine einzige Bestellung einer eleganten Segeljolle. Es war Anton Schneider, der sich den Traum vom eigenen Boot erfüllen wollte, und er hatte sehr genaue Vorstellungen gehabt, wie das gute Stück auszusehen habe. Auf der Basis der legendären Yacht, mit der Otto bei der Nordseeregatta als Erster ins Ziel gekommen war, wünschte er sich eine nochmals größere Takelage und eine luxuriöse Ausstattung für die Kabine.

»Aber ein höherer Mast birgt die Gefahr, dass das Boot umgeweht wird.«

»Nicht, wenn Sie den Kiel verlängern«, hielt Schneider dagegen.

»Damit wird die Yacht aber deutlich schwerer. Und das kostet Sie Geschwindigkeit.«

Anton Schneider wiegte den Kopf. »Mag sein«, sagte er schließlich. »Aber durch die größere Segelfläche gleicht sich das doch aus, oder?«

»Auch der Mast bringt Gewicht«, warf Otto ein, bemüht, Annemaries Mann zur Vernunft zu bringen.

»Überlegen Sie sich was, Herr Brückner«, sagte Schneider. »Wenn es einer kann, dann Sie.«

Und so verbrachte Otto viele Tage und manche Nacht in der Bootswerkstatt und konstruierte, verwarf, probierte und baute schließlich mit Hinks Hilfe eine etwas vergrößerte Form seiner »Jette«, die kaum noch Platz fand in der kleinen Werft. Grün lackiert sollte sie sein und mit grünen Segeln, die Aufbauten natürlich in Weiß, das sich in einem weißen Streifen am Bug wiederfand, der am Bugspriet fortgesetzt wurde. Geschmack hatte Schneider, daran bestand für Otto kein Zweifel – nur keine Ahnung vom Bootsbau. Aber dass er sich auf Otto verließ, war eine Herausforderung für diesen, auch wenn er angesichts des immer knapper werdenden Geldes oft genug voller Sorge war, wie er die Materialien bezahlen sollte. Die Anzahlung jedenfalls war längst für die hochwertigen Hölzer und die Einbauten draufgegangen.

An manchem Abend, wenn die Kinder im Bett waren, kam Jette zu ihrem Mann in die Werkstatt und brachte ihm etwas zu essen. Dann setzte sie sich zu ihm, betrachtete die Arbeit und seufzte: »Dieses Boot schaut mich an, als würde es uns ruinieren«, erklärte sie mehr als einmal.

»Das wird es nicht, Jette«, widersprach Otto. »Denk doch nur: Wenn ich es zu Ende gebracht habe, dann sind wir auf einen Schlag wieder unsere Sorgen los.«

»O bitte, benutz nicht diese Worte. Sie erinnern mich daran, wie du sie das letzte Mal benutzt hast.«

Eine Weile schwiegen sie beide. Denn in der Tat hatte Otto die Worte benutzt, als er sich vor Jahren auf die verfluchte Wette eingelassen hatte. Und man konnte keineswegs darauf zählen, dass jedes finanzielle Wagnis glimpflich ausging. »Ich hoffe nur, Schneider kann sich das auch leisten.«

»Wenn einer auf der Insel gerade gut verdient, dann ist das Schneider«, erwiderte Otto. »Hast du mal gesehen, was für Kleider Annemarie neuerdings trägt?«

»Habe ich.«

»Und wusstest du, dass er sich in die Tabakhandlung von Lindemanns eingekauft hat?«

»Hm.«

»Außerdem habe ich neulich gehört, dass Schneider das alte Graupner-Anwesen übernehmen und im großen Stil renovieren will.«

»Soll mich das beruhigen?«, fragte Jette und nahm einen Schluck aus Ottos Bierkrug. »Wenn er sein ganzes Geld für alles Mögliche ausgibt, dann finde ich das eher bedenklich.«

»Aber das sind doch alles keine dummen Investitionen!«, beharrte Otto.

»Da hast du recht«, stimmte ihm Jette zu. »Bis auf das Boot.«

✳ ✳ ✳

Mit großem Interesse verfolgte Otto in den nächsten Wochen die Nachrichten. Er hatte das Radiogerät vorübergehend in die Werkstatt gebracht, um sich an den langen Tagen, die er an Schneiders Yacht arbeitete, etwas von den bohrenden Gedanken an die Finanzen und an die Zukunft abzulenken. Besonders bewegten ihn die Meldungen aus Forschung und Technik, von denen es etliche gab. Da war der Tod des großen Polarforschers Wegener, der auf einem Marsch durchs Grönländische Eis ums Leben kam. Da waren die Vorbereitungen zu einem Atlantikflug von vierzehn Maschinen im nächsten Monat. Und da war das faszinierendste Flugzeug seiner Zeit: die DO-X, die ihren Jungfernflug absolvierte, eine gewaltige Maschine mit sechs Propellern, drei Passagierdecks und einer nie dagewesenen

Flügelspannweite. Gemeinsam mit Sven saß Otto an jenem Tag vor dem Empfangsgerät und lauschte gebannt dem Bericht, der von der Überlegenheit der deutschen Technik und dem Erfindergeist der Zukunft kündete. »In so einem Flieger will ich auch einmal reisen.«

»Dann musst du hart arbeiten, Sven, damit du dir das auch leisten kannst. Denn fliegen ist teuer.«

»Pah, ich kann mir das ganz leicht leisten, Papa!«, rief Sven und lief mit ausgebreiteten Armen durch die Werkstatt, während er Propellergeräusche nachmachte.

»Und wieso bist du da so sicher?«, fragte Otto lachend.

»Ganz einfach«, erklärte der Junge. »Ich werde Pilot! Dann kann ich nicht nur kostenlos fliegen, sondern bekomme sogar noch Geld dafür!«

»Das klingt für mich wie ein ziemlich guter Plan«, befand Otto und fühlte einen unglaublichen Stolz in seiner Brust. Sven mochte ein Träumer sein, aber seine Träume waren klug und real. Vielleicht wurde er wirklich einmal ein genialer Erfinder, ein Wissenschaftler oder eben ein Pilot. Es hätte den Vater nicht gewundert.

Weniger erhebend waren freilich die Nachrichten aus Politik und Wirtschaft. Reichskanzler Brüning hatte ein Gesetz zur »Sparsamkeit und Vereinfachung« eingebracht. Das Reich, die Länder und auch die Gemeinden sollten weniger Geld ausgeben, die Steuern auf Einkommen sollten zwar erhöht, die Gehälter bei Beamten aber gekürzt werden. Die Beiträge zur Arbeitslosenversicherung würden erhöht, und auch in die Lohnverhandlungen wollte sich die Regierung einmischen. Immerhin schienen im Zuge dessen zumindest auch die Preise für Grundnahrungsmittel zu sinken. Die Arbeitslosenzahl aber stieg unaufhörlich.

Gelegentlich sah Anton Schneider in der Werkstatt vorbei, um sich vom Fortgang der Arbeiten an seiner Yacht zu überzeugen. Er hatte den Ehrgeiz, mit dem Boot die neue Saison zu eröffnen. Und bis März würde das Schmuckstück auch tatsächlich fertig sein – musste es fertig sein! Denn spätestens dann waren die Rücklagen der Familie Brückner erschöpft, möglicherweise sogar schon vorher. Eine Weile würde Jette in Stövers Kramerladen anschreiben lassen können, aber nicht allzu lang. Denn auch Stövers hatten außerhalb der Saison nichts zu verschenken und mussten ihr Geld beisammenhalten.

»Seit meinem letzten Besuch scheint sich nicht viel getan zu haben«, stellte Schneider mit leicht verdrossenem Ton fest.

»Im Gegenteil, Herr Schneider«, beeilte sich Otto, ihm zu versichern. »Ihr schönes Boot ist jetzt doppelt verschalt und damit wesentlich sicherer!«

»Hm. Kann man denn schon mal reinsteigen?«

»Im Augenblick besser nicht. Wir haben vorhin verschiedene Stellen frisch verleimt. Das muss jetzt erst einmal in Ruhe trocknen.«

»Verstehe. Zeigen Sie mir die Pläne für die Innenausstattung noch einmal?«

»Gerne!« Otto winkte dem Kunden, an den Tisch zu treten, auf dem die Baupläne des Bootes ausgebreitet waren. »Hier. Auf diesem Querschnitt sehen Sie sehr schön die Kajüte.«

»Was ist das hier?«

»Das ist die Koje. Eine auf der Steuerbord-, eine auf der Backbordseite.«

»Sie sehen kurz aus.«

»Ein Meter achtzig. Das ist zwanzig Zentimeter länger als auf den meisten Booten.«

»Ich hätte sie gerne zwei Meter lang. Und auch ein wenig breiter.«

»Mein lieber Herr Schneider, das ist ein Segelboot, kein Hotel! Ich würde Ihnen ja gerne ein ganzes Ehebett reinstellen. Aber dafür fehlt der Platz.«

»Ein Ehebett klingt gut«, sagte Schneider und sah Otto tiefernst an. »Stellen Sie mir gerne ein Ehebett rein.«

»Aber ... Entschuldigung, das ... das ...«

Anton Schneider lachte und winkte ab. »Ein kleiner Scherz«, erklärte er. »Machen Sie es nur etwas länger und etwas breiter, das genügt völlig.«

So reizend Annemarie war, als so schwierig entpuppte sich zunehmend ihr Gatte. Im Laufe der Zeit hatte er eine Art ausgeprägt, die wirkte, als wollte er persönliche Ansprüche am liebsten auf die ganze Insel geltend machen. »*Geht nicht* gibt's nicht!«, erklärte er dann gerne, als seien seine Fähigkeiten so unerschöpflich wie seine finanziellen Möglichkeiten.

Am Hafen entstanden einige Kontorhäuser, an denen er dem Vernehmen nach ebenfalls beteiligt war. Bert Rickens erzählte einmal in einer unbedachten Minute, dass Schneider ihm den »Seeadler« hatte abkaufen wollen, mit seinem Angebot aber gescheitert sei. »Ich geb doch nicht die Wirtschaft meiner Vorväter auf, damit ich mir mit Schneiders Geld ein Häuschen in Hamburg kaufen kann!«

Ottos Frage, ob über die vereinbarte Vorausrate hinaus eine kleinere Abschlagszahlung möglich sei, überhörte der Geschäftsmann indes geflissentlich. Oft sah man ihn mit seinem Anwalt Heiner von Pepenbrink über die Insel marschieren. Dann raunten sich die Insulaner zu: »Der Herr Investor ist wieder unterwegs, sein Geld zu vergolden.« Doch je näher die Saison rückte, umso seltener tauchte Anton Schneider in der

Öffentlichkeit auf. In den ersten Märztagen fuhr er mehrmals aufs Festland, während Annemarie sich auf ihre zweite Geburt vorbereitete. In den »Blütenträumen« half sie jetzt kaum noch aus. Sie war allzu beschäftigt mit dem Haushalt, den Kindern und damit, ihren Mann zu Empfängen zu begleiten, die für die bedeutendsten Persönlichkeiten der Insel gegeben wurden, sei es im Casino, sei es im Imperial oder in einem der anderen noblen Hotels von Helgoland.

Und dann war der große Tag da: Schneiders Boot war fertig. Als er jeden Zoll ein letztes Mal geprüft, jede Planke ein letztes Mal abgeklopft und über jede Naht ein letztes Mal poliert hatte, holte Otto eine Flasche Wein und zwei Gläser aus dem Küchenschrank und stieg die Treppe hinauf in die Schlafkammer, wo Jette noch mit einem Buch im Bett lag und las. »Was machst du denn um diese Zeit mit dem Wein?«, fragte sie erstaunt.

»Die haben wir uns redlich verdient«, erklärte Otto. »Ist sowieso die Letzte.«

»Sag bloß, das Boot ist endlich fertig.«

»Ist es«, sagte Otto und strahlte übers müde Gesicht. »Und weil jedes Schiff eine Taufe verdient hat, taufen wir es jetzt. Und zwar ganz für uns und hier oben. Morgen lasse ich es zu Wasser, dann soll Schneider übernehmen, und dann bin ich froh, wenn ich es ein paar Wochen nicht mehr aus der Nähe sehe.«

»Ha!«, lachte Jette. »Das denkst auch nur du. Du weißt genau, dass sie dich alle darauf ansprechen werden. Schensky wird ein paar Aufnahmen machen müssen, so wie ich Schneider kenne.«

»Ja. Aber nicht mit mir. Da wird sich Schneider mit seiner hübschen Frau hinstellen. Und recht hat er. Das gibt ein besseres Bild.«

»Ach was, du bist doch der Hübscheste von allen.«

»Gut, dass du das so siehst«, rief Otto mit einem Lachen und küsste sie. »Und jetzt lass uns anstoßen.«

* * *

Als er am nächsten Morgen gemeinsam mit Hink das Boot aus der Werkstatt schob, liefen die Nachbarsjungen und auch einige neugierige Männer zusammen und staunten. »Das ist ja ein fabelhaftes Stück!«, rief einer der Inselgäste, der mit seiner eigenen Yacht gekommen war.

»Mein Meisterstück«, erklärte Otto nicht ohne Stolz.

»Dürfen wir mitfahren?«, fragten einige Jungs. »O ja, bitte! Wir wollen mitfahren!«

»Tut mir leid, Ole«, rief Otto zurück. »Wer mit dem Boot fährt, bestimmt allein der Eigentümer. Und der wird die Fahrt vermutlich alleine unternehmen wollen.«

»Wer ist denn der Eigentümer, wenn man fragen darf?«, wollte einer der Zaungäste wissen.

»Schneider, Anton«, beschied der ebenfalls hinzugetretene Thorsten Brand. »Geschäftsmann aus Hamburg. Seit letztem Jahr aber auf Helgoland ansässig und mit einer Einheimischen verheiratet.« Er unterzog das Boot einer genauen Inspektion. »Nach meinem Geschmack etwas zu lang«, stellte er dann fest. »Es wird sich schwer manövrieren lassen.«

Otto verkniff sich eine Erwiderung. Brand verstand nicht das Geringste von Seefahrt. Wozu sollte er ihm eine Diskussion gönnen, bei der er Brand ermöglichte, noch mehr an seinem neuen Werk zu mäkeln. Behutsam schafften sie die Yacht bis zur Wasserlinie und fuhren dann mit dem Bock in die Wellen hinein, um das Boot erst zu lösen, als es tief genug war, dass der Bug nicht beschädigt wurde. Wie jedes Mal, wenn es darum ging, ein Boot zu Wasser zu lassen, hielt Otto den Atem an, bis es geschehen war. Und dann brach er unwillkürlich in Lachen aus. Hink lachte mit ihm, auch wenn er noch sehr damit beschäftigt war, die Leine zu sichern. Dann wateten sie durchs Wasser hinüber und kletterten an Bord.

Von hier oben sah die Yacht noch größer aus als von unten. So elegant und erhebend hatte Otto noch kein Boot empfunden. Es juckte ihn förmlich in den Fingern, die Segel zu setzen und eine Spritztour um die Insel zu unternehmen, um herauszufinden, wie es sich im Wasser verhielt. Doch das wollte er gemeinsam mit Schneider tun. Denn jetzt galt es: Jetzt würde er das Glanzstück übergeben und endlich seinen gerechten Lohn empfangen. Und ja, natürlich würde ihm das Herz bluten, dass er dieses wunderschöne Boot, das ihn nun so lange beschäftigt hatte und ihm so lieb geworden war, hergeben musste.

Sie befestigten die Yacht am vorderen Steg, dann lief Hink, um Schneider zu holen.

Es war ein sonniger Tag, ideal für einen Stapellauf, wundervoll für eine Jungfernfahrt. Die See war ruhig, es wehte nur eine leichte Brise, es war so früh in der Saison, dass die Binnenreede noch nicht überfüllt war mit Booten, die einer unbeschwerten Ausfahrt im Wege gelegen hätten.

Schneider kam jedoch nicht mit erfreuter, sondern mit säuerlicher Miene über den Strand. »Hätten Sie mir das nicht ankündigen können, Brückner?«, fragte er. »Ich bin mitten in Verhandlungen und habe gar keine Zeit für Vergnügungen.«

»Das tut mir leid, Herr Schneider«, erwiderte Otto. »Ich bitte um Verzeihung. Für mich ist es ja keine Vergnügung, sondern meine Arbeit. Und die würde ich gerne abschließen, indem ich Ihnen Ihre Yacht übergebe.« Lächelnd präsentierte

Otto das Boot, das in der Sonne glänzte und darauf wartete, losgemacht zu werden und zum ersten Mal über die Wellen zu jagen. »Darf ich Sie bitten, an Bord zu kommen?«

»Sehr schön, sehr schön«, sagte Schneider hastig. »Aber ich bin gerade mit dringenden Geschäften zugange und hätte gar nicht kommen sollen. Wissen Sie was? Wir verschieben die Übergabe auf morgen. Da habe ich Zeit. Zehn Uhr.« Er winkte und war so schnell weg, dass Otto vor lauter Verblüffung gar nichts zu erwidern wusste. Der Tag war schließlich zur Lieferung vereinbart gewesen. Und nun war er bereit zu liefern, und Schneider hatte keine Zeit zur Abnahme? Im Herbst hatte der Geschäftsmann ihn noch ständig gedrängt. Im Januar hatte er beinahe täglich in der Werkstatt gestanden, um den Fortschritt zu begutachten. Gut, im Februar und vor allem im März war es weniger geworden. Viel weniger, um genau zu sein. Aber nun lag das Schiff am Steg und wäre bereit gewesen für die Jungfernfahrt!

Die Schaulustigen waren enttäuscht, als Otto ihnen mitteilte, dass es keine Fahrt geben würde. Hink war enttäuscht. Am meisten enttäuscht aber war Otto, für den die Jungfernfahrten seiner neuen Boote immer ein besonderes Ereignis waren.

Nun gut, morgen um zehn Uhr, das war nicht mehr lange hin.

Zur Feier des Tages nahm er sich frei und beschloss, Jette auf der Düne zu besuchen. Das Insel-Café blieb während der Umbauarbeiten durchgehend geöffnet. Man hatte ohnehin vor der Saison bereits die größten und störendsten Maßnahmen erledigt, sodass nun eine große Terrasse bis an die Uferlinie reichte, auf der die Damen und Herren unter großen Sonnenschirmen ihren Tee und das legendäre Gebäck des Lokals genießen konnten, während auf der Binnenreede die Boote vorbeizogen, in einiger Entfernung Badegäste in ihren Strandkörben entspannten und hier und da auch mal ein Seehund den Kopf aus dem Wasser hob.

»Otto?«, rief Jette, als sie ihren Mann vom Anleger hochkommen sah. »Lieferst du nicht dein Boot aus?«

»Morgen, Jette. Schneider hatte keine Zeit.«

»Keine Zeit? Er wartet doch schon seit Wochen.«

Otto zuckte die Achseln. »Dafür habe ich jetzt einen freien Tag und kann dich besuchen.« Doch sie konnte genau sehen, dass es in ihm arbeitete. Sie nahm ihn an der Hand und sagte: »Komm, setz dich an einen Tisch dort hinten. Es ist der schönste Platz. Und gerade ist er noch frei. Ich bringe dir ein Stück Marmorkuchen.«

»Mit Sahne?«

»Mit Sahne«, sagte Jette und lachte. Männer, dachte sie. Sie waren so einfach glücklich zu machen. Und manchmal reichte ein wenig Sahne auf den Kuchen als Trost für einen verdorbenen Tag. Doch dann schlich sich ein nagender Gedanke ein. Konnte es etwas derart Wichtiges für Anton Schneider geben, dass er nicht einmal später am Tag das Boot abnehmen wollte, auf das er so lange hingefiebert hatte? Das Ganze kam ihr seltsam vor. »Sag mal, mein Liebling«, fragte sie, so behutsam wie möglich, als sie ihm seinen Kuchen und einen Pott Kaffee brachte und sich zu ihm setzte, »der Vertrag mit Schneider ist doch unterschrieben, oder?«

Otto seufzte. »Zum Glück, Jette. Ich weiß es sicher, er liegt bei mir im Schreibtisch.«

»Gut. Und es steht darin …«

»Dass er das Boot kauft, das ich für ihn baue. Wir haben es genau beschrieben, sogar der erste Plan hängt an. Er wird Eigentümer, ich bekomme den Kaufpreis.«

Jette nickte. Es klang alles so, wie sie es in Erinnerung hatte. Und doch meinte sie, irgendwo einen Haken zu erkennen. Sie konnte ihn nur nicht benennen. »Du warst doch pünktlich, oder?«

»Auf den Tag genau!«

»Hm. Dann ist ja gut.«

Otto holte sich eine der Zeitungen, die im Insel-Café stets angeboten wurden, und studierte die Meldungen und Kommentare zu Politik, Wirtschaft und Sport, während Jette sich wieder um ihre Arbeit kümmerte. Später würden sie gemeinsam hinüberfahren und Heidi von ihrer Amme und die Großen von Tine abholen. »Eigentlich dachte ich, wir würden deine und meine Mutter heute Abend zum Essen zu uns einladen, weil wir ja endlich wieder Geld haben und ich nicht mehr bei Stövers anschreiben lassen muss …«, sagte Jette, als sie am frühen Abend auf der letzten regulären Fähre wieder zur Hauptinsel übersetzten.

»Das können wir auch morgen oder übermorgen tun.« Otto legte den Arm um seine Frau. Es war ein schöner Tag gewesen. Seit dem Vormittag hatte Otto sich im Insel-Café verwöhnen lassen, zur Mittagszeit einen Spaziergang über die Düne gemacht, sich am Nachmittag ein wenig in einen Strandkorb gelegt und die Füße in den Sand gestreckt – gerade, als wäre er in Urlaub gewesen. Doch der Gedanke an Schneiders brüskes Verhalten hatte ihn nicht losgelassen, und er ließ ihn auch jetzt nicht los.

»Du darfst dich nicht ärgern«, sagte Jette, die genau wusste, was in ihm vorging.

»Das weiß ich, Jette. Aber ich kann es nicht abstellen, nur weil es mir die Vernunft sagt.«

»Das verstehe ich.« Sie schenkte ihm einen Kuss, dann waren sie schon da und sprangen von Bord der Fähre. »Zeigst du es mir?«

»Nichts lieber als das!«, rief Otto und spazierte mit ihr hinüber zu seinem Steg am Hafen.

Andächtig stand Jette vor der Yacht, die so prächtig, so elegant und stolz vor ihnen lag, dass sie fand: »Schade, dass du sie hergeben musst.«

Otto lachte. »Ja, das habe ich auch oft gedacht. Schneiders Ideen waren zwar teilweise ein bisschen extravagant. Aber alles in allem kann sich das Boot sehen lassen.«

»Das kann es«, stimmte Jette zu. »Und jetzt hoffe ich, dass sich morgen Schneider sehen lässt.«

»Ja. Und dass er den Wechsel dabei hat.«

* * *

Am nächsten Tag um zehn Uhr wartete Otto vergeblich am Steg. Einmal mehr schickte er Hink nach dem Geschäftsmann. Doch der kam zurück mit der Auskunft: »Frau Schneider sagt, er ist nicht da.«

»Was heißt nicht da?«

»Er musste weg.«

»Weg? Du meinst, er ist gar nicht auf der Insel?«

»Nach Hamburg. Geschäftlich.«

»Wann?«

»Keine Ahnung.«

»Aber es ist doch noch gar kein …« Natürlich, eine Linienverbindung war an diesem Tag noch nicht gefahren. Die würde erst am Mittag ablegen. Aber Schneider konnte mit jedem Fischkutter und jedem Segler gefahren sein, der sich auf den Weg in die Hansestadt gemacht hatte, womöglich schon im Morgengrauen. »Und wann kommt er wieder zurück?«

»Das hat sie nicht gesagt.«

Wenige Augenblicke später war Otto auf dem Weg ins Oberland. Das Haus der Schneiders lag ganz in der Nähe des elektrischen Aufzugs, der als eine der großen Attraktionen der Insel galt. Otto zwängte sich an den Ausflüglern vorbei, die anstanden, um das technische Wunderwerk zu benutzen, und versuchte, seine Wut zu zähmen. Er kannte Annemarie nun so lange, und er wusste, dass sie eine liebenswerte, gute Frau war, die … »Anni! Wo ist dein Mann?«, platzte es aus ihm heraus.

»Er … er musste nach Hamburg.«

»Aber wir hatten einen Termin.«

»Davon weiß ich nichts«, sagte Annemarie, die blass und erschöpft aussah.

»Wir hatten gestern schon einen, für den er keine Zeit hatte. Und wir hatten heute einen. Und er taucht wieder nicht auf!«

»Tut mir leid, Otto. Ich weiß wirklich nichts. Anton gibt mir keine Einblicke in seine Geschäfte. Kann ich denn irgendetwas für dich tun?«

»Ich wünschte, du könntest!«, rief Otto und warf die Arme in die Luft. Nachdem er sich etwas beruhigt hatte, wandte er sich wieder der verstörten Annemarie Schneider zu. »Hör mal«, sagte er. »Das ist für mich kein Spaß. Ich habe jetzt Monate für deinen Mann an einem Boot gebaut, in das ich alles Geld gesteckt habe, das ich noch hatte, verstehst du? Ich meine, buchstäblich alles! Ich habe nicht mal mehr genug, um noch Essen für meine Kinder kaufen zu können!«

»Das tut mir leid«, sagte Annemarie niedergeschlagen. Im Hintergrund fing ein Säugling an zu schreien. »Tine ist aufgewacht«, murmelte sie.

»Tine? Ihr habt eure Tochter Tine genannt?«

»Christine, ja. Ich nenne sie Tine.«

»Tut mir leid. Ich meine: Es tut mir leid, dass ich sie mit meinem Geschrei aufgeweckt habe«, erklärte Otto beschämt. »Ich ... ich bin ... ich weiß nicht, was ich tun kann. Ich muss Schulden machen, weil dein Mann immer neue Extrawünsche angemeldet hat, die mich beim Bau eine Menge Geld gekostet haben. Und jetzt nimmt er das Boot nicht ab, und ich komme nicht zu meinem Geld.«

»Er wird dich ganz bestimmt bezahlen, Otto«, sagte Annemarie. »Anton ist ein guter Mann.«

»Ich weiß nicht ...«, erwiderte Otto. »Gestern war er nicht besonders nett zu mir. Und dass er heute nicht zu unserem Termin auftaucht und mir auch nicht Bescheid gibt, dass er verhindert ist, das finde ich auch nicht besonders nett. Weißt du denn wenigstens, wann er wiederkommt?«

»Er hat gesagt, so schnell wie möglich.«

»Aber er ist sicher nach Hamburg?«

»So hat er es mir gesagt.«

»Das heißt, er könnte frühestens morgen wieder hier sein. Aber wahrscheinlich wird es eher übermorgen. Falls er nicht noch länger bleibt.« Kopfschüttelnd wandte Otto sich ab und holte mehrmals tief Luft. »Ich glaub es nicht«, knurrte er. »Ich glaub es einfach nicht.«

»In letzter Zeit musste er öfter kurzfristig weg«, erklärte Annemarie. »Die Banken ... sie wollen auch Geld.«

»Die Banken? Um Gottes willen! Heißt das, er ist überschuldet?«

»Überschuldet?«, wiederholte die junge Frau mit schreckgeweiteten Augen.

»Ach lass, Anni«, sagte Otto resigniert. »Er wird schon wiederkommen.« Da fiel ihm etwas ein. »Habt ihr einen Fernsprecher?« Seit kurzem gab es auch auf der Insel die ersten Geräte.

Die meisten davon standen in den großen Hotels und natürlich im Rathaus und im Zollamt. Aber einige der reicheren Bürger hatten sich diesen Luxus gegönnt.

»Ja. Warum?«

»Kannst du ihn nicht anrufen und fragen, wann er wiederkommt?«

»Aber wo soll ich ihn denn anrufen?«

»In seinem Hotel zum Beispiel?«, schlug Otto vor.

»Ich weiß leider nicht, wo er in Hamburg übernachtet.« Die kleine Christine im Haus schrie inzwischen nach Leibeskräften.

»Schon gut«, sagte Otto resigniert. »Geh zu deiner kleinen Tochter. Wir werden es schon irgendwie schaffen. Falls er sich meldet, kannst du ihm ja sagen, dass er mich in große Schwierigkeiten gebracht hat.«

»Das werde ich, Otto«, sagte Annemarie. »Aber ich glaube nicht, dass er sich meldet. Er ruft nie von unterwegs an.«

»Verstehe. Einen schönen Tag noch, Anni.«

»Dir auch, Otto. Danke.«

»Ja«, sagte Otto und ging langsam Richtung Falm. »Das wird er sicher. Ein schöner Tag.«

✳ ✳ ✳

Anton Schneider tauchte nicht am nächsten Tag auf und auch nicht am übernächsten. Nur seine Frau klopfte am Sonntag nach der Messe an die Tür bei Brückners und fand Jette mit den Kindern vor. »Moin, Jette. Darf ich eintreten?«

»Natürlich, Anni. Komm rein.«

Mit einem verlegenen Blick auf die drei Kinder, die am Küchentisch saßen und auf die Rückseite alter Entwurfsblätter von Otto malten, wandte sich Annemarie Schneider an Jette:

»Es tut mir leid, dass Anton euch in solche Schwierigkeiten gebracht hat, Jette.«

»Ich weiß. Aber du kannst ja nichts dafür.« Jette gab ihr ein Zeichen, sich mit auf die Bank zu setzen. »Einen Tee?«

»Nein, danke. Ich will auch gleich wieder gehen.« Die junge Frau kramte in ihrer Tasche. »Viel hat mir Anton nicht dagelassen. Aber ein bisschen was kann ich entbehren, wir brauchen ja nicht viel.« Damit legte sie ein paar Geldscheine auf den Tisch und schob sie Jette hin.

»Das kommt nicht in Frage«, antwortete Jette. »Es ist ja nicht deine Schuld, dass dein Mann ...«

»Aber eure doch noch viel weniger!«, rief Annemarie. »Weißt du, ich kann gar nicht mehr schlafen, weil mir dauernd durch den Kopf geht, wie es euch jetzt ergeht, weil mein Mann sich ein so teures Boot bestellt hat und nun nicht bezahlt. Das macht man nicht.«

»Da muss ich dir leider recht geben, Anni«, erwiderte Jette. »Das macht man nicht, und ehrlich gesagt hätte ich es auch nicht von deinem Anton erwartet. Er ist doch ein seriöser Geschäftsmann.« Es sollte eine Feststellung sein, aber in den Ohren beider Frauen klang es wie eine Frage. Und als Annemarie antwortete: »Natürlich ist er das«, klang es so wenig überzeugend, dass sie beide die Blicke senkten und einen Moment lang in peinliches Schweigen verfielen.

»Er hat sich nicht bei dir gemeldet?«, fragte Jette.

»Nein. Und, ehrlich gesagt, ich mache mir Sorgen.«

»Du hast Angst um ihn?«

»Das auch.«

»Aha. Und davon abgesehen?«

»Baron Silberbach hat nach ihm gefragt. Und ein anderer Bankier.«

»Hm. Einen Namen weißt du nicht?«

»Van Löwen?«

»Van Louven. Ja, den kennen wir auch.« Mit Schrecken erinnerte sich Jette an die Geschehnisse rund um die Regatta, in der Otto disqualifiziert worden war, nachdem er eigentlich den Sieg eingefahren hatte. Sie hatte immer den Verdacht gehabt, dass die Jury bestochen worden war, um Otto den Sieg zu rauben.

»Auch sie wollten Anton dringend sprechen.« Plötzlich standen Tränen in Annemaries Augen. »Ich habe Angst, Jette. Ich habe Angst, dass er sich mit seinen Geschäften übernommen hat, weißt du? Er hat so viel ... so viel auf den Weg gebracht. Immer wieder hat er irgendeine lohnende Investition gehabt, für die er Geld brauchte. Und das hat er sich natürlich bei den Banken geliehen. Wie denn auch sonst, er war ja ...« Sie unterbrach sich. »Er ist ja kein reicher Mann. Und jetzt stehen die Bankiers vor der Tür und verlangen nach ihm. Ich bin vielleicht nur eine einfache Frau, aber man muss nicht sehr gescheit sein, um zu wissen, was die Finanziers wollen.«

»Geld«, murmelte Jette.

»Geld«, bestätigte Annemarie. »Das ist doch sonnenklar. Und jetzt ist er auf einmal weg und lässt nichts hören und taucht nicht auf und ... und ich habe Angst, dass er gar nicht mehr wiederkommt. Und dann nehmen sie uns das Haus weg und alles andere. Und die Kinder ...« Der Rest ihrer Rede ging in einem Schluchzen unter. Wie gut Jette sie doch verstehen konnte! Ihr ging es ja genauso. Nur dass sie nicht gleich um ihre ganze Existenz fürchtete. Um wie viel schwerer musste Anni ihre Lage gerade nehmen! »Hör mal«, sagte sie und legte den Arm um die junge Frau. »Es wird bestimmt alles wieder gut. Wahrscheinlich ist er nur in Hamburg, um mit anderen

Finanziers zu verhandeln. Ich weiß, dass die Geschäftsleute das manchmal machen. Sie holen sich aus einer neuen Quelle Geld, wenn sie es der alten Quelle zurückzahlen müssen. Und so wie ich deinen Mann kenne, ist er ein guter Verhandler. Wahrscheinlich kommt er reicher zurück, als er gefahren ist.«

»Vielleicht hast du recht, Jette«, schniefte Annemarie. Doch überzeugt klang sie nicht. Wie auch? Jette selbst war nicht überzeugt von ihrem Trost. Im Gegenteil: Jetzt fürchtete sie noch viel mehr um ihr Hab und Gut. Was, wenn Schneider wirklich pleite war? Dann würden sie nichts von ihm bekommen.

※ ※ ※

»Zumindest haben wir das Boot«, stellte Otto fest, als sie abends mit Tine zusammensaßen, um zu beratschlagen. »Wenn Schneider nicht bezahlen kann, dann muss ich es eben jemand anderem verkaufen.«

»Denkst du denn, du wirst es los?«, fragte Tine, die schon zu viele böse Überraschungen erlebt hatte, um sich von einem so einfachen Gedanken beruhigen zu lassen.

»Ich bin schon mehrmals auf das gute Stück angesprochen worden«, erklärte Otto. »Seit sie draußen liegt und die Leute sie sehen, ist sie das Ortsgespräch unter den Seglern. Und die Regatta hat noch gar nicht stattgefunden!« Natürlich hoffte er, dass zur Nordseewoche wie jedes Jahr wieder die reichsten und ehrgeizigsten Segler auf die Insel kommen und sich dann um sein Schmuckstück reißen würden. Allerdings hatte sich schon herumgesprochen, dass die Buchungen in den großen Häusern zurückgegangen und auch die Anmeldungen für die Regatta geringer ausgefallen waren. Es waren einfach nicht mehr die Zeiten für maßlose Vergnügungen und Geldausgaben.

Heimlich beschloss Tine, dass sie noch einmal Gregor von Silberbach aufsuchen würde. Wenn er hier eine Schlüsselrolle spielte, dann wusste er vielleicht gar nichts von den Folgen, die es haben konnte, dass er seine Gelder von Schneiders Frau zurückforderte. Und dann konnte er vielleicht auch etwas tun, um zu verhindern, dass mehrere Menschen in Not gerieten. Mit halbem Ohr hörte sie zu, wie Otto seine Pläne verkündete. Er war sich sicher, dass er einen guten Preis für die »Jette II« bekommen würde, wie er das Boot inzwischen genannt hatte und spätestens in drei Tagen auch taufen würde, wenn Anton Schneider bis dahin nicht mehr auftauchte oder sonst auf irgendeine Weise Geld schickte. Die Einnahmen würden mehr als ausreichen, um die noch offenen Rechnungen der Bootswerft und auch die in Stövers Laden zu begleichen. Mit dem überschüssigen Betrag gedachte er, einen neuen Typus von Kleinmotorbooten zu konstruieren und anzubieten. »Das ist das Geschäft der Zukunft«, erklärte er. »Wenn die Kunden nicht mehr das nötige Geld für ein großes Boot haben, dann müssen wir eben kleine anbieten. Für die meisten Besorgungen und sogar für Fährdienste rund um die Insel genügen kürzere, leichtere Boote vollauf! Sie kosten wesentlich weniger, sind leichter in größerer Stückzahl zu bauen, können zivil und militärisch eingesetzt werden ...«

»Militärisch?«, fiel ihm Jette in die Rede. »Das meinst du nicht im Ernst.«

»Jette, ich wünsche mir das nicht. Aber wenn du die Nachrichten verfolgst, dann kannst du nicht bestreiten, dass wir längst wieder dabei sind, militärisch aufzurüsten. Bald wird das Wettrennen um die schlagkräftigste Marine wieder anfangen.«

»Und da willst du ausgerechnet mit Kleinbooten antreten?«

Otto lehnte sich zurück und zuckte die Achseln. »Die gigantischen Schlachtschiffe, die Willem Zwo hat bauen lassen, haben jedenfalls den letzten Krieg nicht zu unseren Gunsten entschieden.«

»Gebe Gott, dass es keinen nächsten Krieg geben wird«, sagte Tine leise, die erst beim letzten Satz wieder aufmerksam geworden war.

»Das hoffen wir alle, Tine«, sagte Otto. »Aber er wird kommen. Verlasst euch drauf. Hört euch doch bloß an, wie die Nazis geifern. Überhaupt: die Nationalisten überall! Wenn wir keinen Krieg nach außen führen, wird es einen nach innen geben.«

Als Jette und ihr Mann wieder gegangen waren, huschte auch Tine aus dem Haus und lief hinüber zum Imperial. An der Tür traf sie auf Alfred, der sie mit gequälter Miene grüßte: »Moin, Tine. Schön, dich zu sehen.«

»So wirkst du aber nicht«, erwiderte Tine. »Ist denn alles in Ordnung?«

»Wie man's nimmt. Es sind eben nicht gerade einfache Zeiten.«

»Da hast du wohl recht. Aber warum sagst du das?«

Alfred seufzte. »Pfeifer hat ein paar von den Mitarbeitern entlassen.«

»Oh! Das tut mir leid.« Da kam ihr plötzlich in den Sinn: »Hedi?«

»Hedi? Nein. Soweit ich weiß, darf sie bleiben.«

»Und wer muss gehen?«

»Emil.«

Emil. Ausgerechnet. Tine fasste Alfred am Arm. »Das tut mir leid für ihn.« Und leise fügte sie hinzu: »Und für dich.« Dann überlegte sie: »Kann ich denn etwas für ihn tun?«

Alfred lächelte resigniert. »Wie viele Blumenhändler brauchst du denn in deinem kleinen Laden, Tinchen? Du musst dich eher darauf einrichten, dass dir Pfeifer die Aufträge auch zusammenstreicht.«

Das war ihr so rasch noch nicht in den Sinn gekommen. »Aber was ist denn um Himmels willen los?«, fragte sie. »So schlecht sind die Besucherzahlen doch auch nicht.«

»Ich glaube, für Pfeifer und andere ist die Flaute nur ein willkommener Anlass. Die schwimmen doch alle noch im Geld. Aber sie wollen es eben nicht teilen. Wenn weniger Gäste kommen, dann darf das nicht bedeuten, dass das Hotel weniger verdient. Statt den kleineren Kuchen etwas gerechter zu teilen, schafft man sich einfach die Mitarbeiter vom Hals. Und damit die Kosten.«

»Verstehe«, murmelte Tine. »Was für eine ungerechte Welt.«

»Da sagst du was, Tine«, stimmte Alfred zu. »Aber danke, dass du Hilfe angeboten hast.«

»Wenn ich was höre, gebe ich dir gleich Bescheid. Aber jetzt brauche ich erst einmal selbst Hilfe. Weißt du, ob der Baron da ist?«

»Silberbach? Der müsste da sein.« Alfred betrachtete die alte Freundin aufmerksam. »Du suchst den Bankier auf. Da scheint es auch um schwierige Dinge zu gehen.«

»Tut es, Alfred. Leider.« Sie war schon drinnen, da rief ihr der Hausdiener nach: »Tine?«

»Ja?«

»Vielleicht könntest du doch helfen.«

»Wenn du mir sagst, wie ...«

»Es ist so: Wenn Emil nicht mehr hier arbeitet, dann ...«

»Natürlich! Dann hat er hier auch keine Unterkunft mehr und braucht eine neue.«

Alfred nickte. »Leider kann ich ihn ja nicht bei mir aufnehmen. Also: in unserem bisherigen gemeinsamen Zimmer. Als Hausdiener, meine ich.«

»Ich verstehe schon, Alfred. Aber da kann ich tatsächlich helfen. Bei mir ist genug Platz. Er soll doch einfach vorbeikommen. Am besten, er bringt seine Sachen gleich mit. Alles andere wird sich finden.«

»Wenn wir dich nicht hätten, Tine…«, sagte Alfred und drückte die Freundin an sich, egal, ob er damit gegen die Gepflogenheiten des Hotelpersonals und die Verhaltensregeln des Hauses verstieß.

✳ ✳ ✳

Tine fand Hedi in der Personalstube. Die Zimmer waren alle gemacht, und nun gab es eine kleine Pause, ehe es daranging, alles für den nächsten Tag vorzubereiten. Außerdem würde Hedi an diesem Tag Schicht haben. Das hieß, wenn jemand den Zimmerservice rief, standen rund um die Uhr sie und eine Kollegin zur Verfügung, um frische Bettwäsche zu bringen oder ein anderes Kissen, Malheurs zu beseitigen, wie sie immer wieder vorkamen, den Kamin anzufachen, wenn die »gnädige Frau« fror, frische Hausmäntel zu beschaffen oder sonst für die gewünschten Annehmlichkeiten der Gäste zu sorgen.

»Mein Gott, Tine, wie lange haben wir uns schon nicht mehr gesehen!«, rief Hedi, als sie die Freundin hereinkommen sah.

»Wochen«, bestätigte Tine.

»Monate!«, widersprach Hedi. Dann umarmten sie sich von Herzen. »Lass dich ansehen«, sagte Hedi und musterte die Freundin. »Hast du am Ende ein wenig zugelegt?«

»Ach, das mag schon sein«, erwiderte Tine. »Nachdem es niemanden gibt, der sich daran stören könnte…«

Hedi lachte. »Die Männer mögen es sowieso gerne etwas griffiger.«

»Hedi!«, protestierte Tine und verdrehte die Augen. »Du weißt genau, dass es da niemanden gibt …«

»Pah, das kann sich stündlich ändern«, entgegnete Hedi. »Was führt dich zu mir?«

»Zu dir führt mich ehrlich gesagt gar nichts«, sagte Tine. »Ich bin da, um Herrn von Silberbach zu sprechen. Aber da die Rezeption gerade nicht besetzt war, dachte ich, ich könnte ja mal vorbeischauen.«

»Das war eine ausgezeichnete Idee!«, rief Hedi. »Einen Tee?« Sie griff schon zum Kessel auf dem Herd, doch Tine winkte ab. »Lass nur. Ich habe nicht so viel Zeit.«

»Schade.« Hedi bedeutete der Freundin, sich zu setzen. »Herr Goldberg ist gerade bei Herrn Pfeifer«, erklärte sie. »Eigentlich sollte einer der Hausdiener so lange am Empfang stehen. Oder Frau Steinke.«

»Es war sicher Zufall, dass niemand da war.«

»Vermutlich, ja«, stimmte Hedi zu. »Aber es geht hier gerade drunter und drüber, weißt du?«

»Ich habe es schon gehört«, erwiderte Tine. »Pfeifer hat einigen Mitarbeitern gekündigt.«

Hedi nickte, plötzlich tiefernst. »Er hätte mich entlassen sollen.«

»Dich? Warum das denn?«

»Ich bin noch nicht so lange da. Außerdem habe ich keine Familie.«

»Sind denn auch Leute mit Familie entlassen worden?« Das erstaunte Tine, denn es war üblich, dass in den Hotels gar keine Mitarbeiter angestellt wurden, die verheiratet waren. Hedi zuckte die Achseln. »Offiziell natürlich nicht. Aber Pfeifer weiß es so gut wie wir, dass Ellen ein Kind in Cuxhaven hat und alles Geld dorthin schickt. Oder dass Werner für eine kranke Frau sorgt, die er bloß nicht geheiratet hat, weil ihnen das Geld dazu fehlt.« Sie blickte düster vor sich hin.

»Das ist ja schrecklich«, stellte Tine fest. Nach einiger Zeit bemerkte sie: »Emil hat es auch erwischt.«

»Ja. Das kann hier kein Mensch verstehen. Er ist einer der besten Mitarbeiter, die man sich nur vorstellen kann. Und so ein feiner Mensch!«

»Offensichtlich genügt das nicht für Herrn Pfeifer.«

»Dabei dachte ich immer, er wäre ein Ehrenmann«, erklärte Hedi. »Ein wenig forsch vielleicht ...« Sie beugte sich vor und flüsterte: »Und ein wenig selbstverliebt.« Sie richtete sich wieder auf. »Aber eben doch ein Ehrenmann.«

»Tja, ich kann dazu nichts sagen.« Mit einem Schaudern dachte Tine an jene Nacht zurück, in der Henning Pfeifer sie so bedrängt hatte. Und dann hatte er ihr einen Blumenstrauß geschenkt und ihn Jette bringen lassen, als sie abgelehnt hatte. Dieser Mann war einfach nicht zu durchblicken. War er nun ein Gentleman oder ein ...

»Frau Heesters!«, rief Herr Goldberg, der Portier, der in diesem Moment in die Personalstube trat. »Sie haben nach mir gesucht?«

»Lieber Herr Goldberg, guten Tag«, grüßte Tine den eleganten Mann, über den sie noch nie jemanden ein schlechtes Wort hatte verlieren hören. »Ich wollte eigentlich zu Baron von Silberbach.«

»Ah, verstehe. Natürlich. Ich gebe ihm gleich Bescheid.« Er lächelte. »Ich nehme an, Sie möchten ihn nicht hier treffen?«

»Nein, nein«, lachte Tine. »Ich würde in der Halle warten und ihn dann treffen, wo es ihm beliebt.«

»Mit dem größten Vergnügen, Frau Heesters.«

Wenig später saß Tine in der Lobby und wartete auf den Bankier, während sie die Menschen beobachtete, die hier abgestiegen waren. Menschen, die es sich leisten konnten, in einem Grandhotel zu residieren, Menschen, die vom Glück begünstigt waren und sich über Geld keine Sorgen machen mussten – oder sich zumindest keine machten. Dies jedenfalls waren Tines Gedanken angesichts all der feinen Roben und der edlen Anzüge, die an ihr vorbeigetragen wurden, weil die Gäste des Imperial am Ende eines vergnüglichen Tages zurückkehrten oder weil sie noch einmal hinauszogen in eine unterhaltsame Nacht bei Tanz, Spiel oder erlesenen Köstlichkeiten, wie sie sie in den feinen Restaurants der Insel würden genießen konnten.

Doch Baron Silberbach tauchte im Reigen dieser exquisiten Gesellschaft nicht auf. Stattdessen kehrte Herr Goldberg nach einiger Zeit zurück und bestellte Tine die besten Grüße des Bankiers. »Der Herr Baron bedauert sehr, Ihnen heute nicht mehr zur Verfügung stehen zu können, Frau Heesters. Dringende Geschäfte …«

»Dringende Geschäfte«, wiederholte Tine tonlos. »Verstehe.« Sie stand auf. »Dann danke ich Ihnen, lieber Herr Goldberg, und wünsche noch einen schönen Abend.«

»Ihnen auch, Frau Heesters. Auf Wiedersehen.« Der Portier verbeugte sich leicht und kehrte dann hinter den Empfang zurück, während Tine in den Abend hinaustrat. Dringende Geschäfte. Vielleicht stimmte das ja sogar. Aber im Augenblick fühlte es sich an wie eine Zurückweisung. Vor allem fühlte es sich an wie eine Niederlage. Denn Geld ließ sich nun einmal nicht durch beste Grüße ersetzen. Und Geld hätte sie gebraucht.

»Wollen wir ein Stück zusammen gehen?«, fragte Hedi, die vor dem Hotel auf sie gewartet zu haben schien.

»Gerne, Hedi. Ich kann ein bisschen Abwechslung gut brauchen.«

»War deine Unterredung mit Herrn von Silberbach nicht erfolgreich?«

»Sie hat gar nicht stattgefunden.«

»Oh. Das tut mir leid.«

»Lässt sich nicht ändern. Komm, wir setzen uns noch ein wenig in den Kurpavillon.« Man hatte von dort einen schönen Blick über die Strandpromenade und den Südstrand.

So saßen die beiden Freundinnen, die schon so viel miteinander erlebt hatten, unter dem reich verzierten hölzernen Dach und hingen ihren Gedanken nach, bis Hedi fragte: »Was ist denn nun eigentlich mit dem Boot? Ich habe es heute drüben beim Hafen liegen gesehen. Es sieht ja fabelhaft aus! Aber Otto hat keinen Mucks dazu gesagt.«

»Es ist noch nicht ausgeliefert«, erklärte Tine wahrheitsgemäß und schwindelte hinterdrein: »Irgendetwas fehlt noch daran.« Sie musste Hedi ja nicht gerade auf die Nase binden, dass es Geld war, das fehlte. Wozu sollte die Freundin sich Sorgen machen. Sie hatte es schwer genug und verdiente als Zimmermädchen so wenig, dass sie froh sein konnte, wenn sie am Ende des Jahres etwas übrig hatte, um Weihnachtsgeschenke zu kaufen.

»Ich bin so stolz auf ihn«, sagte Hedi. »Wer hätte gedacht, dass er mal so ein erfolgreicher Mann wird. Baut die schönsten Boote in seiner eigenen Werkstatt und verdient sicher auch gutes Geld dabei.«

Tine spürte einen Kloß im Hals, wenn sie sich vergegenwärtigte, wie schwierig die Lage bei Otto im Augenblick wirklich war. Aber im Grunde hatte Hedi natürlich recht. »*Ich* hätte das gedacht«, erklärte sie. »Otto war schon als kleiner Junge ein ganz Besonderer. Ich bin so froh, dass sich unsere Kinder gefunden haben.«

»Das bin ich auch«, sagte Hedi. »Und Jette ist wirklich die beste Frau, die er nur hätte finden können.«

Aus der Entfernung sah Tine Baron von Silberbach Richtung Oberland eilen. Sollte sie ihm hinterher, um ihm ihre Situation rasch zu schildern? Aber wäre das erfolgversprechend? Vielleicht würde er sich belästigt vorkommen. Außerdem wusste Tine ja nicht, wohin er gerade unterwegs war. Es hätte völlig unpassend sein können, mit einer Bittstellerin auf der Straße gesehen zu werden. Nein, sie würde ihm nicht hinterherlaufen. Sie würde eine andere Gelegenheit abwarten, ihn zu sprechen. Bald. »Wollen wir weitergehen?«

»Ja, gerne. Ich habe noch ein wenig Zeit«, entgegnete Hedi. »Frische Luft tut mir gut. Und Gehen ist auch gut für mich. Das ewige Bettenmachen – ich spüre es immer öfter im Rücken.« Natürlich, Zimmermädchen war eine schwere Arbeit. Und je länger man ihr nachging, umso mehr zehrte es an den Kräften.

Der Abend war mild. Am klaren Himmel waren schon die ersten Sterne aufgegangen. Eine Weile blieben die beiden Frauen am Steg stehen, wo Ottos Boot festgemacht war. Kühl und elegant lag der schlanke, große Körper im Wasser und schaukelte sanft auf den Wellen. »Es ist wirklich ein besonderes Boot«, sagte Hedi.

»Ja«, stimmte Tine zu und zog die Freundin dann mit sich. Sie spazierten hinter dem Theater entlang und dann zurück Richtung Landungsbrücke. Als sie bei den »Blütenträumen« anlangten, verabschiedete sich Tine. Sie war müde. Nicht nur von der Arbeit des Tages, sondern mehr noch vom Grübeln, von den Sorgen, von den enttäuschten Hoffnungen auf schnelle Hilfe durch Baron von Silberbach und von der traurigen Erkenntnis, dass auch im Imperial die Arbeitsplätze nicht mehr sicher waren. Das war für niemanden ein gutes Zeichen, auch für jene nicht, die nicht unmittelbar davon betroffen waren.

Wie aufs Stichwort bog in diesem Moment Alfreds Freund Emil um die Ecke, der bis heute noch Gepäckmeister des Grandhotels gewesen und nun als entbehrlich klassifiziert worden war. »Moin, Tine«, grüßte er. »Alfred schickt mich.«

»Ja, ich habe es vorgeschlagen.«

»Ich weiß ehrlich gesagt nicht, wie ich mich dafür jemals revanchieren könnte.«

Tine zuckte die Achseln. »Ich weiß ehrlich gesagt nicht, weshalb du das solltest.« Sie sperrte auf und sah noch einmal ihrer Freundin hinterher, die schon fast wieder vorne an der Strandpromenade angelangt war. Jemand schien sie anzusprechen. Vielleicht ja ein später Verehrer? Sie würde es ihr so wünschen. Seit der Trennung von Thorsten Brand hatte die Freundin öfter geklagt, wie einsam sie war. »Dann mal immer rin in die jute Stube«, sagte sie und hielt Emil die Türe auf. Der riss sich die Mütze vom Kopf und verbeugte sich, als wäre er es, der an der Tür stand und die Herrschaften von und zu im Grandhotel begrüßte. Dann trat er mit einem großen Seufzen ein, und Tine folgte ihm mit dem Gedanken, dass auch sie jetzt erst einmal nicht mehr alleine in ihrem Häuschen sein würde. Auch wenn es vielleicht nicht die Art von Zweisamkeit war, die sie sich in mancher Stunde wünschte.

**

»Sieh an. So spät noch unterwegs?«

»Thorsten! Du hast mich erschreckt.«

»Auf dem Weg zu einem Stelldichein vielleicht? Oder kommt die gnädige Frau gerade von einem kleinen Techtelmechtel?«

»Bitte. Ich bin nur spazieren gegangen. Und ich muss zurück ins Hotel …«

»Gar nichts musst du. Jedenfalls nicht im Hotel.« Thorsten Brands Hand schnellte so blitzartig vor, dass Hedi nicht die geringste Chance hatte, ihren Arm zurückzuziehen. Und er packte sie wie ein Schraubstock. »Bitte«, flehte sie. »Du tust mir weh.«

»Du tust mir weh, Hedwig«, erwiderte Brand. »Seit Monaten tust du mir weh. Du machst mich nämlich zum Gespött der Insel. Und du kümmerst dich nicht um deine Pflichten.«

»Ich … ich …«

»Ja«, knurrte Brand. »Du denkst immer nur an dich.« Er zog sie ganz nah an sich heran. »Aber du bist immer noch meine Ehefrau, ist das klar? Und als solche hast du verdammt noch einmal Pflichten.« Er bog ihr den Arm auf den Rücken, dass sie aufschrie.

»Sei still, sonst breche ich dir alle Knochen«, zischte Brand. »Du gehst jetzt mit mir dorthin, wo du hingehörst. Und dann werden wir uns noch einmal sehr genau darüber unterhalten, was es bedeutet, eine Ehefrau zu sein.« Er presste sie noch ein wenig fester an sich. »Oder vielmehr, was es bedeutet, *meine* Ehefrau zu sein.«

✳ ✳ ✳

Viertes Kapitel

Es war früher Samstagmorgen, als Jette die Kinder zu Tine in den Laden brachte. Julia freute sich schon darauf, mit ihrer Großmutter Kränze flechten zu dürfen, denn ein Hochzeitspaar hatte Schmuck für St. Nicolai bestellt, morgen würde geheiratet werden. Wenn alle Kränze geflochten waren, würden sie sie zur Kirche hochbringen und dort an jede Bank einen hängen und zusätzlich noch den Altar mit Blumen schmücken. »Das machen wir aber erst heute Abend, Julia«, erklärte Tine. »Denn die Blumen müssen ja frisch bleiben und dürfen morgen, wenn die Hochzeit stattfindet, nicht schon welk sein!«

»Kann ich dann jetzt die Töpfe gießen?«, schlug Julia vor und griff schon nach einer Kanne.

»Das kannst du gerne tun. Aber sei vorsichtig, damit nichts überläuft.« Aber Tine wusste, dass ihre Enkeltochter sorgfältig arbeiten würde. Aus dem Mädchen war inzwischen eine reizende junge Frau geworden. Nicht mehr lange und die Männer würden bei ihr Schlange stehen. Tine war stolz auf sie. Sie erinnerte sie äußerlich sehr an Fritzi, war aber blitzgescheit und so schnell in allem, dass man sie manchmal geradezu bremsen musste.

»Ich bin dann mal weg«, sagte Jette, wie immer auf dem Weg zur Düne, wo bei dem schönen Wetter mit besonders vielen Gästen gerechnet wurde.

»Nur zu«, erwiderte Tine. »Wir kommen zurecht.«

Doch gerade als Jette die Tür öffnete, tauchte davor Baron von Silberbach auf. Er lupfte den Hut, als er Jette sah, und verbeugte sich leicht. »Frau Brückner, guten Tag! Wie schön, Sie zu sehen.«

»Und umgekehrt, Herr von Silberbach. Wie geht es Ihnen? Wie geht es Ihrer Gemahlin?«

»Oh, meine Frau genießt die Insel. Sie haben ja keine Vorstellung davon, wie viel besser es ihr geht, wenn wir auf Helgoland sind. Ich habe schon überlegt, hier selbst ein Haus zu kaufen. Aber die Preise sind ja inzwischen geradezu unerschwinglich!« Er lachte, sodass nicht wirklich klar war, ob er einen Scherz gemacht hatte oder ob er es ernst meinte. Für die Einheimischen war die Insel ja inzwischen wirklich nahezu unbezahlbar geworden.

»Dann richten Sie ihr doch bitte meine allerbesten Grüße aus«, trug ihm Jette auf und fügte hinzu: »Aber das glaube ich wohl, dass ihr die Insel guttut, Herr von Silberbach. Gerade wenn man aus der Großstadt kommt… Die Luft ist einfach unvergleichlich. Man unterschätzt das oft, wie wichtig es ist, gesunde Luft zu atmen.«

Silberbach nickte. »Vollkommen richtig, Frau Brückner. Ich merke es ja selbst. Man blüht geradezu auf.«

»Dann hoffe ich, Sie bleiben noch möglichst lange.«

»Ach. Meine Frau kann die Saison über hierbleiben. Aber ich muss leider schon übermorgen wieder zurück ins Büro. Die Geschäfte, Sie verstehen… Ich werde erst in ein paar Wochen wieder herkommen können.«

»Natürlich, Herr von Silberbach. Das verstehe ich sehr gut.« Jette nickte dem Bankier zu und verließ dann den Blumenladen, während sich Silberbach an Tine wandte: »Einen schönen guten Tag, liebe Frau Heesters.«

»Herr von Silberbach, willkommen in meinem kleinen Laden.«

»Bezaubernd haben Sie es hier«, bemerkte der Bankier. »Ich habe ja bisher immer nur durch das Schaufenster geblickt. Aber wenn man so zwischen all der Blumenpracht steht...«

»Ich würde es auch nicht missen wollen«, sagte Tine.

»Bleibt denn die Nachfrage stabil?«, wollte Silberbach wissen.

»Stabil wäre übertrieben«, erwiderte Tine. »Gestern habe ich erfahren, dass ich wohl das Imperial als Kunden verlieren werde oder dass man jedenfalls den Auftrag deutlich verkleinern wird. Offiziell hat man es mir noch nicht mitgeteilt.«

»Verstehe«, murmelte der Bankier. »Das ist schade. Für Sie und für die Gäste. Aber ich kann das Hotel natürlich verstehen. Man muss Kosten sparen.«

»Man entlässt Mitarbeiter.«

»Wie überall.« Silberbach nickte mit ernster Miene. »Wir haben jetzt schon vier Millionen Arbeitslose. Und bald werden es fünf sein. Und die werden mit dem bisschen Unterstützung nicht auskommen, das man ihnen gewährt. Da kommen noch schwere Zeiten auf uns zu, Frau Heesters.«

»Sie machen mir keine gute Laune, Herr von Silberbach«, antwortete Tine mit einem kleinen Lachen.

»Tut mir leid, es sind eben die Themen, die mich zurzeit sehr beschäftigen. Persönlich und auch beruflich. Aber reden wir von etwas anderem: Sie hatten mich aufgesucht. Was kann ich denn für Sie tun?«

Tine seufzte. »Ich fürchte, da müssen wir direkt beim Thema bleiben.«

»Ach? Sind Sie in finanziellen Nöten?«, fragte der Bankier, und aus seiner Miene sprach nichts als Anteilnahme.

»Ich nicht. Aber meine Tochter und ihr Mann. Schon wieder.«

»Das tut mir leid zu hören.« Er blickte sie aufmunternd an, ihm mehr zu erzählen.

»Es geht um ... nun, eigentlich geht es um Herrn Schneider. Anton Schneider. Sie kennen ihn ...«

»Gewiss! Er ist ein sehr rühriger Geschäftsmann, der auch dem ›Club von Helgoland‹ beigetreten ist. Wir haben ... nun ja, Beziehungen. Geschäftliche.« Es war unverkennbar, dass sich Silberbachs Stirn etwas umwölkt hatte, seit die Rede auf Schneider gekommen war.

»Otto, also mein Schwiegersohn, hat ebenfalls geschäftliche Beziehungen zu ihm.« Leise fügte Tine hinzu: »Leider.«

Silberbach sog scharf die Luft ein. »So gehört er zu den Gläubigern?«

»Gläubigern?«

»Die jetzt versuchen, noch an Geld zu kommen, nachdem der Konkurs eröffnet wurde?«

»Konkurs?« Tine musste sich setzen. Sie hatte plötzlich das Gefühl, als drehte sich der ganze Laden um sie.

»Frau Heesters!«, rief Silberbach. »Was ist mit Ihnen?« Er legte seinen Hut beiseite und trat zu ihr, um sie zu stützen. »Geht es Ihnen nicht gut?«

»Nur ein ... der Kreislauf«, stammelte Tine und spürte, wie ihr Herz raste. »Er ... er ist bankrottgegangen?«

»Allerdings! Sein Haus, sein Hab und Gut, seine Aktien und Geschäftsanteile – alles perdu. Die arme Frau und die Kinder können einem leidtun.«

»Annemarie«, flüsterte Tine, schockiert darüber, was ihrer früheren Mitarbeiterin widerfahren war. »Aber es wird doch genug übrig bleiben für ...«

»Es wird nichts übrig bleiben, wenn Sie mich fragen«, erklärte von Silberbach bestimmt. »In solchen Fällen verliert nicht nur der Bankrotteur, sondern auch seine Gläubiger verlieren viel Geld. Auch wir«, fügte er hinzu.

»Auch Sie?«

»Wir haben eng mit Herrn Schneider zusammengearbeitet.«

»Und haben Sie denn das Unheil nicht auf sich zukommen sehen?«

»Zunächst nicht«, sagte Silberbach mit ernster Miene. »Die Zahlen, die Schneider präsentiert hat, waren stets untadelig.« Er seufzte. »Nur waren sie leider falsch. Und wenn Sie das erkennen müssen, dann wissen Sie sogleich, dass es zu spät ist, noch etwas zu retten. Vielleicht, unter normalen Umständen...« Er schüttelte den Kopf. »Nein, auch dann nicht. Außerdem wäre Schneider unter normalen Umständen nicht in diese Schwierigkeiten geraten. Wissen Sie, es ist wie beim Dominospiel. Wenn ein Stein fällt, fallen alle, und es geht rasend schnell.«

»Ja«, sagte Tine leise. »Das scheint mir auch so.« Sie hatte sich wieder gefasst, stand auf und strich ihr Kleid glatt. »Trotzdem danke, dass Sie gekommen sind.«

»Aber Sie haben mir ja nicht einmal gesagt, worum es ging!«

»Ach, ich glaube, das spielt jetzt keine Rolle mehr.«

»Doch, doch, ich bitte Sie!«, entgegnete Silberbach. »Ich wollte Sie mit meinen Informationen nicht entmutigen. Sie sagen, Herr Brückner hatte geschäftliche Beziehungen zu Herrn Schneider. Darf ich fragen, welcher Art diese Beziehungen waren?«

»Sicher. Es ging um ein Boot. Um eine Yacht, genauer gesagt. Herr Schneider hat sie bei ihm bestellt, aber ...«

»... nicht bezahlt« schloss der Bankier.

»Genau.«

»Nun, ist das Boot denn schon ausgeliefert?«

»Nein! Er ist ja nicht zur Übergabe erschienen!« Wenn sie nur daran dachte, hätte Tine den feinen Herrn Investor am liebsten in der Luft zerrissen. Diese Finanzmenschen gaben sich immer wie die Gentlemen und machten ihr Glück auf dem Rücken anständiger Leute. Aber Schneider hatte es ja sogar geschafft, sein Unglück auf anderer Leute Rücken zu machen! Eine heiße Welle von Wut türmte sich in Tine auf. Doch dann hörte sie Silberbach sagen: »Aber dann scheint mir doch das Problem ein lösbares.« Er lächelte ihr aufmunternd zu. »Vielleicht finden wir eine Lösung, wie Ihr Schwiegersohn das Boot an einen anderen Interessenten verkaufen kann!«

»Ja, das wäre eine Möglichkeit.«

»Sie denken an etwas anderes, habe ich recht?«

»Ehrlich gesagt, ich dachte, vielleicht könnte man ja auch das Boot beleihen. So wie mein Haus, wissen Sie?«

»Oh ja, ich verstehe. Ein kluger Gedanke. Aber nicht sehr praktikabel. Private Boote sind für Banken keine echte Sicherheit, auch wenn es Yachten sind. Und ich persönlich bin leider kein Anhänger des Segelsports.«

Tine nickte. »Das verstehe ich.«

»Könnte ich mir denn die Papiere einmal ansehen?«, fiel es dem Bankier ein.

»Papiere?«

»Den Kaufvertrag!«

»Bestimmt!«, beeilte sich Tine zu sagen. »Ich habe ihn natürlich nicht hier. Wir müssten rasch hinübergehen zu Jette und Otto …«

Der Bankier verbeugte sich leicht, setzte seinen Hut wieder auf und sagte: »Besser wir machen es so: Kommen Sie doch heute Abend ins Imperial. Bringen Sie Ihren Schwiegersohn und den Kaufvertrag über das Boot mit, dann sehen wir uns die Unterlagen einmal gemeinsam an. Und es wird mir ein Vergnügen sein, Sie beide zum Diner einzuladen. Einverstanden?«

»Ich weiß gar nicht, was ich sagen soll«, bekannte Tine.

»Sagen Sie einfach ja.«

*＊＊

Gregor von Silberbach bestand darauf, zuerst zu Abend zu essen, ehe das Geschäftliche besprochen wurde. Er hatte für alle Taschenkrebs-Suppe bestellt und anschließend Steinbutt, dazu einen vorzüglichen Elsässer Wein und zuletzt eine Platte mit französischem Käse, zu der ein roter Burgunder gereicht wurde. Während der ganzen Mahlzeit verstand es der Bankier, seinen Gästen das Gefühl zu geben, es käme ganz und gar auf ihre Meinung an, sei es zum Weltgeschehen, sei es zur Entwicklung auf Helgoland. Er lauschte gebannt der Geschichte mit der Havarie nach dem Ausflug nach Hamburg. »Dem Himmel sei Dank, dass Ihnen nichts zugestoßen ist!«, rief er schließlich aus.

»Schlimm genug, dass ich mein Ausflugsboot verloren habe.«

»Mir war schon aufgefallen, dass Sie nicht mehr um die Insel tuckern«, bemerkte Silberbach. »Mit dem Boot hat mich bekanntlich eine besondere Geschichte verbunden.« Er griff nach der Hand seiner Frau: »Ich meine natürlich: uns.«

»Ja, sie war auch mir sehr ans Herz gewachsen. Ich habe sie für wenig Geld gekauft und selbst restauriert.«

»Verstehe. Und wissen Sie denn, womit Sie dort draußen zusammengestoßen sind?«

Otto schüttelte den Kopf, weil er es selbst immer noch nicht fassen konnte. »Unser Retter Jacobsen ist noch einmal rausgefahren und hat die Stelle untersucht, an der es passiert sein muss. Er hat tatsächlich etwas entdeckt.«

»Nun machen Sie es doch nicht so spannend!«, rief von Silberbach und strich sich über den Bart. »Was hat der Mann entdeckt?«

Als erlebte er es im selben Moment noch einmal, den Sturm, den Aufprall, die Wellen, die übers Deck rollten, den Bug, der sich immer schneller zu senken begann, als sähe er alles wieder vor sich, glitt Ottos Blick in eine unbestimmte Ferne. »Ein Wrack«, sagte er mit Schrecken in der Stimme. »Ein Wrack von einem Kriegsschiff. Wahrscheinlich eine Fregatte. An der Stelle ist die See nicht tief. Das Schiff ist gesunken, und die Aufbauten reichen bis nah an die Oberfläche. Durch den hohen Wellengang hat es die ›Gertrude‹ tiefer abgesenkt, als es sonst der Fall ist. Dabei ist sie mit irgendeinem Teil des Wracks zusammengestoßen, und der Bug ist durchstoßen worden.«

»Unfassbar«, sagte Silberbach. »Sie sind aber auch ein Unglücksrabe! Nachdem Sie bei der Regatta ein Leck beklagen mussten, haben Sie nun auch noch durch ein Leck Ihr schönes Ausflugsboot verloren.«

»Tja«, sagte Otto. »Höhere Mächte.«

»Höhere Mächte!«, stimmte der Bankier lachend zu. »Denen sind wir ja wirklich jeden Tag unterworfen. Mal ist es ein gefährliches Wrack unter Wasser, mal ist es ein Börsenkrach am anderen Ende der Welt... Und immer müssen wir zusehen, wie wir trotzdem im Leben weiterkommen, was?«

Otto sagte nichts. Es war genau, wie Silberbach es beschrieben hatte.

»Wollen wir beide uns vielleicht zu einer Zigarre ins Raucherzimmer zurückziehen, während die Damen noch eine Tasse Tee trinken können?«, schlug der Bankier vor. »Dann könnten Sie mir den Vertrag zeigen, den Sie mit Herrn Schneider geschlossen haben.«

Auch wenn ihm die Großzügigkeit seines Gastgebers und

Gönners peinlich war, stimmte Otto nur zu gerne zu. Einerseits, weil er gerne einmal wieder eine gute Zigarre rauchen wollte. Andererseits weil es ihm die Peinlichkeit ersparte, seine Mittellosigkeit allzu offen vor Frau von Silberbach auszubreiten. Und so gingen die beiden Männer hinüber in den Rauchersalon und ließen sich von Alfred zwei edle kubanische Panatelas bringen. Erst als sie eine kleine Weile schweigend geschmaucht und das Aroma der Zigarren genossen hatten, forderte von Silberbach Otto auf, ihm die Papiere zu geben.

Otto reichte ihm den Zettel, auf dem die wichtigsten Punkte des Kaufvertrags zusammengefasst waren. Es war ein kurzes Dokument, doch es schien seine Tücken zu haben. Jedenfalls fiel es Otto rasch auf, dass sich die Miene des Bankiers verdüsterte. Schließlich legte der den Vertrag beiseite und blickte Otto geradewegs in die Augen. »Da haben Sie sich keinen Gefallen getan, lieber Herr Brückner«, sagte er mit belegter Stimme.

»Aber warum? Es ist ein Kaufvertrag, nichts weiter. Der Käufer hat die Ware nicht abgenommen, er hat den Kaufpreis nicht bezahlt, das Boot gehört also weiterhin mir.«

»Ich wünschte, es wäre so«, sagte Silberbach und blickte den Ringen hinterher, die er in die Luft gepustet hatte. »Aber leider gehört Ihnen das Boot nicht mehr.«

»Wie bitte?« Obwohl es unendlich unhöflich war, fuhr Otto aus seinem Sessel hoch und starrte auf Silberbach herunter.

»Lesen Sie selbst. Paragraf drei: »*Mit Unterzeichnung des vorliegenden Vertrags geht das Eigentum an allen verarbeiteten und noch nicht verarbeiteten Teilen des vertragsgegenständlichen Werkes an den Käufer über. Dieser ist berechtigt, über das ihm hierdurch zugefallene Eigentum frei zu verfügen, es zu veräußern, abzutreten oder zu belasten.*«

»Aber er hat ja noch gar nicht bezahlt!«, rief Otto empört. »Da kann er doch nicht Eigentümer werden!«

»Durchaus kann er das«, widersprach der Bankier. »Er hat durch den Vertrag das Eigentum erworben. Ihnen steht lediglich der Kaufpreis zu.«

Für einen Augenblick war Otto sprachlos. Er warf seine Zigarre in den Aschenbecher und lief im Raucherzimmer, in dem sonst keine Gäste waren, auf und ab, bis er stehen blieb, und erklärte: »Er wird ihn aber nicht bezahlen können. Weil er kein Geld mehr hat.«

»So sieht es aus, ja.«

»Und dann?«

»Dann sind Sie einfach nur Gläubiger. Wie wir alle anderen auch.«

»Sie auch?«

»Ich auch. Beziehungsweise die Bank.«

»O Gott!« Otto raufte sich die Haare. »Das kann doch gar nicht wahr sein. Und das Boot? Was wird dann jetzt mit dem Boot?«

»Es fällt in die Konkursmasse.«

»Dann könnte ich es doch aus der Konkursmasse bekommen, oder?«, fragte Otto, von einem Hoffnungsschimmer getragen. Der Bankier sah ihn mitleidig an. »Ganz ehrlich, lieber Herr Brückner, ich wünschte mir für Sie, es wäre so. Aber so ist es nicht. Die Konkursmasse steht den Gläubigern gemeinsam zu. Ein jeder bekommt aus der Verwertung einen Anteil, der seinem Anteil an den Gesamtschulden entspricht, die der Pleitier aufgehäuft hat.«

Otto schlug sich die Hände vors Gesicht. »Die großen Gläubiger bekommen also mehr, die kleinen weniger, richtig?«

»So kann man es sagen.«

»Das bedeutet, ich werde nichts bekommen.«

Silberbach hob die Hände. »Viel wird es nicht sein«, erklärte er. »Machen Sie sich keine großen Hoffnungen. Und so leid es mir tut: Ich kann Ihnen das Boot nicht abkaufen. Denn es gehört Ihnen ja gar nicht mehr.«

Resigniert nickte Otto. »Sie haben recht mit dem, was Sie sagten, Baron von Silberbach.«

»Pardon?«

»Ich bin ein Unglücksrabe.«

* * *

Jette hatte noch nicht geschlafen, als Otto endlich nach Hause kam. Sie lag wach im gemeinsamen Bett und starrte abwechselnd an die Decke und aus dem Fenster, wo die Sterne glitzerten, als sei alles in allerschönster Ordnung. Dabei war ihr Herz so schwer, und ihr war so bang, dass sie immer wieder aufschluchzte und sich den Tränen nah fühlte. Bitte, lieber Gott, dachte sie immer wieder, lass es gut gehen mit Silberbach. Es wäre so wichtig. Denn natürlich hatte sie auch mitbekommen, dass die »Blütenträume« nicht mehr besonders gut besucht waren. Als sie die Kinder von Tine abgeholt hatte, hatte ihr ihre Mutter auch noch berichtet, dass das Imperial seine Bestellungen reduzieren würde, wahrscheinlich sogar deutlich. Und es würde nicht das einzige Haus bleiben, soviel war klar. Blumen waren etwas, worauf man am leichtesten verzichten konnte, wenn das Geld knapp wurde. Deshalb würde ihnen Tine nicht wirklich helfen können, wenn sie finanziell nicht mehr weiter wussten.

Und nun also hörte sie zwar die Haustür unten, aber Otto nicht die Treppe hochkommen. Stattdessen schien er einige Zeit in der Küche hin und her zu gehen und dann in die Werkstatt, die unter den Schlafkammern lag. Doch anders als noch kürzlich, wenn er an dem Boot für Anton Schneider gearbeitet hatte, blieb es jetzt leise. Zu leise. Was machte er nur dort unten? Jette schwang die Beine über den Bettrand, zog sich ihr dünnes Wolljäckchen über und lief dann hinunter, um durch die offene Werkstatttür zu blicken. Es brannte zwar Licht, aber Otto war nicht da. »Otto?« Nichts. Jette sah sich um. Ob er noch einmal auf die Toilette gegangen war? Der Abort war in einem Verschlag hinter der Werkstatt, sodass man ihn vom Haus aus betreten konnte, ohne ins Freie zu müssen. Sie huschte hinüber und klopfte. »Otto?« Aber auch hier war er nicht. Stattdessen stellte sie fest, dass das Werkstatttor, das zur Seeseite hin ging, nur angelehnt war. Offenbar war Otto noch einmal nach draußen gegangen.

Unschlüssig folgte ihm Jette. Es dauerte ein bisschen, ehe sich ihre Augen wieder an die Dunkelheit gewöhnt hatten. Draußen war nichts zu hören. Nur die Wellen klatschten leise an den Strand, und drüben beim Hafen machte irgendjemand Musik, die vom Wind herübergetragen wurde. Etwas ratlos tat Jette ein paar Schritte, ohne zu wissen, wohin es ihren Mann gezogen haben mochte. Da sah sie eine Gestalt am Wasser, oder vielmehr: im Wasser. Er schien hinauszuwaten. Jette stockte beinahe das Herz. »Otto?«, rief sie. Die Gestalt blieb stehen, verharrte kurz, dann ging sie weiter.

Mit pochendem Herzen lief Jette ans Ufer und starrte hinüber. Ein Mann, eindeutig. Und als der Wind eine Wolke mit sich riss, erkannte sie im Mondlicht auch, dass er es war: »Otto!«

»Jette. Bitte.«

»Was machst du?«

»Ich komme gleich. Ich will nur noch etwas erledigen.«

Jetzt entdeckte sie erst, dass er etwas in der Hand hielt. Etwas Langes, offenbar Schweres, das er knapp über dem Wasser hielt.

»Wo willst du hin? Ich habe Angst!«, rief Jette und folgte ihm.

»Bitte, Schatz. Kehr jetzt um. Ich komme gleich.«

»Ich habe Angst, Otto! Was soll das? Was machst du hier im Wasser?« Doch dann traf sie die Erkenntnis: Er wollte das Boot zerstören! »Tu es nicht, Otto!«, keuchte Jette und rannte, bis das Wasser sie bremste, sodass sie nur noch mühsam vorankam. »Tu es nicht. Das Boot kann doch nichts dafür. Bitte!«

»Aber ich will nicht, dass es ... Es kann nicht sein, dass ...«, stammelte Otto. Er hatte es beinahe erreicht.

»Otto, warum tust du das? Es ist doch alles, was wir gerade haben. Wir brauchen das Geld doch!« Endlich war sie bei ihm und fiel ihm in den Arm, den er schon erhoben hatte, um mit der Axt zu vernichten, was er mit seiner eigenen Hände Arbeit erschaffen hatte.

»Eben nicht, Jette«, erwiderte Otto mit gepresster Stimme. »Wir haben nichts. Auch nicht das Boot.«

»Aber warum? Ich meine, wieso? Solange Schneider es nicht bezahlt hat, ist es doch deines.« Sie hielt ihn ganz fest. Wenn sie ihn nur fest genug hielt, konnte er keine Dummheiten anstellen.

»Er ist der Eigentümer. Das besagt der Vertrag. Und wir haben nur Anspruch auf die Bezahlung«, sagte Otto bitter. »Nur dass es die nicht geben wird. Denn Herr Schneider ist bankrott. Und deshalb gehört das Boot jetzt den Gläubigern.« Er befreite sich aus Jettes Umarmung. »Und deshalb werde ich es jetzt versenken!«, knurrte er und riss die Hand mit der Axt erneut hoch.

»Tu es nicht!«, schrie Jette. »Bitte! Meinetwegen!«

Einen Moment lang schien Otto zu schwanken, dann ließ er den Arm wieder sinken und wandte sich zu ihr. Sein Gesicht war vor innerem Schmerz und Enttäuschung verzerrt. »Wir haben nichts, Jette. Nichts.«

»Doch«, erwiderte Jette. »Doch, Otto. Wir haben uns.«

***

Als Tine am nächsten Morgen die Tür ihres Blumenladens aufsperrte, stand draußen eine Gestalt, die sie beinahe nicht wiedererkannt hätte. »Anni?«

Annemarie Schneider nickte. »Moin, Tine. Darf ich reinkommen?«

»Aber natürlich, komm! Ich mache uns einen Tee.«

»Nein, bitte, lass. Keinen Tee. Nur ein Gespräch, wenn es dir nichts ausmacht.«

»Warum sollte mir das etwas ausmachen?«, fragte Tine erstaunt.

»Na ja«, erwiderte Annemarie. »Mein Mann hat deine Familie immerhin in große Schwierigkeiten gebracht.« Und ganz leise fügte sie hinzu: »Ich hoffe nicht in Not.«

»Ach, Anni«, seufzte Tine. »Und wenn es so wäre, was könntest du denn dafür? Dich hat er außerdem auch in Schwierigkeiten gebracht.«

»Das kann man wohl sagen.« Zögerlich folgte Annemarie ihrer ehemaligen Arbeitgeberin nach drinnen und in die Küche.

»Also«, sagte Tine. »Was kann ich für dich tun?«

»Es ist mir so peinlich«, begann Annemarie und stockte sogleich. »Nein, ich … ich kann es gar nicht.«

»Was kannst du nicht?«

Die junge Frau atmete schwer, schüttelte den Kopf und rang sich durch zu einem: »Dich fragen.«

»Mich was fragen?«

»Ob ich … ob du …«

»Herrje!«, rief Tine. »So werden wir es nie erfahren!« Sie griff nach dem Kessel und setzte Wasser auf. »Bist du schwanger?«

Annemarie schüttelte den Kopf. Tine schenkte ihr ein aufmunterndes Lächeln. »Das ist in der gegenwärtigen Situation wohl eher eine gute Nachricht, oder?«

»Das ist es«, stimmte Annemarie ihr zu. »Noch ein Kind, ich wüsste nicht, wie das gehen sollte.« Und mit düsterer Miene fügte sie hinzu: »Ich weiß es so schon nicht.«

Tine setzte sich zu ihr und legte die Hände zusammen. »Also: Verrat mir doch, was du oder ich tun können. Weißt du, Anni, wir sitzen alle im selben Boot! Wir sind alle durch deinen Mann in Schwierigkeiten gebracht worden. Ich glaube auch gar nicht, dass dein Anton ein schlechter Mensch ist. Aber er war wohl zu sorglos mit seinen Geschäften.«

»Eher zu gierig«, widersprach Annemarie resigniert.

»Vielleicht auch das. Aber gewollt hat er das nicht, was jetzt passiert ist, oder?«

»Nein, gewollt hat er das sicher nicht.«

»Deshalb sollten wir nicht zurückschauen, sondern nach vorn.«

In dem Moment brach die junge Frau in Tränen aus. »Das … das ist so schwer, Tine!«, schluchzte sie. »Ich weiß doch nicht, was noch alles Schreckliches kommt. Sie werden uns … das Haus wegnehmen. Und Geld … Geld habe ich sowieso keines mehr. Ich habe … habe Jette unser letztes Geld gegeben. Viel zu … viel zu wenig. Aber jetzt haben wir gar nichts mehr. Wie soll ich denn meine Kinder ernähren!« Sie schniefte. »Ich kann nicht nach vorn schauen, Tine, verstehst du?« Mit beiden Händen griff sie nach Tines Händen. »Weil ich Angst habe. Alles, was vorne ist, ist ... schrecklich.«

Tine brauchte einen Augenblick, um die richtigen Worte zu finden. Sie fragte sich, was wohl Pastor Thevessen selig geantwortet hätte. Aber dann war es auf einmal, als könnte sie seine Stimme hören und müsste nur sagen, was er gesagt hätte: »Aber du schaust doch schon nach vorn, Anni. Du bist zu mir gekommen. Weil du etwas unternehmen willst. Du bist auf der Suche nach einem Ausweg. Und das Erste, was du dabei suchst, ist Hilfe. Deine innere Stimme hat dich geschickt. Weil du weißt, wo du diese Hilfe finden wirst. Bei deinen Freunden! Denn dafür hast du doch Freunde. Dafür hast du doch uns alle, die wir dich kennen und lieben. Du bist eine so liebe und gute Frau, Anni. Kein Mensch mit Herz würde zulassen, dass du unter die Räder kommst! Und wir werden das auch nicht. Weder Jette noch Otto noch ich. Du gehörst doch praktisch zur Familie.«

Annemarie war während Tines Rede ganz still gewesen und war auch jetzt ganz still. Sie weinte nicht mehr, schien nicht einmal mehr zu atmen. Stattdessen starrte sie Tine nur mit einem Gesichtsausdruck an, der reinstes ungläubiges Staunen war. Es dauerte eine ganze Weile, bis sie etwas erwidern konnte. »Das habe ich nicht verdient«, sagte sie leise. »Dass jemand so gut zu mir ist, das habe ich nicht verdient. Ich schäme mich so, Tine. Du kannst dir gar nicht vorstellen, wie ich mich schäme.«

»Aber wofür denn, Anni? Dass du zu mir gekommen bist? Du hättest dich schämen sollen, wenn du nicht gekommen wärst.« Das Wasser kochte, Tine stand auf und goss den Tee auf, den sie schon in die Kanne gefüllt hatte. Sie nahm zwei Tassen aus dem Küchenschrank und stellte sie auf den Tisch.

»So«, sagte sie. »Und jetzt müssen wir überlegen, wie wir das hinbekommen.«

»Also, ich dachte ...«, begann die junge Frau stockend. »Ich dachte, ich könnte vielleicht wieder für dich arbeiten.« Sie hob die Hände, damit Tine nichts dazu sagte, ehe sie erklärt hatte: »Versteh mich bitte nicht falsch, Tine. Ich möchte nicht meinen alten Lohn. Der war nicht hoch, aber er war trotzdem gut für eine Blumenhändlerin, das weiß ich wohl. Nur ein ganz kleines bisschen Lohn, damit wir nicht verhungern müssen, mehr bräuchte ich gar nicht. Und vielleicht könnte ich zugleich etwas mehr arbeiten als früher. Dann könnte ich vielleicht auf die Weise die Schulden ... also, die Schulden abzahlen, die mein Mann bei Otto gemacht hat. Dachte ich.«

Tine lauschte ihren Worten ein wenig nach. »Du bist wirklich ein feiner Mensch, Anni«, sagte sie schließlich. »Ich will ehrlich mit dir sein: Es ist gut möglich, dass ich schon bald nicht einmal mehr genug mit dem Laden verdiene, dass ich ihn überhaupt noch betreiben kann. Ich selbst komme gerade so über die Runden als Hebamme, wenn es sein muss. Aber das reicht dann auf keinen Fall für uns beide. Außerdem muss ich vielleicht Jette und ihre Familie noch unterstützen, die haben es gerade ziemlich schwer.« Tine zwinkerte Annemarie gutmütig zu. »Aus bekannten Gründen.« Sie holte den Tee und schenkte ein. »Aber vielleicht können die ›Blütenträume‹ ja auch geöffnet bleiben. Dann geht womöglich am Ende alles gut aus. Ich weiß es nicht. Deshalb kann ich dir einfach nicht versprechen, dass du hier auf Dauer ein Auskommen findest. Was ich dir gerne verspreche, ist, dass du wieder bei mir anfangen kannst.«

»Wirklich?« Annemarie presste die Lippen aufeinander. »Ich darf wieder hier arbeiten? Bist du sicher?«

»Nachdem es mein Laden ist, kann ich es bestimmen. Und ich habe es hiermit bestimmt.«

»O Tine, ich bin dir so dankbar! Ich … ich werde dir mein Leben lang dankbar sein.«

»Ich weiß, Anni«, sagte Tine. »Ich weiß. Aber das musst du nicht. Wenn das alles gut ausgeht, sei meinethalben dem Herrn dankbar oder dem Schicksal, aber nicht mir. Ich bin doch auch nur ein hilfloses Lichtlein in dieser verrückten Welt und tue, was wir alle tun: Ich staune.«

***

Wenig später steckte Alfred seinen Kopf zur Tür herein. »Moin, Tine!«

»Moin, Moin! Du suchst bestimmt Emil?« Tine winkte dem alten Freund hereinzukommen.

»Ehrlich gesagt nein. Ich bin auf der Suche nach Hedi.«

»Ach so? Hier ist sie aber nicht gewesen. Vielleicht fragst du mal bei Otto?«

»Da war ich schon«, sagte Alfred. »Seltsam. Niemand scheint sie gesehen zu haben.«

»Ist sie denn nicht zum Dienst erschienen?«

»Eben nicht. Sie hatte gestern ihren freien Tag, deshalb hat sich niemand etwas gedacht. Aber heute Morgen hätte sie antreten müssen. Um fünf, wie üblich.«

»Das ist wirklich seltsam«, stimmte Tine zu, die wusste, wie zuverlässig Hedi war. »Hoffentlich ist ihr nichts zugestoßen.«

Alfred winkte ab. »Ach, also das würde ich jetzt nicht unbedingt denken. Aber wer weiß, vielleicht hat sich ja in Liebesdingen etwas ergeben?«

»Vielleicht«, murmelte Tine, glaubte es aber nicht. Weder war Hedi in dem Alter, in dem man sich von jetzt auf gleich in ein sinnliches Abenteuer stürzte, noch hätte sie darüber ihre Pflichten vergessen. Außerdem war sie ja trotz allem verheiratet... Brand!, schoss es ihr durch den Kopf. Sie schauderte.

»Was ist, Tine?«, fragte Alfred, der einen guten Blick für die Befindlichkeiten seiner Mitmenschen hatte.

»Ach nichts, Alfred. Ich dachte nur gerade, wie seltsam das ist. Ausgerechnet Hedi.«

»Es gibt bestimmt eine ganz einfache Erklärung«, sagte der Hausdiener des Imperial und winkte. »Ich suche einfach mal weiter.«

»Gibst du mir Bescheid, wenn du sie gefunden hast?«

»Klar. Gerne. Falls ich nicht wegkann, schicke ich dir rasch einen Pagen rüber.«

»Ja, tu das«, erwiderte Tine. »Ich seh die Jungens immer gerne in ihren schmucken Uniformen.«

»Da sind wir schon zwei«, lachte Alfred und zwinkerte ihr zu.

»Das habe ich gehört!«, rief Emil, der eben die Treppe herunterkam.

»Oh, Moin, mein Lieber«, sagte Alfred und schien sich ein wenig für seine Bemerkung zu schämen.

»Wer wird gesucht?«

»Hedi.«

»Ich kann dir ja ein wenig helfen«, schlug Emil vor.

»Sehr gerne.«

Im nächsten Moment waren sie weg, und Tine sah ihnen hinterher. Das mulmige Gefühl, das sie befallen hatte, ging die nächste Stunde nicht weg, und es verstärkte sich noch, als Emil alleine zurückkam und erklärte: »Nirgends zu finden.«

»Wenn sie bis heute Abend nicht auftaucht, suchen wir sie zusammen.«

Den restlichen Tag beobachtete Tine immer wieder den Weg vor dem Haus, trat aus der Tür und blickte hinüber zum Südstrand und zur Promenade. Sie begleitete Hink zum Brunnen, fragte alle, die sie unterwegs traf, ob sie zufällig Hedi gesehen hätten. Doch Hedi blieb verschwunden. Und es war noch nicht Abend, als Alfred wieder im Laden stand und erklärte: »Hedi wird im Hotel gebraucht. Pfeifer hat schon gedroht, sie rauszuwerfen. Wir müssen sie finden.«

»Sollen wir Otto fragen, ob er uns bei der Suche hilft?«

»Lass es uns noch einmal ohne ihn versuchen«, erwiderte Alfred. »Der Gute hatte in letzter Zeit so viel Sorgen, ich finde, wir müssen ihm nicht noch mehr davon zumuten.«

※※※

Gemeinsam mit Emil, mit Annemarie und mit Hink waren sie nun zu fünft, um Hedi zu suchen. Alfred und Emil würden das Unterland übernehmen, Tine und die anderen das Oberland, wo auch das Haus von Hedi und Thorsten Brand stand. Aus einem inneren Widerstand heraus fingen sie jedoch zuerst auf der anderen Seite zu suchen an: am Falm entlang Richtung Westen, die Kirchenstraße herunter wieder zurück, die Casinostraße vor bis zur Pastorei ... Der Pfarrer trat gerade aus der Tür, als sie dort ankamen. »Hedi Brand? Nein, die habe ich nicht gesehen. Übrigens auch nicht bei der Messe letzten Sonntag«, sagte der Geistliche mit strenger Miene.

»Sie ist Zimmermädchen, Herr Pastor«, entgegnete Tine. »Da kann sie nicht immer zur Messe gehen, sondern nur, wenn zufällig ihr freier Tag ist.«

»Hm. Verstehe. Trotzdem, sie könnte ruhig öfter in die Kirche kommen, das täte ihrem Seelenheil sicher gut.«

»Ich werde es ihr ausrichten«, sagte Tine, die sich etwas

ärgerte, dass der Pastor sich offenbar über andere Dinge wenig Gedanken machte, die seine Schäfchen bedrohten. Überhaupt war er wenig gegenwärtig in der Inselgemeinschaft, ganz anders als früher Pastor Thevessen. Der hätte direkt mit gesucht.

Als sie vor dem Haus der Brands standen, war es Annemarie, die klopfte. Allerdings erfolglos: Niemand öffnete. Nur nebenan ging ein Fenster auf, und Karin Helmholz, die Frau eines Hafenarbeiters, streckte den Kopf heraus. »Hedi? Nein, die hab ich schon länger nicht mehr hier gesehen. Man sagt ja, sie wäre ganz ausgezogen und würde jetzt im Imperial arbeiten.«

»Das tut sie auch«, erklärte Tine, als wäre es die größte Selbstverständlichkeit.

»Ach.« Das verblüffte Karin Helmholz. »Und ihr Mann erlaubt sowas?«

»Weißt du denn, wo ihr Mann ist?«, wollte Tine wissen, ohne auf die Frage einzugehen.

»Na, der wird wohl im Dienst sein, was? Im Rathaus, der feine Herr Verwaltungsdirektor.«

Natürlich, es war noch nicht spät, Brand würde noch arbeiten und entsprechend später kommen.

Im Hintergrund war die Stimme eines Mannes zu hören. Helmholz schien mit seiner Frau zu sprechen. »Ja, ja, ich komm ja gleich.«

»Du kommst jetzt. Steck deine Nase nicht in anderer Leute Angelegenheiten«, war von drinnen leise, aber herrisch zu vernehmen. Tine fragte sich, ob sie Helmholz schon jemals etwas hatte sprechen hören. Bisher hatte sie ihn nur bei Beerdigungen gesehen, weil er zusammen mit seinem Kollegen Plock als Totengräber arbeitete, wenn er nicht am Hafen beschäftigt war.

»Ich muss rein«, erklärte Karin Helmholz und knallte das Fenster zu.

»Dann weiter«, sagte Annemarie.

»Ja«, stimmte Tine zu. »Aber einer von uns sollte hierbleiben und Brand abfangen, wenn er nach Hause kommt. Vielleicht weiß er etwas. Immerhin ist er ihr Ehemann, trotz allem.«

»Das kann ich machen«, sagte Hink, und die beiden Frauen waren ihm heimlich dankbar, dass er sich bereit erklärt hatte.

So richtete sich Hink auf einem Platz ein, von dem aus er einerseits den Verwaltungsbeamten auf dem Heimweg sehen würde und andererseits einen guten Blick über einen Teil des Unterlands hatte, falls Hedi doch irgendwo entlanglief. Doch das war nicht der Fall. Stattdessen verging einige Zeit, in der Hink sich schon fragte, ob er nicht besser doch weitergesucht hätte – als er irgendwann eines Geräusches gewahr wurde, das nicht hierherpasste. Es hörte sich an, als würde jemand immer wieder hämmern. Und zwar in Thorsten Brands Haus. Er lauschte und hörte drei Klopflaute in einigem Abstand, dann drei Klopflaute schnell hintereinander und schließlich nochmals drei Klopflaute in langsamer Abfolge. Jeder Mensch, der an der Küste oder gar auf einer Insel lebte, kannte diese Tonfolge. Dreimal lang, dreimal kurz, dreimal lang: S.O.S. Save our Souls. Rettet unsere Seelen. Eine Botschaft, die nicht missverstanden werden konnte.

Als Schiffszimmermann war es für Hink ein Leichtes, die Tür von Brands Haus aufzubrechen. Es dauerte keine zwei Minuten, da stand er im Flur des dunklen Gebäudes. Ein abgestandener Geruch schlug ihm entgegen, der ihn beinahe würgen ließ. Vielleicht war es aber auch bloß die Abscheu vor dem Besitzer dieses Hauses? Eine Weile hielt Hink inne und lauschte. Dann ertönte der Code erneut. Die Klopfgeräusche schienen im ganzen Haus zugleich zu entstehen, was ihn verwirrte. »Hallo?«, rief er. »Jemand zu Hause?«

Nichts.

»Hallo?« Er trat ein paar Schritte vor und blickte in die Küche, in die Stube, die Treppe hoch. »Jemand hier?«

Ein Stöhnen.

»Hedi?«

Jemand schrie. Unverständlich. Eine Frau? Vielleicht. Es war ein Geräusch, dass sich Hink die Haare aufstellten. »Hedi? Bist du da?«

Ein Heulen. Aus dem Keller! Die Kellertür war ebenfalls abgeschlossen und zu Hinks Überraschung massiver als die Haustür. Aber nach wenigen Augenblicken hatte er den Schürhaken gefunden, der neben dem Herd in der Küche hing. Damit war es ein Kinderspiel, auch die Kellertür aufzubrechen. Mit einem lauten Krachen sprang sie auf und gab den Blick auf eine steile Leiter frei. Unten war es stockdunkel. »Hedi? Bist du da unten? Hier ist Hink.«

Abermals ein Stöhnen. Dann Hedis Stimme: »Hink. Hink?«

»Hedi! Komm rauf!«

»Ich ... kann nicht.«

»Warte.«

Noch einmal lief Hink in die Küche, entzündete eine Lampe und stieg hinunter in den Keller, in dem es kaum Luft zu geben schien und der so eng war, dass er Schwierigkeiten hatte, die Lampe abzustellen. »Hedi!«

Fast hätte er sie gar nicht erkannt. Eine Schicht von Blut und Schmutz bedeckte den größten Teil ihres Kopfs und Körpers, die völlig zerzausten Haare hingen ihr wirr ins Gesicht, in dem ein Auge zugeschwollen und von einem riesigen Bluterguss umgeben war. »Um Gottes willen!«, rief Hink und packte die entkräftete Frau, ehe sie vor Schwäche und Erleichterung zu Boden fallen konnte. Mit der Faust hielt sie noch ein

Stück Kohle umklammert, mit dem sie offenbar ihr S.O.S. gegen das Heizungsrohr geklopft hatte. »Komm. Wir müssen hoch.«

»Ich ... k... kann nicht.«

Selbst das Reden fiel ihr schwer.

»Du musst. Ich helfe dir.« Hink packte sie um die Hüfte und zerrte sie zur Leiter. Was hätte er für eine Treppe gegeben. Eine Leiter war um vieles schwieriger, wenn man jemanden hinauftransportieren wollte. Mühsam zwang er Hedi dazu, sich festzuhalten und Fuß vor Fuß nach oben zu arbeiten. Er schob von unten, hielt sie einigermaßen im Gleichgewicht, stützte sie, wann immer sie Gefahr lief, den Halt zu verlieren. So kämpften sie sich voran, Sprosse um Sprosse, bis Hedi irgendwann innehielt und nicht mehr weiterkonnte.. Sie schien in sich zusammensacken zu wollen. Doch dann wäre sie gestürzt und Hink mit ihr. So kurz vor dem Ziel durften sie nicht aufgeben! Und abwärts würde es genauso schwer sein wie nach oben. »Bitte, Hedi. Wir haben es gleich geschafft«, sagte Hink, der seinen Klumpfuß kaum noch spürte. Schon wenn er niemanden unterstützen musste, war es für ihn ein gewaltiger Kraftakt, auf eine Leiter zu steigen, und er vermied es, wo er nur konnte. Aber jetzt blieb ihm nichts anderes übrig. »Komm«, keuchte er und packte Hedi fest um die Hüfte, nachdem er sich zu ihr hochgezogen hatte. Erschrocken stellte er fest, wie wenig diese stolze Frau wog. »Zusammen schaffen wir auch das letzte Stückchen noch.« Er setzte einen Fuß vor den anderen, wartete immer einen Moment, um sicherzugehen, dass Hedi sich selbst an der Leiter festklammerte. Dann löste er die freie Hand von den Sprossen und griff zur nächsten.

Bis sie es geschafft hatten. Zuerst schob er Hedi über die Schwelle in den Flur, dann zog er sich selbst hoch und ließ sich neben sie auf den Boden sinken. »Du Arme«, sagte er, immer noch fassungslos. »Wie konnte er dir das antun?«

Der Schlag kam so plötzlich, dass Hink erst im allerletzten Moment in einem Reflex die Arme hochriss. Trotzdem konnte er ihn kaum parieren. »Das geht dich einen Dreck an!«, brüllte Thorsten Brand und hob seinen Stiefel, um auf den am Boden Liegenden einzutreten. »Wie kannst du es wagen!« Er traf Hink, der sich zusammenrollte, an der Schulter. Mit Mühe konnte Hink sich aufrappeln und wäre beinahe von Brand durch die noch offene Kellertreppe in den Abgrund gestoßen worden. Hedis Ehemann war außer sich vor Zorn. Er schlug mit beiden Fäusten auf Hink ein, sodass dieser kaum noch dazu kam, sich notdürftig zu schützen. Als ihn ein weiter Schlag am Ohr traf, raubte ihm das beinahe die Besinnung, und er ging abermals zu Boden. Schon war Brand über ihm und stieß ihm das Knie ins Gesicht. Hink hörte ein Knacken, ehe er den Schmerz spürte, der ihn wie ein Feuerstoß durchfuhr. Stöhnend kippte er nach hinten. Brand packte ihn an den Haaren und schleuderte seinen Kopf gegen die Wand, setzte hinterher, trat auf ihn ein und riss dann am Arm des halb Ohnmächtigen, um ihn zur Kellertür zurückzuzerren. »Verrecken sollst du, du Schwein!«, keuchte Brand und schob ihn an die Schwelle, hinter der die Leiter in die Tiefe führte. »Brich dir ruhig alle Knochen, wenn du unten ankommst.«

Hink stemmte sich gegen den Türstock. Brand trat ihm auf die Hand, sodass er losließ, dann stieß er ihm seine Stiefelspitze in den Magen, nochmal und nochmal, bis Hink auch mit der zweiten Hand losließ. Im nächsten Moment ging ein markerschütternder Schrei durchs Haus, und Hink dachte wahrlich, er wäre es gewesen. Doch stattdessen sah er, wie Thorsten Brand plötzlich mit aufgerissenen Augen und entsetztem Gesicht dastand, die Arme von sich gestreckt, als würde er das Gleichgewicht suchen – und dann flog sein Kopf zur Seite, und Brand stürzte der Länge nach auf den Boden und blieb bewusstlos liegen.

Hedi aber stand im Flur ihres Hauses, den Schürhaken in der Hand, als wäre sie eben der Hölle entstiegen. Aber das war sie ja auch. Und sie hatte sich an ihrem Peiniger gerächt, indem sie alles, was noch an Kraft in ihr war, in ihre Schläge gelegt hatte. Nun aber fiel sie auf die Knie und verharrte schluchzend und hilflos, bis Hink wieder in der Lage war, ihr hochzuhelfen und sie aus dem Haus zu führen. »Ich hoffe, dass er tot ist«, flüsterte er. Aber so gnädig würde das Schicksal wieder einmal nicht sein.

※ ※ ※

Sie waren mit dem Aufzug nach unten gefahren, der Fahrstuhlführer hatte auf eine Fahrkarte verzichtet. Zwischen empörten und schockierten Kurgästen waren sie so ins Unterland gekommen, wo es nur ein paar Schritte zu Tine waren. Und selbst diese Schritte waren unendlich schwer für beide.

Vor Ort trafen sie nur Emil an, der zwischenzeitlich zurückgekehrt war. »Leg sie auf die Küchenbank«, sagte er mit Blick auf Hedi. »Und leg dich am besten gleich dazu, ihr beide seht aus wie … ich weiß gar nicht. Sowas habe ich noch nie gesehen. Ich versuche Tine zu holen. Oder den Arzt. Am besten beide.«

Tatsächlich gelang es Emil, sowohl Tine als auch Doktor Fest innerhalb weniger Minuten in die kleine Kate zu bringen, in der die beiden Verletzten zwischenzeitlich in Ohnmacht gefallen waren. Jette und Julia trafen wenige Augenblicke später ein.

Hinks Nasenbein, ein Finger und ein oder zwei Rippen waren gebrochen. Auch Hedi hatte vermutlich Rippenbrüche erlitten, von etlichen Prellungen und riesigen Blutergüssen ganz zu schweigen. »Man kann nur hoffen, dass sie keine inneren Verletzungen haben«, stellte Doktor Fest nach der ersten Untersuchung fest.« Und er bat Tine: »Haben Sie ein Auge auf beide. Wenn sie über Schmerzen klagen oder plötzlich ohnmächtig werden, holen sie mich bitte sofort. Dann müssten wir sie schleunigst ins Krankenhaus bringen.«

Tine nickte. »Sie dürfen sich darauf verlassen, dass ich die beiden keine Minute allein lassen werde.«

»Unbedingt wirst du das«, widersprach Jette. »Ich bin von uns beiden die ausgebildete Krankenschwester. Überlass das hier ruhig mir und kümmere du dich um alles andere.«

»Aber Hedi ist meine älteste Freundin!«, warf Tine ein.

»Hedi ist meine Schwiegermutter«, erinnerte Jette sie.

»Und Hink...«

»Hink gehört sowieso zur Familie«, erklärte Jette und schob ihre Mutter aus der Tür. »Geh und sag Otto Bescheid, dass es dauern wird, bis ich nach Hause komme. Er soll Sven und Heidi alleine ins Bett schaffen, Julia bleibt bei mir und geht mir zur Hand.« Sie hob die Hand, um Tine noch einmal zurückzuhalten. »Aber bring es ihm schonend bei«, sagte sie. »Du weißt, wie leicht die Pferde mit ihm durchgehen.«

**

»Brand!«

»Ach, du. Hau ab und tritt mir nie wieder unter die Augen.«

Das Gegenteil war es, was Otto tat. Er stürzte vor und packte Thorsten Brand am Kragen. »Jetzt hörst du mir ganz genau zu, Brand«, zischte er, während er den anderen vor sich her immer weiter ins Haus hineinschob. »Noch einmal, ein einziges Mal, dass du meine Mutter auch nur berührst, nur *einmal*, hörst du, dann werde ich dir jeden einzelnen Knochen im Leib brechen.«

»Sie ist meine Ehefrau«, keuchte Brand, der rückwärts stolperte und vergeblich versuchte, irgendwo Halt zu finden, um sich gegen den Eindringling wehren zu können.

»Das ist sie nur auf dem Papier«, knurrte Otto und stieß Brands Kopf gegen die Wand, an die sie geraten waren.

Brand stöhnte auf, versuchte sich aus seinem Griff zu befreien, doch Otto stieß ihm das Knie in den Unterleib, und Brand sackte auf der Stelle zusammen und fiel auf die Knie. »Sie … sie«, stöhnte er. »Sie hat zu tun, was ich sage.«

»Du hast sie geschlagen, du Schwein!«, schrie Otto und donnerte den Mann gegen die Wand.

»Ich bin ihr … bin ihr Ehemann«, keuchte Brand. »Sie untersteht meiner Gewalt. Und wenn sie nicht tut, was ich sage, dann steht es mir zu …« Ein weiterer Stoß. Ein weiteres Mal knallte Brands Kopf nach hinten. Es dauerte eine kleine Weile, bis er weitersprechen konnte. »Ich habe alles Recht, sie zu züchtigen! Alles Recht! So sagt es das … das Gesetz!«

»So«, knurrte Otto und griff mit seiner gesunden Faust nach Brands rechtem Handgelenk. Er riss ihm den Arm auf den Rücken und drehte den Mann um. »Dann pass jetzt mal gut auf. Mein Gesetz sagt, dass du von diesem Augenblick an gefährlich lebst. Und damit du dir das merkst, gibt es jetzt eine kleine Erinnerung.« Er packte Brands Zeigefinger und bog ihn mit aller Kraft so weit nach hinten, bis er knackte. Der Mann brüllte, dass das Haus erzitterte. »Einmal, ein einziges Mal, dass du meine Mutter auch nur ansprichst, und ich breche dir jeden Finger. Ein einziges Mal, dass du sie berührst, und du bist tot. Merk es dir.« Erneut verpasste er Brand einen Stoß, der diesen gegen die Wand schleuderte, dann drehte er sich um und verließ das Haus.

»Das wirst du noch bereuen, Brückner«, flüsterte Brand. »Das wirst du noch so bereuen.«

***

Die »Jette II«, die so nie heißen würde, wurde beschlagnahmt und in ein Trockendock am Hafen gebracht, wo sie wartete, um der weiteren Verwertung zugeführt zu werden. Das Haus der Schneiders wurde geräumt, die Kinder von Anton und Annemarie Schneider fanden eine Unterkunft bei Familie Freund – den Inhabern des Insel-Cafés, die kinderlos geblieben waren und sich deshalb über die Pflege, die sie damit übernahmen, sehr freuten. Annemarie zog zu Emil unters Dach des kleinen Blumenladens, was anfänglich zu gewissen Spannungen führte, sich aber bald als eine unkomplizierte Angelegenheit erweisen sollte. Otto hatte einen Weg gefunden, das Anwesen seiner kleinen Bootswerft zu beleihen, sodass wieder genügend Geld im Haus war, um neue Arbeitsmaterialien zu kaufen und den täglichen Bedarf zu bestreiten. Hedi war nun zu ihrem Sohn und seiner Familie gezogen. Es war zwar beengt, aber da die Sommernächte warm waren, machte es nichts, dass sie nur eine kleine, notdürftig zurechtgezimmerte Kammer in einem Teil der Werkstatt bewohnte. Hauptsache, sie war geschützt vor Thorsten Brand. Aber natürlich machten sie alle sich keine Illusionen, dass dieser Schrecken endgültig vorüber gewesen wäre. Tine war jeden Tag bei der alten Freundin, um sie zu trösten, ihr zuzureden und einfach für sie da zu sein. Sie hatte mit Henning Pfeifer gesprochen, der sich darauf bereit erklärt hatte, Hedi für zwei Wochen freizustellen. So konnte sie gesund gepflegt werden, ohne auch noch ihre Arbeit zu verlieren.

Im Rathaus bereitete man unterdessen die Versteigerung des Hausstands von Anton Schneider vor, zu dem neben einigen repräsentativen Möbelstücken auch eine Sammlung edler Weine und eine Auswahl exquisiter Zigarren gehörte.

Das Hotel Imperial Helgoland stornierte den Auftrag für Blumenschmuck bei den »Blütenträumen« nicht vollständig, sondern reduzierte ihn lediglich auf zwei Lieferungen pro Woche statt wie bisher tägliche Lieferungen. Das Kurhaus hatte indes beschlossen, seinen Gästen einen »Rosensommer« zu bieten. Die Lieferungen hierfür würden für viel Arbeit und gute Einkünfte in Tines kleinem Blumenladen sorgen. Die Mitglieder des Königin-Luise-Vereins hatten beschlossen, besondere Frauen der Insel, die sich in herausragender Weise um das Gemeinwohl verdient gemacht hatten, mit einem prächtigen Blumenstrauß von den »Blütenträumen« zu würdigen. Dass sich zugleich noch ein wahrer Kinderregen, mit dem sie so nicht gerechnet hatte, auf den Weg machte und Tine von Juni bis weit in den September hinein in Atem halten würde, versprach zusätzliche Einnahmen, sodass Anfang Juli aus einer nie dagewesenen Untergangsstimmung plötzlich eine große Zuversicht geworden war.

»Weißt du, Mama«, sagte Jette, als sie eines Abends gegen Ende der Saison mit Tine am Strand saß und in den Sonnenuntergang blickte, »inzwischen denke ich manchmal, vielleicht musste das alles so kommen.«

»Das denkt man immer«, erwiderte Tine. »Es stimmt allerdings nicht. Wenige Dinge müssen kommen, wie sie kommen. Meist hätte alles auch ganz anders kommen können. Und dann hätten wir auch das Beste draus gemacht und alles wäre irgendwie in Ordnung gekommen. Es liegt nicht an den Umständen, es liegt an uns. Aber ein bisschen Glück brauchen wir natürlich trotzdem.«

»Du bist eine ziemlich kluge Frau«, stellte Jette mit liebevollem Blick auf ihre Mutter fest.

Tine lachte leise. »Schön, wenn es so wirkt. Ich bin bloß langsam eine ziemlich alte Frau.«

»Alt? Du?« Nun war es Jette, die lachte. »Ich habe noch nie einen Menschen gesehen, der so wenig älter wird wie du.«

»Na, dann musst du dir entweder endlich eine Brille zulegen, oder wir müssen alle beten.«

»Dass es so bleibt?«

»Dass du weiterhin so liebenswert schwindelst.«

* * *

Fünftes Kapitel

Wie den Berichten unserer amerikanischen Korrespondenten zu entnehmen ist, ist der Präsident der Deutschen Reichsbank mit seinen Verhandlungen mit den ausländischen Gläubigern des Reichs gescheitert. Seit gestern ist der Zahlungsverkehr zwischen den Ländern zum Erliegen gekommen, der internationale Zahlungsverkehr ist zusammengebrochen. Während es zunächst positive Signale gab, dass die Kreditgeber aus mehreren Ländern, vor allem aber aus den Vereinigten Staaten von Amerika zu einer kurzfristigen Stundung bereit wären, haben die deutschen Gläubiger den inländischen Banken die Pistole auf die Brust gesetzt.
Mit der Darmstädter und Nationalbank musste darauf eines der wichtigsten und renommiertesten Bankhäuser des Reichs seine Zahlungen einstellen. Seit den frühen Morgenstunden sehen sich alle Kreditinstitute im ganzen Land einem Ansturm der Kunden ausgesetzt, die ihre Einlagen ausbezahlt bekommen wollen. Per Notverordnung hat die Reichsregierung nun die Schließung aller Banken und Börsen angeordnet sowie den Diskontsatz von 7 auf 10 Prozent und den Lombardsatz von 8 auf 15 Prozent angehoben ...
Der Oeconomische Correspondent, 14. Juli 1931

Fassungslos legte Otto die Zeitung zur Seite. »Ich mag mir gar nicht ausmalen, was das für uns bedeutet, Jette«, sagte er mit gepresster Stimme.

»Aber das betrifft uns doch gar nicht, oder?« Jette zog den

Topf vom Herd und stach in eine der Kartoffeln, um zu prüfen, ob sie schon durch waren.

»Ich wünschte, es wäre so. Aber wenn die Banken in Hamburg krachen, dann krachen sie überall. Und so wie es aussieht, gehen sie auf der ganzen Welt in die Knie. Alle wollen ihr Geld zurück.«

Jette versuchte, es optimistisch zu sehen: »Wenn alle ihr Geld zurückbekommen, dann haben ja auch alle Geld, möchte man meinen.«

»Ja? Also, wenn die Bank von uns das Geld zurückfordert, mit dem wir unser Haus beliehen haben, dann geben wir es ihnen. Und wir fordern was? Von wem?« Otto raufte sich die Haare. »Die kleinen Leute sind einfach immer die angeschmierten. Am Ende bleiben wir auf dem ganzen Schlamassel sitzen.«

»Unsinn, Otto.« Jette trat zu ihm und strich ihm sanft übers Haar. »Die Bank wäre doch dumm, das Geld von uns zurückzufordern. Wir haben ja gar keines. So bekommt die Bank jeden Monat die Rate. Die können wir gerade so bezahlen. Wenn die Bank jetzt alles haben wollte, dann bekäme sie nichts. Wo soll da der Vorteil liegen?«

»Der Vorteil liegt in der Sicherheit«, sagte Otto düster.

»Der Sicherheit?«

»In unserem Haus.«

»Du meinst, sie können es uns abnehmen?« Erschrocken ließ Jette sich neben ihn sinken.

»Nur, wenn wir in Verzug sind mit einer Rate.«

»Aber das sind wir nicht, oder?«

»Nein«, bestätigte Otto. »Noch nicht.«

»Noch nicht? Du meinst, wir könnten in Verzug kommen.« Mit Grauen dachte Jette an Anton Schneider, der sich in einem

Hotel in Hamburg erschossen hatte. Nachdem Annemarie nichts mehr von ihm gehört hatte, seit er die Insel Hals über Kopf verlassen hatte, waren ein paar dürre Zeilen auf einem blutbespritzten Briefbogen das Letzte gewesen, was sie von ihm bekommen hatte. Geld machte aus den Menschen, was es wollte: Sklaven. Selbst wenn es weg war.

»Wenn ich keine Aufträge mehr erhalte, weil alle nur noch die Banken befriedigen müssen und kein Geld mehr haben für Investitionen, dann geht es ganz schnell, dass wir den Kredit nicht mehr bedienen können. Und dann ...« Er ließ den Rest seiner Überlegungen unausgesprochen. Aber Jette verstand auch so. »Dann gebe Gott, dass es nicht so kommt«, sagte sie leise.

»Ja. Dafür können wir beten.«

※ ※ ※

Die Nachricht vom Bankenkrach ging wie ein Lauffeuer über die Insel. Auch Tine machte sich Sorgen. Was, wenn die Banken nicht mehr in der Lage waren, die Guthaben auszuzahlen? Was, wenn das Deutsche Reich seine Kriegsschulden nicht mehr bezahlen konnte? Denn danach sah es aus! Es war ein seltsames Gefühl zu wissen, dass da draußen in der Welt gerade die Wirtschaft zusammenbrach, obwohl sich doch von gestern auf heute scheinbar nichts geändert hatte. Alle taten, was sie nun einmal taten, alle arbeiteten, lebten wie zuvor, die Erde drehte sich weiter, man kaufte und verkaufte Waren. Und doch wussten alle, dass etwas zu Ende ging, auch wenn niemand genau wusste, was das bedeutete und wie schnell es geschehen würde.

Die Nationalsozialisten auf der Insel hielten einmal mehr Kundgebungen ab und schimpften auf das »Finanzjudentum«.

Anders als bisher blieb es nicht bei ganz allgemeinen Beschimpfungen, jetzt wurden auch Namen genannt, und Tine erschrak, als sie darunter auch den des Barons Silberbach hörte und den des Casinoleiters Kröger. Plötzlich hatte der Feind ein Gesicht. Plötzlich gab es in den Augen der Nazis die und wir. Und obwohl erst vor kurzem der Vorsitzende dieser Partei bei den Wahlen zum Reichspräsidenten dem alten Hindenburg unterlegen war, fühlte es sich an, als entfesselten die Nationalsozialisten einen Sturm, der auch auf der kleinen Insel in der Nordsee alles durcheinanderwirbelte. Emil saß vor sich hin brütend vor seiner leeren Tasse in der Küche, die Zeitung hatte er voll Verachtung für die Nachrichten, von denen sie kündete, beiseitegeschoben. »So unglücklich?«, fragte Tine, die aus dem Laden nach hinten gekommen war, weil ohnehin niemand vorbeikam, um ein paar Blumen zu kaufen. Emil zuckte die Achseln.

»Keine Arbeit in Aussicht?«

Er schüttelte den Kopf. »Und das wird nicht leichter werden«, murmelte er frustriert. »Wer stellt denn noch jemanden ein?«

»Ich weiß es nicht«, sagte Tine. »Hast du es denn im Hafen schon probiert?«

»Da war ich als Erstes«, erklärte Emil. »Die haben schon ein Drittel ihrer Mitarbeiter entlassen. Und das sind alles Männer, die sich darauf verstehen! Da hat niemand auf einen Hotelangestellten gewartet, der keine Ahnung von Hafenarbeit hat.«

»So schwer kann es doch nicht zu erlernen sein«, erwiderte Tine.

»Darum geht es nicht. Sie brauchen einfach keine neuen Mitarbeiter. Sonst hätten sie gleich die behalten können, die sie schon hatten.«

»Das stimmt.« Einen Moment überlegte Tine. »Und das Kurhaus? Oder das Krankenhaus!«, schlug sie vor.

»Was soll ich denn da machen?« Emil schüttelte den Kopf. »Es ist überall dasselbe. Alle brauchen eher weniger Mitarbeiter als mehr. Und ich will ja auch niemandem seine Arbeit wegnehmen.«

»Vielleicht die Biologische Anstalt?«

Emil warf ihr einen belustigten Blick zu. »Als was würden die mich nehmen? Als Forschungsobjekt? Nein, das ist aussichtslos.«

Tine seufzte. »Ja. Das kann ich verstehen.« Emil stand auf. »Ich geh nochmal ein bisschen raus«, sagte er verzagt.

»Nur zu. Vielleicht hast du ja einen Geistesblitz!«

»Vermutlich erschlägt mich eher ein Blitz«, antwortete Emil, setzte sich seinen Strohhut auf und verschwand in den Spätnachmittag, während Tine wieder an die Arbeit ging und sich über die Geschäftsbücher ihres kleinen Ladens beugte. Was sie las, sah besser aus als das, was sie erwartete. Die Bücher waren immer ein Blick in die Vergangenheit. Die war so schlecht nicht gewesen, auch wenn dieses Jahr sicher nicht ihr bestes werden würde. Aber niemand hatte eine Glaskugel, um in die Zukunft zu sehen. Und ein wenig Sorge machte ihr die Frage schon, was sie wohl in einem Jahr lesen würde, wenn sie sich über die Liste ihrer Einnahmen und Ausgaben beugte. Wie lächerlich kam ihr mit einem Mal der Diebstahl vor, den es einmal während der Regatta gegeben hatte. Ein Tagesumsatz, der aus der Kasse gestohlen worden war. Und Annemarie hatte sich so gegrämt. Wenn man bedachte, wie sorglos die Spekulanten mit Millionen und Abermillionen gespielt hatten – und nun stand die ganze Welt am finanziellen Abgrund …

Sie legte das Geschäftsbuch weg und beschloss, es Emil

gleichzutun und einen Spaziergang zu machen. »Anni?«, rief sie in den Laden.

»Was gibt es, Tine?«

»Ich bin noch einmal weg. Du kommst zurecht?«

»Natürlich! Es ist ja nichts los.«

Ja. Das entsprach leider der Wahrheit. Selbst die, die noch Geld hatten, selbst die, die noch nichts von der Krise spürten, behielten ihr Geld bei sich. Und sie hatten recht! Man konnte nie wissen.

Im leichten Sommerkleid marschierte Tine hinüber zur großen Treppe, es war ja noch ganz warm. Sie stieg hinauf zum Falm und genoss die Aussicht über das Unterland, den Hafen und die Düne. Wie friedlich, wie fröhlich wirkte alles! Konnte es nicht einfach weitergehen, wie es die letzten Jahre hindurch gewesen war? Eigentlich war doch die Zeit nach dem Krieg oder jedenfalls nach der großen Inflation eine ganz und gar gute gewesen. Die Menschen waren nach Helgoland gekommen, um eine schöne Zeit zu erleben. Sie hatten ihre Urlaube genossen, waren an der guten Luft flaniert, schwimmen gegangen, hatten Ausflüge gemacht, zur Düne oder mit dem Boot auf dem Meer ... Und sie hatten Wohlstand auf die Insel gebracht, Wohlstand und eine ganz besondere Stimmung, die ein klein wenig die große weite Welt auf diesen winzigen Flecken geholt hatte.

Erst jetzt fiel Tine auf, wie sehr sich in letzter Zeit die Beflaggung der Insel verändert hatte. Wo früher die Fahnen des Deutschen Reichs und die Helgoländer Flagge geweht hatten, waren diese jetzt nur noch selten zu sehen. Stattdessen war vor einiger Zeit zunehmend die kaiserliche Kriegsflagge wieder aufgetaucht – und an etlichen Häusern prangten jetzt diese hässlichen roten Tücher mit weißem Kreis und Hakenkreuz darauf. Es war eine Beleidigung für die Augen. »Eine schlimme Geschmacklosigkeit«, wie Irene Hansen sagte, als sie zufällig vorbeikam und Tines bestürzten Blick auf die Beflaggung der Teubner'schen Apotheke sah.

»Das kannst du laut sagen, Irene«, stimmte Tine zu.

»Aber es passt zu dem, was dahintersteckt.«

»Wie meinst du das?«

»Na ja, nach allem, was man von den Nazis weiß und hört«, entgegnete Irene. »Und nach der Sache letzte Nacht ...«

»Letzte Nacht?«

»Sag bloß, du hast noch nicht gehört, was sie mit Nathan Kröger gemacht haben?«

»Ich habe keine Ahnung.«

Irene Hansen atmete tief durch, als müsste sie erst die nötige Kraft finden, das Unaussprechliche auszusprechen. »Sie haben ihn abgepasst, als er auf dem Weg ins Casino war. Dann haben sie ihm eine Tracht Prügel verpasst, ein Schild umgehängt und ihn durchs Oberland getrieben.«

»Ein Schild? Was denn für ein Schild?«, fragte Tine, entsetzt, dass einem Mann wie Nathan Kröger so etwas passieren konnte.

»*Saujude* hatten sie draufgeschrieben. Diese Flegel«, empörte sich die Schneiderin. »Herr Kröger ist so ein feiner Mann. Die besten Manieren, immer tadellos gekleidet, höflich gegenüber jedermann ...« Sie schüttelte den Kopf, als könnte sie es jetzt noch nicht fassen, was da geschehen war.

»Unglaublich«, erwiderte Tine. »Und dann?«

»Was, und dann? Ist das nicht schlimm genug?«

»Ich meine, was ist dann passiert? Wurde der Gendarm geholt? Hat man die Kerle eingesperrt?«

»Eingesperrt? Die Nazis?« Irene sah Tine mit einem mitleidigen Blick an. »Das glaubst du doch selbst nicht. Vor denen haben doch alle Angst. Keiner möchte der Nächste sein, der durch den Ort getrieben wird. Oder Schlimmeres!«

»Schlimmeres? Ich weiß nicht, Irene, ob du da nicht etwas übertreibst.«

»Aber schau dir doch bloß an, was alles in den letzten Jahren schon passiert ist. Nicht bei uns. Aber überall im Reich! Glaubst du, die Nazis hier sind die besseren? Glaub mir, die sind überall gleich. Und wenn sie erst einmal an der Macht sind, dann wird es düster.«

Tine nahm ihre Freundin an beiden Händen. »Sie kommen nicht an die Macht, Irene. Hindenburg hat gewonnen, nicht dieser Hitler.«

»Hindenburg ist alt.«

»Aber er ist der Präsident!«, beharrte Tine. »Er wird nicht zulassen, dass die Nazis oder irgendwer sonst das Land zerstören.«

Irene lachte bitter. »Wir sind doch schon am Boden, Tine. Was gibt es denn da noch zu zerstören.« Sie zupfte ein Taschentuch aus ihrem Ärmel und trocknete sich die Augen. »Wir ... wir wollten vergrößern. Ein zweites Geschäft. Hier am Falm.« Irene Hansen deutete Richtung Westen. »Das Haus haben wir schon gekauft. Und jetzt ... jetzt wissen wir nicht, wie wir den Kredit bezahlen sollen.«

»Aber euer Laden geht doch so gut!«, sagte Tine.

»Ging, Tine. Ging. Wir haben dieses Jahr vierzig Prozent weniger Umsatz als letztes. Der Laden allein würde sich damit tragen, irgendwie jedenfalls. Aber mit den Zinsen und den Bestellungen, die noch bezahlt werden müssen ...« Sie schniefte und versuchte, die Tränen wegzublinzeln.

Bestürzt stellte Tine fest, dass sie keine Ahnung gehabt hatte, wie sehr die Krise schon die renommiertesten und seriösesten Geschäfte der Insel betroffen hatte. »Das... das tut mir schrecklich leid, Irene. Das wusste ich nicht.«

»Natürlich nicht«, sagte die Freundin. »Entschuldige, dass ich dir hier was vorheule. Das ist mir peinlich.«

»Das muss es nicht, Irene. Mir kannst du alles sagen.«

»Spürst du es denn gar nicht mit deinem Blumenladen?«

Tine lachte auf. »Und wie! Aber ich dachte, das betrifft nur mich. Aber doch nicht so einen feinen und großen Laden wie euren.«

»Ach Gott, fein und groß.« Irene Hansen schüttelte den Kopf. »Am Ende ist es auch nur ein Geschäft wie alle anderen. Und es wird genauso den Bach runtergehen.«

Tine schüttelte heftig den Kopf. »Das wird es nicht, Irene, glaub mir. Ihr habt schon so viel durchgemacht, ihr habt sogar den Krieg überstanden! Ihr werdet auch diese Krise überstehen.« Sie nahm die Freundin in den Arm. »Und wenn es sein muss, sogar die Nazis.«

»Vielleicht werden wir das, Tine«, seufzte die Schneiderin. »Aber es ist hart.«

»Was ist heutzutage nicht hart«, sagte Tine und dachte mit Schrecken daran, dass auch Thorsten Brand einer von diesen Nazis war. Wenn dieses Pack schon Nathan Kröger ungestraft über die Insel trieb wie Vieh und ihn verprügelte, was würden sie erst mit Otto machen, wenn sie seiner habhaft wurden?

***

Tine schlief schlecht in jener Nacht, und das lag nicht nur daran, dass Emil über ihr sich in seinem Bett hin und her warf und Annemarie, die deshalb auch nicht zur Ruhe kam, irgendwann in die Küche ging, um sich einen Tee zu machen. Alles schien plötzlich zu zerfallen. Was bis vor kurzem noch fröhlich und prächtig ausgesehen hatte, entpuppte sich jetzt als fragwürdig und zerbrechlich. Die Ahnung, dass auch ihr kleiner sicherer Hafen in diesem alten Häuschen in Gefahr war, trieb sie um. Was, wenn die Kunden dauerhaft ausblieben? Was, wenn es stimmte, dass die Nazis gar an die Macht kämen? Sie konnte es sich, nein: Sie wollte es sich gar nicht vorstellen. Aber immer wieder drängten sich ihr Bilder auf, wie nicht nur Nathan Kröger von diesem Pack durch die Straßen getrieben wurde. Sie hatte die Kerle ja erlebt. Nicht nur bei ihren Ansprachen und wie sie immer öfter durch die Straßen marschierten und ihre Lieder sangen. Als das Denkmal für Peters eingeweiht wurde, hatten sie die Veranstaltung für eine Demonstration ihrer Gesinnung genutzt und später in Friedrichsens »Friesenstube« eine Schlägerei angezettelt. Und man hörte es ja aus dem ganzen Reich, dass die Nazis immer wieder mit aller Brutalität ihre Interessen durchsetzten.

Am nächsten Morgen brauchte Tine erst einmal einen starken Kaffee, um die Müdigkeit zu vertreiben. Sie machte auch einen für Annemarie und für Emil, wer wusste schon, ob sie sich demnächst Kaffee noch würden leisten können.

»Moin, Tine«, grüßte der ruhelose Mitbewohner, als er ebenfalls in die Küche kam.

»Moin, Moin. Warst ganz schön unruhig letzte Nacht.«

»Tut mir leid«, murmelte Emil. »Ich wollte euch nicht stören.«

Tine zuckte die Achseln. »Gibt Schlimmeres. Hilfst du mir nachher, Wasser zu holen? Hink muss heute in der Werkstatt bleiben. Otto hat einen alten Fischkutter gekauft, den sie aufmöbeln wollen.«

»Eine neue ›Gertrude‹?«

»Keine Ahnung, wie er sie nennen wird. Aber ja, er will endlich wieder Bootsausflüge um die Insel anbieten können – nicht nur mit einer kleinen Jolle, auf die nur drei Gäste passen.«

»Dann hoffe ich mal, dass noch Gäste kommen nächste Saison«, erwiderte Emil und nahm dankbar die Kaffeetasse entgegen, die ihm Tine hinhielt. »Das weiß keiner«, sagte sie. »Aber wenn wir jetzt schon so tun, als käme keiner mehr, dann können wir uns gleich aufgeben.«

»Du denkst immer so praktisch, Tine«, erwiderte Emil, und obwohl sie beide wussten, dass es spöttisch klingen sollte, gelang es ihm nicht.

»So ist es nun einmal im Leben, Emil«, erklärte Tine. »Am Ende kommt es aufs Praktische an.«

Emil nickte. »Und deshalb komme ich auch gerne mit dir zum Brunnen. Da kann ich mich mal praktisch nützlich machen.«

Wenig später waren sie mit dem Leiterwagen und den Eimern unterwegs zum Brunnenplatz. Wie immer standen auch an diesem Morgen einige Frauen dort und hielten ihren Klönschnack. »Moin, Tine!«, rief Birgitta Grüner, die drei ihrer Kinder dabeihatte.

»Moin, Birgitta. Was macht die Schwangerschaft?«

»Schwangerschaft? Weißt du was, was ich nicht weiß?«

»Kleiner Scherz«, lachte Tine. »Wo sind denn die anderen alle?«

»In der Schule, will ich hoffen.«

Es herrschte allgemeine Heiterkeit. Birgitta Grüner hatte ja nun inzwischen neun Kinder. Und wenn man von ihrer üppigen Figur absah, sah sie immer noch so jung und frisch aus, dass manche Frau voller Neid auf sie blickte. »Wie machst du das eigentlich?«, wollte Tine wissen. »Bekommst ein Kind am anderen und wirst trotzdem nicht älter!«

»Ach«, winkte Birgitta Grüner ab. »Das war bei meiner Mutter auch so. Die hat elf Kinder bekommen und sah danach immer noch aus wie Mitte zwanzig. Allerdings ist sie nicht alt geworden, die Arme.«

»Das tut mir leid.«

»Am Ende war's eine Schwangerschaft, die sie das Leben gekostet hat.«

Das war oft so. Frauen starben bei der Geburt. Auch Tine hatte als Hebamme schon einige Mütter im Kindbett oder gar bei der Geburt sterben sehen. Es waren mit die schwärzesten Augenblicke ihres Lebens gewesen. »Du machst das anders, Birgitta«, erklärte sie.

»Wenn du das sagst …«, lachte Birgitta und nahm ihre kleine Tochter hoch, die an ihrem Kleid zerrte. Sie deutete auf Emil. »Und du hast einen neuen Helfer? Was ist mit Hink?«

»Der wird gerade von Otto in der Werkstatt gebraucht.«

»Na, das ist ja mal gut, wenn es wenigstens *einen* gibt, der noch Aufträge hat.«

Tine winkte ab. »Ist leider kein Auftrag. Aber Otto tut was, allein das ist schon was wert.«

»Verstehe. Olaf ist gestern entlassen worden«, sagte Birgitta Grüner mit bitterer Miene.

»Oh. Das tut mir leid.«

»Er ist ja nur einer von vielen. Sie brauchen eben keine Hafenarbeiter mehr.«

Die beiden Frauen blickten hinüber zum Hafen, wo in der Tat weniger Schiffe lagen als sonst. Stattdessen lagen weiter draußen einige Frachter auf Reede. »Sie warten alle auf Aufträge«, sagte Birgitta Grüner.

»Was das nur werden wird …«, bemerkte Tine und seufzte.

»Wir werden es den Finanzkapitalisten schon noch zeigen,

die uns das alles eingebrockt haben!«, rief Renate Grauke von der Spirituosenhandlung, die das Gespräch der beiden verfolgt hatte. »Und dann wird es auch wieder Arbeit geben. Unser Volk muss sich nur von den Fesseln befreien, die ...«

»Was denn für Fesseln?«, lachte Birgitta Grüner. »Du klingst ja schon wie ein Nazi.«

»Und? Spricht etwas dagegen?«, zischte Renate Grauke. »Seht euch doch an! Dein Mann ist arbeitslos. Und Sie, Frau Heesters, Ihnen fehlt die Kundschaft. Deutschland steht am Abgrund. Es ist Zeit, dass es aufsteht! Wir brauchen einen starken Führer! Und zum Glück gibt es auch einen.«

»Meinst du etwa diesen Hitler?«, fragte Birgitta Grüner verblüfft. »Hast du dir das Männchen mal angesehen mit seinem lächerlichen Bart und diesen albernen pomadigen Haaren?«

»Wie bitte?« Renate Graukes Stimme überschlug sich beinahe. »Von dir hätte ich das am allerwenigsten erwartet, Birgitta. Schenkst dem deutschen Volk fast ein Dutzend Kinder und machst dich trotzdem über die nationale Erhebung ...«

»Nun lass mal gut sein, Renate!«, fiel ihr Birgitta Grüner ins Wort. »Ich hab die Kinder nicht dem deutschen Volk geschenkt. Die sind immer noch meine. Und sie werden's auch bleiben.« Sie lachte. »Ihr seid ja schon ein bisschen übergeschnappt mit eurem Nationalismus. Ich muss weiter.« Sie nickte in die Runde, nahm ihren Eimer hoch und ging kopfschüttelnd davon, gefolgt von den beiden Kindern, die sich ebenfalls trollten.

»Na, die wird sich noch umschauen, wenn sie so weitermacht«, stellte Renate Grauke fest und warf Tine einen skeptischen Blick zu. »Wie manch andere auch. Bis jetzt sind vielleicht nur die Banken zusammengebrochen. Aber bald liegt alles am Boden. Und dann *wird* sich das deutsche Volk erheben!«

Tine erwiderte nichts, sondern beeilte sich, ihre Eimer zu füllen und sie Emil zu reichen. Der hatte sich die ganze Zeit zurückgehalten. Als Renate Grauke weg war, murmelte er: »Jetzt faseln schon die Hausfrauen von der nationalen Erhebung. Könnte einem angst und bange werden.«

∗ ∗ ∗

Zurück im Laden traf Tine zu ihrer Überraschung Mathilde von Silberbach an, die offensichtlich auf sie gewartet hatte.
»Frau Heesters, guten Tag!«
»Guten Tag, Frau von Silberbach«, entgegnete Tine. »Was kann ich für Sie tun?« Die Frau des Bankiers war noch nie im Laden vorbeigekommen, Tine hatte sie nur das ein oder andere Mal draußen vor dem Fenster stehen und die Auslage bewundern sehen.
»Ich bin nur gekommen, um mich zu verabschieden.«
»Sie reisen ab? Wie schade!«
»Ja. Mein Mann ist ja leider aus geschäftlichen Gründen zurück nach Hamburg. Und er wollte mich nun nicht alleine hier lassen.«
Gerne hätte Tine widersprochen und gesagt, dass es doch allemal besser hier sei als im schmutzigen Hamburg. Doch wenn sie an die Ereignisse der letzten Zeit dachte, musste sie sich eingestehen, dass es für Frau von Silberbach womöglich wirklich sicherer in ihrem eigenen Haus in der Hansestadt war als hier auf der Insel. »Verstehe«, sagte sie. »Wir werden Sie vermissen.«
»Ich Sie auch, Frau Heesters. Ich hoffe, wir können im nächsten Jahr wieder kommen.«
»Oh, das hoffe ich aber auch! Sie gehören doch zu dieser Insel. Ich kann mir Helgoland ohne Sie gar nicht mehr vorstellen.«
Die Frau des Bankiers lachte. »Ach, Sie sind wirklich herz-

erwärmend, Frau Heesters. Aber ich stimme Ihnen zu: Ich kann mir auch nicht vorstellen, nicht mehr hier zu sein.«

»Dann sollten Sie auch im nächsten Jahr unbedingt kommen«, stellte Tine fest und griff nach einem besonders schönen Zweiglein roséfarbener Moosröschen.

Mathilde von Silberbach hob die Hände. »An uns soll es nicht liegen. Mein Mann ist ja, wie Sie wissen, der größte Freund dieses entzückenden Fleckens Erde. Er hat ja sogar den ›Club von Helgoland‹ gegründet.«

Den Club, den die Nationalisten seit längerem als »Die Cohns von Helgoland« verunglimpften. Natürlich, auch Silberbach war jüdischer Herkunft, auch wenn er regelmäßig zur Messe ging und also zweifellos getauft war. »Ich weiß«, sagte Tine und reichte ihr das Zweiglein. »Darf ich Ihnen einen kleinen Blumengruß mit auf den Weg geben?«

»Ach, liebe Frau Heesters, ich bin ganz gerührt«, sagte Mathilde von Silberbach und tupfte sich tatsächlich eine Träne vom Lidrand. »Hoffentlich wird alles wieder gut.«

Tine nickte und griff nach den Händen dieser schönen und würdevollen Frau. »Das hoffe ich auch, Frau von Silberbach. Bitte grüßen Sie Ihren Gatten von mir. Ich wünsche Ihnen beiden alles Gute und freue mich schon jetzt, wenn wir uns im nächsten Jahr wiedersehen. Spätestens!«

»Ja«, lachte Mathilde von Silberbach. »Spätestens. Ich danke Ihnen und bitte Sie, Ihrerseits Herrn Brückner und Ihre Tochter sehr herzlich von mir zu grüßen. Ich bete für Sie alle.« Dann wandte sie sich um und verließ die »Blütenträume«, während zugleich Alfred zur Tür hereinkam. »Was war das denn? Frau von Silberbach war ja ganz aufgelöst.«

»Sie hat sich verabschiedet«, erklärte Tine. »Ich glaube, es fällt ihr sehr schwer, nach Hamburg zurückzukehren.«

»Das kann ich mir vorstellen«, erwiderte Alfred. »Wenn man bedenkt, dass Silberbachs Bankhaus gerade in den Bankrott gegangen ist ...«

* * *

Amtsgericht Hamburg, Januar 1932

»Zur Verwertung kommt: Anwesen auf der Insel Helgoland, Husumer Straße, Flurstück Nummer achtzehn, circa achtzig Quadratmeter Wohn- und Nutzfläche, davon zuletzt circa fünfunddreißig Quadratmeter als Ladenlokal genutzt. Baujahr unbekannt, allgemeiner Zustand sanierungsbedürftig. Das Anwesen besteht aus dem besagten Wohn- und Geschäftshaus, Erdgeschoss und Dachgeschoss, Letzteres zu Wohnzwecken ausgebaut, sowie einem angrenzenden Garten von circa dreißig Quadratmetern, derzeit als Lagerfläche genutzt. Es besteht kein Mindestgebot.«

Jette hielt die Luft an. Würde irgendjemand auf das kleine Häuschen bieten? So, wie es der Richter beschrieben hatte, war es doch die Katze im Sack, dieses Anwesen zu kaufen. Und alle Welt wusste, dass die Besucherzahlen auf Helgoland zurückgingen. Geld hatte ohnehin niemand mehr, schon gar nicht, um in ein Fass ohne Boden zu investieren und ...

»Achthundert Mark«, rief jemand aus dem Saal. Jette sah sich um, konnte aber nicht erkennen, wer es gewesen war.

»Tausend!«, rief ein anderer.

»Tausend Mark sind geboten«, bestätigte der Richter und ließ seinen Blick über den Saal schweifen. »Bietet jemand mehr?«

Es war so still im Raum, dass man eine Stecknadel hätte fallen hören können. Wie war es möglich, dass in diesen Zeiten so viele Menschen in der Lage waren, an einer Versteigerung teilzunehmen? Jette hätte sich nicht gewundert, wenn niemand gekommen wäre. Niemand hatte doch Geld! Das zumindest hatte sie gedacht, denn das war es, was sie täglich erfuhr und erlebte. Aber es schien noch andere Menschen zu geben, Menschen, denen die Krise nicht so zusetzte und die tatsächlich noch imstande waren, etwas Großes zu kaufen.

»Tausendzweihundert!«, erklärte eine Stimme auf der anderen Seite des Saals, so ruhig, als ginge es darum, ein Zeitungsrätsel zu lösen.

Jettes Herz begann zu galoppieren. Sie hatte es geschafft, Bert Rickens, den Wirt des »Seeadlers«, zu überreden, gemeinsam mit ihr und Tine, mit Hink, Alfred, Emil und Hedi das alte Häuschen von Frau Liebrecht zu erwerben, wenn es zur Versteigerung kam. Sie hatten all ihr Geld zusammengelegt und sich von Freunden zusätzliches Geld geliehen. Und doch waren gerade einmal tausendfünfhundert Mark zusammengekommen. Und jetzt stand das Gebot schon bei tausendzweihundert!

»Tausenddreihundert!«, hielt der Bieter vom letzten Mal dagegen.

Der Richter machte sich eine Notiz und blickte wieder auf. »Tausenddreihundert. Höre ich ein höheres Gebot für das Anwesen auf Helgoland?«

Für einen Moment schien die Zeit stillzustehen. Dann hob er den Hammer und erklärte: »Tausenddreihundert zum Ersten, zum ...«

»Tausendvierhundert!«, rief Jette mit zitternder Stimme und hob die schweißnasse Hand. »Tausendvierhundert.«

»Tausendvierhundert«, bestätigte der Richter. »Jemand mehr als tausendvierhundert?« Wieder hob er den Hammer, doch ehe er noch etwas sagen konnte, kam das nächste Gebot aus dem Raum: »Tausendfünfhundert!«

»Tausendfünfhundert. Tausendfünfhundert Mark sind geboten. Zur Versteigerung steht das Anwesen Husumer Straße, Helgoland, Flurstück Nummer achtzehn. Bietet jemand mehr als tausendfünfhundert Mark?« Er blickte über die Reihen, räusperte sich und wiederholte dann seine Formel: »Dann geht das zur Versteigerung stehende Anwesen an den Bieter dort hinten, und zwar zum Ersten, zum Zweiten und ...«

»Tausendsechshundert!«, rief Jette verzweifelt. »Ich biete tausendsechshundert.«

»Tausendsechshundert Mark sind geboten. Höre ich ein höheres Gebot für das zur Versteigerung stehende Anwesen?«

Jette zitterte am ganzen Körper. Sie hatte keine tausendsechshundert Mark. Und sie wusste auch nicht, woher sie sie nehmen sollte. Doch es durfte nicht an hundert Mark scheitern, dass sie das Haus ihrer Mutter erhielt. Das Haus, in dem sie aufgewachsen war. Das Haus, in dem sie ihre eigenen Träume geträumt hatte. Das Haus, das schon so vielen Menschen ein sicherer Hafen geworden war. Sie alle hingen aus ganzem Herzen daran. Und irgendwie, irgendwie würden sie es schon möglich machen, auch die letzten hundert Mark noch irgendwie aufzubringen. Es *musste* einfach sein.

Niemand meldete sich. Der Richter hob seinen Hammer und erklärte: »Dann versteigere ich hiermit das besagte Anwesen für eintausendsechshundert Reichsmark mit sofortiger Wirkung und zur unmittelbaren Zahlung an die Dame hier vorne, und zwar zum Ersten, zum Zweiten und zum ...«

»Zweitausend!«, rief der Mann, der als Erster geboten hatte.

In Jette zerbrach eine Welt. Zweitausend Mark! Ein Betrag, den sie unter keinen Umständen zusammenbringen würde, egal wen sie fragte. Schon für die tausendfünfhundert, die sie sich erspart und erbettelt hatten, waren sie alle tagelang über die Insel gelaufen und hatten sich bei jedem Menschen verschuldet, der ihnen nur etwas geben konnte und auch bereit dazu gewesen war. Den Rest der Auktion bekam Jette nur noch durch einen dichten Schleier aus Trauer und Niedergeschlagenheit mit. Ihr war schlecht. Sie merkte erst nach Minuten, dass längst eine neue Versteigerung begonnen hatte. Kraftlos und mutlos stand sie auf und verließ den Raum. Die Stimmen des Richters und der Bieter hinter sich hörte sie nur noch von fern.

»Kopf hoch«, sagte ein Mann, der vor der Tür stand. »Das Leben geht trotzdem weiter.«

Jette nickte verzweifelt. Ja, das tat es immer. Aber musste es so schwer sein? Musste es so ungerecht sein? »Haben Sie es ... ersteigert?«, fragte sie.

»Ich habe es versucht«, erklärte Henning Pfeifer, die Hände lässig in den Hosentaschen. »Aber irgendein Pedant hat mich am Ende überboten. Zweitausendzweihundert Mark! Was will er denn mit dem alten Kasten anstellen?« Pfeifer lachte, als wäre das alles ein Scherz. »Das holt er nie wieder rein. Nicht in der Situation, in der wir uns wirtschaftlich befinden.«

Jette sah den Hotelier verständnislos an. Für ihn schien das alles bloß ein Spiel. Aber vermutlich war es das ja auch. Männer wie Henning Pfeifer, dem das Imperial gehörte und der als größter Grundbesitzer von Helgoland galt, sahen in allem einen Wettbewerb. Als wäre es wichtig, reicher und immer noch reicher zu werden, wenn man ohnehin schon reich war. Vielleicht war das der Grund, weshalb Jette es beinahe als kleinen Lichtblick empfand, dass ausgerechnet er das kleine Häuschen ihrer Kindheit nicht bekommen hatte. »Ja«, sagte sie leise. »Man kann nicht immer gewinnen.«

»Da haben Sie recht, Frau Brückner«, stimmte ihr Pfeifer zu. »Aber es reicht ja, wenn man am Ende gewinnt.« Er tippte sich an den Hut und schlenderte davon, als wäre er von einem Ausflug in den Zoo gekommen. Und Jette schleppte sich müde und geschlagen zum Ausgang und überlegte sich, wie sie es Tine und den anderen beibringen sollte. In ihrer Tasche hatte sie noch die Vollmacht, die Otto ihr ausgestellt hatte, weil sie als Ehefrau ohne sein Einverständnis ja gar nicht über einen solchen Betrag hätte verfügen oder überhaupt eine Immobilie erwerben dürfen. Auch wenn Otto nichts dafür konnte, dass die Gesetze waren, wie sie waren, ärgerte sie sich jedes Mal, wenn sie daran dachte. Und sie ärgerte sich auch jetzt. Dass es Menschen gab, die sich einfach über alles hinwegsetzten. Dass manche Männer immer obenauf schwammen, so wie Henning Pfeifer. Und dass sich Frauen immer fügen mussten.

* * *

Gerade als sie die Kirche betreten wollte, huschte eine Gestalt so unvermittelt und schnell heraus, dass Tine erschrak. »Frau Breitstedt?«

»Oh. Frau Heesters. Guten Abend.«

Ehe Tine noch weiter etwas sagen konnte, war die Putzmacherin schon in der Dämmerung verschwunden. Frau Breitstedt arbeitete jetzt in der Biologischen Anstalt, den Hutladen hatte die Familie aufgeben müssen. Früher war Hildegard Breitstedt eine fröhliche, attraktive Frau gewesen, neuerdings schien sie den Kontakt zu anderen Menschen zu meiden. Verwundert blickte Tine ihr nach, wie sie über den Friedhof durch das kleine Tor verschwand und die Kirchenstraße hinunterlief. Dann betrat sie St. Nicolai und blieb erst einmal stehen, um der Stille zu lauschen. Schließlich ging sie nach vorne, fast bis zum Altar, und kniete sich zum Gebet hin.

Ihr Leben lang, seit sie auf die Insel gezogen war, war Tine Heesters in der letzten Bank geblieben, wenn sie die Kirche aufsuchte. Dort war sie einst von Pastor Thevessen entdeckt worden, dort hatte das Elend ihrer Jugend ein Ende gefunden und hatten die glücklichen Zeiten ihres Lebens ihren Ausgang genommen. Doch jetzt wollte sie nicht mehr ganz hinten knien. So viele Jahre hatte sie nun auf der Insel zugebracht, so vielen kleinen Helgoländern auf die Welt geholfen ... wer wusste schon, wie viel Zeit ihr noch blieb. Es konnte also nicht schaden, dem lieben Gott schon etwas näher zu rücken.

»Gott zum Gruße, Frau Heesters«, sagte der Pastor, der durch die Seitentür hereingetreten war.

»Herr Pastor, guten Abend«, erwiderte Tine den Gruß.

»Lassen Sie sich nicht im Gebet stören. Wir brauchen das Gespräch mit Gott. Heute mehr denn je.«

»Da haben Sie recht, Herr Pastor.« Seit die finsteren Gesellen mit den Hakenkreuzbinden auf der Insel wie überall im Reich das Sagen hatten, schien ihr Pastor Karl wie ausgewechselt. War er vorher noch blass und uninteressiert gewesen, so hatte ihn der Erfolg der Braunhemden offenbar aufgerüttelt. Oft sah man ihn unterwegs in den Straßen Helgolands, traf ihn auf den Plätzen, begegnete ihm bei allen nur möglichen Anlässen. Und überall brachte er sich ein als gütiger Mahner, als derjenige, der an Sitte und Anstand erinnerte – und an den christlichen Glauben, in dem doch alle oder zumindest nahezu alle Insulaner erzogen worden seien.

Der Pastor ließ sich in der vorderen Bank nieder. Offenbar

hatte er vor zu warten, bis Tine ihr Gebet beendet hatte. Nach einiger Zeit stand sie auf und setzte sich zu ihm.

»Schwere Zeiten«, sagte er.

»Schwere Zeiten«, bestätigte Tine.

»Ich habe gehört, dass Sie Ihren Laden aufgeben mussten.«

»Nicht nur den Laden, Herr Pastor. Das Haus. Ich muss ausziehen. Schlimmer ist, dass auch meine Mitbewohner ausziehen müssen.«

Pastor Karl nickte. »Das tut mir sehr leid. Kann ich Ihnen irgendwie helfen?«

»Danke, dass Sie fragen, Herr Pastor. Aber ich glaube, wir schaffen es. Am ehesten bräuchte wohl Annemarie Hilfe. Aber ich wüsste nicht ... Eine Haushälterin haben Sie ja.«

»Wie man es nimmt«, erwiderte der Pastor zu Tines Überraschung. »Eine richtige Haushälterin war sie ja nie.«

»Aber ich ... Verzeihung, es geht mich nichts an.«

»Oh, ich weiß, was man über uns spricht«, sagte der Pastor und seufzte leise. »Und es stimmt ja. Wir leben zusammen als Mann und Frau.« Er sah zu Tine hin und lächelte, als er ihre erschrockene Miene sah. »Warum wir nicht verheiratet sind? Nun, weil es die Gesetze nicht zulassen. Die Kirchengesetze. Als evangelischer Pastor kann ich keine Katholikin heiraten. Deshalb müssen Benedikte und ich in ... nun ja, in wilder Ehe leben.« Er lachte. »Allzu wild ist sie ja nicht mehr.«

»Das ... also, das wusste ich nicht. Aber es geht mich ja auch gar nichts an.«

»Benedikte ist leider seit einiger Zeit ziemlich krank, ich vermute, es ist Krebs, das sagt jedenfalls der Arzt. Deshalb muss ich gestehen, wäre eine echte Haushälterin eine wertvolle Hilfe. Würden Sie denn Frau Schneider einmal fragen, ob sie sich das vorstellen könnte?« Er hob die Hand. »Sie darf nur nicht erwarten, guten Lohn zu bekommen. Da ist Gottes Lohn noch der größte Anteil an der Vergütung.« Er lächelte. »Aber natürlich nicht der einzige.«

»Ich werde sie gerne fragen, Herr Pastor. Und sie wird mit Freuden ja sagen. Denn im Moment weiß sie nicht einmal, wohin.« Tine stockte. »Sie kann doch in der Pastorei wohnen? Ich meine, wenn sie dort Haushälterin ist?«

»Aber ja«, beeilte sich der Pastor zu versichern. »Ich würde das auch erwarten.«

»Dann frage ich sie gleich. Und vielleicht darf sie sich ja sogar heute noch vorstellen?«

»Wenn sie nicht zu spät kommt, sehr gerne. Ich werde auf sie warten.«

* * *

Und so kam es, dass Annemarie Schneider schon eine Stunde später dort Rettung suchte, wo Tine sie einst gefunden hatte, in der Pastorei von St. Nicolai in der Casinostraße Tine begleitete sie, ging aber nicht mit hinein, sondern besuchte noch den Pfarrgarten, in dem sie so viel gepflanzt und aus dem sie jahrelang einen Teil ihrer Blumen bezogen hatte. Der große Fliederbusch war so prächtig wie nie und entfaltete jetzt in den Abendstunden einen so intensiven Duft, dass Tine sich wünschte, ihre Schwester Fritzi könnte noch bei ihr sein und ihn mit ihr gemeinsam genießen. Doch wie so viele, die ein Stück ihres Lebenswegs mit ihr geteilt hatten, war auch Fritzi lange tot – und ihr Platz in Tines Herz war verwaist geblieben, eine Lücke, die keine noch so große Freude, keine noch so glückliche Stunde jemals hatte füllen können. »Ach, Fritzi«, seufzte Tine. »Siehst du das alles, was hier unten auf Erden passiert? Blickst du auf uns herab und staunst? Ich weiß nicht, warum alles kaputtgehen muss. Es scheint, als wäre nichts mehr sicher. Diese schrecklichen Menschen sind wie ein Rudel Wölfe über die Insel gefallen und zerreißen sie jetzt in Stücke.«

Unterm Flieder war auch das Kindchen begraben, das ihre Schwester einst verloren hatte – und Hedwig, Jettes kleine Tochter, die der Plötzliche Kindstod geholt hatte. Da lagen sie, zwei unschuldige Wesen, von Tines eigener Hand begraben. Wenn man daran dachte, wie traurig es war, dass diese beiden kleinen Seelen nicht hatten leben dürfen, dann schien alles andere mit einem Mal unbedeutend.

Eine Weile blieb Tine in stiller Andacht an den Kindergräbern stehen, auf denen bereits wieder die Vergissmeinnicht blühten, die sie darauf gepflanzt hatte. Dann kam Annemarie wieder aus dem Haus und gesellte sich zu ihr. »Danke, Tine«, sagte sie. »Ich kann gleich hierbleiben. Du bist wahrlich mein Schutzengel.«

Lächelnd schüttelte Tine den Kopf. »Das bin ich gewiss nicht, Anni«, sagte sie. »Aber ich bin glücklich, dass es geklappt hat. Lass uns gemeinsam beten, dass alles gut wird.« Sie wusste ja, dass alles für Annemarie schwer war, solange sie nicht die Kinder wieder bei sich haben konnte. Doch das war nicht absehbar. Auch in der Pastorei würde sie sie nicht zu sich nehmen können. Also blieb ihr nichts weiter, als jeden Abend, wenn sie ihr Tagwerk vollbracht hatte, so wie schon während ihrer Zeit in den »Blütenträumen« hinüberzufahren zur Düne und ihre Kinder zu besuchen, die zwar bei Lore Freund gut versorgt waren und sicher auch ihr Vergnügen fanden auf der kleinen Strandinsel, aber eben doch auch ihre Mutter vermissten und nur schwer verstanden, weshalb sie nicht mehr mit ihr zusammenleben konnten. Und jeden Abend kehrte Annemarie mit der letzten Fähre wieder zum Felsen zurück und ließ ein Stück ihres Herzens auf der Düne.

✳ ✳ ✳

IV.

Zeit der Wölfe

Helgoland 1933

Erstes Kapitel

Tine hatte den Laden aufgelöst. Die »Blütenträume« waren endgültig ausgeträumt. Emil hatte am Morgen seine paar Habseligkeiten gepackt. Er hatte Unterkunft auf dem Hafengelände gefunden, wo ganze Baracken verwaist waren, seit man so viele Arbeiter entlassen hatte. Nur Arbeit gab es auch für ihn nicht. Als sie zu ihrem kleinen Häuschen kam, gähnte sie der leere Verkaufsraum dunkel und kalt an. Die Bodendielen waren abgetreten und klafften an mancher Stelle auseinander, die Wände hatten unter vielen Stürmen gelitten. Die Fensterläden sahen mitleiderregend aus, das ganze Haus hätte gestrichen werden müssen, am besten innen und außen. Aber darum konnte sich nun der neue Eigentümer kümmern, wenn er es nicht einfach abreißen ließ, was er wahrscheinlich tun würde. Mittlerweile war Frau Liebrechts altes Häuschen eines der letzten seiner Epoche. Es musste erbaut worden sein, ehe noch die Briten auf die Insel gekommen waren. Es war zu klein, zu heruntergekommen, zu unkomfortabel. Vor allem war es nicht rentabel.

Aber was war schon rentabel in diesen Zeiten, in denen jeder nach Arbeit suchte und keine fand, in denen sich niemand mehr etwas leisten konnte, was nicht dringend zum Leben nötig war, und in denen es letztlich nur noch darum ging, sich irgendwie durchzuschlagen.

Sie schloss die Tür hinter sich und zündete noch einmal eine Lampe an. Kochte sich noch einmal Tee. Setzte sich noch einmal auf ihre liebe alte Küchenbank, auf der sie mit Paul so gerne gesessen hatte, nahm sich ein Stück Sanddornkuchen nach Frau Thevessens Rezept, träumte noch einmal von den schönen Zeiten, die sie hier erlebt hatte, ehe sie ein letztes Mal in ihrer Kammer zu Bett ging, um dann eine lange, schwere Nacht allein und ohne Hoffnung auf den Morgen zu warten.

✳ ✳ ✳

Tine stand früh auf. Sie wollte bereit sein, wenn es so weit war. Wer wohl kommen würde? Der neue Eigentümer? Oder ein Vertreter der Inselverwaltung? Ein Polizeibeamter? Wem würde sie die Schlüssel zu ihrem Häuschen geben müssen? Nein, nicht zu ihrem Häuschen, sondern zu ihrem ehemaligen Häuschen?

Bis zur Halskrause in Wehmut versunken packte Tine ihre Taschen. Einiges hatte sie bereits in Kisten zu Jette gebracht, wo sie nun auch noch unterkommen würde, bis sie etwas für sich gefunden hatte. Die Armen!, dachte sie. Haben sowieso schon so wenig Platz mit den drei Kindern und der Werkstatt – und nun müssen sie gleich beide Mütter unterbringen.

Einen Band mit Gedichten, den ihr Henry geschenkt hatte, legte sie ganz obenauf, nahm ihn dann doch wieder heraus und schlug ihn auf. Fontane.

Tröste dich, die Stunden eilen,
Und was all dich drücken mag,
Auch die schlimmste kann nicht weilen,
Und es kommt ein andrer Tag.

In dem ew'gen Kommen, Schwinden,
Wie der Schmerz liegt auch das Glück,
Und auch heitre Bilder finden
Ihren Weg zu dir zurück.

Harre, hoffe. Nicht vergebens
zählest du der Stunden Schlag:
Wechsel ist das Los des Lebens,
Und – es kommt ein andrer Tag.

Es klopfte. Tine straffte sich. Nun also sollte es sein. Sie würde es mit Würde tragen. Dankbar wollte sie sein für alles, was sie an Schönem und Gutem hier hatte erleben dürfen, nicht traurig, dass es vorbei war, nicht zornig, dass das Schicksal ihre Wünsche in den Wind geschlagen hatte.

Vor der Tür stand jedoch kein Beamter und auch kein Fremder, der sich als neuer Eigentümer vorgestellt hätte, sondern es standen dort Irene Hansen und Birgitta Grüner. Beide hatten sie ein kleines Sträußchen Blumen in der Hand. Beinahe wie die Brautjungfern, dachte Tine und musste unwillkürlich lachen. »Was hat euch denn hergeführt? Ich kann euch gar nicht reinbitten, denn das Haus gehört mir ja nicht mehr.«

»Das musst du auch nicht, Tine«, sagte Irene Hansen. »Wir sind nur gekommen, um einmal zu tun, was wir eigentlich jeden Tag tun müssten.«

Birgitta Grüner nickte eifrig. »Ich noch mehr als Irene«, sagte sie. »Und deshalb sag ich es jetzt: danke, Tine. Tausendmal danke. Für alles, was du für uns getan hast.«

»Gott, was hab ich denn getan?«, warf Tine ein. »Ich tu doch auch bloß, was ich ...«

»Du hast meine Kinder zur Welt gebracht«, erklärte Birgitta Hansen.

»Also, zur Welt gebracht hast du sie schon selbst«, erwiderte Tine mit einem kleinen Lachen. Gerührt nahm sie die beiden Sträußchen an sich.

»Du hast die Insel schöner gemacht«, sagte Irene Hansen.

»Nicht nur durch deine Blumen, sondern auch durch dein gutes Wesen. Du bist die beste Freundin, die man sich nur wünschen kann, und es ist eine große Ungerechtigkeit, dass du jetzt deinen schönen Laden verlierst und ...«

»Und ...«, nahm Birgitta Grüner den Faden auf, konnte dann aber nicht weitersprechen, weil ihr die Augen überliefen. Stattdessen trat sie auf die Freundin zu und umarmte sie so fest, dass Tine für einen Moment die Luft wegblieb. Wenige Augenblicke später lagen sich die drei Frauen weinend in den Armen und bemerkten erst nach einiger Zeit, dass sie nicht mehr allein vor der kleinen Kate standen. Denn auch Annemarie Schneider war gekommen, um Tine noch einmal im Laden anzutreffen, in dem sie selbst ja auch jahrelang gearbeitet hatte. Und Lore Freund vom Insel-Café. Frau Olsen aus der Kirchenstraße, Katja Stöver, Frau Krüss mit ihrem Jüngsten und sogar Frau Wetcke vom Teeladen tauchten schon bald auf. Und alle schienen sie den gleichen Gedanken gehabt zu haben, denn jede von ihnen hielt ein paar kleine, selbst gepflückte Blumen in der Hand. Tine war sprachlos und umarmte eine nach der anderen. Es flossen viele Tränen, und es wurden viele gute Wünsche vorgebracht. Und als Tine ihre Stimme und ihre Fassung wiedergefunden hatte, sah sie sich genötigt, etwas zu tun, was sie noch nie getan hatte: Sie hielt eine kleine Ansprache. »Ihr Lieben, ich kann euch gar nicht sagen, wie beschämt ich bin, dass ihr alle hierhergekommen seid. Ihr wisst, wie sehr ich diese Insel liebgewonnen habe. Und ihr wisst, wie schwer es mir fällt, dieses kleine Paradies aufzugeben. Unverdientes Glück war das, dass ich es bekommen habe. Und jetzt ist es mir durch unverdientes Unglück wieder genommen worden. Ich würde lügen, wenn ich behaupten wollte, dass ich nicht unendlich traurig wäre. Aber dass ihr heute gekommen seid, das ist der schönste Trost, den ich mir vorstellen kann ...«

»Papperlapapp!«, rief eine der Frauen aus dem Hintergrund, worauf alle lachten.

»Aber ich kann euch sagen, dass ich eine sehr glückliche Frau bin, solche Freundinnen zu haben. Das ist jetzt gerade bestimmt keine leichte Stunde für mich. Aber an diesen Besuch von euch allen werde ich mein Leben lang denken. Vielen Dank! Auch wenn die ›Blütenträume‹ am Ende nur Blütenträume waren, so haben sie mir doch hiermit den glücklichsten Moment seit sehr langer Zeit beschert.«

Ja, nun würde sie gehen, wer auch immer da kommen mochte und wann auch immer er auftauchen würde. Das war ein glücklicher Abschluss für eine glückliche Zeit. Sie trat noch einmal ins Haus und holte ihre beiden Taschen, stellte sie nach draußen und schloss dann die Tür. Manches Schniefen begleitete diese Zeremonie, der kleine Krüss wunderte sich: »Was ist denn mit denen allen passiert?«

»Nichts, James«, erwiderte seine Mutter. »Wir sind nur alle ein bisschen traurig, dass Frau Heesters ihren schönen Blumenladen schließt.«

»Lachen dann alle, wenn sie ihn wieder aufmacht?«, wollte der Junge wissen.

»Ja«, gab seine Mutter zurück und trocknete ihre Augen. »Dann lachen alle.«

»Da haben Sie aber einen Neunmalklug, Frau Krüss«, bemerkte Frau Stöver.

»Sie sollten ihn mal hören, wenn er zu Bett gehen muss. Der erzählt mir so lange Geschichten, bis *ich* eingeschlafen bin.«

»Ein kluges Kerlchen«, sagte Tine. »Vielleicht wird er mal Schriftsteller.«

»Um Gottes willen!«, rief Frau Krüss. »Lieber wird er Pfarrer. Da kann er predigen und hat sein sicheres Auskommen.«

»Amen«, sagte der kleine James, und alle brachen in helles Lachen aus.

Dann schickte sich Tine an, sich auf den Weg zum »Seeadler« zu machen. Bert Rickens hatte ihr zugesagt, dass sie für einige Tage eines seiner Gästezimmer bewohnen konnte, bis sie eine neue Unterkunft gefunden hatte. Noch dauerte es, bis die nächste Saison begann – und selbst dann wusste niemand, ob die paar Zimmer, die Rickens anzubieten hatte, ausgebucht sein würden. »Aber zuerst muss ich noch ins Rathaus«, erklärte Tine. »Den Schlüssel hinterlegen.«

Also zogen sie alle gemeinsam noch zum Rathaus und warteten vor der Tür auf Tine. Lange würde es ja nicht dauern.

※ ※ ※

Im Rathaus war die Verwunderung groß. »Wissen Sie denn gar nichts davon?«, fragte Heiner Willems erstaunt.

»Wovon, Herr Willems? Ich weiß nur, dass ich bis heute das Haus räumen muss. So stand es in der Mitteilung.« Tine hatte den Schlüssel auf Heiner Willems' Pult gelegt. Der schob ihn ihr wieder hin. »Ja«, sagte er. »Das ist der Stand von letzter Woche. Aber inzwischen hat sich ja alles verändert.«

»Und was genau hat sich verändert?« Es war so schon schwer genug. Tines Freude von eben, als all die Freundinnen zu ihrem Trost gekommen waren, war verflogen. Musste es denn nun auch noch so unnötig kompliziert werden?

»Also nach meinen Informationen findet das so nicht statt.«

»Aha. Sie meinen, ich soll doch im Haus warten?«

»Nein, nein, liebe Frau Heesters. Ich ... also mir scheint, Sie sind gar nicht im Bilde ... Warten Sie!« Er eilte hinter seinem

Pult hervor und nach nebenan. Kurz darauf kam er mit seinem Kollegen zurück, der offenbar für diese Art von Angelegenheiten zuständig war. Und dieser Kollege war ausgerechnet der eine Insulaner, den von allen Tine am liebsten nie mehr wiedergesehen hätte: Thorsten Brand. »Frau Heesters«, sagte er knapp. »Was wollen Sie noch hier?«

»Ich möchte die Schlüssel hinterlegen. Mein Haus wurde versteigert, wie Sie wissen, Herr Brand. Ich habe es hiermit geräumt.« Tine schob den Schlüssel wieder über den Tisch.

»Der Räumungsbeschluss wurde aufgehoben«, erklärte Brand, ohne eine Miene zu verziehen.

»Darf... darf ich fragen, was das heißt?«

»Es heißt nicht mehr und nicht weniger als das, was ich gesagt habe: Der Räumungsbeschluss wurde aufgehoben.« Er nickte und verließ den Raum ohne einen weiteren Gruß.

»Aufgehoben?«, sagte Tine ratlos. »Aber heißt das denn, ich... ich muss nicht raus?«

»So sieht es aus«, bestätigte Heiner Willems freundlich und schob ihr abermals den Schlüssel wieder hin.

»Und wer hat das bestimmt?«

»Tja, das ist offenbar ein Beschluss des Amtsgerichts Hamburg«, erklärte der Beamte. »Da ist das Vermögen des Bankhauses Silberbach ja wohl ersteigert worden – einschließlich Ihrem Haus.«

»Ja«, sagte Tine. »Das schon. Aber nicht von mir.«

»Dann wird es wohl jemand sein, der nichts dagegen hat, dass Sie drinbleiben. Vorläufig jedenfalls.«

Tines Beine waren so weich, als sie wieder nach draußen trat, dass sie kaum gehen konnte. Annemarie, die vor der Tür gewartet hatte, nahm sie am Arm. »So schlimm? Komm, wir setzen uns hier auf eine Bank.« Sie führte Tine zu einer öffentlichen Bank am Kurhaus und setzte sich neben sie. »Du hast sehr an dem Haus gehangen, Tine, ich weiß. Aber vielleicht tröstet es dich, wenn ich dir sage, dass man über diese Art von Verlusten am leichtesten hinwegkommt. Ich muss es wissen, mein Mann hat uns in den Ruin gestürzt, mir ist nichts geblieben, buchstäblich gar nichts.«

»Ich weiß, Anni«, erwiderte Tine, die langsam gewahr wurde, dass offenbar ein Wunder geschehen war. »Aber es ist nicht so, wie du denkst.« Und auf Annemaries fragenden Blick erklärte sie: »Ich muss nicht raus. Der Beschluss wurde aufgehoben.«

»Wirklich? Aber warum?«

»Ich habe keine Ahnung, Anni. Ich weiß nur, dass es ein Wunder ist.«

Einen Augenblick war die Freundin sprachlos. Dann fragte sie: »Heißt das, wir dürfen die ›Blütenträume‹ weiterführen?«

»Ja. Ich denke, das heißt es. Zumindest vorläufig.« Sie blickte hinaus aufs Meer, wo das erste Bäderschiff der Saison angelandet war. »Vorläufig dürfen wir unsere Blütenträume weiterträumen, Anni.«

Da fiel der ehemaligen Mitarbeiterin plötzlich ein: »Und der Herr Pastor? Ich kann ihn doch jetzt nicht einfach wieder verlassen!«

Tine nickte. »Du hast recht, Anni. Das geht nicht. Er braucht Hilfe. Und seine... seine Haushälterin braucht sie auch.«

»Sie ist sehr krank, wusstest du das?««, fragte Annemarie mit sorgenvoller Miene.

»Ja, ich weiß. Deshalb brauchte er doch Hilfe.«

»Ich habe Angst, dass sie stirbt.«

»Wir werden alle sterben.«

»Aber sie wird bald sterben. Was, wenn *ich* sie finde?«

Tine legte ihre Hand auf Annemaries und sagte mit sanfter Stimme: »Dann holst du mich, und wir bringen es dem Herrn Pastor gemeinsam schonend bei.«

»Danke, Tine.«

»Und wenn du deine Arbeit in der Pastorei erledigt hast, kannst du jederzeit für ein oder zwei Stunden zu mir in den Laden kommen und helfen. Darüber würde ich mich sehr freuen. Wie in den guten alten Zeiten.«

»Ein oder zwei Stunden? Wird das denn reichen?«

Tine betrachtete das Börteboot, das die Gäste aufnahm, um sie an die Landungsbrücke überzusetzen. »Wenn man sich ansieht, wie wenige Besucher auf diesem riesigen Schiff gekommen sind, dann fürchte ich wohl, dass es reichen wird.«

Annemarie war schon auf dem Weg, da fiel ihr etwas ein. »Tine?«

»Ja?«

»Was ist mit Emil?«

»Hast recht, wir müssen es ihm sagen.«

»Soll ich rüberlaufen zum Hafen?«, bot Annemarie an.

»Das wäre sehr nett von dir, Anni. Und sag ihm, ich würde mich freuen, wenn er wieder bei mir einzieht.«

»Da wirst du nicht die Einzige sein, Tine.«

***

Den Umstand, dass der Laden und das ganze Haus leer war, nutzte Tine, um alles perfekt zu putzen. Otto kam jeden Tag vorbei und reparierte etwas. Mal war es ein morscher Fensterladen, mal war es die Eingangstür, die sich verzogen hatte. Er besserte die Böden aus, ließ die Planken mit Harz und Wachs ein, schreinerte Tine sogar einen neuen Verkaufstisch und ein neues Regal, in dem sie die Topfpflanzen endlich besser würde präsentieren können. Tine gab bei Ohlstedts Jüngstem, der ein begabter Korbflechter war, ein paar Körbe in Auftrag, die sie ihm bezahlen konnte, sobald es erste Einnahmen gab. Der Verkaufsraum und die Fassadenseite zur Straße hin wurden frisch gestrichen, sodass die kleine alte Kate plötzlich wie ein Hexenhäuschen aus dem Märchenbuch wirkte – nur auf ganz entzückende Weise.

Und dann kamen die Blumen. Tine hatte vom Postamt aus telegrafisch bestellt: in Amsterdam, London und Hamburg. Es war eine Mischung aus dem Schönsten, allerdings nicht sehr viel. Einen Großteil der Ware besorgte sich Tine wieder wie früher auf ihren morgendlichen Spaziergängen über die Insel und aus dem Pfarrgarten, wo zurzeit Tulpen und Narzissen blühten und Primeln den größten Teil der Wiese überwuchert hatten.

Pastor Karl ging ihr bei ihrer Arbeit im Pfarrgarten sogar gelegentlich zur Hand und erwies eine gute Auffassungsgabe und ein gewisses Talent im Umgang mit Pflanzen. »Sie müssen in Ihrem früheren Leben einmal ein Gärtner gewesen sein«, sagte Tine anerkennend.

»Ich würde Ihnen zustimmen, wenn ich Inder wäre«, erwiderte der Pastor lachend, um dann ernst hinzuzufügen: »Das Stirb und Werde ist nun einmal mein Handwerk, Frau Heesters. Im Garten zu arbeiten bedeutet Gottes Werk zu pflegen.«

»Ich gestehe, so habe ich es mir noch nicht überlegt. Aber der Gedanke gefällt mir«, stimmte Tine zu. »Dann bin ich dankbar, dass ich mich seit jeher um Gottes Werk kümmern darf.«

»Und das tun Sie ganz vorzüglich, wenn ich das anmerken darf«, erklärte der Pastor. »Übrigens nicht nur im Umgang mit

Pflanzen.« Er senkte seine Stimme. »Wissen Sie, dass Sie uns mit Ihrer Annemarie einen wahren Engel ins Haus gebracht haben? Sie ist liebenswert und umsichtig in allen Dingen, geht mir zur Hand und redet meiner Frau so gut zu, dass sich Benedikte schon mehrmals bei mir bedankt hat, dass ich die junge Frau ins Haus geholt habe.«

Seine Frau, dachte Tine. So hat er sie nie genannt, höchstens vielleicht heimlich für sich selbst. »Das freut mich sehr, Herr Pastor. Ich weiß, Anni ist ein guter Mensch. Sie hatte nicht immer Glück im Leben und leidet auch jetzt, vor allem darunter, dass ihre Kinder nicht bei ihr sein können. Aber sie hat nie Gott die Schuld an ihrem Unglück gegeben. Und sie war immer bereit, das Gute zu erkennen, das ihr geschehen ist.«

Der Pastor nickte. »Kommt Zeit, kommt Rat«, sagte er rätselhaft. Dann machte er sich wieder daran, Primeln auszustechen und in Tines kleine Töpfchen zu stecken. Hinter ihm ragte der mächtige alte Maulbeerbaum auf, um den sich so viele Legenden rankten und unter dem ein Korbstuhl stand. Der Pastor bemerkte Tines Blick.

»Für Ihre Frau?«, fragte sie.

»Ja. Sie liebt diesen Platz. Manchmal, wenn es ihr gut genug geht, bringen wir sie nachmittags hierher. Sie kann dann in der Sonne sitzen und hat den Schatten der Blätter im Gesicht. So genießt sie die Seeluft und den Wind …«

»Schön«, sagte Tine. »Das ist eine gute Idee.« Und wenn doch etwas dran war an den Geschichten? Wenn man doch … Wieder fiel ihr Blick auf den Pastor, der ihr so lange fremd geblieben war und sie dann so sehr in sein geheimes Leben eingeweiht hatte. In diesem Moment fasste sie einen Plan. Wenn es schon keine Wiedergeburt gab für einen Christenmenschen, dann sollte es doch wenigstens einen Lohn Gottes im Diesseits geben. Und sie wusste auch, welcher das sein musste für den Pastor und seine Frau.

※ ※ ※

Später am Abend wurde sie zu einer Geburt auf der Siemens-Terrasse gerufen, der Verleger des Helgoländer Tagblatts Rüdiger Folkert, hatte nach ihr geschickt, weil seine Frau Irmingard in den Wehen lag. Sie war gerade vor dem Haus angekommen, als nebenan im Fotostudio Schensky die Tür aufging. »Guten Abend, Frau Heesters«, grüßte der Mann, der heraustrat.

»Herr Schensky, guten Abend!«, erwiderte Tine den Gruß. »Ich hätte Sie fast nicht erkannt ohne den Bart.«

»Ist mir von bestimmten Leuten verleidet worden«, murrte der alte Herr, der weit über Helgoland hinaus längst zur Legende geworden war. Franz Schensky hatte mehr und bedeutendere Aufnahmen gemacht als jeder andere Mensch – und nicht nur von der Insel.

»Tatsächlich?«, sagte Tine. »Also mir tut das leid. Ich fand, der Bart stand Ihnen immer ausgezeichnet.«

Ganz Gentleman, verbeugte sich Schensky leicht und erklärte: »Wenn eine so schöne Frau einem ein solches Kompliment macht, da könnte man glatt in Versuchung geraten. Sich wieder einen Bart stehen zu lassen, meine ich.« Er zwinkerte ihr zu.

»Tun Sie das doch, Herr Schensky.«

»Gut. Dann werde ich das machen. Aber wann es so weit ist, das liegt leider nicht in meiner Hand. Denn solange ein Herr Hitler einen Bart trägt, verzichte ich.« Er setzte seinen Hut auf, nickte Tine freundlich zu und ging seiner Wege.

Rüdiger Folkert wartete schon hinter der Tür. »Gott sei Dank, dass Sie da sind«, rief er, als Tine endlich klopfte. »Ich weiß gar nicht, was ich tun soll, sie stöhnt und klagt ... Ist das immer so?«

»Jedenfalls ist es immer schmerzhaft. Die schmerzfreie Geburt muss leider noch erfunden werden«, stellte Tine fest und wusch sich in der bereitstehenden Schüssel die Hände, um sie anschließend noch mit Alkohol abzureiben. So vieles hatte sich getan in der Geburtshilfe. Immer wieder hatte es Neuerungen gegeben, von denen sie hauptsächlich aus Gesprächen mit den Mitarbeiterinnen des Krankenhauses und mit Doktor Fest wusste. Der Arzt war nach dem Krieg ein guter Partner geworden, der seine Vorurteile gegen Hebammen überwunden hatte und Tine stets neue Artikel über die Geburtshilfe zu lesen gab.

»Hier drüben?«, fragte Tine und nickte ins Nebenzimmer.

»Es ist ja nicht zu überhören«, stellte Folkert resigniert fest und geleitete die Hebamme hinein.

Irmingard Folkert lag auf dem Rücken, bis zum Hals zugedeckt mit einem dicken Federbett. Im Kamin knisterten die Flammen, dass Tine der Schweiß ausbrach, kaum dass sie in die Kammer getreten war. »Es ist zu warm und zu stickig«, stellte Tine fest. »Ihre Frau braucht Luft. Wie soll sie sich entspannen, wenn sie hier wie in einem Brutkasten sitzt?« Sie scheuchte den Verleger zum Kamin und trug ihm auf: »Löschen Sie das Feuer und öffnen Sie kurz das Fenster. Sie können die Vorhänge vorziehen, damit man nicht hereinschauen kann. Und dann holen Sie uns ein paar Kissen. Am besten große, feste Kissen.«

Folkert tat, wie ihm befohlen. Und als er hinausging, um dem Dienstmädchen die Kissen aufzutragen, half Tine der werdenden Mutter, sich aufzusetzen. »So«, sagte sie. »Das Kind soll bekanntlich unten raus, richtig?«

Irmingard Folkert nickte und stöhnte.

»Da hilft es, nicht flach wie ein Brett auf dem Rücken zu liegen, verstehst du?« Wie immer, wenn sie zur Geburt kam, duzte sie die werdende Mutter. Das schaffte Nähe und Vertrauen. Es besagte: Wir machen das gemeinsam, du musst nicht alleine da durch. Diese Geburt ist unser gemeinsames Vorhaben. »Wenn du etwas aufrecht bist, hilft dir Mutter Erde, weil sie zieht, während du presst.«

Die Gebärende musste lächeln. »Hübsche Idee«, ächzte sie.

»Und dabei nimmt sie dir sogar ein wenig von den Schmerzen ab. Und ich nehme dir auch ein wenig davon ab.« Die Decke hatte Tine gleich beiseitegezogen, jetzt nickte sie der werdenden Mutter aufmunternd zu, schob ihr Nachthemd etwas hoch, tastete sie ab und stellte fest: »Das sieht schon ganz gut aus. Es wird bald so weit sein. Jetzt nehmen wir mal eine gute Salbe, die es dem Kindchen leichter macht rauszuschlüpfen.«

Rüdiger Folkert kam mit den Kissen herein, blieb wie vom Donner gerührt stehen und bewegte sich nicht weiter.

»Wollen Sie sagen, Sie hätten Ihre Frau noch nie so gesehen? Nun kommen Sie schon und helfen Sie ein wenig mit.« Tine stützte den Rücken der Frau, während Folkert näher trat und die Kissen platzierte. »Kann ich ... kann ich sonst noch etwas tun?«

»Zwei Schnäpse bitte«, orderte Tine.

»Für Sie?«

»Nein«, lachte Tine. »Einen für Ihre Frau und den anderen für Sie.«

Da musste auch Folkert lachen, und sogar seine Frau kicherte trotz der Schmerzen, weil die Hebamme ihren Mann so vorgeführt hatte.

Eine Stunde später war die Geburt glücklich vorüber. Irmingard Folkerts Schmerzenslaute waren in ein verzücktes Seufzen übergegangen, und der Verleger konnte sich kaum beruhigen vor Begeisterung, dass ihm ein strammer Junge geboren worden war. Er ließ sich sogar dazu hinreißen, Tine an Ort und Stelle und üppiger als nötig zu bezahlen. »Ich bin wirklich froh, dass wir Sie haben, Frau Heesters«, sagte er.

»Einer von den Ärzten hätte es genauso gut gemacht«, erklärte Tine entgegen ihrer Überzeugung. Denn Geburtshilfe war nicht einfach nur Medizin. Sie bestand zu einem großen Teil auch aus Erfahrung und auch Einfühlungsvermögen. Wenn man dann noch die nötige innere Ruhe mitbrachte und sich auf das Fachliche verstand, dann konnte man gut sein in diesem Beruf. Ein Studium, und sei es summa cum laude, war dagegen eine mäßige Qualifikation.

»Haben wir eigentlich jemals einen Artikel über Sie gebracht?«, ging es dem Verleger durch den Kopf.

»Einen Artikel? Gott bewahre, was sollten Sie denn da schreiben.«

»Wir haben doch schon etliche Helgoländer Originale porträtiert. Da würden Sie doch wunderbar reinpassen in diese Reihe.«

»Helgoländer Originale!«, rief Tine und schlug die Hände über dem Kopf zusammen. Sie steckte ihren Lohn ein und klopfte ihm freundschaftlich an den Arm. »Der Schnaps war wohl keine gute Idee.« Sie lachte. »Nun genießen Sie Ihren Sohn und denken Sie nicht mehr an die Hebamme. Da drinnen wartet Ihre Frau. Ich wünsche Ihnen, dass Ihr Kleiner ein gesunder und glücklicher Mensch sein wird. Und vielleicht bekommt er ja noch ein paar Geschwisterchen?«

»Worauf Sie sich verlassen können!«, rief Folkert.

»Aber geben Sie Ihrer Frau ein paar Wochen«, mahnte sie.

»Das braucht sie zur Erholung.« Und auf seinen erschrockenen Blick zwinkerte sie ihm zu und ließ ihn wissen: »Glauben Sie mir, das lohnt sich auch für Sie.«

Müde, aber zufrieden machte Tine sich auf den Weg zurück zu ihrem kleinen Häuschen, über dessen Tür jetzt wieder das frisch gestrichene Schild mit der Aufschrift »Blütenträume« prangte. Es war ein lauer Abend, in der Nähe lärmten noch einige Zecher in der »Fischerhütte«. Ein Pärchen drückte sich in den Schatten eines Hauseingangs, und Tine lief rasch weiter, um nicht zu stören. Es waren ja nur ein paar Schritte bis hinüber zur Mellinstraße und dann um die Ecke zu ihrer Kate.

Irgendwo hörte sie Glas klirren. Und noch mehr Glas. O Gott, dachte sie, nun zerschmeißen sie ihre Gläser. Der Wirt der »Fischerhütte« tat ihr leid. Wenn das mal bloß keine Schlägerei gab. Man wusste ja, dass die jungen Kerle, wenn sie zu viel getrunken hatten, gerne aufeinander losgingen. Wegen Nichtigkeiten konnten sie sich gegenseitig die Nasen und dem Wirt sein Mobiliar zerschlagen.

Doch die »Fischerhütte« lag schräg hinter ihr – und das berstende Glas war vor ihr zu hören. Schockiert blieb Tine stehen, lauschte, versuchte sich zu überlegen, von wo genau das Geräusch gekommen war. Wenige Augenblicke später ging sie weiter. Die Tasche in ihrer Hand fühlte sich an, als wäre sie zentnerschwer. In ihrem Bauch breitete sich ein böses Gefühl aus. Sie beschleunigte ihre Schritte. Doch was sie hörte, waren nicht ihre eigenen Absätze auf dem Pflaster, zumindest nicht nur ihre. Da waren noch andere Schritte. Absätze, die auf den Steinen knallten. Stiefelabsätze! Sie rannte los, als könnte sie noch irgendetwas ändern, hetzte durch die dunklen Gassen, bis sie vor ihrem kleinen Häuschen ankam, wo sie endlich sah, was sie längst geahnt hatte: Die Fenster gähnten sie schwarz und leer an. Das Glas war eingeschmissen, auf dem Weg lagen die zerborstenen Fensterscheiben.

※ ※ ※

Am nächsten Morgen hatte Emil seine Sachen gepackt.

»Willst du verreisen?«, fragte Tine überrascht. Sie hatten noch in der Nacht notdürftig die Fenster mit Brettern und Pappe verschlossen und natürlich kein Auge zugetan. Zu sehr saß ihnen noch der Schreck in den Gliedern. Und immer wieder war Tine in Tränen ausgebrochen, so empört war sie darüber, dass nach all der Arbeit an dem kleinen Haus der Blumenladen nun so verwüstet war.

»Nein, Tine. Ich ziehe aus.«

»Aber wohin? Hast du denn etwas gefunden?« Ein Hoffnungsschimmer glimmte in ihr auf. Am Ende gab es gar Arbeit für Emil, Arbeit und Unterkunft.

»Nein. Ich weiß noch nicht, wo ich unterkomme. Vielleicht wieder am Hafen. Aber hier kann ich nicht bleiben.«

»Ich weiß auch nicht, warum sie ausgerechnet uns das antun mussten, Emil«, erwiderte Tine, enttäuscht, dass er sie nun alleine ließ, wo es so viel zu tun gab, damit alles wieder in Ordnung kam.

»Aber ich weiß es, Tine. Sie waren meinetwegen hier.«

»Deinetwegen? Weshalb sollten sie?

Emil lächelte sie vielsagend an. Dann sagte er: »Ich muss Alfred warnen.«

»Du meinst wirklich, es war, weil du ... weil ihr ...?«

»Ganz sicher, Tine. Hör dir doch nur an, was sie in ihren Kundgebungen belfern. Lies, was sie in ihren Schmierblättern schreiben! Wir sind für diese Herrenmenschen doch nur Abschaum.«

»Ihr …«

»Ja, wir. Die Homosexuellen.«

Sie hatten nie darüber gesprochen. Tine hatte das Wort nie benutzt. Aber sie alle hatten es seit langen Jahren gewusst, und es hatte ein stilles Einvernehmen darüber gegeben, dass jeder auf seine eigene Weise glücklich werden sollte. Alfred und Emil waren ein schönes Paar, auch wenn sie langsam in die Jahre kamen. Und sie waren schon so lange zusammen! Dass sie im Imperial als Geschlechtsgenossen nicht nur ein Zimmer teilen durften, sondern mussten, war eine glückliche Fügung gewesen. Denn es lebten dort ja immer zwei Dienstboten gleichen Geschlechts in einem Zimmer – wie überall, wo es eine größere Anzahl von Bediensteten gab.

»Ihr habt es nicht leicht gehabt in letzter Zeit«, stellte Tine fest. Denn natürlich hatten sie sich nicht gut auf Tines Dachboden über dem Geschäft zurückziehen können. Und ein Besuch Emils im Imperial war auch nicht mehr möglich, jedenfalls nicht in den Dienstbotenkammern.

»Ich schätze, gegen das, was noch kommt, war es eine einfache Übung«, erwiderte Emil und warf einen Blick in den Spiegel an der Garderobe. Er sah wie immer elegant aus, selbst jetzt, da ihm eigentlich die Mittel fehlten, sich schick zu machen. »Ein Friseurbesuch wäre mal gut«, seufzte er denn auch prompt.

»Gunda Faber vom Friseursalon würde dich bestimmt gerne mal wiedersehen«, sagte Tine lächelnd.

»Ja«, lachte Emil. »Das glaub ich wohl. Und unter anderen Umständen wär's umgekehrt vielleicht genauso.«

Gunda Faber war eine durchaus attraktive Frau, die allerdings bisher alle Männer mit ihrem forschen Mundwerk verschreckt hatte. So war sie eine alte Jungfer geworden, bei der sich alle wunderten, weshalb sie nicht irgendwann einem ihrer zahlreichen Verehrer gegenüber doch ein etwas milderes Wesen an den Tag gelegt und vor allem seinen Antrag angenommen hatte. Längst hatte sie den Friseursalon ihrer Eltern übernommen, aber es war kein Erbe in Sicht – und es würde auch keiner mehr kommen.

»Geh doch zu ihr und lass dir einen schönen Haarschnitt und eine gute Rasur angedeihen«, schlug Tine vor. »Sie soll es anschreiben, ich kümmere mich dann darum.«

»Nachdem ich monatelang umsonst bei dir gewohnt und deinen Kaffee getrunken habe? Ich bitte dich, das wäre ja noch schöner!«

»Aber Emil, ich habe ja jetzt den Laden wieder und damit auch ein Einkommen. Du musst dein Geld erst einmal beisammenhalten, bis sich etwas Neues findet.«

»Hm«, machte Emil. »Vielleicht ist das so. Ich werde hingehen und anschreiben lassen. Aber bitte lass mich erst einmal versuchen, es selbst zu bezahlen, ja?«

»Abgemacht«, stimmte Tine zu. »Noch einen letzten Kaffee?«

»Nein«, sagte Emil. »Es wird Zeit.« Er setzte sich den Hut auf, sagte noch einmal: »Danke für alles, Tine«, dann trat er nach draußen und fand sich unvermittelt vor einer Abordnung Braunhemden. »Emil Heckert?«

»Ja, bitte?«, erwiderte er, während Tine, die sich wunderte, was vorging, ebenfalls zur Tür kam.

»Sie werden aufgefordert, mit uns zur Sammelstelle zu kommen.«

»Sammelstelle? Was soll den bitte gesammelt werden?«, wollte Emil wissen und wich einen Schritt zurück. Doch es waren schon zwei Uniformierte bei ihm. »Volksschädlinge und arbeitsscheues Gesindel.«

Tine trat vor. »Dann kann es sich ja nur um ein Missverständnis handeln!«, erklärte sie und musterte die Männer, von denen sie die meisten kannte. Wie konnte es sein, dass ein August Haentje junior, dass ein Simon Keller, ein Carl Lindemann und sogar ein Jens Freese in dieser Gruppe von Schlägern und Pöblern mitliefen und unschuldige Menschen festnehmen wollten. »Herr Heckert ist ganz und gar nicht arbeitsscheu, sondern der beste Mitarbeiter, den ich je hatte.«

»Als was?«, rief einer aus dem Hintergrund. »Als Blumenfrau?«

Gelächter. Tine sog scharf die Luft ein. »Gesindel«, rief sie. »Gesindel hat mir letzte Nacht die Fensterscheiben eingeworfen! Mein Laden ist verwüstet, wir haben eine Menge Arbeit und großen Schaden. Diese Leute sollten Sie verfolgen!« Sie ließ ihren Blick durch die Reihen gehen, wohl wissend, dass es wahrscheinlich genau dieselben Männer waren, die gestern hier ihr Schandwerk vollbracht hatten.

»Schon gut, Frau«, sagte einer, der offenbar ihren Namen nicht kannte. »Gehen Sie wieder ins Haus, das geht Sie hier gar nichts an. Dieser hier …« Er deutete auf Emil. »… ist uns bestens bekannt als krankes Subjekt. Er ist ein Volksschädling und wird der weiteren Behandlung halber hiermit aus dem Verkehr gezogen.«

»Behandlung?«, keuchte Emil. »Was soll das bitte heißen?«

»Das werden Sie schon noch erfahren, Mann«, beschied ihm der Wortführer der Gruppe kalt. »Ich sehe, Sie haben Ihre Sachen schon gepackt. Sehr gut.« Er gab seinen Kumpanen mit dem Kopf ein Zeichen, die griffen sich Emil von beiden Seiten und rissen ihn dann mit sich. Verzweifelt und ratlos blieb Tine auf der Stufe ihres kleinen Häuschens stehen und sah ihnen nach, bis sie Richtung Landungsbrücke verschwunden waren.

※ ※ ※

»Sag bitte, dass das nicht wahr ist.« Jette rang die Hände und schüttelte wieder und wieder den Kopf. Fassungslos hatte sie Tines Bericht zugehört.

»Ich wünschte, es wäre nicht wahr. Sie sind gekommen und haben ihn einfach mitgenommen. Als hätten sie irgendein Recht dazu. Als würde er ihnen gehören. Als dürfte er selbst nicht mehr über sein Leben bestimmen. Genauso.«

»Und vermutlich ist es auch genauso«, warf Otto ein. »Jetzt sind die neuen Machthaber dran. Und die haben ihre eigenen Vorstellungen, wer was darf und wer nicht.«

»Aber er hat doch nichts getan!«, protestierte Julia, die das Gespräch fassungslos verfolgte.

»Das reicht unter Umständen schon aus heutzutage, um jemanden aufzuhängen.«

»Otto!«, fuhr ihm Jette ins Wort. »Das darfst du nicht sagen.«

»Entschuldige.« Otto stellte sich ans Fenster und blickte hinüber zur Landungsbrücke, wo eine Gruppe von Menschen von einer anderen Gruppe eingekreist stand und offenbar wartete. Die Sammelstelle. »Weißt du, ob sie Alfred auch geholt haben?«, fragte er.

»Alfred? O Gott, nein«, erwiderte Tine. »Aber du hast natürlich recht. Wenn sie von Emil wissen, wissen sie auch von Alfred. Und wenn sie den einen holen, werden sie den anderen vermutlich auch ...« Sie wagte es sich gar nicht auszumalen.

»Dann gehe ich jetzt und stelle das fest.«

»Bitte, Otto«, widersprach Jette. »Tu das nicht. Diese Leute sind zu allem fähig.«

»Ich weiß. Eben deshalb muss ich ja gehen. Mir werden sie nichts tun. Ich bin immerhin der Stiefsohn des Ortsgruppenleiters.« Thorsten Brand! Natürlich, dachte Tine. Das war alles eine Racheaktion von Brand. Sie hatten ihn in seinem Haus überfallen und Hedi befreit, sie hatten ihn zum Gespött der Insel gemacht… Und jetzt, wo er mit seinen Nazis an der Macht war, jetzt griff er durch. Die Aktion in der letzten Nacht war mit Sicherheit auch von ihm ausgegangen. Er hatte das Wissen, die Möglichkeiten, die Macht – und vor allem die nötige Skrupellosigkeit, seine Rachepläne mit aller Konsequenz umzusetzen. »Otto«, sagte sie. »Vielleicht ist es gerade Thorsten Brand, der …«

»Aber natürlich ist er das!«, rief Otto voller Überzeugung. »Daran hatte ich von Anfang an keinen Zweifel.«

Ehe seine Frau oder Tine noch weitere Bedenken hätten vorbringen können, war der Bootsbauer aus der Tür und lief eilends zur Landungsbrücke, wo bereits die ersten Männer auf ein Boot stiegen, um aufs Schiff gebracht zu werden. »Heda!«, rief Otto noch aus einiger Entfernung. »Wartet! Wartet!«

Ehe er zu der Gruppe aufschließen konnte, trat ihm ein SA-Mann in den Weg und befahl ihm stehen zu bleiben. »Heil Hitler!«, bellte er. »Was hast du hier zu suchen?«

»Plock? Ich hätte dich fast nicht erkannt«, entgegnete Otto, der den Hafenarbeiter und Totengräber seit langen Jahren kannte. Mit den Augen suchte er die Gruppe von Männern ab, die man zusammengetrieben hatte. Emil konnte er entdecken, Alfred zu seiner Erleichterung jedoch nicht. »Gut, dass du da bist, Plock. Hier liegt ein Missverständnis vor.«

»Soso. Und was für ein Missverständnis soll das sein?«

»Ihr habt Emil mitgenommen.« Und auf Plocks ausdruckslose Miene ergänzte Otto: »Emil Heckert, den ehemaligen Gepäckmeister des Imperial.«

»Und? Der Mann ist ein Volksschädling.«

»Aber so hör doch, Plock. Emil ist doch ein guter Kerl. Den kennen wir doch alle seit vielen Jahren.«

»Das macht es nicht besser, sondern noch schlimmer! Dass so einer sein Unwesen viele Jahre auf unserer Insel treiben durfte! Jetzt scher dich weg, sonst nehmen wir dich auch gleich noch mit.«

»Du weißt, dass euer Ortsgruppenleiter mein Stiefvater ist«, erinnerte Otto den SA-Mann.

»Und du weißt, dass wir hier auf ausdrückliche Anordnung von Sturmbannführer Brand tätig sind?«

Für einen Augenblick war Otto sprachlos. Natürlich hatte er es gewusst. Aber nun, da es ausgesprochen war, fiel ihm nichts mehr ein, was er dagegen hätte vorbringen können. »Was wird den Männern denn vorgeworfen? Ich wüsste nicht, dass einer etwas Schlechtes getan hat!«

»Was deinen Herrn Heckert betrifft, so hat er sich strafbar gemacht, und zwar wegen andauerndem und schwerem Verstoß gegen Paragraf hundertfünfundsiebzig. Strafgesetzbuch«, schob Plock hinterher. Er hatte diesen Spruch offenbar auswendig gelernt. Denn auch wenn Plock kein völliger Dummkopf war, so war er doch noch nie durch besondere Kenntnisse aufgefallen, egal wovon.

»Hunderfünfundsiebzig Strafgesetzbuch?«, wiederholte Otto verständnislos. Sollte Emil tatsächlich etwas Strafbares begangen haben? Aber Otto kannte Emil seit jeher als hochanständigen Menschen!

»Sexuelle Handlungen zwischen Personen männlichen Geschlechts«, erklärte Plock genüsslich.

»Der Schwulenparagraph, Mann!«, rief ein anderer aus Plocks Truppe. Und mehrere der Uniformierten gaben verächtliche oder anstößige Geräusche von sich.

»Das kann gar nicht sein!«, sagte da plötzlich hinter Otto eine ihm nur zu wohlbekannte, geliebte Stimme.

»Julchen!« Er drehte sich um. »Geh bitte weg hier. Das ist nichts für dich.«

»Aber ich habe gehört, dass die Herren meinen Verlobten mitnehmen wollen.«

»Deinen Verlobten?«

Julia wandte sich an Plock. »Herr Plock, wie gut, dass Sie da sind. Auf Sie werden die anderen Herren hören. Ich möchte Sie bitten, dass Sie meinen Verlobten aus der Gruppe wieder herausnehmen. Herr Heckert hat nun wirklich keinerlei Vorlieben für ...« Sie schlug beschämt die Augen nieder. »... für Männer. Ich kann Ihnen das versichern.« Und sie lief sogar ein wenig rot an.

Plock schien verunsichert. Otto holte tief Luft. »Sie haben es gehört, Plock. Und auch wenn das noch nicht offiziell ist, will ich es Ihnen verraten: Die Hochzeit soll im Juni sein.« Er räusperte sich: »*Muss* im Juni sein, wenn Sie verstehen, was ich meine.«

»Ach«, sagte Plock. »Das ist aber mal eine Überraschung.« Er musterte Otto scharf, dann blickte er zu Julia hin, die ihm das reinste und freundlichste Lächeln schenkte. »Danke, dass Sie uns helfen, Herr Plock. Mir und meinem Verlobten.« Und zu allem Überfluss strich sie sich noch über den Bauch, als wäre sie tatsächlich guter Hoffnung.

»Ja, wenn das so ist ...«, sagte Plock. Er wandte sich zu seinen Kumpanen um. »Heda! Schickt mir mal den Heckert rüber!«

Augenblicke später stand Emil vor dem SA-Mann. »Sie können von Glück reden, dass Ihre Verlobte noch rechtzeitig aufgetaucht ist, Mann«, herrschte Plock den völlig verdatterten Emil an und nickte zu Julia hin. »Ich versteh zwar nicht, was das junge Ding an Ihnen findet, aber wenn es so ist, wie sie sagt, dann haben Sie mehr Glück als Verstand. Hauen Sie schon ab!«

Wenig später waren die Männer allesamt auf Booten, während Emil mit Julia und Otto auf dem Weg zur kleinen Bootswerft war.

* * *

Zweites Kapitel

Hör nur, Jette«, sagte Otto und las aus der Zeitung vor: *»Heute findet erstmalig Gymnastik am Strande ohne Juden statt, und die Gymnastiklehrerin kann den Sport mit ›Heil Hitler‹ eröffnen.«*

Jette atmete tief durch, dann trat sie zu Otto, riss ihm das Blatt aus der Hand, zerriss es und warf es in den Herd. »Was liest du auch dieses schmutzige Hetzblatt«, schimpfte sie. »Ich komme mir schon besudelt vor, wenn ich nur etwas daraus höre.«

»Jette, man muss wissen, was diese Leute denken. Dann weiß man auch, was sie vorhaben. Und nur wer das weiß, kann sich vorsehen.«

»Ha!«, rief Jette und warf die Arme in die Luft. »Vorsehen! Von Vorsehung ist mir ein bisschen zu viel die Rede!«

Otto stand auf und stellte sich zu ihr, legte von hinten die Arme um seine Frau und küsste ihren Kopf. »Mein Liebling, ich wünschte auch, es wäre anders. Aber die Zeiten sind, wie sie sind. Wir können von Glück sagen, dass wir bisher halbwegs gut durchgekommen sind.«

Jette schnaubte. »Gut? Ich weiß nicht. Sie haben mir den Königin-Luise-Verein aufgelöst, sie hätten um ein Haar Emil mitgenommen, Alfred muss sich auch verstecken und jeden Tag damit rechnen, dass sie ihn holen, sie haben meiner Mutter die Fenster eingeschmissen – und deine Mutter traut sich gar nicht mehr aus ihrer Kammer.«

Leider stimmte das: Hedi schien völlig ihre Lebensfreude

verloren zu haben. Sie saß die meiste Zeit an dem kleinen Fenster ihrer Kammer neben der Werkstatt, las in einem der Bücher, die sie sich von Tine auslieh, oder stickte und nähte für die Hotels. Aber sie brachte die Stücke nicht einmal mehr hin, sondern schickte Julia, die ihr zwar von Herzen gerne half, aber eigentlich andere Aufgaben hatte und sich schon mehrmals bei Jette beschwert hatte, dass sie nicht genügend Zeit für die Schule fand.

Natürlich wusste Jette, dass es nicht nur Zeit für die Schule war, die Julia abging, sondern auch Zeit für ihre Freundinnen und vor allem für Jan Grüner, der sich neuerdings verdächtig oft in der Gegend herumdrückte und immer zufällig des Weges kam, wenn Julia gerade aus dem Haus ging. Aber sie wollte ihre Tochter deshalb nicht zur Rede stellen. Zu gut erinnerte sie sich an ihre eigene Jugendzeit, in der sie immerzu kleine Freiheiten gesucht hatte – am liebsten mit Otto. Und alles, was letztlich daraus entstanden war, war gut in ihrem Leben.

»Wir könnten auch mal wieder ein wenig Gymnastik vertragen«, flüsterte Otto ihr ins Haar. Sie knuffte ihn mit dem Ellbogen in die Seite und zischte: »Schäm dich, du unersättlicher Mensch.«

»Au! Die Art von Gymnastik habe ich aber nicht gemeint«, ächzte Otto und hielt sich die Seite.

»Dann war das wohl ein Missverständnis«, erklärte Jette gespielt schnippisch und wand sich aus seinem anderen Arm. »Ich bin jedenfalls weder fertig mit Kochen noch sind wir alleine. Und außerdem muss ich dir leider sagen, dass man riecht, wie hart du heute schon in deiner Werkstatt gearbeitet hast.«

»Oha!«, rief Otto. »Warum sagst du das nicht gleich! Nichts liegt mir ferner, als die gnädige Frau zu inkommodieren!«

Jette lachte. Wenn sie etwas an Otto liebte, dann war es, dass er immer noch so albern war wie einst. Immer noch liebte er es, Scherze zu machen, verstand es, über sich selbst zu lachen, und brachte vor allem Jette mühelos dazu, Ärger oder Trübsinn zu vergessen. Dieser Mann war nun einmal ein Geschenk des Himmels, und ja, nur zu gerne hätte sie jetzt ein wenig Gymnastik mit ihm gemacht. Aber Hedi war im Nebenraum, in der Werkstatt bastelte Sven an seinem neuesten Flugzeugmodell, und Julia würde wahrscheinlich auch jeden Augenblick nach Hause kommen. An ein Schäferstündchen war beim besten Willen nicht zu denken.

Sie sah Otto hinterher, der vor die Tür ging, um sich direkt an der Regentonne zu waschen. Immer noch hatte er einen muskulösen Oberkörper, der von der Arbeit im Freien braungebrannt war. Das Haar lichtete sich zwar ein wenig und machte einer hohen Stirn Platz, aber es hatte noch seine volle Farbe, und die Augen blitzten wie eh und je. Ein Bild von einem Mann, dachte Jette, das war er.

Leider dachten das auch die Nazis, die ihn inzwischen mehrmals aufgefordert hatten, der Partei beizutreten, und die ihm zunehmend übel nahmen, dass er es bisher abgelehnt hatte. Voll Liebe betrachtete sie ihren Mann durchs Küchenfenster, als sie plötzlich neben dem Eingang des nahe gelegenen Theaters eine Tafel aufgestellt sah: »Heute nur für Arier!«

»Was ist?«, fragte Otto, als er wieder hereinkam. »Hast du ein Gespenst gesehen?«

»Ja«, sagte Jette. »So kann man es sagen. Ein Schreckgespenst.« Sie deutete durch das Fenster Richtung Theaterbau. Otto schüttelte ungläubig den Kopf. »Ja sind sie denn alle wahnsinnig geworden?«, rief er. Dann stampfte er die Treppen zur Schlafkammer hoch, kam mit einem frischen Hemd wieder herunter, lief ohne ein weiteres Wort zur Tür hinaus und steuerte direkt auf das Theater zu. Jette schlug sich vor Schreck die Hände vor den Mund, dann zog sie eilig den Topf vom Herd und rannte hinter ihrem Mann her. »Otto! Warte! Tu nichts Unüberlegtes!«

Doch zu spät. Otto hatte den Theaterbau schon erreicht. Er packte das Schild und machte kehrt.

»Wo willst du hin?«, fragte Jette, die abermals hinter ihm herstolperte.

»Warte bitte in der Küche. Ich muss nur rasch etwas erledigen. Ich komme gleich wieder.«

»Aber was willst du denn erledigen?«

»Einen Fehler korrigieren«, sagte Otto spröde und verschwand in der Werkstatt.

Als er wenig später das Schild wieder an seinen Platz stellte, sah alles aus wie vorher. Und für einen Moment verstand Jette nicht, was nun eigentlich vor sich gegangen war. Bis sie es genauer ansah und erkannte, dass sich die Aufschrift leicht verändert hatte. Otto hatte den Text ordentlich mit Schiffslack überpinselt. Nun hieß es: »Heute nicht nur für Arier!« Und darunter: »Juden willkommen!«

***

Über Ottos Schelmenstück wurde auf der ganzen Insel gelacht, auch wenn offiziell niemand davon Kenntnis genommen hatte. Allerdings änderte es nichts daran, dass sich Helgoland immer mehr der Linie der anderen Nordseebäder anglich. Wo Baltrum oder Wangerooge sich längst als »judenfreie Bäder« präsentiert hatten, war Helgoland ein letzter Zufluchtsort auch für Juden gewesen. Doch spätestens mit dem Jahr 1935 änderte sich das. Der Fels in der Nordsee war bei den Nazis zusammen mit Heringsdorf und Norderney als »Judenbad« verschrien.

Wie die anderen beiden, so schwenkte nun auch Helgoland auf Linie. Es reichte jetzt nicht mehr aus, überall die Hakenkreuzflagge zu hissen. Schilder mit der Aufschrift »Nicht für Juden« prangten an den Hoteleingängen. »Arier willkommen!« und »Israeliten nicht erwünscht« stand in fetten schwarzen Lettern auf Tafeln am Schwimmbad oder am Kurhaus. Und über dem Zugang zur Landungsbrücke hing über die ganze Breite ein riesiges Transparent mit der Aufschrift: »Juden hinaus!«

»Bald werden sie uns noch die letzten guten Gäste vergrault haben«, seufzte Tine, als sie mit Hink am Anleger wartete, um ihre Ware in Empfang zu nehmen. Sie hatte eine Lieferung aus Hamburg, die mit dem Bäderschiff kommen würde. Das heißt, eigentlich war es gar kein Bäderschiff mehr, so wie man das bisher gekannt hatte, es war jetzt ein Kraft-durch-Freude-Schiff, auf dem täglich Ausflügler nach Helgoland gebracht wurden, Männer und Frauen der Deutschen Arbeitsfront, die kein Geld brachten, aber die Insel überrannten und sich ihres Deutschtums erfreuten. Gerne sangen sie das »Borkum-Lied« und andere antisemitische Stücke, und Tine wandte sich oft beschämt ab, weil sie es als Schande empfand, dass ihre schöne Insel jetzt zunehmend zum Hort der neuen Herrenmenschen wurde. Besonders schlimm war es für sie, wenn sie jüdischen Gästen begegnete, oft Herrschaften, die sie schon viele Jahre kannte und die Helgoland und seine Menschen ins Herz geschlossen hatten. Das Ehepaar Schröder zum Beispiel, aus Wilhelmshaven stammend, gehörte zu den Ersten, die sich nach dem Krieg wieder auf der Insel eingefunden hatten. Sie waren regelmäßig im Hotel Perle abgestiegen, doch dieses Jahr hatte das Haus die Reservierungsanfragen jüdischer Gäste unbeantwortet gelassen und zur Sicherheit an der Rezeption ein Schild angebracht: »Juden unerwünscht.«

Immer noch durfte Tine dem Hotel Perle zumindest einmal wöchentlich etwas Blumenschmuck liefern, ein Auftrag, den sie gut brauchen konnte, um über die Runden zu kommen. Doch jedes Mal, wenn sie an der Rezeption vorbeiging, senkte sie empört den Blick. Und immer wieder rang sie mit sich, ob sie ihrem Ärger Luft machen und den Geschäftsführer zur Rede stellen sollte. Doch dann fehlte ihr der Mut, auch an dieser Front noch zu kämpfen. Es gab so vieles, was sie nicht akzeptieren wollte, so häufig eckte sie mit ihren Bemerkungen an, dass sie zunehmend aufpassen musste, nicht in ihr Verderben zu laufen. Die Nazis fackelten nicht lange. Wer sich nicht willfährig verhielt, wurde kaltgestellt oder gleich weggeschafft.

Sie trat ins Freie und atmete durch. Seit das Hotel Perle sich nationalsozialistisch gab, hatte sie oft das Gefühl, keine Luft mehr in dem Haus zu bekommen. Den leeren Korb im Arm wandte sie sich zur Seite, um Richtung Treppe zu gehen, als sie mit jemandem zusammenstieß. »Oh! Verzeihung!«, sagte sie und erkannte dann erst, wer vor ihr stand.

»Frau Heesters, guten Tag«, grüßte David Schröder und lupfte den Hut. Seine Frau nickte Tine freundlich, aber ernst zu. Tiefe Schatten lagen unter ihren Augen.

»Frau Schröder ... Herr Schröder, guten Tag. Wie ... wie geht es Ihnen?« Tine hatte Schröders vor Jahren im Hotel Schlüter kennengelernt, als sie dort als Hausdame gearbeitet hatte.

»Vielen Dank, Frau Heesters. Wir versuchen, unsere Würde zu bewahren«, erwiderte der ehemalige Kaufmann sanft.

»Ich verstehe«, murmelte Tine. »Bitte glauben Sie mir ...«

Der zierliche Mann winkte ab. »Sagen Sie nichts. Wir wissen, dass Sie anders sind. Die wirklich anständigen Menschen sind auch jetzt anständig und werden es immer bleiben. Aber alle anderen sehen ihre Stunde gekommen«, erklärte er. »Das war schon immer so und ist überall so.« Er wurde noch ein wenig leiser, als er hinzufügte: »Uns wundert nur, wie viele es sind.«

»Ja«, stimmte Tine leise zu. »Das wundert mich auch.« Ein kleines Zweiglein Moosröschen, das aus einem der Sträuße gerutscht war, lag noch in ihrem Korb. Sie reichte es Frau Schröder. »Mögen Sie es vielleicht an Ihren Hut stecken?«, fragte sie. »Ich glaube, es würde sich entzückend machen.«

»Das glaube ich auch«, erwiderte Frau Schröder. »Aber es wäre zu fröhlich und vielleicht zu auffällig. Ich werde es lieber in der Hand halten, wenn es Ihnen recht ist.«

Natürlich, Juden durften in diesen Zeiten nicht mehr auffallen. Die neuen Machthaber hätten sie ja wohl am liebsten alle vom Erdboden getilgt. Da war es die beste Schutzmaßnahme, so wenig wie möglich sichtbar zu sein. »Und wo sind Sie jetzt untergekommen?«, fragte sie, sich schämend, dass sie aus einem so judenfeindlichen Haus gekommen war.

»Das Haus Wilhelm ist noch bereit, Gäste jüdischen Glaubens aufzunehmen.«

»Wobei wir gar nicht jüdischen Glaubens sind!«, erklärte Herr Schröder voll Nachdruck. »Wir stammen beide aus christlich getauften Familien, ich sogar in dritter Generation!«

»Und?«, warf seine Frau ein. »Spielt es eine Rolle?«

»Nein«, gab ihr Mann zurück. »Sie berufen sich zwar gerne auf den Christusmord. Aber wenn man darauf hinweist, dass er auch unser Heiland war, dann muss man mit dem Schlimmsten rechnen.«

Tine nickte voll tiefstem Verständnis. »Es tut mir so leid, Herr Schröder. Und Frau Schröder. Das dürfen Sie mir glauben. Wenn ich ein Hotel hätte, ich würde dergleichen nicht machen.«

»Und doch schmücken Sie das Hotel Perle mit Ihren Blumen«, sagte Schröder müde lächelnd.

»Ich ...«

Er hob die Hand. »Lassen Sie nur, Frau Heesters. Was wäre gewonnen, wenn Sie nicht mehr von Ihrer Arbeit leben könnten? Es ist eben so: Viele laufen jetzt mit, auch wenn ihnen die Richtung nicht passt. Doch das Zurückbleiben ist eben auch gefährlich.«

»Ja«, sagte Tine. »Sie haben recht. Und es ist eine Schande. Für uns alle. Auch für mich. Ich weiß nicht, was ich tun soll. Man kann ja schon nicht mehr den Mund aufmachen, ohne dass ...« In dem Moment kam Bürgermeister Meunier des Weges, ein strammer Nazi, der sich gerne in Uniform zeigte. Er musterte Tine, musterte auch das Ehepaar Schröder, sagte aber keinen Ton. Herr Schröder hob seinen Hut, dann war der Bürgermeister vorüber und ging den Falm hinab Richtung großer Treppe.

»Es wird bestimmt wieder besser«, flüsterte Tine und drückte den beiden die Hände.

»Bestimmt, Frau Heesters«, sagte Schröder. »Aber ob wir es noch erleben?«

***

Als Tine zurück in ihren kleinen Blumenladen kam, wartete Sven schon sehnsüchtig auf sie. »Moin, Oma!«, rief er. »Hast du vielleicht sechzig Pfennige, die einen neuen Besitzer suchen?«

»Sechzig Pfennige? Wofür willst du denn die?«, fragte Tine und stellte ihren Korb neben der Tür ab. Da Hink auf der Rückseite des Hauses beschäftigt war, war die Vordertür verschlossen. Die Fenster hatten sie nur dadurch reparieren können, dass sie zwei heile Fenster von der Seite und von hinten hier vorne eingesetzt und die anderen Fenster vernagelt hatten. Denn Fensterglas konnte sie sich in diesen Zeiten schlicht nicht leisten.

»Ich will ins Kino gehen!« Der Junge kam so sehr nach seinem Vater, dass Tine jedes Mal, wenn sie ihn sah, das Gefühl hatte, als würde Otto vor ihr stehen. Und bald würde er auch so groß wie der Vater sein.

»Hab ich dir nicht neulich erst Geld fürs Kino gegeben?« Kino nannte man das seit einiger Zeit. Früher hatten sie Lichtspielhaus gesagt, das klang eleganter. Aber heutzutage sollte es nicht mehr elegant sein, sondern knapp und flott. »Was willst du dir denn ansehen?«

»Kulturprogramm«, erklärte Sven lässig. Er gab sich gar nicht die Mühe, es nicht nach einer Schwindelei klingen zu lassen. Tine musste lachen. »Wäre mir neu, dass sie bei uns Kulturprogramm spielen.«

»Im Ernst!«, beharrte Sven und trat hinter Tine ins Haus. »Die ganze HJ geht rein.«

Für Tine wäre das ein Grund gewesen, ihm das Geld nicht zu geben. Die Hitlerjugend. Da waren sie jetzt alle. Oder im Bund deutscher Mädchen, dem BDM. Wer nicht mitmachte, gehörte nicht dazu und wurde schlimmstenfalls gepiesackt. Einem Sohn von Lenchen Meier hatten sie ein Auge ausgestochen. Vielleicht nicht absichtlich, aber es war eben doch passiert, weil sie so lange mit ihren Stöcken auf ihn eingeschlagen hatten. Tine seufzte. Sie erinnerte sich, dass sie im Oberland sogar ein Plakat gesehen hatte. »Triumph des Willens« stand auf dem Spielplan. »Na dann ...«, sagte sie, erschöpft von der Anspannung und von dem Gedanken, dass sie damit den Nazis half, noch mehr von ihrem Gedankengut in Svens Kopf zu verankern. Er war ein kluger Junge. Aber er war eben jung. Und die Jugend war am leichtesten zu verführen. Wenn man bedachte, wie begeistert viele erwachsene Insulaner sich dem Pack angeschlossen hatten, dann konnte einem um die Kinder und Jugendlichen angst und bange werden. Tine ging zum Küchenschrank und nahm eine kleine Blechdose aus einer Schublade. »Hier hast du achtzig Pfennige, damit du dir noch etwas zu trinken kaufen kannst in Lottes Laube.« Das Lokal war beliebt bei Kinogängern, zumal es direkt gegenüber dem Eingang lag.

»Mensch Oma, du bist richtig knorke.«

»Was bin ich?«, fragte Tine mit einem verwunderten Lachen.

»Knorke. Sagt man jetzt so.«

»Davon hab ich noch nichts gehört. Aber mir soll's recht sein. Ich habe nur eine Bedingung, wenn du jetzt mein Geld nimmst...«

»Bedingung?« Sven runzelte die Stirn.

»Ich möchte, dass du nicht alles für bare Münze nimmst, was du siehst.«

»Du meinst, ich soll nicht alles glauben? Keine Sorge, Oma. Ich bin doch nicht von Dummstauf.« Er klaubte die Münzen aus Tines Hand, gab ihr rasch einen Kuss auf die Wange und war schon wieder weg.

»War's ein Blitz, war's ein Flugzeug, oder war's dein Enkel?«, fragte Hink, der durch die Hintertür hereinkam. Otto hatte diesen Spruch auf Sven gedichtet, weil der Junge stets schneller weg war, als man schauen konnte.

»Ein Flugzeug war's jedenfalls nicht«, lachte Tine. »Und auch kein Blitz. Obwohl er mir manchmal so vorkommt.« Doch dann wurde sie wieder ernst. »Ich mache mir Sorgen, Hink. Sie bearbeiten die Kinder den ganzen Tag. Morgens sitzen sie in der Schule und hören sich Dinge an, dass einem schlecht werden könnte. Neuerdings haben sie Rassekunde.«

»Für Hundezüchter ist das ein gutes Fach«, sagte Hink scheinbar leichthin.

»Ja. Ich bezweifle nur, dass sie da viel über Hunde lernen. Und am Nachmittag treffen sie sich mit dem Jungvolk, mit der HJ oder mit dem BDM. Heute gehen sie ins Kino und gucken sich einen Propagandafilm an.«

Hink nickte. »Ich habe das Plakat gesehen.«

»Am Wochenende fahren sie rüber zur Düne und übernachten dann dort in ihren Zelten. Für die Kinder ist das alles Abenteuer und Freiheit.«

»Ich weiß«, sagte Hink leise. »Aber es ist keine Freiheit.«

»Nein. Das ist es nicht. Es fühlt sich nur so an. Am Anfang.«

»Ja. Bis man sich den Nazis mit Haut und Haar verschrieben hat.« Er setzte seine Mütze auf. »Ich muss wieder rüber in die Werkstatt. Otto braucht noch ein paar Hände, die mit anpacken.«

»Geh du nur, Hink. Ich komme zurecht.« Tine blickte ihm hinterher, wie er mit seinem schwankenden Gang die Husumer Straße hinunterging. Sie wusste, dass der Klumpfuß ihn in letzter Zeit stärker quälte. Weniger war es der Fuß selbst, der ihm Schmerzen bereitete, es war der Rücken, der unter der schiefen Gangart krumm geworden war und mit den Jahren immer stärker schmerzte.

Vom Südstrand her kam eine Gruppe Inselwanderer, die mit schneidigen Schritten auf Hink zuhielten. Der drückte sich eng an die Seite und versuchte, den Männern auszuweichen, die ein Marschlied auf den Lippen hatten, aber nun abbrachen und Hink irgendetwas zuriefen. Er blieb stehen und wandte sich von den Ausflüglern ab, um in nichts hineingezogen zu werden. »Heda! Steh gefälligst stramm, wenn dich ein paar Volksgenossen ansprechen!«, hörte Tine einen der Männer aufbrausen.

Hink bemühte sich, eine militärische Haltung einzunehmen, was ihm auch wegen seines schiefen Rückens nicht gelingen wollte. Einer der Wanderer schlug ihm die Mütze vom Kopf, die anderen lachten. »Na los!«, rief einer. »Abmarsch! Aber zackzack!« Also setzte sich Hink wieder in Bewegung. Doch die Männer folgten ihm, stießen ihn in den Rücken, schubsten ihn und stellten ihm zuletzt ein Bein, sodass Hink der Länge nach hinschlug.

Tine schrie entsetzt auf und lief, um ihm zu helfen. Hink rappelte sich auf und hastete weiter, ohne sich umzusehen. »Hören Sie auf!«, rief Tine, doch die Männer beachteten sie gar nicht. »Hallo! Aufhören! Der Mann hat nichts getan!«

»Ein Nichtsnutz ist er also auch noch, der Krüppel!«, höhnte einer der Ausflügler.

»Bitte!«, flehte Tine und fasste einen von ihnen am Arm. Der riss sich los und warf ihr einen Blick zu, als hätte sie ein Verbrechen begangen.

In dem Moment angelte abermals einer nach Hinks Klumpfuß und brachte ihn erneut zu Fall. Hink stieß sich die Stirn blutig und blieb liegen, worauf ihm die Männer noch einige Knuffe und Tritte verpassten und dann lachend und johlend weiterzogen.

Tine ließ sich neben dem Freund auf die Knie sinken und nahm seinen Kopf in die Hände. »Hink, ist alles in Ordnung mit dir? Ist dir was passiert?« Die Wunde war zum Glück nicht groß noch tief. Ein Pflaster würde ausreichen. »Komm«, sagte sie. »Wir machen die Wunde sauber und versorgen sie.«

Doch Hink schüttelte den Kopf. »Nein, Tine. Danke«, sagte

er. »Das kann Jette gleich machen. Aber vorher muss ich noch etwas erledigen.«

»Was kann denn jetzt wichtiger sein, als dich zu verarzten?«, fragte Tine.

»Ich werde die Schweine anzeigen.« Mit entschlossenem Blick stand der Freund mühevoll auf und humpelte weiter – Richtung Rathaus. Und Tine wusste, dass sie ihn nicht aufhalten würde. Hink war immer schon genügsam und harmlos gewesen, aber auch stur. Wenn er etwas beschlossen hatte, dann galt es.

✳ ✳ ✳

Am Abend besuchte Tine ihre alte Freundin Hedi in ihrer kleinen Kammer. Jette hatte Tee gemacht, Tine hatte Sanddornkuchen mitgebracht, und so saßen die beiden Frauen beisammen und plauderten. Über die guten alten Zeiten und die schlechten, denn beides hatte es mehr als zur Genüge gegeben. Sie hatten gemeinsam den Frühling ihres Lebens durchlebt und den Krieg durchgestanden, sie hatten beide geheiratet, Tine früh, Hedi spät, und beide bittere Enttäuschungen damit erlebt. Tines Mann hatte sich das Leben genommen und sie ins Unglück gestürzt, Hedis Mann hatte ihr das Leben genommen – wenn auch nur im übertragenen Sinn.

»Aber du kannst doch nicht den Rest deiner Tage hier in dieser Kammer verbringen. Das ist ja wie im Gefängnis«, schalt Tine die Freundin.

»Das tu ich auch nicht«, entgegnete Hedi. »Ich bin doch im ganzen Haus und manchmal auch im Garten. Kurz«, fügte sie hinzu. Seit Thorsten Brand sie verschleppt, misshandelt und in den Keller gesperrt hatte, wagte sie sich nicht mehr aus dem Schutzbereich ihres Sohnes. Ottos Haus war nun ihre Burg, in der sie sich verschanzte, um ihrem Ehemann nicht noch einmal in die Arme zu laufen. Nach allem, was geschehen war, war hier vermutlich der einzige sichere Ort für sie auf Helgoland.

»Du brauchst auch mal Licht und Luft«, mahnte Tine. »Außerdem kann man doch nur in trübe Gedanken verfallen, wenn man den lieben langen Tag in so einem kleinen Zimmer verbringt.«

»Ach«, sagte Hedi. »Es geht schon. Ich lausche auf die Kinder, sehe ihnen von meinem Fenster aus zu, wie sie draußen spielen. Manchmal kommt auch Julia und hilft mir ein wenig bei den Näharbeiten ... Sie ist schon eine wundervolle junge Dame geworden!«

»Das ist sie«, bestätigte Tine, die auf die gemeinsame Enkeltochter mindestens so stolz war wie Hedi. »Sie erinnert mich an dich, als du jung warst.«

»Ha!«, lachte Hedi. »Und mich erinnert sie an dich!«

Die beiden Frauen kicherten und dachten zurück an ihre gemeinsame Zeit im Haus Wagner, wo sie beide als Zimmermädchen gearbeitet hatten. Was für ein Biest Hedi anfangs gewesen war, dachte Tine, und wie schwer sie mir das Leben gemacht hat. Und heute sitzt sie hier, und ich kann mir keine liebere Freundin vorstellen. Sie musste wohl laut geseufzt haben, denn Hedi zwinkerte ihr zu und sagte: »So ist der Lauf der Dinge, Tinchen. Wir werden alle alt.«

»Ja, das werden wir.« In der Tat war Hedis Haar längst ergraut. Tine meinte, eine deutliche Veränderung erkannt zu haben, seit die Freundin aus dem Kellerverlies befreit worden war. Es schien, als sei dort unten, bei allem, was ihr dort widerfahren war, alle Farbe aus ihrem Haar gewichen. Und auch aus ihrem Gesicht. Denn seither war Hedi immerzu blass. Sie hatten aber nie darüber gesprochen, was Brand mit ihr angestellt hatte. Das mussten sie auch nicht, Tine wusste es von allein.

»Na ja, bei dir dauert es noch ein bisschen«, stellte Hedi fest. »Kaum ein graues Haar und kaum eine Falte im Gesicht. Wie machst du das nur?«

Tine winkte ab. »Nu lass mal gut sein«, sagte sie. »Oder willst du mir was verkaufen? Du klingst ja schon wie Irene Hansen: *Dieses Kleid steht dir aber wirklich vorzüglich. Es betont deine schlanke Figur so schön.*«

»Die hast du ja auch. Neidisch könnte man werden.«

»Hedi, Hedi, ich fürchte, bei dir wird es wirklich höchste Zeit für eine Brille«, lachte Tine. Aber doch war sie ein wenig geschmeichelt von den Worten der Freundin. »Apropos Figur: noch ein Stückchen Kuchen?«

»Immer her damit«, sagte Hedi. »Ich kenn keinen besseren als deinen. Nicht mal Jette bekommt ihn so hin.«

»Altes Rezept von Frau Thevessen selig.«

»Ach, Thevessens«, seufzte Hedi. »So herzensgute Menschen. Die könnten wir jetzt brauchen auf der Insel.«

»Allerdings«, stimmte Tine zu. »Heute mehr denn je. Hast du schon mitbekommen, dass sie es jetzt machen wie die anderen Nordseebäder? Mit den Juden, meine ich?«

»Nein, was denn?«

»Sie … sie werden schikaniert. Man will sie nicht mehr bei uns haben.«

»Ach was«, sagte Hedi. »Helgoland hat jeden Gast jederzeit gleich wertgeschätzt. Das hat schon Frau Wagner immer gesagt! *Egal ob's ein Engländer ist oder ein Deutscher oder sonst einer, jeder darf sich bei uns fühlen wie der Kaiser von China.*«

»Ja«, sagte Tine lächelnd. »Das hat sie. Und ich bin sicher, Frau Wagner hätte auch nicht mitgemacht.«

»Pah, die anderen werden auch nicht mitmachen«, beschied Hedi.

»Da sieht man, wie lange du schon nicht mehr draußen warst, Hedi. Sie machen alle mit! Oder zumindest fast alle. Das Hotel Perle hat ein Schild an der Rezeption, dass sie keine Juden im Haus haben wollen. Überall hängen jetzt Mitteilungen, dass Juden nicht willkommen sind oder die Häuser nur für Arier sind. Ob man auf der Insel gut behandelt wird oder nicht, hängt jetzt nur noch von der Herkunft ab.«

»Arier«, sagte Hedi spöttisch. »Meine Eltern hätten nicht mal gewusst, was das ist, geschweige denn, dass sie welche sind.«

»Ja!«, lachte Tine. »Da sagst du was! Wen hätte das jemals interessiert, ob einer Arier ist. Arier, wie das schon klingt...« Aber eigentlich war ihr nicht zum Scherzen zumute. Und auch Hedi nicht, deren Hand ein wenig zitterte, wie Tine feststellte, als sie die Teetasse an die Lippen hob. Mein Gott, dachte sie. Wo sind sie nur hin, die unbeschwerten Zeiten? Was ist nur aus Hedi geworden?

Als Otto und Sven vom Hafen kamen, wo sie Außenarbeiten erledigt hatten, wechselten die beiden Frauen hinüber in die Küche und saßen dann noch einige Zeit mit Jette zusammen. Erst mit dem zweiten Gläschen Gin wurde die Stimmung allmählich etwas gelöster. Tine war froh, dass in diesen Tagen keine Geburt auf der Insel zu erwarten war. Es wäre unmöglich von ihr gewesen, als Hebamme im angeschickerten Zustand bei der werdenden Mutter aufzukreuzen. Und tatsächlich half die so gewonnene Leichtigkeit, Hedi doch zu einem kleinen Spaziergang zu überreden. Zu dritt, so die Überlegung, würde ihnen schon nichts passieren. Sie mussten ja nicht weit gehen. Aber das Transparent an der Landungsbrücke, das wollte Tine ihrer Freundin schon zeigen: »Juden hinaus!«

Der Abend war frisch und klar. Es waren nicht mehr viele Menschen draußen unterwegs. Das lag natürlich auch daran, dass es inzwischen so viele Tagesausflügler gab, aber immer weniger Residenten. Legten die Dampfer wieder ab, waren auf der Stelle Hunderte, ja Tausende weniger Gäste auf der Insel.

»Hat Sven was über den Film gesagt?«, wollte Tine wissen.

»Film? Welchen Film meinst du?«

»Na, den Triumph des Willens. Den wollte er sich doch anschauen.«

»Ach, das hat er dir erzählt? Sag nicht, er hat dich um Geld angebettelt.«

»Angebettelt«, wiederholte Tine. »Ich bitte dich. Das ist doch kein Anbetteln. Die jungen Leute haben halt einfach nicht genügend Geld.«

»Hast du es ihm etwa gegeben?«

»Du sagst das, als hätte ich etwas Falsches getan«, erwiderte Tine betroffen.

»Allerdings! Ich hatte ihm verboten, den Film anzuschauen.«

Tine hielt an, sodass alle drei, die sich beieinander untergehakt hatten, zum Stehen kamen. »Das wusste ich nicht.«

»Klar. Er wird es dir auch nicht auf die Nase gebunden haben.« Jette war sichtlich verärgert.

»Ach, Kind, nimm es ihm nicht krumm«, sagte Tine. »Er wollte eben nicht außen vor bleiben.«

»Aber verstehst du es denn nicht, Mama? Das ist genau das Problem! Weil keiner außen vor bleiben möchte, geht das alles immer so weiter. Nur noch ein paar ganz wenige sind Außenseiter. Und die sind dann leichte Beute für diese ... diese Wölfe.«

Hedi lachte. »Wölfe«, sagte sie. »Jetzt übertreibst du aber.«

»Homo homini lupus«, sagte Jette.

»Tut mir leid, aber Latein kann ich nicht.«

»Der Mensch ist dem Mensch ein Wolf«, erklärte Jette.

»Danke, dass du es mir beigebracht hast«, sagte Hedi spitz. »Jetzt bin ich klüger.«

Jette erkannte, dass es arrogant gewesen war, ihre Schwiegermutter so von oben herab anzusprechen. »Entschuldige. Ich wollte dich nicht kränken.«

»Schon gut. Du tust so viel Gutes an mir, da kann ich das schon wegstecken.« Dennoch machte sich Hedi los und ging ein paar Schritte allein. Fassungslos blieb sie vor dem Transparent über der Landungsbrücke stehen und starrte es an, als ob sie ihren Augen nicht trauen würde. »Wer denkt sich so etwas nur aus?«, flüsterte sie.

»Meunier natürlich«, sagte Tine. »Der hält sich inzwischen für den lieben Gott. Seine Spießgesellen tun ja auch alles, dass sein Wort Gesetz ist.«

»Ich hätte nicht gedacht, dass ich mich jemals für meine Insel schämen muss. Aber jetzt tue ich es.«

Tine griff nach Hedis Hand und drückte sie fest. Die Freundin hatte ausgesprochen, wie es auch ihr ging. Und wenn sie sich überlegte, wie all dies gekommen war, so musste sie immer wieder denken, wie schön es gewesen wäre, wäre Helgoland niemals deutsch geworden.

Aus der nahe gelegenen »Fischerhütte« kamen lärmend ein paar Männer. Sie hatten offenbar zu viel getrunken und waren nun in streitlustigem Zustand. Nachdem sie sich eine Weile darüber gestritten hatten, welches Lied sie jetzt gemeinsam singen würden, schlugen sie grölend den Weg zur Landungsbrücke ein. Es war ein beliebtes Ritual bei den jüngeren Uniformierten, sich nächtens auf einen der Stege zu stellen und ins Meer zu pissen. Doch sie hielten inne, ehe sie die Landungsbrücke erreicht hatten, weil sie auf die drei Frauen aufmerksam geworden waren, die gerade im Begriff waren, sich unauffällig zurückzuziehen. »Ist das nicht die Frau von Brand?«

»Welche?«

»Die Kleine, Dicke.«

»Absolut! Das ist sie! Das gibt ein schönes Handgeld, wenn wir ihm die abliefern.«

»Und die anderen?«

»Die sind uns doch egal! Kommt!«

Im nächsten Moment trampelten mehrere Paar Stiefel über das Pflaster der Strandpromenade. Tine, Hedi und Jette hatten das Unheil schon kommen sehen und Abstand gewonnen. Jetzt rannten sie, so schnell sie konnten. Es war nicht weit bis zur Brückner'schen Bootswerft. Aber die Kerle waren schnell. Die Aussicht auf reichen Lohn schien noch einmal ganz neue Kräfte zu entfesseln. »Stehen bleiben!«, schrie einer hinter den Frauen her. »Stehen bleiben, sonst ...«

»Spinnst du? Nimm sofort die Waffe weg.«

»Hau ab. Sie ist meine. Ich werd sie ihm bringen.«

»Nimm jetzt die Pistole weg! Das gibt nur Ärger!«

»Lass mich! Das ist meine Sache ...« In dem Moment krachte ein Schuss über die Insel.

∗ ∗ ∗

Niemand war zu Schaden gekommen. Doch der Schuss, ob er sich nun unabsichtlich gelöst hatte oder ob er bewusst abgefeuert worden war, hatte die betrunkenen Männer offenbar augenblicklich zur Besinnung gebracht. »Bist du wahnsinnig?«, zischte einer von ihnen den Mann mit der Pistole an.

»Schnell weg hier!«, kommandierte ein anderer. Sekunden später waren sie verschwunden, als wären sie nur ein böser

Spuk gewesen. Hedi aber konnte kaum noch zum Weitergehen bewegt werden, so tief saß der Schock, dass auf sie geschossen worden war. Sie rang um Fassung und fand keine Worte, ja nicht einmal Tränen. Sie stand nur da, wie festgewachsen am Südstrand, die Augen weit aufgerissen, und zitterte heftig. So heftig, dass Tine Angst hatte, sie könnte womöglich gar nicht mehr herauskommen. Nach dem Krieg hatte Tine Männer gesehen, die auf solche Weise gezittert hatten. Es graute sie, wenn sie nur daran dachte. Und nun graute es ihr davor, Hedi in diesem Zustand zu sehen. »Bitte«, sagte sie, so sanft wie nur möglich, und legte Hedi die Hände auf die Arme. »Komm mit. Es ist kalt hier draußen. Lass uns reingehen. Da ist es warm, und wir sind geschützt.« Und als Hedi nicht reagierte, redete sie weiter: »Alles ist gut, Hedi. Es ist nichts passiert. Das war nur ein dummer Zufall. Ein paar Dummköpfe, die zu viel getrunken hatten.« Aber natürlich wusste Tine, dass das so nicht stimmte. Die Männer mochten angetrunken gewesen sein, doch sie hatten sie nicht wahllos verfolgt, sondern es gezielt auf die Frau des Sturmbannführers Brand abgesehen. Ihrer hatten sie habhaft werden wollen. Und Hedi war buchstäblich um ihr Leben gelaufen.

Ein Leben, das den Namen nicht verdiente. Ein Leben in einer kleinen Kammer, verborgen von der Welt. »Du hast Otto«, sagte Tine und nahm sie in den Arm. »Du hast Julchen und Sven. Und du hast Jette und auch mich. Wir sind alle da und beschützen dich.«

Das Zittern ließ langsam nach, und die Tränen kamen.

»Wir sollten gehen«, sagte Jette, die sich ständig nach allen Seiten umsah. Wer konnte schon wissen, ob die Männer nicht auf direktem Weg zu Thorsten Brand gelaufen waren und ihm erzählt hatten, dass seine Frau sich am Südstrand herumtrieb.

»Einen Moment noch, Jette«, erwiderte Tine. »Das ist jetzt wichtiger.« Und sie versuchte der lieben alten Freundin alle Kraft zu geben, die sie hatte, nahm das Zittern auf, stützte und wärmte Hedi, verströmte all ihre Sicherheit und Ruhe und schaffte es, dass sie irgendwann nickte und sich die Tränen wegwischte, »danke« flüsterte und von selbst wieder Richtung Hafen zu der kleinen Bootswerft ging.

※ ※ ※

Tine blieb in dieser Nacht bei ihrer Freundin und wachte lange an ihrem Bett, bis sie selbst auf dem Sessel daneben in Schlaf fiel. Als sie am Morgen aufwachte, taten ihr alle Glieder weh, und sie spürte einen bohrenden Schmerz in ihrem Kopf. Leise, um die noch schlafende Hedi nicht zu wecken, schlich sie sich durch die Werkstatt hinüber in die Küche, wo Jette schon das Frühstück gemacht hatte. »Du siehst aus, als könntest du einen Kaffee gut vertragen«, sagte die.

»Allerdings«, erwiderte Tine. »So stark kann der gar nicht sein, wie ich ihn brauchen könnte.«

»Na ja, starken Kaffee kann ich leider nicht bieten. Ich bin schon froh, wenn wir uns überhaupt noch Bohnenkaffee leisten können«, sagte Jette und schenkte Tine einen großen Pott ein.

»Danke, mein Schatz. Was für eine Nacht.«

»Ja. Was für eine Nacht. Otto hat mich sehr geschimpft, dass wir mit Hedi rausgegangen sind.«

»Was will er? Soll seine Mutter hier wie in einem Gefängnis leben?«

Jette setzte sich zu Tine auf die Küchenbank. »Im Grunde tut sie's ja«, sagte sie. »Es ist schrecklich. Aber jetzt, wo Brand einer von den Obernazis ist, ist ihm ja noch weniger beizukommen. Man kann ihm ja nicht einmal mehr mit der Polizei drohen. Denn die Polizei sind ja nur noch die.«

Nachdenklich nippte Tine an ihrem Kaffee, genoss den Duft und den herben Geschmack des Getränks und musste an die Pastorengattin Helga Thevessen denken, bei der sie so manche Köstlichkeit überhaupt erst kennengelernt hatte. »Was machen wir nur, Jette?«

»Was sollen wir schon machen?« Jette streichelte Heidi über den Kopf, die im Nachthemd die Treppe heruntergekommen und neben sie getreten war. »Guten Morgen, Engelchen.«

»Moin, Mama«, nuschelte Heidi noch ganz verschlafen. Sie hatte einen so schwarzen Haarschopf, dass sie gut als das Mädchen aus den Bergen durchgegangen wäre, nach dem sie benannt worden war: Jettes Kindheitsheldin. Ob die Menschen in den Bergen tatsächlich so dunkles Haar hatten? Ein wenig wehmütig dachte Tine, dass sie wohl nie die Berge sehen würde. Neuerdings machte man ja auf Helgoland Scherze darüber, dass man jetzt »Gebirge« geworden sei. Denn die Insel war dem Landkreis Pinneberg zugeschlagen worden und deshalb nun unvermittelt zur höchsten Erhebung von Pinneberg geworden, das zwar die Bezeichnung »Berg« im Namen trug, wo aber weit und breit kein Berg zu sehen war.

»Mama?«

»Hm? Ich war in Gedanken.«

»Ob ich dir heute im Laden zur Hand gehen soll. Ich habe frei.«

»Ach«, sagte Tine. »Das wäre nett. Hink tut sich in letzter Zeit schwer mit den Wassereimern. Er hat Schmerzen. Er sagt zwar nichts, aber ich seh ja, wie er sich plagt. Und wenn er denkt, dass es keiner hört, dann erlaubt er sich auch mal einen Seufzer.«

»Ja, ich weiß«, erwiderte Jette. »Das ist mir auch schon aufgefallen. Denkst du, es hängt mit dem Fuß zusammen?«

»Bestimmt. Es hängt ja letztlich alles mit allem zusammen im Körper. Und so schief und krumm, wie er seit seiner Kindheit läuft, hat das seinem Rücken geschadet. Inzwischen läuft er manchmal wie ein alter Mann.« Mit Schrecken kam Tine wieder die Szene vor Augen, wie die Inselgäste Hink angepöbelt hatten. »Er hat es sowieso nicht leicht zurzeit«, sagte sie. »Wenn's nach den Nazis ginge, müssten alle Männer aussehen wie Otto.«

»Lass das bloß nicht Otto hören«, flüsterte Jette. »Da reagiert er allergisch.«

»Was soll ich nicht hören?«, fragte Otto, der ebenfalls die steile Treppe von den Schlafkammern herunterkam.

»Dass du ein besonders schöner Mann bist!«, erklärte Tine süffisant.

»Ja. Sonst wirst du noch eingebildet«, fügte Jette hinzu.

»Wieso?«, sagte Otto und gab seiner Jüngsten einen Kuss. »Hat mir wieder eine schöne Insulanerin hinterhergepfiffen?« Er beugte sich zu Jette, um auch sie zu küssen, doch sie gab ihm stattdessen einen Knuff auf die Schulter. »Du bist und bleibst ein Scheusal, Otto Brückner.«

Otto seufzte theatralisch. »Unverstanden, unverstanden, unverstanden«, jammerte er. »Warum muss ausgerechnet ich eine Frau haben, die ihr Glück nicht zu schätzen weiß?«

Tine lachte. »Du wirst auch nie erwachsen, was?«

Otto rückte neben seine Schwiegermutter auf die Küchenbank und schnappte sich Heidi, um sie auf seinen Schoss zu setzen. »Nö«, erklärte er. »Wir beide werden nicht erwachsen, stimmt's, Heidi?«

»Ich werde schon erwachsen«, erklärte die Kleine. »Aber du kannst dann ja gerne mein Kind sein.«

»Sie erinnert mich so an Julchen«, sagte Tine. »Die war auch so frech.«

»Ich bin gar nicht frech«, widersprach Heidi und griff nach einem Stück Kuchen auf dem Tisch.

»Julia will aufs Festland gehen«, erzählte Jette. »Sie möchte eine Ausbildung machen.«

Tine nickte. »Natürlich, das passiert. Was möchte sie denn werden?«

»Krankenschwester.«

»Tja. Du bist nun mal ein Vorbild für deine Tochter.«

»Vielleicht hofft sie auch nur auf einen attraktiven Arzt«, warf Otto ein.

»Dazu braucht Julia sicher nicht Krankenschwester werden. Hast du mal gesehen, wie ihr die Jungs nachschauen.«

»Nachlaufen trifft es besser«, gab Otto zu. »Ja. Ist mir auch schon aufgefallen. Was will man machen: Sie ist dir eben unglaublich ähnlich.« Er lachte und klopfte mit beiden Händen auf den Tisch. »Was ist das hier? Bekommen Familienoberhäupter in diesem Haus keinen Kaffee?«

»Doch, doch«, gab Jette zurück. »Aber Familienoberhäupter dürfen in diesem Haus selber aufstehen und sich eine Tasse einschenken. Wir sind nämlich hier nicht bei Königs, sondern nur bei einfachen Leuten.«

Ja, dachte Tine. Bei einfachen Leuten – aber bei guten Menschen.

※※※

Wenig später spazierten sie hinüber zu den »Blütenträumen«. Heidi durfte bei der Nachbarin Gisela Wächter bleiben, die inzwischen schon einen ganzen Kindergarten hütete. Auf der Promenade zeigten sich ausnahmsweise keine Naziverbände, um zu marschieren oder zu patrouillieren. Die Bäderschiffe mit den unzähligen Teilnehmern der Kraft-durch-Freude-Ausflüge waren noch nicht angelandet. Und die Sonne schien, dass man beinahe hätte vergessen können, in welchen Zeiten man lebte. An die allgegenwärtigen Plakate und Transparente, die Juden schmähten, hatte man sich beinahe schon gewöhnt. Trotzdem ärgerte sich Tine, als sie zwei Mitarbeiter des Kurhauses vor die Tür treten und ein neues Schild anbringen sah: »Nur für Arier«. »Warte«, sagte sie zu Jette und ging hinüber.

»Moin, Frau Heesters!«, grüßte einer der beiden sie fröhlich und riss sich die Mütze vom Kopf. Erschrocken erkannte Tine den Sohn des alten Postmeisters Detlev Ehrlich. »Eric?«

»Stets zu Diensten«, erwiderte Eric Ehrlich und sah dabei nicht nur wie sein Vater aus, sondern klang auch so. Tine hatte Eric auf die Welt geholfen, das musste inzwischen beinahe dreißig Jahre her sein. »Was macht ihr denn da?«, fragte sie fassungslos.

»Wir bringen nur ein Schild an.« Der junge Ehrlich hielt es ihr hin, als wäre er stolz auf seine Arbeit.

»Aber seht ihr denn nicht, was draufsteht?«

»Natürlich sehen wir das, Frau Heesters! Nur für Arier! Das soll ab jetzt überall auf der Insel gelten. Aber im Kurhaus natürlich ganz besonders.«

»Und warum?«

»Na, weil ... weil es hier eben nur für Arier ist.«

»Und nicht für Juden!«, ergänzte Eric Ehrlichs Kollege, den Tine nicht kannte.

»Weshalb sollte es denn nicht für Juden sein? Die brauchen doch vielleicht auch eine Kur.«

»Die sollen dann halt woanders kuren«, sagte Eric Ehrlich, immer noch munter, als ginge es hier um nichts.

»Und wo?«

»Na, in einem Judenbad.«

»Ach. Ich wusste gar nicht, dass es das gibt«, sagte Tine, obwohl sie natürlich wusste, dass die Nazis auch gegen Helgoland lange gewettert und es ein »Judenbad« geschimpft hatten. Für Männer wie Bürgermeister Meunier war das eine Schmach gewesen. »Aber die Juden waren doch auch immer gute Gäste«, erklärte Tine. »Die sind doch nicht über Nacht schlechte Gäste geworden.«

»Aber sie passen eben nicht mehr nach Helgoland«, sagte der junge Ehrlich. »Wir wollen doch, dass unsere Insel judenfrei ist.«

»So?«, fragte Tine. »Wollen wir das? Also mir hat noch kein Jude etwas Böses getan.« Sie musste an Baron von Silberbach denken, der ihr das Geld geliehen hatte, mit dem sie Ottos und Jettes Überleben sichern konnte. Ohne ihn gäbe es die kleine Bootswerft nicht mehr. Und letztlich war er dann mit seinem Bankhaus auch noch selber untergegangen in der großen Wirtschaftskrise.

»Ein jeder wahrhaft Deutsche will das«, stellte Erics Begleiter fest. »Dass Helgoland und überhaupt alle friesischen Inseln und auch der ganze Rest des Reichs judenfrei wird.«

»Tja«, sagte Tine traurig und wandte sich ab, getroffen davon, dass es eben nicht nur irgendwer war, der mit den Nazis lief, sondern auch scheinbar harmlose Menschen wie Eric Ehrlich, den sie selbst von seiner Mutter entbunden hatte. »Dann bin ich offenbar nicht wahrhaft deutsch.«

※ ※ ※

Die »Blütenträume« waren nicht derselbe Laden, der sie noch vor kurzem gewesen waren. Nach dem nächtlichen Überfall wagte Tine nicht mehr, Blumen nach draußen zu stellen, wenn sie nicht vor Ort war. Früher hatten auch nachts ein paar Pflanzkübel links und rechts der Tür gestanden und dem Geschäft schon eine freundliche, einladende Anmutung gegeben, wenn man daran vorbeikam. Ein paar Blumen und über der Tür das hübsche Schild … Jetzt wirkte der Laden verlassen, bis sie die ersten Eimer mit Schnittblumen und die ersten Töpfe auf die leeren Regale beiderseits des Eingangs räumten. Dann aber erblühte das ganze Haus förmlich und wirkte so einladend, dass die Passanten vor dem Laden stehen blieben und die Pracht bewunderten.

Tine und Jette waren gerade fertig, die für draußen vorgesehenen Blumen vor die Tür zu bringen, als Julia auf dem Weg zur Schule auftauchte. »Moin, Omi!«, rief sie und winkte Tine fröhlich zu.

»Moin, Julia. Bist später dran!«

»Ja, ich beeil mich. Kann ich heute nach der Schule zu dir kommen? Ich würde gerne … Oh, hallo Mama, ich wusste gar nicht, dass du heute hier bist.«

»Ja«, sagte Jette und musterte ihre Tochter. »Bin ich.«

»Komm nur«, antwortete Tine auf Julias Frage. »Ich freu mich, wenn du kommst.«

»Dann bis später!« Hastig wollte das Mädchen loslaufen, als es mit einem Mann zusammenstieß, der in dem Moment vor dem Laden stehen blieb. »Oh! Entschuldigung«, stotterte Julia und hob ihre Tasche auf, die ihr aus der Hand gefallen war.

»Nichts passiert«, sagte der Mann und wollte ihr schon helfen, als er mitten in der Bewegung erstarrte und wie gebannt auf das Mädchen blickte.

»Ähm … Entschuldigung?«

»Pardon«, murmelte er und riss sich von ihrem Anblick los.

»Es tut mir leid. Ich... es war nur... Sie haben mich an jemanden erinnert.« Er schüttelte den Kopf. »Es ist... es ist unglaublich.«

»Also, ich muss dann weiter«, sagte Julia irritiert und hastete dann davon.

Der Herr, ein Mann im besten Alter, einfach, aber sehr ordentlich gekleidet, richtete sich auf und sah ihr noch einen Moment hinterher, um sich dann den »Blütenträumen« zuzuwenden, wo Tine und Jette in der Tür standen und die Szene aufmerksam beobachtet hatten.

»Das erscheint mir wie ein Traum«, sagte der Mann und trat einen Schritt auf die beiden zu, langsam von der Mutter zur Tochter blickend und wieder zurück.

»Allerdings«, flüsterte Tine. »Bist du es wirklich?«

»Ja«, bestätigte der Mann mit rauer Stimme und nickte. »Ich bin es. Und ich freue mich...« Er schluckte. »Ich freue mich wirklich sehr, dich zu sehen, Tine Tiedkens.«

✳ ✳ ✳

Drittes Kapitel

Nach so vielen Jahren hatte er immer noch die schlaksige Haltung, das etwas Ungelenke. Immer noch standen seine Ohren ein wenig ab, und die Nase war ein bisschen groß geraten für das restliche Gesicht. Und sein Blick war schüchtern wie damals am Elbstrand. »Jette«, sagte Tine und wandte sich an ihre Tochter. »Ich muss dich jemandem vorstellen, ohne den es dich nicht gäbe.« Sie stieg die Stufe zur Straße hinab und trat auf ihn zu, nahm seine Hand, hielt sie lange und sah ihm ebenso lange in die Augen. »Weißt du, dass ich mir das mein ganzes Leben lang gewünscht habe? Dir danke sagen zu können? Dich noch einmal wiederzusehen?« Sie zog ihn mit sich und nahm ihn mit nach drinnen, gefolgt von ihrer völlig verwirrten Tochter. »Gehen wir in die Küche«, sagte Tine. »Ich mache uns einen Kaffee.«

»Nein«, erwiderte er. »Lass uns hierbleiben, wenigstens für einen Moment. Denn irgendwie habe ich mir dich immer so vorgestellt: umgeben von einem Meer von Blumen.«

»Na ja«, lachte Tine. »*Von Meer und Blumen* trifft es vielleicht noch besser.« Sie deutete auf Jette. »Das ist meine Tochter Henriette«, sagte sie. »Mein einziges Kind.« Und zu Jette sagte sie: »Und das ist der Freund meiner Jugend, der Mensch, der mir Mut gegeben hat und der mir geholfen hat, dass ich überhaupt wegkonnte aus Hamburg und eine Überfahrt nach Helgoland bekommen habe, der gute alte Peer.«

»Angenehm«, sagte Peer und reichte Jette die Hand. »Peer Fischer.«

»Jette Brückner«, sagte Jette.

Der Besucher blickte zu Tine. »Dann heißt du jetzt Brückner?«

»Nein«, erwiderte Tine. »Jettes Mädchenname ist Heesters. So heiße ich.«

»Ah! Und dein Mann ist ...«

»... lange tot, Peer. Sehr lange. Wir waren nur etwas mehr als zwei Jahre verheiratet.«

»Das tut mir leid«, erwiderte Peer.

»Ach, die Zeit heilt die Wunden. Irgendwie.«

»Ja«, sagte Peer. »Irgendwie. Aber irgendwie auch nicht.« Und der Blick, mit dem er das sagte, traf Tine mitten ins Herz.

»Und die ganze Zeit bist du jetzt alleine?«

»Na ja, nicht die ganze Zeit«, erklärte Tine und hob die Hände in einer hilflosen Geste. »Aber geheiratet habe ich jedenfalls nicht mehr.«

»Verstehe.« Peer blickte sich in dem kleinen Laden um. »Es ist ganz bezaubernd hier, Tine. Ich seh dich ja immer vor mir mit deinen Blumenkörben, mit Moosröschen und Vergissmeinnicht ...«

»Hab ich alles heute noch im Sortiment.«

»Ja«, stellte Peer gedankenverloren fest. »Ich seh's.« Es gelang ihm kaum, seine Rührung zu verbergen, und auch Tine zupfte ihr Tüchlein aus dem Ärmel und tupfte sich rasch die Augen trocken.

»Was führt Sie denn nach Helgoland, Herr Fischer?«, wollte Jette wissen, die ihre Mutter selten so ergriffen gesehen hatte.

»Die Arbeit«, erwiderte Peer. »Aber ich habe so gehofft, dass ich Ihre Mutter hier wiederfinden würde ... Gleich am Landungssteg habe ich gefragt. Aber eine Frau Tiedkens kannte keiner.« Er lachte. »Tines immerhin scheint es mindestens zwei auf der Insel zu geben! Eine Hebamme und dich: die Blumenhändlerin.«

»Na, da wirst du wohl noch eine Überraschung erleben«, erklärte Tine lachend. »So, aber jetzt kommt ihr rüber und trinkt einen Pott Kaffee mit mir.« Sie winkte den beiden, mit in die Küche zu gehen. »Lass mal, Mama«, sagte Jette. »Ich habe drüben im Haus eine Menge zu tun. Ihr beide habt euch bestimmt viel zu erzählen. In Ordnung, wenn ich später wiederkomme?«

»Natürlich, Jette, geh du nur.«

Vorsichtig, fast andächtig, als beträte er eine Kirche, folgte Peer seiner Jugendfreundin in die Küche. »Du hast es sehr hübsch hier«, stellte er fest.

»Sehr einfach. Bitte stör dich nicht an dem vernagelten Fenster dort. Mir wurden kürzlich die zwei vorderen Fenster eingeschlagen, also haben wir sie unter anderem gegen dieses hier ausgetauscht. Und neue kann ich mir zurzeit nicht leisten.«

»Man hat dir die Fenster eingeschlagen? Wer tut denn sowas?«

»Dreimal darfst du raten. Es waren die Leute, die jetzt alles dürfen.«

»Das tut mir leid.«

»Kannst ja nichts dafür«, erklärte Tine leichthin. »Milch in den Kaffee?«

»Gerne. Und ein bisschen Zucker, wenn du hast.«

»Sicher. Hier.« Tine reichte ihm eine Tasse und schenkte sich selber ein. »Musst entschuldigen, ich habe gerade nur Kaffee. Normalerweise hätte ich auch Tee angeboten. Aber ...«

»Ich brauche gar nichts, Tine. Dass ich dich sehen darf, ist für mich wie ... ich kann es gar nicht ausdrücken. Du kannst dir nicht vorstellen, wie oft ich an dich gedacht habe. Von dir geträumt habe!« Er seufzte. »Die erste Zeit, ich glaube, die ersten Jahre, war ich böse auf dich.«

»Böse? Oh.«

»Weil du weggegangen warst, klar. Das war, als hättest du mich verlassen. Na ja, du hattest mich ja auch verlassen. Irgendwie.«

»Ich weiß«, sagte Tine und setzte sich zu ihm. »Ich hab auch oft an dich gedacht.« Sie sah sich selbst in der Kirche, wie sie für Peer gebetet hatte. Dafür, dass er seinen Weg machen würde. Dass ihm nichts zustieß bei seiner gefährlichen Arbeit am Hafen und auf den Schiffen, wo er oft für jede niedrige Tätigkeit anheuerte. »Und mir so oft gewünscht, dass wir uns nochmal wiedersehen würden. Wenn ich in Hamburg am Hafen war, habe ich immer Augen und Ohren offen gehalten, ob du nicht irgendwo bist. Ein paarmal hab ich auch gefragt. Aber ich bin nicht oft von hier weggekommen und war nur ganz selten dort.« Sie suchte seinen Blick. »Und nun bist du hier.«

»Nun bin ich hier, Tine.«

***

Der Hafen sollte umgebaut werden. Peer gehörte zu einer Gruppe von Experten, die vom Festland gekommen waren, um die Arbeiten vorzubereiten und später vielleicht auch zu beaufsichtigen, genau wusste er das noch nicht. Wenn es einen Menschen gab, der sich mit Häfen auskannte, dann war es Peer. Dass ihm freilich ein freundliches Schicksal ausgerechnet auf Helgoland einen solchen Auftrag verschafft hatte, war ein großes Glück. Tine war fasziniert, dass Peer einerseits immer noch das sanfte Wesen von einst hatte und andererseits ein so selbstbewusster Herr geworden war. Er tat sich auf sehr angenehme Weise nicht wichtig und war ausgesprochen neugierig auf alles, was Tine ihm erzählte. Alles wollte er wissen von ihrer Familie, wie es ihr auf der Insel ergangen war, wie sie gelebt hatte und wie sie lebte. Auch die Geschichte von Henry interessierte ihn sehr, und Tine ertappte sich sogar dabei, wie sie ihm von Paul erzählte, dem zweiten Mann, mit dem sie ihr Leben geteilt hatte und der im Krieg geblieben war. »Und du?«, fragte sie irgendwann? »Hast du geheiratet? Wartet irgendwo eine Familie auf dich? Kinder? Oder gar schon Enkel?«

»Also, ich dachte ja, du nimmst mich auf den Arm, als du gesagt hast, dass Jette dein einziges Kind ist«, entgegnete Peer. »Ich hatte ja zuerst die andere junge Frau gesehen, die so sehr nach dir kommt, dass man meint, man würde dir geradewegs in die Augen schauen. Und dann erzählst du, sie ist deine Enkeltochter! Eigentlich kann ich es jetzt noch nicht glauben.« Er blickte versonnen vor sich hin. »Nein, Tine, ich hatte dieses Glück nie. Es gab einmal eine Frau ...« Er hielt kurz inne und fuhr dann fort: »Das war kurz vor dem Krieg ... Aber ich musste dann aufs Schiff. War sogar kurz in englischer Gefangenschaft, weil unser Torpedoboot versenkt wurde und uns die Tommies rausgezogen haben. Und dann war der Krieg vorbei. Sie hat auf mich gewartet, weißt du? Aber ich kam zurück, und da hatte sie die Spanische Grippe bekommen. Sie ist dran gestorben. Ich war der Einzige auf ihrer Beerdigung.«

»Das tut mir leid, Peer«, sagte Tine. »Das muss schrecklich für dich gewesen sein.«

»Hm. Und dann ... dann hat es sich irgendwie nicht mehr ergeben.«

»Verstehe. Dann hast du auch keine Kinder?«

»Nicht, dass ich wüsste«, sagte Peer und zuckte die Achseln. »Leider.«

Er war lange geblieben und hatte versprochen, bald wiederzukommen. Außerdem wollte er mit der Hafenbehörde sprechen, um ihr ein paar neue Fensterscheiben zu organisieren. »Da arbeiten auch ein paar ordentliche Gesellen«, hatte er gesagt. »Die wissen, was sich gehört, und helfen gerne. Hab gestern schon den ein oder anderen kennengelernt.«

Und dann war er gegangen. Nicht mehr ganz so schnell wie als junger Mann, aber immer noch mit diesem unverwechselbaren Gang. Und er hatte ihr zugewunken und sich mehrmals umgewandt, um noch einen Blick zurückzuwerfen. Und Tine war dankbar und beschämt zugleich gewesen. Dankbar, dass sie Peer hatte wiedersehen dürfen, beschämt, weil sie trotz all der Schläge, die ihr das Schicksal verpasst hatte, ein so viel glücklicheres und erfüllteres Leben hatte leben dürfen.

※ ※ ※

Wer an jenem Tag nicht aufgetaucht war, war Hink. Als Sven nach der Schule vorbeikam, schickte sie ihn hinauf in den Melkersweg, wo Hink das winzige alte Häuschen seiner längst verstorbenen Eltern bewohnte. »Sag ihm, wenn er nicht kommen kann, macht das nichts, ich wollte nur sichergehen, dass alles in Ordnung ist.«

»Wird gemacht, Oma!« Sven tippte sich an die Stirn und grinste. So hinreißend er aussah, so sehr störte es Tine in dem Moment doch, dass er – ohne groß darüber nachzudenken – selbst seiner Großmutter einen militärischen Gruß entbot. Es waren diese Kleinigkeiten, die Tine zunehmend auffielen. Sie machten aus den Kindern schleichend, aber zunehmend Soldaten. Es fing mit einem ausgestreckten Arm an, ging mit Marschliedern weiter und endete irgendwann im Schützengraben.

Der Junge war kaum weg, da tauchte Julia vor den »Blütenträumen« auf. »Jetzt bin ich da, Omi.«

»Julchen, komm rein und erzähl.« Dass den jungen Frauen Dinge auf der Seele brannten, das hatte Tine oft genug als Hebamme erlebt. Oft ging es um Liebesdinge. Manchmal war etwas geschehen, was nicht hätte geschehen dürfen. Bisweilen war eine Besucherin unsicher wegen ihrer Regel, weil sie zu stark oder unregelmäßig oder gar ausgeblieben war. Manchmal waren es auch Dinge, die nicht für fremde Ohren bestimmt waren, schon gar nicht für die des Pastors, denn der war schließlich ein Mann. Aber doch lief der jungen Frau das Herz über, und sie musste sich jemandem anvertrauen. Wer wäre dafür besser geeignet gewesen als die gute alte Hebamme Frau Heesters, die schon so viel erlebt und so vielen Frauen geholfen hatte. »Es geht um Kurt«, erklärte Julia knapp und klar.

»Kurt. Und was hat es mit diesem Kurt auf sich?«

»Du kennst ihn. Kurt Eckert. Du hast ihn auf die Welt gebracht.«

»Ja, den kenne ich natürlich. Ich habe ihn neulich mit seinen Freunden vorbeimarschieren sehen. Braunhemden.«

»Omi. Sven ist auch in der HJ. Gegen den hast du doch auch nichts.«

Tine wiegte den Kopf. »Gut«, sagte sie dann. »Und was ist nun mit Kurt los?«

»Wir lieben uns.«

Tine legte den Arm um ihre Enkeltochter. »Das ist doch immerhin schon mal eine schöne Sache, oder?«

»Du hast nichts dagegen?«

»Was sollte ich dagegen haben?«, fragte Tine erstaunt.

»Wir sind noch so jung. Und er ... er ist noch niemand.«

»Niemand? Ich dachte, er wäre Kurt Eckert.«

»Aber er hat noch keinen Beruf. Und er stammt nur aus einer einfachen Fischerfamilie und ...«

»Ach Kindchen«, sagte Tine kopfschüttelnd. »Du kannst dir gar nicht vorstellen, aus was für einer Familie ich stamme. Und ich meine das wörtlich: Du kannst dir das nicht vorstellen. So, wie wir damals gelebt haben, das gibt es hier auf Helgoland gar nicht. Wir hatten nichts! Aber waren wir deshalb alle niemand? Ich weiß nicht ... Ehrlich gesagt glaube ich nicht, dass es so war.«

Julia schüttelte langsam den Kopf. »So schlimm war deine Jugend?«

Tine hob die Hände und erklärte: »Niemand kann etwas für das Nest, aus dem er gekommen ist. Manche haben nicht einmal eines. Man muss sich nicht für seine Herkunft schämen. Na ja, die Herrschaften von und zu sehen das vielleicht anders. Die schämen sich ja schon, wenn sie nicht adelig genug sind. Aber für unsereins gilt: Jeder ist seines eigenen Glückes Schmied.«

»Das sagt Papa auch immer.«

»Dein Vater ist ein kluger Mann«, bestätigte Tine. »Aber in seiner Jugend hat er auch Dinge gemacht, auf die er nicht stolz sein kann.«

»Wirklich? Was denn?«

»Das soll er dir bei Gelegenheit mal selber erzählen. Was ich dir sagen kann ist: Die beiden sind durchgebrannt.«

»Durchgebrannt? Welche beiden?«

»Deine Eltern.«

»Das glaub ich nicht.«

»Frag sie.«

»Und du meinst, ich sollte überlegen ...«

Tine lachte auf. »Um Gottes willen, nein! Ich werde dir

bestimmt nicht raten, mit deinem Kurt durchzubrennen! Alles, was ich sagen will, ist, man sollte lieber gemeinsam überlegen und Pläne schmieden, statt vor irgendetwas davonzulaufen. Und deshalb finde ich es prima, dass du zu mir gekommen bist. Wollt ihr denn heiraten, du und Kurt?«

Julia seufzte. »Ich weiß es nicht, Omi.« Sie blickte Tine mit großen, ängstlichen Augen an. »Ich habe Angst, dass ich einen Fehler mache. Ich meine ... wir kennen uns doch noch gar nicht ... richtig, meine ich.« Und auf Tines fragenden Blick ergänzte sie: »*So.*«

»Oh. *So* meinst du. Ja, das ist ein Problem. Allerdings haben das so gut wie alle Paare. Solange sie nicht verheiratet sind, wissen sie nicht, ob sie *so* zueinander passen.«

»Aber was soll ich tun, Omi?«

»Hm. Ich nehme an, aufklären muss ich dich nicht mehr.«

»*Omi.*«

»Na, entschuldige. Wenn du wüsstest, wie wenig die Leute wissen ...« Tine lächelte ihrer Enkeltochter aufmunternd zu. »Also. Vielleicht fangen wir damit an, dass du mir den Jungen mal vorstellst.«

»Kurt?«

»Aber sicher. Sonntag zum Abendbrot. Ich erwarte euch.«

»Omi. Ich kann doch nicht ...«

»Keine Widerrede. Das ist hiermit beschlossen.«

※ ※ ※

Hink tauchte auch am nächsten Morgen nicht auf. Langsam begann Tine sich Sorgen zu machen. Sie hätte ihm gewünscht, dass er mit Liebesdingen beschäftigt war, denn Hink hatte in seinem ganzen Leben keine Frau gefunden, die mit ihm hatte zusammenleben wollen, zweifellos des Klumpfußes wegen.

Doch er war viel zu zuverlässig, als dass er ihr in dem Fall nicht dennoch eine Botschaft hätte zukommen lassen. Tine hatte schon gestern jeden gefragt, den sie getroffen hatte. Doch niemand hatte von Hink gehört. Deshalb beschloss sie, nachher zum Rathaus zu gehen, ob dort irgendetwas bekannt war.

Zunächst wollte sie zum Hafen rüber, um sich um ihre Pläne für Pastor Karl und seine Lebensgefährtin zu kümmern. Wer wusste schon, wie viel Zeit Benedikte Bergmann noch blieb? Zu ihrer Überraschung war das Hafengelände an diesem Tag bewacht, und alle, die dort etwas zu erledigen hatten, wurden kontrolliert. Unbefugten wurde der Zutritt gänzlich verweigert, was insbesondere einige der Kurgäste verärgerte, denn mancher Herr, der seinen Alltag im Kontor verbrachte oder als Privatier, interessierte sich sehr für das Maritime allgemein und die Schifffahrt im Besonderen. Es gehörte deshalb für viele Gäste der Insel zu den beliebtesten Tätigkeiten, einen Spaziergang zum Hafen zu machen. Unter den Arbeitern dort gab es die Redewendung: »Die Herren Hafeninspekteure sind wieder im Anmarsch«, wenn morgens sich die ersten Neugierigen einfanden, um ihnen bei ihrem Tagwerk zuzusehen und über die Tonnage oder die PS-Zahl der am Pier liegenden Schiffe zu spekulieren.

»Tut mir leid, gute Frau, heute kein Zutritt zum Hafen«, beschied ein junger Uniformierter Tine, als sie sich zu den Baracken begeben wollte. Natürlich trug er das Braun der Nazis, denn offenbar galt das ja jetzt als offizielle Uniform für alle, die mit besonderer Macht oder zumindest Vollmacht ausgestattet waren.

»Hör mal, Peter, ich bin keine *gute Frau*, sondern Tine Heesters. Und ohne mich würdest du hier gar nicht stehen. Und jetzt lass mich mal durch bitte, ich muss zu Herrn Classen.«

Natürlich hatte sie Peter Jürgens, den Sohn, erkannt. Seine Eltern hatten das Geschäft für Damenkonfektion im Oberland gehabt, das aber die Inflation nicht überlebt hatte.

»Zu Herrn Classen?« Jürgens musterte sie skeptisch. »Was haben Sie denn mit dem zu schaffen.« Er schien kurz mit sich zu ringen und senkte die Stimme. »Der Mann ist Kommunist. Dem ist doch nicht zu trauen.«

»Keine Sorge, Peter«, erwiderte Tine. »Ist nichts Politisches.«

»Hm. Na gut. Also Sie dürfen natürlich durch, Frau Heesters.«

»Danke.« Im nächsten Moment war sie an dem Posten vorbei und auf dem Weg zu den Baracken, in denen die Hafenarbeiter untergebracht waren. Hedi hatte eine Weile hier gearbeitet und den Männern für einen Hungerlohn den Haushalt geführt. Tine war sich nicht sicher, ob das im Vergleich zu jetzt nicht sogar die glücklicheren Tage gewesen waren.

»Frau Heesters?«, wunderte sich Rudolf Classen, als er schließlich vor ihr stand, mager und grau. »Sie wollen zu mir?«

»Ja, Herr Classen. Ich hatte gehört, dass Sie jetzt hier arbeiten.«

»Na, manch einer kann es sich nicht aussuchen, was?« Der Mann zuckte entschuldigend die Achseln. »Ich würde Sie ja gerne reinbitten, aber das ist hier nichts für eine feine Dame wie Sie.«

»Feine Dame?«, lachte Tine. »Na, Ihre Ansprüche sind jedenfalls nicht die höchsten.«

»Da täuschen Sie sich, meine Liebe«, erwiderte Classen. »Ich schaue nur ein bisschen genauer hin als andere.« Er seufzte. »Ist das denn klug, mich aufzusuchen?«

»Ich denke, das kann ich riskieren«, beruhigte Tine ihn. »Übrigens wusste ich gar nicht, dass Sie Kommu...«

Der Arbeiter gab ihr ein Zeichen, es nicht auszusprechen. »Muss man nicht drüber plaudern«, murmelte er. »Gehen wir hinter die Hütte. Da ist es ruhig, und keiner hört zu.«

Tatsächlich hatten sich die Arbeiter ein paar Stühle ins Freie gestellt, dorthin, wo am Nachmittag und im Sommer am Abend die Sonne schien. Es war ein einfaches, aber angenehmes Plätzchen. »Ich kann Ihnen leider nichts anbieten«, stellte Classen fest.

»Das müssen Sie auch nicht, Herr Classen. Aber Sie könnten trotzdem etwas für mich tun.«

»Na, da bin ich aber mal gespannt, was so ein ausrangierter Tagelöhner wie ich für eine Frau wie Sie tun kann!«

Jetzt am Vormittag war es kühl hinter der Baracke. Tine fröstelte ein wenig und zog ihre Jacke fester um die Schultern. »Sie waren doch Militärseelsorger, Herr Classen«, sagte sie.

Er lachte wehmütig. »War in einem anderen Leben. Die Arbeit war besser, aber die Zeiten waren es nicht.« Natürlich, es war Krieg gewesen damals, und viele Männer waren verwundet oder gar nicht mehr zurückgekommen. Familien waren zerrissen worden, so mancher Insulaner hatte nach der Evakuierung nicht mehr wiederkehren können …

»Ich habe mich gefragt, ob Sie sich nicht um zwei Menschen kümmern könnten, die geistlichen Zuspruch gut gebrauchen könnten.«

»Geistlichen Zuspruch«, sagte Classen und schüttelte amüsiert den Kopf. »Von einem Kommunisten.«

»Na ja, genau genommen ist es mehr«, erklärte Tine. »Also ich meine: mehr als nur Zuspruch.«

✳✳✳

Beschwingt und erleichtert verließ Tine wenig später das

Hafengelände. Im Vorbeigehen klopfte sie Peter Jürgens auf die Schulter und sagte: »Schicke Uniform.«

»Danke, Frau Heesters.«

»Blau wäre noch hübscher.«

»Blau?«

Sie hielt nicht an. Es reichte, wenn er ins Grübeln kam. Was er vermutlich nicht würde. Denn so viel hatte Tine über die Nazis schon gelernt, dass sie nämlich im Nachdenken nicht besonders gut waren und im Diskutieren. Ihre Diskussionsbeiträge erfolgten üblicherweise mit den Fäusten. Auf die Weise schafften sie es, die Gegner zu überzeugen. Dass so viele, die sie kannte und von denen sie behauptet hätte, sie seien anständige Menschen, sich jetzt in brauner Uniform präsentierten, traf Tine. Dass sie als Hebamme einer solchen Schlangenbrut auf die Welt geholfen hatte, quälte sie. Sie musste an Emil denken, der inzwischen so unauffällig lebte, dass selbst Tine ihn kaum noch wahrnahm. Auch Alfred hatte sie schon ewig nicht mehr gesehen. Allerdings hatte sie die letzte Zeit auch meist Julia ins Imperial geschickt.

Als sie nun aber auf dem Weg zum Rathaus an dem wundervollen Hotel vorbeikam, an dessen Entstehen sie so großen Anteil gehabt hatte, trat sie kurzentschlossen ein, um nach dem alten Freund zu fragen. Zu ihrer Überraschung fand sie den Portier nicht am Empfang vor, sondern einen Herrn mittleren Alters, den sie nie zuvor gesehen hatte. »Pardon«, sagte sie. »Ist Herr Goldberg im Hause?«

»Hier gibt es keinen Goldberg.« Der Herr nickte zu einer Tafel hin, auf der geschrieben stand: *Wir begrüßen unsere arischen Gäste.*

»Heißt das, er ...« Tine suchte noch nach Worten, da erklärte ihr der Mann schon: »Wir können nicht gut unsere arischen

Gäste von einem Juden begrüßen lassen, gnädige Frau. Unser Haus hat schließlich gewisse Ansprüche.«

»Ich kenne ihr Haus sehr gut.«

»Nun, dann wissen Sie ja, dass Juden hier nichts zu suchen haben.«

»Das wäre mir neu«, erwiderte Tine und spürte, wie eine unbändige Wut in ihr hochkochte.

»Frau Heesters!«, rief in dem Moment eine wohlbekannte Stimme. Henning Pfeifer war aus seinem Kontor aufgetaucht. »Wie schön, Sie zu sehen! Kommen Sie doch bitte mal einen Augenblick zu mir herein.« Er deutete in sein Büro, und Tine löste sich etwas widerwillig von der Rezeption, wo sie dem neuen Portier gerne noch ihre Meinung gesagt hätte, um dem Hotelier nach hinten zu folgen.

»Bitte, setzen Sie sich.« Pfeifer deutete auf einen der prächtigen Sessel in seinem Kontor. »Darf ich Ihnen etwas zu trinken anbieten?«

»Was soll das?«, fragte Tine, ohne auf sein Angebot oder seine Frage einzugehen. »Juden sind jetzt auch hier nicht mehr erwünscht?«

»Die Zeiten, Frau Heesters, die Zeiten.«

»Und Herr Goldberg? Wo ist er? Was wird er jetzt tun? Sie haben ihn im Ernst entlassen, weil er Jude ist? Woran hat man das denn bitte erkannt?«

»Nun, an seinem Namen war das ja unschwer …«

»Herr Pfeifer! Er hat seine Arbeit stets tadellos getan, ach was, vorbildlich! Er war ein echter Gentleman. Er hat, ich weiß gar nicht, wie viele Sprachen gesprochen, er hat die Gäste geliebt!«

»Ich weiß, Frau Heesters«, erwiderte Henning Pfeifer peinlich berührt. »Ich weiß. Aber er war nun einmal Jude.«

»Dass Sie so tief sinken, hätte ich nicht gedacht. Sie hätten das nun wirklich nicht nötig gehabt, Herr Pfeifer.«

Der Hotelier nickte und rieb sich mit den Händen übers Gesicht. »Ich weiß. Von außen sieht das so aus. Aber glauben Sie mir: Wer sich dem Geist der neuen Zeit entgegenstellt, der wird von ihm weggefegt.«

»Nicht, wenn es genügend Menschen sind«, widersprach Tine. »Die würden sich gegenseitig festhalten und widerstehen.«

»Glauben Sie das denn?«, fragte Pfeifer. »Glauben Sie, dass es so viele sind? Ich glaube das nicht.« Er ließ sich seufzend hinter seinem Schreibtisch nieder. »Sie sind eine gute Frau, Frau Heesters. Waren Sie immer. Und werden Sie immer sein, egal, wie die Zeiten gerade sind. Aber ich bitte Sie, seien Sie vorsichtig. Kämpfen Sie nicht gegen Windmühlen. Und schon gar nicht gegen Wölfe. Sie können nicht gewinnen. Aber Sie können dabei untergehen.«

»Wie die Juden, meinen Sie?«

»Wie die Juden. Und die Kommunisten. Und alle, die den neuen Herren sonst noch nicht passen. Ich sage das nicht, weil ich es gut finde, sondern weil ich es sehr bedauern würde, wenn Sie sich selbst Schaden zufügen.«

»Das ist sehr fürsorglich von Ihnen, Herr Pfeifer«, sagte Tine, ohne den Sarkasmus in ihrer Stimme zu verbergen. »Ich weiß es sehr zu schätzen, dass Sie sich meinetwegen solche Sorgen machen.«

»Ich weiß selbst, dass es armselig ist, Frau Heesters«, erwiderte Pfeifer. »Aber ich schätze Sie, das wissen Sie.«

»Deshalb wollten Sie mir auch mein Häuschen wegnehmen.«

»Ich wollte es Ihnen abkaufen.«

»Und als es versteigert wurde, wollten Sie es zum Schnäppchenpreis.«

Der Hotelier hob hilflos die Hände. »Nun, das hat ja bekanntlich nicht geklappt. Aber der neue Eigentümer scheint ja nicht daran interessiert zu sein, dass Sie ausziehen.«

»Wer immer es ist«, murmelte Tine.

»Sie wissen es nicht?«

»Ich habe keine Ahnung.«

»Nun, dann hoffe ich, es ist kein Nazi, der Sie vor die Tür setzt, wenn er erkennt, wie wenig Sie von seinem Verein halten.«

»Auch dann würde sich ein Weg finden, Herr Pfeifer. Es findet sich immer ein Weg.«

»Da haben Sie recht, Frau Heesters«, stimmte Pfeifer zu. »Aber manchmal muss man sich mit dem Ausweg zufriedengeben.«

Tine blickte sich in dem Büro um, das einst das ihres Ehemanns gewesen war. Es hatte sich nicht viel verändert seither. »Sie haben es schön hier, Herr Pfeifer«, sagte sie. »Ich wünsche Ihnen, dass es noch lange so bleibt. Aber ich bin nicht sicher, ob ich Ihnen alles Gute wünschen soll. Denn wenn Sie mit den Wölfen heulen, dann sollte es besser nicht gut gehen.«

Der Hotelier hob in einer hilflosen Geste die Arme. »Andre Zeiten, andre Vögel«, sagte er.

Tine aber trat auf ihn zu, legte ihre Hände auf seinen Schreibtisch und beugte sich zu ihm. »Wissen Sie, wie es vollständig heißt? Es heißt

Andre Zeiten, andre Vögel.
Andre Vögel, andre Lieder.
Sie gefielen mir vielleicht –
Wenn ich andre Ohren hätte.

Heinrich Heine.«

»Ein großer Dichter«, sagte Pfeifer anerkennend. »Und ein kluger Mann.«

»Und ein Jude«, sagte Tine.

»Ja«, bestätigte Pfeifer. »Ein Jude. Und tot.«

※ ※ ※

»Ihren Mitarbeiter suchen Sie?« Der neue Leiter der Helgoländer Polizei grinste spöttisch. »Wie heißt er denn, Ihr Mitarbeiter?«

»Hinrich Weber.«

»Soso, den Herrn Weber suchen Sie also.«

»Wissen Sie, wo er ist?« Tine konnte nur mit Mühe ihre Abneigung gegenüber dem Mann unterdrücken, dem die Selbstgefälligkeit buchstäblich aus jeder Pore spross. Der Beamte blätterte in seinen Unterlagen. »Weber, Hinrich. Ja, den kennen wir hier.«

»Ist ihm etwas zugestoßen?«, fragte Tine erschrocken.

»Wenn Sie mich so fragen, würde ich mal sagen: noch nicht.«

»Wie bitte?« Verwirrt starrte Tine auf den Mann, dessen Stiefel so blank poliert waren, dass man sich darin spiegeln konnte. »Heißt das, er ist in Gefahr? Und woher wissen Sie das? Was ist hier los? Was haben Sie mit Herrn Weber gemacht?«

»Also wenn, dann hat sich der Herr Weber selbst in Gefahr gebracht. Und ich an Ihrer Stelle würde weniger forsch auftreten.« Sein Ton war unvermittelt scharf geworden.

»Tut mir leid«, erwiderte Tine leise. »Ich wollte nicht … also, ich … ich mache mir nur Sorgen.«

»Das hätten Sie vielleicht mal früher tun sollen, Frau. Aber wenn es Sie beruhigt: Er ist ja in den besten Händen.«

»Beruhigt? Heißt das, er ist bei Ihnen? Aber warum denn?«

Wenn es etwas gab, das Tine hätte weniger beruhigen können, dann war es die Mitteilung, dass er sich in Polizeigewahrsam befand. Seit die Nazis das Kommando auf der Insel hatten, war das Recht hier nichts mehr wert.

»Er hat einen Volksgenossen tätlich angegriffen.«

»Hink? Hinrich? Wann soll das denn passiert sein? Das glaube ich nicht.«

»Es gibt mehrere Zeugen. Ihr Herr Weber hat ja die Dreistigkeit besessen, die betroffenen Herren auch noch anzuzeigen, weil sie sich gegen seinen Angriff gewehrt haben.«

»Die Herren? Waren das zufällig ein paar Inselgäste vom KDF-Schiff?«

»Sie sind ja erstaunlich gut informiert, Frau. Waren Sie etwa auch Zeugin, wie Herr Weber einen der Herren angegriffen hat?«

»Aber das stimmt doch gar nicht!«, rief Tine. »Er war es, der angegriffen wurde.«

»Ja, so hat er das auch darzustellen versucht...«

»Aber es ist die Wahrheit!«

»Es gibt fünf Zeugen des Vorfalls. Und sie haben alle ausgesagt, dass der Angriff von Herrn Weber ausgegangen ist. Es handelt sich um fünf unbescholtene Bürger, vier davon in der Partei, einer ein Kriegsveteran, einer bei der Arbeitsfront. Wollen Sie dem widersprechen? Ziehen Sie die Aussagen von sechs verdienten Volksgenossen in Zweifel?« Zuletzt war seine Stimme so mächtig geworden, dass Tine das Gefühl hatte, er würde sie jederzeit körperlich angehen.

»Ich weiß nur, dass Hinrich Weber ein hochanständiger Mensch ist, der niemandem etwas antut und der niemanden ohne Grund anzeigen würde. Das weiß ich, weil ich ihn seit vielen Jahren kenne. Und Ihre verdienten Volksgenossen kenne ich nicht, Herr …« Sie stemmte die Hände in die Seiten, um ihm zu zeigen, dass sie sich nicht einschüchtern zu lassen gewillt war.

»Soso. Dann geben Sie mir mal Ihre Personalien, Frau«, sagte der Polizeistellenleiter.

»Dafür gibt es überhaupt keinen Grund. Ich möchte jetzt Herrn Weber sehen und mich davon überzeugen, dass es ihm gut geht.«

»Das können Sie gerne. Kommen Sie einfach zu seinem Prozess. Wir überstellen ihn morgen nach Pinneberg. Sie können sich dann ja dort ein Bild machen.«

»Sie haben ihn angeklagt?«, fragte Tine entsetzt. »Weshalb?«

»Körperverletzung, üble Nachrede, Vortäuschen einer Straftat, verschiedene andere Delikte. Und nach allem, was er sich hier noch geleistet hat, nachdem wir ihn aus dem Verkehr gezogen haben, dürfte die Klage noch um einige Punkte erweitert werden.«

»Das … das kann doch nicht Ihr Ernst sein.«

Der Beamte musterte Tine mit eiskaltem Blick. »Es war mir nie ernster. Und jetzt erwarte ich, dass Sie mir Ihre Personalien sagen. Oder sollen wir Sie auch gleich festsetzen?«

✳ ✳ ✳

Sie hatten sich zum Tee verabredet. Tine hatte Marmorkuchen gebacken und ihr hübschestes Kleid angezogen. Und sie war tatsächlich ein wenig aufgeregt. Pünktlich auf die Minute betrat Peer Fischer den kleinen Blumenladen. »Moin, Tine«, grüßte er. Heute war er etwas eleganter gekleidet und trug einen neuen Hut, den Tine glaubte bei Breitstedts im Schaufenster gesehen zu haben. »Moin, Peer!«, erwiderte sie. »Ich kann es immer noch nicht glauben.«

»Ich auch nicht Tine.« Er reichte ihr ein Päckchen. »Tut mir leid, ich weiß nicht, ob das was für dich ist. Jeder anderen Frau kann man Blumen mitbringen, da ist das einfach. Aber bei dir ...«

»Oh, mir ist nur wichtig, dass du dich selbst mitgebracht hast!«, lachte Tine und wog das Päckchen in der Hand. »Pralinen?«

»Mach es auf, dann erfährst du's.«

Es waren Pralinen, kleine Schokoladentäfelchen eigentlich. Tine hatte sich oft überlegt, ob sie sich die einmal leisten sollte, es gab sie in Frau Wetckes Teeladen. Aber am Ende war sie immer ein wenig zu geizig gewesen für diese Köstlichkeiten. »Es ist genau das Richtige für mich«, sagte sie und beugte sich vor, um Peer einen Kuss auf die Wange zu geben. Der war so überrascht, dass er beinahe gestolpert wäre. »Oh, tut mir leid«, entschuldigte sich Tine. »Ich wollte dich nicht in Verlegenheit bringen.«

»Och«, erwiderte Peer. »Also auf die Weise darfst du das jederzeit.« Er lächelte wehmütig. »Passiert mir nur nicht allzu oft.« Er räusperte sich. »Was ich sagen will ist, ich bin vielleicht etwas, hm, ungelenk im Umgang mit den Damen.«

»Na, da bin ich mal froh, dass ich keine Dame bin!«, sagte Tine und bat ihn in die Küche.

Da saßen sie also wieder, tranken Tee und aßen Kuchen. Diesmal aber etwas befangener als am Tag zuvor. Peer spürte, dass Tine nicht besonders heiterer Stimmung war. »Ich möchte dir nicht zur Last fallen«, sagte er, als er bemerkte, dass sie seinen Worten kaum zuhörte.

»Oh, im Gegenteil, Peer! Es tut mir leid. Ich ... ich fürchte, ich bin eine schreckliche Gastgeberin heute. Aber ich sorge mich um meinen Mitarbeiter, der sich offenbar in fürchterliche Schwierigkeiten gebracht hat.«

»Tatsächlich? Was hat er denn angestellt?«

Tine seufzte. »Es sieht so aus, als hätte er versucht, sein Recht zu bekommen.«

»Na, das scheint mir aber kein Grund dafür zu sein, dass er sich in Schwierigkeiten bringt!«

»Unter normalen Umständen nicht. Aber in diesen Zeiten ist man nicht unbedingt im Recht, nur weil man recht hat.«

Peer sagte nichts, sondern schien über diese Worte nachzudenken. »Wollen wir vielleicht einen Spaziergang machen?«, fragte Tine.

»Darum wollte ich dich sowieso bitten«, erwiderte Peer. »Ich möchte, dass du mir die Insel zeigst. Deine Insel.«

»Meine Insel. Ja, das ist sie geworden. Ich könnte mir gar nicht mehr vorstellen irgendwo anders zu leben.«

»Dann nehme ich an, dass es viele schöne Flecken gibt, an denen du gerne bist. Magst du sie mir vorstellen?«

»Nichts lieber als das!«, rief Tine und warf sich einen leichten Schal über. Dann sperrte sie die »Blütenträume« zu und wanderte mit ihrem Jugendfreund los. »Zuerst gehen wir aufs Oberland.«

»Ich habe gehört, es gibt einen Aufzug?«

»Schon lange, ja! Aber wir nehmen die Treppe.«

»Gut. Wir machen es, wie du sagst.«

Auf halber Höhe der Treppe gab es einen Busch von wilden Rosen, den Tine ihm zeigte. »Das ist dieselbe Art, wie es sie damals vor Altona gab«, erklärte sie. »Jedes Mal, wenn ich hier vorübergehe, denke ich an unsere gemeinsame Zeit.«

Peer beugte sich vor und pflückte eine Blüte. »Dann möchte ich die hier als Andenken mitnehmen«, sagte er und legte die Blüte vorsichtig in seine Brieftasche, klappte die dünne Mappe zu und presste damit die Rose.

Oben angekommen breitete Tine die Arme aus. »Wir sind hier an einem Punkt, den die Halunder Jip é Miir nennen.«

Peer lächelte sie schräg an. »Gut«, sagte er. »Erst einmal musst du mir das übersetzen.«

»Auf der Mauer.«

»Aha. Und wer nennt das so?«

»Die Halunder. Die Helgoländer.«

»Verstehe.« Er stellte sich an die Mauer und ließ seinen Blick schweifen über die Reede, hinüber zur Düne, übers Unterland und Richtung Hafen. »Es ist wirklich ein faszinierender Ausblick«, stellte er fest.

»Für mich die schönste Aussicht der Welt.« Sie lächelte verlegen. »Auch wenn ich natürlich nicht viele andere kenne.«

»Also ich kenne viele«, stellte Peer fest. »Aber ich kann dir trotzdem zustimmen.«

Tine lachte. Alles fühlte sich auf einmal so leicht, so unbeschwert an. Sie ertappte sich dabei, dass sie sich bei Peer unterhakte und ihn dann den Falm entlang Richtung Kommandantur führte – und sie ertappte sich dabei, dass es ihr kein bisschen unangenehm war, in so enger Begleitung dieses Mannes gesehen zu werden. Auch Peer schien nichts dagegen zu haben, sondern spazierte wie ein vollendeter Gentleman mit ihr auf dieser Promenade entlang Richtung Südwesten, bis Tine ihn auf die Von-Aschen-Straße zog. »Hier geht es zum Leuchtturm«, erklärte sie.

Der Weg zum Leuchtturm führte vorbei an den alten Kasernengebäuden, an denen sich seit ein paar Tagen Männer zu schaffen machten, die Tine nicht kannte. Peer schien die Bauten mit besonderer Neugier zu betrachten. Dann lag das flache Oberland vor ihnen, in geringer Entfernung erhob sich der Leuchtturm, dahinter waren noch die Reste einer der längst demontierten Geschützbatterien erkennbar. »Komm, wir gehen nach Norden, ich zeige dir die Lummenfelsen und die Lange Anna.«

An der Stelle, an der sich Henry in die Tiefe gestürzt hatte, führte sie ihn schnell vorüber. Sie wollte nicht mit ihm über die dunkelsten Stunden ihres Lebens sprechen. Er selbst, das hatte sie schnell gemerkt, hielt sich mit den Schreckenserlebnissen, die er natürlich auch gehabt hatte, sehr zurück – und sie genoss es, wie er als Lichtblick in diese düstere Zeit getreten war. »Du kannst sie beim Fischen beobachten«, erklärte sie und deutete auf die Möwen, die im Wind flatterten und immer einmal wieder hinabschossen, für Augenblicke unmittelbar übers Wasser schossen und dann plötzlich wieder nach oben zogen.

»Ja«, sagte Peer. »Das kenne ich. Es ist faszinierend.«

Natürlich, er war doch Seemann gewesen, schalt sich Tine. Wie konnte sie ihm solche Selbstverständlichkeiten vorführen.

Er wandte sich zu ihr um. »Es ist wirklich ein besonders schöner Flecken Erde«, sagte er. »Alles, was ich hier sehe, gefällt mir außerordentlich gut.« Er blickte ihr in die Augen. »Alles.«

»Peer«, sagte Tine und wich seinem Blick aus. »Du sollst mir nicht schmeicheln. Ich bin eine alte Frau geworden.«

»Ich würde dir gerne sagen, du siehst noch genauso aus wie früher, Tine«, sagte Peer. »Aber es wäre gelogen.« Er legte seine Hände auf ihre Arme und suchte ihren Blick. »Du bist noch viel hübscher! Wirklich! Ich kann es eigentlich gar nicht fassen, wie freundlich die Zeit mit dir umgegangen ist.«

»Ach, du bist ja wirklich entzückend, Peer«, erwiderte Tine. »Aber jeder Blick in den Spiegel erinnert mich, dass ich viele graue Haare bekommen habe und …«

»Und? Was macht es schon? Sieh dich an: Du bist wundervoll! Ich beneide deine beiden Männer, auch wenn sie nicht mehr am Leben sind. Ich hätte meines gerne gegeben, wenn ich ...« Er hielt inne. »Verzeih, das war ... das war unpassend.«

Tine zuckte die Achseln und hakte sich wieder unter. »Komm. Gehen wir weiter. Ich möchte dir einen Ort zeigen, der mir sehr wichtig ist.« Und sie führte ihn den Sapskuhlenweg entlang Richtung Pastorei.

»Das Casino?«, staunte Peer, als sie näher kamen.

»Knapp daneben«, lachte Tine. Und das war es ja auch – buchstäblich. Der Pfarrgarten grenzte an das Grundstück des Casinos Sie zeigte ihm die Rosensträucher, die Fritzi so viele Jahre gepflegt hatte, den Flieder, der langsam verblühte, und den sagenumwobenen Maulbeerbaum. Am Fenster des Pfarrhauses saß Frau Bergmann, blass und schmal, und hob die müde Hand, um Tine zuzuwinken. Die winkte zurück und schickte ein Lächeln hinauf, obwohl ihr beim Anblick dieser einst so stolzen Frau wehmütig ums Herz wurde.

So ging der Tag dahin, und Tine fühlte sich dankbar und zufrieden, dass sie sich immer noch so gut mit Peer verstand, dass die Härten des Lebens seinen Sanftmut nicht abgeschliffen hatten und dass er so liebenswert war wie einst, ja eher fast noch mehr!

»Danke für diesen schönen Nachmittag«, sagte er, als er sie wieder an ihrem kleinen Häuschen ablieferte.

»Ich danke dir, Peer. Du weißt gar nicht, wie viel mir dieses Wiedersehen bedeutet.«

Er nickte. »Das weiß ich nicht. Aber ich weiß, dass es mir unendlich viel bedeutet. Es macht viele Entbehrungen und viele Stunden der Sehnsucht wieder gut, dass ich dich jetzt wiedersehen durfte.«

»Wirst du noch auf der Insel bleiben?«

»Einige Zeit werde ich hier sein.«
»Dann sehen wir uns wieder?«
»Ich hoffe, jeden Tag.«
»Jeden Tag. Abgemacht«, lachte Tine.
»Abgemacht«, sagte Peer ernst, so wie er einstmals vieles mit besonderem Ernst gesagt hatte. Dann ging er seiner Wege, und Tine blickte ihm noch lange nach. Was für ein Glück, dachte sie. Und schon morgen würde sie ihn ja wiedersehen, wenn sie sich alle »rein zufällig« trafen.

※ ※ ※

Viertes Kapitel

Rudolf Classen trug seinen schwarzen Anzug und hatte den Kollar angelegt, als er den Pfarrgarten betrat. In der Hand hielt er eine Bibel, die ihn offenbar schon seit vielen Jahren begleitete, so abgegriffen und zerlesen sah sie aus. Doch gerade das ließ seinen Auftritt besonders würdevoll erscheinen. Das, und dass er alle Anwesenden ohne ein Wort nur mit einem Handschlag begrüßte.

»Willkommen in der Pastorei«, sagte Benedikte Bergmann mit dünner Stimme. »Und Sie sind?«

»Ich bin heute Ihretwegen hier, Frau Bergmann. Und natürlich wegen Herrn Pastor Karl.«

»Er ist noch nicht da«, beeilte sich Tine zu sagen. Schließlich brauchte der Pastor meist einige Zeit, um nach der sonntäglichen Messe zurück ins Pfarrhaus zu kommen. Für seine Lebensgefährtin war es seit längerer Zeit zu beschwerlich, den Weg hinüber zur Kirche auf sich zu nehmen. Sie hatte sich deshalb gewünscht, während der Messe bei schönem Wetter im Pfarrgarten sitzen zu dürfen – unterm Flieder und unter dem alten Maulbeerbaum, dessen Blätter inzwischen in hellem Grün sprießten und dessen Zweige über und über mit den filigranen Beeren geziert waren, deren Farbe sich noch kein bisschen von der der Blätter unterschied.

Die anderen würden erst nach der Messe kommen. Und die Messe war ja gerade eben vorüber, die Glocken waren eben erst verklungen. Nervös sah Tine sich um und hoffte, dass Classen sich jetzt nicht verriet. Denn sie wünschte sich, dass es eine

Überraschung für beide würde. Jette würde mit ihrer Familie kommen, Emil und Annemarie natürlich auch, Hedi traute sich nicht aus dem Haus und würde fehlen, Hink wäre sicherlich gekommen, wurde aber von den Polizeischergen festgehalten. Aber Peer würde da sein, und das machte Tine ganz glücklich. Er hatte zugesagt zu kommen. Nicht, dass es sie überrascht hätte. Aber ihn an ihrer Seite zu wissen, das bedeutete ihr viel.

Und dann kam Annemarie die Casinostraße herabgelaufen. Tine konnte sie schon an ihren Schritten erkennen. Augenblicke später stand sie an der Gartenpforte. »Bin ich zu spät?«

»Der Pastor ist ja noch nicht einmal da!«, sagte Tine lachend.

»Falls Sie mich meinen, ich bin durchaus hier«, sprach in diesem Augenblick Pastor Karl, der kurz hinter Annemarie von der Kirche herübergekommen war. Und hinterdrein stolperte Heidi, gefolgt von Sven und Julia, Otto und Jette, die in ihrem neuen Sommerkleid hinreißend aussah. »Was ist denn hier heute für ein Volksauflauf?«, fragte der Pastor neugierig. Insbesondere Rudolf Classen musterte er interessiert. »Herr Classen«, sagte er. »Wie ich sehe, haben Sie heute Ihren Kollar angelegt. Sind Sie etwa in Ihrer Eigenschaft als Militärseelsorger unterwegs?«

Der Angesprochene verbeugte sich leicht und erklärte: »Lieber Herr Pastor. Manchmal braucht man Dritte, um die selbstverständlichsten Dinge zu regeln. Ein solcher Dritter bin ich. Frau Heesters hat mich gebeten, meinen alten Ornat noch einmal anzulegen.«

»Aha? Sie sprechen allerdings in Rätseln«, erwiderte der Pastor und blickte in die Runde, als erwarte er sich von dort Erklärung. »Sie sind also der Dritte. Und um welche selbstverständlichen Dinge geht es? Wollen Sie es mir denn sagen, Frau Heesters?«, wandte er sich an Tine.

»Gerne, Herr Pastor«, erwiderte sie und blickte nervös zum Gartentor hin, ob nicht doch auch Peer endlich käme. Doch noch war nichts von ihm zu sehen. »Also, Sie haben mich vor kurzem ins Vertrauen gezogen.« Sie machte eine Pause und nahm wahr, dass der Pastor langsam nickte. »Und Sie haben mir von Ihrem Wunsch nach einer bestimmten Zeremonie berichtet.« Eine seiner Augenbrauen hob sich, der Pastor schien den Atem anzuhalten. Da richtete Tine das Wort an die kranke Frau unter dem Fliederbusch: »Frau Bergmann, Pastor Karl hat den großen Wunsch, Sie zur Ehefrau zu nehmen.«

»Aber...«, wollte die Lebensgefährtin des Pastors einwenden. Doch Tine ließ sie nicht zu Wort kommen: »Und Herr Classen war so freundlich, sich bereit zu erklären, die Trauung zu vollziehen. Er weiß, dass Sie katholisch getauft sind. Aber Herr Classen ist mit mir der Meinung, dass es richtig ist, wenn Sie beide im Angesicht der Zeit, die Ihnen noch bleibt, sich endlich auch öffentlich zueinander bekennen dürfen sollten.« Aus den Augenwinkeln nahm sie wahr, dass endlich auch Peer eingetroffen war und hinter ihm Emil. »Herr Classen?«

»Herr Pastor«, sagte Rudolf Classen. »Nehmen Sie doch bitte neben Ihrer Verlobten Platz.« Er deutete auf den leeren Stuhl, auf dem Tine vorhin der Kranken noch Gesellschaft geleistet hatte, und der Pastor setzte sich und legte seine Hand auf die von Benedikte Bergmann. »Ich... ich weiß gar nicht, was ich sagen soll«, erklärte er mit rauer Stimme. Seine Lebensgefährtin tupfte sich die Tränen aus den Augen, während Peer behutsam näher trat und sich zu Tine stellte.

»Es wird nicht schwer sein«, sagte Classen lächelnd. »Und ich glaube, Sie kennen den Text.« Dann schlug er seine Bibel auf. »Ich habe lange darüber nachgedacht und im Gebet die Antwort auf die Frage gesucht, ob es erlaubt sein kann, eine

Ehe zwischen zwei Menschen unterschiedlichen christlichen Glaubens zu schließen. Und ich denke, ich habe die Antwort gefunden. Der Apostel Paulus gibt sie uns in seinem Brief an die Korinther.« Und er las vor:

Liebe ist geduldig und freundlich. Sie ist nicht verbissen, sie prahlt nicht und schaut nicht auf andere herab.

»Das, so erkannte ich, beschreibt, wie Sie beide all die Jahre Ihre Liebe gelebt haben. Zurückhaltend, freundlich gegen jedermann und mit der Bereitschaft zum Verzicht, Verzicht auf das heilige Sakrament der Ehe, obwohl Sie sich so sehr danach gesehnt hatten.«

Liebe verletzt nicht den Anstand und sucht nicht den eigenen Vorteil, sie lässt sich nicht reizen und ist nicht nachtragend. Sie freut sich nicht am Unrecht, sondern freut sich, wenn die Wahrheit siegt. Liebe nimmt alles auf sich, sie verliert nie den Glauben oder die Hoffnung und hält durch bis zum Ende.

Seufzend blickte Classen von der Bibel auf und sagte: »Wir alle wissen, liebe Frau Bergmann, wie schwer krank Sie seit langem sind. Und wir alle hoffen zwar auf Genesung – aber wir wissen doch, dass das Ende kommen wird. Dennoch haben Sie nie den Glauben verloren. Und Sie, Pastor Karl, haben es auf sich genommen, diesen Weg bis zum Ende mit Ihrer Verlobten zu gehen. Denn Liebe sucht nicht den eigenen Vorteil. Sie haben gelebt, wie es der Apostel Paulus beschreibt.«

Tine wischte sich eine Träne aus dem Auge und blickte zu Peer hin, der ebenso ergriffen lauschte und seinerseits ihren Blick suchte.

Die Liebe wird niemals vergehen. Einmal wird es keine Prophetien mehr geben, das Reden in unbekannten Sprachen wird aufhören, und auch die Gabe, Gottes Gedanken zu erkennen, wird nicht mehr nötig sein. Denn diese Erkenntnis ist bruchstückhaft, ebenso wie unser prophetisches Reden. Wenn aber das Vollkommene da ist, wird alles Vorläufige vergangen sein.

»Das Vollkommene in einer Partnerschaft ist die Ehe. Sie ist das Bekenntnis zweier Menschen zueinander, komme, was wolle. Sie überwindet das Vorläufige. Und auch Sie beide sollen endlich das Vorläufige hinter sich lassen dürfen und in Vollkommenheit leben. Der Glaube ist heilig. Und ja, der Glaube besagt, dass es keine Ehe zwischen einer katholischen Frau und einem lutherischen Mann geben soll. Doch das ist nur der Glaube. Paulus aber lehrt uns:

Was bleibt, sind Glaube, Hoffnung und Liebe. Von diesen dreien aber ist die Liebe das Größte.

Ergriffen lauschte die kleine Hochzeitsgemeinde den Worten, als der Seelsorger nun zu seiner Formel anhob: »Willst du, der hier anwesende Josef Karl, Pastor zu Helgoland, die hier anwesende Frau Benedikte Bergmann, Haushälterin zu Helgoland, vor Gott zu deinem Eheweib nehmen? Willst du sie lieben und ehren, ihr die Treue halten und sie beschützen, bis dass der Tod euch scheidet? So antworte mit Ja.«

Statt ja zu sagen, erhob sich der Pastor in dem Moment, um sogleich im nächsten vor seiner langjährigen Lebensgefährtin auf die Knie zu sinken und mit erstickter Stimme zu fragen: »Willst du es denn, Benedikte? Willst du mein Eheweib werden? Willst du mich zum stolzesten Mann der Welt machen?«

»Ach Josef«, seufzte die einst so stolze Frau, die jetzt so zerbrechlich wirkte. »Das bin ich doch schon lange. Und wenn einer es weiß, dann ist es Gott im Himmel!«

»Ja«, sagte der Pastor leise. »Es ist wahr. Wir sind schon lange Mann und Frau, wie Gott es will, auch ohne Segen. Aber es wäre mir eine Ehre, wenn du es mit mir vor Gott bezeugen wolltest.«

Sie strich ihm übers Haar und nickte. Da stand der Pastor wieder auf, wandte sich dem Seelsorger zu und sprach laut und deutlich: »Ja, ich will.«

»Und willst du, Benedikte Bergmann, Haushälterin zu Helgoland, den hier anwesenden Josef Karl, Pastor zu Helgoland, vor Gott zu deinem Ehemann nehmen? Willst du ihn lieben und ehren, ihm die Treue halten und ihn beschützen, bis dass der Tod euch scheidet? So antworte mit Ja.«

Alle Augen wandten sich der Kranken zu, die sich mit zitternden Händen an den Armlehnen ihres Stuhls festhielt und dann ebenfalls aufstand, kurz das Gleichgewicht suchte und schließlich ihre Hand in die des Pastors flocht. »Ja«, sagte sie, leise, aber deutlich. »Ja, ich will.«

»So erkläre ich euch hiermit zu Mann und Frau.«

Zur Überraschung aller griff der Pastor seine nun angetraute Frau um die Hüfte und zog sie zu sich, um sie sanft und zugleich leidenschaftlich zu küssen, worauf alle Anwesenden das Paar hochleben ließen. Aller Augen waren auf das Brautpaar gerichtet, während Tine spürte, wie sich plötzlich auch in ihre Hand eine andere Hand stahl. »Ach, Peer«, seufzte sie leise und drückte sie.

**

Otto hatte es sich nicht nehmen lassen, die Hochzeitsgesellschaft zum »Seeadler« einzuladen. Er hatte einen Tisch reserviert und ein bescheidenes, aber feines Menü aus Taschenkrebssuppe, Scholle mit Kartoffelgratin und Bert Rickens' neuerdings so berühmter Portwein-Creme bestellt. Für den Weg hatte Jette der Braut einen Rollstuhl vom Krankenhaus organisiert, mit dem sie zum Fahrstuhl geschoben wurde und im Unterland dann vom Fahrstuhl hinüber zum Restaurant. Sie schien geradezu aufzublühen, nichts schien weiter weg als die Endlichkeit des Daseins, selbst für sie, die eher mit Wochen rechnete als mit Monaten.

Zu gerne hätte Otto ein wenig mehr von Peer erfahren. Doch der hatte sich auf die andere Seite von Tine gesetzt, sodass ein Gespräch nicht wirklich in Gang kam. Jette musste nach dem Essen gleich weg, weil sie Dienst im Insel-Café hatte. Und da am Nebentisch einige Burschenschafter ihren Helgolandausflug nicht nur feuchtfröhlich, sondern vor allem auch sehr lautstark feierten, verabschiedete man sich früher voneinander, als es vielleicht sonst der Fall gewesen wäre.

Tine und Peer brachten den Rollstuhl noch gemeinsam zurück ins Krankenhaus, nachdem sie das Pastorenpaar wieder nach Hause begleitet hatten. Und der Himmel wölbte sich so blau über Helgoland, dass es wirkte, als käme nun ein Sommer immerwährender Glückseligkeit. »Du scheinst der gute Geist der Insel geworden zu sein«, stellte Peer voll Anerkennung fest.

»Ach, wenn du erst einmal eine Weile hier bist, stellst du fest, dass die Helgoländer ein sehr liebenswertes Völkchen sind. Da ist es leicht, ein guter Geist zu werden.«

»Und bescheiden bist du obendrein«, sagte Peer lächelnd. Eine Weile gingen sie schweigend nebeneinander, dann fragte Peer: »Hättest du vielleicht Lust, heute Abend mit mir zum Tanzen zu gehen?«

»Zum Tanzen? Das klingt unglaublich verlockend«, entgegnete Tine. »Aber ich weiß nicht, ob du dir damit einen Gefallen tust. Ich tanze miserabel.«

»Das glaube ich dir sowieso nicht. Und falls es tatsächlich stimmt, wirst du staunen, wie viel schlechter ich tanze.«

»Und dann lädst du mich zum Tanz ein?«

»Na ja, wo die Angst ist, geht es lang, nicht wahr?«

»Verstehe, du Held«, lachte Tine. »Aber leider geht es heute Abend nicht. Ich habe meine Enkeltochter und ihren Verehrer zu Besuch.«

»Oh! Das klingt nach einem wichtigen Termin. Unfassbar, dass du überhaupt schon Enkelkinder hast – und dann auch noch eines im erwachsenen Alter ...«

»Tja, das ist der Lauf der Dinge.«

»Dann morgen? Zum Tanz, meine ich.«

»Morgen. Gerne. Und wann holst du mich ab?«

»Acht Uhr?«

»Mit dem größten Vergnügen.«

»Das Vergnügen ist ganz auf meiner Seite, Gnädigste.«

∗ ∗ ∗

Falls Kurt Eckert geglaubt hatte, er täte sich einen Gefallen, wenn er in Uniform kam, so hatte er sich getäuscht. Nur mit Mühe verkniff sich Tine eine Bemerkung, ob er anschließend noch zum gemeinsamen Besäufnis mit den anderen Braunhemden zu gehen beabsichtigte. Julchen liebte den Knaben, da wollte sie nicht gleich die Stimmung vergiften. Obwohl es natürlich genau genommen er war, der die Stimmung schon vergiftet hatte. »Dann mal rein in die gute Stube«, sagte sie, fröhlicher als ihr zumute war. Wann immer sie eine Hakenkreuzbinde sah oder eine der zu kurz geratenen Krawatten, die sich die Nazis um den Hals banden, musste sie an Hink denken, der bis jetzt noch nicht wieder aufgetaucht war. Und als sie zuletzt auf der Polizeistation nachgefragt hatte, war von einem Gerichtsverfahren keine Rede mehr gewesen.

Julia war schon da und rutschte nervös auf der Küchenbank herum. »Kann ich dir helfen, Omi?«, fragte sie.

»Gibt nicht viel zu tun«, erklärte Tine. »Ist nur ein ganz einfaches Abendbrot. Stövers hatten schönen Schinken da, den hab ich gekauft. Du magst doch Schinken?«, sagte sie zu dem jungen Mann, der Mühe zu haben schien, seine Hände bei sich zu behalten, nachdem er sich neben Julia gesetzt hatte.

»Schinken. Klar!«, rief er. »Immer gerne.«

Tine schnitt etwas Brot auf und legte den Schinken und ein Stück Käse, das sie noch im Haus gehabt hatte, auf einen Teller. Dann stellte sie beides nebst einem Krug Wasser auf den Tisch und setzte sich zu den jungen Leuten. »Julchen hat mir schon von dir erzählt.«

»Aha«, sagte Kurt unsicher. »Und was?«

»Nur dass ihr beide ein Paar seid.«

»Ja. Das ... das ist ...« Ihm schien nichts einzufallen, was das sein könnte, also schwieg er und griff nach ihrer Hand. In dem Moment fand Tine ihn trotz der Uniform beinahe rührend. »Erzähl mir doch mal ein wenig von dir«, forderte sie ihn auf. »Ich kenne dich zwar schon, seit du noch nicht einmal deinen ersten Atemzug getan hattest. Aber eigentlich weiß ich nichts über dich, außer dass Julchen dich mag und dass du ein Helgoländer Junge bist. Wie alt bist du denn inzwischen eigentlich?«

»Im Februar werde ich siebenundzwanzig.«

»Hm. Dann bist du jedenfalls schon mal ein gutes Stück älter als Julia«, stellte Tine fest, ohne ihn darüber aufzuklären, dass sie selbst erst siebzehn Jahre alt gewesen war, als sie geheiratet hatte – und ihr Mann doppelt so alt.

»Ich habe eine Ausbildung beim Zollamt absolviert«, erklärte der junge Mann. »In ein paar Jahren werde ich Zollinspekteur sein. Ich hoffe, auf Herrn Kaas zu folgen, wenn der in Ruhestand geht.«

»Das wird aber noch ein büschen dauern, scheint mir«, bemerkte Tine und fing den flehentlichen Blick der Enkeltochter auf, ihren Freund nicht so ins Verhör zu nehmen. Sie lächelte darüber hinweg. »Nun?«

»Das kann ich gut abwarten«, stellte Kurt Eckert fest. »Ich hab einen guten Lohn und eine sichere Stelle.«

»Ist sie das? Sind denn nicht in den letzten Jahren viel weniger Waren auf der Insel umgeschlagen worden? Und immer weniger Schiffe angelandet?«

»Da haben Sie leider recht, Frau Heesters«, beeilte sich Kurt Eckert die Lage zu erklären. »Aber das Deutsche Reich ist ja auf dem besten Wege, sich wieder zu erheben und zu alter Größe zurückzufinden.«

»Ach, ist es das«, bemerkte Tine. »Du meinst sicher, weil der Herr Hitler und seine Truppen uns aus dem Sumpf ziehen.«

»Sie sagen es, Frau Heesters!«, erklärte der junge Mann voll Begeisterung. Endlich war er unverkennbar in seinem Element. »Die nationale Erhebung wird dafür sorgen, dass überall im Reich neue Straßen und Bauwerke errichtet werden. Dafür braucht es Material. Und das wird auf deutschen Schiffen über deutsche Häfen transportiert.«

»Verstehe«, sagte Tine und goss von dem Wasser in die drei Becher, die Julia vorhin auf den Tisch gestellt hatte. »Da bin ich ja mal beruhigt.«

»Und Helgoland wird dabei ganz vorne sein!«, fügte Kurt

Eckert hinzu. »Zuerst der Hafen. Dann die alten Geschützbatterien. Die Insel wird ein Bollwerk in der Nordsee sein!«

»War sie schon einmal«, erklärte Tine trocken. »Hat ihr aber nicht gutgetan.«

»Pah«, wischte der junge Mann den Einwand beiseite. »Das bisschen Militäranlagen aus dem Kaiserreich«, lachte er. »Das lässt sich doch gar nicht vergleichen mit dem, was wir aus Helgoland machen werden.«

»Da kann man ja nur beten, was?«, sagte Tine und schob den Teller mit Schinken und Käse etwas weiter zu dem jungen Paar hin. Ihr war der Appetit vergangen. »Wie geht es denn deiner Mutter, Kurt?«, fragte sie, um Julchen zuliebe von Unverfänglicherem zu sprechen.

»Na ja, sie kämpft mit ihren Rückenschmerzen.«

Kurt Eckerts Mutter war Wäscherin für verschiedene Gästehäuser der Insel gewesen, erinnerte sich Tine. Eine Arbeit, die aufs Kreuz ging. Ihre Mutter hatte selbst oft darunter gelitten.

»Verstehe. Vielleicht besuche ich sie mal und bringe ihr eine Salbe vorbei, die ihr helfen könnte.«

»Das wäre wunderbar, Frau Heesters!«, stimmte Kurt Eckert gleich zu. »Sie hat so schwer in ihrem Leben gearbeitet. Sie hat es nicht verdient, dass es jetzt so schwer ist für sie.«

»Hm, da hast du sicher recht, Junge.« Vielleicht war er ja gar nicht so verkehrt, dieser kleine Nazi. Viele junge Leute liefen heute den Braunhemden hinterher, weil man ja geradezu gezwungen wurde, zur HJ zu gehen oder zum BDM und vorher schon zum Jungvolk. »Und glaubst du denn, dass auch das Kurwesen wieder zum Erblühen kommt?«, forschte sie ein wenig weiter, denn offenbar hatte der Freund ihrer Enkeltochter ja sehr konkrete Vorstellungen, wie die Zukunft von Helgoland aussehen würde.

»Da bin ich sogar ganz sicher!«, rief Kurt Eckert. »Die Insel ist ja wie geschaffen für die Zwecke der Arbeitsfront.«

»Du meinst das Kraft-durch-Freude-Programm?«

»Unbedingt, Frau Heesters, unbedingt! Da sind wir noch lange nicht am Ende!«

»Schade.«

»Bitte?«

»Die Kraft-durch-Freude-Schiffe bringen massenhaft Tagesausflügler auf die Insel. Die bringen sich sogar ihre eigenen Stullen mit. An denen ist kein Geld verdient. Sie kommen nur, überrennen unsere Insel, zerstören unsere Natur, grölen ihre Lieder, wenn wir Glück haben, trinken sie hier ein Bier oder zwei, und dann reisen sie am selben Tag wieder ab, ohne eine einzige Übernachtung zu bezahlen, ohne groß bei uns einzukaufen, ohne die Restaurants zu besuchen … Sie sind eigentlich nur eine Seuche für unsere schöne Insel.«

»Ich … also … pardon …«, stotterte der junge Mann, der offenbar in ein Dilemma gestürzt wurde: Sollte er der Frau widersprechen und damit seine Verlobte brüskieren, oder sollte er ihr zustimmen und damit seine nationalen Ideale verraten?

»Mach dir nichts draus, Junge«, sagte Tine, die ihn durchblickte. »Das ist nur die Meinung einer alten Frau. Es tut nichts zur Sache. Und wenn es dich beruhigt, dann will ich dir versichern, dass ich denke, du hast recht mit deinen Vorhersagen.« Eigentlich dachte sie es nicht nur, sie befürchtete es vor allem. Es mochten alles Wunschträume eines jungen Mannes voll Nationalstolz sein, aber die Zeiten waren so, dass er womöglich mit allem, was er da gesagt hatte, so falsch gar nicht lag. Und das beunruhigte Tine am meisten. »Und euch beiden ist es also wirklich ernst?«

Julia errötete und nickte.

»Es war mir nie ernster«, versicherte Kurt Eckert seiner Gastgeberin.

»Nun, dann habt ihr wohl schon über Zukunftspläne gesprochen.«

»Das haben wir, Frau Heesters.«

»Ich nehme an, ihr bleibt auf der Insel?«

»Das wollen wir, Omi«, sagte Julia und blickte ihren Freund so hingebungsvoll an, dass Tine sicher feuchte Augen bekommen hätte, wäre er nicht ein Nazi gewesen »Das freut mich«, sagte sie stattdessen. »Und wann sagt ihr es euren Eltern?«

»Ich lege das ganz in Julchens Hand«, erklärte Kurt Eckert und lächelte selbstgefällig. »Um diese Dinge soll sie sich kümmern.«

»Verstehe«, sagte Tine. »Und um welche Dinge wirst du dich kümmern?«

»Nun, um alles, was Mannesaufgaben sind.«

»Oh, das musst du erklären«, meinte Tine und betrachtete ihn ganz genau, wie er endlich zu einer Scheibe Brot griff und sich kräftig Butter darauf schmierte, wie er sich eine Scheibe Schinken darauf legte und wie er kräftig abbiss. Er wischte sich mit dem Handrücken über den Mund und führte – noch kauend – aus: »Der Mann ist der Jäger und Sammler, die Frau hütet den Herd und den Nachwuchs. Julchen wird für unsere Kinder da sein und sie zu guten Volksgenossen erziehen …«

»Und Volksgenossinnen«, schlug Tine vor.

»Ganz richtig. Sie führt das Regiment im Haus, verwaltet die Haushaltsfinanzen und ist die erste Ansprechpartnerin für den Nachwuchs. Sie kümmert sich um die Erziehung und kann gerne, wenn ihr noch Zeit bleibt, dazuverdienen.« Er lächelte Julia väterlich an. »Der Mann hat die Familie zu ernähren. Er ist das Vorbild und der Fels in der Brandung. Ihm unterstehen Frau und Kinder, er unterstützt sein Weib, und er ist es, der die Kinder züchtigt, wenn es nötig ist.«

»Und sein Weib, nehme ich an?«, sagte Tine.

»Züchtigen? Ach, also das denke ich nicht«, sagte der junge Eckert, aus dem Konzept gebracht. »Bei Julchen ist doch sowas nicht nötig, nicht, Julchen?« Er griff nach ihrer Hand, doch sie zog sie weg. »Ja«, erklärte er etwas unsicher. »Das sind mal so die Aufgaben in einer Ehe. Aber ich erzähle Ihnen da ja nichts Neues, Frau Heesters. Sie waren ja selbst verheiratet.«

»Das war ich«, erwiderte Tine. »Aber damals war doch einiges anders, scheint mir. Heute scheint ihr weiter zu sein.«

Kurt Eckert lachte. »Der Fortschritt eben!«, rief er. »Der lässt sich nicht aufhalten.«

»Ja«, stimmte Tine zu. »Das lässt er nicht zu, dass man ihn aufhält. Nur manchmal gibt es Rückschläge.« Und leise fügte sie hinzu: »Manchmal sind es sogar ziemlich große.«

* * *

»Wie findest du ihn?«, fragte Julia aufgeregt, als Kurt Eckert sich verabschiedet hatte.

»Er war sehr freundlich«, sagte Tine zurückhaltend. »Und er hat Blumen mitgebracht. Das war nett.« Denn in der Tat hatte er eine Handvoll Levkojen mitgebracht, vermutlich aus irgendeinem Garten geklaut.

»Ja«, schwärmte Julia. »Er ist ein Gentleman.«

»Hm.«

»Und? Wirst du mit Mama sprechen?« Julia hing an Tines Lippen, dass ihr ganz schwer ums Herz wurde. Was sollte sie dem Mädchen nur sagen? Julia suchte Bestätigung, wollte hören, was für ein reizender junger Mann ihr Freund war und wie glänzend Tine die Zukunft der beiden sah. Aber das tat sie nun einmal nicht – nicht nur, weil sie die Zukunft insgesamt zunehmend düster betrachtete. Auch wenn sie den Jungen selbst aus seiner Mutter herausgeholt hatte, mochte sie ihn nicht leiden. Vor allem mochte sie nicht leiden, was er sagte oder vielmehr: was er dachte! Kurt Eckert war genauso, wie ihn sich die neuen Machthaber wünschten. Doch damit war er genau so, wie Tine es auf den Tod nicht ausstehen konnte. Aber sie brachte es auch nicht über sich, ihrer Enkeltochter das zu sagen. »Weißt du, Julchen«, sagte sie stattdessen. »Ich finde es richtig, dass es dir wichtig ist, was deine Eltern sagen. Und ich bin ganz geschmeichelt, dass du erst einmal mich fragen wolltest. Du hast mich ins Vertrauen gezogen und mir den Mann deines Herzens vorgestellt. Aber eine Hochzeit ist eine große Entscheidung, vielleicht die größte, die man im Leben trifft. Deshalb musst du sie dir gut überlegen. Und dabei können dir deine Eltern nur wenig helfen – und deine alte Großmutter noch weniger. Denn wir müssen ja nicht mit ihm zusammenleben.«

Julias Miene versteinerte bei diesen Worten. Tine konnte sehen, wie es in ihrer Enkeltochter arbeitete. »Du magst ihn nicht leiden«, sagte sie tonlos.

»Aber das hab ich wirklich nicht gesagt, Julchen!«, widersprach Tine und hasste sich dafür, nicht imstande zu sein, ihrer Enkeltochter reinen Wein einzuschenken. »Und darauf kommt es auch gar nicht an! Es geht doch darum, dass du mit ihm glücklich werden kannst.«

Julia schwieg eine Weile. Dann sagte sie leise, als wäre es ein unwiderrufliches Gerichtsurteil: »Und du glaubst nicht, dass ich das kann.«

»Ich wünsche mir, dass du es kannst«, sagte Tine und umarmte sie, drückte sie fest an sich und küsste sie auf die Stirn.

»Ich wünsche es mir. Aber ob es gelingen kann, das kannst nur du herausfinden.«

»Und wie soll ich es herausfinden, wenn ich dabei keine Hilfe bekomme?«

»Du musst auf dein Herz hören, Julchen. Du musst in dich hineinhorchen. Musst dich fragen, ob das, was dein Verlobter ist, was er denkt, was er sagt, das ist, was du selbst denkst, was du hören möchtest und was du sein willst.«

Julia nickte und machte sich los. »Danke, Omi. Ich lass es mir durch den Kopf gehen.«

»Tu das, mein Schatz. Und wenn ich irgendetwas für dich tun kann, dann sag es mir.«

»Wirst du mit Mama reden?«

»Nur, wenn du es möchtest.«

Julia nickte. »Dann erzähl es ihr. Sie muss es sowieso erfahren.«

»Du willst es ihr nicht selbst sagen?«

Die junge Frau holte tief Luft, stand einen Moment sinnierend da und schüttelte dann den Kopf. »Sie wird ihn auch nicht leiden mögen. Ich spür's.«

An jenem Abend ging Tine früh zu Bett. Doch sie lag lange wach. Nachdem sie dem Pastor und seiner Lebensgefährtin zu einer unverhofften Trauung verholfen hatte, hatte sie ihre Enkeltochter mit ihren Träumen von einer glücklichen Ehe mit einem jungen Helgoländer ins Unglück gestürzt – hoffentlich nur in vorübergehendes. Tine fragte sich, ob unter anderen Umständen alles ganz anders verlaufen wäre. Was, wenn er in Zivil gekommen wäre. Was, wenn er Tines Geschirr mit dem Blümchendekor gelobt hätte und ihr beim Tischdecken zur Hand gegangen wäre. Was, wenn er Julia etwas zu trinken eingeschenkt und nicht so viel nationalistischen Unfug gefaselt hätte? Immerhin sah er nicht schlecht aus, er hatte eine solide Arbeit, war durchaus aufgeweckt ... Tine hätte ihn vermutlich mit ganz anderen Augen betrachtet, schon weil sie ja wusste, wie viel schöner und stolzer ihre Enkeltochter ihn sah.

Sie verfluchte, wie weit diese braunen Gesellen in ihr Leben eingedrungen waren, in ihrer aller Leben! Wie tief sie schon alle im Sumpf der Naziparolen wateten. Draußen hingen Plakate und Banner mit ihren menschenverachtenden Sprüchen – und drinnen tauchten die jungen Männer plötzlich in Uniform auf und plapperten den Unsinn nach, den die neuen Herren verkündeten. Was war nur mit dieser Welt geschehen? Wann hatten die Menschen aufgehört, selbst nachzudenken und an das Gute zu glauben? Wann waren sie den grässlichen Gedanken der Nazis verfallen – und warum?

✳ ✳ ✳

Am nächsten Morgen war sie früh dran, um Jette noch zu Hause anzutreffen. »Moin, Jette!«

»Moin, Mama! Du schon hier?«

»Ich wollte dich noch kurz sprechen.«

»Ich muss aber gleich los.«

»Dauert nur zwei Minuten.«

»Schieß los.« Jette nahm die Küchenschürze ab und trocknete sich die Hände an einem Geschirrtuch. Dann trat sie neben die Tür und warf einen Blick in den Spiegel, um sich die Haare zu richten.

»Weißt du schon, dass Julchen gestern Abend bei mir war?«

»Zum Abendessen, ich weiß.«

»Sie war nicht alleine da.«

»Ach? Und wen hat sie mitgebracht?«

»Kurt Eckert.«

»Kurt? Nicht dein Ernst, oder?«

»Du kennst ihn?«

»Natürlich kenne ich Kurt. Den haben sie immer *den dicken Kurti* genannt, weil er mehr breit war als hoch.«

»Na, jetzt ist ein adretter junger Mann aus ihm geworden«, erklärte Tine. »Er arbeitet beim Zoll.«

Jette sah auf. »Das sagst du mir jetzt nicht, weil Kurt Julchens Auserwählter ist, oder?«

»Doch. So sieht es aus.«

Lächelnd schüttelte Jette den Kopf. »Auf den hätte ich wirklich nie im Leben getippt.«

»Scheint dich aber nicht zu stören, was?«

»Sollte es denn?«, fragte Jette und steckte sich zwei Nadeln ins Haar, ehe sie die Schuhe wechselte.

»Ehrlich? Ich weiß es nicht«, sagte Tine.

Jette blickte ihre Mutter plötzlich ernst an. »Das heißt, du bist dagegen.«

»Heißt es das?«

»Natürlich. Du zweifelst. Und das, obwohl es Julchen ist. Da siehst du doch normalerweise alles durch die rosarote Brille.«

»Soll ich dir mal was sagen?«, erklärte Tine und blickte ihre Tochter streng an. »Du bist eine verdammt gute Beobachterin. Du hast völlig recht, obwohl ich selber nie draufgekommen wäre. Aber ja, ich finde immer alles wunderbar, was Julchen macht. Nur diesmal gelingt mir das nicht.«

»Das ist dann wohl ein Zeichen, Mama«, erwiderte Jette und gab ihrer Mutter einen Kuss auf die Wange. »Jetzt muss ich aber, ich bin spät dran. Sprich mit Otto darüber. Ich muss los.«

»Sprich du mit Otto«, rief Tine ihr nach. »Ich muss auch weiter.«

Dann war Jette weg. Nein, Tine hatte es eigentlich nicht eilig. Aber sie hatte auch keine Lust, das Thema mit Otto zu diskutieren. Männer hatten immer einen ganz anderen Blick auf Männer als Frauen. Und in dem Fall war es doppelt kompliziert, weil der junge Eckert so tief als Nazi empfand. Das konnte nur Ärger geben. Es war schon schwierig genug, seit Sven immer mehr mit dem Jungvolk unternahm und der Aufnahme in die HJ entgegenfieberte. Zuletzt hatte Otto seinem Sohn verboten, an der Zeltübernachtung auf der Düne teilzunehmen. Sven hatte ihm das tagelang vorgeworfen. Die Hitlerjugend war für ihn vor allem Abenteuer und Gemeinschaftsgefühl. Und genau damit köderten die Nazis den Nachwuchs. Sie boten ihnen ein Gefühl von Freiheit und fesselten sie immer stärker an sich. Es war eine perfide Methode, vor allem weil sie so gut wirkte.

Sie würde Peer fragen, was er dachte, wie sie sich in Sachen Julchen verhalten sollte. Er war ein kluger Mann, der die Dinge wohl bedachte – und er hatte ihr schon in Jugendjahren oftmals guten Rat gegeben. Sie wusste, dass Peer am Hafen arbeitete. Es sollte also nicht allzu schwer sein, ihn dort zu finden.

Zumindest dachte sie das. Doch zuerst musste sie wieder mit der Wache diskutieren, die auch an diesem Tag den Zugang kontrollierte. »Was ist denn das neuerdings?«, schimpfte sie. »Der Hafen gehört schließlich zur Insel!«

»Im Hafen finden Arbeiten statt. Zivilisten sind dabei nicht gestattet.«

»Ich weiß, dass Arbeiten stattfinden. Zu einem der Arbeiter will ich ja. Peer Fischer.«

»Peer Fischer? Warum sagen Sie das nicht gleich?« Der

Wachmann trat beiseite und winkte Tine weiterzugehen. »An der Hafenaufsicht rechts!«, rief er ihr hinterher, was in der Tat eine Hilfe war, weil das Hafengelände unübersichtlich war und weitläufiger, als man es aus der Entfernung dachte.

Die Hafenaufsicht war nicht besetzt, aber nur ein paar Schritte dahinter stand eine Gruppe Männer über einen Tisch gebeugt, auf dem etliche Papiere lagen. »Entschuldigung?«

»Was machen Sie hier? Frauen haben hier nichts zu suchen.«

»Ich schon«, erklärte Tine. »Und zwar Herrn Fischer. Peer Fischer.«

»Herr Fischer ist nicht da.«

»Arbeitet er nicht mehr hier?«

»Doch, das tut er durchaus. Aber heute ist er in den Stollen.«

»Guter Mann, die Stollen sind doch verplombt. Wie sollte er dort drinnen sein? Und wozu?« Denn die Gänge, die die Militärs vor und während dem Krieg in den Felsen getrieben hatten, waren unter Aufsicht der Briten nach der Niederlage unzugänglich gemacht und teilweise auch zerstört worden. Mit Schrecken erinnerte sich Tine daran, wie sie einmal durch die Stollen gehetzt war, um einer verzweifelten Frau zu helfen, die dort unter fürchterlichen Umständen hatte »arbeiten« müssen.

»Hören Sie, das geht Sie hier alles gar nichts an. Wenn Herr Fischer Sie erwartet hätte, wäre er wohl hier. Sie haben hier nichts zu suchen. Und wenn Sie jetzt nicht sofort das Gelände verlassen, dann wird Ihnen die SA dabei helfen, ist das klar?« Der Mann war mit jedem Wort lauter geworden. Am Schluss hatte er Tine geradezu angebrüllt. Innerlich bebend stand sie vor ihm und sagte: »Ein zivilisierter Mensch hätte sich anders ausgedrückt. Aber bitte, ich gehe.« Und sie ging, erschüttert und beschämt. Zumindest konnte sie sich damit trösten, dass sie Peer am Abend treffen würde. Aber sie bedauerte ihn sehr, mit solchen Menschen zusammenarbeiten zu müssen.

※ ※ ※

»Moin, Frau Brückner!«, grüßte der Fährmann.

»Moin, Herr Bremer«, grüßte Jette zurück und stieg aufs Boot. Sie ärgerte sich ein bisschen, dass sie so spät dran war. Lore würde schon wieder mit ihrer, Jettes, Arbeit angefangen haben, damit alles perfekt war, wenn die Gäste kamen. Dabei war die Freundin seit Wochen so überarbeitet, dass sie Ringe unter den Augen hatte. Und gerade jetzt mussten sie im Insel-Café ganz besonders gut sein in allem, was sie taten. Als Stammlokal des »Clubs von Helgoland« standen sie praktisch unter besonderer Beobachtung durch die Nazis, die das Insel-Café schon öfter als »Judencafé« geschmäht hatten. Da half es auch nichts, dass der gute Heinz Freund sich als Inhaber vor die Belegschaft stellte und erklärte: »Das nehmen wir als Kompliment!« Denn natürlich hatte ihn schon am nächsten Tag jemand vom Personal im Rathaus verpfiffen, und die Gestapo stand vor der Tür und nahm Heinz Freund mit hinüber auf die Hauptinsel, um ihn dort im Keller der Kommandantur zu verhören. Seither war er nicht mehr derselbe – und Lore trauerte sichtlich um den Mann, den sie verloren hatte, ohne Witwe zu werden.

»Heute so ernst, Frau Brückner?«, fragte der Fährmann und lächelte ihr aufmunternd zu. »Ist doch so ein schöner Tag!«

»Ja, das ist er, Sie haben recht, Herr Bremer. Danke, dass sie mich daran erinnern.« Jette seufzte. »Ich habe mich verspätet.«

»Dann machen wir mal lieber die Leinen los, was?«

»Aber Sie haben doch noch gar keine anderen Fahrgäste!«

»Die werden dann schon die fünf Minuten warten können, bis ich wieder hier bin.«

»Das ist aber sehr freundlich von Ihnen«, sagte Jette dankbar und sah ihm zu, wie er das Boot losband. Ob sie ihn gefesselt hatten, den Besitzer des Insel-Cafés, beim Verhör? Ob sie ihm gedroht hatten?

»Wir sind gleich drüben«, erklärte Bremer beruhigend. »Die werden Ihnen da schon nicht weglaufen.«

»Stimmt«, sagte Jette. »Man sollte nicht immer trüben Gedanken nachhängen.«

Und wie zur Bestätigung dieser Erkenntnis rief unvermittelt eine ihr so vertraute Stimme: »Ahoi!«

»Otto! Ich wusste nicht, dass ihr sie fertig habt!« Jette sprang auf und winkte ihrem Mann zu, der mit seinem neuen Ausflugsboot in geringer Entfernung kreuzte.

»Wollte sie erst einmal schwimmen lassen, ehe ich sie dir zeige«, erklärte Otto und klopfte auf das Steuerrad wie auf den Hals eines Pferdes. »Ich nenne sie ›Christina‹.«

»Nach Mama? Die wird sich freuen!«

»Das hoffe ich doch. Bis nachher!«

»Bis nachher!«

»Guter Mann, Ihr Mann«, stellte Bootsmann Bremer fest und nickte anerkennend. »Von der Sorte bräuchten wir mehr.«

»Das ist nett, dass Sie das sagen, Herr Bremer.«

»Ach, wissen Sie, ich hab ja nicht mal Familie. Da muss ich mir nicht so viele Sorgen machen.«

Jette wusste genau, was er meinte. Viele liefen ja nur deshalb mit, weil sie Existenzängste hatten, weil sie wussten, dass man nicht nur sie, sondern auch ihre Ehepartner und Kinder schikanieren würde, wenn sie gegen die Nazis arbeiteten. Weil sie sich sorgten, wer sich um die Angehörigen kümmern würde, wenn man sie selbst aus dem Verkehr zog! »Ja«, sagte Jette. »Es ist schon eine seltsame Welt geworden.«

»So! Wir sind da!« Der Fährmann zog das Boot an einen der Pfosten des Stegs, band es fest und reichte Jette die Hand, um ihr hinaufzuhelfen. »Danke, Herr Bremer«, sagte sie.

»Schönen Tag noch!«

»Ihnen auch. Und …« Sie senkte leicht die Stimme. »Und passen Sie trotzdem auf sich auf. Denn auch solche Männer wie Sie brauchen wir dringend.«

※ ※ ※

Zwei Schwangere hatte Tine am Nachmittag noch besucht, eine davon konnte jederzeit so weit sein. Dann war sie eiligst nach Hause gelaufen, um sich endlich fertig zu machen. Auch wenn Peer erst um acht Uhr kommen würde, es war stets so viel zu tun, dass die Zeit rannte wie verrückt.

Also räumte sie den Laden auf, brachte die Küche in Ordnung – es war zum Glück nicht viel zu tun, Emil hatte schon aufgeräumt – und suchte dann die alten Kleider raus. Da sie seit Jahren nicht mehr tanzen gegangen war, lagen die schönen Stücke alle unten in der Truhe und waren nun völlig zerknittert.

Tine breitete ein doppelt gefaltetes Bettlaken über den Küchentisch und schürte die Kohle im Herd für das Plätteisen. Dann sortierte sie die völlig aus der Mode gekommenen Kleider aus und entschied sich für das blaue, das sie seinerzeit zu Julchens Taufe getragen hatte. Aber natürlich war es ihr viel zu eng geworden. Auch in das grüne, ärmellose Kleid, das ihr mit einer Hochfrisur so gut stand, passte sie nur noch mit Mühe. Sie seufzte. Wenn sie das trug, brauchte sie sich nur einmal etwas schneller zu bewegen, und sie stand im Unterkleid da. Nein, das ging so gar nicht.

Es gab noch ein helles, in dem sie fast wie eine Braut aussah.

Sie schüttelte den Kopf. Damit konnte sie doch unmöglich zum Tanz gehen! Es sei denn, sie trug einen Schal in kräftiger Farbe über die Schultern? Nun gut, die Abende konnten durchaus kalt werden zurzeit, warum also nicht? Aber auch an diesem Kleid musste sie unter den Achseln links und rechts einen halben Zentimeter rauslassen, damit es nicht lächerlich aussah. Also holte sie das Nähzeug und trennte hektisch die Fäden auf, fädelte mit zitternden Fingern fluchend das Garn ein, schalt sich, dass sie sich darum nicht gestern schon gekümmert hatte – und musste am Ende doch lachen, als sie vor dem Spiegel stand, denn auch in der etwas nachgearbeiteten Form wirkte ihr Busen in dem Kleid spektakulär. Nun, immerhin würden die Herren ihre Freude daran haben, wie sie aussah. Peer vor allem. Hoffte sie zumindest. Und das Seltsame war ja, dass sie sich mit einem Mal um Jahre jünger fühlte. Auch wenn ihr der Spiegel sagte: *Tine, du bist eine Frau von Mitte sechzig,* signalisierte ihr Herz, dass man immer nur so alt war, wie man sich fühlte. Und sie wollte sich ganz einfach fühlen wie sechzehn. So alt, wie sie gewesen war, als sie mit Peer von den Marschwiesen vor Hamburg bis zum großen Hafen gewandert war, den Korb voller Blumen, den Kopf voller Träume und das Herz voller Hoffnung. Sie konnte und sie mochte es nicht glauben, wie lange das alles schon her war. Aber spielte es eine Rolle? Lebte man nicht letztlich immer im Jetzt? Tine jedenfalls war wild entschlossen, diesen Abend in vollen Zügen zu genießen und geschehen zu lassen, was immer geschehen mochte.

Als es klopfte, war sie gerade fertig. Sie hatte sich eine hübsche Frisur gesteckt, mit der ihr Haar kaum ergraut wirkte, hatte etwas Rouge auf ihre Wangen gelegt und sogar ein wenig Lippenstift aufgetragen, den sie sich am Nachmittag noch oben bei Teubners in der Apotheke gekauft hatte. Mit ein wenig Milde im Blick konnte sie glatt für Ende vierzig durchgehen, fand sie selbst, schalt sich dann aber eine Närrin, als ihr einfiel, dass Jette inzwischen auf Mitte vierzig zuging. Noch einmal warf sie einen Blick in den Spiegel, zwinkerte sich selbst aufmunternd zu, atmete einmal tief durch und ging zur Tür.

Woher immer er diesen riesigen Blumenstrauß bekommen hatte – das Erste, was Tine erblickte, war ein Traum von Rosen in den unterschiedlichsten Rottönen. Das Glück hätte sie nicht fröhlicher anspringen können als mit diesem Gruß. »Hallo, Tine«, sagte Peer und senkte die Blumen ein wenig, sodass sie seiner überhaupt erst ansichtig wurde. »Leutnant zur See Peer Fischer meldet sich zur Stelle.«

Und dann sah sie die Uniform. Und die Abzeichen. Vor allem sah sie die Hakenkreuze. Dann sah sie nichts mehr, weil sie in Tränen ausbrach.

✳ ✳ ✳

V.

Am Abgrund

Helgoland 1937

Erstes Kapitel

Es mussten Tausende Arbeiter sein, die inzwischen auf dem Hafengelände arbeiteten – und vermutlich zusätzlich Tausende, die man nicht sah, weil sie an irgendwelchen verborgenen Orten auf der Insel schufteten. Seit dem deutsch-britischen Flottenabkommen von 1935 fand eine beispiellose Aufrüstung im ganzen Reich statt. Davon war Helgoland nicht ausgenommen. Im Gegenteil: Hitler plante, die Insel zum größten eisfreien Hafen auszubauen, zu einer Seefestung, gegen die die des Kaisers wie eine Puppenstube wirkte. Man erfuhr freilich nicht viel auf der Insel. Man konnte nur betrachten und staunen, was vor sich ging. Wobei das Betrachten zunehmend eingeschränkt wurde. Denn es war nicht gern gesehen, wenn sich Zivilisten dem Hafengelände und den militärischen Sperrzonen näherten, von denen es immer mehr gab.

Zunächst wurden die Marinemolen, die unter der Aufsicht der Briten demontiert worden waren, wieder instand gesetzt. Tag und Nacht legten Frachter vor Helgoland an, um Baumaterial zu bringen. Das Hafenbecken wurde ausgebaggert, während gleichzeitig andernorts Aufschüttungen stattfanden. Die Tankanlagen aus der Kaiserzeit wurden wiederhergestellt und ausgebaut, die technischen Einrichtungen repariert. Um die Zustimmung der Engländer scherte sich längst niemand mehr. Wohnbaracken in großer Zahl wurden errichtet, um den Unmengen an Arbeitern eine Unterkunft zu bieten. Und weil immer mehr Soldaten auf der Insel anlandeten, wurde sogar ein neuer Wohnblock für Militärangehörige auf der Insel errichtet. Helgoland, so lautete der Plan, sollte zum größten deutschen Flottenstützpunkt entwickelt werden – und damit mittelfristig zum größten Flottenstützpunkt der Welt! Während im Braunen Haus und im Rathaus das Vorhaben diskutiert wurde, nicht nur die Hauptinsel durch vorgelagerte Bauten zu vergrößern, sondern auch die Düne durch Aufschüttungen und Sandaufspülungen deutlich größer zu machen, verloren die Hotels und Gästehäuser der Insel ihre letzten lukrativen Gäste: Die große Zahl von stationierten Soldaten, die immer drastischeren Einschränkungen des zivilen Lebens sowie ein immerwährendes Getöse durch die Baumaschinen und den Transport der Materialien vertrieben die üblichen Besucher der Insel. Übrig blieben die Gäste, die mit dem Kraft-durch-Freude-Schiff kamen. Doch die hatten ihre Reisen über die Parteiorganisationen gebucht, egal ob es nur ein Tagesausflug war oder ein mehrtägiger Aufenthalt. So blieb das Geld beim Veranstalter, und die Helgoländer hatten das Nachsehen.

»Moin, Brückner!«, rief der alte Franz Schensky zum Boot hinüber, während er seine Kamera absetzte.

»Moin, Herr Schensky.«

»Wenig los heute.«

»Gar nichts los.« Otto deutete auf das leere Deck seines Bootes, auf dem vor zwei Jahren noch eine Menge Touristen gesessen hatten und im letzten Jahr immerhin noch ein paar, wenn er seine Inselumrundung anbot. »Die fahren jetzt alle mit der Partei.«

»Hätten Sie mit denen nicht auch ein Arrangement treffen können?«, fragte der Fotograf neugierig und richtete das Stativ ein.

»Dann hätte ich ausschließlich Nazis an Bord. Wer will sowas?«

»Schschsch …«, machte Schensky. »Sind Sie wahnsinnig? Wollen Sie ins KZ?« Und noch leiser fügte er hinzu: »Und selbst wenn Sie's wollen, ich will es nicht.«

»Ich weiß«, sagte Otto zerknirscht. »Tut mir leid.«

Denn es war klar, dass Schensky solche Sprüche beim Inselkommandanten hätte melden müssen oder mindestens bei Bürgermeister Meunier. Tat er es nicht, wanderte er selbst in den Bau – oder Schlimmeres. »Und Sie?«, fragte Otto. »Fotos für die Ausflügler?«

»Mal ein Kriegsschiff hier, mal ein Flugzeug da …«, erwiderte der Fotograf, von dem man sagte, er genösse Weltruhm. Oft schon war er von den verbliebenen Aufrechten gefragt worden, warum um alles in der Welt er nicht von Helgoland verschwand – und überhaupt aus dem Reich. Künstler wie ihn würden sie doch in Paris oder London mit Kusshand nehmen. Doch Schensky war nun einmal ein echtes Helgoländer Gewächs. Er lächelte dann, zuckte die Achseln und sagte: »Kann euch doch nicht alleine hierlassen.«

»Nachdem die Touristen jetzt nicht mehr fotografieren dürfen, sollten Ihre Geschäfte ja bestens gehen!« Otto kletterte von seinem Kutter und stellte sich neben den Fotografen. Ein Motorboot mit einigen Uniformierten bog von der Reede herein und hielt auf sie zu. Schensky sah Ottos skeptischen Gesichtsausdruck und lachte. »Keine Sorge, Brückner. So laut waren Sie nun auch nicht, dass die das sonst wo gehört hätten.«

Es waren Gestapomänner, unschwer an ihren schwarzen Uniformen zu erkennen. Otto graute schon allein vor dem Anblick. Er konnte nur hoffen, dass es mit einem »Heil Hitler« getan war und die Herren nichts von ihnen wollten. Doch er täuschte sich.

»Heil Hitler!«, rief der eine und reckte den Arm hoch.

»Ja«, sagte Schensky und nickte ihm zu, worauf der Nazi ihn mit kleinen Augen anfunkelte. »Den deutschen Gruß beherrschen Sie wohl nicht?«

»Den deutschen Gruß«, murmelte Schensky. »Guten Tag? Meinen Sie den? Oder Moin, Moin? Aber das ist eigentlich Friesisch, nehm ich an. Es gibt so viele deutsche Grüße, wissen Sie …«

»Mann! Sehen Sie sich vor!«, bellte ihn der Gestapomann an, während der andere, der das Motorboot festgemacht hatte, hinter ihm auf den Steg kletterte. »Name?«

»Schensky, Franz. Wie der berühmte Fotograf«, erwiderte der berühmte Fotograf, und es fiel Otto in dem Moment schwer, ernst zu bleiben.

»Und Sie?«

»Brückner, Otto. Bootsbauer im Unterland.«

»Nun sollten Sie sich aber auch vorstellen, guter Mann«, sagte Schensky zu dem Schergen. Der Nazi sog scharf die Luft ein und sagte mit leiser Stimme: »Sie verstoßen gegen die örtliche Vorschrift, dass es für das Fotografieren auf der Insel eine Sondergenehmigung braucht.«

»Ach«, erwiderte Schensky. »Erstens habe ich ja noch gar nicht fotografiert und …«

»Sie händigen uns jetzt sofort die Kamera aus!«

»Tut mir leid, aber ich brauche diese Ka…«

»Resch? Festnehmen! Der Volksgenosse hier braucht offenbar Nachhilfe in Staatsbürgerkunde!«

Der andere Nazi packte Schensky am Arm und wollte ihn zu dem Motorboot zerren.

»Wenn ich einen Vorschlag machen darf«, warf Otto ein, ohne den Hauch einer Ahnung zu haben, mit welchem Vorschlag er nun aufwarten könnte.

»Einen Vorschlag? Wozu?«

»Um die Lage etwas zu ... nun, zu entspannen.« Otto räusperte sich, versuchte Zeit zu gewinnen, versuchte sich zu überwinden. »Wenn Sie erlauben ...«

»Nun?« Die Augen des Gestapomannes waren kleine Schlitze, hinter denen die Pupillen nicht mehr zu erkennen waren.

»Herr Schensky wartet ja noch auf seine Sondergenehmigung.«

»So? Ist das so?«

»Er hat sie längst beantragt«, log Otto. »Es geht ja immerhin um eine Arbeit für die Partei. Oder vielmehr: für die Parteigenossen. Für die Volksgenossen, die uns auf unserer schönen Insel besuchen. Kraft durch Freude, wenn Sie verstehen, was ich meine ...«

»Kommen Sie zur Sache, Mann«, blaffte ihn der Nazi an. »Wenn ich nicht wüsste, was Kraft durch Freude ist, müsste ich mich erschießen.«

»Herr Schensky soll ihnen doch im Auftrag der Partei ein unvergessliches Erinnerungsbild machen, wenn sie auf der Insel anlanden. Deshalb baut er seine Kamera hier auf und erwartet den Dampfer.«

»Der kommt erst in einer Stunde«, knurrte sein Gegenüber.

»Richtig. Aber das macht eben die Kunst eines Fotografen von Weltrang aus, dass er sich sorgfältig vorbereitet. Wie wir hier auf der Insel!« Otto breitete die Arme aus und deutete hinüber zum Hafen: »Wir sehen uns vor! Das Reich muss sich wappnen. Deshalb bauen wir jetzt einen Kriegshafen und nicht erst, wenn uns der Engländer schon einen Krieg aufgezwungen hat. Das ist eben deutsches Wesen: vorauszuschauen und immer einen Plan zu haben.«

Der Anführer der beiden gab dem anderen ein Zeichen,

Schensky loszulassen. »Ich weiß nicht, ob ich Ihnen trauen kann«, sagte er. »Aber was Sie sagen, überzeugt mich.« Er nickte dem Fotografen zu. »Sie besorgen sich zuerst die Erlaubnis und bauen dann Ihre Kamera auf. Wenn ich nachher wieder hier vorbeikomme, erwarte ich ein gültiges Dokument, oder Sie sind fällig.« Damit stieg er wieder in das Motorboot, und wenige Augenblicke später waren die beiden wieder verschwunden.

Schensky atmete tief durch. »Das war knapp«, sagte er. »Danke, Brückner. Ich wusste nicht, dass Sie ein so guter Lügner sind.«

»Ich auch nicht«, erwiderte Otto und spürte, wie sein Herz immer noch heftig pochte. »Aber an Ihrer Stelle würde ich jetzt tatsächlich das Weite suchen.«

* * *

Man nahm Franz Schensky trotzdem seine Kamera ab, so wie alle Besucher der Insel bei der Ankunft ihre Fotoapparate abzugeben hatten. »Unglaublich«, sagte Jette, als Otto ihr davon berichtete. »Die sind doch alle wahnsinnig geworden.«

»Das sind sie nicht, Schwiegermama«, widersprach ihr Kurt, der den kleinen Hermann vorbeigebracht hatte und es jetzt eilig hatte, zur Versammlung des Ortsverbands zu kommen. Immerhin war er Schriftführer und hatte vor, möglichst rasch aufzusteigen, auch wenn ihm der stellvertretende Ortsgruppenleiter Thorsten Brand das Leben zunehmend schwer machte. Brand beobachtete mit Argusaugen, wie eng Kurt Eckert mit der Familie seiner Frau war. Deshalb kam Kurt nur selten selbst in der kleinen Bootswerft vorbei, sondern schickte meist Julia oder ließ den kleinen Hermann von Jette abholen – was in Brands Augen freilich nicht besser war.

»Dann mal viel Spaß mit deinen Kumpanen«, knurrte Otto.

»Bitte, Otto«, mahnte ihn Jette. »Es ist doch gut, wenn es ein paar Anständige in der Partei gibt. Das ist für uns alle wichtig.«

»Danke, Schwiegermama«, sagte Kurt. »Ich weiß, deine Worte sind gut gemeint. Aber es sind die meisten aufrechte und ordentliche Volksgenossen, das kann ich dir versichern. Und die paar Querschläger, mit denen werden wir schon fertig.«

Otto brummte etwas Unverständliches, um seine Frau nicht noch mehr zu ärgern. Er wusste ja, wie sehr sie fürchtete, dass eines Tages wegen seiner lockeren Reden die Gestapo vor der Tür stehen und ihn abholen würde, so wie sie das schon mit vielen weniger »aufrechten und ordentlichen Volksgenossen« getan hatte und jeden Tag aufs Neue tat. Er blickte dem Schwiegersohn hinterher und nahm einen Schluck von seinem Bier.

»Du musst versuchen, dich besser unter Kontrolle zu haben, Otto«, sagte Jette und setzte sich neben ihn. Er schnaubte verächtlich. »Sonst was? Nehmen sie mir mein Leben weg? Das haben sie längst getan. Ich konnte heute keine einzige Inselfahrt unternehmen. Einmal kam ein älteres Ehepaar vorbei. Aber die sind wieder abgezogen, als sich ein SA-Mann neben sie gestellt und über meine *mangelnde Haltung* schwadroniert hat.« Er lachte bitter. »Die werfen mir mangelnde Haltung vor. Die! Mir! Pack!« Er drehte sich zu seiner Frau: »Weißt du, wie lange meine Mutter nicht mehr aus dem Haus gegangen ist, weil sie Angst vor den Nazis hat? Nicht nur vor ihrem Ehemann, dem Obernazi! Vor allen! Denn jeder kann sie ja ungestraft misshandeln und Schlimmeres! Wahrscheinlich bekäme derjenige sogar einen Orden verliehen. Denn Orden gibt es ja heutzutage nur noch für Schandtaten.« Wieder nahm er einen Schluck Bier und wischte sich über die Lippen. »Wo soll das hinführen, Jette, wohin?«

Er hatte so recht! Jette spürte, wie ihr Herz ganz eng wurde, wie sie gegen die aufkommenden Tränen kämpfen musste. Einmal mehr standen sie mit dem Rücken zur Wand. Die Ersparnisse waren längst aufgebraucht. Auch Tine wusste kaum noch, wovon sie ihren jeweils nächsten Einkauf bezahlen sollte. Hätte sie nicht noch die Einkünfte als Hebamme gehabt, dann hätte sie gehungert. Jetzt war es oft Tine, die mal ein Stück Butter oder eine Wurst vorbeibrachte, die sie von ihren Patientinnen bekommen hatte. Manchmal half auch Julia. Denn anders als befürchtet schien die Ehe unter einem guten Stern zu stehen. Kurt Eckert hatte eine sichere und gut bezahlte Arbeit, er war ein angesehener Bürger – zumindest bei den Herren, die jetzt über die Insel herrschten –, und Nachwuchs hatten sie auch schon bekommen. Der kleine Hermann, den Kurt angeblich nach seinem Großonkel, vermutlich aber in Wahrheit doch nach Göring benannt hatte, war ein Junge nach Kurts Geschmack: proper, laut und blond. Immer wieder musste sich Jette eingestehen, wenn er den Tag bei ihr verbrachte, dass sie den Kleinen nicht mochte – und sie hasste sich dafür. Denn Hermann konnte nichts für die Situation, gar nichts. Er war einfach nur ein kleiner Junge, der das Pech hatte, in eine schreckliche Welt hineingeboren worden zu sein.

»Es wird vorübergehen, Otto«, versuchte Jette ihren Mann zu trösten. »Glaub mir, irgendwann haben die Menschen die Nazis satt und werden sie zum Teufel jagen.«

Er lächelte wehmütig. »Das glaubst du? Ach Jette, du bist ein Engel. Ich wünschte, ich könnte deinen Optimismus teilen.«

»Und ich wünschte, du würdest es nicht so nah an dich

heranlassen, Otto. Es darf einfach nicht sein, dass das Schlechte das Gute so zerfrisst.«

Er blickte auf. »Es wird mich nicht zerfressen, Jette. So lange ich euch habe, ist mein Leben gut. Egal, was da draußen geschieht. Ich hoffe nur, wir überstehen es.«

»Das werden wir, mein Lieber. Das werden wir ganz bestimmt.«

※ ※ ※

Das Insel-Café war nur noch ein Schatten seiner selbst. Seit auf der Düne die Bauarbeiten für einen Flughafen begonnen hatten und schwere Maschinen mit Aufschüttungen zugange waren, kamen nur noch selten Gäste. Sie blieben auch nicht lange und waren mehr an der Besichtigung des schweren Geräts interessiert als an der Besichtigung der Kuchentheke. Lore Freund hatte ihre Fröhlichkeit längst eingebüßt, und ihr Mann Heinz war so abgemagert, dass Jette schon befürchtete, er könnte ernsthaft krank sein. Er war es auch, allerdings nicht körperlich. Der einst so heitere Mann war einem so ausgeprägten Trübsinn verfallen, dass er an manchen Tagen gar nicht mehr aus der Wohnung ins Lokal herunterkam, sondern im Bett blieb. Ihren Anfang hatte diese Melancholie mit der Befragung durch die Gestapo genommen. Man hatte Heinz Freund an einem einzigen Tag die Lebensfreude ausgetrieben. Übrig geblieben war nur noch ein Schatten seiner selbst.

Jette fuhr trotzdem täglich hinüber und ging ihrer Freundin Lore zur Hand. Die Serviermädchen waren entlassen, in der Küche arbeitete nur noch eine Köchin, und die hatte meist nichts zu tun. Früher hatte das Anwesen stolz über den Strand geblickt. Durch die Aufspülungen war inzwischen ein bedeutender Landstrich zwischen Wasser und Insel-Café entstanden.

Und es war kein Ende der Landgewinnungsarbeiten abzusehen. »Sie wollen die Düne zehnmal so groß machen, wie sie bisher war«, sagte Lore Freund an einem trüben Tag im Juni, während sie neben Jette auf der Terrasse stand und zur Fähre hinüberblickte, die eng mit Ausflüglern besetzt war. Natürlich waren es Mitglieder der Arbeitsfront. Sie würden alles bei sich haben, was sie brauchten: Rucksäcke voll mit Wurstbroten und Thermoskannen. Geld würden sie nicht auf der Düne lassen, aber Butterbrotpapier und Müll aller Art. Aber vielleicht würde ja doch der eine oder andere hier einkehren und zumindest ein Bier trinken oder einen Friesentee.

»Verrückt«, sagte Jette. »Bei uns drüben graben neuerdings Archäologen, stell dir vor.«

»Archäologen? Was wollen sie denn finden? Die Schnürsenkel von Klaus Störtebeker?«

»Sie suchen nach den Überresten von Atlantis«, erklärte Jette mit bedeutungsvoller Stimme.

»Also wenn ich in der Schule nicht alles falsch verstanden habe, dann liegt das in Griechenland«, lachte Lore und schüttelte den Kopf.

Jette zuckte die Achseln. »Sie sagen, Helgoland könnte ein Überbleibsel sein.«

»Muss eine ziemlich große griechische Insel gewesen sein, wenn Helgoland davon übrig ist.«

»Ja«, lachte Jette. »Jedenfalls drehen sie zwischen Waalhörn und Hengst jeden Stein um. Und die Kinder müssen jetzt alles, was sie finden, vorzeigen und dürfen es nicht mehr einfach auf der Landungsbrücke oder auf der Treppe verkaufen.« Sie seufzte. »Obwohl das ja schon länger kein Geschäft mehr ist.« Denn die Kraft-durch-Freude-Urlauber kauften ja nichts von den Einheimischen.

»Verrückte Welt«, beschloss Lore Freund.
»Ja. Verrückte Welt.«
Tatsächlich fanden sich mehr Ausflügler ein als erwartet. Nachdem sie die Arbeiten an den Aufschüttungen bestaunt und sich einen Vortrag darüber angehört hatten, zogen sie vom Strand herauf zum Insel-Café, wobei sie eines ihrer Lieblingslieder schmetterten:

Es herrscht im grünen Inselland
ein echter deutscher Sinn
drum alle, die uns stammverwandt
zieh'n freudig zu dir hin
Auf Helgoland nur Deutschtum gilt
nur deutsch ist das Panier
Wir halten rein den Ehrenschild
Germanias für und für

Eigentlich ein Lied, das auf Borkum oder vielmehr »Borkums Strand« gemünzt war, seit langem aber immer wieder auch von Helgoland-Besuchern gesungen wurde, manches Mal auch mit der letzten, hässlichen Strophe:

Doch wer dir naht mit platten Füßen
mit Nasen krumm und Haaren kraus
der soll nicht deinen Strand genießen
der muss hinaus! Der muss hinaus! Hinaus!

Gegen die Juden ging das, und Jette schämte sich jedes Mal, wenn sie es hörte. Diese Leute zu bedienen, die sich so scheußlich über Menschen erhoben, die es in diesen Zeiten unendlich schwer hatten, fiel ihr alles andere als leicht. Aber sie wollte auch

Lore nicht in Schwierigkeiten bringen. Alle waren ja in Gefahr, alle, die sich für Juden einsetzten, für andere »Volksfremde« oder auch nur für Menschen, die anders dachten als die Nazis. Und Freunds waren besonders gefährdet, nachdem Heinz Freund schon einmal von der Gestapo abgeholt worden war. Allen stand das mahnende Beispiel von Hink vor Augen, der seit dem Tag verschwunden war, an dem er seine Peiniger angezeigt hatte. Keiner erwartete mehr, dass er jemals wieder auftauchen würde. An manchen Tagen ging Jette mit ihrer Mutter hinauf nach St. Nicolai, um für ihn zu beten. Vielleicht war er ja noch am Leben? Vielleicht hatte er es auch hinter sich gebracht…

Und so überwand sich Jette, machte gute Miene zum bösen Spiel und fragte sich einmal mehr, wie lange sie das noch tun würde – wie lange sie es noch würde tun müssen! Denn inzwischen ging auf der Insel nichts mehr, was die Nazis nicht unter Kontrolle gehabt hätten. Genau genommen gab es gar kein Leben mehr, das nicht nach den Regeln der neuen Machthaber gespielt hätte. In nur vier Jahren hatten sie es geschafft, buchstäblich jede Familie und damit jeden Menschen auf der Insel zu beherrschen – entweder weil er sich ihnen angeschlossen hatte oder weil er nicht mehr aufzubegehren wagte. Und selbst die wenigen, die ihr Leben lieber in die Brüche gehen sahen, als es den Nazis unterzuordnen, mussten hinnehmen, dass ihr Dasein geprägt war von den Regeln, den Zumutungen und den Parolen dieser selbsternannten Herrenmenschen.

»Bring mir mal eine schöne Berliner Weiße mit Schuss, Mädchen!«, rief ihr einer der Gäste zu und war schon im Begriff, ihr einen Klaps auf den Hintern zu geben. Aber Jette war zu erfahren, um es nicht kommen zu sehen, und zu geschickt, um ihm nicht auszuweichen. »Tut mir leid, mein Herr«, erwiderte sie. »Schuss haben wir hier, aber keine Berliner Weiße.«

»Wat willste mir denn dann verkofen?«, beschwerte sich der Mann, dessen Armbinde ihn als Mitglied der Arbeitsfront auswies und dessen Geruch besagte, dass er schon lange keine Badewanne mehr aus der Nähe gesehen hatte. »Waldmeisterbrause oder wat?«

Die Berliner waren auf der Insel verschrien. Sie galten als laut und ungehobelt. Der Gast hatte offenbar die Absicht, dieses Vorurteil zu bestätigen.

»Sehr gerne«, entgegnete Jette. »Kommt sofort.«

»Wat? Die bringt ma ne Brause?«, sagte der Mann verblüfft, während seine Begleiter in lautes Gelächter ausbrachen. »Hallo, Frollein! Hallo?«

Aber Jette war schon weg. Der Mann würde die Brause natürlich nicht bezahlen, schon weil er sie nicht ernsthaft bestellt hatte. Aber einem wichtigen Nazi ein Kindergetränk vor die Nase zu stellen, das wollte sie sich einfach nicht nehmen lassen.

Unter großem Gejohle der Umsitzenden stellte Jette wenig später die Waldmeisterbrause vor den Arbeitsfrontmann, während die anderen ihr Bier bekamen. »Dat nimmste mal schön wieder mit, Mädchen!«, polterte der Gast. »Dat bezahl ick nich, damit dat klar is!«

»Das müssen Sie natürlich nicht bezahlen, gnädiger Herr«, mischte sich Lore Freund ein, die die Situation mitbekommen hatte. Sie warf Jette einen müden Blick zu. Müde, dachte Jette. Sie ist müde. Jede andere hätte ihr für diesen kindischen Streich einen bösen Blick zugeworfen. Doch Lore war zu liebenswürdig und zu müde. Sie war erschöpft und resigniert. Jette beobachtete, wie die Freundin die Brause mit zitternder Hand vom Tisch nahm und ihr wieder reichte. »Bring das bitte wieder weg und hol dem Herrn ein Bier.« Und zu ihm sagte sie: »Das geht natürlich aufs Haus.«

»Für den schlechten Scherz müssen se schon ne Runde springen lassen, Gnädigste«, erwiderte der Arbeitsfrontmann, der sich jetzt wieder obenauf fühlte. »Dat is ja wohl dat Mindeste!«

»Natürlich«, seufzte Lore Freund. »Eine Runde.« Sie sah die anderen am Tisch Sitzenden an. »Die Runde geht aufs Haus.«

Da wusste Jette, dass es vorbei war mit dem Insel-Café. So wie es vorbei war mit Tines Blumenladen und mit Ottos Bootsausflügen. Sie alle wurden nicht mehr gebraucht, sie alle waren ins Abseits gedrängt worden.

※ ※ ※

Es war eine schwere Geburt gewesen, langwierig, schmerzhaft und blutig. Tine hatte einen Arzt aus dem Krankenhaus holen lassen, der noch in der Schlafkammer von Anne Freese einen Kaiserschnitt gemacht hatte. Die Frau von Jens Freese, eine kräftige Person aus Wilhelmshaven, die dem Milchmann bei einem Helgolandbesuch über den Weg gelaufen war und sich unsterblich in ihn verliebt hatte, war bereits zweifache Mutter. Die ersten beiden Geburten waren ein Kinderspiel gewesen im Vergleich zu dieser. Dabei war das Neugeborene zierlich. Aber es hatte sich nicht gedreht und deshalb den Weg nicht gefunden. Die stundenlangen Wehen und die Bemühungen der Hebamme hatten das Kind wie die Mutter erschöpft. Nun lag die Kleine, ein Mädchen mit dichtem schwarzen Haar, fest eingewickelt in einem Tuch und wartete darauf, endlich an die Brust der Mutter gelegt zu werden, während der Doktor noch damit beschäftigt war, die Wunde zu versorgen. Müde und unglücklich über den Verlauf der zurückliegenden Nacht packte Tine ihre Tasche, legte noch ein Päckchen Tee und eine Heilsalbe auf den Nachttisch und verabschiedete sich dann, um endlich Feierabend zu machen.

»Was schulde ich dir, Tine?«, fragte Jens Freese, ehe sie aus der Tür war.

»Ach, Jens«, seufzte Tine. »Den Arzt müsst ihr ja auch noch zahlen ...«

»Na, trotzdem. Du hast dir ja hier die ganze Nacht um die Ohren geschlagen. Und von was leben musst du wohl auch ...«

»Ja, da hast du freilich recht, Jens. Du kennst ja meinen Tarif: Ich nehme das, was ihr erübrigen könnt.«

»Bist ein feiner Mensch, Tine.« Freese griff nach seiner Geldbörse, die auf dem Tisch lag. »Was ich dir gebe, kann ja nie genug sein. Und es kann auch gar kein Ausdruck meiner Dankbarkeit sein. Unserer Dankbarkeit.« Er drückte Tine ein paar Scheine in die Hand und fügte ganz leise hinzu: »Pass auf dich auf, Tine, und auf deine Leute. Ihr seid zu anständig für diese Welt. Für diese Zeit.« Tine erinnerte sich, dass Freese auch in die Partei eingetreten war. Sie nickte, nahm das Geld und verließ das Haus, das nur wenige Schritte von Jettes Zuhause entfernt lag.

Warum nur, so fragte sie sich immer wieder, warum hatten sich so viele ganz normale Menschen dieser Verbrecherbande angeschlossen? Wie konnte es sein, dass selbst ein Jens Freese morgens jovial seine Milch lieferte und abends Naziparolen bellte? War die Welt völlig verrückt geworden? Glaubte Freese, glaubten die anderen, sie kämen unter die Räder, wenn sie nicht lauthals mitmachten? Oder erkannten sie nicht, woran sie sich da beteiligten? Aber das war schlicht nicht vorstellbar. Allein was mit den Juden geschehen war, war doch Zeichen genug. Was mit denen geschah, die den Nazis nicht nach dem Mund redeten, die eine andere Meinung hatten oder sich für Menschen einsetzten, die zurückblieben, war ein Zeichen. Und dass überhaupt Menschen als mehr oder weniger wert bezeichnet wurden! Tine musste an Hink denken, der in der undurchsichtigen Maschinerie der Nazi-Rechtsprechung verschwunden war. An Emil, der nur noch ein Schatten seiner selbst war und sich – ganz ähnlich wie Hedi – nicht mehr aus dem Haus wagte aus Angst, den Schlägern in die Hände zu geraten.

Hedi! Sie musste unbedingt bei ihr vorbeischauen. Mit fürchterlich schlechtem Gewissen erkannte Tine, dass sie die Freundin schon seit zwei Wochen nicht mehr besucht hatte, womöglich gar länger! Rasch lenkte sie ihre Schritte hinüber zu der kleinen Bootswerft, die noch ganz in Frieden lag. Otto hatte sich ja inzwischen wieder darauf verlegt, Fischerboote zu reparieren – und er hatte sein Ausflugsboot umgebaut, um auch selbst Fischfang betreiben zu können.

Zu ihrer Überraschung fand Tine die gesamte Familie einschließlich Hedi am Küchentisch sitzen und dem Radiogerät lauschen. Sie alle trugen Mienen, als hätte der liebe Gott soeben den Weltuntergang verkündet. »Moin, ihr Lieben!«, rief Tine und legte ihren Mantel ab. »Was ist passiert?«

Otto machte ihr ein Zeichen, sich zu setzen. Jette griff nach hinten, um noch eine Tasse zu nehmen, und schenkte Tine von dem Tee ein, der auf dem Tisch stand.

… nach unserer Uhrzeit gegen halb zwei Uhr morgens …
hörte sie den Radiosprecher mit atemloser Stimme sagen.

Es grenzt an ein Wunder, dass es Überlebende dieses Infernos gibt. Aber wie die amerikanischen Sender berichten, konnten fünfundzwanzig der sechsunddreißig Passagiere aus der Flammenhölle gerettet werden. Und von den sechzig Mann Besatzung haben achtunddreißig überlebt. Dennoch ist diese Tragödie das größte Unglück, das jemals in der zivilen Luftfahrt geschehen ist.

In ganz New York wurden die Fahnen auf Halbmast gesetzt. Rund um den Erdball herrschen Trauer und Entsetzen. Doch die-

ses Drama stellt nicht das Ende der siegreichen deutschen Luftfahrt dar, sondern ist eine Aufforderung, nach noch größerer Perfektion zu streben. Die Hindenburg war das größte Luftschiff, das je gebaut wurde. Es wird nicht das letzte Luftschiff bleiben, das diesen Titel für sich beanspruchen kann.

»Die Hindenburg?«, flüsterte Tine entsetzt.

Heute ist ein Zeppelin in einem Flammenmeer versunken, doch schon morgen wird dank deutscher Ingenieurskunst, um die uns die Welt beneidet, ein neuer wie der Phönix aus der Asche steigen und in noch größere Höhen vordringen.

Eine Fanfare beendete den Bericht, ehe ein anderer Sprecher sagte:

Dies war unsere Reportage über das tragische Unglück der Hindenburg auf dem Flughafen von Lakehurst in den Vereinigten Staaten von Amerika. Es folgt…

Otto machte das Gerät aus. Das Entsetzen stand ihm ins Gesicht geschrieben. Die Luftfahrt hatte ihn immer fasziniert. Tine konnte sich noch gut daran erinnern, wie er begeistert Flugzeugmodelle gebaut und wie er stets nach draußen gelaufen war und den Himmel abgesucht hatte, wenn ein Flugzeug oder ein Luftschiff zu hören gewesen war. »Es war klar«, sagte er mit erstickter Stimme. »Irgendwann musste das passieren.«

»Also Otto«, widersprach ihm Hedi kopfschüttelnd. »Das darfst du nicht sagen. Warum sollte ein solches Unglück geschehen?«

»Es ist die Technik, Mama«, erklärte Otto. »Tonnen von leicht entzündlichem, hoch brennbarem Gas! Ein Blitzschlag, ein Funken aus einem der Motoren, ein Mechaniker, dem bei der Arbeit die Zigarette aus dem Mundwinkel fällt… Es war doch klar, dass irgendwann einer der Zeppeline in Flammen aufgehen würde.« Er sagte es, als wäre er persönlich gekränkt durch diese Katastrophe. »Sie hätten sie nie so konstruieren dürfen.«

»Aber du hast es ja gehört«, sagte Hedi. »Es wird neue und bessere Luftschiffe geben. Und größere.«

»Ja?« Otto wischte sich übers Gesicht. »Vielleicht. Ich glaub es nicht. Ich glaube, das ist der Anfang vom Ende der Luftschiffe. Die Zukunft gehört dem Flugzeug.«

»Die armen Menschen«, sagte Tine. »So ein schrecklicher Tod.«

»Und die, die überlebt haben, werden es auch ein Leben lang mit sich herumtragen«, bemerkte Jette.

»Es ist wie die Titanic«, stimmte Hedi zu. »Das vergisst man nie.«

»Die hatten sie auch falsch konstruiert«, stellte Otto bitter fest und stand auf. »Vermeidbare Unglücke waren das. Alle beide.«

»Schrecklich«, seufzte Tine. Sie griff in ihre Tasche und nahm das Geld heraus, mit dem ihr Jens Freese ihre Dienste bezahlt hatte, um es Jette zu geben. »Hier. Ich brauche es gerade nicht.«

»Aber Mama...«

»Was? Musst du neuerdings nicht mehr anschreiben lassen bei Stövers?«

Jette stieß einen tiefen Seufzer aus. »Ich wünschte, ich könnte noch.«

»Wie? Sie schreiben nicht mehr an?«

»Ordentliche Volksgenossen lassen nicht anschreiben«, erklärte Jette bitter.

»Das hab ich ja noch nie gehört. Alle lassen doch anschreiben!«, widersprach Tine.

»Man hat sich wohl über uns beschwert«, erklärte Jette resigniert. »Und Stövers darauf hingewiesen, dass es nicht gern gesehen wird, wenn Leute wie wir dort anschreiben lassen.«

Hedi vergrub ihr Gesicht in den Händen.

»Vielleicht ist es auch richtig so«, warf Otto mit kaum unterdrückter Wut ein. »Man weiß ja nicht, ob man nicht eines Tages über Nacht verschwunden ist. Dann bleiben Stövers auf den Schulden sitzen.«

»Otto!«, rief Jette. »Wie kannst du nur so etwas sagen?«

»Wie ich so etwas sagen kann? Ich hatte mal einen Mitarbeiter namens Weber, Hinrich, genannt Hink. Schon vergessen?«

»Dein Mann ist einfach sehr hellsichtig«, bemerkte Tine bitter. »Man kann nur beten, dass diese Nacht nie kommt.«

* * *

Die »Blütenträume« waren längst geschlossen, Lieferungen aus dem Ausland oder auch nur aus Hamburg waren sinnlos geworden, weil Tine kaum noch Abnehmer für ihre Blumen gefunden hatte. Die Hotels hatten ihre Aufträge eingestellt, aus dem Casino war das »Braune Haus« geworden, die Inselbesucher waren zahlreich, aber nicht zum Geldausgeben aufgelegt und ohnehin meist nur noch ein, zwei Tage auf Helgoland – wenn überhaupt. Die Arbeiter und Soldaten, die jetzt zu Tausenden den Felsen bevölkerten, brauchten keine Blumen, und die Helgoländer selbst konnten sich solchen Luxus nicht mehr leisten.

Seit kurzem war aber sogar das Leben in Tines kleiner Kate kaum noch erträglich, weil ganz in der Nähe, dort wo bisher der Nordstrand und die »Rote Burg« genannten Schutzmauern gelegen hatten, Bauarbeiten begonnen hatten, um einen vollständig neuen Hafen anzulegen. Schweres Gerät war unablässig im Einsatz, von frühmorgens bis Einbruch der Dunkelheit wüteten Dampframmen und Bagger, sodass man oft sein eigenes Wort nicht mehr verstand. Für Tine war es nur eine stete Belästigung, für die Hotels und Gästehäuser in der Nähe aber eine Katastrophe, denn dort blieben die Gäste vollständig aus. Auch das Imperial war betroffen. So kam es, dass eines Tages Alfred vor der Tür stand und um Aufnahme bat. »Bis ich etwas Eigenes gefunden habe, Tine. Und nur, wenn ich dir nicht zur Last falle.«

»Du könntest mir gar nicht zur Last fallen, Alfred, selbst wenn du es wolltest«, erwiderte Tine und zog ihn nach drinnen. Nicht zum ersten Mal fand sie, dass der Freund alt geworden war. Sein Haar war licht und grau, zahllose Fältchen zeichneten sich in seinem Gesicht ab, darunter auch einige, die von schweren Stunden und großen Sorgen zeugten.

Emil war von diesem Besuch erfreut und erschreckt zugleich. »Ich habe Angst, dass wir in Schwierigkeiten kommen, wenn wir unter einem Dach leben, Fred«, sagte er, als sie zu dritt am Küchentisch saßen und einen Begrüßungsgrog tranken.

»Was soll ich machen?«, erwiderte Alfred. »Das Imperial hat uns alle rausgeworfen. Sie wollen angeblich die Zeit nutzen, um zu renovieren. Das könnte der Laden zwar nach all den Jahren gut gebrauchen. Aber ich denke, es geht ihnen vor allem darum, uns nicht bezahlen zu müssen, solange wir dort angestellt sind.«

»Das heißt, sie haben euch entlassen?«

»Mit dem Angebot, uns wieder einzustellen, wenn die Arbeiten abgeschlossen sind.«

»Das kann dauern«, stellte Tine fest. »Solange der Hafen nicht fertig ist, wird es keine Gäste geben. Und solange es keine Gäste gibt, müssen sie nicht wieder aufmachen. *Werden* sie nicht wieder aufmachen. Freuen wir uns also über die Familienzusammenführung, und machen wir uns einen schönen Abend. Morgen überlegen wir, was wir tun können.«

※ ※ ※

Aber natürlich konnten sie nicht viel tun. Personal wurde mangels Gästen auf der Insel kaum noch gebraucht. Eine Stellung als Hausdiener eines der höheren Offiziere oder gar in der Kommandantur war angesichts der politischen Unzuverlässigkeit sowohl Alfreds als auch Emils ausgeschlossen. Eine Arbeit im Hafen wäre wohl möglich gewesen, aber handwerkliche Fähigkeiten hatten sie beide nicht, und zu Hilfsdiensten wie Erdarbeiten oder Materialtransport waren sie noch nicht bereit. So blieben die beiden Männer zu Hause, versorgten zumindest den Haushalt, putzten, wuschen, kochten, während Tine ihre Schwangeren besuchte und ab und zu eine Geburt begleitete.

Auf diese Weise ging der Sommer hin, und zum ersten Mal überhaupt freute Tine sich auf den Winter, weil dann die Arbeiten eingestellt werden mussten.

Oft wanderte sie übers Oberland – dorthin, wo man noch wandern durfte, denn die alten Kasernen waren inzwischen ebenso zur militärischen Sperrzone erklärt worden wie der größere Teil der Westkliffs, wo in die Geschützstellungen aus dem Krieg neue Seezielbatterien gebaut wurden. Immer wieder erschütterten Sprengungen die Insel, nicht nur weil in den Häfen mit aller Macht Teile des Felsens beseitigt wurden, sondern auch, weil eine Bahnstrecke vom Unterland aufs Oberland entstand. Sie sollte von der neuen Marinemole direkt hinaufführen zur Batterie »von Schröder«. Und wenn man sah, welche gewaltigen Geschütze dort oben aufgestellt wurden, dann verstand man auch, dass es eines solchen Transportmittels bedurfte.

Tine beobachtete die Arbeiten stets aus einiger Entfernung. Sie hatte kein Interesse daran, von Militärposten zur Rede gestellt oder gar als Spionin bezeichnet zu werden. Denn tatsächlich hatte es das bereits mehrfach gegeben: Einheimische und auch Gäste der Insel waren festgenommen und verhört worden, weil man sie der Spionage bezichtigt hatte.

Doch nicht nur in den Hafenarealen und auf dem Oberland wurde gebaut, auch im Felsen waren die Arbeiten vorangetrieben worden. Hatte es zunächst geheißen, die unbrauchbar gemachten Stollen aus dem Kaiserreich müssten aus Sicherheitsgründen inspiziert werden, und hatte man dann begonnen, die unterirdischen Gänge als »Aufräumarbeiten« getarnt wieder instand zu setzen, so trieben inzwischen Hunderte Arbeiter immer neue Stollen in den Stein. Man munkelte, dass dort drinnen eine ganze Stadt entstünde, ein unterirdisches Reich – mit Lagerräumen und Mannschaftsunterkünften, Munitionsdepots und einem eigenen Hospital, Werkstätten und Arbeitsräumen. Auch Bunker wurden in den Inselkörper getrieben, in denen die Zivilbevölkerung im Falle eines Luftangriffs Schutz finden würde.

»Aber wer sollte uns denn angreifen wollen?«, fragte Irene Hansen in Stövers Laden, als Renate Grauke von diesen Anlagen im Felsen berichtete.

»Der Engländer natürlich!«, erwiderte Renate Grauke im Brustton der Überzeugung. »Wir sind der Vorposten des Reichs. Deshalb sind wir besonders gefährdet. Aber mit den neuen Geschützbatterien, der Flak und den Bunkern für die Zivilisten sind wir praktisch unbesiegbar.«

»Also ich würde einfach einen Bogen um die Insel machen«, sagte Tine und bat um zwei Pfund Kartoffeln.

»Zwei Pfund?« Natürlich wusste Katja Stöver, dass die

geringe Menge dem kleinen Geldbeutel geschuldet war. »Gerne.« Und sie legte wie jedes Mal noch zwei Stück extra drauf, die sie nicht berechnete.

Prompt erklärte Renate Grauke, als sie nach Tine dran war: »Für mich bitte die gleichen zwei Pfund.« Und als die Kramerin ihr zwei Pfund korrekt abwog, fragte sie: »Zwei Extrakartoffeln bekommen wohl bloß bestimmte Kundinnen, was?«

»Das ist der Hebammen-Rabatt«, sagte Katja Stöver und zwinkerte Tine zu, die bereits an der Tür stand und sich erschrocken umgedreht hatte. »Schließlich hat Frau Heesters ja all unseren Kindern auf die Welt geholfen.« Sie schenkte der Kundin ihr freundlichstes Lächeln: »Ihren doch auch, Frau Grauke.«

Die nickte und packte mit rotem Kopf ihre Kartoffeln ein. »Ich zahle beim nächsten Mal«, erklärte sie und verließ den Laden noch vor Tine.

»Das hättest du nicht sagen sollen, Katja«, sagte Tine.

»Aber sie hat ja recht!«, fiel Irene Hansen Tine ins Wort. »Den Graukes wird sowieso alles vorn und hinten reingeschoben. Er ist ja jetzt ein hohes Tier in der Kommandantur, wie man hört.«

»Verstehe«, sagte Tine. »Aber dann ist es vielleicht umso wichtiger, sie nicht gegen sich aufzubringen. Na ja, auf jeden Fall, tausend Dank, Katja. Ich hoffe, ich kann mich mal revanchieren.«

»Und ich hoffe, wir müssen uns bald nicht mehr solche Sorgen machen, nur wenn wir mal die Wahrheit sagen.«

***

Seit die Frau des Pastors gestorben war, brachte dieser nur noch selten die Kraft auf, in seinen Predigten die Einheimischen auf den rechten Pfad zurückzuholen. Benedikte Bergmann war schon wenige Wochen nach der Trauung unterm Maulbeerbaum sanft entschlafen. Er hatte sich daraufhin tagelang in seine Kammer zurückgezogen, und zum ersten Mal seit dem Krieg war die heilige Messe am Sonntag ausgefallen. Doch nach und nach vernarbte die Wunde, die der Tod der geliebten Frau gerissen hatte, und Pastor Karl fand zu seinem Kampfgeist zurück. Manchmal, wenn er sich zu Tine in den Pfarrgarten gesellte, zog er in gefährlichen Reden über die Machthaber her, die alles zerstörten, was auf der Insel an Menschlichkeit und Gemeinsinn vorhanden gewesen war. »Sie säen Hass, und sie werden Sturm ernten«, sagte er. »Wenn sie so weitermachen, wird es ein schrecklicher Sturm sein.«

»Aber manchmal frage ich mich, Herr Pastor«, erklärte Tine, während sie ein paar Hortensien für den Besuch am Kindbett von Helga Küppers schnitt, »ob wir die Zukunft nicht zu düster sehen. Irgendwann müssen doch auch diese Menschen einsehen, dass dieses ganze Säbelrasseln und der Hass gegen alle, die anders sind, die Welt nur schlechter und hässlicher macht.«

»Ich wünschte, es wäre so, Frau Heesters. Aber ich glaube es nicht. Niemand hat diese Menschen dazu gezwungen so zu sein, wie sie sind. Und doch sind sie es. Freiwillig. Ich sage es nicht gerne, aber wir haben das Schlimmste noch nicht erlebt. Und Gott möge verhüten, dass es so schlimm wird, wie es diesen Menschen zuzutrauen ist.« Mit diesen Worten machte sich der Pastor auf den Weg zu seiner Kirche, vorbei am Braunen Haus, das einst das Casino gewesen war. Früher hatte man im Pfarrhaus Scherze darüber gemacht, dass nebenan die Sünde fröhliche Urständ feierte. Doch jetzt blickte man mit sorgenumwölkter Stirn hinüber, wo jenseits des Pfarrgartens das Böse residierte und seine teuflischen Pläne für die Welt ersann.

»Moin, Tine!«, grüßte Annemarie, die mit der gewaschenen Wäsche aus der Pastorei kam, um die Stücke in den Wind zu hängen. Seit der Pastor ihr angeboten hatte, die Kinder zu sich ins Pfarrhaus zu nehmen, war sie so viel fröhlicher geworden. Ein Lichtblick war das, fand Tine.

»Moin, Anni«, entgegnete sie. »Komm, ich helfe dir.«

»Nicht nötig, Tine. Sind nur ein paar Laken.«

Doch Tine achtete nicht darauf, sondern griff in den Korb und nahm sich etwas für die Leine. »Der Pastor macht mir Sorgen«, sagte Tine. »Erst war er so niedergeschlagen, jetzt habe ich manchmal den Eindruck, als wollte er die Herren herausfordern.«

»Ich weiß«, seufzte Annemarie. »Aber davon lässt er sich nicht abbringen. Er nimmt ihnen übel, was sie aus der Insel gemacht haben. Und was sie weiterhin die ganze Zeit machen.«

»Weißt du, Anni, das gefällt mir an ihm: Er ist ein echter Halunder geworden.«

Annemarie lachte. »Das geht doch jedem so, der einige Zeit hier gelebt hat. Man muss die Insel einfach liebgewinnen. Deshalb gibt es doch so viele Gäste, die Jahr um Jahr kommen, immer wieder.«

»Gab es, Anni«, widersprach Tine. »Gab es. Sie kamen. Jetzt kommen sie nicht mehr.«

»Ach, irgendwann wird es auch wieder gut, wart's ab.«

»Dein Wort in Gottes Ohr, Anni.«

Tine nahm ein weiteres Wäschestück aus dem Korb und warf es über die Leine. »Weißt du, was ich als Erstes auf dieser Wäscheleine gesehen habe, als ich vor vielen Jahren auf die Insel gekommen bin? Von da oben!« Sie deutete auf das Pfarrhaus.

»Von meiner Kammer aus?«

Tine nickte. »Damals war es meine Kammer. Das heißt,

eigentlich war es das Gästezimmer. Dort habe ich meine erste Nacht auf Helgoland verbracht. Und am Morgen habe ich hier heruntergeschaut und diese Wäscheleine gesehen – und sie hing voller Socken.«

»Die ganze Leine?«, fragte Annemarie ungläubig. »Wer hat denn so viele Socken?«

»Weil es keine waren«, lachte Tine. »Es waren Fische!«

»Ach so«, erwiderte Annemarie ganz selbstverständlich. »Und du hast den Fisch für Socken gehalten?«

»Ich hatte noch nie so etwas gesehen! Vielleicht gibt es ja auch in Hamburg Leute, die Fisch trocknen, oder es gab sie zumindest damals. Aber wir, wenn wir einen Fisch hatten, haben ihn immer sofort gegessen. Wir waren viel zu hungrig, um Lebensmittel übrig zu haben, die wir hätten aufheben können.«

»Verstehe«, sagte Annemarie nachdenklich. »Du hast viel erlebt, Tine.«

»So viel, das kannst du dir gar nicht vorstellen«, erwiderte Tine und drückte ihre Schulter. »Aber jetzt muss ich los. Helga Küppers erwartet mich.«

»Ist es schon bald so weit bei ihr?«

»Drei, vier Wochen wird es schon noch dauern«, erklärte Tine. »Aber wirklich sicher kann man ja nie sein.«

»Wem sagst du das«, lachte Annemarie. »Dann grüß sie mal schön.«

»Das will ich gerne tun.« Tine nahm die Hortensien und machte sich auf den Weg hinüber zur Berliner Straße.

Als sie an der Kirche vorbeikam, meinte sie für einen Augenblick, sie hätte Hedi gesehen. Doch dann war die Gestalt schon wieder verschwunden, zur Norderstraße hin Richtung Vogelwarte. Nein, Hedi hätte es nicht gewagt, hier oben, so nah am Haus ihres Ehemanns und Peinigers Thorsten Brand alleine unterwegs zu sein, auch wenn Brand vermutlich um die Zeit im Rathaus war.

In der Berliner Straße schlug Tine plötzlich ein scharfer Wind ins Gesicht, und aus tiefen Wolken fielen unvermittelt einige schwere Tropfen herab. Sie beeilte sich, zu Küppers' Haus zu kommen, und hob schon die Hand zum Klopfen, als ihr Blick auf die Blumen fiel, die sie mitgebracht hatte. Obwohl es nur ein paar Meter gewesen waren und obwohl sie die Blumen frisch geschnitten hatte, waren die Hortensien auf dem Weg vom Pfarrgarten hierher verwelkt, war alles Leben aus ihnen gewichen. Und in dem Moment durchfuhr Tine jäh die Erkenntnis, dass etwas Schreckliches geschehen sein musste.

※ ※ ※

Jette war vom Wetterumschwung überrascht worden. Wenn sich Regen ankündigte, nahm sie stets die Fähre zurück zur Hauptinsel, weil sie dann im Insel-Café nicht mehr benötigt wurde. Doch an diesem Tag war der Wind so unvermittelt gekommen und hatten die Wolken so plötzlich am Himmel gehangen, dass sie überrumpelt gerade noch den Weg zum Steg geschafft hatte und aufs Boot gestiegen war, da fing es auch schon an zu regnen.

Völlig durchnässt kamen sie beide an der Landungsbrücke an: Jette und der Fährmann, dem das freilich nicht das Geringste ausmachte. Er hatte sich seinen Südwester übergezogen und einen Hut aufgesetzt, weshalb er unter seinem Ölzeug schön trocken blieb. »Dann mal rasch nach Hause, Frau Brückner«, sagte er, als er die Fähre festgemacht hatte und Jette aus dem Boot half. »Sonst fangen Sie sich noch eine Erkältung ein.«

»Ja«, sagte Jette. »Und das mitten im Sommer.« Sie wandte sich dem Südhafen zu und wollte gerade loslaufen, da entdeckte sie Otto auf der Promenade. »Otto! Otto!«

Er schien so mit etwas beschäftigt, dass er sie zunächst nicht hörte. Jette sah, dass er sich ständig in alle Richtungen umblickte, als suchte er etwas. »Otto!«

»Jette! Wir suchen Mama!«

»Hedi?«

»Ja! Sie ist verschwunden!« Otto lief ihr entgegen. »Tine glaubt, sie hätte sie gesehen.«

»Und wo?«

»In der Kirche. Also: Mama soll aus der Kirche gekommen sein. Aber Tine war sich nicht ganz sicher, ob sie's war.«

»Aber wo kann sie denn hingegangen sein? Sie geht doch nie aus dem Haus. Und schon gar nicht allein.«

»Deshalb such ich sie ja. Ich mache mir Sorgen.«

»Und sie hat nichts gesagt?«

»Nein. Ich war in der Werkstatt. Sven war mal wieder bei seinen Kumpanen.«

»Du meinst bei seinen Kameraden.«

»Das macht keinen Unterschied.«

»Und jetzt suchen alle mit? Wart ihr bei Brand?«

»Nein.« Otto schüttelte den Kopf. »Wir werden nicht zu Brand gehen, schon gar nicht ohne Polizei.«

Jette schnaubte. »Die Polizei steckt doch mit denen unter einer Decke.«

»Deshalb hat es gar keinen Sinn.«

»Man müsste vielleicht nachsehen, wenn Brand gar nicht zu Hause ist.«

»Vielleicht. Aber erst einmal suchen wir alles andere ab.«

Jette nickte. »Dann lass uns suchen.«

»Du bist völlig durchnässt«, stellte Otto fest. »Du musst dir erst einmal was Trockenes anziehen.«

»Du bist genauso durchnässt. Wir ziehen uns was Trockenes an, wenn wir sie gefunden haben. Hedi ist jetzt wichtiger.«

Otto zog sie an sich. »Du bist die Beste, weißt du das, Henriette Brückner?«

Jette küsste ihn rasch. »Keine Zeit für Schmeicheleien«, erwiderte sie. »Wo warst du bisher?«

»Nordstrand, Rote Burg, Mathies-Terrasse, Siemens-Terrasse, Kurhaus…«

»Gut, dann mach ich jetzt hier weiter, und du läufst rüber zum Hafen. Tine ist im Oberland?«

»Ist sie.«

»Und Julchen und Sven helfen suchen?«

»Alle im Einsatz.«

»Dann werden wir sie finden, mach dir keine Sorgen, mein Lieber.«

Sie fanden sie. Allerdings zu spät. Hedwig Brückner lag nur wenige Meter nördlich der Vogelwarte am Fuße der Klippen wie einst auf der anderen Seite der Insel Henry Heesters. Und es war abermals Tine, die den Körper entdeckte: zerschmettert von den brutalen Kräften eines Sturzes über fast fünfzig Meter. So wie einst ihren Mann fand Tine die Freundin, indem sie einer bösen Ahnung folgte, die ihr den Weg so genau zeigte, als hätte sie sie an der Hand genommen und zum Grauen hingezogen, zum Schmerz, zum schrecklichen Abschied.

❋ ❋ ❋

So viele liebgewonnene Menschen schon hatte Tine zu Grabe tragen müssen. Und nun war es ihre älteste Freundin, die sie auf dem Friedhof von St. Nicolai betrauerte. Es waren nur eine Handvoll Menschen gekommen. Von der Familie und dem Pastor abgesehen hatten sich nur Alfred, Emil, Irene Hansen und Bert Rickens eingefunden. Otto, vom Tod seiner Mutter im Innersten erschüttert, war tief getroffen, dass so wenige es wagten, sich von Hedi zu verabschieden. Denn natürlich war auf der ganzen Insel bekannt gewesen, dass sie den Nazis als verhasst galt, dafür hatte Thorsten Brand hinreichend gesorgt. Dennoch: Hedi war zu jedermann immer liebenswürdig und jedem gegenüber hilfsbereit gewesen. Sie hatte so lange auf der Insel gelebt und so vieles mit den Insulanern durchlitten, dass er von all den alten Bekannten erwartet hätte, wenigstens zu diesem Anlass ihre Solidarität zu zeigen.

Der Sarg mit den sterblichen Überresten von Hedwig Brückner war vor dem Altar aufgebahrt. Tine hatte ihn überreich mit Blumen geschmückt, und Jette hatte ein besonders schönes Foto der Verstorbenen auf den Altar gestellt. So wenige Bilder gab es von Hedi, dass Jette bei der Suche danach die Tränen gekommen waren: Es gab nur drei Aufnahmen aus ihrem ganzen Leben, zwei aus ihrer Zeit als Zimmermädchen im Haus Wagner und das Hochzeitsfoto mit Brand, auf dem sie so glücklich und stolz aussah, dass es Jette geradezu das Herz zuschnürte, wenn sie bedachte, was dieser Mann ihrer Schwiegermutter angetan hatte, wie er ihr Leben zerstört hatte.

»Herr, Du nimmst uns oft die, die uns am nächsten sind und die wir am meisten lieben. Du prüfst uns hart. Denn es ist schwer für uns Hinterbliebene, in der Stunde der Trauer nicht an uns selbst zu denken, uns nicht selbst zu bedauern. Wie sehr wir einen Menschen vermissen, wie sehr er uns fehlt, beweist vor allem, wie wichtig er uns war. Das führst Du uns vor Augen, Herr, indem Du uns trauern lässt. Dafür danken wir

Dir, Herr, denn Du öffnest uns die Augen dafür, wie sehr wir geliebt haben und wie sehr wir lieben können.«

Otto schluchzte laut auf und vergrub das Gesicht in den Händen. Hinter ihm ging die Tür, und jemand trat leise in den Kirchenraum, doch die kleine Trauergemeinde blickte sich nicht um. Der Pastor nickte und fuhr fort:

»Hedwig Brückner hatte kein leichtes Leben. Sie kam in sehr jungen Jahren auf die Insel, um hier zu arbeiten, und sie ist hiergeblieben und zu einer Helgoländerin geworden. Sie hat ihr Leben lang gearbeitet und sich für andere eingesetzt. Unter sehr schwierigen Umständen hat sie ihr Kind großgezogen, dich, Otto, der du heute deine Mutter zu Grabe trägst. Du musstest bei einer anderen Familie leben, weil Hedwig dich nicht zu sich nehmen konnte, sie hatte ja gar keine eigene Wohnung und hätte sich auch gar keine leisten können. Und doch war sie immer für dich da, hat alles für dich getan und dir immer den wichtigsten Platz in ihrem Leben eingeräumt. So ist aus ihrem Sohn ein angesehener Mann geworden, auf den sie stolz war, wie sie auch mir immer wieder sagte.«

An der Stelle musste Otto erneut schluchzen, und Jette nahm ihn fest in den Arm, während abermals die Kirchenpforte in ihrem Rücken sich öffnete und wieder schloss.

»Und als das Leben ihr übel mitspielte, da warst du es, der sie bei sich aufgenommen hat. So hat die Mutter bei ihrem Kind gelebt, obwohl das Kind nicht bei der Mutter leben konnte. Wieder einmal zeigt uns der Herr, was wahre Liebe ist. Nun also ist dieses Leben zu Ende. Aber die Liebe bleibt. Sie überdauert den Tod. Hedwig Brückner mag ein schweres Leben gehabt haben. Aber mit dem Leben hat sie alle Schwere zurückgelassen. Das Einzige, was sie mitnimmt ins Jenseits, ist ihr Glaube – und die Liebe. Die Liebe der Menschen, die zu ihr gehalten haben. So wie ihre Liebe bei euch bleibt, die ihr um sie trauert.«

So ergreifend hatte Pastor Karl noch nie gesprochen. Nicht einmal, als er seine eigene Frau beerdigt hatte, hatte er solche Worte gefunden. Alle Anwesenden weinten, alle fühlten, wie Hedis Geist über ihnen und in ihnen war und sie berührte. Der Pastor ließ einige Augenblicke verstreichen, ehe er zum Gebet anhob. Und im Augenblick, da er das Vaterunser zu sprechen begann, fiel ein vielstimmiger Chor mit ein. Da wusste Tine, und da wussten alle aus der kleinen Trauergemeinde, dass die Helgoländer der Mut nicht verlassen hatte und dass Hedi ihren Mitmenschen nicht egal gewesen war.

Denn Dein ist das Reich und die Kraft und die Herrlichkeit
In Ewigkeit
Amen

sprach die Gemeinde. Dann traten Otto und Sven, dem sein Vater an diesem Tag verboten hatte, die braune Uniform zu tragen, vor, um mit den beiden Totengräbern den Sarg anzuheben und hinauszutragen. Und sowie Otto sich umwandte, blickte er in viele Dutzend Gesichter: Halb Helgoland war gekommen, alle, die Hedi wichtig gewesen waren, die alten Freunde – sie alle waren da. Und sie alle nickten ihm zu, als er mit dem Sarg an ihnen vorüberschritt, und in ihren Blicken stand Mitgefühl, tiefes Bedauern und – vor allem, trotz allem – Freundschaft.

***

Zweites Kapitel

Mit pochendem Herzen lief Julia von ihrer Großmutter nach Hause. Sie bewohnte mit Kurt und dem kleinen Hermann ein helles, geräumiges Zimmer im Haus seiner Eltern am Mittelweg. Schwiegervater Eckert war Dachdecker und als solcher in diesen Zeiten wieder viel beschäftigt, weil nicht nur die alten Kasernengebäude hergerichtet, sondern auch neue Unterkünfte für die zahlreichen Soldaten und die Arbeiter errichtet wurden. Zusammen mit Kurts Sold beim Zollamt litten die alten und die jungen Eckerts keinerlei Not. Eng war es trotzdem in dem alten Häuschen. Und bald würde es noch enger werden! Nach dem Gespräch mit Tine war sich Julia ganz sicher, dass sie wieder schwanger war. Das nächste Weihnachtsfest würden sie zu viert feiern! Allerdings machte ihr Sorgen, dass es zu viert in dem einen Raum anstrengend sein würde. Ein Säugling, der schreit, ein Kleinkind, das greint, dazu ein Mann, der gerne am Feierabend seine Ruhe hatte... Wie sollte das alles gehen?

Aber dank Kurts guter Stellung in der Partei war sich Julia sicher, dass sie eine bessere Unterkunft, eine *erste eigene Wohnung* finden würden. Und darauf freute sie sich fast so sehr wie auf ihr zweites Kind.

»Hoppla!«, rief Kurverwalter Pranner, in den Julia, ganz von ihren Gedanken eingenommen, beinahe hineingelaufen wäre. »Moin, Frau Eckert!«

»Oh, Moin, Herr Pranner. Entschuldigung, dass ich so unachtsam war.«

»Ach, von einer hübschen Frau lässt man sich doch gerne mal über den Haufen rennen!«, lachte Pranner und hob seinen Hut auf, der ihm in den Staub gefallen war. »Wie ist das werte Befinden?«

»Bestens, Herr Pranner. Vielen Dank. Und geht es Ihnen auch gut?«

»Kann nicht klagen«, erklärte er, der zwar stets in Zivil ging, aber als Kriegsheld galt und auch die Ausstrahlung eines Offiziers hatte. »Und der Herr Gemahl auch wohlauf?«

»Aber ja!«, beeilte sich Julia, ihm zu versichern. »Kurt ist ja so viel beschäftigt immer.«

Der Kurverwalter nickte. »Das glaube ich wohl, bei all seinen Verpflichtungen in der Partei.« Denn Kurt war ja seit einiger Zeit damit beschäftigt, einen Versorgungsplan für die Insel zu erarbeiten, damit im Kriegsfall sichergestellt war, dass es den Helgoländern an nichts fehlte. Julias Augen leuchteten, so stolz war sie auf ihren Mann.

»Und in diesen Tagen zumal«, fügte Pranner hinzu.

Auch wenn Julia eifrig nickte, konnte sie mit dieser Bemerkung doch nicht recht etwas anfangen.

»Nun, ich muss dann leider«, sagte der Kurverwalter und tippte sich an den Hut. »Einen schönen Tag noch.«

»Den wünsche ich Ihnen auch, Herr Pranner«, erwiderte Julia und ging dann ihrerseits weiter, den Falm hinab, um auf den Mittelweg einzubiegen. Für die Vorgänge an der Landungsbrücke und am Südstrand hatte sie keinen Blick, sonst wäre ihr vielleicht aufgefallen, dass sich dort Ungewöhnliches zutrug.

Ihrer Schwiegermutter wollte Julia noch nichts sagen, zuerst sollte es Kurt erfahren. Sie freute sich jetzt schon über seine Freude. Denn dass er sich über alles freuen würde, das war ihr völlig bewusst. Wahrscheinlich würde er mal wieder darüber jubeln, dass sie »dem Führer ein Kind schenkten«, ein Gedanke, den Julia aber albern fand. Denn wenn, dann schenkte sie das Kind ihrem Mann und nicht »dem Führer«, den auch nur Kurt so nannte. Für Julia war er immer noch der Reichskanzler. Aber vielleicht hatte das auch nur mit einer gewissen Rücksichtnahme ihren Eltern gegenüber zu tun, die nun einmal mit den Nazis nichts anfangen konnten.

»Dein Sohn braucht frische Windeln«, sagte Gerda Eckert statt eines Grußes. »Und anschließend kannst du den Müll zur Schmutzbrücke bringen.« Die Schmutzbrücke war der Ort, an dem die Helgoländer den Abfall ins Meer warfen, ein hölzerner Steg am Nordstrand, der ein gutes Stück ins Wasser hineinreichte. Was man nicht im Garten vergrub, konnte dort weggeworfen werden.

»Aber die Schmutzbrücke ist doch jetzt abgerissen worden, Mutter«, erwiderte Julia. »Wegen des neuen Hafens.«

»Dann wirfst du's eben über die Klippe«, beschied Gerda Eckert trocken und widmete sich wieder dem Strümpfestopfen, während Julia den kleinen Hermann aus dem Gitterbettchen hob, wohin ihn die Großmutter gebracht hatte, um nicht die ganze Zeit auf ihn aufpassen zu müssen. Julia liebte ihren Jungen, aber sie war froh, wenn er endlich sauber war. Das hatte sie sich kürzer vorgestellt. Ausgerechnet ein strammer deutscher Knabe machte auch mit zwei Jahren noch sein großes Geschäft in die Hose. Und Windelnwaschen war immer eine Herausforderung, weil man oft so wenig Wasser hatte auf der Insel. Manchmal kochte Julia die Windel bloß und spülte sie nicht mehr eigens aus. Aber gerade bei so einem großen Kind, das ja schon alles mitaß, wäre das dringend nötig gewesen.

»Ehe dein Schwiegervater nach Hause kommt, solltest du dich um einen Krug Bier kümmern«, fuhr Gerda Eckert fort.

»Das mache ich«, antwortete Julia und seufzte innerlich. Das war auch ein Grund, weshalb sie sich darauf freute, endlich aus dem Haus der Schwiegereltern auszuziehen. Kurts Mutter hatte sich entschlossen, nicht mehr allzu viel im Haushalt zu tun. Der Rücken … Wenn es etwas zu erledigen gab, trug sie es Julia auf. Aber die junge Frau kochte ja auch und putzte und machte nicht nur die Wäsche ihrer kleinen Familie, sondern auch die der Schwiegereltern … An manchen Tagen sehnte sich Julia zurück in das kleine Haus beim Hafen, und sie bewunderte ihre eigene Mutter dafür, was sie alles geschafft hatte – und ihren Vater dafür, dass er sich nicht so hatte bedienen lassen, wie es der alte Eckert tat und leider auch sein Sohn.

※※※

Ausgerechnet an diesem Tag kam Kurt Eckert später nach Hause, viel später als sonst. Er schätzte es nicht sehr, wenn Julia ihn nach seiner Arbeit fragte. Doch ausnahmsweise erzählte er von sich aus: »Ihr könnt euch nicht vorstellen, wie viel wir zurzeit zu tun haben. Und es wird jeden Tag noch mehr.«

»Im Zollamt oder im Braunen Haus?«, fragte der alte Eckert mürrisch.

»Beides, Papa. Beides.«

Es gab ein Mahl aus schwarzem Brot, Bohnensuppe und für jeden ein Stück geräucherter Wurst. Auch der kleine Hermann schlug sich gierig den Bauch voll, ganz wie sein Vater und sein Großvater. Julia betrachtete ihn mit liebevollem Blick. Er würde mal ein genauso stolzer Mann werden wie Kurt.

Nach dem Abendbrot machte sie den Abwasch und räumte noch die Küche auf. »Den Boden müsstest du mal wischen«, erklärte Gerda Eckert. »Dein Sohn macht hier einen Dreck, dass es eine Schande ist.«

»Das werde ich gleich morgen früh erledigen, Mutter«, erwiderte Julia.

»Was du heute kannst besorgen ...«, sagte die Schwiegermutter leise, behielt den Rest aber für sich, sodass Julia erleichtert hinüber in die eigene Wohnung gehen konnte. »Kurt«, sagte sie und umarmte ihren Mann. Etwas, das sie vor den Schwiegereltern nicht gerne tat, weil sich vor allem die Schwiegermutter dann gerne eingeladen sah, spöttische Kommentare dazu zu geben. »Endlich sind wir allein.«

»Na, was man so alleine nennt«, erwiderte Kurt Eckert und ließ sich auf den Stuhl fallen, den einzigen, den sie hier hatten. Er klopfte sich auf den Schenkel, was für Julia eine Einladung war, sich auf seinen Schoß zu setzen. »Hattest du einen schweren Tag?«, fragte sie, nicht nur, weil sie wusste, dass er gerne darüber jammerte, wie viel er arbeitete und wie unverzichtbar er war – sowohl fürs Zollamt als auch für die Partei, sondern auch, weil sie ihn ein klein wenig daran erinnern wollte, dass das Leben hart war. Umso süßer würde ihre Überraschung sein. Doch an diesem Tag hatte Kurt offenbar besonders gute Laune: »Ach was«, sagte er nur. »Ein deutscher Mann klagt nicht, ein deutscher Mann handelt.« Und um seine Worte zu unterstreichen, griff er nach Julias Dekolleté. »Das solltest du am besten wissen, mein Täubchen.« Das Kichern, das sich seiner Brust entrang, verklang rasch. »Was riecht denn hier so abscheulich?«

Er schubste Julia von seinem Schoß und stand auf.

»Das wird Hermannchen sein«, erklärte sie. »Die Windeln ...«

»Ja wäschst du die denn niemals?«

»Doch, natürlich! Ich habe sie vorhin erst gewechselt«, erklärte Julia. »Aber ...«

»Na egal«, fiel Kurt ihr ins Wort. »Das soll uns die Laune nicht verderben an diesem schönen Tag, was?«

Julia war so überrascht, dass ihr gar keine Erwiderung einfiel. Noch überraschter war sie, als ihr Mann ihr vorschlug, einen kleinen Spaziergang zu zweit zu machen. »Das ist eine wundervolle Idee, mein Liebster!«, rief sie. »Ich hole nur rasch etwas zum Überziehen.«

»Tu das, mein Täubchen«, sagte Kurt Eckert und betrachtete seine Frau mit Wohlwollen. »Du wirst staunen über die guten Neuigkeiten, die ich für dich habe.«

»Wirklich? Ich habe auch gute Neuigkeiten für dich!«, rief Julia aufgeregt.

Wenige Minuten später waren sie draußen. Julia hakte sich bei ihrem Mann ein, und so schritten sie den Mittelweg hinab Richtung Falm, ein junges Ehepaar mit solidem Auskommen, zwei angesehene Bürger Helgolands.

Immer noch waren auf dem Unterland Arbeiten im Gange, auch wenn man davon auf die Entfernung und in der Dämmerung nicht mehr sehr viel erkennen konnte. »Was ist denn heute los?«, bemerkte Julia erstaunt. »Die hören ja gar nicht mehr auf da unten. Man möchte meinen, wir hätten einen Staatsbesuch.«

»Und dein Bruder ist auch dabei.«

»Sven? Was macht er denn da.«

»Er leistet seinen Reichsarbeitsdienst«, erklärte Kurt Eckert bedeutungsvoll. »Wie jeder gesunde junge Mann in seinem Alter, Julia«, verkündete er seiner Frau und blickte ihr mit heiligem Ernst ins Gesicht, »dieser Tag ist ein ganz besonderer in unser beider Leben, ach was, in unser aller Leben!«

»Wirklich?«, fragte Julia verwirrt. »Warum? Was ist denn geschehen?«

»Und dabei ist er bloß der Tag der Verkündigung.«

»Ach?« Wusste er es etwa?

»Der Verkündigung eines herausragenden Ereignisses in der Geschichte dieser Insel!«

Nein, das wäre ja denn doch eine maßlose Übertreibung gewesen. Julia wartete gespannt, was ihr Gatte nun mitzuteilen hatte.

»Diese braven Volksgenossen dort unten ...« Er deutete auf die Männer, die am Südstrand und auf der Landungsbrücke mit allerlei Gerät zugange waren, die hämmerten und sägten, schraubten und schliffen. »Diese braven Volksgenossen bereiten etwas vor, was man selbst mit dem Wort Staatsbesuch nicht angemessen bezeichnen würde. Ja, ein Staatsbesuch ist es *auch*!« Und er streichelte seiner Gattin über die Wange wie der Vater seiner Tochter, wenn das Zeugnis brav ausgefallen ist. »Denn der ungarische Reichsverweser wird zu Gast sein.«

»Reichswas?«, fragte Julia irritiert.

»Der ungarische Reichsverweser. Vor allem aber wird uns endlich und zum ersten Mal der Mann beehren, dem wir alles verdanken.«

»Du meinst deinen Vater? Ich verstehe nicht ...«

»Ich meine den Führer, Julchen! Den Führer, stell dir vor! Er wird uns in wenigen Tagen besuchen. Er wird seinen Fuß auf diesen Fels setzen, auf die deutscheste aller Inseln, auf das Heiligland, als hätte es die Vorsehung so beschlossen!« An der Stelle hielt Kurt inne und rang um Atem, so sehr riss ihn die Vorstellung des bevorstehenden Ereignisses mit sich. »Und das, mein Täubchen, ist der Grund, warum dein Mann in diesen Tagen von morgens früh bis abends spät die größten Anstrengungen vollbringen muss. Denn des Führers Wohlergehen und sein Wohlgefallen liegen in meiner Hand. Ich bin derjenige, der die Arbeiten für seinen Besuch im Auftrag der Partei koordiniert.«

Da sie nicht wusste, was sie angesichts der glühenden Begeisterung ihres Mannes sagen sollte, nahm sie seinen Kopf in die Hände und küsste ihn in aller Öffentlichkeit auf den Mund. Verlegen blickte sich Kurt Eckert um, als sie von ihm abließ, und flüsterte: »Doch nicht hier unter freiem Himmel, Julchen.« Doch es war nicht zu übersehen, dass er durch diese Reaktion geschmeichelt war. Und so hielt er ihr seinen Arm wieder hin und sagte: »Lass uns doch hinabgehen zu den wackeren Männern und ihnen ein wenig zusehen, wie sie die Bühne für unseren Führer bereiten. Und dabei kannst du mir erzählen, was du an Neuigkeiten hast. Denn ich meine, du wolltest mir auch etwas berichten?«

»Ach, wirklich?« Julia räusperte sich. »Jetzt habe ich es ganz vergessen.«

»Nun, dann wird es wohl nicht so wichtig gewesen sein«, sagte er und tätschelte ihre Hand. »Frauendinge vermutlich.«

»Vermutlich.«

※ ※ ※

»Ich wusste gar nicht, dass du jetzt zum Reichsarbeitsdienst eingezogen worden bist«, sagte Julia aufgeregt, als sie Sven am nächsten Morgen bei ihren Eltern traf.

»Offensichtlich sind ihnen die Arbeitskräfte ausgegangen«, erwiderte ihr Bruder missgelaunt. »Mit den ganzen Bauarbeiten überall und jetzt auch noch dem Hitler-Besuch ...«

»Aber freust du dich denn gar nicht? Ich habe gehört, er war noch nie auf der Insel.«

»Jede Glückssträhne nimmt mal ein Ende«, murmelte Otto von der Seite.

»Wie bitte?«

»Ach nichts, Kind«, warf Jette ein und blickte ihren Mann streng an. Julia würde natürlich niemals etwas ausplaudern, was im Hause Brückner gesprochen wurde. Dennoch musste man sie nicht mit den Sorgen belasten, die Otto und sie sich angesichts der Lage machten – und schon gar nicht mit Ottos giftigen Spitzen gegen die Nazis. »Und du sagst, Kurt hat so viel zu tun jetzt?«

»Ja, stell dir vor, er organisiert die ganzen Arbeiten!«

»Dann hat er vielleicht auch meine Einberufung rausgeschickt?«, meinte Sven säuerlich.

»Das ist doch eine sehr ehrenvolle Aufgabe. Oder findest du nicht?«

»Weißt du, was sie uns zahlen? Praktisch nichts.«

»Aber ihr tut das doch nicht fürs Geld, sondern für Volk und Vaterland.«

Sven schnaubte. »Ich hatte gute Arbeit im Hafen. Ich habe was Interessantes gemacht – und nützlich war es übrigens auch.«

»Dazu wirst du bestimmt wieder kommen. Das Leben ist doch noch so lang!«, erklärte Julia leichthin. Doch der Blick ihres Vaters, den sie auffing, ließ sie verstummen. »Geb's Gott«, knurrte Otto. »Wir haben schon einmal in die Knochenmühle geschaut.«

»Knochenmühle?«

»Den Krieg.«

»Aber unser Reichskanzler will doch keinen Krieg!«, erklärte Julia mit tiefster Überzeugung. »Kurt weiß das genau, er bekommt im Braunen Haus alles mit. Und alle sind sich sicher, dass er genau das Richtige tut, um einen Krieg zu vermeiden.«

»Wer? Kurt?«, fragte Sven.

»Der *Führer*«, raunte sein Vater. »Ja, das finde ich sehr einleuchtend, dass er dafür Dreißig-Komma-fünf-Zentimeter-Lafetten braucht. Und einen Flughafen auf der Düne und einen zweiten Hafen. Und wenn stimmt, was man sagt, dann soll auch ein U-Boot-Hafen angelegt werden. Und die Düne ist ja jetzt schon mehr als doppelt so groß wie noch vor zwei Jahren. Alles für den Frieden.«

»Ach Papa, du verstehst das nicht«, klagte Julia. »Du denkst immer, alle Nazis wären schlecht. Aber das stimmt nicht! Ich kenne viele gute Männer, die in der Partei sind.«

Otto schloss kurz die Augen, dann richtete er seinen Blick auf Julia und sagte in mildem Ton: »Jeder Mensch hat gute und schlechte Seiten, Julchen. Unsere Aufgabe ist es, unsere schlechten Seiten zu beherrschen und den guten die Möglichkeit zu geben, sich zu entfalten. Nur so können wir alle friedlich zusammenleben. Aber wer sich als Herrenmensch begreift und andere als minderwertig, der ist auf dem besten Weg, alles Schlechte, das er in sich hat, nach außen zu kehren. Ich weiß nicht, ob das Gute dann überhaupt noch existieren kann. Aber ich weiß, dass es keinen Frieden mehr unter den Menschen geben kann. Denn es wird immer die geben, die zutreten, und diejenigen, die getreten werden.«

Julia schwieg.

Jette fragte, ob noch jemand Tee wollte, doch keiner meldete sich. Sven stand auf und erklärte: »Ich muss dann los. Hämmern und sägen für den Führer.«

»Sven ist doch auch in der Partei!«, fiel Julia ein. »Und er ist ein guter Mensch!«

In einer hilflosen Geste warf Otto die Arme in die Luft. »Was soll ich sagen, ja! Aber ganz ehrlich? Ich mache mir Sorgen.«

»Was für Sorgen?«, wollte Sven wissen.

»Dass du irgendwann so bist wie die.«

»Die? Wer sind *die?*«

»Die in ihren Kundgebungen auf alle schimpfen, die nicht denken wie sie. Die nachts Familienväter holen, weil sie Sozialdemokraten sind. Die auf der Straße Unschuldige verprügeln, weil sie nicht deutsch genug aussehen. Die Juden die Scheiben einschmeißen oder sie an den Haaren aus dem Haus zerren, um sie lächerlich zu machen. Das sind *die.*« Otto war aufgestanden und in der Küche umhergegangen.

»Und du denkst, dass ich mal so werde? Ich? Echt?«

»Du läufst diesen Leuten nach, Sven. Sie sind deine Vorbilder. Irgendwann bist du so weit, dass du ein Vorbild sein sollst. Eines wie die. Und dann? Wirst du dann sagen, nein, sowas tun wir nicht? Oder wirst du ihnen zeigen, wie man es macht? Du bist doch schon öfter dabei gewesen, ich hab es ja sogar selber schon gesehen.«

»Ich habe nie einen Unschuldigen geschlagen, Papa!«

»Aber du hast auch keinen Unschuldigen davor bewahrt, geschlagen zu werden, Junge. Das ist nun einmal die Wahrheit. Und ich muss sagen, ich schäme mich dafür.«

»Du schämst dich wofür, Papa?«, fragte Sven, aber er wusste, was sein Vater antworten würde.

»Für dich, mein Junge. Ich schäme mich für dich.«

∗ ∗ ∗

Die ganze Insel wurde herausgeputzt wie nie zuvor. Ältere Insulaner behaupteten zwar, so stolz sei auch bei Kaiserbesuchen beflaggt gewesen. Aber Tine, die es selbst erlebt hatte, konnte das nicht bestätigen. Die Ankunft des »Führers« und seines Gastes ließ die Insel schon tagelang vibrieren. Überall patrouillierten Abordnungen der Partei und der Verwaltung durch die Straßen und sorgten dafür, dass keine Wäsche draußen hing, aber überall mindestens eine Hakenkreuzfahne. Wer keine hatte, wurde genötigt, eine zu kaufen. Ein jeder Insulaner hatte seine besten Kleider zu waschen und zu plätten, die Kinder Lieder einzuüben, in der Schule wurden Gedichte aufgesagt, die Kurkapelle probte ohne Unterlass. Personen, die als nicht ansehnlich genug galten, hatten in ihren Häusern zu bleiben. Die schönsten jungen Frauen und die größten und kräftigsten jungen Männer übten für den Empfang am Hafen. Und Tine wurde beauftragt, sich um Blumenschmuck zu kümmern. »Und zwar so viel und so prächtigen wie möglich«, erklärte Thorsten Brand, der mit einer Abordnung der Partei vor ihrem Häuschen aufgetaucht war.

»Und wo soll ich die hernehmen, Herr Brand?«, fragte Tine. »Es gibt keinen Blumenhandel mehr auf Helgoland, seit Sie ihn unmöglich gemacht haben.«

»Wir haben überhaupt keinen Einfluss auf den Blumenhandel genommen«, stellte der stellvertretende Ortsgruppenleiter der NSDAP fest. »Seien Sie mal lieber ein bisschen vorsichtig mit Ihren Anschuldigungen. Das kann sehr leicht nach hinten losgehen.«

»Ihretwegen kommen nur noch Arbeitsfronturlauber. Und selbst die bleiben zunehmend aus, seit Sie hier eine Großbaustelle aus der Insel gemacht haben und seit Unmengen von Soldaten hier im Einsatz sind. Die brauchen leider auch keine Blumen.«

»Tja, tut mir leid für Sie, Frau Heesters. Hätten Sie mal lieber was Nützlicheres angefangen.«

»Sehen Sie zu, wo Sie Ihre Blumen für den Führer herbekommen. Ich kann Ihnen nicht helfen.« Tine schmiss – zum ersten Mal in ihrem Leben – die Tür so heftig zu, dass es krachte. Sie hörte noch, wie Brand draußen bellte: »Das wird Sie noch teuer zu stehen kommen!« Doch es kümmerte sie nicht mehr. Stattdessen spürte sie ein ingrimmiges Vergnügen, dass Brand den gewünschten Blumenschmuck nicht bekommen würde. Mit dem bisschen, was sich auf der Insel auftreiben ließ, aus den Gärten oder von den Wiesen, konnte man wohl manche Stube hübsch schmücken, aber gewiss nicht ganze Straßenzüge. Hitler würde sich mit den Sträußchen begnügen müssen, die ihm die kleinen Mädchen in ihrer Tracht überreichten.

Und so kam es auch. Der Herrscher über das Deutsche Reich landete gemeinsam mit dem ungarischen Reichsverweser mit einer Flotte von Kriegsschiffen an, wie man sie seit dem Krieg nicht mehr auf Helgoland gesehen hatte. Buchstäblich die ganze Bevölkerung der Insel war auf den Straßen und Plätzen. Schon Stunden vor der Ankunft der Armada standen die Helgoländer dicht an dicht auf dem Falm und in den Fenstern der Häuser, die zum Südstrand hin blickten, um nur ja nichts zu verpassen. Die Parteimitglieder standen in Reih und Glied, die Soldaten ebenso. Die Frauen der Insel hatten ihre traditionellen Kleider angezogen, die Männer, so sie nicht zu den Uniformierten gehörten, ihre Sonntagskleidung. Und Tausende und Abertausende Arme reckten sich in die Höhe, als der Führer die Insel betrat, und ein Chor aus unzähligen Kehlen brüllte: »Heil! Heil!« und immer wieder »Heil!«

Eisig lief es Tine über den Rücken, als sie das Schauspiel von Jettes Haus aus beobachtete. Die kleine Bootswerft lag günstig, um jede Kleinigkeit genau zu verfolgen. Wie der Herr Hitler den Fotografen posierte, wie er sich zu den Mädchen hinabbeugte und sich von ihnen Blumensträuße überreichen ließ.

Wie er ihre Wangen tätschelte, die Blumen achtlos einem seiner Begleiter hinhielt, der sie ihm eilfertig abnahm. Wie seine Frontmänner die vorne stehenden Insulaner zur Seite schubsten, damit der Führer einen freien Weg hatte. Wie überhaupt der größte Teil der Strecke, die er ging, weitläufig abgesperrt war. Auch Sven entdeckte Tine. Ihr Enkel stand sehr nah an Hitler, wenn er gewollt hätte, hätte er ihn ins Wasser stoßen können. Aber das tat er natürlich nicht. Wie überhaupt niemand etwas tat oder sagte, was dem Machthaber zuwider gewesen wäre. Und Tine selbst ertappte sich dabei, wie sie das Schauspiel trotz aller Abscheu fasziniert beobachtete. Niemals zuvor war Helgoland so voller Spannung gewesen, nie zuvor hatte ein einzelner Mensch die Insulaner solchermaßen in seinen Bann gezogen. Dagegen waren die Kaiser-Besuche geradezu familiär gewesen. Dass im Gefolge des Reichskanzlers auch noch ein anderes Staatsoberhaupt anwesend war, fiel gar nicht ins Gewicht. Niemand achtete auf den Reichsverweser Horthy. Die meisten hätten nicht einmal zu sagen vermocht, wer von den Männern der Ungar war.

Wenige Augenblicke später hatte Tine sowohl Sven als auch Hitler aus den Augen verloren. Umso besser, sagte sie sich. Denn sie gestand sich nur ungern ein, dass auch das Böse faszinierend sein konnte. Und böse war er, dieser Mann, daran bestand kein Zweifel. Das Schlimmste war, dass dieser Besuch viele junge Menschen noch mehr für Hitler und seine Ideen einnehmen würde. Man war stolz darauf, den »Führer« zu Gast gehabt zu haben. Man hatte erkannt, welche Aura der Macht ihn umgab – grenzenloser, absoluter Macht! An dieser Macht teilhaben zu können, war ein Versprechen, das gerade in Zeiten, in denen es auf der Insel schwer war, ein gutes Auskommen zu finden, sehr verlockend war.

Die »Heil!«-Rufe im Ohr stieg sie die steile Treppe hinunter und trat in den kleinen Garten hinaus. Die anderen waren alle weg, um sich das Schauspiel anzusehen. Nur Otto hatte sich in seiner Werkstatt vergraben und wollte am liebsten von allem nichts mitbekommen.

Draußen marschierten fähnchenwedelnde Mädchen und Jungen vorbei, die den Weg von der Kriegsmole gesäumt hatten und jetzt hinüberdrängten an den Südstrand, weil der Führer in wenigen Minuten mit dem Aufzug hinauffahren würde ins Oberland und sie ihm vom Strand aus zuwinken sollten.

»Was für ein Theater. Ein Welttheater!«, stellte der Pastor fest, der am Gartenzaun stand und das Schauspiel ebenfalls beobachtete.

»Sie sind nicht drüben beim Empfangskomitee, Pastor Karl?«

»Aber nein. Ich habe beschlossen, dass man mich nicht vermissen wird. Die Kirche ist geöffnet, falls es den Herrn Reichskanzler nach innerer Einkehr drängt. Aber eine Predigt wird er nicht erwarten. Und falls er eine von seinen Predigten halten will, dann wird er das ohne meine Hilfe zweifellos glänzend hinbekommen. Denn *reden* kann er ja.«

Tine lächelte wissend. »Allerdings«, sagte sie. »Dafür hat er ein gewisses Talent.«

»Ja«, bestätigte der Pastor. »Ein teuflisches.«

* * *

Die Nähe zum Hafengelände brachte es mit sich, dass wenig später der Reichskanzler mit seinem Tross praktisch vor dem Haus vorbeischritt, um wenige Meter entfernt von einer Delegation begrüßt zu werden, die für die Planungsarbeiten der verschiedenen Abteilungen zuständig war: Militärhafen, Geschützstellungen, Stollen, Kasernen und was es noch alles an

Vorhaben gab, die Helgoland zu einer uneinnehmbaren und unbezwingbaren Seefestung machen sollten. Tine war gerade im Begriff, die Bootswerft zu verlassen, um in ihr eigenes Zuhause zurückzukehren, da sah sie sich unvermittelt von zwei bewaffneten Uniformierten gestellt und gegen die Wand gedrängt. »Kontrolle!«, blaffte der eine.

»Tasche öffnen!«, herrschte der andere Tine an, als hätte sie ein Verbrechen begangen.

»Wo wollen Sie hin?«, fragte der Erste und starrte sie mit eisernem Blick an, dass Tine es wie einen Schlag in den Magen empfand.

»Ich bin auf dem Weg nach Hause«, erklärte sie. »Das wird wohl erlaubt sein.«

»Was haben Sie dann hier gemacht?«, wollte der Mann wissen, während sein Kamerad Tines Tasche öffnete.

»Das ist das Haus meiner Tochter. Ich war zu Besuch.«

»Der Führer ist zu Besuch«, sagte der Wortführer der beiden. »Haben Sie ihn nicht begrüßt?«

»Es … es ging mir nicht so gut.«

»Und was ist das hier?«, fragte plötzlich der Mann, der Tines Tasche durchwühlt hatte, und hielt ein Paar Stricknadeln hoch.

»Mein Strickzeug. Was soll es sonst sein?«

»Sie sind hier mit gefährlichen Gegenständen unterwegs. Wer sagt uns, dass Sie keinen Anschlag geplant hatten.«

»Einen Anschlag? Ich? Mit Stricknadeln?« Tine hätte gerne gelacht. Aber die Männer meinten es so todernst, dass ihr das Blut in den Adern gefror. »Hören Sie, ich hätte ja auch ein langes Messer aus der Küche mitnehmen können oder ein Beil aus der Werkstatt …«

»Aha! Dann geben Sie es also zu, dass Sie kriminelle Absichten hatten?«

Für einen Moment war Tine sprachlos. Schon spürte sie, wie der Wortführer der beiden sie am Handgelenk packte und umdrehte, während der andere einen weiteren Uniformierten herbeirief. »Ich ... ich habe doch keinen Angriff geplant!«, sagte sie mit ungewollt schriller Stimme. »Das ... das ist ein Missverständnis!« Ihr wurde schwindelig. Man wusste schließlich, was mit Menschen passierte, die zur falschen Zeit am falschen Ort waren. Das ging schnell. Und es gab keine Gnade. »Das ist doch nur mein Strickzeug. Ich bin unterwegs nach Hause. Ich habe den ... den Führer gar nicht gesehen. Nur vorhin, als er gekommen ist, von der Ferne.«

»Weil Sie sich nicht verdächtig machen wollten, wie?«

»Nein. Weil ich das Haus gehütet habe. Ich habe doch schon gesagt ...«

»Die Frau hatte nichts Böses im Sinn«, mischte sich eine andere Stimme ein. »Lass sie los, Kamerad. Sie ist harmlos.«

Nach kurzem Zögern ließ der Wortführer Tine los.

»Und du, gib ihr die Tasche zurück.« Zu Tine aber sagte er: »Die Stricknadeln musst du bitte wieder ins Haus zurückbringen. Sonst lassen dich die Herren hier nicht entlanggehen.«

Tine nickte. »Ja«, sagte sie mit belegter Stimme und nahm die Tasche wieder an sich, die ihr der andere Uniformierte reichte. »Danke.«

»Ich kümmere mich um die Frau. Ihr könnt weiter nach dem Rechten sehen.«

»Jawoll, Herr Unteroffizier«, erwiderte der Wortführer, schlug die Hacken zusammen und salutierte. Dann waren die beiden weg, und Tine ging zurück ins Haus, wobei sie sich am Türrahmen festhalten musste, um nicht umzukippen.

»Ist alles in Ordnung?«

»Alles in Ordnung, ja. Danke.« Sie trat nach drinnen, legte

die Stricknadeln auf den Küchentisch und drehte sich wieder um.

»Es tut mir leid, dass die Kerle so brutal mit dir waren.« Er nickte und wollte schon wieder gehen, da rief Tine: »Peer?«

»Ja?«

»Trotz allem: danke.«

Peer nickte, ohne zu lächeln. Es lag ein rätselhafter Gesichtsausdruck auf seinen Zügen. Dann erwiderte er: »Trotz allem: gerne.«

***

Anders als von vielen erwartet hielt die feierliche Stimmung nicht an, nachdem die hohen Herren wieder abgereist waren. Ein paar wenige Stunden hatte der Führer auf der Insel verbracht. Er hatte sich huldigen lassen, aber sich nicht für die Insulaner interessiert, sondern allein für die Arbeiten an seiner Seefestung. Er hatte den neuen Kriegshafen besichtigt, der immer weiter ins Meer hineinwuchs, hatte die unterirdischen Bauten besucht, zu denen die Helgoländer selbst keinen Zutritt hatten, hatte über die Reichweite und die Feuerkraft der neuen Geschütze diskutiert, dem Staatsgast stolz von den Klippen aus die Armada präsentiert, von der die Insel umringt war: Panzerkreuzer und Fregatten, Torpedoboote, Schnellboote und sogar U-Boote, die in großer Zahl vor Helgoland lagen: ein Geleitzug wie mitten im Krieg. Das war es, was Hitler in Helgoland sah: die Bühne, auf der er seine Macht präsentieren konnte. Die Nationalsozialisten feierten nach seiner Abreise diesen großen Tag – für alle anderen war es ernüchternd gewesen.

»Für Sven war es bestimmt ein besonderes Ereignis«, meinte Tine, als sie am Abend noch ein wenig mit Jette am Strand entlangspazierte.

»Hm. Ja, auf eine Weise schon. Hitler hat ihm die Hand geschüttelt.«

Tine musste lachen.

»Was?«

»Ich dachte gerade, manch einer hier würde sich die Hand nie wieder waschen. Und ein paar wenige würden sie sich lieber abhacken.«

»Ja«, stimmte Jette lachend ein. »So einer wäre Otto. Und wenn's die Rechte wäre.«

»Na, die Linke hätte er ihm wohl nicht gereicht.«

»Stimmt.«

Die beiden Frauen glucksten bei dem Gedanken, Hitler könnte Otto die Hand geschüttelt haben. Jette aber war schnell wieder ernst: »Es ist für Sven nicht mehr dasselbe.«

»Was meinst du?«

»Seine Begeisterung. Er ist nicht mehr mit dem Herzen dabei.«

Tine seufzte. »Na ja«, sagte sie. »Es ist auch besser, wenn man irgendwann anfängt, den Verstand einzusetzen.«

»Das stimmt. Ich denke, es ist, seit einer seiner Kameraden ausgeschlossen wurde.«

»Ausgeschlossen wovon?«

»Erich Westgard. Er soll Halbjude sein.«

»Der kleine Westgard? Ich hab ihn auf die Welt geholt!«, erwiderte Tine kopfschüttelnd. »Und leider ist der doch einer von den besonders Lauten in der HJ geworden!«

»Das ist vorbei«, erklärte Jette. »Irgendwer ist draufgekommen, dass seine Mutter aus einem jüdischen Haushalt kommt. Sie stammt ja aus Cuxhaven.«

»Wilhelmshaven.«

»Egal. Jedenfalls ist Erich Halbjude«, sagte Jette. »Und damit hat er in der deutschen Jugend nichts zu suchen. Sie haben ihn ausgeschlossen und ihm verboten, die Uniform zu tragen.«

»Na ja«, entgegnete Tine. »Um die Uniform ist es nicht schade.«

»Aber sie hat ihm alles bedeutet. Er hat ja selbst mit am lautesten geschrien.«

»Wer weiß«, sagte Tine. »Vielleicht ist es gut für ihn. Vielleicht wird er jetzt ein besserer Mensch.«

Jette blieb stehen und blickte aufs Meer hinaus, wo immer noch die Positionslichter zahlreicher Kriegsschiffe zu sehen waren. »Sven hat mich gefragt, ob er sicher sein kann, dass wir nicht auch jüdische Vorfahren haben.«

»Jüdische Vorfahren? Wir?« Tine lachte und stellte sich neben sie. »Nicht dass ich wüsste. Und wenn schon ...«

»Sie wollen jetzt alle Ahnenforschung betreiben«, erklärte Jette. »Da könnte noch so manche Zeitbombe lauern.«

»Und Sven hat jetzt Angst, er könnte rausgeworfen werden?«

»Das glaube ich nicht mal«, sagte Jette. »Im Gegenteil. Die ganze Sache wird ihm zunehmend unheimlich. Erst verpflichten sie ihn zum Arbeitsdienst, obwohl er doch eine gute Arbeit als technischer Helfer im Hafen gefunden hatte. Dann werfen sie Erich aus der HJ, obwohl der doch bis dahin angeblich ein vorbildlicher Volksgenosse gewesen war ... Alle diese Dinge haben ihn zum Zweifeln gebracht.« Jette senkte die Stimme. »Und das sind nur die Sachen, von denen ich weiß ...«

»Ja«, erwiderte Tine und nickte. »Das kann ich verstehen. Und offen gesagt, es beruhigt mich. Weil es bedeutet, dass er sein Gewissen noch nicht verloren hat.« Sie blickte ihre Tochter traurig an. »Was ich nicht weiß, ist, ob dein Vater jüdische Vorfahren hatte. Er kommt aus einer Kaufmannsfamilie, da ist das wahrscheinlicher als bei mir. Aber auch bei mir: Ich kannte ja nicht einmal meine Großeltern. Und ich kannte nicht die Eltern deines Vaters. Wir waren aus ganz unterschiedlichen Gründen sehr allein auf der Welt, weißt du?«

»Ich weiß, Mama«, erwiderte Jette. »Darüber habe ich oft nachgedacht. Dieses Schicksal gab es früher wohl sehr oft. Dein Jugendfreund muss auch sehr allein auf der Welt sein.« Sie blickte ihrer Mutter forschend ins Gesicht. »Und jetzt, scheint mir, seid ihr beide es wieder.«

»Also was mich betrifft, ich habe Familie«, sagte Tine lächelnd und umarmte ihre Tochter spontan.

»Und Peer?«

»Er lebt ein anderes Leben«, erklärte Tine spröde und ließ sie rasch wieder los. Sie wollte weitergehen, doch Jette hielt sie an der Hand fest. »Warum bist du so unversöhnlich mit ihm? Heute hat er dich sogar aus den Fängen der Nazischergen gerettet!«

»Ach, Kind«, seufzte Tine. »Das verstehst du nicht.«

»Mama, ich bin selber Mutter. Ich habe eine Familie gegründet, ich habe den Krieg durchlebt, ich habe jede Mark mehrmals umdrehen müssen, ich habe alles erlebt, was man an Schrecklichem erleben kann. Sag nicht, ich könnte irgendetwas nicht verstehen! Erklär es mir lieber!«

»Na gut«, gab Tine nach und hakte ihre Tochter unter. »Es ist so: Ich habe mein Leben lang an Peer gedacht. Immer wieder. Sicher, manchmal nicht so oft. In der Zeit, in der ich mit deinem Vater verheiratet war, habe ich ihn beinahe vergessen. Oder als ich später mit Paul zusammen war. Aber ganz vergessen hab ich ihn doch nie, er hatte immer einen Platz in meinem Herzen. Und oft habe ich für ihn gebetet, weil er doch derjenige gewesen war, der mir ein Leben auf der Insel ermöglicht hat. Mir ist erst später klar geworden, dass er als ganz junger Mann in mich verliebt gewesen sein muss, weißt du? Wenn man selbst noch nicht ganz erwachsen ist, dann denkt man gar nicht, dass es jemanden gibt, der sich in einen verlieben könnte …«

»Ich weiß genau, was du meinst«, sagte Jette lächelnd. »Otto musste mir das auch erst beibringen, dass er mich wirklich liebt. Wir waren ja auch noch so jung.«

Tine nickte. »Ja. So war das. Er hat mir ein Leben fern von ihm ermöglicht, weil er mich wirklich geliebt hat. Und ich habe erst viel später begriffen, was für ein Opfer er da gebracht hat. Und dann vergingen die Jahre. So viele Jahre. Und plötzlich steht er in meinem Blumenladen und ist wieder in meinem Leben. Er ist zwar alt geworden, aber immer noch ein flotter Kerl.« Sie lächelte, als sähe sie ihn vor sich, wie er in den »Blütenträumen« stand in seinem einfachen, aber ordentlichen Anzug, den Hut in der Hand, Verlegenheit aus jeder Geste sprechend. »Da dachte ich wirklich, der gute alte Peer wäre wieder da.«

»Aber das war er doch!«

»Bis ich erkannte, dass er einer von denen ist.« Mit bitterer Stimme zitierte sie ihn: »*Unteroffizier Peer Fischer meldet sich zur Stelle.* Unteroffizier! Da steht er. In Uniform! Nichts hatte er mir gesagt. Er gehört zu den Leuten, die uns den neuen Kriegshafen bescheren. Die die Insel zur Seefestung umbauen. Die den nächsten Krieg vorbereiten! Kannst du dir vorstellen, wie getroffen ich war?« Unvermittelt schossen ihr Tränen in die Augen. Mittlerweile waren sie auf der Mathies-Terrasse angekommen und standen an der Reede. Auf der Düne gegenüber wurde immer noch gebaut. Im Licht mehrerer Scheinwerfer spülten riesige Schläuche unablässig Sand aus dem Meer, und schwere Kettenraupen verteilten ihn auf immer neuen Flächen, um der kleinen Nebeninsel zu mehr und immer mehr Land zu verhelfen. Nichts davon war für die Menschen gedacht, alles sollte nur dazu dienen, um noch mehr militärische Nutzung zu ermöglichen, mehr Schiffen Deckung zu bieten, mehr Hafenanlagen vorzubereiten, mehr Flugzeugen die Landung zu ermöglichen.

»Verstehe«, sagte Jette. »Ja, ich verstehe, dass dich das getroffen hat. Vor allem, weil er es dir vorher nicht gesagt hatte. Was dachtest du denn, warum er auf der Insel wäre.«

»Aufräumarbeiten im Hafen«, erklärte Tine. »So hatte er es mir gesagt. Und weißt du, er war ja in Hamburg Hafenarbeiter gewesen. Er kannte sich mit Häfen seit seiner frühesten Kindheit aus. Ich dachte sofort, dass das Sinn ergibt!«

»Nun, so falsch war es ja nicht, oder? Es ging ja auch los mit Instandsetzungen und Reparaturen.«

»Das schon ...«

»Trotzdem hätte er dir sagen sollen, dass er in der Partei ist.«

»Das weiß ich gar nicht«, gab Tine zu. »Er trägt ja keine Nazi-Uniform, sondern eine Marine-Uniform. Auf denen sind ja jetzt auch Hakenkreuze.«

»Vielleicht solltest du doch noch einmal mit ihm reden.«

»Ja«, sagte Tine, aber sie sagte es ungern. »Vielleicht müsste ich das.«

※ ※ ※

Drittes Kapitel

Die schweren Arbeiten auf dem Felsen und auf der Düne kamen auch während der stürmischen Herbstzeit nicht zum Erliegen. Und selbst als eisige Temperaturen den Helgoländern zu schaffen machten, gingen sie unvermindert weiter, ja schienen sich an manchen Tagen gar zu steigern. Oft erschütterten Explosionen die Insel, wenn weitere Stollen in den Fels getrieben wurden. Überall wurden jetzt auch Bunkeranlagen eingerichtet. Mehrere neu gebaute Häuser hatten jetzt Luftschutzräume mit Stahltüren und Schleusenkammern. Auf der Düne landeten mehrmals täglich Flugzeuge, um »militärischen Nachschub« zu bringen, wobei man auf der Insel eigentlich nicht wirklich wusste, was darunter zu verstehen war.

Für besonderes Aufsehen sorgte, dass die Flakgeschütze, die auf dem Oberland errichtet worden waren, »eingeschossen« wurden. Militärmaschinen starteten von der Düne und kreisten in weitem Bogen um die Insel, wobei sie über dem Westkliff an langen Leinen Luftkissen aus ihren Ladeklappen fallen ließen. Sekunden später begann der Beschuss dieser Objekte. Und selbst Otto, der sonst über jede Maßnahme schimpfte, konnte nicht umhin, die Piloten für ihren Mut zu bewundern. »Wenn nur einer zu früh oder zu ungenau schießt, dann ist es um die Maschine geschehen. Dann gute Nacht.«

Doch die Flugzeuge wurden nicht getroffen. Die Flakgeschütze waren exakt und wurden so gekonnt bedient, dass man sich in den Wirtshäusern der Insel einig war: Der Engländer konnte kommen, wenn er sich traute.

Zu den Flakeinrichtungen gehörte auch ein hoher Leitstand, ein viereckiger Turm, der so dick mit Stahlbeton gepanzert war, dass ihn angeblich sogar ein Volltreffer nicht würde zerstören können. Neben dem Leuchtturm und dem Funkturm war dieser Leitstand nun der dritte der Insel – vom Kirchturm St. Nicolai natürlich abgesehen.

An einem Mittwoch im November hielten die örtlichen Parteiverbände mehrere geheime Sitzungen ab. Es gab keine Tagesordnung, dennoch waren alle Mitglieder aufgefordert, sich in ihren Organisationen zusammenzufinden. Aus allen Verbänden wurde ein Mitglied ins Braune Haus zitiert, auch Sven fand sich also im ehemaligen Casino ein. Sein Arbeitsdienst war inzwischen beendet, und er war zum stellvertretenden Leiter seiner Abteilung ernannt worden.

»Kameraden!«, rief der Ortsgruppenleiter, als er vor die versammelten Abgeordneten der verschiedenen Organisationen trat. »Ich muss euch mitteilen, dass der deutsche Legationsrat Ernst Eduard vom Rath in Berlin den schweren Verletzungen erlegen ist, die ihm der Jude Grünspan mit seinem feigen Attentat zugefügt hat. Niedergeschossen hat dieser elende Drecksjude unseren Gesandten!« Einen Moment lang ließ der Mann seine Worte wirken, ehe er wieder anhob. »Aber das deutsche Volk wird diese feige Tat nicht ungesühnt lassen! Aus Berlin und aus dem ganzen Reich wird uns gemeldet, dass in einem spontanen Ausbruch von Volkszorn überall Rache genommen wird an den Juden und ihren Einrichtungen. Synagogen brennen, Wucherer werden aus ihren Häusern gezerrt und von einer empörten Menge zur Verantwortung gezogen! Das deutsche Volk erhebt sich gegen das Krebsgeschwür in seinen Reihen!«

»Aber sind denn die Juden nicht auch Deutsche?«, warf Sven ein.

»Sie mögen einen deutschen Pass haben«, widersprach der Ortsgruppenleiter. »Aber sie werden nie von deutschem Wesen sein. Der Jude ist das Gegenteil von deutsch.«

»Was soll denn das Gegenteil von deutsch sein?«, murmelte Sven leise, sodass ihn niemand hörte, zumal alle wieder gebannt den Nachrichten aus dem Reich lauschten. »Die Scheiben der jüdischen Geschäfte klirren, die Knochen der Judenschweine knacken«, bellte der Ortsgruppenleiter. »Wahrhaft, Deutschland erhebt sich! Und auch Helgoland wird sich erheben.«

»Juda verrecke!«, rief einer der Männer.

»Juda verrecke!«, fielen andere ein.

Innerhalb von wenigen Augenblicken wussten alle, was zu tun war: Den Juden sollte eine gehörige Abreibung verpasst werden. Sie sollten sich hüten, noch länger die Insel mit ihrer Anwesenheit zu besudeln. Schon reckten sich Fäuste, schon wurde nach den Totschlägern gegriffen, die scheinbar zufällig an der Garderobe lagen. Fackeln, die vor dem Casino aufgesteckt waren, wurden fortgerissen, um den aufgebrachten Männern den Weg zu leuchten. Viele waren ja nicht alleine gekommen, sondern wurden vor dem Braunen Haus von ihren Kameraden erwartet und schoben nun gemeinsam unter martialischen Gesängen durch die Casinostraße Richtung Falm.

Auch Sven war nach draußen geschlüpft, aber seitlich gelaufen und hastete jetzt quer durch die Windstraße und dann in südlicher Richtung, um zuerst beim Haus der Westgards zu sein. Denn es gab so wenige Juden auf der Insel, dass diese paar schnell alle durch sein würden. Hinter sich hörte er die Gesänge, sah die Fackeln – und hätte nicht der Tross schon bald am Haus des ehemaligen Casinoleiters Nathan Kröger haltgemacht, Sven wäre auf seinem Umweg womöglich nicht mehr rechtzeitig gekommen. So aber erreichte er Westgards Häuschen noch vor dem wütenden Mob. Eine völlig überrumpelte Frau Westgard öffnete ihm im Nachthemd, über das sie nur rasch eine Decke geworfen hatte. »Sven? Was ist denn los mitten in der Nacht?«

»Schnell«, sagte Sven atemlos. »Sie wollen euch holen.«

»Wer will uns holen. Komm doch herein, Junge.«

»Nein, bitte, es ... es geht um Leben und Tod. Vielleicht.«

Und dann hörte sie die Rufe auch. »Kröger, komm heraus! Jetzt schlägt dein letztes Stündchen!«, skandierten die Nazis.

»Was rufen sie?«, fragte Frau Westgard entsetzt. Ihr Mann Heinz drängte sich hinter ihr an die Tür. »Was gibt es?«

»Sie wollen Rache nehmen.«

»Ich habe nichts getan«, erklärte Heinz Westgard voller Überzeugung.

»Das ist egal, Herr Westgard. Es ist wegen ... Sie sind Juden.«

»Ich bin Deutscher und Christ. Kriegsteilnehmer! Ich ...«

»Ihre Frau, Herr Westgard. Bitte. Ich weiß doch, was mit Erich geschehen ist. Und die wissen, dass Erich ... also, dass er Halbjude ist.«

In einiger Entfernung klirrte Glas. »Schlagt sie tot, die Judensau!«, brüllten die Nazis. Es schien, als würden sie sich immer noch weiter gegenseitig aufstacheln.

»Hol Erich!«, befahl Heinz Westgard seiner Frau. »Ich sammle die Wertsachen ein.«

»Aber wo sollen wir hin?«, fragte Frau Westgard entsetzt.

Die Insel war nicht zuletzt auch ein Gefängnis. Sich schnell in Sicherheit zu bringen war hier kaum möglich, wenn die Insel selbst in den Händen der Gefahr war. Und das war sie. Einer Gefahr, die sekündlich näher kam.

»Die Pastorei«, keuchte Erich. Nur dass das Pfarrhaus genau

in der Richtung lag, aus der der Mob kam. »Über die Gärtnerstraße. Und an den Kasernen vorbei.«

»An den Kasernen?«, fragte Frau Westgard entsetzt.

»Es geht nicht anders.«

Sie bogen hinten um die Ecke, als der Fackelzug laut grölend vorne in die Straße einbog. Was mit Kröger geschehen war, wussten sie nicht. Sie wussten nur, dass sie so schnell wie möglich in der entgegengesetzten Richtung verschwinden mussten.

Als die Tür des Pfarrhauses sich hinter Westgards schloss, sank Erichs Mutter vor Erschöpfung, Angst und Dankbarkeit zu Boden. Erich legte ihr den Arm auf die Schulter, Heinz Westgard reichte dem Pastor die Hand. »Sie sind ein guter Mann und ein Segen für die Insel, Herr Pastor.«

»Glauben Sie mir, Westgard, ich habe genauso Angst wie Sie. Um mich, um unsere jüdischen Mitbürger und um die Seelen dieser verbrecherischen Dummköpfe da draußen.«

※ ※ ※

Das Haus der Westgards blieb unbeschadet, man hatte sich schlicht nicht an Erich erinnert. Vielleicht auch weil der Friseursalon Faber und die Reinigung der Familie Küppers die reizvolleren Ziele gewesen waren. Während bei Fabers nur die Fensterscheiben eingeschmissen und das Mobiliar zerstört wurden, ging die Reinigung in Flammen auf. Und hätte nicht die Gefahr bestanden, dass das Feuer ausgerechnet auf das Haus der Ehrlichs übergriff, die mit ihrem Geschäft für Damenkonfektion besonders bei den Frauen der führenden Parteimitglieder beliebt waren, wäre es wohl bis auf die Grundmauern niedergebrannt. So aber sorgte ein hochrangiger SS-Mann dafür, dass ein paar junge Kerls so weit löschten, dass nur das Innere ausbrannte.

Empörte Berichterstattung blieb aus. Stattdessen jubelte auch das Helgoländer Tagblatt über die »längst überfällige Strafaktion« und den »gesunden Volkszorn«, der »der jüdischen Pestbeule im Fleische des Volkes« gezeigt hätte, wie man »mit Feinden des Deutschen Reichs und dem Deutschtum überhaupt« umgehe. Rüdiger Folkert, der Verleger selbst, hatte sich nicht nehmen lassen, den Kommentar zu verfassen.

»Eine Schande«, urteilte Otto, als er die Zeitung weglegte. »Ich werde dieses Schmierblatt nicht mehr kaufen.«

»Das hättest du schon längst nicht mehr tun sollen«, erklärte Jette. »Jedes Mal, wenn du darin liest, hast du hinterher eine Laune, die dich ungenießbar macht.«

»Tut mir leid, mein Liebes«, seufzte Otto und nahm seine Frau in den Arm. »Es ist nicht gerecht, dass du einen solchen Miesepeter zum Mann hast.«

»Ach, eigentlich ist er ganz süß«, erwiderte sie. »Nur wenn ihm eine Nazilaus über die Leber läuft, wird er gern sauer.«

Otto lachte laut und ging hinüber in die Werkstatt, um weiter zu arbeiten. Aber alle paar Augenblicke hörte ihn Jette wieder auflachen und gelegentlich vor sich hin kichern. Vielleicht war es das, was sie am Ende retten würde: die Fähigkeit, trotz allem immer wieder einen Grund zum Lachen zu finden.

※※※

Zumindest an den Weihnachtstagen ruhten die Bauarbeiten auf Helgoland. Umso friedlicher wirkte die Insel. Die Schrecken jener Nacht im November, der die Nazis den Namen Kristallnacht gegeben hatten, war unter etlichen anderen Schrecken begraben worden, sicher auch, weil es so wenige Juden auf der Insel gab, dass die Schäden und die Verletzungen hier vergleichsweise gering geblieben waren. Dafür waren die

Bauarbeiten umso drakonischer vorangetrieben worden. Es war, als jagte Helgoland, als jagte das ganze Reich geradezu mit aller Macht einem Krieg entgegen, als gäbe es nichts anderes mehr als Feuerkraft und Wehrhaftigkeit. Die Maschinen im Hafengelände wurden noch größer. Wann immer die Wetterverhältnisse und vor allem die See es zuließ, wurde gesprengt und gebaggert, wurden Fundamente gegossen und Stahlträger in den Meeresgrund gerammt. Ganz Helgoland war zu einer Maschine geworden, die sich zu jeder Tages- und Nachtzeit bemühte, der Erde Land abzutrotzen und dieses Land sogleich wieder unter Massen von Stahl und Beton zu verbergen. Bis an Heiligabend unvermittelt die Arbeiten eingestellt wurden. Als wäre ein Riese gefällt worden, der bisher gewütet hatte, standen die Maschinen still – und tatsächlich wurde es auch still. So leise, wie seit vielen Monaten nicht, brach der 24. Dezember auf der Insel in der Nordsee an. Und Tine glaubte beinahe, es wäre ein Weihnachtswunder geschehen, als sie an diesem Tag die Augen aufschlug und noch eine Weile im Bett lag, ohne bereits das Dröhnen und Hämmern im Hafen zu hören.

Zum ersten Mal seit langem öffnete sie die Fenster und ließ die frische Luft herein, für die Helgoland seit jeher berühmt war. Denn seit Jahren schon hing ein immerwährender Qualm von Rauch und Staub über der Insel, den die Maschinen ausstießen oder aufwirbelten. Doch über Nacht hatte der Wind den Schmutz mit sich genommen und den Felsen mit einem reinen Himmel beschenkt, der zu Tines Freude auch noch in lichtem Blau erstrahlte. Das Fest der Liebe konnte womöglich wirklich in Frieden begangen werden.

Tine, Jette und ihre Familie waren eingeladen, im Pfarrhaus zu feiern. Nach der Mette würden sie gemeinsam hinübergehen in die Pastorei und dann nach einer kurzen Andacht ein gemeinsames Abendbrot zu sich nehmen, das Annemarie vorbereiten würde, so wie sie es einst mit dem Ehepaar Thevessen getan hatten. Tine freute sich schon, denn in ihrer kleinen Kate war es nicht mehr sehr schön, seit der Blumenladen leer stand. Außerdem konnten Alfred und Emil so für sich feiern.

Vor der Mette wollte sie noch Julia besuchen und ein Geschenk für den kleinen Hermann vorbeibringen. Sie hatte ihm Fäustlinge gestrickt und eine Puppe genäht, wobei sie oft an früher hatte denken müssen, als sie mit einigen geschickten Knoten Puppen aus Servietten oder Taschentüchern gemacht hatte. So manches glückliche Kindergesicht hatte sie damit gezaubert. Sicher würde sich auch Hermannchen über die Puppe freuen. Tine hatte sie sehr sorgfältig genäht und mit Stoff ausgestopft, sodass sie weich und fest zugleich war. Sie hatte festen Zwirn genommen, weil der Kleine wild war und sie sonst vermutlich gleich kaputt gemacht hätte. Und sie hatte der Puppe einen gelben Haarschopf aus Wolle gegeben und Gesichtszüge gestickt, die denen von Hermann ganz ähnlich waren. Wie ein kleiner Bruder sollte die Puppe für ihn sein, solange er noch kein Geschwisterchen hatte. Im Frühling dann würde tatsächlich ein Bruder oder eine Schwester zur Welt kommen, dann war es womöglich noch wichtiger, einen ganz eigenen kleinen Gefährten zu haben.

Der Weg zu Eckerts war gefährlich glatt, weil in der Nacht Nebel aufgezogen war, der auf dem gefrorenen Boden eine Eisschicht hinterlassen hatte. Die Kinder auf der Kirchenstraße hatten ihren Spaß, sie schlitterten, dass Tine angst und bange wurde. Dabei lachten sie allerdings so laut und ungezügelt, dass Tine unwillkürlich mitlachen musste. Konnte ein Heiligabend schöner sein als dieser Tag?

Die Turmuhr schlug elf Uhr, als sie an die Tür von Eckerts

klopfte. Julia öffnete und bat Tine herein. »Wie schön, dass du da bist!«, rief sie. »Ich habe gerade Tee gemacht. Hast du Zeit, eine Tasse mit mir zu trinken?«

»Wann, wenn nicht heute, Kind?«, sagte Tine und nahm Platz in der kleinen Stube. »Deine Schwiegermama nicht da?«

»Sie macht noch rasch ein paar Besorgungen.«

Tine nickte wissend. Ja, ja, dachte sie, an jedem Tag im Jahr schickte die Alte ihre Schwiegertochter. Aber an Heiligabend ging sie selber zu Stövers und zu Freeses, um sich die halbe Wurst oder das Stück Käse selber schenken zu lassen, das man dann immer gratis bekam. »Und? Was wird es morgen Feines bei euch geben?«, wollte sie wissen.

»Kurt hat uns eine Gans besorgt!«, jubelte Julia. »Schwiegermama wird sie mit mir zubereiten.«

»Wie schön. Das freut mich für dich«, sagte Tine, obwohl sie wusste, dass das nur bedeutete, dass Julia die Arbeit machte, so wie Gerda Eckert es ihr auftrug. Am Ende würde sich die Schwiegermutter für die Gans feiern lassen, wenn sie gelang – oder Julia ausschimpfen, wenn sie missriet.

Tine bedauerte ihre Enkeltochter. Es war nicht so, dass sie dachte, Kurt würde seine Frau nicht lieben. Aber er liebte sie eben auf seine Weise. Und die war sehr altväterlich, obwohl er doch eigentlich ein junger Mann war. »Der Tee ist köstlich, Julia.«

»Danke, Omi. Ich freue mich so. Nächstes Weihnachtsfest werden wir zu viert sein.«

»Hm. Ist das dann nicht langsam etwas eng hier?«

»Ja«, stimmte Julia zu. »Aber ich hoffe, Kurt wird eine bessere Wohnung bekommen. Er hat sich gemeldet und wird bevorzugt behandelt. Es heißt, im Unterland werden zwei Häuser frei. Vielleicht klappt es mit einem von denen.«

»Das ist ja schön«, entgegnete Tine, fragte sich aber, ob es nicht womöglich die Häuser der Familien Ehrlich und Rabe waren. Juden, die sich dem Vernehmen nach entschieden hatten, die Insel zu verlassen. Fragte sich nur, wohin sie gehen wollten. Im Reich war es überall schwierig für die jüdischen Bürger, egal welchen Beruf sie hatten, ob sie reich waren oder arm, alt, jung oder gar Kriegshelden. Ein Eisernes Kreuz Erster Klasse war auf einer jüdischen Brust nichts mehr wert.

»Omi?«

»Hm?«

»Du hast mir gar nicht zugehört«, sagte Julia enttäuscht.

»Entschuldige, Kind. Es tut mir leid. Ich dachte gerade, wenn meine Mieter irgendwann vielleicht ausziehen, könntet ihr gerne auch mein kleines Häuschen nehmen. Alleine brauche ich es ja nun wirklich nicht.«

»Dein Haus? Aber das wäre wundervoll! Das muss ich unbedingt Kurtchen sagen!«

»Lieber nicht, Julia. Ich weiß ja nicht, wie lange die beiden noch bei mir wohnen.«

Julia nickte mit einem Leuchten in den Augen, das Tine Sorgen machte, sie könnte womöglich falsche Hoffnungen geweckt haben.

***

Die Mette war nicht sehr gut besucht, aber umso ergreifender. Pastor Karl hatte einige Liedblätter ausgeteilt, und die Kirchengemeinde sang, wie sie schon sehr lange nicht mehr gesungen hatte. Zum ersten Mal seit langem erklang eine Vielzahl von Liedern, in denen es nicht um Krieg und Kampf, um Ehre, deutsches Wesen oder das Vaterland ging. Stattdessen stimmten die Anwesenden die guten, alten Lieder des Friedens und der Liebe an. *Adeste fideles* wurde gesungen, *Alle Jahre wieder*, *Es ist ein' Ros entsprungen* und *Stille Nacht*. Und buchstäblich jeder Frau und jedem Mann in der guten alten Kirche St. Nicolai liefen an diesem Abend die Augen über. Als der Pastor den letzten Segen gesprochen und der Gemeinde ein gesegnetes Weihnachtsfest gewünscht hatte, konnte sich niemand entschließen, nach Hause zu gehen. Stattdessen war es ausgerechnet Sven, der ein Lied anstimmte, das er schon als kleiner Junge über alles geliebt hatte: *O du fröhliche*. Und alle, die gekommen waren, die Mette zu feiern, stimmten ein. Und als das letzte *Freue, freue dich o Christenheit* verklungen war, da trat der Pastor auf ihn zu und umarmte ihn von Herzen, so wie er nacheinander alle Anwesenden umarmte und ihnen Frieden wünschte: »Aus tiefstem Herzen Frieden.«

So war es viel später als erwartet, dass die kleine Gruppe sich hinüber begab in die Pastorei. Annemarie hatte mehr aufgetischt als nötig, und der Pastor hatte die letzten guten Tropfen seines eher spärlich gefüllten Weinkellers geöffnet, um in dieser so besonderen Nacht mit den Freunden anzustoßen. Und so saßen gegen ein Uhr morgens ein erschöpfter Pastor Josef Karl, seine ebenfalls müde, aber fröhlich blickende Haushälterin Annemarie Schneider, Tine, Jette und Otto sowie Sven in der Küche der Pastorei und lauschten auf das Weihnachtsoratorium von Bach, das aus dem Grammophon ertönte. Annemaries Kinder waren natürlich längst im Bett und freuten sich auf den kommenden Tag, an dem sie einige Geschenke zu bekommen hofften.

Als die letzten Takte verklungen waren, erhob sich der Pastor und blickte voll Dankbarkeit und Wohlwollen auf die kleine Gesellschaft, ehe er sagte: »Habt Dank, dass ihr diese Heilige Nacht mit uns verbracht habt, meine Freunde. Frau Heesters,

Ihnen verdanke ich so viel, dass ich möchte, dass Sie und Ihre Lieben es als Erste erfahren.« Er machte eine winzige Pause und hob sein Glas. »Weihnachten ist das Fest der Liebe. Wie ihr alle wisst, habe ich sehr geliebt und sehr gelitten. Wie immer es Tine Heesters auch geschafft hat, sie hat mir die Möglichkeit eröffnet, wie ich – auch wenn es nur für wenige Wochen war – der Frau, die ich liebte, meine Liebe öffentlich bezeugen konnte. Es war eine Befreiung für mich nach den Jahren des Lebens in Lüge. Dann hat der Tod mir meine Frau geraubt, und ich bin in ein so tiefes Loch gefallen, dass ich glaubte, ich käme nicht mehr heraus. Jeden Tag habe ich zu Gott gebetet, habe gehofft, er würde mich erretten. Doch dann war es nicht Gott, sondern... Das heißt: Natürlich war es Gott! Aber er hat mir einen Engel geschickt. Und dieser Engel hat mich errettet. Und wieder waren Sie es, Frau Heesters, die mir solches Glück bescherte. Denn Gott hat sich Ihrer bedient!« Er nickte vielsagend in die Runde, ehe sein Blick auf Annemarie blieb. »Ich möchte mit euch allen anstoßen auf die zweite große Liebe, die ich erleben durfte. Frau Annemarie Schneider und ich werden uns am Neujahrstag das Jawort geben.«

»Ihr wollt heiraten?«, rief Jette ungläubig. »Nicht euer Ernst, oder?«

»Doch, Jette«, entgegnete Annemarie. »Ich glaube, wir haben uns gegenseitig getröstet. Und dann haben wir irgendwann gemerkt, wie gut wir einander tun.«

»Wir haben gemerkt, dass es Liebe ist«, ergänzte der Pastor.

Tine aber stand auf und tat, was vorher noch der Pastor mit seiner kleinen Kirchengemeinde getan hatte: Sie umarmte zuerst ihn und dann Annemarie – und anschließend alle anderen. Und alle anderen umarmten einander ebenfalls, ehe sie auf das

Wohl des Paares anstießen, das sich entschlossen hatte, den Rest des Lebens miteinander zu verbringen.

Nur Sven sah ein wenig melancholisch drein, und Tine glaubte zu wissen, was ihm auf der Seele lastete. Es war das Fest der Liebe, und er hatte niemanden, mit dem er seine Liebe hätte teilen können.

※※※

Dieses Mal fand die Trauung zunächst im Rathaus vor dem Standesbeamten statt, anschließend wurde kirchlich geheiratet, wobei es inzwischen wieder einen Geistlichen gab, der sich um das Seelenheil der vielen Tausend Soldaten kümmerte, die auf der Insel stationiert waren, aber – von Kneipenbesuchen abgesehen – wenig Anteil am gesellschaftlichen Leben Helgolands nahmen. Pastor Karl hatte ihn gebeten, die Zeremonie in St. Nicolai vorzunehmen, und der Kollege hatte gerne zugesagt. Er machte es auch ganz ordentlich, wenngleich er den zackigen militärischen Ton nicht ganz vermeiden konnte, der sonst von ihm verlangt wurde.

Das Brautpaar wurde von einer ansehnlichen Schar Gratulanten bejubelt, darunter sogar einige Honoratioren der Insel, von denen Tine manchen lieber nicht gesehen hätte. Thorsten Brand etwa saß in der vordersten Kirchenbank und machte zwar keinerlei Anstalten zu beten oder zu singen, gehörte aber zu den Ersten, die dem Bräutigam die Hand hinstreckten und ihm »im Namen der Partei und des Führers« gratulierten. Es verstand sich, dass Brand wie auch die anderen Nazis in Uniform in die Kirche gekommen waren.

Da es an diesem Tag klirrend kalt war, verlief sich die kleine Festgemeinde nach der Trauzeremonie schnell, und der Pastor und seine frisch angetraute Ehefrau beeilten sich, rasch hinunterzukommen in Friedrichs' »Friesenstube«, wo sie einen Tisch für die engsten Freunde reserviert hatten.

Das Lokal war bei denjenigen beliebt, die sich nicht so gerne gemein machten mit den hohen Herren und mit ihren Männern fürs Grobe. Das Essen war einfach, aber ordentlich, und Friedrichs war ein Mann, der sich nicht scheute, auch mal Kritik zu üben – auch wenn er in letzter Zeit zurückhaltender geworden zu sein schien. Tine jedenfalls schätzte ihn, auch wenn sie nie viel mit ihm zu tun gehabt hatte.

»Werdet ihr denn Flitterwochen haben?«, fragte Irene Hansen neugierig.

Der Pastor lachte. »Flitterwochen! Da überschätzen Sie aber die Möglichkeiten des Inselgeistlichen ein wenig, meine Liebe.«

»Wir könnten ja mal nach Hamburg fahren«, schlug Annemarie vor.

»Das könnten wir natürlich, meine Gute. Und wenn du das möchtest, dann tun wir es auch.«

»Ich würde wirklich gerne mal wieder hinüberfahren«, sagte Annemarie. »Ich war schon so lange nicht mehr da.«

»Dann ist das hiermit eine beschlossene Sache«, stellte der Pastor fest und beugte sich zu Irene Hansen: »Die Flitterwochen finden in Hamburg statt. Ich nehme an, sie werden nur ein, zwei Tage dauern.« Er wandte sich an seine Frau: »Wird das denn ausreichen?«

»Aber ja, mein Guter«, lachte Annemarie. »Ich will ja nur mal ein wenig auf der Mönckebergstraße spazieren und vielleicht im Alsterpalais einen Kaffee trinken und Kuchen essen.«

»Das sollten wir hinbekommen«, sagte Pastor Karl fröhlich. »Hach, meine Lieben, ihr könnt euch gar nicht vorstellen, wie oft ich dem Herrgott gedankt habe, dass er mir diesen Engel geschickt hat – und dir, liebe Tine.« Er hatte Tine am Vorabend gefragt, ob sie nicht zum vertrauten Du wechseln wollten, und Tine hatte gerne angenommen, wieder einmal staunend, wie sich aus der lange Zeit so distanzierten Beziehung zwischen ihr und dem Geistlichen mit den Jahren auf einmal ein herzliches Miteinander ergeben hatte.

Ehe Tine etwas antworten konnte, fiel Annemarie ein: »Diesen Engel hat er nicht nur dir geschickt, lieber Josef! Ich habe Arbeit bei ihr gefunden und Schutz. Und auch die Stelle bei dir in der Pastorei habe ich ihr zu verdanken. Und ich glaube, dass es am Tisch niemanden gibt, der ihr nicht vielfach zu Dank verpflichtet wäre. Wahrscheinlich gibt es auf der ganzen Insel keinen Menschen!«

»Nun ist aber gut!«, lachte Tine. »So ein Unsinn! Es ist ja wirklich lieb, dass du mich so lobst, Anni, aber du übertreibst schrecklich, und das ist mir furchtbar peinlich.« Sie legte ihre Hand auf Annemaries. »Die Wahrheit ist, dass es normal sein sollte, einander zu helfen. Das haben die Halunder schon immer so gehalten. Und wenn es einer nicht tut, dann ist er eher die Ausnahme als die Regel.«

»Sieh an, sieh an«, warf Irene Hansen ein. »Dann hatten wir das bisher einfach alle nicht verstanden.« Sie warf einen Blick in die Runde. »Trotzdem jemand, der mit mir auf das Wohl von Tine trinken will, weil sie die gute Fee von Helgoland geworden ist?«

Und natürlich hoben alle ihre Gläser und prosteten einander zu und stießen auch auf Tine an, die verlegen ihr Taschentuch hervorzog, bevor sie für einige Minuten den Raum verließ.

»Das muss dir nicht peinlich sein, Tine«, sagte Irene Hansen, die ihr zu den Toilettenräumen gefolgt war. »Eigentlich eine Schande, dass wir dir das nicht viel früher und viel öfter schon gesagt haben. Du bist doch für uns alle der Fels in der Brandung. Immer ein gutes Wort, immer eine gute Idee für jeden. Und nie selbstsüchtig. Ich wünschte, das könnte man auch über mich sagen. Oder über irgendjemand anderen auf der Insel.«

»So selbstlos bin ich gar nicht«, entgegnete Tine. »Und auch nicht frei von Neid und Missgunst. Leider.«

»Wirklich? Ein Beispiel!«, forderte Irene Hansen sie auf, um nach wenigen Augenblicken: »Bitteschön, du bist nun einmal herzensgut«, zu rufen.

»Anni«, sagte Tine.

»Bitte?«

»Ich beneide Anni. Um ihre Liebe. Darum, dass sie jemanden gefunden hat.«

»Annemarie? Aber du hast ihr doch selbst dazu verholfen.«

»Ja. Es ist ja nicht so, dass ich ihr nicht alles Glück auf Erden wünschen würde«, sagte Tine leise. »Aber ein bisschen Glück für mich würde ich mir auch wünschen. Ich bin neidisch. Nicht auf den Pastor«, beeilte sich Tine hinzuzufügen. »Der wäre nicht nach meinem Geschmack…«

»Nach meinem auch nicht!«, rief Irene Hansen lachend und schüttelte den Kopf.

»Aber darauf, dass sie nicht mehr allein ist. Dass sie jemanden hat, mit dem sie ihre Tage verbringt.« Und leiser: »Und ihre Nächte.«

Irene Hansen nickte. »Ja, das kann ich verstehen«, sagte sie. »Ich habe ja auch einen Mann. Er ist vielleicht nicht mehr der, der er mal war. Aber er ist eben da. Wir können sprechen, wir können zanken, wir können schmusen… Es muss schwer für dich sein, so allein, Tag für Tag.«

»Das ist es«, entgegnete Tine leise. »Obwohl ich doch Jette

und ihre Familie habe. Aber bei mir zu Hause, da fehlt mir jemand. Und es wird auch nicht leichter, nur weil man sich daran gewöhnt. Es ist wie ein Schmerz, der nicht weggeht. Man gewöhnt sich an ihn, aber er tut trotzdem fortwährend weh.«

»Ja«, sagte Irene Hansen. »So muss es sich anfühlen.« Sie zögerte kurz. »Aber was ist mit diesem gutaussehenden Offizier? Deinem Jugendfreund.«

»Peer? Nein, das … Ich habe es vielleicht für kurz selbst gedacht. Für ein paar Tage. Aber dann … Also, ich könnte nicht mit einem Mann zusammenleben, der nach der Pfeife der Nazis tanzt. Oder schlimmer noch: Der für sie arbeitet und … also: Nein, das kann nicht klappen.«

»Schade um ihn. Wenn ich frei wäre, der würde mich reizen«, sagte Irene Hansen und zwinkerte Tine zu, weil sie sah, wie traurig die Freundin geworden war.

»Ich würde ihn dir lassen.«

»Tja, aber Herr Hansen nicht«, lachte Irene Hansen und zupfte vor dem Spiegel ihre Bluse ein wenig zurecht. »Aber jetzt gehen wir wieder raus und feiern weiter, ja? Annemarie hat es verdient. Und der Pastor auch.«

»Recht hast du«, beschied Tine, nickte tapfer und ging vor.

✳ ✳ ✳

Schon am Nachmittag des Neujahrstags wurden die Arbeiten im Hafen wieder aufgenommen, die auf der Düne am Tag darauf. Wieder lag über den Inseln anhaltender Lärm und Schmutz, und Tine konnte nur ganz frühmorgens und am Abend die Fenster ihrer kleinen Kate aufreißen, um etwas frische Luft hereinzulassen.

In diesen Tagen gab es einige Geburten, sodass sie ständig

unterwegs war, oft von einer Hochschwangeren zur anderen laufend, einmal sogar zwei Geburten nahezu gleichzeitig begleitend. Eine der Frauen war Frau Westgard, die noch vor kurzem Angst um Leib und Leben gehabt hatte, als die Nazibande Jagd auf die Juden der Insel gemacht hatten. Westgards hatten bisher nur ein Kind gehabt, Erich, einen vielversprechenden, blitzgescheiten jungen Mann. Als sie längst nicht mehr mit einem weiteren Kind gerechnet hatte, war Anne Westgard noch einmal schwanger geworden, und zu ihrer eigenen Überraschung war die Schwangerschaft sehr unproblematisch verlaufen.

Auch diese Geburt verlief ohne Schwierigkeiten. Es war nicht leicht, und die werdende Mutter litt heftige Schmerzen, aber sie mussten keinen Arzt rufen, und das Mädchen, das sie zur Welt brachte, war gesund und kräftig. Trotzdem brach Anne Westgard nach der Geburt in Tränen aus und ließ sich kaum beruhigen.

»Aber es ist doch alles gut gegangen!«, erklärte Tine. »Du hast ein gesundes Mädchen zur Welt gebracht. Das ist doch ein Grund zu feiern!«

Statt sich von diesen Worten trösten zu lassen, schluchzte die Frau nur noch heftiger.

»Dir selbst ist auch nichts geschehen! Denk doch nur mal an die Frauen, die bei der Geburt Verletzungen erleiden und dann Wochen und Monate Schmerzen haben. Ganz abgesehen davon, dass immer wieder Frauen sterben!« Tine kannte natürlich Kindbettmelancholie. Sie konnte jede Frau treffen, und es waren auch viele Frauen, die nach der Geburt eines Kindes das Gefühl hatten, in ein tiefes Loch zu fallen. Meist ging diese Niedergeschlagenheit schnell vorüber, mitunter dauerte sie auch eine Weile. Aber selten hatte Tine eine Frau so spontan so über die Maßen unglücklich erlebt. »Kann ich denn irgendetwas tun?«, fragte sie ratlos.

»Nein ...«, schluchzte die untröstliche Frau. »Nein, mir kann niemand helfen. Ich ... ich wünschte, ich wäre tot.«

»Aber sag doch nicht sowas!«, beschwor Tine sie. »Dein Kind braucht dich! Du kannst doch nicht solche Sachen denken!«

»Mein Kind wäre auch besser dran, wenn es mich nicht gäbe«, klagte Anne Westgard unter Tränen.

»Wie bitte?«

»Die Kleine hat es als Halbjüdin schon schwer genug. Aber vielleicht fällt es nicht so auf, wenn sie wenigstens die jüdische Mutter nicht mehr hat.«

»Glaubst du im Ernst, keine Mutter zu haben ist ein besseres Schicksal, als eine jüdische Mutter zu haben? Du bist doch genauso gut und genauso viel wert wie jeder andere Mensch auf der Welt«, erklärte Tine empört.

Die Frau, an deren Brust das Neugeborene zu trinken begonnen hatte, schnaubte. »Das siehst du so, weil du ein guter Mensch bist. Und das sehen vielleicht ein paar andere noch so. Warum auch immer. Aber die Wahrheit ist, dass nur eine tote Jüdin eine gute Jüdin ist.«

»So denken vielleicht die Nazis ...«, wollte Tine einwerfen. Doch Anne Westgard unterbrach sie: »Eben! Und die Nazis bestimmen, was wahr ist und was nicht.«

»Die Nazis werden nicht ewig regieren«, versuchte Tine, der unglücklichen Frau klarzumachen. »Es werden auch wieder andere Zeiten kommen.«

✳ ✳ ✳

Doch zunächst kam es noch schwerer für Frau Westgard. Als ihr Mann aufs Standesamt ging, um die Geburt zu melden und das Kind eintragen zu lassen, wurde er aufgefordert, den Reisepass der Mutter vorzulegen. Und als er das Dokument vorlegte, schlug der zuständige Beamte einen Stempel auf die Seite, auf der die persönlichen Informationen standen: »J« und einen weiteren auf die erste Seite. »Damit man gleich weiß, woran man bei Ihrer werten Gemahlin ist«, sagte der Beamte und reichte Westgard den Pass zurück.

Tags darauf fand sich Anne Westgard in Tines kleiner Kate ein. »Guten Tag, Tine.«

»Astrid, komm doch herein!«

Sie setzten sich in die Küche, Tine reichte Tee. »Was kann ich für dich tun? Fühlst du dich schon wieder kräftig genug, um ins Unterland herunterzukommen?«

»Es ist alles in Ordnung«, sagte Anne Westgard. »So weit.« Sie nippte an ihrer Tasse. »Aber alles andere stimmt nicht mehr.«

»Glaub mir, das wird schon wieder!«, versuchte Tine die unglückliche Frau zu trösten.

»Nicht, wenn wir hierbleiben. Wir sind hier nicht mehr gewollt. Ich bin hier nicht mehr gewollt. Und Erich. Der ist ja schließlich auch Halbjude und als solcher ein Schmarotzer und geborener Verräter.«

»Anne!«, rief Tine. »Wie kannst du so sprechen!«

»Das ist es doch, was die Herren im Braunen Haus denken. Und sie haben nun einmal das Sagen. Gibt es noch irgendjemanden, der sie zur Räson bringen könnte? Ich wüsste nicht, wer das sein soll, Tine. Die Kommunisten sind tot oder im Gefängnis, oder sie trauen sich nicht mehr auf die Straße aus Angst, dass sie sonst am nächsten Tag tot sind oder im Gefängnis. Die Bürgerlichen haben den Nazis geholfen und reiben sich jetzt die Augen, aber sie werden den Teufel tun, sich gegen sie aufzulehnen. Die Sozialdemokraten ... Du weißt selbst, wie es um die steht. Nichts und niemand kann diese Menschen noch aufhalten, nur sie selbst. Und bis sie das tun, denn das werden sie tun, sind wir alle vernichtet.«

»Wir ...«

»Wir Juden, Tine. Du nicht, hoffentlich. Obwohl auch du gefährlich lebst, so offen wie du manchmal sprichst.« Sie senkte die Stimme. »Und wenn man bedenkt, was du manchmal tust.«

»Aber was tu ich denn, Anne?«

»Zum Beispiel bist du bereit, mich in dein Haus zu bitten. Eine Jüdin.«

»Das wäre ja noch schöner, wenn ich mir das verbieten lassen würde!«, lachte Tine und goss demonstrativ Tee nach. »Wer hier hereinkommt, das bestimme immer noch ich.«

»Weil du eine mutige Frau bist, Tine.«

»Und du? Du bist doch auch eine mutige Frau.«

»Nicht mutig genug, um das zu erwarten, was auf uns zukommen wird. Auf uns Juden«, sagte Astrid Westgard. »Deshalb habe ich beschlossen zu handeln. Auch, weil mein Mann bereit ist mitzugehen.«

»Mitzugehen? Wohin?«

»Ins Ausland, Tine. Noch geht es. Irgendwann geht es vielleicht nicht mehr. Spätestens wenn wir nichts mehr haben, weil sie uns alles abgenommen haben, kommen wir nicht mehr weg. Aber jetzt können wir uns – mich – noch freikaufen.«

Tine hatte schon davon munkeln hören, dass die Behörden für ein Ausreisevisum hohe Beträge von den Juden forderten. Im Grunde lief es darauf hinaus, dass jüdische Bürger, die sich zur Emigration entschlossen hatten, praktisch ihr gesamtes Vermögen verloren. Mit wenigen Habseligkeiten und lächerlichen Geldbeträgen mussten sie ausreisen, was sie zurückkließen, fiel an den Staat und damit ihren Verfolgern in die Hände.

»So habt ihr genügend Geld gespart?«, frage Tine skeptisch. Denn sie wusste, dass Westgards gewiss nicht reich waren.

»Geld haben wir kaum«, erklärte die verzweifelte Frau. »Aber wir haben ja das Haus, das uns gehört. Und das können wir verkaufen, wollen wir verkaufen, das heißt, wir *müssen* es verkaufen.«

»Verstehe«, sagte Tine und atmete durch. »Das ist ein großer Schritt.«

»Aber es ist ein Schritt in die Zukunft. Wenn wir hierbleiben, werden wir keine mehr haben.«

»Natürlich. Das leuchtet mir ein. Ich sehe ja, was überall passiert. Überall werden die Juden verteufelt, verfolgt, geschlagen...«

»Getötet, Tine. Sie werden auch getötet. Viele. Das ist unter den Juden kein Geheimnis mehr. Und wer es sonst wissen will, der kann es erfahren.«

Eine Weile saßen sie schweigsam beisammen und starrten in ihre Teetassen, über denen sich der Dampf kräuselte. Dann fragte Tine: »Kann ich denn irgendetwas für euch tun?«

»Na ja, ich dachte...« Astrid Westgard zögerte. »Deine Enkeltochter, Julia...«

»Was ist mit Julia?«

»Sie erwartet doch ihr zweites Kind.«

»Aber ja, es ist nicht mehr sehr lange hin. Fünf oder sechs Wochen.«

»Und dann wird es sicher sehr eng für sie und ihre kleine Familie bei ihren Schwiegereltern. Ich dachte, sie könnten vielleicht ein Haus gut brauchen.«

»Oh!« Erschrocken blickte Tine ihr ins Gesicht. »Aber... aber ich fürchte, dafür haben sie nicht das Geld, Anne.«

Astrid Westgard nickte. »Verstehe«, sagte sie resigniert. »Ich dachte nur, weil Julias Mann doch sicher gut verdient beim Zoll. Und die Schwiegereltern haben Geld. Sie hätten die beiden unterstützen können. Es ist ein schönes Haus! Du kennst es ja. Es liegt gut, ist noch nicht so alt und ... und solide gebaut ...« Bei diesen Worten fielen ein paar Tränen aus ihren Augen. »Ich ... habe es wirklich sehr gemocht. Der Garten ist größer als bei den meisten Häusern der Insel. Und es liegt ja auch gut geschützt durch die ... durch die Kirche und ...« Sie konnte nicht mehr weitersprechen. Tine stand auf und umarmte die Frau, deren beide Kinder sie zur Welt zu bringen geholfen hatte. So viele Schmerzensstunden hatten sie gemeinsam durchgestanden. Und nun saß diese stolze, kluge und schöne Frau vor ihr wie ein Häuflein Elend und pries ihr Haus an, als könnte es einen Zweifel daran geben, dass es ein gutes und wertvolles Anwesen war. »Das weiß ich doch alles, Anne«, sagte Tine. »Ich kenne euer Haus. Es ist schön und groß und viel besser als viele andere Häuser auf Helgoland. Ich würde es sofort kaufen. Jeder vernünftige Mensch würde es sofort kaufen. Du musst keine Sorge haben, ihr werdet es bestimmt los.«

Die Frau schüttelte den Kopf. »Loswerden ... das ist nicht das Problem, Tine. Aber sie ... sie werden uns erpressen. Sie werden uns einen lächerlichen Preis zahlen. Viel zu wenig. Vielleicht gerade genug, dass wir ausreisen können. Aber nie im Leben zahlen sie uns einen ehrlichen Preis. Nicht uns. Nicht mir. Einer Jüdin.«

»Natürlich«, sagte Tine. »Du hast recht. Ich habe nicht darüber nachgedacht. Aber so wird es kommen.« Sie zögerte, dann erklärte sie: »Ich würde mein eigenes Haus dafür hergeben, weißt du? Das Grundstück hier ist viel wert! Vielleicht nicht mehr so viel wie vor ein paar Jahren noch. Aber Henning Pfeifer hätte es mir zu gerne abgekauft. Dann hätte ich das Geld und würde es Julia geben.« Sie sah den hoffnungsvollen Blick der Frau. »Aber leider gehört mir dieses Haus nicht mehr.«

»Nicht?«

»Es waren Schulden darauf, frag mich nicht, warum. Und dann ging die Bank pleite während der großen Wirtschaftskrise. Und die Gläubiger der Bank haben alles verkauft, woran die Bank Besitz hatte. Ich hätte es gerne zurückgekauft. Jette ist damals nach Hamburg gefahren, um es zu ersteigern. Leider vergeblich.«

»Das wusste ich nicht«, sagte Astrid Westgard bestürzt. »Und wem gehört es jetzt?«

»Ich weiß es nicht«, sagte Tine. »Ich weiß nur, dass es ein großmütiger Mensch ist, der bereit war, mich hier weiter wohnen und arbeiten zu lassen. Aber natürlich ist es jederzeit möglich, dass ich dieses kleine alte Häuschen verlassen muss, das mir Frau Liebrecht vererbt hat.«

»Dann hoffe ich, dass du bleiben kannst, Tine«, sagte Astrid Westgard. »Wenn es schon keinen Blumenladen mehr gibt, dann soll doch wenigstens die Hebamme der Insel noch ein eigenes Zuhause haben.«

»Wenn ich eine Idee habe, wie euch geholfen werden könnte, sage ich es dir, Astrid«, erklärte Tine. »Ich hoffe, alles wird gut. Und ich bin ziemlich sicher, dass euch manche noch beneiden werden, dass ihr nicht mehr hier seid. Leider.«

∗ ∗ ∗

Westgards verkauften weit unter Preis an einen Parteigenossen, der ihnen die zweite Rate so lange schuldig blieb, dass sie nicht mehr warten konnten, weil sie sonst nicht mehr hätten ausreisen dürfen.

Julia bekam ihr zweites Kind, ein Mädchen, das Helga genannt wurde. Allerdings verlief die Geburt schwierig, und das Kind war vom ersten Moment an schwächlich. Anfangs fürchtete Tine, es könnte womöglich gar nicht durchkommen, doch dann wurde es besser. Das größte Problem war, dass Helga kaum trinken mochte, obwohl sie häufig schrie. Am meisten beunruhigte Tine, dass die Augen der Kleinen nie auf einen bestimmten Punkt gerichtet schienen. Ohne Julia zu sagen, warum, bat sie Doktor Fest einmal vorbeizukommen, als die beiden – Mutter und Kind – bei ihr zu Besuch waren. Der alte Herr praktizierte zwar schon länger nicht mehr, aber seinen Beruf verstand er dennoch wie wenige andere. Als Julia mit ihrer Tochter gegangen war, seufzte er und sagte: »Ich fürchte, Sie haben recht, Frau Heesters. Es scheint mir eindeutig.«

»O Gott, o Gott«, klagte Tine, die für den Augenblick überfordert war. »Aber kann man etwas tun? Denken Sie, das ist heilbar?«

Der alte Arzt hob die Hände. »Ich weiß es nicht. Aber wenn Sie mich fragen, was ich denke, dann muss ich leider ehrlich sagen: Nein, ich denke nicht, dass die Medizin in einem solchen Fall schon einen Weg gefunden hat, das Leiden zu beseitigen.«

»Dieses arme kleine Wesen«, flüsterte sie schockiert. »Und das in einer solchen Welt.«

»Ja«, gab Doktor Fest zu. »Das ist aus meiner Sicht fast das größere Problem. Wenn Sie nicht eine sehr gute Art finden, damit umzugehen, oder wenn der Vater nicht sehr gute Kontakte hat, die bereit sind, in seinem Fall eine Ausnahme zu machen, muss Julia damit rechnen, dass man sie ihr wegnimmt.«

»Wegnimmt? So habe ich das aber gar nicht gemeint!«, sagte Tine erschrocken.

»Es gibt in der Partei genügend Menschen an entscheidenden Stellen, die eine sehr klare Meinung davon haben, welches Leben lebenswert ist und welches lebensunwert.«

Tine hielt die Luft an. Lebensunwert? Das konnte nicht, das durfte nicht sein. »Nein, Doktor Fest, das glaube ich nicht. Ich kann mir nicht vorstellen, dass ein Mensch lebensunwert sein soll, nur weil er …«

»Weil er blind ist? Für sich und für mich haben Sie völlig recht, Frau Heesters. Aber für *die* …«

✳ ✳ ✳

Viertes Kapitel

Ende April waren Alfred und Emil ausgezogen. Alfred hatte über einen alten Bekannten, der früher einige Zeit im Imperial gearbeitet hatte, eine Möglichkeit gefunden, in einem der großen Hotels in Hamburg zu arbeiten, Emil konnte in der Hansestadt zumindest vorübergehend bei seiner Schwester unterkommen. Der Abschied war ergreifend. Die beiden Männer weinten mehr als die Frau, die ihnen Obdach gewährt hatte. Emil war sehr früh aus dem Haus und hatte auf dem Oberland im Morgengrauen Blumen gesammelt, die er Tine an den Frühstückstisch brachte, als er mit seinem Freund von oben kam. »Moin, Tine«, sagte er. »Zum letzten Mal.«

»Na, nu werd mal nicht sentimental«, mahnte Tine. »Wird sich schon mal wieder eine Gelegenheit ergeben.«

Alfred, der hinter Emil herabgekommen war, lächelte wehmütig. »Ja«, sagte er. »Das wollen wir hoffen.« Und leise fügte er hinzu: »Aber glauben tu ich's nicht.«

»Jetzt setzt euch erst einmal und trinkt Tee und greift zu. Ich hab nochmal den Sanddornkuchen gemacht nach Frau Thevessens altem Rezept.«

»Der wird mir auch fehlen«, klagte Alfred. Emil stieß ihn in die Seite und schüttelte den Kopf. »Hast recht«, sagte Alfred. »Es soll ein fröhlicher Abschied sein.«

Aber es wurde kein fröhlicher Abschied. Die beiden hatten einen Platz auf dem Postschiff gebucht und mussten getrennt aus dem Haus und zum Anleger gehen, denn wenn man sie zusammen gesehen hätte, dann hätte das gefährlich für sie werden können. Tine hatte jedem noch ein Päckchen mit ein paar belegten Broten gepackt – und mit einer kleinen gerahmten Ansicht von Helgoland, die sie bei Frisch & Cie. am Falm gekauft hatte. »Die ist, damit ihr manchmal an uns denkt.«

Alfred unterdrückte ein Schluchzen. »Hättste mal lieber was reingetan, damit wir auch mal nicht zurückdenken, Tinchen.« Und er umarmte sie so stürmisch, dass Tine beinahe rücklings zu Boden gefallen wäre. »Es war so gut mit dir, Tine. Alles war gut«, stammelte er. »Immer wieder. Hab keinen Menschen kennengelernt in meinem Leben, der so anständig gewesen wäre.«

»Hast wohl nicht allzu viele kennengelernt«, erwiderte Tine und lachte. »Aber ich freu mich über deine Worte. Denn von dir sind sie mir besonders viel wert, Alfred. Du warst mein bester Freund. Seit ich auf die Insel gekommen bin, konnte ich auf dich zählen. Und es gibt nichts, womit ich dir das je danken könnte.« Nun war sie es, die ihn umarmte, aber sanft und innig, wie eine Schwester ihren geliebten Bruder umarmt. Und Emil, der dabeistand, wischte sich die Augen und umarmte dann einfach alle beide. So standen sie eine Weile im leeren Blumenladen, ehe Tine die Tür öffnete und zuerst Emil rausschickte, der sogleich um die Ecke bog und Richtung Anleger marschierte.

Alfred sah ihm nach, schüttelte ungläubig den Kopf und fragte: »Hättest du das für möglich gehalten, Tine, dass unsereins mal wie ein Verbrecher von der Insel flüchten muss?«

»Ich hätte nichts von alledem für möglich gehalten, was hier passiert, Alfred«, erwiderte Tine. »Es ist eine verkehrte Welt geworden. Eine, in die ich nicht passe.«

»Wir auch nicht, Emil und ich. Was war das einst schön hier! Weißt du noch, wie wir Weihnachten gefeiert haben? Deine Schwester hat gesungen, dass die ganze Kirche weinen musste.«

»Ja«, lachte Tine. »Und wie wir über die Klippen gegangen sind.«

»Wie wir die Zeppeline bestaunt haben!«

»Wie wir den Kapellen im Kurpavillon gelauscht haben.«

»Und wie du mal Hotelbesitzerin warst.«

»Ja«, sagte Tine. »Das ist lange her.«

»Sehr lange. Und jetzt muss ich gehen und lasse mein ganzes Leben hier. Wer weiß, ob ich nochmal eines finde.«

»Das wirst du, Alfred. Bestimmt. Passt nur auf euch auf, ihr beiden. Seid vorsichtig. Liebe schreit manchmal danach, dass man sie zeigt. Aber manchmal muss sie auch ein Geheimnis bleiben.« Sie streichelte seine Wange und lächelte ihm aufmunternd zu. »Behaltet sie für euch, dann kann niemand sie zerstören.«

»Wahrscheinlich hast du recht, Tine«, seufzte Alfred. »Und ich will auch Emil nicht in Gefahr bringen.«

»So, wie er dich nicht in Gefahr bringen will.«

»Gott soll immer mit dir sein, Tine Tiedtkens«, sagte der alte Freund, noch einmal ihren Mädchennamen benutzend, unter dem er sie einst kennengelernt hatte.

»Und mit dir, Alfred Prünn. Warst ein besonderer Schatz dieser Insel.«

Dann schob sie ihn zur Tür hinaus und machte schnell wieder zu. Sie wollte nicht mehr nach ihm sehen – sie hätte ohnehin nichts erkannt. Denn längst rannen schwere Tränen über ihr Gesicht und verschleierten ihren Blick. Natürlich würde es kein Wiedersehen geben. Nicht in diesem Leben, nicht in dieser Welt.

✳ ✳ ✳

Wer gedacht hatte, die Arbeiten auf der Insel würden mit der Zeit weniger werden, sah sich zunehmend getäuscht. Es schien immer noch mehr gebaut zu werden. Der Ausbau des Felsens zur Seefestung hatte nun auch offiziell einen Namen: »Projekt Hummerschere«, benannt nach einem Plan, der vorsah, dass die Insel auf ein Mehrfaches ihrer ursprünglichen Größe ausgedehnt werden sollte, wobei der Kriegshafen allein so viel Raum einnehmen würde wie die ganze restliche Hauptinsel. Die Düne würde sich von ihrer Ausdehnung her verzehnfachen.

»Verzehnfachen? Das ist doch verrückt«, sagte Grit Keller, die seit einiger Zeit auch jeden Pfennig umdrehen musste, weil die Soldaten ihren Wein lieber gleich in der Wirtschaft tranken und die Herren Offiziere sich vom Festland beliefern ließen. Seit die Weinhandlung der Kellers nicht mehr lief, war man nicht mehr so gut zu sprechen auf die Machthaber. Einige Zeit hatten Kellers ihre Umsatzeinbußen noch dadurch halbwegs ausgleichen können, dass sie für die Kraft-durch-Freude-Ausflügler zollfreie Schnäpse im Angebot hatten. Aber inzwischen war auch die Reisefreude der Arbeitsfrontler eingebrochen – zumindest soweit es sich um Helgoland handelte. Denn wer wollte schon Urlaub auf der Baustelle machen.

»Das sollten Sie nicht so laut sagen, Frau Keller«, mahnte Birgitta Grüner, die hinter ihr in Stövers Kramerladen anstand. »Also hier, unter uns müssen Sie sich sicher keine Sorgen machen. Aber man weiß ja nie, wer da draußen meint, er müsste Sie melden...«

»Mich melden? Warum? Weil ich finde, dass unsere Insel nicht so vergrößert und zugebaut werden sollte?«

»Es ist nun einmal so. Das sind die Pläne der hohen Herren. Und wer die kritisiert...« Den Rest ließ Frau Grüner im Ungefähren.

»Und Sie haben ja eine großartige Auszeichnung zu erwarten, Frau Grüner!«, wechselte die Kramerin das Thema.

»Tatsächlich?«, fragte Grit Keller. »Wofür werden Sie denn ausgezeichnet?«

Birgitta Grüner lachte. »Dafür, dass wir zu dumm sind, ein bisschen besser aufzupassen.«

Irritiert blickte Grit Keller zu Frau Stöver hinter die Theke. »Sie bekommt das Mutterkreuz«, sagte die. »In Gold.«

»Oh. Das kenne ich gar nicht«, warf Jette ein, die hinter Birgitta Grüner in den Laden getreten war. »Und wofür wird so ein Mutterkreuz verliehen?«

»Na, wofür wohl?«, entgegnete sie mit einem lauten Lachen. »Fürs Kinderkriegen. Ich hab dem Führer einen ganzen Trupp Soldaten geschenkt. Na ja«, wandte sie selbst ein. »Sind leider nicht alles Jungs geworden. Sonst hätten sie sich wohl noch eine Extraauszeichnung überlegen müssen.«

»Ach, und dafür gibt es jetzt einen Orden?«

»Gibt es, meine Liebe! Bei meiner Kinderschar wird's das Mutterkreuz in Gold. Ich kann es kaum erwarten. Vor allem bei den Vorzügen, die ich dann genieße.«

Grit Keller verstaute ihre Einkäufe und bezahlte. »Aha. Und welche Vorzüge sind das, wenn ich fragen darf?«

Birgitta Grüner trat an die Theke und bat um einen Scheffel weiße Bohnen und ein Pfund Kartoffelmehl. »Ich darf dann in den öffentlichen Verkehrsmitteln sitzen, selbst wenn kein Platz frei ist.«

»Öffentliche Verkehrsmittel?« Was es auf Helgoland nicht gab, waren öffentliche Verkehrsmittel.

»Ja. Falls ich mal in Hamburg bin, vielleicht? Bei den Behörden werde ich außerdem bevorzugt abgefertigt.«

Katja Stöver hinter ihrer Ladentheke lachte laut auf. »Das fehlte noch, dass sie einen auf dem Amt abfertigen.«

»Und Jugendliche müssen mich in Zukunft mit *Heil Hitler*

grüßen«, sagte Birgitta Grüner und warf einen Blick in die Runde.

»Das meinst du nicht im Ernst, Birgitta, oder?«, wollte Jette wissen.

»Hab ich mir nicht selber ausgedacht.«

»Mein Gott, was für läppische *Vorzüge*.«

»Na ja, alles, was nichts kostet«, stellte die vielfache Mutter fest. »Ein Paar warme Strümpfe für jedes Kind hätten mehr gebracht. Aber die gibt's nun mal auch für den Staat nicht gratis.«

»Dann musst du demnächst immer fleißig mit dem Mutterkreuz herumlaufen, damit die Jugendlichen wissen, wie sie grüßen müssen.«

»Hör mir auf!«, erwiderte Birgitta Grüner. »*Ein* Mutterkreuz reicht mir.« Sie griff sich vielsagend an den Rücken. »Das quält mich schon genug.« Die Türglocke ging, und sie hielt erschrocken inne. Doch es war nur ihre Jüngste, die ungeduldig draußen gewartet hatte. »Na, das bleibt dann mal alles schön unter uns, was wir hier besprochen haben, ja?«

»Natürlich, Birgitta«, sagte Jette. »Wenn wir Frauen nicht zusammenhalten, dann ist uns ja wirklich nicht zu helfen.«

Wenig später war sie selbst wieder draußen und ging mit ihren Einkäufen hinüber zu Tine. Die hatte sich etwas erkältet und kam kaum aus dem Bett. Allerdings war es in dem kleinen, dunklen Häuschen alles andere als erholsam: Immer noch wurde im Fels hinter der sogenannten Spirale an weiteren Luftschutzbunkern gearbeitet. Die Spirale war ein Bauwerk, das so konstruiert war, dass es vom Unter- und vom Oberland aus betreten werden konnte und die Menschen, die dort Zuflucht suchten, ins Innere des Felsens leitete, wo kilometerlange Gänge angelegt worden waren, die im Falle eines Luftangriffs

Sicherheit bieten sollten. Meterdicke Mauern würden – vielleicht – verhindern, dass die Schutzsuchenden am Ende in den Bunkern eingeschlossen wären. Noch hatte kein Zivilist das Bauwerk von innen gesehen, es hieß aber, dass es bald Probealarm geben würde. Dann hatte jede und jeder alles liegen und stehen zu lassen und sich in die Bunkeranlagen zu flüchten. Nun, man würde sehen. Jedenfalls war es ein eindrucksvolles und auch beängstigendes Bauwerk, das da in unmittelbarer Nähe zu Tines Kate stand und sich bis an die obere Kante der Klippe erhob.

»Wie geht es dir heute, Mama?« Jette nahm die Bettdecke weg und schüttelte sie auf.

»Gib die Decke wieder her, mir ist kalt« erwiderte Tine und schlang die Arme um die Schultern.

»Du solltest ab und zu aufstehen. So krank siehst du gar nicht mehr aus!«, sagte Jette.

»Freut mich, dass du weißt, wie ich mich fühle.«

»Hm. Ist dir heute irgendeine Laus über die Leber gelaufen?«

Tine senkte den Blick. »Entschuldige. Ich schätze, es ist wohl eher ein Elefant.«

»Und zwar?«

»Ach. Eigentlich nichts Neues. Es ist nur: Ich weiß nicht, was mit mir werden soll.«

Jette seufzte und ging hinüber in die Küche, um Teewasser aufzusetzen. »Aus dir muss nichts mehr werden, Mama!«, rief sie herüber. »Du bist doch schon wer.« Sie streckte den Kopf wieder zur Tür herein. »Die ganze Insel liegt dir doch zu Füßen.«

»Meinst du die Zigtausend Soldaten?«, fragte Tine düster. »Oder die Abertausend Arbeiter im Hafen, die kein Mensch kennt?« Sie zog sich ihren Morgenmantel über und schlüpfte in die Pantoffeln. Dann schlurfte sie zu ihrer Tochter in die Küche und setzte sich erschöpft hin. »Wenn man jung ist, fragt man sich, was *aus* einem wird. Wenn man alt wird, fragt man sich, was *mit* einem wird.«

Jette setzte sich neben sie und nahm ihre Hand. »Was soll schon werden, Mama? Du wohnst hier, solang du willst. Und wenn du mal nicht mehr willst, dann kommst du zu uns. Wir haben sowieso immer mehr Platz. Julia ist schon lange weg, Sven möchte natürlich auch endlich ausziehen. Aber mit den ganzen Soldaten...«

Tine nickte. »Ich weiß. Ist nicht leicht, was zu finden.«

»Nein«, sagte Jette und seufzte. »Ist es nicht. Aber er muss ja auch noch nicht, solange er keine Familie hat.«

»Astrid Westgard hat mich gefragt, ob ich mein Haus verkaufen würde.«

»Aber Westgards sind doch weggezogen«, erwiderte Jette erstaunt.

»Eben. Sie hätte ihr Haus gerne an mich verkauft. Für Julia.«

»Ich verstehe nicht...«

»Weil sie gehofft hat, ich würde ihr einen ehrlichen Preis bezahlen. Nicht wie die Erpresser von den Nazis. Du weißt, wer's gekauft hat?«

»Brand.«

»Eben. Er hat es ihnen abgepresst. Und die Hälfte von dem kümmerlichen Preis, den er ihnen zugestanden hat, hat er am Ende gar nicht bezahlt.«

»Er ist ein Schwein.«

Tine nickte. »Ja, das ist er. Ein bösartiges Schwein.«

»Aber du hättest dein Haus ja gar nicht verkaufen können«, sagte Jette. »Weil es dir gar nicht gehört.«

Tine nickte zum Wasserkessel hin, der heftig auf dem Herd

dampfte. »Eben«, sagte sie. »Und das geht mir immerzu durch den Kopf. Ich ... ich möchte wissen, wem das Haus gehört, wer es ersteigert hat. Aber ich möchte es auch nicht wissen.«

»Das versteh ich nicht, Mama«, sagte Jette, während sie den Tee aufgoss.

»Stell dir vor, es ist jemand wie Brand. Stell dir vor, es *ist* Brand!«

»Es ist garantiert nicht Brand«, erklärte Jette überzeugt. »Er würde dich nie hier wohnen lassen. Schon gar nicht ohne Miete.«

»Ja«, sagte Tine. »Das habe ich auch immer gedacht. Aber es ist ungut, nichts sicher zu wissen. Was, wenn er ein anderes Ziel verfolgt?«

»Denk doch nur, Mama!«, widersprach Jette und setzte sich wieder zu ihr. »Sie haben dir die Scheiben eingeschmissen! Der Eigentümer würde doch nicht sein eigenes Haus beschädigen.«

»Wahrscheinlich nicht«, murmelte Tine. Aber je länger der Spuk der Nazis dauerte und je finsterer er wurde, umso mehr hielt sie für möglich. Die Welt war aus den Fugen. Nichts war mehr wie früher. Was böse war, galt als gut, was gut war, galt als böse. Und sie hatte das Gefühl, zwischen allen zu stehen und verloren zu gehen, weil die Guten vertrieben wurden oder sich zurückzogen, während sie mit den Bösen nichts zu tun haben wollte. »Wo wird das enden, Jette?«, ihre Stimme klang verzagt, und ihr Herz war schwer. »Hedi ist tot, die Juden sind fast alle weg, *unsere* Juden, verstehst du? Hink ist nie wieder aufgetaucht, Alfred und Emil sind geflüchtet ... Wo soll das enden?«

»Ich weiß, Mama. Es ist schrecklich. Aber es wird auch wieder besser werden, glaub mir. Es sind doch auch nicht alle Nazis böse. Kurt zum Beispiel! Er ist vielleicht nicht mein Traumschwiegersohn, aber er kümmert sich.«

Tine wusste nur zu gut, dass sie selbst der Ehe von Julchen

mit dem jungen Mann ihren Segen gegeben hatte. Aber längst war sie voller Zweifel. »Was heißt das, er kümmert sich?«

»Um Freya! Stell dir vor, er fährt mit ihr nach Hamburg!«

»Mit Freya? Wozu? Sie ist zu klein. Und ... sie ist blind«, sagte Tine mit leiser Stimme. Wie oft dachte sie an die Kleine! Es war schon schwer genug, blind zu sein, wenn man in normalen Zeiten lebte. Aber jetzt? Zäh wie Leder sollte die deutsche Jugend sein, schnell wie Windhunde und hart wie Kruppstahl. So hatte es der »Führer« verkündet. Körperliche Gebrechen waren geradezu undeutsch!

»Na, um mit ihr zum Arzt zu gehen!«, erklärte Jette. »Um herauszufinden, ob es eine Möglichkeit gibt, sie zu behandeln. Sie zu heilen.«

»Aber du weißt doch, was Doktor Fest gesagt hat.«

»Doktor Fest ist alt«, sagte Jette milde. »Er ist bestimmt ein guter Arzt. Aber ob er alle Möglichkeiten der modernen Medizin kennt? Außerdem ist er kein Augenarzt.«

»Vielleicht hast du recht, Jette«, seufzte Tine und trank von ihrem Tee, spürte, wie sich Wärme in ihr ausbreitete und sie tröstete. »Vielleicht ist es eine gute Idee. Ja, man sollte nichts unversucht lassen.« Vielleicht war Kurt doch ganz einfach ein anständiger Kerl, der nur den falschen Leuten hinterherlief.

❋ ❋ ❋

Drei Tage vor dem neuerlichen Besuch Hitlers auf der Insel nahm Kurt mit seiner Tochter das Schiff nach Hamburg. Julia hatte die Kleine frisch gewickelt und ihrem Mann noch Ersatzwindeln und Ersatzkleidung eingepackt. »Soll ich nicht doch mitkommen?«, fragte sie zum wiederholten Mal.

»Nicht nötig, Julia«, erwiderte Kurt. »Es wird nicht lange dauern.«

»Aber was machst du nur, wenn sie … Sie könnte die Überfahrt nicht vertragen und sich erbrechen!«

»Und? Denkst du, von so einer Lappalie ist ein deutscher Mann überfordert?«

»Nein. Natürlich nicht. Aber ich könnte dir zur Hand gehen.«

»Du gehst mir am besten zur Hand, wenn du dich um Haus und Herd kümmerst und um unseren Hermann. Außerdem braucht dich meine Mutter dringender als ich, die arme alte Frau.«

Julia fügte sich in ihr Schicksal und nickte ergeben. »Da hast du sicher recht, mein Brummbär.«

Kurt Eckert räusperte sich vernehmlich und blickte sich peinlich berührt um, ob jemand auf der Landungsbrücke sie gehört hatte. »Ich meine, du hast sicher recht, Kurt«, verbesserte sich Julia.

»Nun, dann geh jetzt wieder hinauf zu unserem Haus und kümmere du dich um deine Aufgaben. Und ich übernehme Freya.« Er nahm seiner Frau das Kind aus dem Arm und hielt es so fest, als könnte die Kleine jeden Moment davonlaufen wollen.

Wenig später waren die beiden auf dem Schiff. Julia ging zwar wieder hinauf ins Oberland, aber sie brachte es nicht über sich, ins Haus zu gehen, solange der Dampfer nicht abgelegt hatte. Stattdessen stand sie am Falm und wartete, bis hinter dem Horizont nur noch die Rauchwolke des Schiffs zu sehen war. Und leise betete sie, dass beide wohlbehalten wiederkommen würden. Denn sie hatte eine böse Ahnung.

»Geht es dir nicht gut, Julchen?«, fragte Tine, die auf dem Weg zur Pastorei war und ihre Enkeltochter an der Mauer stehend entdeckt hatte.

»Doch, Omi. Es ist alles gut.«

»Sind sie auf dem Schiff gewesen?« Tine nickte dorthin, wo nur noch ein vager Schleier am Himmel zu sehen war.

»Ja. Die ›Saxonia‹. Nach Hamburg.«

»Es wäre zu schön, wenn es einen Arzt gäbe, der Freyachen helfen könnte.«

»Ja, das wäre es«, stimmte Julia zu. »Wir könnten mal wieder gute Nachrichten brauchen.«

»Da sagst du was!«, erwiderte Tine. »Toi toi toi, dass es etwas bringt.«

Julia nickte. »Und du? Wohin des Weges?«

»Zu Annemarie. Ich bring ihr was gegen ihre Beschwerden.«

»Wirklich? Was fehlt ihr denn?«

»Ach, eigentlich nichts. Sie kommt in die Wechseljahre. Da machen die Tage, was sie wollen. Und manchmal quält sie sich sehr damit. Aber ein paar Tassen vom richtigen Tee, dann geht es gleich wieder besser.«

Julia blickte ihre Großmutter bewundernd an. »Was du alles weißt.«

»Na ja!«, rief Tine lachend. »In früheren Zeiten hätten sie mich wahrscheinlich als Hexe verbrannt.«

»Dann sind wir mal froh, dass wir hier und jetzt leben«, erwiderte Julia, wurde aber unvermittelt wieder ernst, während ihr Blick hinauswanderte aufs Meer, Richtung Elbmündung, Richtung ihrer kleinen Tochter, die ihrem Schicksal entgegenfuhr, wie immer es aussehen mochte. »Hätte ich auch nicht gedacht, dass ich das mal sagen würde.«

✳ ✳ ✳

Zwei Nächte musste Julia bangen. Dann sah sie ihren Ehemann von Bord des Postschiffs gehen. Allein. Sie rannte ihm entgegen, stolperte fast in ihn hinein, als sie auf dem Steg vor ihm stehen blieb. »Kurt! Wo ist Freya?«

»Wir sprechen zu Hause darüber.«

»Worüber? Worüber sprechen wir zu Hause? Hast du sie dort gelassen? Ist sie in einer Klinik? Musste sie operiert werden?«

»Lass uns nach Hause gehen und dort sprechen«, sagte Kurt Eckert verärgert und schob seine Frau, die sich an ihn geklammert hatte, von sich. »Es muss ja nicht die ganze Insel zuhören.«

Mit pochendem Herzen ging Julia neben ihrem Mann über die Kaiserstraße und die große Treppe hinauf, über den Falm und zurück zu ihrem Haus, das nicht ihr Haus war, sondern das der Schwiegereltern. »Was ist mit Helga, nun sprich doch!«, rief sie, als sie endlich hinter verschlossener Türe waren.

»Es ist besser für sie so«, sagte Kurt Eckert.

»So? Was heißt so? Wie ist es besser für sie?«

»Dass sie in Hamburg bleibt.«

»Aber wie lange, Kurt? Sie ist doch ganz allein dort. Und stell dir nur vor, sie sieht doch nichts. Alles ist fremd für sie. Sogar die Stimmen!« Julia rang die Hände.

»Sie wird sich schon daran gewöhnen.« Kurt Eckert zog seine Stiefel aus und streckte die Beine von sich. Aber Julias Blick suchte er nicht, sondern mied ihn.

»Gewöhnen? Aber so lange kann das doch nicht dauern! Dann würde ich ... ich würde versuchen, bei ihr zu sein. Ich meine, ich kann sie doch besuchen? Ich kann rüberfahren. Morgen schon!« Julia rang mit den Tränen. Dass sie ihre Tochter plötzlich nicht mehr sehen würde, trieb ihr einen Stachel ins Herz.

»Du wirst sie nicht besuchen, Julia. Sie gehört jetzt nicht mehr in diese Familie.«

Einen Moment war Julia sprachlos. Sie griff hinter sich, hielt sich am Treppengeländer fest, keuchte.

»Recht so, Junge«, sagte Gerda Eckert, die aus der Stube in den Flur getreten war. »Das ist hier kein Lazarett. Und auch keine Pflegeanstalt für Krüppel.«

»Schwiegermama!«, krächzte Julia. »Du sprichst von deiner Enkeltochter!«

»Tue ich das? Ist das so?« Die Alte blitzte sie aus feindseligen Augen an. »Wer kann mir das beweisen? Ich weiß nur, dass ich von deiner Tochter spreche. Mehr weiß ich nicht.«

»Mutter!«, rief jetzt Kurt Eckert. »Ich muss dich sehr bitten.« Aber sein Blick blieb abschätzig auf Julia liegen, als wollte er prüfen, ob das Kind womöglich wirklich von einem anderen Mann stammte.

Ohne ein weiteres Wort zu sagen, rannte Julia hinüber in das Zimmer, das sie im Haus der Schwiegereltern bewohnten, und warf sich schluchzend aufs Bett. Er hatte Freya ins Heim gegeben. Und er würde ihr nicht sagen, in welches, das wusste sie. Sie würde ihre Tochter nie wiedersehen. Der Schmerz zerriss ihr das Herz.

※ ※ ※

Als Hitler Helgoland noch einmal besuchte, herrschte auf dem Fels Ausnahmezustand. Allerdings wurden diesmal die Helgoländer weitgehend von den Besuchern abgeschottet. Scharen von SS-Männern drängten jeden beiseite, der dem Reichskanzler zu nahe zu kommen drohte. Die Zeremonien waren auf ein Minimum beschränkt. Und in der Tat interessierte sich Hitler ja nur für die militärische Entwicklung der Insel, für den Ausbau des Kriegshafens, für die Arbeiten am geplanten größten U-Boot-Hafen der Welt, für die Geschütze und ihre Treffsicherheit, für die Flak, für die geheimen unterirdischen Systeme im Felsen. Und schon nach kürzester Zeit war er wieder abgereist, seine Paladine im Gefolge, darunter den Kriegshelden Göring, der inzwischen als größter Popanz des ganzen Reichs galt in seiner Unersättlichkeit und Gier nach Macht, Einfluss und Reichtum.

Den Abend verbrachten die Parteimitglieder Helgolands bei Bier und Wein in den Lokalen der Insel. Sie sangen deutsches Liedgut, natürlich das Horst-Wessel-Lied. Und mit ganz besonderer Inbrunst »Auf, Hitlerleute, Versehen die Reihen«.

Tine war gerade auf dem Weg nach Hause, als sie an der »Fischerhütte« vorbeikam, in der ebenfalls gesungen und gegrölt wurde und das Bier in Strömen floss.

Erhebe Hitler-Männer, enge Reihen.
Wir sind bereit für den Rassenkampf.
Mit unserem Blut weihen wir das
Banner,
das Symbol einer neuen Ära.

hörte sie und beschleunigte ihren Schritt, um sich dem nicht länger als nötig auszusetzen. Da schlug die Tür auf, und ein Mann taumelte ins Freie. Hinter ihm sangen seine Nazi-Kameraden:

Auf seinem rot-weißen Hintergrund
leuchtet unser schwarzes Hakenkreuz hell.
Überall sind Siegesgeräusche zu hören, während
das Morgenlicht durchbricht;
Nationalsozialismus
ist die Zukunft Deutschlands.

»Sieh an, die schöne Frau Heesters!«, lallte der Mann, als er sie entdeckte.

Erschrocken erkannte Tine, dass es Thorsten Brand war, der nur um Armeslänge von ihr entfernt zum Stehen kam. »So spät noch unterwegs?« Während sie rückwärtsstolperte, torkelte Brand auf sie zu. »Na komm, du kannst doch mit uns feiern! Der Führer hat die Insel besucht! Das ist ein Freudentag!« Er versuchte, sie zu fassen, griff aber ins Leere.

»Lassen Sie mich, Herr Brand«, erwiderte Tine. »Sie benehmen sich wie eine Schande für Deutschland.«

Er lachte und kam wieder näher. »Gut pariert, Frau. Aber jetzt ist Schluss mit die Fisimatenten!« Er wischte sich mit dem Ärmel über den Mund und machte dann einen Satz nach vorne, wurde aber im selben Augenblick zurückgerissen. »Kamerad!«, bellte ihn ein anderer Mann an. »Lass die Frau in Ruhe. Sie hat dir nichts getan.«

»Heda!«, brüllte Brand. »Lass mich los, sonst kannst du was erleben!« Er schlug wild um sich und versuchte, sich dem Griff des anderen zu entwinden.

»Tine. Bitte. Geh schnell nach Hause.«

»Peer?«

»Lauf!«

Und Tine lief.

✳ ✳ ✳

An diesem Abend stand Julia mit dem kleinen Hermann vor Tines Tür. »Omi! So spät?«

»Was macht ihr denn hier, Julchen?«

»Ich ... wir ... Kann ich reinkommen?«

So aufgelöst hatte Tine ihre Enkeltochter noch nie gesehen. Der Junge war so müde, dass er beinahe im Stehen einschlief.

»Magst du dich ein bisschen auf mein Bett legen?«, schlug Tine vor. Hermann nickte und schniefte.

Auch seine Mutter schniefte. »Ich dachte ...«

»Was dachtest du? Habt ihr schon was zu Abend gegessen?« Julia nickte. »Ja haben wir. Ich dachte, wir könnten vielleicht ...« Sie stockte. »Vielleicht bei dir ...«

»Bei mir was? Herrje Kindchen, so sprich doch!«

»Wohnen, Omi. Bei dir unterkommen.«

»O Gott« flüsterte Tine und schob Hermannchen hinüber in ihre Kammer, half ihm aus den Schuhen und ließ ihn unter ihre Bettdecke krabbeln. »Du hast dich getrennt?«, fragte sie, als sie wieder hinüber in die Küche kam.

»Ja«, bestätigte Julia. »Weißt du, ich ... ich kann ihn gar nicht mehr anschauen.«

»Kurt?«

»Mhm. Er hat ... er hat ...« Sie brach in Tränen aus, und Tine nahm ihre Enkeltochter erst einmal in den Arm und gab ihr Zeit. Denn manche Dinge brauchten Zeit, nicht alles konnte man einfach so aussprechen. Es musste sich erst den Weg bahnen. Als Julia sich wieder etwas beruhigt hatte, fragte Tine mit sanfter Stimme: »Was hat er denn getan?«

»Er hat Freya weggegeben.«

Nun war es Tine, die beinahe die Fassung verlor. »Was meinst du mit weggegeben?«

»In ein Heim. Ich weiß nicht, in welches. Aber er sagt, es sei besser für sie.«

»Besser als bei ihrer Familie? Was für ein Unsinn! Wie kann er das glauben?«

Julia zuckte die Achseln. »Er glaubt es eben. So wie er auch glaubt, dass wir eine Herrenrasse sind und die Juden ...«

»... unser Untergang, ich weiß.« Immer wieder hörte man

Nazis, die durch die nächtlichen Gassen von Helgoland zogen und ihre Parolen grölten, die ihre Lieder sangen und sich ihrer Heldentaten rühmten. Mit Schaudern dachte Tine an die Geschehnisse vom Nachhauseweg, und sie ertappte sich dabei, wie sie hoffte, dass Peer nichts passiert war. Es hätten ja nur ein oder zwei von den anderen Schlägern nach draußen kommen müssen, dann wären sie in der Überzahl gewesen und ...

»Omi?«

»Ja, Julchen?«

»Dürfen wir?«

»Bei mir bleiben? Sicher. So lange ihr wollt.« Vorausgesetzt, Brand nahm ihr das Haus nicht weg. Aber darüber wollte sie mit Julia lieber nicht sprechen. Was hätte es auch geholfen, wenn sie die junge Frau noch mehr beunruhigt hätte?

»Danke, Omi.« Julia fiel ihr um den Hals, als wäre sie im letzten Augenblick gerettet worden. Aber vielleicht war sie das ja. Sie hatte Freya nicht retten können, nun versuchte sie Hermann und sich selbst zu retten.

»Und was mache ich, wenn Kurt an die Tür klopft?«

»Sag ihm, dass wir nicht hier sind.«

»Aber er wird es früher oder später herausfinden.«

Zerknirscht blickte Julia zu Boden. »Ich weiß. Aber bis dahin soll Hermann in Frieden leben und nicht weiter von ihm gedrillt werden.«

»Er drillt den Jungen?«

»Er meint, nur so wird ein wahrhaft deutscher Mann aus ihm.«

»Wahrhaft deutsch!«, sagte Tine fassungslos. »Indem er ihn quält?«

Julia flüsterte, falls der Kleine nebenan doch noch nicht schlief: »Er macht immer noch ab und an in die Hosen.«

»Das wird schon noch«, sagte Tine beruhigend. »Früher oder später werden doch alle sauber.«

»Aber Kurt nimmt es ihm übel. Er bestraft ihn dann, schlägt ihm auf den Po.«

»Vielleicht liegt es daran«, schlug Tine vor. »Angst ist ein häufiger Grund, wenn Kinder nicht sauber werden.« Sie lauschte auf ihre eigenen Worte und fand, dass das irgendwie für das ganze Land galt: Deutschland war ein schmutziges Land geworden, ein Land mit schmutziger Politik, schmutzigen Geschäften und schmutzigen Zielen, seit die Angst regierte. Und es war auf dem besten Weg, in seinem Dreck zu ersticken.

✳ ✳ ✳

Am nächsten Morgen klopfte es hektisch an Tines Tür. Julia und ihr Junge schliefen noch, aber Tine war schon wach. Das frühe Aufstehen hatte sie seit ihren Jugendtagen in Hamburg nicht verlassen. Vorsichtig lugte sie durchs Fenster nach draußen. Doch es war nicht Kurt Eckert. Es war Jette. »Du? Komm herein!« Hastig zog sie ihre Tochter nach drinnen.

»Dann ist sie also hier?«, fragte Jette statt einer Begrüßung.

»Oben«, bestätigte Tine und seufzte. Wie viele Menschen hatten in diesem Haus schon Zuflucht gesucht, und wie viele hatten zumindest für einige Zeit unter dem Dach dieser alten Kate einen sicheren Hafen gefunden. Jette ließ sich kopfschüttelnd auf die Fensterbank sinken.

»Du weißt, was er mit Freya gemacht hat?«

Jette vergrub das Gesicht in den Händen. »Ich hätte ihn auch verlassen«, sagte sie.

Tine setzte sich zu ihr. »Was für schreckliche Zeiten.«

»Allerdings«, bestätigte Jette. »Hast du schon von Brand gehört?«

Ein eisiger Schauder lief Tine über den Rücken, wenn sie an die letzte Nacht dachte und an die Begegnung vor der »Fischerhütte«. »Nein«, sagte sie. »Was denn?«

»Er liegt in der Klinik. Hat sich eine schwere Schädelverletzung zugezogen. Sie wissen nicht, ob er durchkommt.«

Tine hielt die Luft an. »Jetzt würde ich gerne sagen, dass es mir leidtut«, bemerkte sie dann.

»Ach. Wozu? Wenn es einer verdient hat, dann er. Denk nur, was er mit Hedi gemacht hat.«

»Im Grunde hat er sie in den Tod getrieben.«

»Eben.«

»Aber man kann doch trotzdem niemandem so etwas wünschen.«

Jette zuckte die Schultern. »Dann wünsch es ihm nicht. Es ändert ja nichts. Du kannst außerdem sowieso nichts dafür.«

Das stimmte. Und es stimmte vielleicht auch nicht. Ohne die Begegnung letzte Nacht und ohne Peers Eingreifen, wer wusste schon, was passiert wäre. Ob überhaupt etwas passiert wäre. Und dass Peer ihn so misshandelt hatte... *Wenn* er es denn gewesen war...

»Kurt ist noch nicht hier aufgetaucht?«

»Nein. Hier hat er sich nicht sehen lassen.«

»Er hat vorhin wie ein Verrückter an unsere Tür gehämmert und dann darauf bestanden, unser Haus zu durchsuchen, ob Julia da ist. Na ja, sie war es nicht, wie du weißt, weil sie ja bei dir ist. Aber ich schwöre, ich hatte Angst vor ihm. Diese Nazis, denen kann man einfach nicht trauen. Keinem von ihnen.«

Womit Jette zweifellos recht hatte. »Aber was machen wir denn jetzt?«, fragte Tine. »Ich habe Sorge, dass es am Ende mit Julchen genauso kommt wie mit Hedi, die sich ewig vor ihrem Mann verstecken musste.«

Jette nickte. »Das ist mir auch schon durch den Kopf gegangen. Außerdem hat sie ja den Kleinen bei sich. Der kann nicht die ganze Zeit im Haus sitzen und sich verstecken.«

Tine stand auf und ging in der kleinen Küche auf und ab. »Gut«, sagte sie schließlich. »Ich werde mit ihm sprechen. Ich habe ihn auf die Welt geholt, ich habe seine Kinder auf die Welt geholt, ich bin eine alte Dame ... Er wird vielleicht nicht auf mich hören. Aber er wird mich jedenfalls anhören, da bin ich sicher.« Sie seufzte. »Ich wünschte nur, ich wüsste, was ich ihm sagen soll.«

∗ ∗ ∗

Nachdem sie Julia und ihr Kind mit einem kräftigen Frühstück versorgt hatte, zog sie ihr dunkles Kleid an und machte sich auf den Weg hinauf ins Oberland zum Haus der Eckerts. Eine ungute Ruhe lag an diesem Tag in der Luft. Es war ein Freitag, Anfang September, eigentlich hätte es wie an jedem Tag auf der Insel dröhnen und vibrieren müssen. Aber es war, als hielte die Welt den Atem an. Selbst das Meer war so ruhig, dass man kaum ein paar Schaumkronen entdecken konnte. Nur vor dem Kriegshafen hatte eine stattliche Anzahl an Schiffen Aufstellung genommen, als wären sie im Begriff, in Formation auszulaufen.

Das Haus der Eckerts war wie verwaist. Mehrmals musste Tine klopfen, bis ihr geöffnet wurde. »Du«, sagte Kurt Eckert unwirsch. »Komm herein.« Dann drehte er sich um und marschierte wieder in die Stube, aus der er offenbar eben gekommen war und in der seine Eltern am Radiogerät saßen, aus dem Tine die Stimme Hitlers belfern hörte:

Und von jetzt ab wird Bombe mit Bombe vergolten! Wer mit Gift kämpft, wird mit Giftgas bekämpft. Wer selbst sich von den

Regeln einer humanen Kriegsführung entfernt, kann von uns nichts anderes erwarten, als dass wir den gleichen Schritt tun. Ich werde diesen Kampf, ganz gleich, gegen wen, so lange führen, bis die Sicherheit des Reiches und bis seine Rechte gewährleistet sind.

Sprachlos stand Tine in der Stube der Eckerts und betrachtete diese drei Menschen, die gebannt den Worten Hitlers lauschten:

Ich verlange von keinem deutschen Mann etwas anderes, als was ich selber über vier Jahre freiwillig bereit war, jederzeit zu tun. Es soll keine Entbehrung in Deutschland geben, die ich nicht selber sofort übernehme. Mein ganzes Leben gehört von jetzt ab erst recht meinem Volk. Ich will nichts anderes jetzt sein als der erste Soldat des Deutschen Reiches. Ich habe damit wieder jenen Rock angezogen, der mir einst selbst der heiligste und teuerste war. Ich werde ihn nur ausziehen nach dem Sieg, oder ich werde dieses Ende nicht erleben!

»Sieg?«, hauchte Tine entsetzt. »Sind wir im Krieg? Was ist denn passiert?«

»Was wird schon passiert sein?«, blaffte Richard Eckert, der Vater, und warf Tine einen bösen Blick zu, weil sie es gewagt hatte, die Worte des Führers zu unterbrechen. »Der Pole hat uns bis aufs Blut gereizt. Jetzt schlagen wir endlich zurück!«

Wenn wir diese Gemeinschaft bilden, eng verschworen, zu allem entschlossen, niemals gewillt zu kapitulieren, dann wird unser Wille jeder Not Herr werden, bellte Hitler weiter.

Ich schließe mit dem Bekenntnis, das ich einst aussprach, als ich den Kampf um die Macht im Reich begann. Damals sagte ich: Wenn unser Wille so stark ist, dass keine Not ihn mehr zu zwingen vermag, dann wird unser Wille und unser deutscher Stahl auch die Not meistern! Deutschland – Sieg Heil!

Und ein vielstimmiger Chor fiel in den Ruf mit ein: »Sieg

Heil! Sieg Heil! Sieg Heil!« Als die Rufe im Radio verklungen waren, wurde Tine gewahr, dass sie aus den Häusern und auf den Straßen ringsum ebenfalls erklangen. Die Nazis rissen die Türen und Fenster auf und jubelten. Auch Kurt Eckert hielt es nicht mehr in der Stube. Er griff nach seiner Kappe, die Uniform trug er ohnehin, und stürmte nach draußen, um ebenfalls zu rufen: »Sieg Heil! Sieg Heil! Sieg Heil!«

Richard Eckert indes machte den Volksempfänger aus und blickte auf Tine. »Du gehst jetzt besser und sorgst dafür, dass deine Enkeltochter hier so schnell wie möglich wieder auftaucht. Sonst wird Kurt dafür sorgen, dass sie zurückgebracht wird. Kindesentziehung ist ein schweres Vergehen. Dafür kann er sich von ihr scheiden lassen. Dann wird sie ihren Jungen nie wiedersehen.«

»Aber … Herr Eckert!«, widersprach Tine. »Das ist doch keine … keine Grundlage für eine gute Ehe.«

»Den Ehemann verlassen ist keine gute Grundlage!«, mischte sich Gerda Eckert ein. »Aber ich habe ja immer gewusst, dass sie eine Schlampe ist, deine Enkeltochter.«

»Gerda, bitte. Wir haben uns doch immer verstanden. Ich habe dir geholfen, Kurt auf die Welt zu bringen. Wie kannst du denn so sprechen?«, fragte Tine erschüttert.

»Das ist lange her, Tine Heesters. Und seit damals hat sich vieles verändert«, sagte die Frau voller Abscheu. »Du hast dich vor die Juden gestellt. Dein Schwiegersohn hat immer wieder gegen die Partei gearbeitet – glaub bloß nicht, dass wir das nicht mitbekommen hätten! – Und der Angriff auf Herrn Brand, hinter dem steckt er wahrscheinlich auch.«

»Wer? Otto? Aber nein! Er hat damit nichts zu tun!«

»So? Dann weißt du wohl, wer ihn so zugerichtet hat?«

»Ich … woher soll ich das wissen, Gerda?«

»Tja. Sag du es mir, Tine.« Die Frau deutete mit dem Finger zur Tür. »Dort hinaus«, sagte sie nur. Dann wandte sie sich ab, während Tine entsetzt das Haus verließ.

Als sie wieder auf dem Falm stand, bemerkte sie erst, dass alle Straßen und Gassen voll waren mit Menschen. Und die Schiffe, die sie vorhin noch vor Anker hatte liegen sehen, waren ausgelaufen und trugen ihre schwarzen Rauchfahnen in die Welt.

❋❋❋

VI.

Zeit der Finsternis

Helgoland 1941

Im Garten hinter dem Haus saßen Heidi und Hermannchen. Die beiden Kinder waren entzückend miteinander, auch wenn Hermann gerne Flieger spielte und dann Steine von seinem Spielzeugflugzeug fallen ließ – oft auf die Blumen oder auf die Schnecken, mit denen die Mädchen gerade spielten. Tine hatte aufgehört, sich über diese Marotte zu ärgern. Sie wusste zwar, dass nicht alle Jungs so waren, aber sie wurden nun einmal so erzogen. Heidi schien es einerlei. Sie mochte Hermannchen, der zwar jünger war als sie, aber dennoch ihr Onkel. Sie war ein sanftmütiges, etwas verträumtes Mädchen von elf Jahren und eher klein und zierlich. Auch jetzt noch kletterte sie gerne auf Tines Schoß, wenn die ihr vorlas. Oft kam sie sonntags nach der Messe mit zu ihr und verbrachte dann den Tag mit Geschichten aus fernen Ländern und Zeiten.

Julia war des lieben Friedens willen wieder zu Kurt zurückgekehrt – gegen Tines Rat. Sie hatte sich scheinbar damit abgefunden, dass sie Freya nie wiedersehen würde, nachdem Kurt ihr erklärt hatte, dass das Kind in ein Heim nach Süddeutschland geschickt worden war und er selbst nicht wisse, wohin genau. Die Partei werde sich um Freya kümmern. Spätestens da wusste sie, dass er ihr auch Hermann nehmen würde, wenn sie wirklich ging. Also war sie geblieben und tat, was man von ihr erwartete. Immerhin: Weitere Schwangerschaften waren ihr bisher erspart geblieben. Und Kurt hatte keine Ahnung, dass Julia sich dabei von ihrer erfahrenen Großmutter hatte helfen lassen.

»Fliegeralarm«, rief Hermannchen, und Tine lachte. Ja, den hatten sie schon manches Mal gehabt. Aber es war nie viel passiert. Die Engländer waren klug genug, die Seefestung einfach weiträumig zu umfliegen. Wozu sollten sie sich ohne Not der Flak der Helgoländer Seefestung aussetzen, wenn sie außerhalb von deren Reichweite unbehelligt ihren Flug zu den Zielen für ihre tödliche Fracht absolvieren konnten?

Jette, die jetzt wieder im Krankenhaus arbeitete und mit den Ärzten um das Leben der Verwundeten kämpfte, von denen tagtäglich mehr hereinkamen, verspätete sich. Aber das machte Tine nichts aus. Sie hatte Zeit, und sie hatte die Kinder gerne bei sich. Während die einen im Krieg kämpften und die anderen ums tägliche Brot, wollte niemand etwas von ihr außer den paar wenigen Schwangeren, die sie nicht viel Zeit kosteten, selbst wenn sie sich in diesen Monaten besonders intensiv um sie kümmerte. Denn eine Schwangerschaft und eine Geburt waren immer eine Herausforderung, sie waren immer anstrengend, und sie waren immer gefährlich – für die werdende Mutter und für das Kind. In diesen Zeiten aber waren sie es besonders. Es gab nicht die nötige Versorgung für die Frauen, weil alles auf den Krieg ausgerichtet war. Ehe man einer Schwangeren Lebensmittel zukommen ließ, gab man den Soldaten eine

Extraration. Ehe man einen Arzt für eine Geburt abstellte, setzte man ihn für eine Amputation ein.

Als Jette endlich kam, sah sie abgekämpft aus. »Ach Kind«, sagte Tine. »Kannst du denn gar nicht mal einen Tag frei nehmen?«

»Wenn der Krieg mal einen Tag Urlaub macht, mach ich gleich mit«, erwiderte Jette. »Julia schon hier gewesen?«

Tine schüttelte den Kopf. Julia war jetzt auch als Hilfsschwester im Einsatz. Das hatte den Vorteil, dass sie dem Regiment der Schwiegermutter entfliehen konnte und dass sie jetzt als »kriegswichtig« galt. Jette ließ sich stöhnend neben ihrer Mutter auf die Bank hinterm Haus fallen und betrachtete die spielenden Kinder. Hermannchen ließ wieder Steine prasseln, die Mädchen schrien auf und beschwerten sich bei ihm, er aber lachte und »flog« weiter, hinüber zum Gartenzaun und wieder zurück.

»Brand ist tot«, sagte Jette.

Tine schwieg. Was sollte sie auch sagen? Bald zwei Jahre lang hatte der Mann im Lazarett gelegen, meist nicht ansprechbar. Er hatte nicht mehr sprechen und sich nur noch sehr eingeschränkt bewegen können. Ob er wirklich noch verstand, was um ihn her passierte und was mit ihm geschehen war, vermochte niemand zu sagen. Nun also war er tot. Ein Segen, dachte Tine. Für ihn wahrscheinlich, ganz sicher aber für die Insel. Er tat ihr nicht leid. Im Gegenteil. Sie fühlte sich erleichtert, wollte es aber nicht aussprechen. Jette verstand sie auch so. Sie flocht ihre Hand in die ihrer Mutter und flüsterte: »Wurde auch Zeit.«

So saßen sie eine Weile, sahen den Kindern zu, Jette schloss die Augen und ruhte etwas aus, Hermannchen schrie: »Fliegeralarm! Fliegeralarm!« Und es dauerte tatsächlich einen Moment, bis die beiden Frauen begriffen, dass es diesmal kein Spiel war. Plötzlich herrschte überall helle Aufregung. Menschen schrien durcheinander, liefen vorbei Richtung Spirale. Jetzt wurde Tine und Jette auch bewusst, dass die Sirenen losgegangen waren. »Wir müssen in den Bunker«, sagte Tine. »Nimm du die Kinder, ich hole noch schnell das Wichtigste von drinnen. Wir treffen uns am Eingang.«

Jette nickte, atmete ein paarmal tief durch, dann rief sie: »Kinder! Kommt zu mir!«

Indes rannte Tine ins Haus, wo sie seit Monaten einen Koffer und eine Tasche stets fertig gepackt hatte. Im Koffer waren ein paar Kleider, Leibwäsche, ein zweites Paar Schuhe… In der Tasche verwahrte sie Dokumente, die wenigen Wertgegenstände, die sie besaß, ihre Geldbörse mit ihrer mageren Barschaft und ein paar Erinnerungsstücke, die auf keinen Fall verloren gehen durften. Sie hatten den Fliegeralarm etliche Male geübt auf der Insel, alles war einstudiert. Aber wenn er echt war, dann fühlte er sich ganz unwirklich an, geradezu als wäre man von der Welt, die gerade in Aufregung und Chaos war, durch ein Milchglas getrennt und müsse doch versuchen, bei allem dabei zu sein.

Als Tine wieder nach draußen trat, waren Jette und die Kinder weg. Gott sei Dank. Hastig sperrte Tine ihr kleines Häuschen ab, auch das war ihnen eingebläut worden: absperren, um Plünderungen zu vermeiden. Aber wer hätte schon geplündert auf einer so kleinen Insel – und was hätte es denn in der armseligen Kate zu plündern gegeben.

Nachbarn hasteten vorüber, machten sich gegenseitig Mut. Irgendjemand rief: »Sieg Heil!« Jemand anderer antwortete mit einem Fluch. Tine beeilte sich, hinüber zur Spirale zu kommen. Es waren ja nur ein paar Schritte, aber auf der Straße herrschte nun dichtes Gedränge. Am Einlass zum Bunker standen Soldaten, die versuchten, die Schutzsuchenden kontrolliert einzulassen. Umso unübersichtlicher ging es auf dem Platz davor zu. »Jette?«, rief Tine in der Hoffnung, ihre Tochter irgendwo zu sehen. Aber jeder rief in diesen Augenblicken irgendeinen Namen, jeder hatte Angst, die Angehörigen könnten es nicht rechtzeitig in den Bunker schaffen.

Voller Grausen bemerkte Tine, wie die Luft zu vibrieren begann. Wenig später war das Dröhnen der Bomber zu hören. Aber das Geräusch allein wirkte wie ein Schlag in die Magengrube. Links und rechts entdeckte Tine Menschen, die sich unwillkürlich übergaben. Ja, auch ihr war schlecht, auch sie hatte Schweißausbrüche, auch ihre Hände zitterten so sehr, dass sie kaum imstande war, den Koffer zu halten. So nah waren die Flieger noch nie herangekommen. Diesmal hatten sie es wirklich auf die Insel abgesehen!

In der Menge vor sich entdeckte sie Jettes Krankenschwesternhaube. Vor Erleichterung schossen ihr Tränen in die Augen. »Oma Tine?«, fragte eine freundliche Stimme neben ihr. »Was ist mit dir?«

»Heidi?« Völlig perplex wischte sich Tine die Augen und starrte auf ihre Enkeltochter, die neben ihr stand. »Der Papa ist da drüben!«, erklärte das Kind und rannte weg.

»Heidi!«, rief Tine, die schon im nächsten Augenblick das Mädchen im Gedränge nicht mehr sah und auch Otto nirgends entdecken konnte. »Heidi!« Dann lief sie hinterher. Mitten durch die Menge, die anderen beiseitestoßend, sich entschuldigend und weiterstolpernd. Doch Heidi tauchte nicht mehr auf. Verzweifelt rief Tine nach Otto, in der Hoffnung, er könnte sie hören und vielleicht sogar seine Tochter bei sich haben. Sie rannte bald hierhin, bald dorthin – und dann fand sie sich unvermittelt vor dem Eingang zur Spirale, die den Schutzsuchenden Einlass in die unterirdischen Gänge gewährte. »Halt!«, rief der Uniformierte und hob die Hand. »Bitte hintereinander. So geht es am schnellsten. Bitte in einer Reihe! Stellen Sie sich in einer Reihe auf, dann geht es am schnellsten. Bitte nacheinander…«

»Peer.«

»Tine!«

Wie alt er geworden war. Sie hatte ihn seit jener Nacht nicht mehr gesehen. Und nun half er den Zivilisten in den Bunker. »Rein mit dir!«, rief er und legte sanft seine Hand auf ihren Arm. »Es muss schnell gehen!«

»Meine Enkeltochter!«

»Sie ist noch draußen?«

»Ja.«

»Geh rein, ich suche sie. Wie heißt sie?«

»Heidi. Sie ist elf.«

»Ich bringe sie dir. Aber jetzt rein mit dir!« Er winkte seinem Kameraden und entfernte sich, während Tine in das von trüben elektrischen Lampen erhellte Stollensystem trat und sich trotz des unablässigen Stroms der Flüchtenden nicht tiefer hineinziehen ließ. Sie musste doch auf Heidi warten! Verzweifelt starrte sie durch die immer noch offen stehende Stahltür nach draußen. Menschen zwängten sich an ihr vorbei, schimpften, stießen sie zur Seite. Inzwischen war draußen auch die Flak zu hören, die mit gewaltigem Getöse zu schießen begonnen hatte. Ihre Salven zerstückelten geradezu die dröhnende Luft – und Heidi tauchte nicht auf! Die letzten Zufluchtsuchenden drängten herein, der Bunkermeister war im Begriff, die Stahltür zu schließen. Wer jetzt nicht hier war, musste woanders Zuflucht finden. »Halt!«, rief Tine. »Meine Enkeltochter!«

»Wir müssen schließen!«, erklärte der Mann knapp und griff nach dem Bolzen, mit dem er gleich die gepanzerte Tür verriegeln würde.

»Sie ist gleich da!«, schrie Tine und warf sich dagegen. Und tatsächlich sah sie, wie Peer mit dem Mädchen die Straße heraufgelaufen kam. »Da! Da ist sie!«

»Schnell! Wir müssen schließen!«, bellte der Bunkermeister und riss das Mädchen nach drinnen. »Hier rein. Du auch!«

»Nimm das Kind. Und den hier.« Er schob einen jungen Mann durch die Tür. »Ich muss zu meiner Einheit«, erklärte Peer, während ein Flugzeug dicht über den Häusern vorüberdonnerte und aus Maschinengewehren auf alles schoss, was jetzt noch draußen war.

»Was will der hier?«, rief der Bunkerwärter. »Wieso trägt er keine Uniform?«

»Das ist jetzt egal. Er muss rein.«

Und ehe Tine noch irgendetwas sagen konnte, wuchtete der Bunkermeister die Stahltür zu. Das Letzte, was Tine mitbekam, als sie Heidi in ihre Arme schloss, war ein gewaltiger Knall draußen und eine Druckwelle, die die Erde erzittern ließ und sie alle auf die Knie warf.

※ ※ ※

Stunden später öffnete sich die Stahltüre, und die Menschen drängten durch die Schleuse wieder nach draußen, an die frische Luft, ans Licht. Doch was sie vorfanden, war nicht, was sie zurückgelassen hatten. Häuser lagern in Trümmern, Feuer loderten an etlichen Stellen, der Boden war übersät mit Glas und Geröll. Es war eine schweigsame Menge, die aus dem Bauch des Felsens kroch. Nur ab und zu ein Stöhnen, ein Schluchzen und ein Jammern tönten durch die Reihen der

Insulaner, die dem Tod entronnen waren und nun gewahr wurden, wie nah er ihnen gekommen war.

Tine hatte Heidi an der Hand, Jette kam mit Hermann, der nicht zu wissen schien, wie er das fand, was er sah. »Wissen sie etwas über Herrn Fischer?«, fragte Tine den Mann am Ausgang.

»Herrn Fischer? Ist das ein Einheimischer?«

»Nein, ich meine den Mann, der mit Ihnen hier Dienst getan hat.«

»Ah, Sie meinen Leutnant der Reserve Fischer! Hab ihn nicht mehr gesehen.«

»Verstehe«, flüsterte Tine und blickte sich um in der Hoffnung, er könnte irgendwo auftauchen. Doch das tat er nicht. Sie lief nicht einmal zurück. »Wissen Sie, ob es hier draußen irgendwelche Opfer gab?«

»Gab es bestimmt, gute Frau. Alles andere wäre ja ein Wunder. Aber jetzt behindern Sie bitte die anderen nicht.« Er winkte ihr weiterzugehen, und Tine stolperte mit Heidi davon. Sie wollte nur noch nach Hause. Der Koffer mochte leicht sein, aber er wog so schwer in ihrer Hand, die Tasche hatte sie über die Schulter gehängt. Ein Stück weiter vorne lief Jette. Natürlich drängte es sie, hinüber zu sich zu gehen, zur Bootswerft, wo sie hoffentlich Otto und Sven wiedersehen würde. Die beiden waren von der Spirale zu weit entfernt gewesen und hatten in einem anderen Bunker Schutz suchen müssen, vermutlich in dem des Krankenhauses, das gleich nebenan war. Heidi entdeckte ebenfalls ihre Mutter und rannte hin. Jette sah sich um und winkte Tine noch einmal zu, dann eilte sie mit den Kindern davon.

Jetzt sah man auch Verletzte, die sich Richtung Kurhaus schleppten oder auf Bahren vorbeigetragen wurden. Das Kurhaus war in den letzten Monaten zum Hilfslazarett umgerüstet worden. Tine hoffte, dass Julia dort einen Platz im Luftschutzkeller gefunden hatte, denn im großen Bunker hinter der Spirale hatte sie sie nicht entdecken können.

Nach dem Dröhnen der Bomber, nach dem Stakkato der Flakartillerie, nach dem Lärm der Bomben und dem Maschinengewehrfeuer war es jetzt vor allem das Fauchen der Flammen, die aus den Häusern schlugen, und das Wehklagen der Erschütterten, das die Luft über der Insel erfüllte. Und natürlich der Qualm, der in den Straßen hing. Auch in der kleinen Gasse, in der Tines Häuschen stand. Oder vielmehr: gestanden hatte.

Fassungslos stand Tine vor den Trümmern, die ihr Zuhause gewesen waren. Die hintere Mauer stand noch, ein Teil der Seitenwand, ein Rest vom Dachstuhl darüber. Aus der Mitte der Ruine ragte der Küchenherd, ein Stuhl schien noch unversehrt – und vor Tines Füßen lag auf der Straße das Schild »Blütenträume«.

※ ※ ※

Die Bevölkerung war aufgerufen, die entstandenen Schäden im Rathaus zu melden. Auch Tine fand sich ein und gab an, all ihr Hab und Gut im Bombenhagel verloren zu haben. Es hatte schon früher einige Bombenabwürfe gegeben, aber diesmal hatte der Angriff eine andere Qualität gehabt. Diesmal waren etliche Häuser schwer getroffen, einige völlig zerstört worden. Der Kriegshafen war beschädigt worden, ein Abwurf hatte die Landungsbrücke erwischt, zwei Boote waren versenkt worden. »Und Sie haben welche Schäden erlitten?«, fragte der Mann, der die Berichte aufnahm, ein junger Mensch in Svens Alter, der nicht einmal aufblickte, als Tine sich fürs Protokoll an den Tisch setzte.

»Mein Haus mit allem, was darin war«, erklärte sie. »Ich habe nur einen Koffer und eine Tasche voll mitnehmen können.«
»Das Haus ist also unbewohnbar geworden?«
»Es ist vernichtet. Da stehen nur noch letzte Reste, kein einziger Raum mehr – von Fenstern und Türen ganz zu schweigen.«
»Und hatten Sie besonders wertvolle Einrichtung?«
»Nein, hatte ich nicht.«
Der junge Mann blickte auf, als hörte er dergleichen zum ersten Mal. Offenbar gaben andere Geschädigte gerne an, sie hätten teures Mobiliar, Schmuck und andere Wertgegenstände verloren, in der Hoffnung auf staatliche Entschädigung.
»Adresse?«
»Haus achtzehn. Husumer Straße.«
»Eigentümer sind Sie?«
»Leider nein. Ich war Eigentümerin. Aber jetzt ...«
»Also wem gehört das Anwesen?«
Tine hob die Hände. »Ich weiß es nicht.«
Der Beamte musterte sie, als wäre er nicht ganz sicher, ob sie ihn auf den Arm nehmen wollte. Dann stand er seufzend auf und trat an einen großen Kasten, von dem Tine wusste, dass darin die Katasterakten lagen. Sie selbst war dort einst als Eigentümerin eingetragen worden – und später hatte sie die Grundschuld für Baron Silberbachs Bank eintragen lassen.
Kurz darauf kam er wieder an den Tisch, machte eine Notiz und fragte: »Beabsichtigen Sie, die Insel zu verlassen? Sie wissen, dass wir die Zivilisten aufgefordert haben, sich evakuieren zu lassen. Die Kosten übernimmt das Reich. Eine Erstunterkunft ebenfalls.«
Doch Tine schüttelte den Kopf. Natürlich lag es nahe, dass diejenigen sich zuerst evakuieren ließen, die ihr Obdach verloren hatten. »Ich kann zu meiner Tochter ziehen.«

Der junge Mann machte ein griesgrämiges Gesicht. »Sie müssen es selbst wissen. Im Augenblick ist es noch nicht für alle verpflichtend.«

»Für alle? Denken Sie denn, es kann wieder so kommen wie im Weltkrieg?«

Der Beamte sah sie mitleidig an. »Gute Frau. Was ich denke, spielt keine Rolle. Wir tun hier nur unsere Arbeit. Heil Hitler.«

Damit sollte die Unterredung offensichtlich beendet sein. Tine stand auf und wandte sich ab. Doch dann hielt sie inne und drehte sich noch einmal zu dem Beamten um, der bereits einer anderen Frau gewunken hatte, an seinen Tisch zu kommen. »Entschuldigung?«

»Was gibt es denn noch? Haben Sie es sich schon anders überlegt?«

»Mit der Evakuierung? Nein. Ich wollte Sie nur fragen: Sie haben doch gerade im Katasterregister nachgeschaut...«

»Und?«

»Der Eigentümer. Wer ist es?«

Unwirsch schlug der junge Mann die Seite wieder auf, auf der er Tines Angaben notiert hatte. »Ich weiß gar nicht, ob ich Ihnen das sagen darf«, murmelte er.

»Na hören Sie mal, das war früher schließlich mein Haus.«

»Schon möglich. Aber Grundbucheinträge sind nicht öffentlich. Da könnte ja jeder kommen...«

»Ich bin aber nicht jeder, wenn's recht ist.«

Er klappte die Akte zu und blickte sie aus kalten Augen an. »Wenn Sie mir so kommen, dann werden Sie ganz schnell noch ganz andere Probleme haben, ist das klar?«

»Tut mir leid«, ruderte Tine zurück, die kein Interesse hatte, es sich selbst noch schwerer zu machen.

»Herr Major!«, mischte sich ein anderer junger Mann ein,

der danebenstand und alles gehört hatte. »Lassen Sie doch Gnade vor Recht ergehen. Die Volksgenossin hat im Kampf ums Vaterland Hab und Gut verloren. Da kann ein deutsches Herz doch nur mitfühlen.«

Der Beamte straffte seine Haltung etwas und nickte ihm zögerlich zu. »Na gut«, sagte er. »Da wollen wir mal fünfe gerade sein lassen, was?« Er blätterte die Akte wieder auf, während der junge Kerl, der sich für Tine verwendet hatte, ihr zuzwinkerte. »Ach du bist das, James«, sagte sie. »Ich hätte dich fast nicht erkannt.«

»Tja«, erwiderte der junge Krüss lachend. »Ist wohl ein echter Schmetterling aus der Raupe geworden.« Er seufzte. »Aber jetzt werd ich ausfliegen.«

»Du lässt dich evakuieren?«

»Ist besser so.« Er beugte sich zu Tine und flüsterte. »Allzu schillernde Schmetterlinge wollen die hier nicht. Da ist es besser, wenn ich mir eine andere Blumenwiese suche.« Er zwinkerte ihr noch einmal zu und salutierte lässig, indem er zwei Finger an seine Mütze legte, dann huschte er davon.

»Fischer«, sagte der Beamte. »Peer.«

Wie auch immer Peer in Hamburg davon erfahren hatte, und wie auch immer er es bewerkstelligt hatte, er hatte im Geheimen Tines altes Häuschen ersteigert und dabei Henning Pfeifer ausgestochen. So hatte er es für Tine bewahrt. Er hatte angeordnet, dass es nicht geräumt werden musste, und all die Jahre keine Miete, keine Pacht von ihr verlangt – ja sich nicht einmal zu erkennen gegeben, als sie ihn so eiskalt aus ihrem Leben verbannt hatte, weil er sich als Offizier der Kriegsmarine zu erkennen gegeben hatte. All die Jahre hatte er schützend seine Hand über sie gehalten, ohne dass sie auch nur ein Wort an ihn gerichtet hatte, wenn sie ihm auf der Insel begegnet war. Stattdessen war sie ihm ausgewichen, hatte weggesehen, hatte ihm ein Gespräch verweigert. Ein Gespräch, in dem sie vielleicht hätte erkennen können, dass er ein guter Mensch war, obwohl er Soldat war.

Er hatte sie vor Thorsten Brand gerettet, und am Ende hatte er Heidi in den Bunker gebracht und dabei die Zeit verloren, die er gebraucht hätte, um sich selbst noch in Sicherheit zu bringen!

Tagelang hatte Tine überall nach ihm gefragt: im Krankenhaus, in den beiden Hilfslazaretten, in der Kommandantur … Bisher hatten sie ihn nirgends gefunden. Aber er war auch nicht unter den identifizierten Opfern des Luftangriffs, und das ließ sie hoffen, dass es doch noch eine Möglichkeit gab, ihn um Verzeihung zu bitten.

***

Immer öfter gab es nun Fliegeralarm. Die Bomber, deren Ziel Hamburg oder Berlin war, tauchten regelmäßig auf dem Radar der Helgoländer Luftabwehr auf. Doch meist zogen sie in sicherer Entfernung vorbei, außerhalb der Reichweite der Flak. Wenn dann die Helgoländer wieder aus den Bunkern kamen, hieß es, sich nach wenigen Stunden wieder dorthin zu begeben, denn Fliegeralarm wurde auch ausgelöst, wenn die Bomberverbände auf ihrem Rückweg nach England abermals im Luftraum der Insel auftauchten. So legte sich zunehmend eine bleierne Müdigkeit auf die Insulaner, die keine Nacht mehr ruhig schlafen konnten, weil entweder die Sirenen heulten oder sie in Erwartung eines Alarms wach lagen. Nach dem Erlebnis im Mai 1941 wussten sie alle, was ein Luftangriff bedeutete, und man fühlte sich auf der kleinen Insel in der Nordsee noch mehr alleine als sonst, noch verlorener denn je. Die Schönheit und die Freiheit, die das Meer seit jeher für die Einheimischen bedeutete, verwandelten sich zunehmend zu einem Gefängnis, einem Abgrund, der die Insel und damit ihre Einwohner umgab, zumal es in diesem Meer ja auch vor U-Booten wimmelte.

»Hast du die Thermoskannen gemacht?«, fragte Tine.

»Eine für jede Tasche«, antwortete Jette. Denn es war üblich geworden, zu jeder Tages- und Nachtzeit einen Flüssigkeitsvorrat für den Gang in den Bunker zur Hand zu haben. »Taschen fertig?«

»Ich packe sie gar nicht mehr aus«, erwiderte Tine und rieb sich übers müde Gesicht. »Es ist so ... so ...«

»Ich weiß, Mama«, sagte Jette und legte ihr den Arm um die Schultern. »Wir sind alle erschöpft. Otto wäre gestern beinahe mit der gesunden Hand in die Kreissäge gekommen, weil er so übermüdet war.«

»Wird Zeit, dass der Endsieg eintrifft.« Tines Stimme klang bitter. Aber bitter war auch ihre Stimmung. Inzwischen war alles, alles, was sie in ihrem Leben erschaffen hatte, verloren. Und sie hasste es, ihrer Tochter zur Last zu fallen. Immerhin konnte sie sich um den Haushalt kümmern, auch wenn es immer weniger zu tun gab. Sven war Flakschütze und kam nur noch an seinem freien Tag vorbei – wenn es denn einen gab. Denn sobald der Fliegeralarm erklang, gab es keine Freizeit mehr. Dann rannten die einen, um Schutz zu suchen, und die anderen, um zu schützen. Sven war einer von ihnen. Und auch wenn sie den Gedanken hasste, dass er mit seinem MG von der Batterie »von Schröder« aus auf Menschen schoss, die allein dort droben über feindliches Gebiet flogen und auch nur auf ihr Überleben hofften, die auch Kinder und Ehefrauen und

Eltern hatten, so betete sie doch jedes Mal voll Inbrunst, dass ihm nichts geschah, dass der Kampf immer zu seinen Gunsten ausging. Sven war ein stiller Mann geworden, der sich seiner »Heldentaten« nie rühmte, auch wenn er bereits Orden bekommen hatte. Und Tine wusste, dass er in seinen stillen Stunden bereute, welchem Wahnsinn er auch mit seiner früheren Begeisterung den Boden bereitet hatte.

Immerhin hatten sie inzwischen schon eine gewisse Routine darin, in den Bunker zu gehen. Und doch bemerkte Tine immer deutlicher, dass es alte Bekannte gab, denen die ständige Panik zusetzte. Einige Insulaner tauchten auf ihren Plätzen im Bunker immer weniger auf. Es war fast, als hätten sie es darauf abgesehen, nicht zu überleben, wenn es wieder ein Bombardement der Insel gab.

»Hast du?«, fragte Jette.

»Entschuldige. Habe ich was?«

»Lass gut sein«, erwiderte Jette. »Ich mach schon.« Und sie stieg rasch die Treppe zu den Schlafkammern hoch, um die Fenster zu verhängen. Denn gegen Abend durfte man sich mit der Verdunkelung nicht zu viel Zeit lassen. Überall auf der Insel patrouillierten Kontrolltrupps, die nachsahen, dass auch nicht der leiseste Lichtschimmer mehr aus einem der Häuser drang, um den Fliegern keine Orientierungshilfe zu geben. Auch der Leuchtturm leuchtete längst nicht mehr. Jahrzehntelang hatte Tine es geliebt, wie er Nacht für Nacht seinen Lichtkegel um das kleine Eiland schickte. Weithin hatte man Helgoland auf die Weise sehen können, und die Insel war Fixpunkt für so viele Seeleute gewesen, hatte ihnen angezeigt, dass sie schon ganz nah am Festland waren, wo sie vor Anker gehen würden.

Seufzend stand Tine auf und überprüfte die Decken, die sie

im Erdgeschoss vor die Fenster gehängt hatten. Dann ging sie hinüber in die Werkstatt, wo sie Otto über eine Skizze gebeugt sah. Er erschrak, als sie die Tür öffnete. »Entschuldige«, murmelte er. »Ich dachte ...«

»Es ist gut, wenn du vorsichtig bist«, sagte Tine und sah ihn in stillem Einvernehmen an. Natürlich wusste sie, dass er mit einigen anderen auf der Insel über die Frage diskutierte, wie man diesen ganzen Wahnsinn zu einem Ende bringen konnte, wie man die Herrschaft der Nazis überwinden konnte. Aber etliche waren schon für viel weniger als das ins Gefängnis gegangen, waren in den berüchtigten Kellern der Gestapo misshandelt oder gar ins KZ geschickt worden. Friedrichs, in dessen »Friesenstube« seit jeher eher diejenigen verkehrten, die nicht zu den »Herrenmenschen« gehörten, hatten sie zur »Umerziehung« geschickt. Und es wäre gelogen gewesen zu sagen, er wäre nicht tatsächlich als ein anderer zurückgekommen. Aber dennoch gehörte er weiterhin zu den Aufrechten. Otto war in letzter Zeit verdächtig oft in der »Friesenstube«.

»Ja. Das müssen wir.« Er faltete den Zettel und steckte ihn weg.

»Hast du heute Nacht Dienst?«

Otto nickte. »Bis sieben Uhr früh.«

»Dann hoffe ich, ihr habt nichts zu melden.«

»Nicht sehr wahrscheinlich«, erklärte Otto, der seit einiger Zeit in der Signalstation als Hilfsfunker eingesetzt war. »Gibt eigentlich jede Nacht was. Aber vielleicht ist ja zumindest kein Bomberanflug dabei.«

»Das wäre schön.«

Tine prüfte die Fenster, rückte eines der Holzbretter, mit denen Otto die Scheiben der Werkstatt allabendlich verdeckte, zurecht und wünschte ihm einen guten Abend. Dann trat sie noch einmal ins Freie. Vielleicht würde sie noch einen Spaziergang zur Pastorei machen? Anni und Pastor Karl besuchen, die sie schon länger nicht gesehen hatte. Fritzis Grab besuchen – und die Gräber der anderen ... Was wohl ihre Geschwister machten, in Hamburg oder wo immer es sie hin verschlagen hatte? Es schien ihr ewig her, dass sie Gerda gesehen hatte. Die hatte ihr erzählt, dass es Frieder gut ging. Von Jolante hatte sie vor vielen Jahren einen Brief erhalten, dass sie einen reichen Kaufmann geheiratet hatte – aber seither nichts mehr. Von den zehn Kindern, die die Mutter zur Welt gebracht hatte, waren neun am Leben gewesen, als Tine Hamburg verlassen hatte. Wie viele mochten es jetzt noch sein?

»Moin, Frau Heesters«, grüßte Lore Freund. Tine hätte sie fast nicht erkannt. »Moin, Frau Freund! Wie schön, Sie mal wieder zu sehen.«

Die ehemalige Besitzerin des Insel-Cafés zwang sich zu einem Lächeln.

»Wie geht es Ihnen?«

»Je nu«, antwortete Lore Freund. »Ich bin jetzt auch als Hilfskrankenschwester eingeteilt. Ist nicht viel anders als früher. Nur dass ich jetzt keine Spiegeleier mehr in der Pfanne habe.« Und auf Tines verständnislosen Blick fügte sie hinzu: »Sind ja auch Bettpfannen.«

»Oh. Verstehe. Arbeiten Sie im Krankenhaus bei Jette?«

»Mhm. Sie hat mich ja hingebracht. Seit mein Heinz ... Und seit das Café ... na ja, von irgendwas muss man eben leben, nicht wahr? Ist halt leider das einzige Geschäft, das zurzeit gut geht. Der Krieg, meine ich.«

»Leider«, stimmte Tine zu. »Das geht schrecklich gut.«

»Schrecklich. Das trifft es.« Sie verstummte, als ein Zug von Kriegsgefangenen vorübermarschierte, streng bewacht von mehreren SS-Männern mit Gewehren. Alle auf der Insel wussten, dass diese Männer eingesetzt wurden, um immer weiter Bunkeranlagen in den Fels zu treiben – aber dass keiner von ihnen Schutz dort fand, wenn die Sirenen heulten. Es waren Russen und Ukrainer, von denen allerdings einige auch als Munitionskanoniere eingesetzt wurden. Es waren aber auch holländische Gestapohäftlinge darunter und italienische Militärgefangene. Plötzlich schien die »deutscheste aller deutschen Inseln« wieder ein Ort geworden zu sein, an dem die ganze Welt zusammenfand – allerdings unter grausamsten Bedingungen.

»Arme Teufel«, murmelte Lore Freund leise.

»Und wer ihnen was zusteckt oder ihnen sonst wie hilft, wandert auch gleich ins KZ«, sagte Tine. »Eine Schande ist das.«

»Und es wird sich rächen, Frau Heesters. Glauben Sie mir, es wird sich rächen. Dafür werden wir bluten.« Plötzlich schienen ihre Augen so tief, dass Tine ein Schauder über den Rücken lief. »Und zu Recht«, flüsterte sie. Dann holte sie tief Luft. »Ich muss weiter. Passen Sie auf sich auf, Frau Heesters!«

»Und Sie auf sich, Frau Freund.«

Weg war sie. Wie so viele andere würde Tine sie nicht mehr wiedersehen. Aber das wusste sie in dem Augenblick noch nicht.

✳ ✳ ✳

Es gab keine Saison mehr auf der Insel, eigentlich gab es keine Jahreszeiten mehr, denn alles war nur noch eins: ein Kämpfen und Ringen. Um das täglich Brot, ums nackte Überleben und um einen Rest von Zivilisation. Oft saß Tine in ihrer Kammer – sie war in den kleinen Verschlag gezogen, den Otto einst für Hedi gezimmert hatte – und las bei Kerzenschein in der

Bibel oder, an besseren Tagen, in einem der wenigen Bücher, die sie aus den Trümmern hatte retten können. Wenn es still war im Haus und auf der Insel, wenn alles schon schlief oder auf den nächsten Fliegeralarm wartete, schlug sie bei Kerzenschein hinter verdunkelten Fenstern einen Band mit Gedichten von Rilke auf oder von Fontane. Dann las sie diese wundervollen Verse, in denen sich die Welt in Schönheit fügte und selbst das Traurigste süß und köstlich war, weinte ein bisschen, manchmal blies sie auch die Kerze aus und nahm die Decke vom Fenster. Dann konnte sie Stunden dasitzen und in die Nacht hinausblicken, auf die Wellen, die im Mondlicht glitzerten, und auf die Sterne, die so zart und tröstlich am Himmel standen.

Bis wieder die Sirenen heulten und sie, als wäre es die natürlichste Sache der Welt, nach ihrer Bunkertasche griff und hinüber in die Küche ging, wo meist schon Jette stand und noch rasch mit Heidi Taschen und Mäntel zusammenraffte. In vielen Nächten war Jette jedoch nicht da, weil sie Dienst im Lazarett hatte, wo rund um die Uhr die Soldaten versorgt wurden, die mit den U-Booten und den sonstigen Schiffen hereinkamen, die verwundet waren und oft mehr tot als lebendig die Insel erreichten. Dann nahm Tine ihre Enkeltochter und lief mit ihr hinüber zum Fuchsbau genannten Bunker, stellte sich ordentlich in der Reihe an und suchte den Platz auf, der für die Familie reserviert war. Sie hatten sogar einige Sachen hierhergebracht, um sie vor den Bombern zu retten, falls irgendwann auch die kleine Bootswerft getroffen werden sollte.

Der Gang zum Bunker wurde so normal wie der Gang zur Schule. Normaler! Denn an vielen Tagen war es unmöglich für die Kinder, zur Schule zu gehen. Alles, was am Leben auf der Insel normal gewesen war, schien verloren gegangen zu sein.

Lilly, die einst Küchenhilfe im Insel-Café gewesen und dann einige Zeit mit dem großen Emil Jannings auf Reisen gewesen war, die ein Kind von ihm bekommen und ihn trotzdem wieder verlassen hatte, ließ an manchen Tagen ihre sehr schöne Stimme erklingen, um die Frauen dort unten zu trösten, die um ihre Männer draußen bangten. Sie saß schräg gegenüber von Tine und ihrer Familie, denn die Schutzsuchenden reihten sich auf langen Bänken an den Wänden des Stollens aneinander.

»Singst du uns was, Lilly?«, fragte Tine sie, als am Vibrieren der Luft deutlich wurde, dass diesmal auch Bomben fallen und die Flieger nicht nur in einiger Entfernung vorüberziehen würden. Lilly nickte. Es schien, als würde das Singen auch ihr selbst die Angst nehmen. Für Tine war es ein wenig, als säße ihre Schwester Fritzi mit im Bunker, denn Lillys Stimme war ihrer ganz ähnlich. Zumindest war es in Tines Erinnerung so.

Ich weiß nicht, was soll es bedeuten,
Dass ich so traurig bin,

sang Lilly. Und schon nach wenigen Takten summte manche Frau und auch mancher der Männer im Felsen mit.

Ein Märchen aus uralten Zeiten
Das geht mir nicht aus dem Sinn.

Der Bunkermeister knurrte etwas. Und als Lilly dennoch weitersang, stand er auf, inzwischen waren die ersten Treffer bereits zu hören gewesen, und herrschte sie an: »Aufhören! Das ist defätistisch!«

»Aber das ist die Loreley!«, protestierte Lilly. »Ein beliebtes Volkslied.«

»Sing was anderes!« Er schlurfte wieder zurück zu seinem Platz an der Stahltür. Tine musste an Peer denken. Alte Soldaten waren es, die bevorzugt für diese Arbeit eingesetzt wurden. Ob er noch auf der Insel war? Tine hatte die Listen mit den Namen der Opfer studiert, immer wieder. Aber ein Peer Fischer war nicht dabei gewesen.

Flieg, Gedanke, getragen von Sehnsucht,
Lass dich nieder in jenen Gefilden,
Wo in Freiheit wir glücklich einst lebten,
Wo die Heimat uns'rer Seele ist.

Nicht jeder kannte den Text, aber jeder kannte die Melodie des berühmten Gefangenenchors aus Giuseppe Verdis »Nabucco« – und viele Stimmen summten sie mit, auch Tine, die bei diesen Worten an den Pfarrgarten dachte, an die Düne mit ihrer wilden und lieblichen Natur, an die Wellen, über die sie mit Henry geschaukelt war. Draußen aber dröhnten die Motoren der Bomber, und immer öfter erschütterten die Treffer ihrer tödlichen Last den Felsen und ließen die Wände des Bunkers beben. Lilly aber sang, als gäbe es kein Draußen, als gäbe es keinen Tod und keinen Überlebenskampf dort droben, wo die Söhne und Väter verzweifelt gegen einen übermächtigen Feind kämpften.

Was an Qualen und Leid unser harret,
Uns'rer Heimat bewahr'n wir die Treue!
Teure Heimat, wann seh ich dich wieder,
Dich, nach der mich die Sehnsucht verzehrt?
Teure Heimat, wann seh ich dich wieder,
Dich, nach der mich die Sehnsucht verzehrt?

Als sie geendet hatte, gab es niemanden, der nicht Tränen in den Augen gehabt hätte. Am heftigsten aber weinte der alte Soldat, der an der Tür saß und die Hände vor die Brust gepresst hielt.

Nein, es gab keine Jahreszeiten mehr, es gab nur noch eine Zeit, die sich unendlich ausdehnte und kein Ende zu nehmen schien in ihrer Grausamkeit. Sie mochte an manchen Tagen kalt, an anderen heiß sein. Und gelegentlich gab sie sich den Anschein, als sei sie ein strahlender Sommertag oder eine glitzernde Winternacht. Doch in Wahrheit war es nur ein endloses Warten auf Erlösung: durch ein Ende dieses verdammten Krieges oder durch einen gnädigen Tod.

※ ※ ※

Diesmal waren die Schäden weitaus größer als in dem Jahr, in dem Tines kleine Kate zerstört worden war. Viele Einheimische wurden nun evakuiert. Auch Tine bekam eine Aufforderung, sich am Südhafen einzufinden. Doch als es so weit war, brachte sie es nicht über sich, die Insel zu verlassen. Denn alles, was ihr wichtig war, war doch hier: die Lebenden und die Toten, die sie bis hierhin begleitet hatten. Was sollte sie ohne diese geliebten Menschen an einem anderen Ort?

Außerdem brauchte Jette sie mehr denn je. Seit einiger Zeit ging auf Helgoland zu allem anderen auch noch eine Scharlachepidemie um. Zahlreiche Insulaner, vor allem die Erwachsenen, die sich angesteckt hatten, mussten einige Tage im Krankenhaus verbringen, während gleichzeitig immer mehr Verletzte versorgt werden mussten. Längst waren die Zeiten vorüber, in denen die deutsche Marine noch Siege zu vermelden hatte. Die Seestreitkräfte der Alliierten waren immer erfolgreicher geworden, immer mehr deutsche Soldaten gingen in Kriegsgefangenschaft, immer mehr blieben auf See – und immer mehr wurden mit letzter Not in die Häfen von Helgoland verbracht, um so schnell wie möglich in den Lazaretten versorgt zu werden.

Eines Tages im Morgengrauen wurde Julia hoch fiebernd eingeliefert. Sie war schweißgebadet erwacht und wenig später in Ohnmacht gefallen. Eine der Hilfsschwestern rief Jette und vertrat sie auf der Station mit den Schwerverletzten. »Julchen! Was ist mit dir?« Natürlich sah sie es sofort. Sie wusste ja, dass Scharlach auf der Insel grassierte. Dennoch erschrak sie, als sie ihrer Tochter die Temperatur fühlte. »Schnell! Mach eine kalte Wanne!«, rief sie einer Kollegin zu. »Wir müssen die Temperatur schnellstens runterbringen. Und ich brauche zwei kräftige Männer, die mir mit ihr helfen.« Sie maß Julias Temperatur und spürte einen Stich ins Herz, als sie 41,5 Grad von der Skala ablas. Da waren die starken Helfer – kriegsgefangene Franzosen – schon an Julias Bett und packten sie von beiden Seiten, um die immer noch Besinnungslose hinüberzutragen zu den Baderäumen.

Im eisigen Wasser verkrampfte sich Julia, zuckte und schlug schließlich um sich. Aber dann beruhigte sie sich etwas. Sie ließen sie wenige Minuten in der Wanne, hoben sie dann wieder heraus, warteten etwas, um sie abermals und schließlich noch ein drittes Mal ins kalte Wasser zu legen. Dann hoben sie sie auf eine Trage, auf der Jette schon feuchte Tücher gebreitet hatte, in die sie sie schlug, um die Hitze abzuleiten. Und nach Stunden, endlich, war das Fieber so weit gesenkt, dass Julias Puls nicht mehr raste, dass ihr Atem nicht mehr flach ging und dass sie schließlich sogar die Augen aufschlug und verwundert ihre Mutter betrachtete, der die Sorge tiefe Furchen auf die Stirn gezeichnet hatte. »Mama? Was ist?«

»Du bist krank, Kindchen.«

»Bekomme ich einen Kakao?«

Jette lachte. »Ach, mein Schatz«, sagte sie. »So viel du willst. Wir müssen nur noch abwarten, bis der Krieg vorbei ist.«

»Das kann nicht mehr lange dauern«, sagte Otto, der mit einem Mal auch an Julias Bett stand. Jette atmete auf. »Ich bin so froh, dass du da bist. Ich dachte schon, wir verlieren sie.«

»Ich habe es eben erst gehört. War drüben bei den Funkern.«

»Ach, mein Lieber«, erwiderte Jette. »Ich weiß doch, dass du gekommen wärst, wenn du es früher erfahren hättest. Aber du hättest nichts tun können.«

»Sie wollten mich auch jetzt nicht weglassen. Ich habe heute Freiwache.«

»Um Gottes willen, Otto! Musst du das denn machen? Du bist doch kein Soldat.« Jette presste sich die Faust an die Lippen. Freiwache, das bedeutete, dass man bis zuletzt draußen blieb, wenn es Fliegeralarm gab. Dass man auf Sicht beobachtete und meldete.

»Keine Sorge«, sagte Otto. »Ich bin am Leuchtturm stationiert. Dort sind wir in einem Augenblick im Bunker, wenn die Bomben fallen.«

»Wenn du meinst …«

»Jette, ich wollte dir noch etwas sagen …« Er nahm seine Frau zur Seite und zog den Vorhang vor Julias Krankenbett zu, um nicht beobachtet werden zu können. »Wir sind verraten worden«, flüsterte er.

»Wir? Wer ist wir?«

»Die Männer um Friedrichs und Braun.« Jette konnte ihn kaum noch hören, als er sagte: »Wir waren mit den Engländern in Kontakt. Wir wollten die Insel friedlich übergeben.«

»Aber wie soll das …«

»Einer von uns hat es der Kommandantur verraten. Vielleicht auch zwei. Sie suchen nach uns.«

»Auch nach dir?«

»Ich schätze, sie kennen auch meinen Namen.«

»O Gott, Otto, du musst dich verstecken!«

Otto lächelte wehmütig. »Wo soll ich mich denn verstecken, Jette? Auf dieser Insel wird jeder Quadratzentimeter überwacht. Und ein Entkommen gibt es nicht. Wenn ich jetzt mein Boot losmache, werden sie mich in die Luft jagen.« Er schüttelte den Kopf. »Ich hoffe nur, es ist aus, ehe sie uns an die Wand stellen.«

Fassungslos starrte Jette ihren Mann an. »Aber, sie können euch doch nicht … das darf nicht … Otto!«

»Schschsch«, machte Otto. »Kümmere du dich um Julchen, mein Schatz. Ich versuche, am Leben zu bleiben, bis der Spuk zu Ende ist. Aber versprich mir, dass ihr schnell seid, wenn der Alarm kommt. Denn diesmal wird es fürchterlich.«

»Es ist immer fürchterlich, Otto«, sagte Jette.

»Glaub mir, du wirst dir einen anderen Bombenangriff wünschen, wenn du diesen erlebst. Versuch, Julchen hier rauszubringen. Sie soll mit dir in den Bunker gehen.«

Jette nickte. »Bitte, Otto, verlass uns nicht«, sagte sie, stolz auf ihren Mann, der sein Leben zu riskieren bereit gewesen war, um die Insel zu retten, und der jetzt ganz auf sich allein gestellt war.

Otto nahm seine Frau in den Arm und hielt sie für einen Augenblick ganz fest. »Selbst wenn ich tot bin, werde ich euch nicht verlassen«, sagte er leise und küsste sie auf die Stirn. »Ich werde immer bei euch sein.«

✳ ✳ ✳

Der Angriff kam gegen Mittag. Als die Sirenen zu heulen begannen, dachten die meisten Insulaner noch, es wäre der übliche Mittagsalarm. Doch kurz darauf kamen die Lautsprecherdurchsagen, die die Menschen aufforderten, die Bunker aufzusuchen, und es wurde Vollalarm ausgelöst. Es war ein heller Sonnentag, schon von fern war die Bomberstaffel sichtbar: ein gewaltiger Verband von Flugzeugen, der größte, der bisher auf die Insel Kurs genommen hatte. Die Zivilisten drängten in die Bunker, die Soldaten nahmen ihre Gefechtsstellungen ein, die Flakbatterien begannen bereits zu schießen, noch ehe die Stahltüren geschlossen waren.

Es dauerte zwei Stunden. Schon nach wenigen Minuten wurden immer mehr Verwundete in die Bunker gebracht. Die Schutzsuchenden standen auf ihren Bänken, um den Mittelgang freizumachen. Auf Brettern und Türen wurden die stöhnenden oder ohnmächtigen Männer vorbeigetragen, und es wurden immer mehr. Die Einschläge der Bomben erschütterten die Insel und ließen die Wände selbst der stärksten Bunkeranlagen wackeln. Schon nach zehn Minuten waren die Flakgeschütze nicht mehr einsatzfähig. Augenblicke später waren die meisten Soldaten, die auf den Klippen Dienst taten und noch nicht in sicheren Bunkern Zuflucht gefunden hatten, tot oder schwer verwundet. Manche schleppten sich zu den Schutzräumen, konnten aber nicht auf sich aufmerksam machen und starben vor den rettenden Türen.

Die Türme der Insel stürzten in sich zusammen: der Turm der Kirche St. Nicolai, der so lange Zeit die höchste und stolzeste Erhebung Helgolands gewesen war, der Funkturm und auch der Leuchtturm. Unter ihm begraben wurde Otto Brückner, dessen letzter Gedanke seiner geliebten Frau und seinen Kindern galt. Sein Sohn Sven fand den Tod auf der Batterie

»von Schröder« Er hatte so lange wie möglich ins Leere geschossen, um wenigstens die Piloten zu verschonen, bis er von den Trümmern der getroffenen Betonbefestigung erschlagen wurde.

Als sich die Türen der Bunker wieder öffneten, rangen die Eingeschlossenen um Licht und Luft. »Komm«, sagte Tine. »Wir müssen so schnell wie möglich raus.« Julia war während des Bombenhagels mehrmals bewusstlos geworden, ihre Temperatur war wieder gestiegen. Nur mit Mühe konnten sie sie überhaupt ins Freie bringen. Im ersten Moment war kaum etwas zu erkennen, so dicht hingen Staub und Rauch in der Luft. Vor allem der beißende Rauch machte das Atmen schwer. Doch dann riss eine Windböe den Qualm für einen Moment mit sich – und allen, die nach draußen getreten waren, blieb das Herz stehen: Helgoland brannte.

Die Insel war nicht wiederzuerkennen. Fast alle Gebäude waren völlig vernichtet, Flammen schlugen aus den Trümmern, Bombentrichter fügte sich an Bombentrichter, sodass man kaum ein paar Schritte gehen konnte. Es war ein Inferno, das sich den Blicken der Menschen bot. Sie hatten eine schöne, ehrwürdige, stolze Insel hinterlassen und betraten nun eine Ruine, wie sie es sich niemals hätten vorstellen können.

»Ich muss zum Leuchtturm«, sagte Jette atemlos und lief über die Trümmer, durch Schutt und Geröll. Immer wieder versuchte sie sich zu orientieren, versuchte den Turm zu sehen. Doch sie sah ihn nicht. Sie konnte ihn nicht sehen, weil er nicht mehr existierte. Alles, was sie noch vorfand, war das steinerne Grab, unter dem auch ihr Mann sein Ende gefunden hatte.

※ ※ ※

Man hatte die Überlebenden in den U-Boot-Bunker gebracht, den einzigen Ort auf der Oberfläche der Insel, der nahezu unbeschädigt war. Es hatte noch eine zweite Welle gegeben, in der die Reste dessen, was noch stand, niedergemacht worden waren. Helgoland war zur Mondlandschaft geworden: übersät von gewaltigen Kratern, lodernd und rauchend, eine Wüste. Die meterdicken Stahlbetondecken des U-Boot-Hafens hatten den Bomben allerdings standgehalten. Vielleicht hätten die besonders schweren Kaliber, die in der zweiten Welle über der Insel abgeworfen worden waren, sie an der ein oder anderen Stelle zum Einsturz bringen können. Aber diese mörderischen Exemplare waren zwar an mehreren Orten auf dem Ober- und dem Unterland eingeschlagen, eine sogar ganz nah am U-Boot-Hafen, doch die Anlage selbst hatten sie verfehlt.

Es waren unwirkliche Stunden in den düsteren Eingeweiden dieser Kriegsmaschine, die Zivilisten bisher verboten gewesen war. Riesig und kalt waren die gewaltigen Gewölbe, unter denen sich drei Hafenbecken erstreckten, in denen am nächsten Tag aber keine U-Boote anlegten, sondern vor denen zwei Marineversorger vor Anker gingen und ein Fahrgastschiff, das wirkte wie ein trauriger Gruß aus einer anderen Zeit. Tines Herz schnürte sich zu, als sie den Namen dieses Schiffs las: »Kehrwieder«. Tränen schossen ihr in die Augen, und sie brauchte einige Zeit, um sich wieder zu fassen. »Welches wird unseres sein?«, fragte sie einen der Soldaten, die sich um die Evakuierung kümmerten.

»Das da.« Er deutete in Richtung des Fahrgastschiffs, und Tine nickte. Wenn sie es sich hätte wünschen können, sie hätte sich dieses Schiff gewünscht. Obwohl sie keine Vorstellung davon hatte, ob eine Wiederkehr auf die Insel jemals möglich sein würde – und ob sie ein solches Ereignis überhaupt würde erleben können. Denn die Jahre hatten an ihr gezehrt. Längst war sie eine alte Dame geworden. Doch wenn das Alter ihr bis vor einiger Zeit nichts hatte anhaben können, so lag es jetzt mit doppelter und dreifacher Last auf ihr. Denn es war doch kaum mehr etwas da von dem, was ihr all die Jahre Auftrieb und Kraft gegeben hatte. So viele Menschen hatte sie sterben sehen, so viele Niederlagen erlitten. Im Angesicht des Dampfers und in der Kälte des U-Boot-Hafens an diesem 19. April 1945, einen Tag nach dem unvorstellbaren Bombenhagel, der über Helgoland niedergegangen und ihr Lebenswerk vollständig vernichtet hatte, fühlte sich Tine am Ende ihrer Kräfte.

»Und wann wird es so weit sein?«

»In den nächsten Stunden«, antwortete der Soldat geduldig. Selbst ihn schien das Leid der Menschen, die Hab und Gut, die ihre Liebsten verloren hatten und nun auch noch ihre Heimat verloren, anzurühren. »Brauchen Sie was zu trinken?«

Tine schüttelte den Kopf. »Danke. Was ich brauche, können Sie mir nicht geben.«

Jette saß in einiger Entfernung. Sie hatte sich einen Winkel gesucht, in dem sie still trauern konnte. Sie war so untröstlich über den Verlust ihres Mannes, dass sie seit der Entdeckung der Leuchtturmruinen kein Wort mehr gesprochen hatte.

Immer wieder entdeckte Tine auch Menschen, die ihr etwas bedeutet hatten und die dem Inferno entkommen waren. Manchmal sah sie sie durch die düstere Halle gehen, manchmal wurde sie auch angesprochen. Von Annemarie Karl etwa, der Frau des Pastors. »Tine?«

»Anni! Ich hätte dich fast nicht erkannt.«

»Ich dich auch nicht, entschuldige.«

»Wir sind eben Teil der Insel«, erwiderte Tine. »Die erkennt man auch nicht wieder.«

»Ja. Das ... das ...« Sie schluchzte und wischte sich die Augen, denen man ansah, wie viel sie schon geweint hatten.

»Dein Mann?«

»Tot.«

»Das tut mir leid, Anni.« Tine schluckte. »Otto und Sven sind auch tot.«

Annemarie wollte noch etwas erwidern, fand aber keine Worte mehr, sondern umarmte Tine nur und ließ sich von ihr umarmen, bis sie beide ein wenig Trost in ihren Tränen gefunden hatten. Dann atmete sie tief durch und sagte: »Immerhin haben die Kinder überlebt. Ich muss wieder rüber zu ihnen.«

»Geh nur, Anni. Alles Gute für euch.«

»Für euch auch«, sagte Annemarie. »Ich bete für euch.«

»Danke.« Tine wusste nicht, ob sie noch einmal beten würde. Was für einen Sinn ergab es denn, Gott anzuflehen, wenn er sich doch nur den Teufel um seine Kinder scherte? Ob es ihn überhaupt gab? Wer wusste das schon. Aber vielleicht hatte er sich auch nur abgewandt von den Menschen, nachdem er erkannt hatte, wozu sie fähig waren.

Die Nacht brach an, und mit ihr weitere Stunden der Kälte, des Hungers und des Harrens. Es wurde viel geweint, es wurde manchmal auch gesungen. Doch die Lieder waren traurige, und es fiel den meisten schwer einzustimmen. Als der Leiter der Evakuierung erste Anweisungen gab, wie und wo die Zivilisten auf ihr Schiff zu gehen hätten, schloss er mit dem Ruf: »Heil Hitler!« Selbst die glühendsten Anhänger des »Führers« aber brachten diesen Gruß nicht mehr über die Lippen. Wie viel, wie unendliches Leid hatte dieser Mann über die Insel und über die ganze Welt gebracht. Wie viele Menschen hatten sterben müssen, weil ihm die Deutschen mit Hurra gefolgt waren! Vielleicht gab es doch einen Gott, einen grausamen, einen gerechten Gott. Und das, was dieser kleinen Insel weit draußen in der Nordsee widerfahren war, war ein Teil des Gottesgerichts, das über das Deutsche Reich und seine grausamen Herrscher hereingebrochen war.

»Sie müssen jetzt an Bord«, sagte der freundliche Soldat von vorhin zu Tine und rüttelte sie an der Schulter.

»Ist es so weit?«

»Es ist so weit.«

Und dann ging sie aufs Schiff, auf die »Kehrwieder«, so viele Jahre, nachdem sie auf die Insel gekommen und hier ihre Heimat, ihre Aufgabe und ihr Glück gefunden hatte.

✳ ✳ ✳

Kehrwieder

Helgoland 1952

Noch war es nur eine schmale, blasse Linie, von einem Dunststreifen kaum zu unterscheiden, die sie erblickte und die niemand sonst zu bemerken schien. Aber ganz allmählich zeichneten sich über dem Horizont deutlich die Umrisse des unverwechselbaren Felsens ab. Mit einem wohligen Schaudern hielt Tine den Atem an. Und nur wenige Augenblicke später rief ein Junge, der sich ganz vorn auf dem Schiff befinden musste: »Land in Sicht!« Da tönte es plötzlich von überall: »Helgoland!«, und der alte Gruß der Insel erscholl aus unzähligen Kehlen: »Welkoam iip Lunn!« Und die Menschen fielen sich in die Arme, als könnten sie jetzt erst glauben, was sie doch alle stets gewusst hatten: Die Insel – sie war noch immer da!

Wie ein mächtiges Band, das die Jahre nicht hatten beschädigen können, empfand Tine eine überwältigende Verbundenheit mit diesem Felsen im Meer, der rasch näher kam, als wollte er sie zu sich ziehen, ja als habe er geradezu darauf gewartet, dass sie endlich wiederkäme. Das Bild der Insel vor ihren Augen verschwamm, denn sie konnte die Tränen nicht zurückhalten. Alle Traurigkeit, die sie seit dem Abschied empfunden hatte, schien sich jetzt, im glücklichen Moment des Wiedersehens, entladen zu wollen. Als sie endlich vor Anker gingen, war Tine unter den Letzten, die mit einem der kleinen weißen Boote an Land gesetzt wurden. Unwillkürlich erinnerte sie sich an jenen Augenblick, in dem sie zum ersten Mal einen Fuß auf die Insel gesetzt hatte. Viele Jahre waren seither vergangen. Und doch, nach allem, was seither geschehen war, Gutem wie Schlechtem, war eines gleich geblieben: Genau wie damals war sie allein.

※ ※ ※

Sieben Jahre lang war die Insel von den Briten besetzt gewesen und als Bombenabwurfgelände missbraucht worden. Tausende von Explosionen hatte sie aushalten müssen – und es war den Menschen strengstens verboten gewesen, den Fuß auf ihr Heimatland zu setzen. Vor einigen Jahren hatten die einstigen Kriegsgegner gar versucht, den Felsen vollständig zu sprengen. Die gewaltige Detonation war noch im fernen Hamburg zu hören gewesen, kilometerweit waren Rauch und Asche in den Himmel gestiegen. Doch wie durch ein Wunder war nur ein kleiner Teil der Insel in sich zusammengesunken. Der Fels stand fest im Meer.

Und nun endlich war er zurückgegeben worden. Von überall her kamen die Insulaner, um ihre Heimat wieder zu betreten, um nach dem kleinen Fleckchen Erde zu sehen, von dem sie einst gekommen waren. Dass nichts mehr stand außer dem verhassten Flakleitstand, war für viele eine quälende, aber keine überraschende Erkenntnis. Es wäre kaum glaublich gewesen, hätten mehr als ein paar Mauerreste die jahrelangen Bombardements überstanden.

Die Rückkehr auf die Insel war vor allem ein Wiedersehen mit jenen, die überlebt hatten. Dass Tine dazugehörte, erstaunte sie von allen am meisten. »Bist eine sehr alte Dame geworden, Tine Heesters«, sagte Irene Hansen, die im gleichen Alter und sehr schmal geworden war.

»Danke, gleichfalls«, erwiderte Tine. »Und? Was macht der Laden in Schanghai?«

»Läuft noch besser als der in Hamburg«, sagte die ehemalige Schneiderin. Dann lachten sie und umarmten sich, bis sie weinen mussten. »Sind viele nicht mehr da«, stellte Irene Hansen mit rauer Stimme fest, während sie neben ihr her zu den Überresten der großen Treppe ging und mühsam mit ihr hinaufstieg ins Oberland.

»Wenn man so alt wird, erlebt man eindeutig zu viel«, sagte Tine.

»Ach, ich weiß nicht«, entgegnete die alte Freundin. »Manche Dinge hätte ich schon gerne noch erlebt. Einen Frühling auf Helgoland, so wie es früher mal war ...?«

Eigentlich ist alles nichts,
Heute hält's, und morgen bricht's,

zitierte Tine aus einem ihrer liebsten Gedichte:

Hin stirbt alles, ganz geringe
Wird der Werth der irdschen Dinge;
Doch wie tief herabgestimmt
Auch das Wünschen Abschied nimmt,
Immer klingt es noch daneben:
Ja, das möcht' ich noch erleben.

Sie gingen hinüber zum Kirchhof von St. Nicolai, doch es war nichts mehr vorhanden außer Trümmern von Grabsteinen neben den Trümmern der Kirche. Dennoch verharrten sie einige Minuten in stillem Gebet um all jene, die sie einst hier zur Ruhe gelegt hatten.

»Kommst du noch mit zur Pastorei?«, fragte Tine. Sie wartete nicht auf eine Antwort, sondern suchte den Weg durch Straßen, die nicht mehr existierten, vorbei an Häusern, die nicht mehr standen, bis sie den Platz erkannte, wo sich noch die Grundmauern der ehemaligen Pastorei eine Handbreit über der Erde erhoben. Auch der Pfarrgarten, den sie so geliebt hatte, war nur noch eine Wüste. Nichts mehr war geblieben von der Blütenpracht, die einst im Frühling hier geherrscht hatte. Da überfiel Tine erneut eine so tiefe Trauer, die ihr den Atem nahm.

»Was machen wir eigentlich hier, Tine?«, seufzte Irene Hansen. »Was soll ich denn hier noch bewirken, wenn ich mir das alles anschaue...« Sie klang mit einem Mal verzagt, hilflos, hoffnungslos.

»Du bist eine starke Frau, Irene«, sagte Tine, sich plötzlich an die Worte erinnernd, die Frau Liebrecht einst zu ihr gesagt hatte. Es war eine Botschaft aus ferner Zeit. Aber es war auch eine allgemeingültige Wahrheit! Eine Wahrheit, an die sich jede Frau an jedem Ort zu jeder Zeit erinnern sollte. Und indem sie Irene Hansen damit Mut zusprach, merkte sie, dass sie auch selbst neuen Mut fasste. »Du bist stark. Und starke Frauen braucht diese Welt. Jetzt mehr denn je.«

»Gott sei Dank gibt es Menschen wie dich, Tine«, erwiderte die Freundin, »die einem selbst in der größten Verzweiflung einen Hoffnungsschimmer zeigen.« Sie winkte und ging davon.

Tine zögerte noch. Auch wenn der Pfarrgarten nicht wiederzuerkennen war, war er doch ein heiliger Ort für sie. Wenn sie die Augen schloss, meinte sie, sich an den Duft der Blumen erinnern zu können, die einst hier geblüht hatten: Rosen und Lavendel, Jasmin und Flieder... Ja, so sollte es eines Tages wieder sein. Vielleicht würde sie ja wirklich noch ein klein wenig daran mitwirken können. Sie wollte sich schon abwenden, als sie bemerkte, dass unter all dem Schutt noch ein blühender Zweig herausragte. Und als sie sich niederbeugte, erkannte sie, dass es der Maulbeerbaum war, unter dem sie so glückliche Stunden verbracht hatte. Jener legendäre Baum, unter dem sie Benedikte Bergmann und Pastor Karl getraut hatten und der angeblich so vielen verzweifelten Paaren Zuflucht geboten hatte. Es war nur ein zarter Spross, der aus dem Wurzelstrunk trieb, aber sein helles Grün war wie ein Gruß der Hoffnung ins Tal der Verzweiflung. Tine verstand genug von Pflanzen, um zu wissen, dass dies genug war, um den Baum zu retten. Sacht fuhr sie mit den Fingerspitzen über den winzigen Zweig und fragte sich, wem der Baum wohl einst wieder Schutz bieten würde.

※ ※ ※

Er hatte sie schon von weitem auf sich zukommen sehen. In dem Augenblick hatte er gewusst, dass alles einen Sinn gehabt hatte. Die Jahre des Wartens und die Jahre der Hoffnung. Die Zeit, in der er ins KZ gegangen war, weil er nicht nur einem kleinen Mädchen, sondern auch noch einem Kriegsgefangenen geholfen hatte, Zuflucht in den Bunkern zu finden. Die ungestillte Sehnsucht und die verlorene Jugend – alles war vergeben in diesem Moment des Glückes.

Als er sie den Strand heraufkommen sah, schien sie ihm wie Aphrodite, die dem Meer entstieg. Gewiss, Tine war nicht mehr das junge Mädchen, das er früher einmal gekannt hatte. Sie war eine alte Dame geworden. Doch jede ihrer Gesten war wie damals, als er sie am Elbstrand begleitet hatte, den Blumenkorb in der Hand. Für Peer hatte sich nichts geändert.

Die wenigen Pioniere, die sich auf der Insel bereits mehr oder weniger häuslich eingerichtet hatten, waren am Südhafen versammelt, um den Dampfer zu begrüßen. Sie hatten Fähnchen in der Hand, manche auch Blumen, winkten und riefen den Ankömmlingen Willkommensgrüße entgegen. Tine schien sie aber gar nicht zu hören, sondern unterhielt sich mit einer anderen Frau, ehe sie gemeinsam den Weg herauf ins Oberland nahmen. Voll Zärtlichkeit beobachtete Peer die Frau, von der er sein Leben lang geträumt hatte, verfolgte ihren Weg über Schutt und Geröll zu den Ruinen der Kirche hin und dann übers Oberland ein Stück nordwärts. Die Pastorei war hier gewesen, kümmerliche Reste des Anwesens waren noch zu erahnen.

Es war Zeit. Genau genommen war es höchste Zeit! Alt waren sie geworden, alle beide, älter als sie es sich hätten träumen lassen. Aber jeder Tag, den sie noch miteinander hatten, würde es wert gewesen sein. Er holte tief Luft, nahm seinen Hut ab und folgte Tine in den ehemaligen Pfarrgarten. Im Näherkommen erkannte er, dass sie einen kleinen hellgrünen Spross entdeckt hatte. »Vielleicht der schönste Zweig, den du je gebrochen hast«, sagte er sanft, als er hinter ihr stand. Und die Frau, die er vom ersten Moment an geliebt hatte, die Frau, die er sein ganzes Leben lang im Herzen bei sich gehabt hatte und die nun in seine Richtung blickte, verständnislos, ungläubig, wie vom Donner gerührt, entgegnete: »Ja, Peer. Der schönste Zweig. Aber ich werde ihn nicht brechen. Er ist verzaubert.«

»Das bin ich auch«, sagte Peer. »Von dir.«

Sie richtete sich auf und nahm seine Hand. »Gehen wir ein Stück?«

»Gerne«, erwiderte er. »So wie damals am Elbstrand. Nur dass ich dich diesmal nicht mehr loslasse.«

»Das musst du auch nicht. Diese Insel ist alles, was ich mir gewünscht habe.«

»Alles?«

»Die Insel und dich.«

– ENDE –

Dichtung und Wahrheit

Bei einem meiner letzten Inselbesuche hat mich eine Helgoländer Ladenbesitzerin auf eine Tasse Tee eingeladen und in ihre »Gute Stube« gebeten. Und weil auf Helgoland so ziemlich jeder jeden kennt, stellte sich schnell heraus, dass sie auch mit **James Krüss** gut bekannt war. Als wir uns verabschiedeten, gab sie mir ein Büchlein mit, das vom Leben des Autors erzählte. Ich las es auf der Überfahrt nach Hamburg und stieß dabei auf folgende autobiografische Skizze:

Im Jahre 1926 war die Inhaberin des einzigen Blumenladens der Insel Helgoland zugleich die einzige Hebamme am Orte. Vom 28. bis zum 31. Mai, vier volle Tage lang, musste sie ihre Zeit zwischen den Rosen, Lilien und Narzissen ihres Ladens und dem Wochenbett meiner Mutter teilen. Am letzten Maitag (…) kam ich verspätet, aber gern zur Welt (…) Weiße Segel umkreisten (…) die Insel, die Hebamme duftete nach Rosen, meine Mutter sang, und es war Mai. Nur mein Vater weinte. Wir alle mussten uns später ein wenig seiner annehmen. Er war im November zur Welt gekommen.

Als die Fähre in Hamburg anlangte, hatte ich das Büchlein nicht nur zu Ende gelesen, ich hatte mir auch seitenweise Notizen gemacht über die Hebamme. Und als ich hungrig zu Bett ging, weil die Hotelküche schon geschlossen hatte und ich nicht noch einmal ausrücken wollte, wusste ich, welche Geschichte ich schreiben würde: die Geschichte der Helgoländer

Hebamme Tine Tiedkens, die als Hamburger Blumenmädchen auf die Insel ausgewandert ist und später einem meiner Lieblingsdichter auf die Welt geholfen hat.

Auch wenn meine Heldin Tine Tiedkens fiktiv ist und man heute über ihr reales Vorbild (die Hebamme, die gleichzeitig Blumenhändlerin war) nichts mehr in Erfahrung bringen kann, so ist das Schicksal dieser Frau eines, das sich eng an die historischen Ereignisse der Insel anlehnt.

Die *Insel der Wünsche* beginnt 1887 in Hamburg. Tine lebt in ihrer Kindheit und Jugend im Gängeviertel von Hamburg, einer der armseligsten Gegenden des 19. Jahrhunderts. Hunger, Gewalt und Krankheit sind dort an der Tagesordnung. Tine ist eines von zehn Kindern einer Familie, die kaum genug zum Leben hat. Sie ist befreundet mit einem Tagelöhner, der sich mit schweren Arbeiten im Hafen verdingt, auch er noch fast ein Kind. Auch Tine arbeitet an den Kais des Hamburger Hafens, wo sie Blumen verkauft, die sie frühmorgens auf den Marschwiesen nördlich von Altona pflückt. In den Abendstunden geht sie dem Bader in ihrem Viertel zur Hand.

Die konkrete schwere, entbehrungsreiche Kindheit, die im Roman beschrieben wird, hat es nie gegeben. Niemand weiß, ob das historische Vorbild von Tine ein Hamburger Blumenmädchen war oder die Tochter einer alteingesessenen Helgoländer Familie. Aber es gab viele solche Kindheiten zu jener Zeit an jenem Ort. Das ausgehende 19. Jahrhundert war geprägt von der Entstehung unvorstellbaren Reichtums auf der einen Seite und bitterster Armut auf der anderen. Das Gängeviertel in Hamburg gibt es heute längst nicht mehr. Es ist wenige Jahre, nachdem Tine es verlassen hat, abgerissen worden. Schon zuvor war ein Teil geräumt und zerstört worden, damit die Speicherstadt entstehen konnte: Menschen mussten dem

Geld weichen. Was wir heute als historisches architektonisches Erbe dankbar bewundern, ist auf dem Leid vieler Menschen errichtet worden. Der Hamburger Hafen erlebte in jenen Jahren einen wahren Boom. Entsprechend hart ging es zu. Wo Geld im großen Stil verdient wird, blüht stets auch die Ausbeutung.

Die Kinder des Gängeviertels mussten arbeiten, sobald sie das konnten. Dabei waren es die niedrigsten Arbeiten, die man sich vorstellen kann. Blumenmädchen, wie Tine, war womöglich eine vergleichsweise angenehme Aufgabe, auch wenn sie hart und schlecht vergütet war. Es gibt noch einige wenige historische Fotografien von Kindern und jungen Frauen, die so ihren Lebensunterhalt verdienten.

Diesem Elend will Tine entfliehen. Sie wünscht sich an einen besseren Ort. Und als ihr eines Tages ein Helgoländer Hotelier vorschlägt, ihr Glück als Saisonarbeiterin auf der Insel zu versuchen, wird der Wunsch, dorthin zu gelangen, übermächtig.

Tatsächlich war Helgoland zu dem Zeitpunkt bereits ein renommiertes Seebad, ein Sehnsuchtsort für viele Menschen, auch wenn es sich nur wenige Begüterte leisten konnten, dort zu kuren. Doch es wurden immer mehr, die sich den Luxus gönnten. Reiche Kaufleute, zunehmend auch aus dem Deutschen Reich, zog es auf die Insel. Und mit zunehmendem Tourismus stieg auch die Nachfrage nach Personal vom Festland für die Monate der Saison.

Helgoland war 1887 noch Teil des britischen Empire. Über der Insel wehte der Union Jack. Doch im Hintergrund verhandelten die Diplomaten längst um einen Tausch mit afrikanischen Besitzungen des deutschen Kaiserreichs. 1889 ging die Insel dann in den Besitz des deutschen Kaisers über – und zwar tatsächlich zunächst als Krongut! Von der feierlichen Zeremonie an der Kommandantur gibt es eindrucksvolle Aufnahmen des berühmten Helgoländer Fotografen Franz Schensky.

Was Tine schon in ihrer Kindheit in Hamburg erlebt hat, erlebt sie in den folgenden Jahren auf Helgoland – einen außergewöhnlichen Boom.

So wie in Hamburg ganze Viertel abgerissen wurden, wird auch die Insel aggressiv ausgebaut. Bis zum Ersten Weltkrieg ist ihre Fläche beinahe doppelt so groß wie bei Tines Ankunft 1887. Das meiste davon allerdings ist eine gigantische Kriegshafenanlage. Auf den Klippen stehen Geschützbatterien von gewaltiger Zerstörungskraft, der größte U-Boot-Hafen der Welt ist entstanden, ein Flugplatz für die neue Luftwaffe... Der Militarismus hat Einzug gehalten auf Helgoland und kaiserliche Gigantomanie. Die unterirdischen Anlagen, die in meinem Roman beschrieben werden, gab es wirklich. Und es gab auch die Evakuierungen im Krieg, die Inbeschlagnahme der gesamten Insel durch die kaiserliche Kriegsmarine.

In *Die Insel der Wünsche* habe ich viele reale historische Ereignisse verarbeitet: vom tragischen Absturz eines Luftschiffs in Sichtweite der Insel über die Seeschlachten im Ersten Weltkrieg, von der Eröffnung des neuen Theaters über die großen Segelregatten und dem Club von Helgoland, von der Gigantomanie der Militärausbauten bis zur Verfolgung von Minderheiten und dem Widerstand mutiger Insulaner während der Nazizeit verläuft Tines Leben entlang historischer Gegebenheiten.

Von Soldaten besetzt und im Krieg verwüstet, entstand die Insel nach dem Ersten Weltkrieg in aller Pracht erneut und wurde zu einem glitzernden Juwel in der Nordsee.

Der Tourismus florierte, und Helgoland wurde zum mondänen Kurort, prächtiger denn je, mit vielerlei Attraktionen und internationalem Glanz. Wer auf sich hielt, besuchte diese Insel.

Auch Tine und ihre Tochter Jette erleben wundervolle Jahre. Es scheint, als hätte Helgoland das Glück gepachtet. Doch irgendwann ziehen erneut dunkle Wolken auf: Der Nationalsozialismus macht sich breit. Plötzlich werden Menschen, die lange Jahre die besten Freunde waren, zu Feinden erklärt. Behinderte, Homosexuelle, Juden. Tines Welt scheint in sich zusammenzustürzen. Am Ende gerät sie gar in eine Verschwörung gegen die Nazis, mit der die Insel vor dem Untergang bewahrt werden soll.

Es hat diese Verschwörung wirklich gegeben. Mutige Frauen und Männer haben versucht, Helgoland kampflos an die Briten zu übergeben. Doch die Gruppe wurde verraten, etliche ihrer Mitglieder wurden ermordet – noch in derselben Nacht ging ein grauenhaftes Bombardement über die Insel nieder, die bis dahin von den Alliierten weitgehend verschont worden war. Es waren nur noch wenige Tage bis zum Kriegsende, aber die Insel war nicht mehr bewohnbar, Helgoland zur Wüste in der See geworden.

Die Insel der Wünsche basiert auf zahlreichen Motiven, die der Geschichte entnommen sind. Es begegnen uns in dieser Trilogie Menschen, die tatsächlich gelebt haben (wie etwa die britischen Gouverneure und einige prominente Bürger), wir gehen durch Straßen, über Plätze und an Strände, die es einst gab und mitunter heute noch gibt. Wir erfahren von Helgoländer Sitten und Gebräuchen (ob es Eigenheiten der Inselküche sind, typische Trauerriten oder Erledigungen in einem typischen Helgoländer Haushalt wie Wasserholen, Wäschewaschen oder der Handel mit Feuersteinen und Muscheln, den auch heute noch die Kinder nach der Schule dort betreiben). Selbstverständlich kommt auch der berühmte Maulbeerbaum in der Kirchenstraße vor, den es heute noch gibt und der alles überlebt hat, was der Insel an Grausamkeiten widerfahren ist. Dass der Baum damals von einer Blumenhändlerin gepflanzt wurde, ist ein Detail, das vielleicht ein klein wenig geflunkert ist, aber auch von niemandem widerlegt werden kann.

Viele der Informationen, die in diesem Buch verarbeitet sind, habe ich Augenzeugenberichten alter Helgoländerinnen und Helgoländer entnommen (vor allem der Schriftenreihe, die Pastorin Elisabeth Wallmann dankenswerterweise herausgegeben hat und aus der ich besonders »Das alte Helgoland« der wundervollen Mina Borchert erwähnen möchte). Manches habe ich von Freunden auf der Insel erfahren, und vieles entstammt auch eigenen Beobachtungen. Aber natürlich ist ein Roman ein Roman. Das Leben hat ihn inspiriert, doch bleibt er Fiktion. In diesem Fall ist er auch eine Art große Welt im Kleinen, ein Brennglas der Weltgeschichte, die diese Insel schwer geprüft hat. Zweimal hat ein Weltkrieg seine grausamen Spuren hinterlassen. Zweimal wurden die Bewohner gegen ihren Willen evakuiert. Nach dem Zweiten Weltkrieg erlebte die Insel die größte nichtatomare Sprengung in der Geschichte der Menschheit. Dass sie nicht im Meer versunken ist, grenzt an ein Wunder.

Aus der Ferne mussten die Helgoländer beobachten, wie ihre Heimat vollkommen verwüstet und unbewohnbar gemacht wurde. Selbst in Stade oder Cuxhaven, wo viele von ihnen untergekommen waren, konnten sie noch die Explosion hören und spüren. Jahrelang mussten sie zusehen, wie der Fels als Bombenabwurfplatz missbraucht wurde. Die Insel blieb besetzt, sie zu betreten war strengstens verboten. Aber irgendwann konnten die Helgoländer auf ihre Insel zurückkehren.

Dass es den Insulanern gelungen ist, ihr kleines Eiland abermals zu einem wunderschönen Platz auf dieser Welt zu machen, zeigt, wie außergewöhnlich Land und Leute sind: Helgoland und Helgoländer.

Ihnen sei diese Geschichte gewidmet.

Die Insel der Wünsche ist in einer Zeit entstanden, die für viele Menschen keine leichte war. Die ganze Welt leidet unter einem Virus, das uns unser gewohntes Leben genommen hat. Und so hoffen und bangen wir gemeinsam, es irgendwann wieder zurückzuerlangen. Angesichts der Zumutungen, die Menschen in der Geschichte tatsächlich erleben mussten und für die Tine sinnbildlich steht, erscheint die Pandemie aber mit einem Mal gar nicht mehr so erschütternd. Vielleicht müssen wir manchmal zurückblicken, auch in eine Zeit, die vor uns selbst liegt, um zu erkennen, wie groß auch das Glück ist, das wir in unserer Epoche erleben dürfen.

Aber natürlich gibt es für jeden von uns besonders schwere Zeiten, die wir durchzustehen haben. Bedanken möchte ich mich ganz besonders bei zwei Frauen, die es während der Arbeit an der »Insel der Wünsche« nicht immer leicht hatten. Barbara Heinzius und Christiane Mühlfeld haben mit ihrem klugen und einfühlsamen Wirken großen Anteil daran, dass diese Geschichte so entstehen konnte. Tausend Dank euch beiden!

> Und dann hat er, gutgelaunt,
> Menschen diesem Fels gegeben
> Und den Menschen zugeraunt:
> Liebt die Welt und lebt das Leben!
>
> *James Krüss*

Anna Jessen im April 2021

»PROJEKT HUMMERSCHERE« –
Ausbaupläne der Nationalsozialisten von 1937

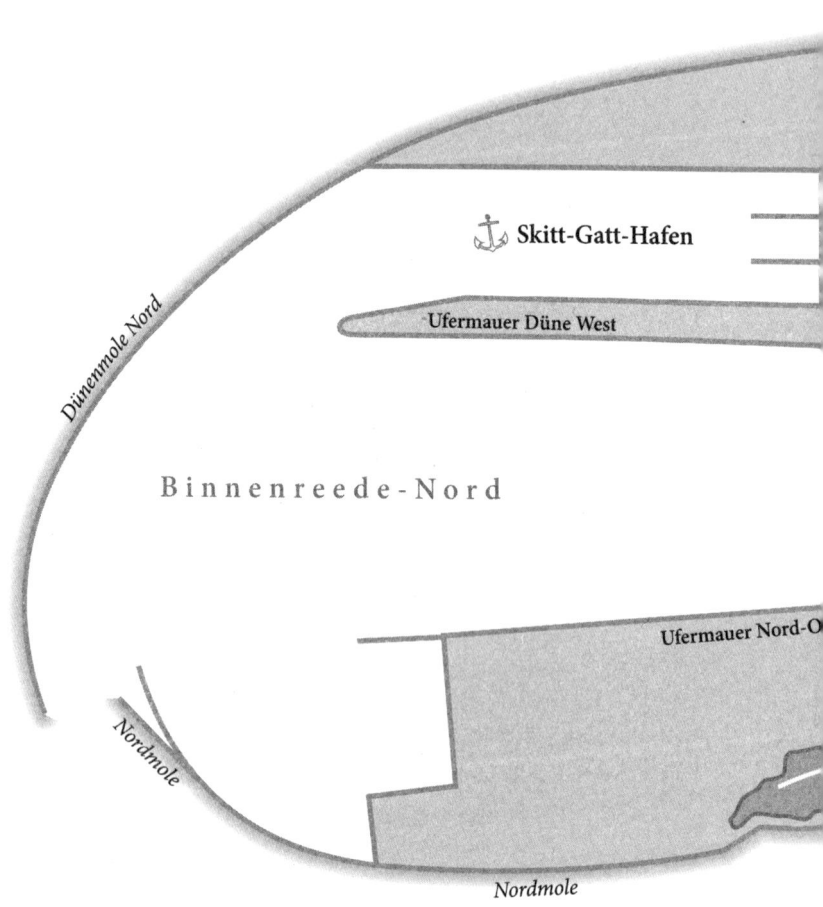

Mit dem »Projekt Hummerschere« wollten die Nationalsozialisten die größte Seefestung aller Zeiten errichten. Helgoland wäre um ein Vielfaches seiner Fläche gewachsen, allein die Düne hätte das Zehnfache ihrer Größe hinzubekommen. Dieser Ausbau sollte durch Befestigungen und Sandaufspülung erreicht werden. Das Ergebnis wäre ein Kriegshafen gewesen, in dem die gesamte deutsche Nordseeflotte Platz gefunden hätte. Allerdings wurden außer dem wiederhergestellten und ausgebauten Kriegshafen aus dem Ersten Weltkrieg wenig mehr als ein paar Befestigungen realisiert, ehe 1941 die Arbeiten wieder eingestellt wurden. Und so entspricht die Fläche der heutigen Insel immer noch in etwa jener aus Tine Tiedkens' Zeiten.

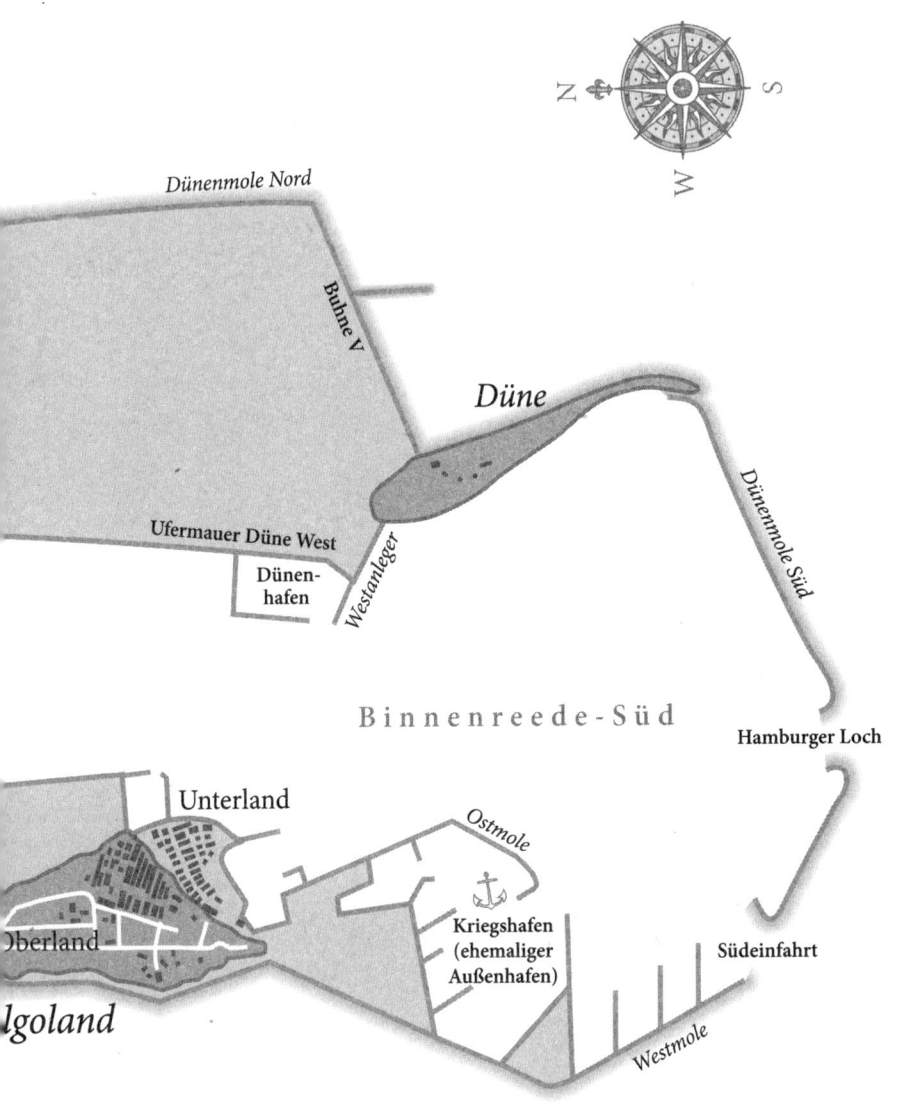